江汉春风起

覃亚四中短篇小说选

覃亚四 著

团结出版社

图书在版编目（ＣＩＰ）数据

江汉春风起：覃亚四中短篇小说选 / 覃亚四著 . —
北京： 团结出版社，2023.1（2023.4 重印）
ISBN 978-7-5126-9716-4

Ⅰ . ①江… Ⅱ . ①覃… Ⅲ . 中篇小说－小说集－中
国－当代②短篇小说－小说集－中国－当代 Ⅳ .
① I247.7

中国版本图书馆 CIP 数据核字 (2022) 第 182858 号

出　版：团结出版社
　　　　（北京市东城区东皇城根南街 84 号　邮编： 100006 ）
电　话：（010）65228880　65244790
网　址：http：//www.tjpress.com
E-mail：zb65244790@vip.163.com
经　销：全国新华书店
印　装：三河市东方印刷有限公司

开　本：170mm×240mm　16 开
印　张：30
字　数：455 千字
版　次：2023 年 1 月　第 1 版
印　次：2023 年 4 月　第 2 次印刷

书　号：978-7-5126-9716-4
定　价：98.00 元

青年时期的作者

手稿照片一　　　　　　　　　　　　手稿照片二

手稿全貌

目录

序

一个人的史志

刘醒龙

人生不会消散。

这话也有前提，必须是好人一生平安的人，是锄禾日当午汗滴禾下土的人，是月有阴晴圆缺人有悲欢离合的人，是问世间情为何物直教人生死相许的人，是三十功名尘与土八千里路云和月的人，是平生不会相思才会相思便害相思的人！换言之，某些人生不管过去多少年，也还会在浩瀚史册中一笔不苟地存在，为了形容诸如此类，甚至专门创造了"董狐直笔"的成语。可惜的是，这等人生只是作为宏大叙事的垫脚之用。

一位从未谋面的人，经朋友介绍，送来这一大叠小说稿，还没开始阅读，自己就忍不住要先发些感慨。朋友的朋友是受人之托，朋友的朋友的朋友，也不是文稿的主人，真正的主人名叫覃亚四。从一般角度上讲，他的人生终止于花甲之年。在时光人生与文学人生相互剥离三十年后，人生中最值得流传的部分，通过自己亲手完成的文本长存于世。

从事文学工作几十年，见过各种各样的作品，说得出来理由的好作品与说不出理由的好作品，懒得多看一眼的废话篓子与不得不看的废话篓子，令人振奋与使人沮丧同在，刻骨铭心与过眼云烟同感。尽管历经这许许多多，读到覃亚四先生的文字时，仍旧有一种突如其来的惊讶。很难想象，此生无怨无悔的作者，于一九九三年离世前，三山五岳之下，东西南北中间，还没有什么优质的慢生活，也不提倡等一等灵魂，在恰好六十年的生涯中，数不出有几回岁月静好，值得一说的只有勤劳、节俭、奋斗和奉献。令人感怀的还有，当年工作场景远比时下繁忙，上班时间不是以周计，而是以月计，甚至以季度计，几乎没有属于个人的闲暇，作者还能见缝插针挤出时间，写出这些令人怦然心动的中短篇小说。正值壮年的覃亚四，痴迷地爱上写作，却并不将写好的作品投寄出去，以求发表或者出版。这也证明了，写作的重要性不仅仅是为了成名成家，而是我需要写作，我才写作；我需要文学，我才热爱文学。这个道理太朴素了，反而使得人们对其中深意视而不见。

如果将文学比作一个必须量化的工程项目，以此来衡量各个阶段的重要性，设计与建造的举世瞩目，并不等于该工程项目的旷世之功。一条运速超快的铁路，来来往往的车厢旅客只有空气和阳光，肯定是欺世盗名。一座高楼雄居世界之首，上上下下的电梯乘员除了蚊子就是蜘蛛，当然就是"鬼楼"了。铁路是用来运送人员货物，不是比赛钢和铁谁跑得快。高楼是要使人安居乐业，并非专供嫦娥奔月的天梯。在文学中，经典所占的位置是大海上耀眼的冰山，那些因为热爱才写出的作品，则是海水下面深藏不露，无限大的冰山山体。缺少因为热爱而存的普通作品，就无法完成文学的经典化。相对文学经典而言，用朴素的热爱，从事朴素的写作，会让其他人认为做得不够好，这种看事情的角度其实也不够好。一个人的文学，首先是人生品相的追求。所以才有我们常言所说，不养一个女儿，父亲内心的深爱就无从表达。普通人的生活中没有文学，就很难有机会陶冶出包容尘世的大爱之心。

二〇二〇年春天，武汉三镇遭受突如其来的疫情袭击，一千一百万人尽数封闭在各自家中，连窗户都不敢轻易打开。也有些人从早到晚，在那里诅咒病毒，甚至将许多东西泛病毒化，那劲头，那模样，似乎只要用比病毒还要凶悍的言语进行还击，就能达到以毒攻毒的功效。病毒显然不在乎这些无损自身皮毛的口水，却使得某些人群中充斥着比病毒更加可怕的戾气。所谓江汉无言水自流，两年后的这个苦夏，读到覃亚四先生遗留下来的这份文稿，内心深处的慰藉，已然超出文字本身。说是很难想象，其实还是能够想象。武汉"封城"的七十六个日日夜夜，一千一百万生命个体并没有活成某些别有用心者认为的千人一面的苦闷样子，在那些看上去了无生气的门窗后面，曾经被五光十色的生活表象屏蔽的普通人，得以悄然发出动人的辉光。在疫情最危急的时刻，有人说，病毒越是凶险狡猾，越能激发生命的潜能，甚至有利于促进人类的进化。那种时刻，那些不爱听大实话的人，变本加厉的反常反应可想而知。事情过去了，再回头看，对于早前的过分行为没必要脸红，更不需要道歉，能在自个儿内心分清人性来路就好。就像覃亚四先生的家人，一方面同左邻右舍一样，将每一扇门窗当成关隘来守卫，一方面又翻箱倒柜找出覃亚四先生的遗作，拂去三十年的蒙尘，全家人聚在一起，一字一字地体会父辈经历过的不易，一句一句地感恩父辈留下来的美好。用这些后辈儿女的话说，如果不是疫情，哪儿会想起父亲留下来的这些从未示人的文稿？如果不是疫情，又哪儿会想起要使这些几近人生自述的文字公开出版？

不久前，国内外一百多名专家学者就《凤凰琴》发表三十年进行学术研讨，我曾说过这么一些话："一个作家带着自己的作品回到故乡，受到父老乡亲的认可与欢迎，这样的荣誉，不是所有作家都能做到的。"在文学中，所谓墙内开花墙外香的作品，是不正常、也是靠不住的。一部描写普通人的小说，时隔三十年，还能在社会生活中有着如此反响，实在让人意想不到，这也是文学生命力的一种体现！常言说，近乡情更怯。无论是惯于抛头露面的资深写作者，还是与覃亚四先生类似的不为人知的潜在写作者，能与家中男女老少一起愉快地分享自己的文字，远比那些八竿子打不着的赞美更加荣幸。

将覃亚四先生的遗作按时间线索一篇篇接续起来，宛如一部从共和国捍卫者到建设者的个人奋斗史。最早的《琼岛筑梦》中年轻的工程兵战士，由荆江分洪到南海之滨挑战台风、修筑国防公路再到新建武钢，洋溢着与共和国同步的青春华彩。接下来的《长堤破晓》描述了在十年特殊时期，人与社会同在历史漩涡中，再难再险也要守望相助，保护家园，期盼未来。到了《绿叶黄叶》的八十年代初，那是一段历史与时代难得一起浪漫的日子。然而，浪漫的日子终将要告一段落，对幸福浪漫的分享，必然会引出矛盾的另一面，《江汉春风起》如实写出改革进入到瓶颈期，身处其中的每个人无法不像分享幸福那样去分享社会生活全方位的艰难。

三十余万字，不算长，也不算短，从头到尾，令人感受最深的还是那永不褪色的朴素。

当前的文学，说朴素的很多，真正朴素的极少。

说到底，真正的朴素需要有资质和资格。

正如无法要求一个混沌初开的少年是朴素的，更不可以责备一个尚未启蒙的幼儿做人不那么朴素。朴素是寻寻觅觅冷冷清清凄凄惨惨戚戚，朴素是春蚕到死丝方尽蜡炬成灰泪始干，朴素是曾经沧海难为水，朴素是高处不胜寒！

覃亚四先生的朴素，是一种宛如史志的与生俱来。

读覃亚四先生的小说时，自己还在读《东周列国志》。杜牧曾言"灭六国者六国也，非秦也；族秦者秦也，非天下也"，意思是说，灭亡六国的是六国自己，不是秦国；消灭秦王朝的是秦王朝自己，不是天下的人。如果六国各自爱护它的人民，就完全可以依靠人民来抵抗秦国。假使秦王朝又爱护六国的人民，那么皇位就可以传到三世乃至万世，谁能够族灭他们呢？就此杜牧进一步说，"后人哀之而不鉴之，亦使后人而复哀后人也"——如果后人哀悼六国和秦王朝却不吸取六国和秦王朝的教训，只能使更后的人又来哀悼这些后人。

这种兴亡之论，用于文学艺术也是真理：文学艺术的高峰只能建立在自己脚下坚实土地之上。朴素很容易被当成浮云，当成非才华，当成茶余饭后的一地鸡毛，而要体验朴素在各个方面的伟力，既要胸襟宽广，更要一个人表里如一。诚如六国兴亡由民心向背所决定，秦王朝仅二世便不再同样由民心向背来决定。令人们赞颂的朴素，总是在关键时刻用来证明文学艺术高峰与低谷是如何发生的。没有朴素就没有土地，就没有万物升华；没有朴素就没有营养，就没有文学艺术光彩照人。

得人心者得天下，得人性者得人生。在人生中，任何本领都比不过人性，人性强大了，言谈举止之中，都会蕴涵事半功倍的效应。在人性中，最突出的价值则是朴素。面对比人类还古老的病毒，人类本该用比病毒更善于进化的朴素本领，找出比消灭病毒更加可靠的方法。这种办法就是让自己变得更加强大，而不去干涉病毒的强大与否。大爱之下，生命与共，人类才能长存。这世界，唯有人的大爱才能胜过比人类还要古老的病毒。覃亚四先生不知道二十一世纪的人间会出现一种全新的病毒，疫情之下，他的遗作却是世道人心的一种见证，这样的生死之交，是值得信任的。

二〇二二年九月四日于斯泰苑

琼岛筑梦

　　我这大半生，走过祖国许多艳丽山水。海南岛，是我心目中最神奇、最妖娆的地方。如果有谁要外出旅行，我总鼓励他们到"天涯海角"，去饱览那热带风光，品尝椰子、菠萝蜜、荔枝等时令水果；踩着柔软的海沙，拾些千姿百态的石花和五彩缤纷的贝壳。你还可以登上巍峨屹立的五指山，造访勤劳朴实的黎族同胞。当然，当你从海口秀英港码头登岸，可以在海榆中线的起点处，瞻仰刻有"加强防卫、巩固海南"八个大字的纪念碑。那是1953年毛主席为我们筑路部队和海南当地建设者题的词。纪念碑的侧面，留下了为劈山开路而献身的烈士英名。五指山，见证了我们的青春热血，留下了我亲爱战友的英魂忠骨。我是多么想唱一支歌，赞美五指山，赞美什那河，赞美那筑路架桥的英雄们……

一、台风来袭

1954 年夏天的一个早晨。

战士王小川坐在什那河边的石头上，手支着膝盖，捧着脑袋，凝望着浑浊而翻滚的河水。水已经退了一丈多，但还是凶猛地冲击着河中五个耸立的桥墩，发出"轰轰"的声响，好像要把桥墩冲跑才罢休。他感到一阵晕眩。经过一夜的紧张搏斗，他非常疲倦，两个眼皮沉甸甸的，像吊着两个秤砣。他闭上眼睛，昨晚与台风、山洪搏斗的情景，像过电影似的，一个接一个的镜头在脑海缭绕：

天黑得像锅底，伸手不见五指。一股强台风袭来，摇撼着巍峨的五指山。一阵接一阵的大风盘旋着、呼啸着，像翻江倒海的巨浪，撕咬着群山，抽打着森林，整个五指山都在颤抖。倾盆大雨随风而降，风声雨声响成一片。而那一个接着一个的劈雷，如同战场上千百门大炮在轰鸣，震得人们耳膜生疼。东一道、西一道的闪电，喷着黄澄澄耀眼的火焰，撕裂了夜空。

王小川同他的战友们在连长宋斌的率领下，顶风冒雨加固排架。忽闻连队的营房被狂风刮歪了，摇摇欲坠，宋斌急忙招呼一部分人回去抢险。大伙正打的打撑，拉的拉绊，房上地下一片吼叫，又接到急报，一里以外的民工队工棚倒塌，几十个女民工被压，马上又组成一路纵队，手拉着手，被风刮得东倒西歪、进三步退一步，好不容易像扭秧歌似的奔到了民工队驻地。宋斌气喘吁吁、雨汗淋淋地同战士们一道，将女民工抢救出来。他观察到这里正在风口上，此刻要把工棚扶正已经不可能，就吩咐战士们将民工带回连队的饭堂兼俱乐部。大队人马刚到连队，又接报排架出现了险情，宋斌立即带领全连奔赴工地。

"山洪暴发了！"战士们一声吼，纷纷奔下河坡，在台风的冲击中爬上排架，用又粗又长的藤缆缠绕加固。一时间，号声四起，手电光和闪电光交错，穿绿军衣的军工、穿蓝衣的技工、穿黑衣的民工都顶风冒雨，拼命也要保住排架！风在咆哮，浪在怒吼，惊雷轰鸣，暴雨肆虐，人声鼎沸，人们与大自然展开了一场殊死搏斗。

筑路部队正在修建的，是一条贯穿海南岛、从海口至榆林的国防公路。宋斌率连队驻扎在什那河边，架设国防公路上的一座桥梁——什那桥。经过一年奋战，五个桥墩已经完工，桥墩之间用木料从河底筑起了并排的六乘排架。等排架全部搭好，就会在排架上堆码压石、安装模型板、扎好钢筋，再浇筑混凝土，在五个桥墩上面形成桥梁，最后修通连接两岸的路面、铺设桥面、在桥上安装栏杆。

眼前的危险在排架上。洪水将枯树烂枝从原始森林带出来，塞到排架的空隙里，越塞越多，如同形成一座拦河大坝。风助水势，一个接一个的巨浪，冲得排架"嘎吱嘎吱"直响。

王小川将藤缆缠在腰上，攀着排架的横梁，一寸一寸地朝河当中爬去。越往前爬，越觉得身不由己，只要稍一松手，他就会像一根鸡毛似的被台风吹跑。不知过了多长时间，他终于挪到了预定的位置，将藤缆绑在支柱上加固。突然，他觉得身后有人在吃力地推着什么东西，借着闪电，发现是班长孙银栓在撕扯、推开卡在排架上的浮渣。他也一手抓着排架的斜杆，一手将上游冲下来的木杆、树枝、杂草推向下游。

"呜——"一阵风，把他刮得像腾云驾雾，手脚浮动，身子猛地一晃。说时迟、那时快，一只大手将他牢牢地抓住了。他重新扶稳，听到孙班长吁出了一口长气："注意安全！"说着递了根绑腿过来："把身子拴在支柱上！"王小川感激地接过来。

这时，就听到岸边"嘀嘀哒哒"的集合号声。王小川说："不管它！来，班长！咱俩把这根横着的大树推下去！"

孙班长拉着绑腿说："号声就是命令！撤！"

他俩刚攀爬到岸边，宋斌问："后面还有人没有？"他俩同时答道："没有了！"

与此同时，只听见"哗——轰"地一声，排架倒了，向下游流动了！王小川赶快拉起了一根缆绳，"呼"的一下，河坡上的人们都扑下来，纷纷拉起绑在排架上的藤缆。只听营教导员赵广才大声喊道："不能硬拉！要边拉边走！硬拉会拉垮、拉断的！"

我的老天爷，这样的庞然大物，这么大的水冲力，吃奶的力都使出来了，还是让它把人拖得飞跑！战士们边拉边喊着号子，有的被绊倒了，有的鞋子被踩掉了，跌倒了再爬起来，鞋子掉了就光着脚。猛然又刮来一阵巨风，一丈多高的浪掀过来，浪借风势，冲击着排架。有的排架由于人少力寡，被龙王爷从他们手里夺走了。

王小川和战友们正拼命把一个排架往上拉，由于藤缆过细，突然被扯断了。眼看排架要被冲走了，他胸口那团火往上一冲，"啪"地甩掉湿透的棉衣，纵身要跳下去，被孙银栓一把拉住了："你想到太平洋去喂鱼么？！"就这样，眼巴巴地看着排架被卷跑了。"台风啊，洪水啊，你如果是个敌人，老子就一刺刀捅死你！"他恨得直咬牙。

宋斌边拉边同几个班排长商量，决定瞅个机会，将藤缆绑在岸边的大树上，大家都认为这个办法好。开始绑第一棵，由于动作不协调，慢了一点，只绕了两圈，没吃上劲，滑了，差点出了问题，好在大家没松手。绑第二棵树，由于树小根浅，连根拔起。有了这两次失败的教训，绑第三棵树时，大家同心协力，终于缠上了。可是，六乘排架被打歪了三乘，冲走了三乘……

王小川睁开眼睛，瞅了瞅河中心几个孤零零的桥墩，他的心潮随着拍打桥墩的河水在翻腾。前几天这建桥工地的火红场面，又浮现在他的眼前。

炎炎烈日下，桥墩、排架、砂石堆以及忙碌的人们，都被镀上了一层金光。建桥战士的歌声，民工姑娘们铜铃般的笑声，小河潺潺的流水声，原始森林被风拨动而发出一阵阵"呼——啦啦"的响声，组成一部欢快和谐的大合唱。从早到晚，两岸的山坡上，经常站着一群群扶老携幼的黎苗同胞，他们连说笑带比划，赞美共产党、毛主席即将给他们搭起的这座幸福桥，赞美这些保卫祖国是英雄、建设祖国是好汉的战士们。有一天，王小川正汗流浃背地推着一斗车混凝土，一个黎族老大娘向他走来，对他竖起大拇指，激动地说："顶呱呱咯！"王小川高兴地回答一声"为人民服务"，又唱起军歌来，就是一天干上二十四小时，他也不会叫一声苦。当一个人身处这样一个队伍里，一言一行都是为了实现一个崇高的目标——建设祖国、造福人民，这个人就会以苦为荣、以苦为乐，就有一股不可抗拒的力量，无往而不胜！

王小川当初怀着"抗美援朝、保家卫国"的强烈意愿而穿上绿军装，却没赶上到朝鲜战场同美国鬼子拼杀。他并没有因为成天挥镐举锄的繁重劳动而懊悔，相反，他总把自己的青春活力毫无保留地贡献出来，整天歌不离口、锄不离手，锄头底下流出歌，歌又为锄攒足劲。眼看自己和战友们的劳动结晶——大桥在一天一天地形成，多么令人鼓舞！他早已同班里的战友们商量好，等到大桥通车的那一天，他们要在栏杆边列队，照相留念！可是现在……

"嘿！别难过了！抢了三乘排架回来，我们已经尽到了最大的努力。对人力不可抗拒的自然灾害，苦恼又顶什么用？"他这样安慰自己。

但说起来容易，做起来难啊！他回忆起这一年的战斗历程，这些排架上的木料，都是他同战友们翻山越岭，一根一根地选，一根一根地伐，一根一根地抬下来，再一根一根地搭成这四五层楼高的排架，哪个人不踩死两千条山蚂蟥，淌了两担汗水？为了修建这什那桥，敬爱的指导员还献出了宝贵的生命。眼看可以按期完工的大桥，经过台风这样一折腾，工期又得往后挪了，拿什么向新中国成立五周年献礼？真是"天有不测之风云"呵！台风说来就来，现在正值台风季节，谁知道台风还要光顾多少次……

他想得脑袋胀得难受，嗡嗡乱叫，眼皮也撑不开，疲劳极了，慢慢打起盹来。

突然，营房响起一阵军号声，他惊醒过来。赶快回去，还有许多事等着做呢！他站起来，张开双臂，挺起胸膛，深吸了两口湿润的空气，又弯腰拾起两片石头，一抬手向河中扔去，然后大步朝营房走去。

营房是部队来到建桥工地后搭起来的临时工棚，下面用几根木杆撑起来，上面盖着茅草。顺着山坡前后四栋房子，顶上一栋是连部，往下三栋是战士们的寝室。山坡脚下有个大坪场，这是战士们费了好一番工夫平整出来的。天晴的日子里，战士们在这个坪场上出操、学习、吃饭和打球。

坪场的两头分别是伙房、俱乐部兼饭堂。经过台风的袭击，此刻这些房子柱头歪了，房顶上的草榻子也丢了。俱乐部里，标语、大字报、墙报、宣传画都被风撕烂了，象棋、军棋、跳棋、克朗棋、乒乓球、羽毛球飞得满屋到处都是，文化教员梁新正领着俱乐部的一班委员在拾掇。这时，从连部传来喊声："准备好！一——二——三！"随着人们的"嗨哟——加油"一吼，房子就"吱吱嘎嘎"地响起来。原来连部的房子起得高、阻力大，台风过后歪得最厉害，值班排长正带领战士们用钢丝绳来拉正，然后在四周打上支撑。

回到这沸腾的营房，王小川烦躁的情绪烟消云散，他在心里对自己说："很快就会走上正轨了！"

班长孙银栓正骑在屋脊上，把被风吹飞的茅草榻子理顺，用藤子重新扎好。发现他站在下面，就喊："王小川，你还在这里发愣，叫我好找！"

他咧了咧嘴："找我干什么？"

"中午要开全体军人大会！"

他正要爬上屋顶，孙班长说："不用上来了，你帮我递藤子吧。"他蹲在地上，整理那堆乱成一团的藤子，清好几根就挽成一把，抛给孙班长。

干了一会儿，孙班长说："你再抛几根藤子给我，就找小福、李勇他们一起修理'自来水管'吧。修好以后，带两根树料回来，把咱这屋也撑一下。"王小川答应了一声，拿上一把柴刀走出营房，朝着"自来水管"走去。

路上的小草还挂着水珠，他走不多远，裤腿就被打湿了。他边走，边挥舞着柴刀唱起来：

> 工程战士会创造，
> 高山吃水不用挑，
> 竹子架起自来水，
> 青色长龙锁山腰。

走着走着，就听得前面有几个人在摆龙门阵，声音越来越清晰：

"我刚把钢丝绳绑好，就听连长在岸上喊：'快下来！快下来！'我一看，风这么凶，洪水这么猛，排架忽闪忽闪的，我就叫他们往回爬。排架上的木头，滑得像抹了油。爬呀爬呀，'轰'的一声，排架垮啦！"这是熊生的声音，他说话总是像放连珠炮。

"你扯淡！排架垮的是第二乘，你们已经过来了。"李勇向来说话像吵架："我爬慢了一步，刚爬上去，就听到'啦啦啦'响，排架往一边倒，我连忙缩了回来，好险呀！"

"糟糕！这一下看你怎么过得来。"曾新严着急了。

"嗨，你说话莫停手呀。"显然是李勇在提醒小曾："我一看排架垮了，怎么办呢？左一摸，右一摸，摸着了一条钢丝绳，拽一下，扯得蛮紧，我想这一下有救了！"

"从钢丝绳上攀过来！"韦小福鼓励道。

"那还用你说！"李勇不甘示弱："当年红军爬铁索，今天工程战士爬钢丝绳！我就像攀单杠一样向岸边爬。爬到一半，风把我推来撞去，两只胳膊都麻木了。我想，摇晃力这样大，不能持久，就把两腿往上一跷，夹住了钢丝绳，借着风势，连滑带爬，一会儿就过来了。"

连队里就是这样，每逢发生一件重要事情，只要不是需要绝对保密的，就会成为战士们言谈的中心议题，甚至有人讲梦呓也不会跑题。昨天晚上发生的事件，至少得谈论三天，说不定三年以后有谁回忆起来，大家又会抢着发言。

王小川看见四位战友正把被风刮倒的"自来水管"一节一节地架起来，就加快了脚步，加入进去。他们说说笑笑，不到一个钟头就将这道从山泉到伙房的"自来水管"全部修好了。清澈的泉水，顺着竹筒叮叮咚咚地流淌下来。修好以后，每人又砍了一根瓷缸粗的树料回来。

整个大桥工地静悄悄地，好像一个勇士，经过激烈搏斗后在小憩。只有河岸那棵挺拔的椰子树上，一对喜鹊在喳喳叫唤。

椰子树下，就是什那桥工程指挥所。同整个五指山区的工棚一样，它也是茅草房。眼下，在六根木桩支起几块木板做成的长桌旁，围坐着十几位工地负责人。他们有的低声商量，有的高声争辩，有的正噼里啪啦地拨动着算盘，有的手持铅笔对着图纸沉思，大家围绕桥工所主任赵广才提出的"如何把台风造成的损失夺回来"这个中心议题，在思考、策划、商议。

赵广才是宋斌所在营的教导员，也是什那桥工程指挥所的主任。他不仅管军工，还管民工和技工，他常常笑称这是"诸工种联合作战"。待到大家对下一段施工的计划、材料、技术、劳力、工具、时间等问题基本取得一致意见，他站起来说："大家的发言都很好，我们没有被台风刮跑热情，反而头脑更清醒了。有了这种精神，就可以率领队伍继续前进！"

他喝了口水继续说："有句古诗是'崖州何处在，生度鬼门关'，这些老夫子把海南岛五指山看成鬼门关。莫说，海南岛有几样东西的确吓人！一是山上的大蟒可以吃人——别大惊小怪，我在营根亲眼得见，一张蟒蛇皮，从两层楼上吊下来，摊开有一扇门板宽，真有八米长、水桶粗。据说蟒蛇是吞了一头小牛，胀得爬不动了，被人打死的，你说它吃不吃得人呢？二是山下的蚊子会叮死人——人被蚊子一叮就打摆子，高烧不退把人烧死。三是太阳能把人晒死，还有下大雨山洪暴发会把人淹死、台风来了能把人吹跑！可是我们明知山有虎，偏向虎山行，崖州创大业，敢闯鬼门关！"

他的语气变得深沉起来："我们的老前辈在这五指山区坚持革命斗争二十多年，流了多少鲜血？我们的解放军乘坐木船，冲过敌人用军舰组成的封锁线，解放了这座海岛，流下多少鲜血？我军工程兵的两个师在这海榆中线上，一字摆开三百公里，开山劈岭架桥梁，又有多少战友还没有在新修的公路上走上一步就已经牺牲了！现在台风又来捣乱，它的破坏力咱们已经领教了。但是，不管遇到什么困难，桥梁工程期限只准提前，不准拖延！因为美帝国主义在不断派飞机和兵舰来威胁我们，台湾的蒋介石睡梦都在喊'反攻大陆'，并要以海南岛作为跳板。华南公路工程指挥部党委已经决定，全线要'十一'通车，提前两个月'交货'。我们决不能让两边开过来的汽车在我们的桥头停下来！如果汽车停在什那河畔过不去，将会给未来的战争和建设设置障碍，我们就将成为历史的罪人！"

他站起来走了两步："同志们呀！打冲锋的兵好带，打退堂鼓的兵不好带哩！情绪、士气、人心，一句话——思想意识问题，是我们要十分注意的。不怕排架散了架，就怕思想分了岔。我刚才讲的什么古人呀，蟒蛇呀，台风呀，流血呀，都是为了统一思想。思想统一才能步调一致，步调一致才能得胜利！"

"从昨晚到现在，我都在考虑这个问题。思想工作要首先活跃起来，党员思想要统一，青年团、俱乐部都要开展活动。要评功表模、改善生活、安定情绪。思想工作很多，主要靠大家去做。大家认为如何？如没有异议，散会！"

连长宋斌正要起身，赵广才招手将他留下，然后把工程师张建国拉到一起，三人促膝而坐。张工是广东人，长得单薄，宽阔的嘴巴，突出的颧骨，同宋斌身体魁梧、五官端正的标准军人模样，形成鲜明的对照。

张工操着带有浓重乡音的普通话说："昨晚在那么危急的情况下，抢回了三乘排架，除了人民解放军，任何人也办不到！而且，同洪水搏斗没有发生伤亡事故，这是不幸中的万幸。刚才赵主任提出要把台风造成的损失夺回来，我应该从技术角度总结经验教训，以利再战。我们继续施工面临一个最大的实际问题，就是没有马钉了。拨给我们的马钉已经全部用到排架上，有一半随着排架给冲跑了。"

宋斌听了，一时摸不着头脑。马钉，不就是用手指头那么粗的钢筋，截成筷子般长短，两头一弯，锻尖，像钩子似的，将一根根木料联成整体的那玩意儿么？没有马钉我能想个什么办法！战士们挖土、伐木没问题，炼铁可就"擀面杖吹火——一窍不通"了。这里的黎族同胞穷得挑水无桶、洗脸无盆、吃饭无碗，许多人家连个铁锅都没有，还能发动群众献铁么？

赵广才从他闪动的双眸中，看出他的疑惑，就接着张工的话说："为什么说最大的问题是马钉呢？现在国家钢铁供不应求，必须按计划拨料，只准节约，不许超额。你知道马钉是从东北的鞍钢运来的，如果我们打个追加计划的报告上去，即便通过层层上报、层层下达补来了，运到恐怕也得半年，时间等不及。所以我们决定派人去把排架找到，把马钉取回来！"

宋斌说："这任务交给我吧！"

"好！"赵广才赞许地点了点头。

宋斌从桥工所出来，感到有些燥热，就将棉衣脱下来，搭在手上，大步朝工棚走去。这五指山区的气候，"四时皆是夏，一雨变深秋"。昨夜里衣服湿透以后，台风一刮，冻得人牙齿打磕磕，他回工棚就把棉衣穿上了。

加上腿上枪伤和肩上刀伤的后遗症还有面临的困难局面，更让他增添了几分难受。

自从指导员牺牲以后，连队的担子落在他一个人身上，就好像一个人挑着八十斤的长途担，半路上陡然增加到一百六十斤，使人感到格外沉重！他昨晚一宿未合眼，此刻却一点倦意也没有，盘算着如何贯彻会议精神，应该着手抓哪些工作，派谁去寻找被洪水冲跑的排架。

二、重振士气

太阳已经钻出云缝，把金光撒满了五指山，翠绿的群山像刚洗了个痛快澡，精神抖擞，面目清秀，光彩夺目。经过战士们的努力，台风造成的破坏痕迹已被消除，歪了的工棚已经扶正，散了的篱笆又重新扎好，倒了的门楼也搭起来了。门楼两边贴着一副新对联，鲜红的纸上写着：

> 勇士拨倒荆江浪
> 英雄劈开五指山
> 横批：河水让路

眼前的景物，令宋斌精神一振。是啊，我们这支英雄的部队，能在两个月里完成荆江分洪工程，创造了世界奇迹，又接着在这五指山区劈出一条战略公路，难道不能把这什那桥架起来吗？河水是一定要让路的！

院子里，各班寝室的周围都有三三两两的同志在打扫清洁。工棚里传出一阵阵呼喊、争辩声和哄笑声。战士们三五成群，端着脸盆到土自来水口跟前去洗衣服。以往，战士们都到河里洗澡洗衣服，现在河水浑浊，就挤到土自来水口洗。自从来到什那河畔，部队一直忙于紧张施工，没有放过一天假，今天大家正好抓紧时间整理清洁一下。

宋斌信步来到炊事班，首先映入眼帘的，又是贴在门口的一副对联：

> 忆往昔战场上吃饱喝足逞威风

看今朝工地里饭热菜香争豪强

横批：加油仓库

司务长向永贵见宋斌来了，就迎上来："连长，会开完了？喝口水吧！"

宋斌说："刚才在会上，赵教导员强调要改善生活。"

向永贵用白围裙抹着手汇报说："早饭后，我们班开了个会，大伙说，同志们昨晚顶台风、冒暴雨苦战了一通宵，咱们可要把生活安排好。早餐想煮一锅辣汤，可是既无生姜，又无辣椒，正发愁呢，孙银栓在后山摘了一捧像米粒那么大的红辣椒来。我说别开玩笑了，这么大一锅汤，这点辣椒还中？他说，你尝尝。我丢了一个到嘴里一尝，乖乖，眼泪马上下来了，辣得舌头半天还是麻的。大伙喝得直冒汗，这五指山可满山是宝啊。中午杀头猪，下午包饺子。"

宋斌满意地说："好！你们不愧是'加油仓库'！"

向永贵一听到赞扬就脸红，说："这是咱胡乱起的。人是铁、饭是钢，人不吃饭饿得慌。同志们吃饱喝足才能加油干嘛！炊事员老马主动要求去整菜园子了，不能耽误同志们吃菜。"

宋斌刚才回来的路上经过连队的菜园——那是战士们在山冲里开辟出的一亩多菜地，老远就看见炊事员马常山蹲在地上，脸上挂着一串串的汗珠，鞋子上沾着厚厚的黄泥，正聚精会神给被台风暴雨打歪了的菜苗培土扶苗。菜地被暴风雨冲刷后，如同被闯进来的一群饿猪糟蹋了，菜苗蔫蔫地耷拉着，东倒西歪。老马一边用手扒拉着泥土，一边口里不住地说："你们啊，就是经不得半点风吹雨打，多暂能像咱们解放军，一个个生龙活虎，不向困难低头。来来来！都给我立正站好，前后对正，左右看齐！"经过老马挨个儿培土扶苗以后，菜苗又雄赳赳地直立起来。筑路部队最缺的就是蔬菜，刚到海南岛时，前半年没吃到什么新鲜蔬菜，靠咸鱼、萝卜干、粉丝下饭，半年后自己栽种的蔬菜可以供应了，连队伙食才改善一些。

宋斌对向永贵说："第一，由于台风影响，沿途的便道可能冲垮了，粮菜一时难以运来，你要有点思想准备；第二，中午不是杀猪么，你送二十斤肉到民工队去，要肥的，直接交给他们队长刘亚兰；第三，送两斤排骨给赵教导员，他要给钱你就收；第四，准备两个人吃两天的干粮，明早我会派人来取。"

从炊事班出来，只听得俱乐部锣鼓喧天，胡琴悠扬，人声鼎沸。宋斌走过去，发现门口的对联也是新的，写的是：

说学逗唱表现革命英雄气概

吹拉弹奏激发人民战士斗志

横批：苦中有乐

宋斌一走进去，战士们纷纷喊道：

"连长！快来打扑克！"

"连长！走军棋！谁输了刮谁的鼻子！"

宋斌说："你们玩吧，我还有事。"他边答话边看了看俱乐部的布置：一头是毛主席和朱总司令的画像，一头是一面大锦旗，上面刚劲有力地写着"为广大人民利益，争取荆江分洪工程的胜利！毛泽东"。这是在荆江分洪工程工地上，傅作义部长代表毛主席授予的。两边墙上，标语和宣传画已布置得五彩缤纷。墙报栏里，表扬了一批在昨晚与风雨搏斗中忘我劳动的战士，其中有孙银栓和王小川。他看到战士们在兴致勃勃地玩着，觉得文化教员梁新干得不错。战士们都知道，在部队里，战士忙的时候，干部也忙；战士闲的时候，干部更忙。因此，当宋斌说"我还有事"，大家也就不勉强他了，各玩各的。

宋斌离开俱乐部，到各班寝室走了一圈，看到每班的门口都贴上了新对联，真像过年似的。有的是"修公路建设海南，架桥梁巩固国防"，有的是"英雄不怕筑路难，台风暴雨只等闲"。他在各寝室检查时，发现有被子没叠成豆腐块的，床单没拉直铺平的，缸子没摆好的，鞋子没放齐的，都一一动手作了纠正。他对班长们说："一个部队，要养成果断勇敢、步调一致、整齐划一的风格，就要在平常生活中锻炼起来，树立团结、紧张、严肃、活泼的作风。不要以为现在我们放下枪杆、拿起铁锹搞建设了，军风军纪就可以放松一点。我们仍然是人民解放军的一员，还是一支战斗队，现在还在进行战斗，就必须保持战斗的精神状态，保持人民军队的作风。吊儿郎当、松松垮垮是会吃败仗的！"说的各班又把内务整理一番。

回到连部，值班排长正在门口等着他。

宋斌问："军人大会开得怎么样？讨论中战士们对目前形势认识怎样？存在哪几种思想？"

值班排长说："开了军人大会之后，我参加孙银栓那个班的讨论，大家的发言基本上反映了三种思想：第一种是积极思想，孙银栓、王小川等多数人表示坚决战胜困难，完成任务；第二种是着急思想，李勇就说：'这都是那些穿蓝衣服的技工磨洋工造成的！要是咱们人民解放军，早就把桥修好了。什么排架要经过沉落、混凝土要经过高压试验呀，大好时机都滑过去了。这回啊，咱们战它十天十夜不睡觉，保险完得成！'"

宋斌说："这是错误的'速战速决论'。百年大计，质量第一呀。要快，首先还得保证质量。"

值班排长接着说："第三种是消极思想。熊生说：'上级没有周密的调查研究，这个季节正是台风和山洪多发期，为什么硬选这种天气来修桥？要完成任务，只好等待明年开春动工。'"

宋斌有点激动，涨红了脸："这是什么思想！战斗观念跑到哪里去了！咱们能等，敌人可不等呀！教导员今天在会上指示我们要注意防止政治上的损失，保持战士们的积极性，防止敌人造谣破坏。"

值班排长说："大家当场对这些不正确的认识进行了纠正，战士们情绪高涨。另外，现在不知哪里出的谣言，说是'大军要下山了，大桥不修了'，弄得黎胞惶惶不安，民工队跑了十几个人。咱们是不是派人到民工队开个会，把情绪安抚一下？"

"要得，要得。"宋斌说，"民兵是胜利之本，现在的民工跟当年的民兵差不多，是咱们部队的好助手。何况桥工所已经决定把民工队交给咱连代管。"

正说着，翻译员亚基领着许大爷进了门，宋斌忙迎上去，一边给许大爷让座，一边取下挂在墙上的军用水壶，用茶缸倒了水，双手递过去。

许大爷清瘦的脸上颧骨突出,古铜色的皮肤,身架倒还硬朗,神情举动都显示出他的朴实和粗犷。他曾参加过琼崖纵队,现在退伍不退休,当了一个黎寨的村长。他是连队的老客人,部队刚来时,他给了不少的支援。宋连长给许大爷敬了一支"人参"牌香烟以后,许大爷才说明来意。

原来,前一阵黎寨里有两个民工跑回家了,许大爷再三追问,才知道他们受了别人的煽动。民工队有个医生,对他们说:"红薯要收了,晚稻秧要插了,现在不回去种田,明年吃什么?修桥?修了对你们有什么用?以后呀,桥上有人守卡,人来客往都要收钱,没有一点油水他们会做这种好事吗?收的钱大军随便使用,他们不是常说'用之于民、取之于民'吗?前面跑回去的也算精明,晚上就得抱老婆睡觉了。其实回去又怕什么?来,是自愿的;去,也得由我们咯!现在社会就不兴强迫了。晚走不如早走,等不得的。桥要是不修了,我们饿死;桥要是继续修,我们要累死、磨死,不如留条性命回家好。"许大爷给他们讲了很多道理,两人第二天就返回民工队了。

这次台风过后,黎寨人路过什那桥工地,民工队的医生对他们说,排架冲垮了,桥修不成了,大军要走了。许大爷说:"黎人祖祖辈辈蹲在这与世隔绝的深山里,过着野人一样的生活。外来的奸商一根针换走我们一只大母鸡,一斤盐换走我们一张兽皮,我们受尽了盘剥,把幸福的希望都寄托在这座桥上。如今亲眼看到工地现场被台风刮毁了大半,又听说桥不修了,无异于晴天霹雳,引起一片恐慌。"这次他前来打听虚实,进了营房一看,谣言不攻自破,坐了一会儿就告辞了。

黎胞的支持、民工队的配合,对修桥工程也是至关重要的。民工队的医生,要查查他的来历。现在国民党的残余势力还在搞破坏,美、蒋不时空投特务和设备下来,海南岛是国防前线,更不能大意。宋斌心里盘算着,这些情况得马上向赵教导员报告一下。

孙银栓在睡意朦胧中,被一阵急促而清脆的电话铃声惊醒了。虽说这电话铃声不大,同志们在呼呼大睡中根本没听着,但他听来,却像吹了起床号一样。他侧过身子,隐隐约约听到连长宋斌压着铜锣嗓子在接电话:"嗯!是我!啊,教导员你还没睡?该不是老伤口又在凑热闹吧?我么?睡够啦,唔……坦白地说,我也睡不着。嗯?……昨晚我在支部会上研究了,大家认为领导分析正确，排架一定能找着……找排架的两位同志非常可靠……好！是！"

孙银栓从首长的话音里，体会到那么一股焦急的心情。怎能不急呢？全岛的军民在等着这条公路修通，全国人民的眼睛在盯着这条贯穿全岛的红线。他一骨碌掀开被子，坐了起来。"是不是睡过了？"他从竹编的壁缝往外瞄，只见树林是模糊的，仔细一听，只有炊事班传来一阵"隆隆"的磨豆浆声。"还早，误不了事！"他安慰着自己，一翻身，又在床上静静地躺着，连长布置任务的情景又浮现眼前。

昨天下午，他刚开完党小组会，就被通讯员叫到连部。宋斌让他在一个公文箱上坐下，又掏出一支"人参"烟给他，自己也点着一支。连长找班长下达任务，那是常事。不过，这次从连长的神情看来，他觉得不同往常，心中就有些紧张。

"叫你来，是为了这件事。"宋斌从顺着桌面摆着的一排书中抽出一张叠起来的军用地图，摊开在桌面上。这叫他更摸不着头脑了——从战场转入工地，就没见用过这玩意儿了。

"你看！"宋斌指着地图上一条弯弯曲曲的蓝线："这就是什那河，它从五指山腹地，绕着高山峡谷，流入大海。"孙银栓顺着连长的指点看去，在地图上，它细得像根麻线，而一旦山洪暴发，它是那么汹涌澎湃，势不可当。

"排架就是沿着这根细麻线流入大海的。"孙银栓自言自语地说。

"我们估计不会。"宋斌自信而又很有把握。孙银栓不由得抬起头，以询问的眼光望着他。

宋斌坐下来，不慌不忙地说："在桥工所，我们经过讨论，都认为排架还不一定流入了大海。第一，河道弯曲、狭窄，这么大的排架，很可能中途卡住了。第二，水退得快，加之河道礁石丛生，也有可能走不远就搁浅了。你说对不对？"

"对！"他从内心赞成这样的分析判断。但他想不通的是，桥工所为什么要对排架进行研究，而且连长还把他召来谈论这个问题。

"排架冲走以后，给我们的建桥工程造成了更大的困难，这是大家'哑巴吃饺子——心中有数'的。不过还有一个问题，你想到没有？"宋斌眯缝着双眼，问孙银栓。没等回答，他两眼一睁，加重语气说："那就是钢材。咱们在五指山区建桥不缺木材缺钢材。没有马钉，搭不起排架，修不成桥。你知道咱们的钢材是从哪里来的么？"

"鞍钢！"这考不倒他。

"不错，是鞍钢。"宋斌说："从东北到这里得一个多月，追加计划报批，起码得半年才到……"

"那怎么能按时通车？"孙银栓急了。

"是呀！这是我们眼下最大的困难。目前全国都在搞经济建设，到处都要用钢。现在我国的钢产量很少很少，每人每年才摊上五斤。因此，桥工所决定，派人去找排架，把上面的马钉取回来。"

"把这个任务交给我吧！"孙银栓来劲了。

宋斌说："找你来，就是谈这件事。"

孙银栓一切都明白了，他为领导的信任而兴奋："我保证完成任务！"

宋斌说："你先别高兴得太早。这一路上，困难是不少的，要沿着河道寻，逢山过山，逢水过水，山高林密，人烟稀少，吃不上饭，睡不上觉。你准备找谁做伴？"

孙银栓想了一下，提出王小川，与连长的意见不谋而合，宋斌当即表示赞成，同时指出这两天王小川好像有点情绪低落，孙银栓要在路上做做他的思想工作。

想到此，孙银栓翻身起了床，边穿衣服边走到王小川跟前，推了两下。王小川嘟哝了一声，翻了个身又睡着了。头天晚上跟风风雨雨搏斗了一夜，今晚应该好好补一觉，他想让小王多睡一会儿。正要离开，发觉炊事班的磨子不响了。"豆浆都磨完了，不早了，不能再睡了。"一种责任感在督促着他，他将被子一掀，王小川"呼"地坐起来，迷迷糊糊地问："有情况吗？"

"昨晚连长布置的任务，忘啦？"

"哦！哦！"王小川揉着眼皮问："睡过了吗？"

"快起来吧！我在伙房等你！"孙银栓说着，拿起毛巾、牙刷、脸盆走了。

他俩一前一后来到伙房，司务长向永贵笑着说："这么早？慌啥？你们的早饭，路上吃的干粮，都准备妥啦！"说着，端出一盆子烧饼，放在案板上。在汽灯下，一个个烧饼泛着油黄的光，小葱的香味直往鼻子里钻。向永贵是山东人，他的小葱油烧饼是拿手好戏。显然，为了让他俩按时出发，他又忙了半宿。王小川记得小时候每逢出远门，母亲总要忙个半夜为他准备干粮，生怕他饿了、渴了。望着这一盆烧饼，他又一次感受到革命大家庭的温暖，一时感动得不知说什么好。

两人洗过脸，向永贵就把他们的早餐摆到案板上。他俩喝着甜豆浆，嚼着刚出笼的馒头，吃得津津有味。

正吃着，连长宋斌走了进来，两人正要起立，宋斌一手按一个稳住："你们吃，不要起来。"说着，又拿瓢给他们碗里倒满豆浆："吃饱喝足，有劲赶路！"

孙银栓说："我们保证完成任务！"

王小川说："找不到排架，我们坚决不回头！"

"你们决心很好！"宋斌说："不管找到找不到，一定要在第四天回来，免得我们担心。找到或找不到的可能性都存在，实在找不到，我们重新想办法！"

两人吃完以后，宋斌从口袋里掏出一盒万金油、几小瓶十滴水、几包人丹，交给孙银栓："这是卫生员给你们的，带着吧，有备无患。希望你们路上保重身体！"

孙银栓正要走，向永贵从寝室里拿出五包"人参"烟、一盒火柴，连同一盆烧饼交给孙银栓。孙银栓说："我有烟，你留着抽吧。"向永贵嫌推推让让耽误时间，就端着烧饼、拿着香烟，给他送到班里去。

"这真比父母兄弟还好！"王小川又一次被战友情谊感动了，眼眶的热泪差点掉下来。孙银栓扯了他一把，他才把泪水憋了回去，双脚一靠，"叭"地一个立正，给连长敬了礼，两人转身回到寝室去收拾行装。

宋斌目送他们回班，心情无比激动。在战争年代，为了消灭凶恶的敌人，我们的战士冒着飞蝗般的子弹，扛着炸药包，炸断了多少桥梁，有多少战士还没来得及点燃导火线，就血洒桥头！而今，为了建设国家安宁之桥、人民幸福之桥，我们的战士甘愿继续吃苦，以苦为荣，视死如归，直至献出他们的生命！若干年以后，我们的后代从这桥上经过，会评头品足，说这桥建窄了、太土气了。可他们哪里知道，现在我们为了几颗马钉，要遭受多少磨难！

炊事班的忙碌声，把他从沉思中唤回。他朝东方遥望，只见天边已泛鱼肚白。

三、苦难记忆

铜盆大的太阳，爬上了东边山脊。在这五指山上看日出，别有一番情趣。先是一片朝霞烧红了天边一角，继而从山背里射出万道金光，随着光束增强，太阳公公才笑眯眯地从山背后爬起来。可能它爬山累得慌，到了山顶要歇口气，很久没动弹。"这太阳同我老家的就是两样！"孙银栓边走边告诉王小川，他老家在豫中平原，日出是"哧溜"一下就冒出来了，一转眼就日上三竿了。"给东家扛长活，东家总骂我们睡懒觉。"

晨雾慢慢散去，整个五指山区像经过一番沐浴打扮，显得更加妖艳、千姿百态而又朝气蓬勃。覆盖着崇山峻岭的原始森林，抹上了一层金黄的光辉。朵朵白云绕山尖，每座山峰都像一个身穿绿军装、脖子上围着白毛巾的战士，是那么英俊、威武又充满青春的活力。远处的山窝，被一层白云盖严了，只露出几个竹笋似的小山尖，又像平静的湖面上，耸立着几块奇形怪状的礁石。林中的小鸟，像文工团员清早练嗓子，扯着各种音调，高一声低一声、长一声短一声地在鸣唱。

孙银栓同王小川就在这美如神话的自然景色中疾行，每走一段，都像进入一幅新的山水画。他们跋山涉水，朝着什那河下游的方向行进。爬上一座山峰，找到一块平缓的地方坐下来，捉尽蛰伏在鞋面上、绑腿上的山蚂蟥，再扯出毛巾擦去脸上和手上的汗水、露珠，拿起水壶仰起脖子灌上两口。一阵山风吹来，茅草轻轻摆动，树叶沙沙作响，令人感到凉爽。

"今天是海南岛少有的好天气，可让咱俩碰上啦！"王小川兴奋地说道。

"是呀！趁着早上凉快，走吧！"孙银栓将铁把冲锋枪朝肩上一挎，拨开茅草和茂密的树叶，寻找着人们走过的脚印，继续大踏步地前进了。在五指山的原始森林里，长满了刺针的灌木或交织的藤萝，有些地方根本没有路，只能在荆棘中钻来钻去，迂回前进。

王小川紧紧跟在班长的后边，边走边哼着《修公路小调》：

> 人民战士真坚强，
> 筑路架桥保国防，
> 为人民立功，
> 咱们来干一场！
> 开山劈岭架桥梁，
> 雨淋日晒心欢畅，
> 为黎苗同胞造福，
> 把祖国建设富强！
> 嗨！嗨！嗨！

王小川很满意今天的任务，也很满意自己今天的这副装备：左边的挎包胀鼓鼓的，里面装着烧饼和包子，发出一股诱人的香味；右边斜背着一支"三八"马枪，走起来枪栓铁盖"叮当叮当"地响；腰上扎着一条皮带，上面挂着四个子弹盒，里面装满了子弹。皮带一勒紧，胸脯就越发挺得高高的。背后背着一顶斗笠，上面有四个大字：开路先锋。腿上扎扎实实地打着一副绑腿，脚上穿着解放鞋，茅草呀、树枝呀，一踏就折了。脖子上围着一条白毛巾，晨风一吹就飘呀飘的，更显得精神。

"嗨！这排架跑到天边也得把它找到呀！"他觉得浑身上下都是力气。

河水从西边山缝里挤出来，冲过礁石，越过沙滩，欢腾着、喧闹着，蜿蜒地向东流去。因为河两岸都是悬崖峭壁，孙银栓和王小川就在这面向河谷的山顶艰难跋涉，朝下游寻找被山洪冲跑的排架。

有一次，王小川不小心把一块石头踢进河谷去了，老半天才听到"叮咚"一声回音，又听到河里"叽哩呱啦"的乱叫声，两人弯腰俯视，发现是对岸的一群猴子正在河里喝水，因落石惊动了它们，就蜂拥朝回跑，小猴趴在母猴背上，只见一阵枝摇叶动，"哗啦"一声全部钻进了树林，如同一群飞鸟转眼飞得无影无踪。两人看到猴子狼狈逃窜的情形，不由得哈哈大笑。索性坐下来歇口气，顺便掏出烧饼，吃起中饭来。

这时候两人你看看我，我打量你，才发现彼此全身的衣服都汗湿透了，衣服和裤子上也撕开了几个口子，双手和两颊被荆棘、树枝刮出一道道血印子。汗水流进了伤口，又痒又疼，像猫抓一样难受。填饱肚子以后，孙银栓把衣扣解开，用毛巾擦干全身汗水。王小川把全部装备都卸下来，敞开衣服，抖出白衬衫："嗨呀！好重！"他双手一拧，哗——流出一摊水来。他将衬衣抖开，抹干头上、身上的汗水，再一拧，哗——脚下又流了一摊水。

孙银栓问他："怎么样？吃得消吧？"

王小川说："没问题，我是爬山长大的，你可累得够呛吧？"

孙银栓说："我没问题。别看我是平原上长大的，可在广西剿匪时，穷追猛打三个多月，一听说发现匪情，劲头就来啦。这排架到不了大海、飞不上天，咱们会找到它的！火车不是推的，牛皮不是吹的，这么着，咱俩打个赌，上刀山下油锅，谁要是叫一声苦，就叫谁孬种！"王小川当真跟班长击掌为定。

经过一番休整，两人身上清爽了许多，略喘了口气，又吃饱了肚子，说声"走！"又迈开大步，朝前攀爬。

王小川出生在广西柳州一个小山村贫雇农人家的茅草屋里，在兵荒马乱的年代里度过了苦难的童年。他家祖祖辈辈以租佃地主的坡地薄田为生，打下粮食后，还得低下头，把粮食一担一担地送到地主家去，等交了租、还了账，就所剩不多了，靠喝稀粥、吃野菜度日。冬天农闲时，大人还得出去找活路，为一家人挣点饭吃。来年开春，又要急着找种子和肥料，无奈求到地主，地主趁机又是加租，又是放高利贷。国民党反动政府更是不顾农民的死活，征兵、征工、征粮、派款，弄得民不聊生。

每天清早，母亲熬上一锅稀饭，没吃完的就用竹筒灌上，让父亲挑着，上山下田去干活。打他懂事那天起，就没有见过父亲一个笑脸。从正月初一到腊月三十，每天天没亮父亲就外出做活儿了，一直到星星闪着眼睛，累得精疲力尽才默默地回家。即便这样，一家人还是吃不饱、穿不暖。母亲生养了六个孩子，勉强操持着一大家人的果腹遮体，整天辛苦劳累。

母亲娘家和先前的婆家都在桂林，前夫是小商贩，为躲避国民党抓壮丁，带着老婆孩子逃到柳州。1944年日本人攻打柳州，在逃难中，前夫有次偷偷返回家搬东西，不幸被日本鬼子抓住，当街惨遭杀害。母亲一个人撑不住家，没办法才拖着年幼的孩子改嫁，与头顶无片瓦，缸里没余粮，穷得娶不上媳妇的父亲组成了家庭，第二年就生下了王小川，后面又接连生下了四个儿女。

母亲常常怀念着"山水甲天下"的家乡。桂林山水是迷人的，秀丽的石山四季常青，清澈见底的小河蜿蜒流过山脚。她从小看到有钱人携儿带女游山玩水，穷人却终日为填饱肚子而奔波，所以母亲总是悲叹："上街看见人千万，人人快活我艰难！"

母亲带过来的儿子、王小川的大哥脾气倔强，受不了继父的苛责和村里人的歧视，稍大一点就回到柳州流浪，以卖报、在街头给路人擦皮鞋为生。王小川自幼在家劳动，帮着母亲照顾弟弟妹妹们，带着他们挖野菜、捡柴火、摸鱼捞虾，再大些开始帮着家里放牛。

他没有上过学，童年最大的乐趣，是晚上拎着个草墩子，挤到人堆里，听老人讲古。他特别爱听太平天国的故事，洪秀全领着穷苦人起义，由广西一路挥师北上，把清朝军队打得狼狈逃窜，把曾国藩打得几近投水寻死。洪秀全不被外国侵略者的洋枪大炮吓倒，屡次击溃洋人，大长中国人的志气。他带领上百万农民，打倒地主恶霸，颁布了《天朝田亩制度》，农民心甘情愿跟着他，一直战斗到死。太平天国虽然最终失败了，但流传下来的故事，让王小川幼小的心灵对为穷苦人出头、轰轰烈烈干一番大事的洪秀全非常敬佩。

王小川十岁那年，遇到罕见的大旱灾，从苞谷种下地就没落过雨，村前的小河干涸了，辛辛苦苦种下的庄稼都枯萎了，颗粒无收。有一天，父亲愁容满面地拉走了家里用来耕地的唯一一头大水牛，大半天工夫，挑回两担谷子。从此，大水牛再也没回来。后来听母亲说，家里没有吃的了，父亲只好用牛换了谷子。又过了些天，父亲忍痛把大妹妹阿竹卖给一户中农当了童养媳，拿回一些粮食度饥荒，也想给她留一条活路。

有一天晚上，父亲把他叫到跟前说："你这么大的仔了，不能一天到晚想着玩，吃闲饭。今年的田种不下去，明年就要把锅吊起来当锣打了，饿到眼睛都翻起来。你是想死还是想活？想死就去玩，想活就跟我去采药材、砍山柴。"

从此，他就成了家里的一名劳动力，从早到晚跟着父亲在悬崖峭壁上攀爬，从这个山峰爬到另一个山峰，寻找着天冬呀、桔梗呀、柴胡呀各种草药，回来时再砍一担山柴挑回来。晚上就焙呀、烤呀，一直忙到眼睛都睁不开了才睡觉。

积攒一阵，父亲就带上干粮，挑上草药，长途跋涉到省城去卖。虽然省城比柳州城路途远多了，但收药的价钱要高些。每次回来，父亲总是唉声叹气："唉！又跌价了。""唉！又加税了。"那年头，药像金子贵，穷人病了吃不起药，可穷人用性命换来的一点药材，挑到药行去卖，其价钱比山柴高不了多少。

有一次，父亲挑着一担药材去，却又原封不动挑了一担药材回。一进门，他就叫母亲做饭。做好饭，他边吃边说："不行了，穷人买不起药，药行没生意，关门不做了。白白爬了几天大山，还在路上饿了两天。"

后来，父亲就到地主家当长工，他跟着去当放牛仔，那更不是人过的日子。每天清早，父亲扛着锄头下地，他牵着牛上山。吃别人的饭，受别人的管，给地主扛长活，出卖劳动力，彻底失去了自由，真不好受啊。王小川记得一支山歌唱得好：

> 放牛娃子真是苦，
> 吃糠喝粥住牛屋！
> 老板拳打脚又踢，
> 稀饭里头拌泪珠！

他唱这支山歌，被父亲狠骂了一顿，怕东家听到，砸了饭碗。小孩子不懂得分辨，干脆从此不许他再唱山歌了。村头有棵大榕树，可大了，树下还有个小小的土地庙。有一次，王小川肚子饿了，想上大榕树掏鸟蛋吃，被父亲看见，叫下来暴打了一顿。因为村里的大树都是地主家的，穷人折条树枝都要受罚。地主说那棵大榕树是神树，让他知道了，非打断腿不可。

十二岁那年，地主家也干不成了，家里又实在养不活，父亲就叫他到柳州城里找哥哥，自谋生路："你这么大的仔，到城里去给有钱人擦皮鞋，即便讨饭，也好过挨饿等死。"

走的头一天晚上，母亲流着泪给他缝补破衣烂衫、准备路上的干粮。父亲眉头紧锁，"吧嗒吧嗒"地一直抽着土烟，末了把他叫过来嘱咐："到了城里，不能偷、不能抢，宁愿饿肚子，也不能干让人戳脊梁骨的事。别贪玩、别惹祸，衙门帮富不帮穷。雨天冷天找地方躲躲，人家轰你赶你，你就跑开，莫逞强。人放机灵点，城里有钱人多、活路多，你混自己的一口饭吃，死不了就莫回来。记得了啵？"

他想到要见到大哥，有点激动，但对离家又有点难过，听了父亲的叮嘱更添了一些害怕，哆哆嗦嗦、似懂非懂地点着头，重复一句"死不了就莫回来"，便抽泣起来。

十二岁的王小川就这样到了城里流浪谋生，在社会的最底层挣扎，备尝生活的艰辛。他先是当了一年多的报童，每天在街上奔跑叫卖，后来在街头给路人擦皮鞋，风里来雨里去，露宿街头，吃尽了苦头，干了一年多，还是饥一餐饱一顿。后来改行，到一家招牌上写着"利恒"的补胶轮的铺子里当了一年的学徒。名义是学徒，实际和佣人差不多，整天挑水做饭，扫地洗衣，什么手艺也没学到，稍不留意，就遭打骂。因受不了老板的气，他辞工出来，又跟哥哥一起当擦鞋童。

1949年国民党残余势力在逃到台湾之前作垂死挣扎，到处抓丁拉夫，见男人就抓去当兵，连十多岁的孩子也不放过。当时王小川哥俩没有家，与一群流浪孩子睡在马路边、市场的肉桌和公园的凉亭，反动警察就到处找他们。他们一见手电光就跑，有时一夜要跑几次。后来没办法，哥哥就往桂林跑。当时社会混乱，擦皮鞋不能维持生计，为逃避当壮丁，也是生活所迫，王小川同四个擦皮鞋的伙伴到"新兵招募处"报了名，混了五个月，解放军打过来，伪军队伍溃散，后来他就回家务农了。

解放军在这里一连剿了几个月的土匪，等到平定了匪患，地方上逐渐安定了，就逐步进行了一系列的社会改革运动。解放军来到村里，把长期受压迫、被歧视的穷苦农民从黑暗的深渊中解放出来，村里乡亲们欢喜的呀，放炮的放炮，倒茶的倒茶。解放军说话很和气，给农民唱"解放区的天，是明朗的天"。有一次解放军的电影队来了，战士们热情地把村民们也请来一起看电影。王小川对解放军既敬佩又羡慕，主动跟着乡亲们帮解放军修马路、抬道木、送预借军米，跑前跑后，心情就像解放区的天，别提多好了。

村里组织了农会，王小川的父亲王有田被推举为农会主席。他把农民团结起来要求地主减租退押，地主看到农民有了靠山和力量，也不敢反抗。地主退回了好多谷子，农民有了吃的，解决了春耕的困难，就拼命开荒生产。秋收后，王有田又领导农会，按政策向地主进行减租斗争，也按政策给地主交了租子。农民各家都有了谷子，大家都选出好的交纳公粮，打起锣鼓，扭着唱着，欢欢喜喜地去送公粮。各村送公粮的队伍汇到一起，人山人海，数不完的扁担箩筐，公粮很快就交齐了。

后来，农会向政府要求实行土地改革，政府了解到村里的情形和群众的觉悟程度，就接受了农会的要求，派来了几个干部讲解政策，帮助进行土地改革。农会认真组织划分了成分，贫雇农团结中农，坚决向地主阶级进行斗争，没收了地主的土地、农具、房屋和多余的粮食，并给他们应得的一份。没收完了，王有田说："分配胜利果实是我们自己内部的事，我们要和和气气地分。"大家都赞成，这件大喜事就顺利完成了。王小川除了下地种田，还帮着农会丈量、划分土地，分房子、分农具、分粮食，日夜忙个不停。他家不仅有了田地和农具，还分到了地主家的几间砖瓦房，彻底翻身做了主人。父母带着节礼，上门去跟大妹妹阿竹的"婆家"商议，解除了童养媳关系，阿竹结束了寄人篱下的生活，终于回家与家人团聚了。

过去父亲成天灰头土脸，愁眉不展，对儿女从来都是板起脸，没有好声气，动不动就呵斥教训。王小川很怕父亲，总有意躲着他、绕着他，有时冷不丁迎面碰见，竟会吓得浑身一哆嗦。解放后，王小川才见到了父亲的笑容。父亲笑起来，目光柔和了，黑红的脸膛有了亮光，一条条纵横交错的皱纹都在往外飞着舒心与和善，见了村里人会笑着主动打招呼："早饭吃了啵？""晚饭吃了啵？"有时还会停下来，唠唠家里、地里的事。父亲一笑，王小川和弟弟妹妹们像春日里得到阳光照耀、雨露滋润的小草一样，顿时高兴和活跃起来。旧社会，穷人不但受到经济上的剥削，还受到政治上的压迫，连笑的权利都被剥夺了！在新中国，咱们穷人才能挺直腰杆、舒展眉头，活得像个人！

部队在剿匪中需要吸收一批广西兵当翻译，王小川认准解放军就是毛主席、共产党派来救苦救难的活菩萨，强烈要求参军。征兵的解放军军官见他中等个头，清瘦干练，两眼透着一股子不惜力、不服输的劲头，虽然他没文化，但苦大仇深，且各方面条件都符合，于是批准了他和同村的韦小福、周亚光几个青年入伍，成为了解放军战士。

来到部队，王小川像鱼儿入了水、老虎归了山，获得了新生，第一次觉得每一天都过得有意义、在进步，每一天都是那么充实，充满了希望。战友们无论在任何情况下，都是高高兴兴的。他们不是神经麻木，也是有血有肉，有七情六欲的，也知道艰苦、劳累、饥饿，也会有痛苦、烦闷、迷茫。但是，他们不会随便把这些感触告诉别人，也不想以漂亮的语言来谈论自己，用他们的说法是"好种孬种，劳动中瞧"。就算偶尔有点消沉的想法，也不想传染给别人。战士们不会隐瞒自己的观点，只要是开个会呀、个别聊一聊呀，就把心都掏出来。大家不是天生下来就是这样的，而是部队这个大熔炉把他们淬炼成为坚强的战士。王小川熟悉周围的战友，大家互相关心帮助，打气鼓劲，在这个集体里，他感到从未有过的温暖和快乐。

他参加了扫盲班，如饥似渴地学文化。他抢着干各种工作，总觉得自己有使不完的劲，人民战士没有战胜不了的困难。别看他军龄不长，却已经在荆江分洪、千里进军海南、学文化运动和海榆中线第一期工程中四次立功受奖。"一个人如同一颗露珠，离开了组织、离开了集体，瞬间就蒸发干了；而如果汇入大海，就会变为不可估量的力量。"这是他在荆江分洪工地上体会到的，又在奔赴海南岛的千里行军中得到了证实。

那是一天下午，部队进入了粤桂边界的山区，正是红日当头，晒得人焦热难当。转眼又是倾盆大雨，背包重如千斤，两根背包带子勒得双肩又辣又痛。雨水冲起的沙粒掉进鞋里，经过摩擦，脚上早已打起一个个血泡。水淋淋的裤子裹在腿间，把前裆的皮肉都磨破了。每前进一步都感到那么痛苦，付出巨大的代价。但是，当他抬头看一看两个师的队伍在盘山道上，前面看不到头，后面望不到尾，像一股铁流直指海南岛，滚滚向前，顿时精神为之一振！"背负着人民的希望，我们是一支不可战胜的力量！"他又放开嗓子，高歌猛进。

眼下，虽然只有孙银栓同他两人外出执行任务，但他觉得从海口到榆林港公路沿线的战友们都在身边，全岛几百万汉、黎、苗族同胞都在以热切的眼光看着他们。

四、民工队员

宋斌带领连队来到河边，在队前将今天的任务作了安排：把冲垮的排架拆开，将木料扛到料场里堆好，马钉撬下来以后，各班派专人收集起来，交到仓库——一颗都不能丢掉！队伍"轰"的一声解散以后，战士们就你追我赶地干了起来。

宋斌一看民工队没上工，想起赵教导员交给他代管民工队的任务，记起黎族许大爷反映的情况，心里有些不踏实，就把队伍交给值班排长，大步朝民工队的工棚走去。

从连队的营房走一里多，有一块平坦的开阔地，栽着前后对正、左右看齐的槟榔树，槟榔树已经长得高大挺拔，果实累累。当初，宋斌曾想把营房建在此地，许大爷认为不行，说这里是台风眼，种庄稼无收，才改栽槟榔的，况且这里地势低洼，湿气大，不便住人。当时宋斌以为老百姓怕部队搞坏了他们的经济林，从军民关系出发，就把部队领到河边的山坡上，依照地势建了梯级形营房。前天台风一来，他暗自庆幸得到了许大爷的指点。

民工队的三栋工棚，呈"品"字形，都是利用槟榔树做立柱。当时是省工了，可台风一刮，地动山摇，槟榔树像一丛小草，一时往这边弯下腰，一时从那边低下头，整个工棚都散了架，一百二十多名男女民工像碰上了地震似的，有的被压，有的从工棚里跑出来不知到何处躲藏。正在这时，宋斌带着战士们跌跌撞撞地赶来，好不容易把他们领到连队饭堂里过了一夜。第二天，雨停风息，民工们看见战士都站在露天吃饭，有所不便，就搬了回来。

这些民工是番响一带和附近的黎族同胞，他们的特点是女的多、男的少；青年多、壮年少。解放前夕，男青年大都跟着冯白驹去了琼崖纵队，除了被国民党反动势力杀害的以外，幸存者已编入人民解放军。黎胞听说大军进山修公路，就像当年迎接大军过海上岛一样，一个个报名支前来了。民工队的队长刘亚兰，是个二十来岁的未婚姑娘，毕业于自治区办的琼崖公学，由于她的老师是汉人、教汉话，因此，她是全队唯一会讲几句汉话的人。当时乡政府正是考虑到她识几个字，讲得通汉话，便于同大军联系，又是女民工中年纪大的，在村里当过妇女主任，就指定她当了队长。他们原是在加岔一带备铺路面的砂石，第二期工程动工以后，才从加岔转移到什那桥工地，主要是为大桥采石、锤碎石，配合大军做一些辅助工作。

这个民工队真正引起宋斌注意的，是一天傍晚发生的事。当时，他同赵教导员坐在浇筑好的桥墩上商量第二天的工作，战士们正在河里洗澡。自从到海南岛以后，战士们晴天一身汗、雨天一身泥，连在家乡时一年到头难得洗几个澡的北方战士，也养成了天天洗澡的习惯。五指山五条河和大大小小的支流，条条河水柔和清澈，再加上气候适宜，北方千里雪飘、银装素裹的腊月，这里还可以在河里击水。只在河里一泡，就冲去了汗臭、热气和疲劳。正在大家美滋滋地洗澡时，突然引起一片惊慌——刘亚兰引着几十个黎族姑娘来到了河边，她们大大方方走到大军洗澡下游十几米的地方，一个个脱下了衣服，全身赤条条的，两个巴掌按住小肚子下方，踏着水花到了河中，一头扎进清澈见底的水里，旁若无人地沐浴起来。

对她们的到来，起先战士们目瞪口呆，继而有人把脸转向一旁，几个脸皮薄的，穿着水淋淋的短裤头，捡起脱在礁石上的衣服，抱头鼠窜。孙银栓、王小川他们愣了一下，但既来之，则安之，又继续说说笑笑洗澡搓衣服。

只有熊生可来劲了，他瞪了一眼逃窜的人："封建脑瓜！"又继续游泳，两只脚把水击得"嘭嘭"响，水花一飘老高，他朝下游了几米远，又像被什么挡住了似的，转身游回来。大家笑他出洋相，他说："有本事来赛一赛，看谁游得快！"别人知道他想往姑娘堆里钻，没理他的茬，他就把水往别人脸上泼，对方奋起还击，一时水花飞舞，一旁有制止的、有批评的、有鼓劲的，乱成一团。

这个情景，宋斌看在眼里，苦笑着摇摇头，对赵广才说："这样搞，这些个兵真不好带了。"

"这有什么？习惯成自然。"赵广才说："我开始也担心出问题，是不想要姑娘们来的。"在反动政权统治下，黎族人民在这五指山区过着原始生活。过去男人只包月经带那么宽的一条遮羞布遮住下身，女人上穿短衣、下穿像毛巾那么宽的超短裙，脸上和臂上都刺着花纹。语言不通，风俗不同，怎么同人民解放军搅到一块儿？上级说："你是想做一条离水之鱼吗？别瞧不起人，当年由黎族妇女组成的红色娘子军，曾是琼崖纵队一支战斗力很强的队伍，让反动派闻风丧胆！"赵广才没办法，只好让他们来，住的离部队远点。来了一碰面，哈哈，脸上臂上没花纹，而且一个个都穿上了裤子。

赵广才说："生产方式、经济地位的变化，必然带来生活习惯的变化。这几年海南岛交通变得发达，物质交流增多，正在把黎族兄弟姐妹从原始的生产生活方式中解放出来。我敢打赌，等公路通车以后，过若干年你来看吧，谁是汉人、谁是黎胞，你会分不清。这种一丝不挂地在河里洗澡，是因为他们的祖祖辈辈是这样洗过来的，他们从小是这么洗大的。这种风俗的改变，一靠物质条件，二靠宣传教育。我们只能让部队尊重当地的风俗习惯，还要遵守'三大纪律八项注意'和民族政策。"

就在这次谈话中，赵广才将民工队交给宋斌代管。

宋斌来到开阔地里的槟榔林，看见工棚已经恢复了。他找到刘亚兰，见她两眼有点红，就问："哭鼻子啦？"她点了点头，说："有十几个人逃跑了！"宋斌说："别说得那么严重，可能他们回家办点事，过两天就会回来的。"刘亚兰把他拉到新开的路基边的一堆碎石上坐下，将民工队在台风过后发生的情况，一五一十地给宋斌作了汇报。

这民工队配了个医生，叫陈熙祯，三十岁上下，脸上有些浮肿，一双三角眼里嵌着两颗黄色的瞳仁。此人喜欢穿一套洗得发白的香云纱，胡子总刮得光光的，小指指甲留得很长，没事就用它掏牙缝、抠耳屎。他是海口的汉人，中学毕业以后找不到出路，参加了反动头目陈济棠办的特务训练班。在渡海大军雷霆万钧的打击下，海南解放了，陈熙祯同整个特务训练班被一网打尽，随即押送到屯昌，进了另一个训练班——劳动改造班。通过教育，年轻的知识分子觉醒了，激起了革命热情，人民政府给这些人安排了工作。陈熙祯自称粗识医术，就被派到民工队当医生。他一来，摆出个大医师的架子，围着工棚直摇头，最后看中了几十米外的一间工具房，在那里设立了医务室。刘亚兰觉得医务室同工棚分开也好，就把工具搬了出来，一边搭个铺，一边安块案板放药瓶。陈熙祯在门上挂个"闲人免进"的牌子，就算开张了。

他的"全部身家"，就在一个藤编的小箱子里，无非是些药棉、纱布、红汞、碘酒、万金油、十滴水、药膏、剪、镊、小刀之类的小玩意儿。上午，他背着藤箱，迈着八字步，哼着琼剧，走到工地；下午收工回来，又将这些膏丹丸散、钳镊刀剪往案板上一摆。平时医务室冷冷清清，因为他只能对付划破了指头、刮破了脚和感冒咳嗽之类的小打小闹，大病就束手无策了。每逢这种情况，刘亚兰只好把大军的医生请来。但他又死要面子，说"样样药都是治病的，只怪你的病不对我的药，不是我的药治不好你的病"。有人笑他："你也是个医生，怎么不会像大军的医生那样打针、量体温呀？"他说："我过去学的是中医，那是西医。为了修公路，我只好滥竽充数了。"别人更奇怪了，问他怎么"烂鱼葱醋"也出来了？他不耐烦了："去去去！黎蛮子，没见我门口的牌子：闲——人——免——进！"就把别人轰了出去。

最近，这个医务室一反常态，逐渐热闹起来了。每天晚上，许多民工都涌到这里来，说、笑、喊、叫的声音，震动着寂静的槟榔林。

昨天晚上，一个女伴告诉刘亚兰，有些人打算回去"放寮馆"。刘亚兰吃吃一笑："这陈规陋习早就禁止了！"

"听说现在尊重我们民族风俗，又开放了。"

"在哪里听说的？"

"在医务室，陈医生听送粮的乡亲说的。"

刘亚兰禁不住笑："现在哪个还怕找不到个男人？"没有把这当一回事。

原来，黎族的婚姻自古以来是自主的，女子到了十八岁就离开父母，住到村外一间称作"寮馆"的草房里，附近的男子就蜂拥而来，饮酒唱歌，直到这位姑娘有了适合的男人，两人自愿结成配偶，"放寮馆"才算完毕。解放后，政府已明确禁止"放寮馆"，实际已有几年没搞了。听说又要"放寮馆"，有十来个年纪到了十八岁的姑娘，就真的不辞而别了；而有些男青年民工，想趁机到"寮馆"鬼混，也开了小差。

她说着，脸绯红，不知是因这丑陋风俗感到羞愧、替那些"逃跑者"觉得难为情，还是认为不该在这年轻而英俊的男子面前谈论这个。不过，不谈又怎么解开这个难题呢？

平时刘亚兰慢说短句，宋斌还听得懂，现在她一着急，说话像扫机枪，一放就是一梭子，加上那带有浓重黎话的口音，他听起来就费劲了。"放寮馆"他听成了"放尿管"，没事跑回去放尿管干啥？他看到刘亚兰的窘态，当然也不便深追细问。一个十八岁的女子住在村外一间孤零零的草房子里，这不是亮明招亲么？不对吧！邻近许多青年男子都纷纷登门，这恐怕是抢亲？既然抢亲，为什么又喝酒唱歌？真令人百思不解。反正这是黎族婚姻的古老方法，真是一个师傅一个法。宋斌只知道先前处理终身大事，讲究的是"父母之命、媒妁之言"，现在提倡自由恋爱。部队里解决个人问题，是家里或者领导介绍，经过组织批准。而这"放寮馆"既没听领导传达过，也没见过，当然也就想象不出怎么一回事。

他沉思了一下，又问："还听到了些什么？"

"没听到什么了。"

"有人反映你们民工队里的陈医生造谣说桥不做啦？"

刘亚兰说："我没听到。我最近没进过医务室。"

宋斌说："你要做好思想工作，巩固好队伍。今天跑几个、明天跑几个，你就成了'空军司令'了。"

刘亚兰说："叫我做事还可以，我就是做不好思想工作，这比劳动难多了。"

"慢慢学吧!"宋斌说:"谁也不是天生的圣人。走,我们到工棚看看!"

他们先来到女工棚,看到室内收拾得倒还干净利索,姑娘们都盘坐在各自的铺位上,有的织花裙,有的缝补衣裳,说说笑笑的,不时还低声哼着黎歌。

宋斌说:"你的妇女工作做得不错。"

刘亚兰笑着说:"我们这里乱糟糟的,比大军的营房差远了。"

他们又到另一栋工棚。这里是男宿舍,却是另一番景象:墙壁上挂着又脏又潮的衣服,发出一阵阵难闻的霉气;被单拖到地上,沾满污泥的鞋子却摆在床上。宋斌提起热水瓶,是空的。

整个工棚只有一个人躺在床上,从头到脚都裹着毛毯。宋斌轻轻揭开毯子一看,吓了一跳:这人黄瘦的脸上,颧骨突出,眼窝下凹,头发长得老长。他把毯子重新披好,转身问刘亚兰:"他怎么啦?"

"他叫陈满,时冷时烧,都一个多月了。"

宋斌知道这是害疟疾,就在本子上撕下一页,写上几个字,让刘亚兰马上派人把条子送到连队的卫生员。刘亚兰派人送信去了,转身回来,宋斌以责备的口吻说:"像这样的重病号,应该送他回家把病诊好再来。工地条件差,施工又忙……"

话没说完,陈满"呼"的一下坐了起来。其实他并没睡着,由于生病没什么精神,他不便同连长打招呼,就继续闭目养神。他能听得懂一点汉话,现在听说送他回家,急得猛坐起来,但一时又不知说什么好,就从枕头底下掏出一封信,递给连长,倒头又睡。

宋斌掏出信来看,原来是他父亲的来信。刘亚兰给宋斌解释说:"他很吃得苦,做事又肯出力。我劝他回家诊病,他不肯。"宋斌点了点头,拍了拍陈满,对他说:"卫生员马上就来了,你安心休养,我们一定设法把你的病治好,让你在公路建设中立功!"

"好!"陈满眼睛里闪着光:"只要让我吃得下两口饭,我就去上工。"

"你这封信能借给我用一下么?"宋斌将信折叠好以后问道。

"可以，可以！"陈满一口答应。

宋斌和刘亚兰来到医务室，见男民工都挤在这里，床上、案板上、地上、门口都坐满了人，像正在举行隆重会议。宋斌一出现，"嗡嗡"的议论声戛然而止。

宋斌挤进去，打趣地说："嘿！讨论什么？继续发言吧！"

陈熙祯连忙把坐着的独凳移过来给连长，用半生不熟的普通话说："我们没开工，在一块儿闲话。"

宋斌说："他们没开工，你这当医生的倒挺忙，连陈满病得这么重，你都没空去看看！"

陈熙祯说："你不知他们落后，他不肯吃药，说疟疾是'作鬼'，鬼上了身，人是治不好的！"

宋斌严肃地说："你作为医生，应该用科学破除迷信，不能以'落后'为由而不讲人道主义！"

民工们虽然不懂汉话，但从宋斌那严肃的面孔，觉得不妙，纷纷起身想走。宋斌说："大家都别动！这里有一封家信，让亚兰给大家念念，大家也受受教育！"

刘亚兰接过陈满的家信，结结巴巴地念出来：

阿满：

　　首先告诉你一个好消息，最近我们村边的桥，已建成通车了。我们全村的男女老少都喜气洋洋上桥去走走，有的姑娘还跟着过桥的汽车跳起舞来。我看到这欢庆的场面，高兴得老泪横流。你该记得吧，你娘就是在一次山洪暴发中，淹死在这条河里的！如今，毛主席、共产党派大军同志来开路修桥，这是为我们黎民造福，要世世代代不忘毛主席、共产党还有大军的恩情。

　　公路一通车，我们买东西便宜多了，而卖东西反而值钱了。以前一捆白藤，只能换回两块遮羞布。我前天把一捆白藤交合作社，换回的钱买了一件衣服的布料、一件白纱衫、一只铁锅，钱还没用完。再往前几天，我卖了一担白菜，买回两个洋瓷盆和一床花被面。这都是公路通车带来的好处。

村里组织了互助组，村里人都说你为大家去修路修桥，都对我们家帮助。田里、地里都种得很好，收成比以前强多了，今年的谷子长得比哪一年都好。家里有了锄头和步犁，用这些农具犁田、锄草很好，改变了刀耕火种的方法。听说你们现在修的桥，比我们村边的桥大得多。我们在家生活好了，你安心干，把公路修好，帮助那里的人民过上美好生活，争口气，桥不修成莫回来看我。

今天有几个大军同志来买荔枝，我说不用买，你们吃。他们说毛主席订有规定，不收钱就不吃。想当年匪兵进村，捉鸡牵牛，奸淫烧杀，看现在军民一家，买卖公平。我只好把钱收下了，他们一边吃着荔枝，一边向我嘘寒问暖。当他们听说你在修桥，就热情地帮我写信。

以上就是我要向你说的话，望你好好向大军学习。

父 陈友山

民工们听了，都表现出激动、羞愧和难以用语言表达的复杂感情。坐在屋角的医生，双眼望着窗外，夹着烟卷的手在微微颤动。散会以后，民工们的情绪有了明显的提高，都纷纷回去拾掇床铺，打扫寝室。

宋斌看时间不早了，急于赶回工地去。刘亚兰追出来兴奋地说："这就是思想工作？！我们这里还有好多好多家信，我都要来给大家念念！"

宋斌说："念了听了，都要组织讨论，各人谈谈认识，团员注意引导教育群众。你要主动留意一下医生的言行，但是暂时不要打草惊蛇。另外，还要发动女同志给男同志互助一下，帮男同志洗洗衣服，收拾收拾他们的寝室。你们如果没有菜吃了，就到我们连队去要点来，海带、粉条、黄豆都有，把大家的生活安排好、照顾好，身体是建设的本钱啊。"

"好啊！"刘亚兰激动得双眸闪着泪花。

连队卫生员拎着两瓶开水、带着热气腾腾的包子给陈满送过来，瞧过了病，正背着出诊箱、挽着听诊器的胶管从工棚走出来。宋斌边问他诊断和治疗的情况，边一同往回走。

卫生员挠了挠头说："跟黎胞语言不通，真难办呢。有一天，几个广西兵跟亚基在卫生室碰上，他们连说带比划，叽里呱啦的，聊得可火热了，我一句不懂。"

宋斌眼睛一亮："连里的周亚光、王小川、韦小福几个战士是广西壮族，会讲壮话，没准这壮话和黎语有些相通？不管怎么说，在旧社会少数民族受到的压迫和剥削更加深重，加上彼此风土习俗更加接近，都能歌善舞，壮族和黎胞一定有更多共同语言吧。以后让他们多往民工队跑跑，多做民族团结的工作。"

宋斌想到韦小福爱学习，还爱提意见。一次讨论时，他批评李勇："头两天你讲'反革命分子见我们建设得越快，他就越加紧破坏'，今天你认为'反革命分子知道社会主义的美好时，可以转变'，又推翻了前面的看法，这说明你的思想认识还是模糊的。"李勇当场就一蹦三尺高，好不容易才被大家劝住。

还有一次，他批评连里的讨论题出得不够好："有些讨论题文字不通。这道和那道大同小异，不能引导大家更深入地讨论。还有这道，本意是从正面来进行教育的，应该说我们读了这篇文章，受到哪些教育，而讨论题却说，你得到了哪些教训，这样就把意思搞反了。"弄得梁新哭笑不得。

想到这里，宋斌禁不住笑起来。韦小福这家伙爱钻研、爱抠字眼，是个好苗子。但要提醒他们，跟民工队打交道，可要注意搞好军民关系、民族关系，这对战士们来说，也是很好的锻炼。

五、寻找排架

太阳当顶，电火般的阳光灼灼逼人，树叶被晒得卷起来，茅草也耷拉着头。孙银栓和王小川再也找不到人的脚印了，只得自己开辟道路。两个人从山巅下河谷，从河谷上山巅，有时上不能上、下不能下，就从悬崖上爬过去，顺着河道的方向朝前走。

到了地势稍缓处，孙银栓话匣子又打开了。面对这山连山、山叠山，山中有山、山外有山，山山不断、群山翻腾的景象，他的话题自然从山起头："俺家乡可没见过大山，连小土包都少。放眼望去，一马平川，横瞧直瞧都是无边无沿的大平原。到了麦收时节，你看吧，好家伙，金黄的麦子望不到边！风一吹，麦浪起伏，人往地里一站，听得见响，闻得到香。唉！可惜那年头这些都是地主的，麦收罢了，租子一交，债一还，咱们就得饿肚子，一年十二个月有十个月都得吃糠咽菜，难熬呀！"

一提起家乡来，他总是充满感情，谈到给地主扛长工、被国民党拉壮丁，他又对旧社会愤愤不平："我是个独子，被抓了当兵，地主三四个孩儿，却毛都不敢动一根，找谁讲理？衙门八字开，有理无钱莫进来！咱想反正活不下去了，就邀好几个人，晚上把墙扒开，跑他妈的蛋！咱一出来就投奔到新四军来啦。"

这些话，他不止一次地告诉班里的战友们。每到环境困难的时候，他都说出来，提醒自己，也提醒大家。也怪，每次说了之后，都会激起同志们的阶级仇恨，大家回忆过去、对比现在、展望将来，就忘记了艰苦，忘记了疲劳。

王小川也敞开了自己的心扉："班长，这次强台风接着山洪暴发，把战友们历尽千辛万苦架起来的排架冲跑了，这是我参军以来遇到的最大挫折，又难过又烦闷，心里别提多丧气了。后来看到部队和战友们决心那么大，桥还要按照原来的计划建起来，我整个人就像拧满了的发条，劲头又足了。"

孙银栓很欣赏他的坦诚，接着说："你的心情可以理解，你能及时调整过来，这很好。'哀兵必败'，建桥跟打仗一样，不能有一丝一毫的动摇，不能给敌人、台风、山洪有任何喘息和反扑的机会。再说，在建桥工程遭到打击的节骨眼上，你的情绪波动，不仅会影响自己的战斗力，还会影响周围的战友，你想过么？"

王小川咬着嘴唇，难过地低下了头。经过这几年的部队生活，他有一个深刻的体会：一个人的力量是渺小的，集体的力量是强大的。那天一回到营房，跟连长、班长和战友们在一起，他就充满了信心，浑身是劲，觉得天塌下来也可以扛起来！

走了一阵，他抬起头说："班长批评得对！这次连里长派我跟着班长出来找排架，把这么重要的任务交给我，这是领导对我的信任和考验，我以后再不犯'自由主义'的错误了，一时一刻也不离开集体！"

孙银栓鼓励他："你是年轻战士，是共青团员，还在积极要求进步，这很好。以后的路还长，无论遇到什么困难，都要坚定必胜的信念，保持坚强的意志。就像执行这次的任务，开始想到山高林密、爬山涉水、忍饥受累，觉得困难重重。如果光想这些，就会感到四肢无力，寸步难移。但是一想到找回马钉，大桥就可以按期完成，保证'十一'通车，这时你把心一横，胸脯一拍，迈开双腿，走！什么高山深谷都闯进来了，统统甩在咱们脚后头啦！"孙银栓任何时候都记得对战士们进行教育和帮助。

王小川激动地点了点头："请班长看我的行动吧！"

孙银栓高兴地笑了。昨天晚上，支部会研究找排架的人选时，大家担心王小川最近有情绪波动，宋斌力排众议，决定派他跟着党员孙银栓出发。看来连长和自己对王小川的判断是对的。

两人边走边谈，不知不觉太阳已经偏西。这时，一座高耸入云的山峰挡住了去路，河道也被堵得来了个九十度大转弯，向北转去。看来什那河对这大山不耐烦了，一次又一次地冲击，激起朵朵浪花，最后无可奈何地向北流去。

王小川抬头望山尖，脑袋一仰，军帽从后脑勺滑了下来，由于山顶罩在云里，估摸不出它有多高。"乖乖！"王小川吐了一下舌头："高山我爬得多，这样的高山可没爬过！不得呀，班长！恐怕不等翻过山去，天就黑了。"时间已不早，继续向东是难了，只有东南方向的山坡稍平缓。两人估计，河道绕过这座山脚，还会继续东流，于是决定暂时离开河道，从低矮一些的山头翻过去。

山里的太阳姗姗来迟，又很快躲进西边的山背去了。他们原想找个村寨或山洞落脚，但到天暗下来，还没寻到个理想的处所。两人来到一块平缓的地方，都累得迈不开腿了。

孙银栓见天黑了，周围的树林已经变得模糊，就说："咱们就在这里宿营吧。黑夜里乱闯容易发生意外，再说迷失了方向，更不好办。"孙银栓端着冲锋枪，警惕地注视着四周恐怖的森林。

王小川到底是山里仔，经验多。他见这阵子山里没风，就把油纸包打开，掏出向永贵给的一盒火柴，将地上的茅草点燃。孙银栓头皮一炸："糟了！会烧到森林！"说着就要扑过去。"不要怕！"王小川镇定地制止了他。当火烧出一块地盘来，王小川折下一把树枝左扑右拍，"扑扑扑"几下将火打灭，又折了几抱树枝，铺在烧焦了的地中间，然后往上一滚："哈哈！这比钢丝床还软和呀！"

躺了一会儿，他又与孙银栓在周围寻了些枯树枝，生了堆篝火。他还摇了两棵碗口粗的枯树干回来。孙银栓说："这么粗咋烧？"他说："生柴怕猛火。光这枝枝叶叶，不经烧，熬不过夜。"不一会儿，两棵大树果然燃烧起来，再用不着不断朝里加柴了，两人开始吃晚饭。

王小川告诉班长："我跟父亲外出采药，晚上常这么过夜。生一堆火，既能做饭，又能取暖，还能赶夜兽。你安心地睡吧，没事儿！"

孙银栓说："有你这个山里通，我还怕什么。你先睡，我再抽支烟。"他把枯树往火里推了推，然后将烟点着，默默地吸起来。王小川倒头就睡了，不一会儿就发出丝丝的鼾声。

孙银栓吸着烟，脑海里一会儿是连长和教导员通电话、为寻找马钉急得睡不着觉的情景，一会儿是部队进岛修路架桥以来一幕幕难忘的经历。

海南岛处于祖国南疆边陲、国防前哨，朝鲜战争爆发后，美国第七舰队入侵台湾海峡，外国敌对势力和台湾国民党当局处心积虑要颠覆新生的中华人民共和国。为了挫败反动派的疯狂破坏和武力威胁，加强战略防卫，1952 年 8 月 1 日，中央决定修建海南岛南北大通道——全长约三百公里的海榆中线国防战备公路。为解决海南岛劳动力不足的问题，中央军委派解放军工程兵公路一师、公路二师立即开赴海南。十万多军民组成的建设大军，浩浩荡荡开进了中部山区，在极其艰苦恶劣的条件下，展开了一场筑路大会战。

接到去海南修公路的命令，官兵们一听是为了战备，都很兴奋，感到特别光荣。1952 年 8 月，近万名指战员冒着盛夏酷暑和滂沱大雨，挥师南下，横渡海峡，挺进海南岛。前往海南的路途并不轻松，尤其是从广西桂林出发到广东，上千公里全是步行，白天国民党飞机在头上飞，部队只能夜行昼伏。经过将近一个月的长途跋涉，部队到达湛江海安，再乘坐一艘艘小木船渡过琼州海峡。渡海时，战士们不仅要防范国民党军机的不时袭扰，还得克服乘小船渡海的晕船，一个个头疼得要命，翻江倒海地吐，把胆汁都吐出来了。

海南，古时的南国蛮荒之地，昔日的原始孤岛。这里气候酷热，雨季漫长，时常遭受台风、洪水的袭击。中线公路要穿过五指山区原始森林，这里山高谷深，荆棘丛生，地形复杂，地势险峻，光山崖沟壑就有几十处，要在这崇山峻岭间修筑一条可以通行汽车的国防公路，谈何容易！

军工作为施工队伍的主力，负责"啃"最硬的骨头，担负从琼中县大边河至崖县半岭这一段最艰险、最陡峭路段的路基路面和桥梁涵洞的修建任务。这里多为河谷险峰和一望无际的原始森林，人烟稀少，山蚂蟥和毒蛇随处可见，恶性疟疾高发。

筑路部队抽调精兵强将和能工巧匠成立先遣队，在前面开山炸石，先行进山勘探地形、测量施工线路、修通人行便道、搭建营房等，民工则负责挖、挑土石方等辅助工程和平丘地段的路基路面施工。

孙银栓和战友们没有向重重困难低头，靠着一双手、两个肩膀，用铁锹、锄头、砍刀这样简单的作业工具，劈山开路，遇水架桥，硬是一米一米地把公路修出来。"不能被马钉卡了脖子！有天大的困难，也要找到排架取回马钉，保证什那桥按时建成通车！"

他又想到了班里的工作。一个班十二个人，乐天派的王小川，爱生气的韦小福，直脾气的李勇，热心肠的曾新严，好抬杠的熊生，一个个各有各的个性，各有各的爱好。有的要入党，有的要入团，有的评起功来争得脸红脖子粗，有的复员申请不批准就闹情绪，有的怕被追问过去的事，还有的开起生活会不提意见，一散会就干仗，这建设兵可比战斗兵难带多了！最令人头痛的是熊生，大家都憋着一股劲，想在工程中再立集体功，争取好上加好，可他就是拖后腿。工作时冷时热，出了点力就要表扬，三天不表扬就"病"了。自己的用品找不见就咋咋呼呼的，闹得六神不安。平时不懂装懂，无理争三分，得理不让人。

他想起指导员生前曾经说过的话："作为一个班长、排长，光发现问题、知道'一般大概'还不够，他应当像一把万能钥匙，能打开各种不同的思想。首先要看到各个战士的思想变化，就像老渔翁从河水的波纹中能看出鱼群的来龙去脉一样。人是一切工作成败的关键，而人的思想又是关键中的关键！思想工作不做，或者做了思想没有通，咱们也算没有完成任务！"

这次回去得找熊生再好好谈一谈……

韦小福为三盒火柴的事，一直背着思想包袱，回去再帮他理一理……

部队今年又要复员一批，不知有没有自己，这很难预料。自己是党员，身体也棒，一直没提出复员申请，从这个角度想，应该没有自己。但同战士们比，自己年纪大、文化不高，不像王小川、曾新严这些年轻战士学习进步快，入伍时是文盲或者半文盲，经过部队的培养，一年之后就能达到初小以上的程度，两三年后就可以掌握比较复杂的军事和工程技术。从跟上正规划、机械化这方面想，自己又很玄乎……

自古忠孝难两全，儿行千里母担忧。家里来信说，老娘年岁大了，有时捧着他的照片落泪，一会儿操心远在天边的儿子有没有吃饱穿暖，一会儿念叨儿子这么大了还没有娶上媳妇生下娃，别人家的孙子早就满地乱跑打酱油了，一会儿又哭自己万一哪天病了、歪了怎么办，独生儿子能不能给她养老送终……为了老娘，这次自己要不要主动提出复员申请呢？

可是，孙银栓很矛盾。从内心讲，他舍不得离开部队啊！他觉得，在工程兵的队伍里，干的是伟大的工程，"啃"的是最硬的骨头，自己在其中出一份力、发一份光，哪怕一直当一名普通的战士，都特别满足。对他来说，部队这种生活的意义，不光比过去给地主扛长活强百倍，就是比什么"三十亩地一头牛、老婆孩子热炕头"那种一眼望到头的安逸生活，也有意思多了……

参军这八年，比之前二十年学到的知识还多得多。就像刚才停下来，真不知在这深山老林里怎么过夜，王小川这小子三下两下就弄妥了，他还真有两把刷子。

他将柴往火堆里架好，朝四周观察了一遍，没发现啥动静，又接着想自己的心事。

王小川在酣睡中，腰被什么东西撞击了一下，他猛地爬起来，远处一片漆黑，附近有黄猄在叫，他紧张得毛细血管都发麻了，抓起了"三八"马枪。

"有我做警戒哩，你安心睡吧。"坐在一旁默默抽烟的孙银栓说。

他定了定神："我睡够了。我来换班，班长，你睡吧。"

两个人都没有睡，商量完明天的行动，就天南海北地闲聊起来。

夜深了，深山里寒气袭人，两人不自觉地再靠近篝火些。

孙银栓说："这山里的东西你懂得比我多。我原来还担心这么烧一堆火，给野兽发现目标了呢。"

王小川说："野兽就是怕火。有一次我跟父亲采药，遇上了一只老虎，差不多有咱们教导员的那匹马那么大！怎么办？我父亲朝地上一蹲，把火烧燃，老虎大吼一声，跑了。"

孙银栓说："我们那里没有老虎，只有狼。你见过么？就像大洋狗一样，专门朝有人的地方钻，你要不注意，放在床上的小娃都给它叼走了。有一年冬天，我从地里回来，天快黑了，稍微远点就看不清。我走着走着，忽然看见坟堆边坐着一个人，穿着黑衣服，戴着斗笠，是谁家的寡妇还没回去？我心里想。当我走进一看，原来是只狼！我撒腿就跑，它'嗖嗖嗖'地追来，我一看跑不掉了，捡起两块石头扔过去，也不知打中了没有，它跑了，我也跑了。"

王小川听得瞪大了眼睛："我要是跑不过它，非想办法逮住它不可。猴子你看它机灵吧，它也有弱点。你在它玩耍的地方放一个笼子，里面放点糯米甜酒，开始少放一点，然后逐步增加。它尝了酒就会去邀伴，越来越多，吃了以后酒性发了，就在笼子里乱打乱跳，一碰着门闩，'啪嗒'一声门关上了，就捉住了。"

他见班长听得津津有味，更来了精神："蛇很可怕，滑溜溜的，毒蛇咬一口就要了你的老命。但你摸透了它的脾气，也不可怕。逮蛇你莫逮头，要捉它的尾巴，抓住尾巴就拖着跑。拖了一段路，它软了，你就可以把它打死，或者捉进笼去。"

孙银栓问："听说大蟒蛇会缠在人的身上？"

王小川边比划边说："那可不同啦，你被它缠在身上，动弹不得，不把你绞死，也把你咬死。不过你要会捉蛇也不怕，先用手捏住它的脖子，莫让它咬住你。然后就地一滚，它就缠不住了，一样可以逮住它。"

孙银栓说："这五指山区的原始森林里，蟒蛇、毒蛇时常出入，山蚂蟥多得很，很难想象过去黎苗同胞逃到这里怎么生存。一次听报告讲，老早以前，黎苗人民被驱赶到深山里，过着野人一样的生活。在国民党反动派统治时期，黎苗人民受到残酷压榨，生活非常贫困，大都一年只有半年粮，冬天没有被子，夏天没有蚊帐，天花、肺炎、恶性疟疾盛行，看病治疗更谈不上。日寇侵占海南岛时，国民党的军队像受了惊的老鼠，成群结队地窜进五指山。黎苗同胞被迫抛弃自己的茅屋，逃进森林，钻进深山，腰里缠上树叶遮体，靠采食野果为生，又回到了远古时野人一样的悲惨生活。"

王小川点点头说："哪里有压迫，哪里就有反抗。梁文教讲过，五指山区也是红色革命根据地，黎苗人民跟着共产党，拿起土枪、弓箭、棍棒、石块、镰刀和火枪，冲出了森林，加入到和国民党反动派做斗争的行列，一直坚持到全岛解放。很多黎族、苗族妇女担任了部队炊事员、勤务员、运输员，有些人背着孩子在火线上抢救伤员，甚至端着枪守卫阵地，向敌人冲锋。"

两人交流着关于海南岛、五指山区、善良淳朴的黎苗同胞的种种见闻。

有一阵，两人都沉默了。王小川说："班长，现在炊事班开始磨豆浆了吧？起床号一响，连里又要热闹起来。台风过后，修桥任务更重了，大家一定干得更拼命了。"

孙银栓说："眼下的头号大事是找到排架，取回马钉。教导员和连长不知道急成什么样了，战友们都在盼着我们带回好消息。"

王小川说："只要排架没有冲到海里去，我舍命也要把它找到，把马钉带回去！"

不知不觉中，天空已开始泛白，林中的小鸟叽叽喳喳地欢唱起来。太阳那胖乎乎的脸蛋，又从东边的山巅上跳了出来，瞧着两名风餐露宿、匆匆赶路的战士，它露出了慈祥的笑容，将灿烂的光芒洒满五指山区。原始森林显得格外清爽，鸟儿在树上跳着叫着。突然"嘎嘎"一响，把王小川吓了一跳，抬头望去，只见一只像一团火似的红毛山鸡，从脚边的草丛里飙起，飞过了山坳。两人抹了一把脸上的汗水，猛吸了两口新鲜空气，又朝前攀登。

今天是离开连队的第二天了。眼前山峦重叠，像一道道屏障，挡住他们前进的方向。这些山，好像是听了号音到此集中，山挤山、山碰山，山山相连、山山不断。他们也不知走了多少从来没有人走过的路，翻过多少从没人翻过的山。这下可好，不仅排架没找到，连什那河也不知转转悠悠地拐向何方去了。他们目前的目标，是要将失去了的河道再寻回来。

他俩迎着太阳，走出山谷，忽听得"哗哗"的水声，不觉心中一喜：又转到河道上来了？奔向前去一看，都愣住了。只见一股白花花的水，从山腰里倾泻下来，冲进山脚的一个小潭，水花溅起一丈多高，发出震耳欲聋的吼声，一道半圆形的七色彩虹呈现眼前——原来是个瀑布！

两人无心欣赏这大自然的美景，反而因为失望而有些气恼，心里盘算着下一步怎么走。

"咱们先找到河道再说！"孙银栓大声地喊道。王小川知道班长心里焦急，谁又不急呢？首长们在等待，工地上的几百个人在盼望，海南岛的二百多万各族群众在期盼。

"是！先找到河道再说！你能上天，咱也能上天；你能下海，咱也能下海！上山下海也要找到河道，找到排架！"王小川胸脯挺起，回答得非常干脆。

他们在潭边洗了把脸，将昨晚烧过的草坪和篝火弄的一脸黑灰洗掉，又翻山越岭朝前奔去。

六、怀念战友

"天亮咯！天亮咯！"宋斌被挂在床头的一只鹦鹉叫醒了。这是他路过营根时，花大价钱买来的，喂了几个月，鹦鹉竟学会了讲些简单的词。他起床一边穿衣服、整理内务，一边逗鹦鹉玩，然后往脸盆里盛上刷牙洗脸的牙具毛巾，顺着便道来到什那河边。好大的雾啊，灰蒙蒙地笼罩着整个五指山区，稍远一点就看不清楚，人像腾在云里，天上地下都分不清了。他深吸了一口潮湿的空气，刷牙洗脸完毕，把脸盆放在原地，就背着双手，踩着河滩上的乱石，慢慢散步。

孙银栓两人离队执行任务已经二十四个小时了，他总觉得他们外出了很久似的。如同过去在战场上派出了侦察兵一样，惦念、焦急、盼望萦绕心头，使他难以平静。他在担心两位战友的安全，也想尽早知道排架的下落。

浓雾像是同太阳躲猫猫，太阳一露头，浓雾就消散了。天地从混沌中解脱出来，万里晴空映衬着青山翠谷，四周绿叶碧油欲滴。朝下游望去，狭长的河谷露出一线天，两岸山峦重重叠叠伸向远方。山势显得如此肃穆、险峻，叫人不可捉摸，他仿佛看到两位战友在那里艰难地攀爬。"建设也是战斗啊！"他自言自语地说。

"荆江大堤要挺住啊！"他把目光收回到河面上，不禁想起眼下长江洪水对荆江大堤的考验。今年汛期长江流域因天气反常和持续性特大降雨，造成了百年罕见的特大洪水，对荆江大堤造成了严重的威胁。而荆江分洪工程，是宋斌所在师由作战部队变成建设大军的第一战。筑路官兵们相信，有两年前他们亲手建造的荆江分洪工程备用，一旦中央防汛总指挥部果断决定开闸泄洪，荆江大堤、江汉平原、武汉三镇、京广大动脉的安全和荆江两岸数百万人民群众生命财产的安全，是完全有保障的！想到这里，他马上振奋起来。

万里长江，险在荆江。历史上荆江水患频发，在中华人民共和国成立前的三百年中，荆江大堤在汛期溃决过三十多次。长江荆江段全长四百多公里，其中，下荆江长二百四十公里，直线距离却只有八十公里，江水在这里绕了十六个大弯，素有"九曲回肠"之称。由于河道蜿蜒曲折，洪水宣泄不畅，加之该江段地势低洼，大量泥沙在此淤积，形成河床高出两岸的"地上河"。荆江流域的江汉平原和洞庭湖平原土壤肥沃，气候宜人，自古是著名的鱼米之乡和中华粮仓，经济发达，人口密集。但历次荆江决堤，沿岸肥沃的土地、成千上万人民的生命财产惨遭洪水洗劫，荆江洪涝灾害成为心腹之患。

中华人民共和国成立之初百废待兴，要花钱的地方太多，财政特别紧张。为解除荆江水患，中央决定再困难也要修建荆江分洪工程，并指示要当作全国的事情来办，全国支援。为抢在汛期前完工，决定从解放军调一个兵团，担任这次工程的主力，用打仗的方法来完成任务。

正在桂北、湘南一带执行剿匪任务的中南军区 21 兵团和其他部队近十万的解放军指战员，投入到荆江分洪工程的建设中。荆江分洪前线指挥部在发布施工紧急动员令中说："参加工程的部队战斗员同志们，你们过去在战斗中已为祖国为人民立了许多功劳，是祖国人民的优秀儿女，希望在这次水利工程建设中，继续发扬艰苦奋斗英勇顽强的战斗作风……"

1952 年 4 月 5 日，荆江分洪工程破土动工，宋斌和战友们带着一身硝烟，从广西剿匪前线开赴工地，承担起最艰苦、最困难的工程任务。在行前动员中，赵广才要求大家首先解决好思想认识问题，正确处理好战争与建设、战斗队与工作队的关系。人民战士一切听党指挥，能为建设新中国、改天换地出力，大家都感到无比振奋和自豪。他们把工地当成战场，把工具当成武器，不怕困难、不怕牺牲，与近二十万两湖地区民工一道，历时两个半月，提前十五天完成了荆江分洪第一期主体工程。

那种三十万人大会战的劳动场面，宋斌一辈子都忘不了。工地上，处处飘扬着鲜艳的战旗，张贴着鼓舞人心的标语，激扬的歌声日夜不断。挑土的、推斗车的、排水的，到处是人，密密麻麻，不分白天黑夜地干，夜晚工地上灯火通明。官兵们拿出在战场上的拼杀精神，向困难宣战，同时间赛跑，精神饱满地投入紧张繁重的劳动。

5 月，毛主席挥笔题词，向参加荆江分洪建设的军民发出"为广大人民的利益，争取荆江分洪工程的胜利"的号召，周总理做出"要使江湖都对人民有利"的指示，当水利部部长傅作义把印有毛主席和周总理的指示锦旗送到荆江分洪工地、代表毛主席慰问三十万劳动大军时，整个工地都沸腾了，军队、民工受到极大的鼓舞和激励，振臂高呼，沉浸在喜悦和欢乐之中。

打完荆江分洪工程的大胜仗，宋斌和战友们又风尘仆仆奔赴海南岛，修建国防公路。

自然条件的恶劣，生活环境的困苦，修建难度的巨大，没有难倒曾经在战场上冲锋陷阵的战士们。战士们手持十字镐、铁锹、锯条这么几样从岛外运进来的施工工具，自己动手就地取材，从山上砍来木材，割回茅草，搭建起营房，用山里的竹子制作了扁担、编织了土簸箕等简单的工具，制作了简陋的床铺、桌子、凳子等生活设施。疟疾疫情发生后，海南行署派医疗队进山协助防治，当地群众采集了许多草药送给大军，有的煎水口服，有的捣烂外擦，有的泡水喷洒在营房周围，减轻了疫情。

一次，王小川和几个战友爬到后山，发现了一眼清澈的山泉，就将一根根的竹子打通，自制水槽，把山泉水引进了工棚，从此连队吃上了干净的水，炊事班再用不着到什那河里去挑水了。这些措施帮助部队控制了疾病，保证了筑路工程的进度。

河水轻轻地流淌，鱼儿在水里追逐游戏，溅起一朵朵浪花。河中用青麻石砌起来的五个桥墩，在晨光中显得更加雄伟！"上面铺好了桥梁，就更神气了！"宋斌想象着大桥建成时的情景。

他被水面上露出的一块礁石吸引住了。原先这河中有两块礁石，一块已作为桥墩基础，现在只剩下这一块了。他凝视着这礁石，似乎看见指导员站在上面朝他招手，不觉心头一酸，差点掉下泪来。

去年这个时候，上级把建造什那桥的任务下达到连里。当时宋斌正患疟疾，就由指导员带队打前站。一过什那河，就碰到台风来临，四个人顶着雨衣在树下蹲了三天。风小了，雨来了，指导员就带着小分队后撤，谁知又碰上了山洪暴发。他们过来时蹚的水只漫过膝盖，这时水已猛涨，汹涌澎湃。四个人都不熟水性，但又不能等死。后来在上游寻到一只小木船，用一根藤拴在桩子上，没见主人。情急中四人就上了船，用竹竿撑着过河。

到了河中，竹竿点不到底，船顺流直下。在那两块礁石的地方，他们将竹竿朝礁石一点，本想将船撑向对岸，谁知这里水更急了，小木船横在两块礁石之间，随时都有被冲翻的危险。说时迟、那时快，指导员抓起船头上的藤子，跳上礁石，将船拉过来。这一拉一撑，船是过来了，但很快就在两个礁石之间栽了下去，好在指导员拼力拉住，船才没翻筋斗。战士们伸手要把他接上船来，他喊："不许动！"他正要使尽最后一把力将船拉拢点，以便跳上去，正在这时，"啪"的一声，藤子断了，船就像断了线的风筝漂走了，把他一个人留在礁石上，船上的战士听他高喊："沉住气！不要管我！"

当天晚上，小船被冲到一个河湾里靠了岸，战士们急忙回连报告。宋斌抱病带人赶来，只见山洪滚滚，浊浪滔滔，洪水早已漫过了礁石。过了三天，才在下游寻到指导员的遗体……

指导员是多好的人、多么优秀的指战员啊！他不光能带领战士英勇作战，敢打硬仗，善打胜仗，屡立战功，还特别会做思想工作，经常针对敌我双方态势和特点，给战士们讲解作战的战略战术，教育大家克服困难，坚定必胜的信念，连队始终保持紧张旺盛的斗志和团结活泼的气氛。

在荆江分洪工程最吃紧的关头，每当下雨刮大风的时候，指导员一面冲在最前面，一面喊起劳动号子来鼓舞大家，或者由他起个头说笑唱歌，战士们一个一个地接下去，使大家的乐观主义精神和劳动热情持续高涨。有的战士学新技术有畏难情绪，他就循循善诱地启发鼓励。收工后，他不顾疲劳照顾战士，帮着卫生员处理战友手上脚上被菱角、蚌壳刺破的伤口，挑去扎进肉里的刺，为冷得浑身发抖的伤员取来衣被盖好，烧热水给他们洗脚。

宋斌和指导员搭档之后，两人形成了一种习惯，不管谁从外头回来，另一人都会在连部门口等着，握个手、迎进来。那是一段生死与共的战友情啊！

连队进山施工一年，他们已经埋下了六位战友的尸骨，还有四人因伤因病，正在师部卫生队住院治疗。这次战台风、斗洪水没发生伤亡，真像张工说的是"不幸中的万幸"。现在提倡"战斗性、创造性的劳动"，但不能再让这些没有倒在敌人炮火中的战友，牺牲在这和平建设中了。因此，宋斌对孙、王二人特别牵肠挂肚。

"宋连长，你一个人在这里观景啊！"一声招呼，打断了宋斌的思绪。他转头一看，是张工下河坡来了。张工的头发总是梳得光光的。

"你早呀！"宋斌冷淡地应酬道。不知是由于生活习惯的差异还是思想上的隔阂，宋斌对工程技术人员似乎有一种先天的反感。他第一次同技术人员打交道，是在荆江分洪工地上。当时他们连队负责挖节制闸的"布可夫槽"，每天由两个水利学院出来的"小辫子"扛着画有红白标志的收方尺来验收，今天说多挖了一厘米，让宋斌领着战士们填起来，明天又说还要挖深两厘米，战士们又挥动铁镐慢慢刨。更令人恼火的是，在抢修虎渡河坝的攻坚战中，本来挖起的土方直接倒进虎渡河里筑拦河坝，一举两得，硬要他们挑到黄山脚下，后来又从黄山脚下往拦河坝上挑，劳民伤财。刚巧当时苏联水利专家布可夫来到工地，他忍不住问这两个"小辫子"："你们到底懂不懂技术？如果不懂就向布可夫请教好了再来，免得挂羊头卖狗肉的，不知听你们的好，还是不听你们的好！"两位青年学生对解放军非常敬佩，正迸发出火一样的工作热情，现在却受到责备，难过得落了泪。就为这，宋斌受了赵广才一顿批。

通过这几个月共事，他对张工的反感小些了，但总不像对赵广才那么热乎。他问："找我有事么？"

"是呀！找你商量几件事。"张工说话总是不紧不慢、有条有理："第一，关于劳动力安排问题；第二，关于伐木场选择问题；第三，关于军工、技工和民工配合问题。"

"这些事你找我商量什么？"宋斌一听，气就不打一处来，说话也不讲究方式方法了："以前都是你们技术组研究好了给我们安排，你们怎么说我们怎么干嘛！"

张工受了一阵抢白，脸上红一阵白一阵。他毕业于广州中山大学，为了把千疮百孔的国家建设好，改名为张建国。他深知公路是国家的动脉，就选择钻研桥梁工程。国民党政府为了便于调兵进攻东江纵队，招标在南雄修建一座桥，他中标承包。谁知下面的包工头偷工减料，山洪一来，桥就垮了，他被认定为"贻误军机"，被抓去坐了四年牢。解放军把他从敌人牢房里救出来，华南公路工程指挥部一成立，他就卷着行李前来报到，后来被安排到什那桥工地负责工程技术。

他为军队的忘我劳动精神，特别是像前天晚上那样拼命抢救排架的英勇行为深深感动。在桥梁建设中，这种突发事件该有多少！在突发事件面前，部队那种玩命的劲头，就发挥出了巨大的威力！但他又觉得，军队似乎是用打仗的那套办法来搞建设，不讲计划、不讲技术、不讲核算，觉得有点格格不入。他觉得在这台风季节，台风一个接着一个，排架被冲跑以后，施工最好暂停下来，等台风过后再干。这样按部就班，既可减少损失，又能确保质量。他的这个想法不好意思和盘托出，但平日也有所流露。

他的思想脉搏，还是被赵广才把出来了。昨天晚上，赵广才找他作了一次长谈，首先批评了他的消极等待情绪，向他指出："我们部队为什么在荆江分洪工程的突击战之后，没来得及很好休整，战士们的体力还没有恢复，就日夜兼程开赴海南岛？因为蒋介石叫嚣要'反攻大陆'，要以海南岛作为跳板。中华人民共和国刚成立，美国就挑起朝鲜战争，把战火烧到了咱们家门口，与盘踞在台湾岛的蒋介石一唱一和。我们能对美蒋反动派心存和平的幻想吗？不能！由于朝鲜人民军和我志愿军的英勇战斗，已经迫使美帝国主义在去年七月签订了停战协定，停止了在朝鲜的侵略战争，但是他们的侵略野心仍然不死，我们只能千百倍地提高警惕，加强戒备。你知道吗？美国在背后给老蒋撑腰，我们在解放战争战场上、广西剿匪中缴获国民党残余势力的枪炮和其他军火，除了一小部分是国民党反动派自己制造的，其余大部分都是美国制造好了，再供给蒋介石的。还有一部分是日本制造，也是在美国的帮助下，由投降的日本军队交给蒋介石，国民党再掉转枪口，对准解放军和广大人民群众。"

看着他惊讶的神情，赵广才接着说："我们同敌人争时间、抢速度，积极备战，一定要抢在战斗可能打响之前把公路修通。在这种紧迫的情况下，你作为一个技术上的指挥员，任何犹豫、动摇都是不对的。现在我们面对的敌人还有一个——台风！我们不能消灭它，但可以利用两次台风之间的空隙，将桥的上部结构抢出来，这就要靠周密的计划、巧妙的安排、高超的技术。我们部队不懂技术，就是说不知道这个仗怎么打，需要你多出主意，并将你的主意拿到群众中去听取意见，使自己的主意更完美，然后变为群众的行动。这就是'从群众中来、到群众中去'的群众路线。"

他听了，心悦诚服。以前，他嘴上也喊群众路线、深入实际，但真正叫他学着做起来，又觉得有些画蛇添足。芝麻大点的事，也要调查研究、亲自试验，开会呀、商量呀个没完。随着时间的推移，他对这种做法有点厌烦，"总是那一套"。现在，他觉得建设这座桥的过程就是一所大学，在这座大学取得的知识，是他过去所没有学过的。

根据赵广才的意见，他决定做三件事：一是将当前需要着手的工作同宋斌商量，让工地热火朝天地干起来；二是按照同台风打游击的方案，作出一个工、料、具的详细计划安排；三是将桥的上部结构，用上技术课的形式，向军工、技工、民工进行讲授。谁知，他满腔热情地同宋斌商量，却莫名其妙地碰了个钉子，这群众路线怎么走下去？

这时，赵广才大步走来，眼睛朝两人脸上一扫，什么都明白了。他对张工说："我到处找你，原来你在这里。刘技术员说有件急事要请示你，正在所里急得团团转。"张工巴不得离开这难堪的处境，拔腿要走，赵广才叫住他，说："老张呀，咱们同台风躲猫猫的方案，希望你早点拿出来，然后再开个会，统一思想，统一行动，任务到人，责任明确，谁不完成任务就处分谁！现在就看你的啦！"说完，亲切地朝张工肩上一拍。宋斌知道，这些话都是说给他听的。

张工走后，宋斌首先向赵广才承认刚才自己说话带刺不对，但又指出前段施工在技术指导上的失误。比如，五个桥墩本来可以同时施工，为什么硬要一个一个地进行，结果劳力摆不开，干的干、看的看，误了时机。

赵广才说："有气就冲我出，何必对老张说三道四，也不注意一下影响。这一个一个地进行，出发点是好的，目的是确保质量。你知道吗？一个桥墩做起来，其倾斜度不得超过一个指头，而且桥墩之间还要前后对正，左右看齐。我们吃亏就吃亏在外行，不懂技术，不懂气候条件。正如毛主席指出的：我们熟悉的东西快要闲置起来了，而我们不懂的东西又逼着我们去学，我们要学会自己不懂的东西，向一切内行的人学，甘当专家、学者、工程师、技术员的小学生。只有懂得了技术，才能同他们有共同语言，工作配合才能得心应手。你呀！光找工程技术人员的茬，是不是有点以功臣自居？"

这回轮到宋斌脸上红一阵白一阵了。

好像为了给宋斌解围，工棚里吹起了"嘀嘀哒哒"的早餐号。赵广才却抓住他不放，问他对张工安排的三件工作有何打算。宋斌认为当前的关键是木料，有了木料，等马钉找回来，就可以继续施工了，同台风打游击也有了本钱。赵广才点了点头，表示同意，并且告诉他，工程指挥部已给什那河下游的什云、那东等地打电话联系过了，据说山洪暴发以后，都没见排架流过，就是说，排架跑得不远，有找到的可能！这在宋斌听来，无疑是个天大的喜讯！

七、黎族同胞

离开瀑布以后，孙银栓、王小川继续赶路。不觉太阳当顶，中午时分来到一个山窝。这两边的山峰既高又陡，好在前面的山势还算平缓。

王小川说："班长，从前面那座山上爬过去吧？"

孙银栓观察了一下，就说："好吧，只要能争取时间，怎么走都行。"

两人来到山脚下，稍事休整，将剩下的最后四个烧饼消灭掉，就朝上爬去。但是，好不容易爬上去十来米，就"唰啦啦"地滑了下来，痛得一个个直咬牙，一看，手脚都擦破了皮。

原来，这山是由黄豆般大小的粗砂砾堆积而成的，脚一踏上去，砂砾就"沙沙"地往下掉。山上没树，只稀稀拉拉地长了些苇草。那苇草的叶片，都生着两排锯齿，在微风中摇动着，仿佛张牙舞爪地向人示威。怎么办？两边是望不到顶的高峰，退回去是不行的，只有朝前闯了！

在这紧迫的时间里，偏偏碰上了这复杂的地形，让你有劲使不上。这里不同于原始森林，原始森林虽然树杈密布，荆棘丛生，葛藤纵横，蚂蟥遍野，使你抬不起腿、挪不动身，但前进了绝不会滑回来。也不同于悬崖峭壁，悬崖峭壁可以攀树根、登石缝。而这满山的硬砂，真不知里面藏的什么矿。

海南岛矿产是很丰富的。王小川记得在屯昌铺路面时，一时找不到石头，部队根据上级的安排，从路边一座日本人开了一半的石头山中取石。这石头像玻璃般透明，铺到路上，光灿灿地晃眼睛。后来不知怎么给中央知道了，发来了特急电报，指示此山开石立即制止，已经开出的不许动用！这时部队才知道，原来这是个水晶矿！真是有眼不识泰山，差点毁了国宝！

1939年2月，日军强行占领海南岛后，一边疯狂"扫荡"，一边出于

"以战养战"的目的，对岛上的各种资源进行了全面勘查，用刺刀和皮鞭逼迫海南各族同胞没日没夜地开采矿藏。直到1945年8月日本投降，日军通过疯狂地掠夺性、破坏性开发，将百万吨各种矿产从海南岛运往日本，而数万名本地劳工却在刺刀下死伤殆尽，最后只有几千人存活。"找到马钉，修好公路，巩固国防，再不能让海南岛落到敌人手里啦！"王小川暗下决心。

孙银栓块头大、身体重，爬着爬着，"哗"的一声又滑下去了。王小川笑着问他："怎么样？这比小孩玩滑梯还过瘾吧！"可他的话刚出口，自己也滑了下来。好在这次都有准备，一往下滑就来个大翻身，手脚没擦伤，屁股上的裤子却磨破了，白色短裤头露了出来。两人你看看我，我瞧瞧你，忍不住笑了起来。

王小川说："看来不行，咱们另找道路吧。"

"你在这里等着，我上去瞧一瞧。前面好走，你就上来。前面不好走，咱就改道。"孙银栓束紧裤腰的皮带，背好斗笠，准备朝上爬。

"你能爬，咱也能爬！"

孙银栓滑了两次以后，摸索出窍门来："光是两个手抓着苇草不行，还得蹬着草根，蹬紧，把两只脚也利用上，肚子贴紧山壁，全身都吃上劲。"

王小川点头赞同："前两次轻敌了，光是两手乱抓、两脚乱蹬不行，一定要充分利用苇草，手抓牢、脚蹬稳再上。"

于是，两人像壁虎一样，手抓苇叶，脚蹬苇根、肚皮贴着砂砾，慢慢往上蠕动。

"这个办法管用！"孙银栓爬了一阵，没有滑下去了，高兴地对王小川说。

"这叫蛙式爬山法。"王小川赶上来答道。

两人吃力地爬着，觉得肚子里像烧了一盆火，喉咙干得直冒烟。脸、手、脚早被苇草的锯齿叶剐花了，汗水一沾，又痒又痛。头上的汗水糊住了眼睛，钻进了鼻孔，流进了嘴巴。

"如果能抽出手来抹把汗、喝口水，该多么舒服啊！"但是，他们不能这么做。因为稍一停留，苇根受力过久就会跑出来，人就会滑下山脚，前功尽弃，更重要的是时间耽误不起呀。

"坚持呀！坚持就是胜利！"两人互相激励着。由于重心都在手脚上，他们觉得两手发颤，双脚发抖，每朝上攀登一步，都要付出极大的努力。

爬呀，爬呀！时间就这样慢慢过去了，离山巅也越来越近了。当他俩觉得山势变得平缓，身子再也不会滑下去了，精神稍一放松，也无力抬头去看到了什么地方，只觉得眼前一花，手足一软，就栽倒在地。

一阵凉风，把王小川从昏迷中吹醒过来，他才意识到自己已经爬上山顶了。转身望望班长，见孙银栓在离他一米多远的地方侧身躺着。班长太累了，让他睡一会儿吧。他机械地从挎包上抽过毛巾，抹掉脸上的渣土和汗水，拿过水壶"咕噜噜"地灌了几口水。

孙银栓隐隐约约地听见了响声。"找到它，一定要找到它，找到排架啊！"这个念头倏地闪过了脑海，像一股电流传遍了全身，他"呼"地一下坐了起来。与此同时，他听见了一阵流水声，转头看见王小川在喝水，笑了。但王小川把水壶放下来，水声仍然在响。他记起经过的瀑布，但一想不对，瀑布在西边，响声却在东边。可能是人的错觉，也许是瀑布的回音吧。于是他边喘气，边擦汗喝水。

刚才班长侧身细听的神情，被王小川注意到了。王小川仔细一听，眉毛一扬，三步并成两步登上了制高点，打量了一会儿，欣喜若狂地呼喊："找到啦！找到啦！"随即将枪口朝空中一提，幸亏跟上来的孙银栓将他的手一把按住，一梭子弹才没勾出来。

山脚下，河道像一条绿色的巨蟒，从北边弯过来，在阳光下泛着鳞光，蜿蜒地穿行在崇山峻岭之中。在河谷的转弯处，一座礁石把窄窄的河道分成两半。一大堆黄色的木料，东倒西歪地挤在礁石前，堵塞了河道，搁浅在水中。那正是他们朝思暮想的排架！上面的马钉在阳光的照耀下正闪着金光！

顿时，王小川心中一阵狂喜，他使出全身的力气，对着远方的战友们喊道："找到啦！找到啦！"

"找到啦！找到啦！"孙银栓兴奋得声音都在颤抖！他俩跳跃着，紧紧地拥抱在一起。

"找到啦！找到啦！"这欢呼声在山中久久地荡漾，回旋……

孙银栓和王小川来到一座黎寨时，太阳已经偏西，斜照在椰子树上。寨子里炊烟阵阵，鸡鸣狗吠，他俩仿佛重新回到了人间，觉得一阵亲切、温暖。穿着裙子、戴着耳环和项圈的黎族妇女，正扭着腰肢，肩上担着木棍，一头挂着两个竹筒，从河里汲水；两个黝黑结实的小孩，全身赤条条地泡在村边小沟里，用槟榔树干劈成的三块板子架起"桥"，又爬上岸，用藤条拉着木屐，口里模仿着汽车的汽笛声，将木屐从"桥"上拖过。他俩走过去，轻轻拍了拍这两个顽皮鬼，小孩起先不耐烦有人打断他们的游戏，继而吃惊地打量这两个穿着破烂军装的陌生人，木屐一丢就朝村里跑去。

这村子规模不大，只有两排低矮的茅草屋，依山傍水，四周绿树葱葱，树下几只公鸡母鸡在寻食。他俩正在打量这村子，刚才那两个玩得满身泥水的小孩，拉出一个老者迎面而来。老远，双方都呼喊起来，原来是经常到连队看望同志们的许大爷。许大爷虽然屡次到连队走走、工地看看，但他对战士们认识的不多，觉得连队战士像筛选过似的，年纪一样，相貌相同，个头也差不多。孙银栓年纪较大，他还有个印象。见面以后，许大爷问："宋连长？"孙银栓答："宋连长！"好像对暗号一样，双方都笑起来。

许大爷把他俩接进村里，黎胞们听说来了大军，纷纷抱着椰子、提着芭蕉围过来。许大爷给大家介绍，这两位是修桥大军宋连长那儿来的，大家一阵欢呼。盛情难却，他俩吃着塞到手上的芭蕉、喝着椰汁，然后连说带比画，将找排架的经过告诉黎胞。许大爷走到门口看看天色，就要他们领着去看排架。他俩比划着表示山高难爬，明天再说，许大爷说我们熟路，来回快的。两人得知有路通向排架，顿时忘记了疲劳。许大爷给他们安排了饭，就一起动身了。

许大爷前面带路，后面除了他俩，还跟着村里的许多人，连刚才玩架桥通车的两个小鬼也跑颠颠地跟着来了。一行人穿过竹丛、钻过树林，在不易被人察觉且人迹稀少的羊肠小道上穿行，一时蹚水，一时上坡。果然只走了大约两根烟的工夫，就来到了排架跟前。人们上了礁石，望着这横七竖八、东倒西歪的排架，再看着刮破了衣服、划破了脸和手的两位大军，真是感慨万分。孙银栓才记起身上还有两包"人参"牌香烟，就掏出来请大家抽。

　　许大爷对这条什那河是熟悉的，就像熟悉自己的手掌一样。平时，河水轻轻地流淌，像温驯的黎家姑娘一样；但有时，它又像一头猛兽般地凶狠，排架这样的庞然大物，竟可以被它冲到这里来。孙银栓比划着告诉许大爷，工地急等着用马钉，他们历尽艰辛找到排架的目的，就是要把马钉取下来，拿回工地去用。许大爷点了点头，表示明白了。

　　回到村里，天已经全黑了，各人散开回家。许大爷把他俩引进家中，许大娘和儿子就把菜端上来了。一个瓦钵里盛着鸡肉，虽然没有油，但仍透出一股香味。还有十个煮熟的整鸡蛋，以及他们叫不出名字的野菜。许大爷又拿出一个竹筒，倒在三个用椰子壳做的碗里，屋里顿时弥漫起一股呛人的酒味。他俩从屋里的摆设、所用的餐具以及菜肴来看，黎族父老乡亲的生活很艰苦。显然，许大爷已经尽了最大的努力来安排这顿饭了，如果不吃，许大爷肯定不愿意。黎胞的好客，他们早有所闻，今天有了亲身感受。客随主便，只好吃喝起来。但这两个当兵的酒量都不行，喝了两口，脸就红似关公。许大爷一个劲地将鸡肉往他们碗里夹，将鸡蛋朝他们手里塞。吃了一阵，见他们喝酒的确不行，也不相劝，就让老伴上饭，自己继续喝酒。

　　他们吃饱饭，坐了一会儿，觉得眼皮沉甸甸的，就同许大爷打了个招呼，下河去洗澡。洗了澡回来，屋里已点起了松枝，许大爷早已在吃饭的位置上铺上了一层稻草，放上一床毛毯，他们就睡了。

　　就寝时，孙银栓小声问王小川："你身上有没有钱？这个月的津贴费都寄给老娘了。"王小川说："我这个月发的津贴费还没用。"孙银栓向他借到手，两人就甜滋滋地睡了。

　　半夜，孙银栓被冻醒了。他起身推门出去小解，看见门口的椰子树下站着个人。定睛一看，是许大爷，原来他老人家在放哨，孙银栓感动地一把抓住他的手⋯⋯

　　第二天清早，孙银栓、王小川在许大爷家匆匆吃了早饭。孙银栓趁许大爷没注意，将钱压在碗底，就起身告辞。许大爷也不挽留，引着他们上了路。这是一条山间小路，虽然翻山越岭、跨涧蹚沟，但总算有条道可走。出村不远，两人就把许大爷劝回去了。许大爷惦记着要组织全村黎民给大军送马钉，看到二人朝前能走回到工地，也就不再远送了。

王小川对孙银栓说："许大爷经常去连队，我还当他住在大桥工地附近的村子里呢，没想到离得这么远。他岁数大了，来回翻山蹚水很累人。看得出来，许大爷对修桥工程特别支持，对部队特别有感情。"

孙银栓说："可不是！许大爷是琼崖纵队的老战士，是个老革命。现在村里要搞农业生产，还要抽出人力配合政府建当地的小学校、小诊所，缺的就是青壮劳力，他们还是克服困难，派出民工，一心一意支持修公路。为了修这条国防公路，从全岛各地应征过来十万民工，当初他们挑着简单的行李，靠两条腿走到工地，日行夜宿，有的在路上走了整整一个星期。黎族同胞拥护国家建设、关心支持部队的故事，说也说不完。"

二人以急行军的速度走到太阳当顶，就见彩带似的公路飘然出现在山间。上公路往北走一段，到了民工棚的那片槟榔林，又往前走一段，就回到了本连的驻地。

同志们已经上工，营房里静悄悄的。大门两边，贴着大幅的新标语：

全力以赴，充分准备，抢在台风空隙把大桥架起来！
以高山低头、河水让路的英雄气概，保质保量完成任务！

从笔迹看，显然出自文化教员梁新之手。看来部队最近作了部署动员，他俩精神为之一振。

正要回班，就听见一阵嘈杂声，原来是同志们收工回来吃中饭了。

大伙一见他俩，都纷纷丢下手上的工具，"呼啦"一声跑上来同他俩握手，把他俩围了个密不透风。当大家听说排架找到了，都欢呼起来。

宋斌扒开人群挤进来，从上到下打量着孙银栓和王小川，看见两人全身上下的衣服都被撕成了布条，脸上、手上、肩上、背上、腿上留着横一道、直一道的血印子，但两人的眼睛还是一闪一闪的，很有精神，他激动地恨不得把他俩抱起来！

"让开！让开！"刚从河里游泳回来的李勇伸着两只水淋淋的大手，拨开人群，来到两位战友的面前，紧紧握住他们的手："我还以为你们回不来了！"

韦小福和曾新严紧随其后挤进来，不由分说，把他俩的枪呀、挎包呀、水壶呀，全部解下来，披挂在自己的身上。

李勇命令式地说："走，回寝室躺着！"

"李勇同志，他们还要借用一下，让他们到连部坐一下，行不行？"宋斌笑呵呵地挡住了李勇。

"让他们先换了衣服，吃了饭吧。"

"这倒不用你担心啦。你如果不愿意，咱可以给你打个借条。"

李勇被说得脸上挂不住了，他不说愿意，也不说不愿意，推开人群，溜了，引起一阵哈哈大笑。

走进连部，通讯员把洗脸水和开水提来了。两人洗了脸、喝着水，宋斌说："把衣服脱了吧，打赤膊凉快些。嗨！好热的天气。"两人脱下上衣，就围着桌子，简单汇报了找到排架的经过。宋斌摊开军用地图，用红铅笔在地图上打了记号。他俩特别谈到许大爷的帮助和款待："如果不是许大爷引路，我们沿着河道往回走，又得两天。"宋斌表扬了他们克服困难、完成任务的精神，要他们好好休息两天，准备迎接新的任务。

回到班里，他们把破衣服换下来。吃过中饭，王小川找理发员剃头，孙银栓买了五盒"人参"烟拿到伙房还给向永贵。炊事员说他到集镇去买猪仔、采购食品了，可能过几天才能回。孙银栓就将烟拿回来，准备下午出工。

"滴滴哒哒"，下午开工号吹响了，孙银栓同王小川加入了开工的行列，但很快被宋斌发现了，一手一个，将他俩拉了出来，同志们也连劝带推，将他俩挤出队列，队伍就出发了。

正在这时，就听见门口响起杂乱的脚步声，只见许大爷引着全村的男女老少，给部队送马钉来了。他们有的挑着担子，有的背着背篓，一个个累得汗流满面。三人赶忙迎接，宋斌先把他们带到坪场上，将马钉倒了一堆，然后就请他们到连队饭堂里休息。

孙银栓和王小川抬来一桶开水，拿几个碗给大家端茶。大家微笑着摇摇头，不接。王小川看见人群中挤着昨天玩搭桥通车、回村报信的两个小孩，他们也用藤条绑着几个马钉，驮在背上背来了，就给他俩一人舀了一碗热茶。他们也不接，两双小眼睛盯着竹筒引来的"自来水"，直舔舌头。王小川这才记起黎胞有喝冷水的习惯，转身进伙房提了桶凉水出来，大伙一下子就喝光了。

许大爷钦佩王小川的机灵，笑了。等大家喝过水，他就要起身带大家走，说马钉还很多，一下子运不完。宋斌见老乡们还在直喘气，高低不让走。

赵广才这时闻讯赶来，他握着许大爷的手，感谢黎族同胞的支援。许大爷可不愿意了，他说大军来到五指山修路架桥，都是为了黎人过上好日子，是对黎族的最大支援。他又指着孙银栓和王小川，大拇指一伸，"顶呱呱"地赞不绝口。

赵广才把宋斌拉倒一边，悄悄问生活怎么安排？宋斌为难地说："许大爷他们突然来，我们措手不及。"赵广才说："我已经打电话到各连，让他们把早上没吃完的馒头都送来。你让老乡们等一会儿，馒头马上就到。哪儿能让支援部队的老乡饿着肚子回去呀。"

他们的商量被许大爷察觉到了，高低要马上带村民走。孙银栓和王小川把本连的馒头抬出来，先一人发一个请大家吃。开始大家不肯吃，许大爷无法，又回过头动员大家吃。正吃着，兄弟连队的馒头送到了，又一人发两个，大家拿着馒头边吃边走了。

村民走完以后，许大爷当着赵广才和宋斌的面，将孙、王二人压在碗底的钱掏出来，生气地叽哩哇啦说了一阵，责怪孙银栓和王小川把他当了外人。赵广才笑着给他解释，这是毛主席订的纪律。许大爷说："你们不要忘了，我前些年还是琼崖纵队的老战士！"

宋斌知道难以解释得通，就回房里拿出一件白衬衫，孙银栓也拿了一条白短裤、五盒香烟，连同王小川的一双解放鞋、一条毛巾，拿张过时的《新海南报》包着，塞进许大爷的竹篓里。开始许大爷不肯收，但经不住再三相劝，只好道谢而去。

黎胞走了以后，赵广才问了找排架的情况，估计今天傍晚黎胞还会送一趟马钉来，让宋斌安排炊事班蒸馒头。后来又商量，对冲走的排架，除了要马钉，还要不要木料？如果拖回木料，就免得重新采伐了。孙银栓和王小川都认为路途太远,如果开条便道运回来,工程太大,会豆腐盘成猪肉价。为了争时间、抢速度,不如就近采伐来得快。况且,木料在那里,许大爷他们也不是没有用。赵广才和宋斌接受了他们的意见,根据昨天踏勘伐木场与便道的线路,决定重新采伐木料。

八、采购插曲

桥工所发出"与时间赛跑、与台风打游击"的号召以后,向永贵召集炊事班进行讨论,大家提出"兵马未动、粮草先行"的意见。为了确保部队的战斗力,保证战士们在任何情况下都能吃饱喝足,他们把台风刮倒的蔬菜都扶苗培土、除草追肥,并抽空在河边、山上收集了两大堆水里流过来或被风吹断的树枝,备足烧柴。然后向永贵领着三个炊事员走出五指山区,到南吕镇采购副食品,买了油盐酱醋、胡椒味精,又买了些海带、粉条等干菜和一些白菜、萝卜。

他看到集市上肥猪还便宜,就买了六头活猪,用绳子绑了每头猪的一只后腿。后来一个老乡赶来一头小猪,看来不过三十来斤,长得腿长肚大,由于老乡家中急着用钱,要便宜点卖给大军。向永贵觉得这头小猪有催头,到了连队将残菜剩饭一喂,过两个月就是一头大肥猪,大桥通车时正好宰了给同志们庆功,于是买下了。部队规定买东西不能让老乡吃亏,他就按照市场价,付了比卖主开价还高的钱,一番推让之后,赶紧随便捡了根旧绳子把小猪的后腿一绑,就往回走。

一年前,从这里往五指山挺进时,根本没路,钻树木、蹚河水,历尽艰苦。如今走在自己部队和民工开辟的平坦宽阔的路面上,心里有说不出的欢畅、兴奋和激动。四个人一边两人,把七头猪夹在中间,慢慢往前赶。

人一兴奋话就多了,三个炊事员说说笑笑,话像山涧的泉水,不断线地往外涌。向永贵信马由缰地赶着猪,不时挥动一下手中的树枝,脑海里还在思考着漏购了什么没有,觉得要买的都买了,又在心里默算着拢个账。来的时候背了一黄挎包的人民币,现在黄挎包瘪了。其实,要购的物资,要开支的钱，他心里都装着一本账，怎么会有错漏呢？话又说回来，即使漏买了什么或者差了钱，走在路上发觉了，又有什么用？可向永贵是全连的管家婆，能不操心么？

最后买的那头小猪可能在这几个同类中是最小的缘故吧，它总是战战兢兢、瞻前顾后、左顾右盼的，又怕大猪咬它，又怕向永贵的树枝刷到身上，走起来可不太老实。别的大猪都是点头磕脑、迈着八字步、摆动着大肚子往前走，它不时停下来拱拱土，竖起两只耳朵，两只贼眼四下瞄，想钻空子逃跑。向永贵将树枝一挥，它又猛地朝路边一窜。好在后腿有绳子牵着，没让它跑掉。

阳光灿烂，绿叶泛光，四个人走了一阵，觉得热起来。向永贵提议歇一会儿，都把棉衣脱了。海南岛一日四季，因此，每次外出采购，他们都带着棉衣。清早起程时棉衣还穿着，走了一阵，天气渐热，再加上挑担赶路，身上热量挥发，棉衣自然就穿不住了。歇下脚，向永贵将猪拴在路边的树上，自己就去脱棉衣。

这时，一辆往山里送器材的汽车从后面追了上来。向永贵怕惊了猪，把棉衣往地上一丢，连忙招呼。司机见路边站着几位筑路战士，为了表示敬意，"嘟嘟"按了两声喇叭。本来这些猪都是第一次碰到汽车，看见这个庞然大物飞过来，吓得魂不附体，再听到喇叭一叫，都拼死命地朝路边跑。由于六头大猪用新绳子绑着，没跑掉，而绑小猪的是一根旧绳子，经它一挣扎，"啪"的一声，绳子最薄弱的地方断了，它尾巴一捲，就钻进了路边的树林。向永贵留下一人守摊子，领着两个炊事员朝树林追去。

树林里古藤交错，荆棘丛生。三个人好不容易发现了小猪，就猫着腰，逐步缩小包围圈。在这树林里，人的行动是困难的，小猪的行动却方便得多。当人们一围拢去，它就像泥鳅似的溜跑了。三个人衣服刮破了，手与脸被刮出了血。向永贵暗暗自责，又埋怨司机添麻烦，觉得都陷在这里捉猪不是上策，就让三个炊事员挑着担子、赶着大猪先走，他留下来把小猪捉住再赶上。

炊事员走了以后，向永贵将黄挎包和棉衣藏好，再来捉猪。他采取剿匪的战术——穷追猛打。为了躲避障碍，他尽量将腰弯得低低的，这样前进的速度大大加快了。追了一个多钟头，人畜双方都红了眼，一个非要捉住，一个非要躲开，双方展开了一场竞赛，最后都累得直喘气。向永贵觉得这是个大好时机，朝着口冒白沫的小猪猛扑过去，小猪"嗷"的一声，向前一纵，又跑掉了。

向永贵想，不要它算了，让它变成野猪；但又觉得丢了猪，对不起同志们，便鼓着劲继续追去。又经过了几个回合，小猪脚上绑的半截绳子绊到了树，再也跑不掉了，向永贵才扑过去把它抱在怀里，解开缠在树根上的绳子，钻出树林，拿上棉衣和黄挎包，上了公路向前追赶。他怀里的小猪不知是认了输，还是跑累了，显得老实多了。

不觉走到日头偏西，还没见三个炊事员的影子，他才觉得捉拿这小猪八戒耽误的时间太长了。尽管抱着小猪双臂酸痛，他也不敢有丝毫懈怠，大步往前赶。这时，后面传来一阵"隆隆"的汽车引擎声，他朝路边让，同时把小猪抱得更紧了。

谁知汽车来到身旁，"嘎"的一声停住了，一个年轻司机探出脑袋，温和地打招呼："老同志，上哪儿去？"

向永贵历来对司机没好感，他认为这些家伙把方向盘一掌，就不知天高地厚，自高自大，谁都瞧不起。再加上刚才惊跑了小猪，见了汽车更有气，不想搭话，但又觉得咱们是人民解放军，说话要和气，就答道："上五指山。"

司机听了，"嘭"的一声打开驾驶室的门，请他上车。他开始以为自己听错了，大出意料，后来见司机过来帮他拿棉衣，也就不客气地将小猪抱进了驾驶室。小猪从来没到过这样的环境，在引擎的隆隆声中，乖乖躺在向永贵的双脚之间。向永贵双臂麻木了，好一阵才恢复知觉。为了表示感激，他向司机敬了根烟，自己点燃一根，两人就攀谈起来。

原来司机是从海口的工程指挥部给什那桥工地运送水泥的，看到向永贵在路边抱着只小猪，衣服刮破了，不知出了什么事，就停车询问，一听是进五指山的，就知道是筑路部队的人，邀请他上车捎一脚。向永贵原来担心赶不上伴，半道上碰上了这位好心的司机，真有说不出的高兴。

在路上，他将工地怎样准备同台风打游击，他怎样领着炊事员到南昌采购，怎样跑了小猪，又如何历尽千辛万苦才把它逮住，给司机说了一通。当然没说汽车按喇叭那一段，免得这位助人为乐的年轻人难堪。司机听了很受感动，连声赞扬筑路部队，表达了对这位同伴的钦佩："由于五指山区地势险峻，交通不便，物资供应不易，筑路部队不光开山劈路的工程任务非常艰巨，连吃点肉都这么困难，难怪全国人民称你们是'最可爱的人'。"

别看司机年轻，也是从海南国防公路建设开工就上了岛的老资格。"我专门从海口拉物资到五指山区，钢材水泥、生活用品都拉。每天都在路上跑，基本上一个来回要花三天，去五指山、返回海口都得一天半。累得很呀！"

"那你吃、住怎么解决？"司务长最关心生活问题。

"半路上吃饭、睡觉都没有保障，中途找不到饭馆吃饭，也没地方住，只能吃在车上、睡在车上。这也难不倒我，每次出来拉货之前，我都在海口买点干粮放在车上，走到半路饿了就吃干粮。我还带着蚊帐呢，这一路蚊子特别多，住在车上也要挂蚊帐，预防被蚊子咬了'打摆子'。记得刚上岛时，水土不服，又连续出车，体力消耗太大，头都要炸了。晚上还有蚊子咬，睡不好。五指山区原始森林的蚊子，一只这么大，咬一口，留下疤个把月都消不了。当时疟疾高发，我得的是间日疟疾，大把大把地吃奎宁，棉布衬衣都变黄了，过了一阵就好了。我的两个好兄弟得了恶性疟疾，一个礼拜就死了。"向永贵点了支烟，递给司机，拍了拍他的肩膀，在心里默默悼念了一下牺牲的两位司机，就将话岔开。

"你有空，就在海南岛到处走走，没准能碰上有趣的事。有一次，我们在一个小村镇采购副食品，我问了一句'有没有香蕉'，那位黎族青年嘴里说了几句什么，就引着我在村里走。他边走边嚷，结果有个妇女两只手拿出八个鸡蛋来。原来他见我脸色发黄，以为我是病号，想吃鸡蛋哩，我摆了摆手说不是。恰巧这家门前有块大海狗的壳，我觉得稀奇，用手轻轻摸了一下，嘴里说了句'好奇怪的玩意儿'，这青年又以为我是要海狗壳，就又引着我走，边走边嚷，结果又有一个妇女提出两只海狗壳来。我正在为难时，幸亏来了一个海南当地的战士，告诉他我问的是香蕉。事情一搞清楚，我们都大笑起来。这里的人民对解放军，就像对待家人、亲兄弟一样！"

司机也大笑起来："我刚来时，也是黎语一句都不懂，当地人亲热地跟我打招呼：'同志，光爹（吃了饭没有）？'我只能傻笑。后来学了一点黎语，跟车队的翻译聊得多了，才知道当地老百姓为什么对解放军和我们筑路技工这么好。国民党反动派的军队驻扎在海口、三亚时，时常把渔民赶出村去，然后大肆抢掠。他们抢走渔民辛辛苦苦捕来的鱼，一分钱不给，还把渔船砍了当柴烧，黎族渔民被压榨得只能吃红薯叶子、睡黄沙、盖野草、喝冷水。最后他们甚至被一齐赶出村去，房子被放火烧光。黎胞有的跑进了山，有的四处流落乞讨，他们悲惨地唱着：

> 刮民党啊蒋匪帮，
> 野兽行为如虎狼。
> 我们黎民遭了殃，
> 房屋财产被烧光。
> 猪被杀尽鸡捕尽，
> 无家可归去流浪。

盼星星盼月亮，一直盼到解放大军渡海解放了全岛，黎胞破天荒地唱出了愉快的歌：

> 毛主席，好计谋，
> 千桅帆船渡琼州。
> 平地春雷一声响，
> 海底翻腾起蛟龙。
> 铁树开花石翻身，
> 从此黎民见青天。

我平常见到黎胞有什么困难，就主动搭把手，或者捎他们一段路。看见他们高兴，心里就特别满足。"

两人就这样天南地北地闲聊着。这位司机是位健谈家，他不怕山高路远，就怕嘴巴闲着。司机流动性大，见多识广，还愁找不到话题？他将最近听到的新闻告诉向永贵："上面已经决定，你们公路工程部队集体转业，走上企业化，师改成公路工程局，团改为工程处，你们就要脱下绿军装，变成工人，咱们就是一家啦！"

"别犯自由主义！"向永贵批评他。其实部队转企业化，他早有耳闻，不过部队有个规矩，在上级没正式传达以前，不许小广播。俗话说"修桥补路，五百年修"，现在公路建设对国家的富强、国防的巩固、人民的幸福，起着多么大的作用，从内心说，要他修一辈子公路，他没意见，但要他脱下这身军装，他从感情上过不去，所以制止司机，不让他朝下说。

"怎么是自由主义？"司机打了一下方向盘，让汽车顺着弯道转过去，继续说："指示已经到工程指挥部很久了，怕影响施工部队情绪，没向下传达。最近要复员一大批老兵——企业化得挑选年轻力壮的兵，这样学文化学技术更有条件——怕老兵思想不通，只好将上级精神往下贯彻。像你这样的老兵，为解放全中国立下了汗马功劳，也该到地方上享受享受啦。"

司机双眼盯着前方，完全没注意到同伴感情上的变化。向永贵听他不停地鼓噪转业、脱军装，还一口一个"老兵"，觉得蒙受了极大的侮辱，刚刚建立起来的亲近和好感就像遭遇了台风，被吹跑了。

向永贵"嘭嘭"地拍着车门，吼道："停车！停车！"

司机不知出了什么事，脚一蹬，"嘎"的一声，将车刹住了。向永贵气冲冲地抱起小猪，背起挎包和棉衣，跳下车来，挥了挥手。年轻的司机不知所措，摇了摇头，苦笑了一声，无可奈何地将车开走了。

向永贵骂了一声："小兔崽子！部队的事瞎议论啥！没一句好话！老子还要在这个队伍里再干上几十年！"他赌着气，大步朝前走去。

马钉找到以后，要解决的主要问题，一个是木料供应，另一个是桥梁施工方案。晚上，桥工所召开了领导会议。

赵广才看人到齐了，就说："我们现在从上到下都提出同台风打游击，到底怎么打，你们心中无底，我也说不出个道道。现在让张工说一说。张工为了拿方案出来，冥思苦想，真是十月怀胎，现在一朝分娩，是男是女，今天抱出来同大家见面。大家各抒己见，提出修改意见，三个臭皮匠顶个诸葛亮嘛。"

张工把一张图纸挂在墙壁上，说："这就是我们什那桥工程的正面图。全桥五个桥墩，每个桥墩之间，是桥的跨度，十五米，连同桥墩与两岸之间，一共六跨，全长九十米。现在桥墩已经完成。我们所说的同台风打游击，就是利用两个台风之间的空隙，突击完成桥的上部结构——大梁、桥面、栏杆。"

等张工讲完了，宋斌首先提问："为什么不采用先预制成型的'拼装式施工'，反而采用现在这种搭排架的'整装式施工'？"

张工为了解释这个问题，用两个茶缸作比方"这是两个桥墩"，又拿过来一根米达尺："这是一根预制好的大梁。我们在陆地上把大梁预制好了，沿途垫上圆木，把全工地的劳力都组织起来向河里推。"然后他将米达尺顺着茶缸往上推，但推到一半，一松手，米达尺一头栽了下来。他解释说："用'拼装式施工'，得有大量钢板，有许多大型吊装设备。可惜我们现在还没有，将来会有的。一旦有了条件，像这样百把米的桥，中间不用桥墩，一跨就飞过去了。我们从现有条件出发，只能用'整装式施工'。"

宋斌听了，觉得可惜，如果条件好一些，何必做这满排支架？同台风打游击岂不更主动？

他想一下，又问："我还提个外行问题。把排架上加试压石料的工序减掉，排架做好以后，就直接上模板接着干，行不行？"

张工笑着说："这道工序可减不得！因为排架做好以后，经过试压，会下沉，沉多少预计不出来。经过试压、测量之后，在安装模板时，都垫得一般平，沉得多的多垫点，沉得少的少垫点，不沉就不垫。这样做出来的桥，下看一条线，上看一般平。否则，桥高低不平，既不美观，又影响质量。再说，排架不经试压，到底能否承受这个重量，也没把握。"

赵广才见已经夜深，大家心里也有底多了，就散了会。

散会以后，宋斌与刘亚兰踏着星光，边说边走。

刘亚兰告诉他，民工队情绪安定多了，大家劲头很足，涌现出新的积极分子。陈满的病治好了，在干部调整中当上了副队长。偷跑回去"放寮馆"的姑娘，回去一看根本没这事，知道上了陈医生的当，都回来了。

"你来过之后，男民工心静下来，下工后爱整理床铺、打扫房间了。女民工开展了团结互助，主动帮助男民工洗衣服，三五成群的姑娘们从东门串到西门，收集肮脏的衣服。男民工不好意思让别人洗，你争我夺，说说笑笑，民工队的生活就活跃起来了，大家脸上都露出了欢乐的神色。后来，你派了一个排长和一个文化教员来民工队做思想工作，亚基当翻译，大家都听懂了，直夸大军'顶呱呱'。"

"他们讲了什么？"宋斌想考考刘亚兰。

"排长讲了国家第一个五年计划，它跟黎人今后的幸福生活有哪些关系，还有就是为什么要建这条国防公路，什那桥的施工进展和安排。文化教员拿了很多《人民日报》和《新海南报》念给我们听，让我们知道了很多事情。比方说，解放后黎人地位提高了，有了选举权，政府里有了我们的代表；国家教黎人种新的经济作物，用新的方法种地，给我们发各种生产工具，提高了产量；为我们盖很多学校、医院，现在这里的小孩生得多了，新生婴孩很少有死亡的。大军走了以后，民工队组织起来谈谈想法，好几个姑娘说着都流泪了，大家都很激动。"

宋斌说："民工的情绪如何，对咱们大桥能否'十一'通车，有直接关系。你这个队长当得很好！一定要继续想办法，把大家的热情燃烧起来，再扇它两扇子，让它烧得更旺！人的思想如同机器，要靠我们去发动、去擦亮！"

说到这里，刘亚兰闪着一双大眼睛问："你们大军怎么不到我们那里玩？我们是大蟒猛兽吗？"

宋斌一时不知怎么搭话。部队战前思想动员时，要求尊重当地的民情风俗，特别强调"不准调戏妇女"，把它视为铁纪律中的"铁中之铁"。民工队里年轻姑娘居多，他不能不有所顾虑。于是随口说："施工这么忙，哪里顾得上玩？再说，你们那里有什么好玩的？"

刘亚兰说："我们可以一块儿唱歌呀、跳舞呀！你们可以给我们讲讲战斗故事，说说革命道理呀！你不知道，我们山里的青年人野惯了。到民工队之前，还可以盼着巡回电影队到附近的大村子里放电影。像现在这样总是做事、吃饭、睡觉，谁受得了呀！你叫我做巩固队伍的思想工作，我怎么做？你不能给我帮帮忙吗？"

宋斌苦笑了一下："刚才会上说同台风打游击，我该有多少事要做啊，你又来向我伸手！"

刘亚兰说："你以为光靠你们大军就可以把桥修好，我们没有一点用吗？你刚才还说民工的情绪跟建好大桥有直接关系。"

宋斌连忙辩白："你别扣帽子好不好？谁敢说你们民工没用？好了，让我回去商量一下，可以考虑业余时间组织一下军民联欢。"

宋斌把刘亚兰送回工棚，然后转头回了连队。

九、修通便道

月光下，王小川、韦小福和周亚光三位战友在河边散步、交谈。三人年龄相仿，是同一个村从小一起玩到大的小伙伴，又一起当了兵，所以格外亲密。

王小川说："小福这次在团支部兼任了青年节约队队长，干得真不赖呢！你这个队长不用说是难当的，不但要积极去组织已有的队员，还要动员所有的战士都参与到这场节约活动中来。我经常看见你牺牲休息时间，带头去起钉子、找钢材，抓紧每分钟的业余时间去清理木料、石料。除这以外，你还注意每名队员的行动和重视点滴的收获，及时公布和宣传大家的成绩，使我们这个青年节约队由十二个人扩大到了六十多人。"

周亚光说："是啊。当工地上出现了浪费粮食的行为后，你及时归纳了大家的意见，成为斗争浪费现象的发言人。经过严肃地批评，消除了浪费粮食的现象，全体战士都养成了节约的习惯，提高了对粮食政策的认识。战友们都说，韦小福搞节约是有一套的。亲爱的战友，我真是为你骄傲！"韦小福高兴得合不拢嘴。

王小川问："你家里回信了吗？我也给父亲去信了，看能不能找到证明人，证明你在'自卫队'里没有作恶，没有抢火柴。"

提起曾经当土匪的事，韦小福就唉声叹气："这件事，我就是浑身长嘴，也很难解释得清。有的战友问：'我们在剿匪时，遇到的土匪都很顽固，你为什么说干了四天土匪就回家了？土匪都是杀人放火、无恶不作的，你为什么就没有一点罪行？'大家提出这些问题是很自然的，而我没有做，就很难答复了。"

周亚光愤恨难平："土匪头子廖陈安真该千刀万剐，他可把我们村害惨了！刚解放时，剿匪工作已经开始，但人民政权还没有建立起来，地主恶霸还在农村横行。我们村廖陈安组织的匪徒被打垮以后，他又回到了本村，强迫青年去当土匪。据说他们上次组织了好几千人，都被打垮了。当时不叫土匪，叫做'自卫队'。他一会儿说'三次大战'要打起来了，国民党要'反攻大陆'了，一会儿又以威胁的口气说：'哪个敢在村里调皮，我就放倒他！杀个鸡还要烧水，杀个人只要手指一动！'我们村只有二十来户人家，就有十二人被迫当过土匪，最后送命、被镇压和劳改的就有六人。"

王小川说："有一天晚上，他到我家来说：'别家都有人当过自卫队了，你们家还没有人去，你们打算怎么办？不去人就交两担谷子的草鞋费。'他还说：'不用怕，这回我们要组织一万多人。'当时我哥也回到村里，他说我哥是共产党的密探，我父母吓得让我哥赶紧跑到柳州去了。我怕我再跑走会连累全家大小，我家也交不出两担谷子，只好跟着廖陈安去了。"

韦小福说："第一次是五月间的一个晚上，廖陈安挨家挨户拍开门，叫我们跟他走，我们三人都被他带走了。到五管村附近时，大约有三十来人。天刚蒙蒙亮，就在那里被解放军包围打起来了。我们吓破了胆，分头躲在山上的刺蓬里。中午等解放军走了，才钻出来跑回了家。"

王小川说："回到家里，我把这个情况向父母一说，他们感到我不能在村里待下去了，就到外面找了个烧石灰窑的活路给我。"

周亚光说："你刚走，大约跟第一次隔了半个月，廖陈安又要我们去当土匪，没有办法，只好跟他去。这一次去了四天，我们到了猫公村以后，每人发了一支枪。又往前走，快到天黑了，到了一个村里。匪部有三十多个人，这就是所谓的'自卫队'。廖陈安见人太少，他把我们交了以后就走了，回去继续拉人。我们到了土匪队伍才一天就认识到了危险和罪恶。"

韦小福说："当时人民解放军已开始清剿，土匪像过街的老鼠，到处挨打。我们所在的那支土匪队伍，每天晚上出发，四处乱跑，因为解放军常常在晚上围剿，所以不敢晚上歇脚，怕被解放军包围了。白天关在屋里睡觉，而且不敢固定，今天这个村，明天这个村。粮食都是向各村摊派的。有一天晚上，我们被派去跟一个背驳壳枪的土匪头子到笔架山村去找甲长要粮。我们几个在门口放哨，因该村离解放军的驻地不远，背驳壳枪的进去五分钟左右就出来了，只听他说要多少粮、送到什么地方，甲长一一答应就完事了。"

周亚光说："到第三天，小福转给我三盒火柴。我说我又不会吸烟，给我干什么？他说，今天土匪中有人抢了一个以火柴换破铜烂铁、鸡毛烂棉花的小贩，每人分几盒。我当时吃了一惊。想起这几天的生活，再加上这几盒火柴，我觉得不能待下去了。小福也说，田里的稻子黄了，要回家收割，我们一拍即合。第二天，我们就跟当官的说回家换衣服，过两天再来，把枪一交，就跑回家，躲起来了。一直到十一月间，'土改'工作队进村开展工作，把廖陈安逮捕以后，要当过土匪的人登记自新，父母喊我回去，我才回村进行了自新登记。随后，工作组送我们到自新训练班学习。在学习中，我坦白交代了当土匪的经过，吐尽了苦水，提高了阶级觉悟。经过领导审查，在训练班结业时，吸收我们十几个人参加了人民解放军。抢火柴的事，小福给我作证，把我撇清了。我相信小福，可是我却不能给小福作证，心里一直很难受，觉得对不起亲爱的战友。"

韦小福说："我也痛恨土匪。有一天下午，一个叫不上名字的土匪头子派我们几个跟着他到另外一个村催粮。到了门口，他叫我们站住，他自己到里头去了。不一会儿，保长送他出来，保长说：'过两天一定送去。'他说：'一定送，不送对你们不起。'他一招手，我们又跟他回去了。尽管我们当土匪是被骗、被迫的，但确实是在做危害社会、对抗人民的事。在自新训练班，听穷苦弟兄们诉苦，我的满肚子苦水也涌上了喉咙管，忍不住掉下泪来，认识到天下的地主、恶霸都是狼心狗肺的东西，天下的穷人都是一根苦藤上结的苦瓜。不是解放翻身，就没有我们穷人过的日子。所以我坚决要求参军，想要保住解放的成果和今天的幸福生活。可是，现在我还有一个当土匪的待查清问题，想起来就心烦。"

王小川安慰他说："小福，你不要灰心，问题总会弄清楚的。你看，在部队，我们三人都立过功、受过奖，都入了团，组织和战友们对我们还是相信的。"

周亚光也说："是的，亲爱的战友！"周亚光把"亲爱的战友"当成了口头禅，但大家都喜欢被他这么叫着。三位战友就高高兴兴回了营房。

桥工所布置后一阶段施工任务的第二天，军工与民工就突击修筑通往伐木场的便道。这条便道长三公里多，线路是经宋斌与张工踏勘的，从民工棚的槟榔林边插过去，沿着山脚向前延伸，一直通向原始森林。桥工所要求因陋就简，便道只开四米宽，走得过一部汽车就行。

为了同台风打游击，宋斌考虑将一部分兵力开进原始森林伐木，一部分配合民工修便道，双管齐下，等便道通了，木料就有的运了。赵广才与张工认为这个安排可行，就批准了。

孙银栓班负责修便道。沿线的杂草、小树已被民工扫光了，他们主要负责对付难"啃"的骨头，挥锹舞镐朝前开。

在一个弯道上，碰到了大树蔸，王小川一数，共有五个，每个都有饭桌那么宽。俗话说"树大根深"，要把这些树蔸挖出来，显然工夫是不小的。大家都望着孙银栓，等他拿主意。

王小川前后左右一看，说："把路靠北边移一移吧，这样道也直了，也不用挖树蔸了。"大家一看，果然不错。

孙银栓迟疑地说："上级确定的线路，能改么？"

王小川说："给它改好了，有什么不行？"大家都认为有道理，就"叮叮咚咚"地进行改道。

战士们边干边说："咱们还干几年，就会出现一批战士工程师。"

熊生把锹往土里一插，说："还干几年，会出现不少战士工程'尸'，尸体的尸！"孙银栓批评他不该说这种晦气话，他就同班长顶了起来。大家双方劝解，继续干活。

为了赶工，中饭是由炊事班送到工地来吃的，肚子一填饱，中午也没休息，又干起来。便道由东向西伸展，下午施工，正好迎着火辣辣的太阳。山谷里一丝风都没有，如蒸笼一般，战士们一个个头昏脑胀，汗湿的衣服都能拧出水来。

前面一棵水桶粗的大树挡住了去路，王小川围着它转了两圈，与班长合计着，如果改道避开它，眼看已干了一半的工程就白废了，显然不可行。他抹了把脸上的汗水一甩，操起一把片锯，同孙银栓一人拉一头，"沙沙沙"地锯开了。

这时，梁新出现在高坡上，举着喇叭筒在现场鼓动："快报！快报！同志们，我们的便道已开了两公里，加油呀！伐木的十五位同志成绩显著，四个半钟头伐树一百八十棵。他们口干了就喝泉水，有的同志昏倒了，清醒过来又继续干，还有的同志带病坚持工作。什那桥在等着我们的木料，我们一定要争取后天便道完工通车。同志们加油，争取更大的胜利！"

"加油！加油！"

"争取更大的胜利！"

战士们喊声一片，铁镐挥舞，银锹闪闪，干得更带劲了。王小川在大家的鼓舞下，锯子拉得更快更稳了。不一会儿，只听到"刺啦"一声响，他忙喊："让开！让开！"接着同孙银栓把锯片抽出来，往大树倒下相反的方向躲，就听到"轰"的一声，大树倒下了，大伙拍手叫好。

赵广才和张工检查完军工的施工情况后，赶往民工负责的路段。

太阳晒得人睁不开眼，当他们跃上一个土坡，眼前顿时开阔起来。土坡下是一片槟榔林，树上挂着一团团鸡蛋般大小的果实，徐徐的微风送来一阵令人陶醉的槟榔香。前面山窝里有一个秀丽的村庄，透过茂密环绕的椰子、芭蕉、荔枝林，可见几座金黄色的茅草屋，有的人家门上挂着吊床、藤萝，里面酣睡着婴孩。村边一条小溪蜿蜒流过，在阳光下跳动着点点银光。沿着溪流，成片的梯田里长着黄澄澄的稻谷。

"槟榔真香呀！海南岛真美呀！"赵广才双手叉腰，迎着凉风，兴冲冲地说："要咱在这儿建设它一辈子，咱一点意见也没有！"

下了土坡，在小溪边见到了满身泥、一头汗的刘亚兰，赵广才说："年轻的队长，明天这个时候不修好路，可要小心打板子！"

刘亚兰把头发朝耳后理了理，说："别的都好办，就是这座便桥，到这个时候了，连一根桩也没打进去。"

张工一惊："莫非下面是岩层？"

这是一道山冲，中间一股细流在潺潺流淌，需要在山冲两边打两排木桩，在木桩上架上木料，木料上垫上树枝、盖上土，就是一道便桥。这时阳光更为强烈，眼前一片黄灿灿的，似乎只要擦上一根火柴，就会把空气燃烧起来。赵广才迎着这强烈的照射，眯缝着双眼观察施工情况。只见几个男民工穿着短裤，赤裸着上身，正在吃力地打桩，汗水沿着他们棕红色的皮肤渗出来、流淌下去。打过的几根木桩丢在一边，桩子打劈了，桩尖开了花。

赵广才从宋斌的汇报中得知，由于选线仓促，施工中碰到许多具体问题，战士们发挥主动精神，一个一个地都解决了。他看了一些改线的地段，的确更合理。相比较而言，民工比军工谨慎得多。为了引导民工动脑筋、想办法，他让刘亚兰把民工召集上来，开个"诸葛亮会"。

"不能蛮干呀！来，上来歇会儿，咱们合计合计。"民工上岸来，围坐一圈，他给每人分了一支烟，自己抽了一根，就谈论起来。他问民工的姓名、家在哪里、有没有架过桥。大家一一回答了，说不仅没有架过桥，连见过的人也不多。陈满说："我们这里河是不少，就是很少有人架桥，要过河就蹚水，反正河水不深，大伙又长年四季地打赤脚。"

"哦，对架桥，咱们一样，都是外行。"他开玩笑说。"大家都说说想法，怎么省事、牢靠，咱们就怎么干。我有两点意见：一是改道，二是改施工方法，大伙看怎么样？"

话音刚落，陈满就比划着说开了。原来陈满在第一根桩打不进去时，就想过垒石围桩法，就是把冲口的马卵石搬来，将桩埋住。为了防止将来过车震动而引起马卵石滑动，可以用竹笼将马卵石围住。赵广才、张工听了，喜出望外，连忙奔到冲口去看，见有不少马卵石，显然是无数次山洪暴发留下的"遗产"。

张工高兴地说："群众路线，一走就灵！战国时期，李冰父子在四川的都江堰就是用竹笼填石引水，想不到五指山区的黎胞，想的办法同李冰父子不谋而合！这个办法好，就地取材，简单易行。"张工学着黎胞的样子，翘起大拇指，称赞陈满"顶呱呱"！

接着，张工提出，为了便桥的牢固，要加些横拉、斜撑。还可以更简单一些，就是把两头用马卵石砌起一段引桥，在引桥上来加横梁，连桥桩也省掉了。说着，拿起树枝在地上画了个草图，示意横拉、斜撑、引桥的具体部位。

陈满虽然不太懂他的话，但一见草图就豁然开朗，称赞张工考虑周到，"顶呱呱咯"。

张工羞愧地直摆手，说："修这座便桥，我们事前没钻探，事后也不检查，总认为一道小便桥，没什么了不起。结果害得民工兄弟白干了半天，还差点误了大事。要不是教导员召开这个'诸葛亮会'，我也会束手无策呀！"

"这样省工省料省时间。马卵石这里有的是，可以就地取材。行！就按张工的意见办。"赵广才说着，跳到水里，与民工一道干起来，大家劲头更足了。

刘亚兰随即把附近两个女民工班调来传运石料。女民工边搬石料，边数落男民工不中用，搞了一天，桥没做起，还要我们来支援。男民工笑姑娘们感到孤单了，跑到这里凑热闹。大伙叽里咕噜，嘻嘻哈哈，干得挺欢。

星期天，河里的礁石上坐着两个人，梁新和王小川。他俩刚在河里洗完澡和衣服，就在暖洋洋的阳光下攀谈起来。王小川很崇拜这位文化教员，认为他说话风趣，平易近人，满肚子文章。梁新认为王小川单纯，勤学上进，积极参加文娱活动，是工作中的好帮手，所以两人关系密切。

梁新回家探亲一个月，归队不久。自从他探亲归来，先是台风来袭，接着是王小川找排架去了，后来两人都在忙，趁星期天搞个人卫生，结伴到此。一坐下来，王小川迫不及待地打听梁新在探亲中找了个对象的情况。

"我在家根本就没提这件事，"梁新笑眯眯地说："可老人硬说要找、要找的。我说，你们再提，我明天就回部队去。母亲一听就哭起来了：'你现在不找，不知什么时候才能回来。你若是在外面找一个，以后就不会回来了。'我火了，说：'找吧，找吧！要中学毕业的，不是地主成分的，政治进步的，身体好的。'这本来是气话，可在村里一下子传开了。"

"那天晚上，互助组正在开会，我在会上讲了'互助合作'的道理。听的人越来越多，屋里挤不下，门口还站着不少，连老人、小孩都来了，村上开会从来没有到这么齐。我讲完以后，散会了，听见大婶大嫂们在一边嘻嘻地笑，我问他们笑什么，他们又说我找对象的问题。我说：'行呀，要中学毕业，不是地主成分……'还没说完，他们就嚷嚷开了：'你这不是卡人么？哪个穷人能供姑娘读到中学？高小毕业都难找！'我说那就算了呗。"

"过了三天，真找来了。她今年才十九岁，中学毕业，家庭成分是小土地出租者。她哥从前跟我同学，现在在小学教书。我母亲要我同她面谈，我说，我不认识她，怎么好谈呢？她身体怎么样？母亲说，她身体还好，你不去谈也要写封信给她。"

"好吧，写就写吧。我在信中告诉她，我是个青年团员，今年二十六岁，在部队当文化教员。这次回来探亲，并非是回来处理个人问题，为了安定父母的心，不得已才这样做。我们谈成了，现在不结婚，谈不成也没啥。那女子不错，政治上还是进步的，作风也很正派，终日不出门。后来她给我做了两双布鞋、两条短裤、一个花枕头。你是看到的，花绣得还不错吧？"

"后来，她叫我到她家里去玩。去就去吧。我外公在她那村里，我到了外公家，外公派人去找她，她不来，怕别人笑话。我说，这是光明正大的，又不是什么丢人的事。外公告诉我，学校放假了，她哥晚上回来谈。吃过晚饭，她哥来了，和我一起沿着村子走。我们从国家的第一个五年计划，谈到鞍钢、农业生产合作社，一直谈到建设一个像苏联一样强大的国家，过上苏联式的富足、幸福的生活，谈到喜欢的苏联歌曲、电影、小说，越谈越投机。"

"晚上，她哥带我去和她全家人坐在一起。她哥说：'妹子，你们在一起，你愿不愿意？如今是婚姻自由，你们自己说吧。'我俩交换意见之后，就同意了。恋爱关系刚建立起来，谈不上深……"

梁新说完，脸上呈现出一种难言的神色。梁新是连队第一批探亲的人员中第一个找了对象的人，他找对象的过程，在没有恋爱经历的王小川听来，比战斗故事还新奇。只是他想不通，梁新有了对象，为什么不是喜气洋洋，反而像是若有所失呢？不过，王小川从交谈中，想象着家乡的变化，感受到农村、家庭、男女青年之间新的信息，取得了第一手活材料，无疑又增加了不少知识和憧憬，心中又高兴起来。

十、军民联欢

五指山区施工，劳动的艰辛，生活的艰苦，像一副沉重的担子压在宋斌的肩上。连队里青年战士占多数，他们精力充沛，收工以后饭一吃、澡一洗，无所事事，就觉得无聊。为了打发熄灯前的这段时间，丰富集体生活，他同梁新一道想过很多办法。在走鸡岭施工时，曾组织过篮球赛，一次熊生一个长传，王小川没接住，球滚下山去了。王小川第二天带着干粮下山寻球，找了一天没有找着，从此球也打不成了，每晚只有各班自发地摔扑克、走军棋、聊天抬杠，大多数战士躺在各自铺上休息。

这天收工以后，宋斌到桥工所，向赵教导员打听电影队啥时候来。之前放映的《幸福的生活》《顿巴斯矿工》《边疆战士》等电影，战士们都爱看。赵广才叫他回连队组织文娱活动，先不要等着电影队。

宋斌解释道："兵演兵、赞家乡，都搞过了，再搞，演的不起劲，看的不过瘾。"

赵广才想了一下说："你把部队带到民工队去，咱们开个军民联欢会。"

宋斌说："我也想过搞联欢，可是双方语言不通，不知准备什么节目好。又怕有个别人联拢去了，那'联欢'就成了'联苦'了。"

赵广才说："不用准备什么，你在行前强调一下，既热情又规矩就行了。你先去，我随后就到。"

宋斌把连队带到民工队工棚边的路基上，赵广才同张工果然领着桥工所的全班人马来了。湖南的石匠、广东的木工听说有军民联欢会，也纷纷跑来了。黎族民工穿上了节日盛装，喜气洋洋地涌了出来。

联欢会的主持人梁新让人们围着圈蹲下来，然后就把连队里王小川等三十多个文娱骨干招到圈子中间，由他打拍子，唱了一支军歌，联欢会就开始了。接着战士们又合唱了《没有共产党就没有新中国》《我是一个兵》《歌唱二郎山》《英雄们战胜了大渡河》等几首歌。

军工一退场，刘亚兰就把民工队的姑娘们引上了场。许多姑娘是第一次在众目睽睽之下站在中间，显得难为情，低着头，手指卷着衣角。刘亚兰一看这队伍站得七零八落，有点生气，但也不好说什么，就指挥大家先唱一首《你是灯塔》，姑娘们唱得调子不准，吐字不清，她拍子也不好打，索性跑进队伍里，同大家一起唱起他们自己编的黎族民歌：

> 毛主席来过五指山，
> 英雄树下歇过马，
> 临走树下洒瓢水，
> 树上开满英雄花。
> 毛主席来过五指山，
> 古树野藤把路拦，
> 他指挥大军开条道，
> 全岛南北连成片！

大家热烈鼓掌叫好，梁新又成了啦啦队长："唱得好不好？"

"好！"

"再来一个要不要？"

"要！"

在大家的要求下，刘亚兰又领唱了一首改编民歌：

> 领唱：五指山高五条河啰，
> 你知哪条流水多？
> 你知哪条流下海？
> 你知哪条流回来？
> 合唱：五指山高五条河哩，
> 什那河流水多啰，
> 蒋匪兵败流下海，
> 大军胜利流回来！

在一阵掌声中，赵广才把张工推了出来。

张工说："你这不是赶鸭子上架么，我唱不出，又跳不到。"

梁新说："随便表演点什么，军民同乐嘛！"张工推辞不过，被拉到中间来，大家又笑着一阵鼓掌。

他默想了一下，说："请大家不要鼓掌了，我心一慌，更想不出什么节目了——这样，我给大家玩个把戏。这把戏把戏，全是假的，把戏不假，雷都要打。闲话少说，今天大家捧场，我献个丑，给大家玩个空盒取烟。"说着从衣袋里掏出个烟盒来，在星光下举着烟盒走了一圈："都看清楚了，这是个空烟盒。"他回到中间站定，从裤袋里掏出个手绢，用两指头掐着个角，摆了两下，表示什么东西也没有。然后将手绢盖在左手的烟盒上，右手朝空中一抓，像抓住了什么灵丹妙药，向手绢盖着的空烟盒一撒，再将手绢打开，一盒香烟出现在大家面前。场上爆发出一阵热烈的掌声。他不慌不忙地自己叼了一根，又给赵主任、宋连长一人敬一根，余下的七根向场上的人散发。大家吸了一口，果然是香烟，都惊奇的不得了。

赵广才为了揭他的底，打趣地说："场上这么多人，你怎么一盒烟发一半就收起来啦？"

张工说："实不相瞒，我这盒子有一半是空的。大家最初看到的是空的一半，一反手，变！将有烟的一半亮出来啦！"大家听了，恍然大悟，又是一阵哄笑。

接着，战士们表演了一段荆江分洪筑坝修闸的舞蹈。本来这个舞蹈大家已经演过多次了，今天由于心情舒畅，跳得格外卖劲。特别是熊生的领舞，抬手举足，都显得那么有力、活泼。民工们虽然不懂舞蹈语言，但对大军那威武、雄壮的气势和整齐、熟练的动作，都啧啧称赞。

军工的舞蹈刚结束，十几个男民工就拿着八根一丈多长的竹杠上了场，大家以为他们要玩武术。又见他们将竹杠并排放在地上，两端各蹲下四个人，用手抬起竹杠，有节奏地相碰，发出一阵清脆的"嘭嘭"声。随着姑娘们优美动听的歌声，三个男子在晃动的竹杠中跳来跳去，舞步娴熟，这些不断相碰的竹杠并没有夹住他们的脚。

宋斌激动地说："想不到黎族还有这么高超的艺术。"

赵广才说:"我国是个多民族的国家,各民族都能歌善舞。我明天打个电话,叫师部文工团派人来采风,推荐他们上北京演出。"

宋斌指挥战士们去跳,大家跃跃欲试,没有人敢领头。熊生胸一挺,跳了进去,不到两分钟,脚就被夹了两下,连忙退出来搓脚,引起人们一阵哄笑。

民工把竹杠扛下去,场上响起了锣鼓声,军民混合,一双双、一对对跳起秧歌舞来。在大家玩得兴高采烈时,赵广才把张工和宋斌拉出来,悄悄地往回走,商量第二天的施工安排。

从这天起,每到傍晚,部队和民工就在一块游戏,更多的是跳"找朋友"的舞蹈。这舞跳起来比较简单,大家唱着:"找呀找呀找呀找,找到一个好朋友,鞠个躬,敬个礼,握握手,笑眯眯,索发米来索发米来索多,索发米来索发米来索多。"大家甩着胳膊,扭着腰肢,当唱到"找到一个好朋友"的"找"字的时候,不管旁边的是男是女,都要敬礼、拉手,两人在过门曲子中转个圈,然后被找的人接着在外面跳。由于有歌有舞,双方能够接触,年轻人百跳不厌,玩得很来劲。

熊生会玩,也喜欢玩,一旦静下来,各种活思想就冒头了。这一天,孙银栓看见熊生一个人在坪场上拉二胡,就走过去,站着听了一会儿,问道:"熊生,拉二胡与思想有没有联系?"

"拉二胡就是娱乐嘛,有什么思想联系?"熊生还是拉他的,回答得既肯定又含糊。

"我看有联系。"孙银栓蹲下来。他说话不笑时,你说是玩笑也可以,你说是认真也可以,看你怎么听。

"怎么个联系法?"熊生苦着个脸,显得很不耐烦。

"如果没有联系,为什么别人拉的二胡都是很高昂的,听了让人愉快和高兴,你拉起来却很低沉,听了觉得孤独和悲伤呢?"

熊生说:"这……拉的曲子不同。"

"那你为什么老拉这个曲子呢?"他又追问。

熊生沉默了。

"依我看,自从你上次要求复员没被批准,就一直不痛快。"孙银栓直截了当地提出来。

"我对班长不隐瞒自己的思想，上次复员没有我，我就有两毛钱的意见。"熊生挂上拉弦，低着头说。

"可是，你为什么参军？"孙银栓仍然不动声色地启发他。

"我参军是为了扛枪杆子，不是来扛扁担、扛锹把的。"熊生硬顶了。

"依我看，扛什么都一样，说苦都苦，说光荣都光荣。有仗打，咱们扛枪杆子；没有仗打，咱们扛锹把子。咱们人们解放军既是战斗队，又是工作队，还是生产队。'当兵吃粮'那是旧军队压迫人民，现在咱可不能存在这种思想呀。"孙银栓还是慢声低语地说服着。

这熊生是个解放过来的战士，他一听到"当兵吃粮"，感到戳到了痛处，再也找不到话说了。但在旧社会，他学到了一点见风使舵的小聪明，觉得这样谈下去没有好结果，就非常沉痛地说："我呀，自己也觉得不对，就是疙瘩解不开。班长，你这么一说，中啊，你就看咱今后的行动吧。"说着，把二胡拧了两下，就扯起一曲悠扬的《修公路小调》来。

几年的思想工作经验，让孙银栓知道有个人主义思想的人，不可能三言两语就解决问题，特别是像熊生这样的人，更加复杂一些。他就说："自己认识到不对就很好，解不开疙瘩，就找同志们帮助排解一下嘛。"

熊生各方面都与众不同。排架被冲走以后，大家像打了败仗，心里有说不出的别扭，他却喜笑颜开；大家讨论了桥工所同台风打游击、突击建桥的方案以后，一个个鼓足了干劲，情绪高昂，他却像泄了气的皮球，不久就"病"了；当人人都在为台风的来临而担心，熊生反而高兴起来。收工以后，他在外面打个转就回来了，兴冲冲地整理着床铺，收拾着挎包，又把床底下的东西翻出来进行清理。战士们的家当都非常简单，床铺有什么好收拾的？

熊生的床铺也有点特别，总是那么整洁。每逢收工回来，别人忙着修理工具啦，打扫环境啦，他却无动于衷，忙着收拾自己的床铺和拉胡琴。他的枕头底下，藏着两本书，一本是《刘海砍樵》，一本是《梁山伯与祝英台》。这两本书是从俱乐部顺来的。他常常想着书中的故事，既为刘海的幸运感到羡慕，又为梁山伯的不幸而感到惋惜。他对别人说："梁山伯是个傻子，同祝英台一块儿睡觉这么久，还不知道是男是女，若是我呀……"他心里乐滋滋的，似乎只有谈论到两性关系时，才心花怒放。如果谁背着他，在他的床铺上躺了一下，哪怕只是动了一下他的床单，他就会骂得别人难下台："床铺就是家，当了几年兵，连这个都不懂！丢了东西谁负责？"为此，同志们没少帮助他，他却振振有词："我就是爱清洁，好娱乐！"如果这是健康的思想、正当的行为，原本是没有什么可非议的。就这样，他与大伙越离越疏远了。

那一天，他蜷缩在床上，听到一阵阵人声鼎沸。起先是孙银栓和王小川凯旋，不一会儿是黎胞送马钉来，不一会儿又是工地的高音喇叭，将找到马钉当着头号特大新闻进行广播。这些声音刺激了他的神经，扰乱了他的平静，他觉得刺耳、讨厌、心烦意乱。这两人跑出去游山玩水两三天，找了个马钉回来，硬像个英雄，又是迎接，又是广播表扬。孙银栓回来还到我床头问寒问暖，王小川这小子更得意了，连眼角都不朝我瞟一下。其实，这事谁又做不到？为什么不派我去？

熊生面庞英俊，身体强悍，长得一表人才。他出生在湖南桃花江畔，听梁文教说，古代有个大文豪陶渊明曾经写过一篇《桃花源记》，说的就是他家乡的风物。他虽然不知《桃花源记》写了什么，但他觉得家乡山美水美人更美。他很早就爱上了同村大财主曾老八的千金，两人相貌相当，情投意合。不知怎么被曾老八发现了，曾老八鼻子一哼："嘿！癞蛤蟆想吃天鹅肉！他小子想做我的女婿，得拿出一千块大洋来！"

熊生哪受过这种气！他父亲是个军官，因"刮地皮"不择手段，激起民愤，被群众告发，关在监狱里病死了。他是家中独子，母亲教育他："你长大了，也像你老子一样当个大官。"从小，母亲对他是捧在手里怕飞了，含在嘴里怕化了。他与别人打架，不管谁对谁错、是输是赢，只要他哭着回家，母亲都会追出来把别人打几下，而且一直骂到别人家门口，连祖宗十八代都骂到了。穿的、吃的、玩的，他要什么，母亲就想方设法满足他。这样，养成了他娇生惯养、自高自大、逞强好胜的性格。

他一气之下跑出来，投奔他父亲的一位老同事，到程潜的部队里当了兵。搞了半年，就混上了个下士班长。正当他一心往上爬的时候，却被历史的车轮碰翻了。解放大军跨过了长江，密集的枪炮差点送他到阎王那里报到。1949 年 8 月，程潜与陈明仁一起扯起了义旗，率部起义，弃暗投明，熊生随着部队一块整编，撕下"青天白日"的帽徽，换上八一红五星，当上了一名解放军战士。

从家中来信得知，曾老八在"土改"中被镇压了，他解了心头之恨，但又担心那位千金的下落。经过部队"忆苦三查"，他知道同一个被镇压地主的女儿藕断丝连是不光彩的，既不便写信打听，也不好对谁流露，只有把这段私情深深地埋在心里。

由于他把很多灰暗的事情和情绪憋在心里，得不到排解，在解放军部队极其艰苦的工作生活环境中，每次遇到不顺、困苦和危险，这些情绪和往事就像沉渣泛起，加重了他的烦恼和狂躁。

起初，当他把红五星缀在帽子上，看到革命队伍里当官的同当兵的吃一样饭、穿一样衣，都像亲兄弟一样亲密无间，觉得还蛮有意思。但慢慢又觉得这部队的宗旨与他格格不入：不准拿群众一针一线，战士之间相互监督，动不动就在生活会上批评人，什么作风呀、思想呀、世界观呀，把人搞得很紧张。这且不说，就是那战斗性的体力劳动，真令人难以忍受。自古以来，当兵吃粮，有仗打仗，无仗就玩。可是，全国解放以后，部队战士一手拿枪、一手拿锹，整天累得腰酸腿疼，汗都流干了。

他真羡慕那些戴着大红花在台上作报告的志愿军英雄，白刀子进、红刀子出，拼个你死我活，闹得好升官发财，闹得不好死了算了，好过在这里活受罪。他在荆江分洪工地上就有这个感觉，可别人说"工地就是战场，土箕扁担是刀枪"，他咬紧牙干了几个月，以为完工就好了。谁知气还没喘匀，一个千里行军，就开到海南岛五指山区修公路。

筑路工程既艰苦又危险，他觉得这简直就是苦役。部队刚开进五指山区，什么都没有，搭建营房得自己从山上砍木材、割茅草，床铺、桌子、凳子也得自己做，连扁担、土簸箕这样的生产工具，也要自己就地取材，砍了山里的竹子一点点编起来。这里山高路陡，山上有蛇、有山蚂蟥，只要蹲下来，蚂蟥就来了，大小便都困难。

海南岛，这是什么鬼地方啊！古代大诗人苏东坡犯了罪，被流放到这里，也不过是在海口、榆林这些生活条件好的地方，他会到五指山来么？我们却成年累月在这山里转，吃的苦就像这重重叠叠的大山，望不到边。原以为猛干一阵，把桥修好就转移了，谁知一场台风，又把工期朝后挪了。

他感叹，世上有多少不平事啊！自从加入到人民解放军的队伍里，广西剿匪、荆江分洪、千里行军、海南岛修公路，自己苦没少吃、汗没少流，为什么别人就能立功、入党、入团，我怎么连个表扬都捞不到一次，批评倒没少挨？他感到没什么前途，满腹怨气。每次要复员了，他闹得最凶，干起活来像掉了魂，无精打采。对于党员团员、功臣模范、积极分子，他都感到厌恶。他经常由于烦恼而失眠，或者做恶梦，不是梦见大树倒下来把他的腿压断了，就是梦见从高高的排架上摔下来，脑袋炸裂开花……

什么同台风打游击？那是没有影子的话！"天有不测之风云"，台风说来就来、说走就走了，还能给你打报告？现在做的事、出的力、流的汗，都是无效的、付之东流的。他打定主意，要用千方百计脱离这种艰苦而且长期的劳动。"我养精蓄锐，休息几天再说，谁充能谁干去吧！王小川整天假积极，你不也跟我一样，是从旧军队混过来的吗？"

王小川对于自己解放前夕曾在反动部队当过兵这件事从来没有隐瞒。相反，他总是想让组织和战友们透彻地了解他，以便帮助他。

他被迫参加的伪桂林绥靖公署的这支连队是新成立的，王小川 1949 年6 月间进去，开始一个多月人没凑齐，生活还比较自由散漫，他可以出来擦皮鞋，再回去吃饭睡觉；到八月间凑齐了人数，当官的来了，每人发了一套黄衣服，就天天出操跑步，紧张起来；九月间才发了一次饷，每人一块光洋；又过了一个多月，发了武器下来，都是"三八"步枪，同他一般高。柳州解放的前几天，搞了一次野外打靶，每人打了三发子弹。一天晚上十点多，一道命令下来，连队马上拉到柳州北郊放哨。连长石宝磊训话说："大家不要怕，桂林那边我们还有很多军队！"

第二天清早天刚亮，解放军击溃了白崇禧的守卫部队，大举向柳州城挺近，四面八方机枪大炮一齐响起来，这时王小川他们才知道解放军已到了跟前，一个个吓得魂不附体，人人飞跑。队伍到河边一集合，只剩下三十来人，其余的都跑散了。连长石宝磊就领着包括王小川在内的这三十来人，跑回了自己的家乡洛满。

逃到洛满时，解放军也到了。他们在山沟里的一个岩洞里躲了两天之后，石宝磊给每人发了两块光洋，叫他们把步枪、机枪、子弹及军用品统统留下，各找生路。王小川不敢走，因为当时社会秩序很乱，他担心到柳州擦皮鞋是捞不到饭吃了，而且他穿着一身伪军装，路上怕被杀头，提出要留在当地给人帮工。石宝磊就把他留下了，王小川在他家每天除了喂猪、挑水、煮饭以外，还要打柴、割草、挖草药、挑担、赶集。

没过几天，石宝磊从山洞搬回家住了。人民政府成立后找他要枪，他就缴了一挺机枪、两支步枪假装投降，其余的听说卖了。后来人民政府发觉他隐瞒和私藏枪支，抓他去吊了两天，不知怎样又取保放出。他回来以后，怕王小川暴露了他的枪支数量，对他不利，就给了两块光洋做路费，叫王小川滚蛋。从此，王小川与伪军里的人就没有任何联系了。

通过学习教育，王小川认识到，自己一家的悲惨遭遇，原来都是反动派害的，觉得自己当伪兵对不起父母，更对不起人民，就把事情的经过都向人民政府和部队交代了。多少次回想过去，他都痛心疾首："我之所以参加这样的组织，虽然是环境所迫，但自己也应负一部分责任。我去当伪兵的时候想：天天被他们抓，迟早是逃不脱要被拉去当兵的，倒不如自己报名去当新兵，省得被抓了壮丁。而且天真地以为被抓去的会受折磨，自己报名去的会自由一点。当兵有饭吃，总比擦皮鞋饱一顿饿一顿好。拿命去换饭吃，这种只有流氓才做得出来的事，我却去做了，给敌人卖命。深挖思想根源，就是自己在擦皮鞋和卖报纸的一段时期内，不自觉地沾染上了流氓习气，忘记了父亲的叮嘱，丢掉了劳动人民的品质。"

记得刚当解放军时，排里的新兵都是当过伪军或土匪自新参军的。有些人想家，排长在点名时严厉地训斥说："你们好好想想，自己以前是做什么的！"王小川当时羞愧得流下了眼泪。后来在兵团阅兵时检查枪里有没有子弹，王小川的枪里没有子弹，别人已经检查过两遍了，排长又来抽查他，他怀疑上级对自新的同志有不同的看法。后来教导员、连长对排长提出了批评，同志们针对王小川的思想顾虑进行了帮助，他就把旧社会留下的包袱和伤痛放在了一边，决心将功补过，做一个人民的好战士。

十一、森林伐木

这里是树的世界、绿的海洋，碧波千顷，风声回响。宋斌的连队一开进去，人就消失了。不一会儿，传来一阵阵"咚咚"的伐木声，"沙沙"的砍枝桠声，这里那里，树冠一晃，树枝一摇，"哗啦"一响，接着就是"轰隆"一声，树倒了。长满参天大树的原始森林，像一个巨大的菠萝蜜，顿时出现一颗芝麻大的空洞。

赵广才、张工和宋斌又在商谈工作。

"现在主要是木料成问题！"张工一谈到工作，总要提出困难来："木料跟不上，模型板没法做，排架也搭不成。"

"战士们把吃奶的力都使上去了。树不好砍，又要细，又要长，又要直，难找得很。砍了，又不好运下来。只要把便道修好，随要随运，咱们白天黑夜干都没意见。"宋斌带领全连正担负伐树任务，一听说树料供应不上，他就觉得很抱屈。

"我并不是说战士们不下力，而是说木料需求量又急又多。看是否能从别的工地上调一部分劳动力来。"

"咱们这儿人都不少了，"赵广才说："把这些人利用好，就没有问题了。别的工地人手也很紧张呀，他们的担子也不轻哩。"

这几天伐木成效没有多大提高，没有达到桥工所布置下来的指标，战士们都憋着一口气，干得更凶了。

原始森林黑黝黝地连成一片，没边没沿。千年没砍伐过的古树，望不到顶，两个人都抱不拢。在树林里，葛藤穿插着、攀扭着、盘绕着，如天罗地网。荆棘纵横交错，张牙舞爪，好像无数道铁丝网，地上还爬着山蚂蟥和大蚂蚁。这可把大个子李勇急坏了，他一抬脚被葛藤绊着了，一伸手被一蓬荆棘巴住了。他挥动砍刀，朝葛藤、荆棘乱砍，口里骂道："操他妈的，要限制老子的自由，哼，办不到！"等他开出一段路来，发觉腿上有点疼，低头一看，乖乖，每条腿都爬上了几条山蚂蟥。他用手扯，扯不掉，举手拍，拍不脱，急得他挥刀就要砍，但被人拉住了。

"你的腿不要了？"王小川一把抓住他的手腕，拿起一根草将山蚂蟥刮下来，然后将草从它的头部穿进去，从屁股拉出来，把山蚂蟥的肚子翻出来了。"怎么样？给你报仇了吧？"两人继续去找树料。

忽听得一阵急促的集合号音在山脚吹响，一时，山上拉锯声、砍木声都停止了，他俩也调转头来，朝山下走去。

半道上，有个人窜出来，抬头一看，是熊生。只见他扛着把砍刀，身上和脸上都干干净净的，衣服也没有皱一点。李勇没好气地说："我还以为跑出一头野猪呢，正想一刀砍下去。"

"唉！山也难爬，树也难砍，真是要老命了。"熊生摆出一副很劳累的样子。

他们下到山脚，找一块平地坐下。不大一会儿，战士们就东一个、西一双地从树林里钻出来了。

"收工了吗？时间还早呀。"

"有什么紧急情况？"

"集合干什么？"

战士们在猜测、询问着。人到得差不多了，才见宋斌站出来，大家立即安静下来。"同志们辛苦啦！"他总是这样开场。

"为人民服务！"战士们洪亮地答道，震得树叶"唰唰"地飞落下来。

"耽误大家一点工夫，我考虑这个会是非开不可的。大家知道，工地上搭排架的、做模型板的都快停工待料了。大家想一想，十月一号前要通车呀。我们既没有磨洋工，也没有睡大觉，为什么计划完不成？大家找一找原因，也给咱们连的领导提些意见。"他的话音刚落，战士们可炸开啦！

"咱们应该早点上工！"

"收工也太早了！"

"中午不该休息！"

李勇跳到宋斌面前吼道："连长，你给我一把一百斤的大斧，我三斧头给你砍一棵树！"

宋斌拍着手，喉咙都喊嘶哑了，大家才静下来。他说："大家冷静一下，要找点窍门，不能一提起完成任务就是加班加点，就是蛮干。咱们工程部队出了个王坤，他上过北京，见过毛主席。他有什么成绩呢？因为他会巧干。王坤发现，咱们挑土是一担土弯三次腰，既累人又费时，他就想办法革新，终于想出个'活钩倒土法'，挑土不弯腰，土自动倒出来，这对工程的贡献可大了。咱们都要向他学习，人人争取当王坤！"

这番话说完，战士们都沉默了。过了一会儿，孙银栓站起来了。他说话总是慢条斯理："我工作搞得不好，请上级批评。"

"你有意见就提吧，现在不是开检讨会。"宋斌怕会议时间拉长了，提醒道。

"咱也没什么意见。"孙银栓两眼望着地说："咱怎么做的怎么谈。桥梁施工对树木有规格要求，上面分配下来的任务，要的是每一根不大不小，直溜溜地一般粗、一般长。一班砍六寸五口径、三丈长的，四班砍三寸口径、六丈长的。班里接着把任务分给战士，张三五根、李四七根。大家来到山里，你东我西地到处乱钻，在树林里瞎哄，锯完一棵再寻一棵，费时费力，还难以达到要求。还说是加强计划管理，再这么管几天，连人都管没毬啦。"也许是由于激动，他越说越快。

"都说的什么呢？"宋斌低声问道。

"找树呗。"王小川替班长回答："我的任务是砍三十厘米粗、十四米长的，小了、大了我都不能要，不够长的更不能要。怎么办呢？到处乱钻，满处去爬，找符合规定的树。"

"连农民都已经组织起来了，我们还搞单干，积极的人干死，偷懒的人玩死。熊生，你莫用眼睛瞪我，我没提你的姓名！"李勇像吵架似的。

"依咱的意见，要搞个竞赛，把每个班每天的成绩都公布出来，大家心中有个数。先前有评功制度，每天晚上评，谁好谁坏都看得出来。这个制度也被台风吹跑了，被洪水冲走了？"曾新严是团小组长、俱乐部的宣传委员，他考虑问题，总不离本行。

宋斌听得既兴奋又痛楚，兴奋的是战士们的意见这么诚恳，考虑得这么周到，痛楚的是自己没有深入现场，不能及时解决问题。"这是失职的行为！"他这样责备自己。然后，提出了三条改进的意见：一、木料不管大小长短，合用就砍；二、每班组成四个作业小组，以组为单位操作；三、每天评比，当天公布成绩。"大家看这样好不好？"

"好！"一百多张嘴喊出同一个声音。

"嘶啦嘶啦"的锯树声，"咔嚓咔嚓"的砍树声，夹着战士们的呼叫声、谈笑声，震动着原始森林。树倒了，发出一阵"哗啦啦""轰隆隆"的巨响，这边响、那边响，一根接着一根倒，每倒一根都引起一阵欢呼：

"这棵可以做横梁！"

"这棵两头一般粗，做支撑最好！"

"这棵粗家伙，适合锯开做模型板！"

熊生却高兴不起来。他一踏进森林，就感到恐怖万分，总觉得随时都有巨蟒向他张着血盆大口，山蚂蟥会爬上他的背心，大树会倒下来把他压扁。刚才李勇的发言，更让他浑身不舒服："你他妈假积极，拿多少钱嘛！管起我来了！"后来编成小组操作，他、王小川和李勇分到一个组。"这是成心监督我！老子不干，你能吃了我吗？"他绷着个脸，有气无力地扯着大锯，加上他战战兢兢、瞻前顾后，锯子拉得重一下轻一下。尽管搭档李勇累得"呼哧呼哧"地喘着粗气，浑身汗爬水流，拉着拉着，锯条还是卡在了树中，拉不出，推不动。

李勇急得直跺脚："你要不想干，就说一句，在家歇着，莫害人呀！"

"你说话可要有根据！你拉一下，我拉一下，谁比谁少干啦？自己技术不好，还怪别人！"

两人你一句我一句地吵起来了。孙银栓过来拉开他俩："吵什么嘛！别的班听见了就好啊？有话好好说嘛！"又把李勇跟曾新严换了。王小川也把两人劝开，他在锯缝外侧砍个口子，又砍个木楔插进去，锯子就活动了，然后自己与熊生搭伴拉一张锯，继续锯树。

孙银栓回去，继续跟韦小福搭伙拉锯。两人一来一往，配合默契，就不觉得多累了，边干边拉拉话。

孙银栓说："这几次学习，你怎么情绪不高？轮到自己发言就讲，别人发言不注意听，坐在那里打瞌睡。"

韦小福抿嘴一笑："干活累了，犯困呗。"

"以前你积极发言是对的，但不注意方式方法，就要批评。同志之间，不是原则性问题，可以用另外一种方式，比如说出自己的看法，大家一起讨论，而不是得理不饶人，非得争出个谁赢谁输。人有脸树有皮，不给别人留面子，是会影响团结的。"

韦小福收住了笑，又嘟哝道："有的事情很简单，咱当兵的干就是了，何必开会扯半天，耽误工夫。"

孙银栓笑起来："这才是你的真实思想。一个人不可能一辈子当战士，干好自己的一份活就行。今后可能有更加复杂的工作，需要几个人、几十个人合作才能完成。这就需要集中集体的智慧，统一大家的认识。平时班里讨论，每个人的经历不同，看问题的角度不同，也是值得虚心学习的。"

韦小福红着脸，点了点头。

放倒了一棵树，再锯下一棵树时，孙银栓接着说："据我观察，你每次发脾气，基本上都跟那三盒火柴有关，一点就着。在这个问题上，你应该向王小川学习，放下心结向前看。你们一起申请入团，第一次填表未批准，他就没有灰心。咱们都是从旧社会过来的人，那时候，穷人哪能掌握自己的命运，所以才拥护翻身解放。打个比方，将来你谈恋爱、结婚了，你还要为这事，向你对象、你的岳父岳母发脾气吗？对这件事，他们有什么错吗？"

韦小福本来眼圈红了，听到后面又笑起来。

孙银栓问："你托家里找证明人，有信了吗？"

韦小福的情绪倒是稳定多了："还没有着落。土匪头子廖陈安可把我们村坑惨了！他和他老子、兄弟都已得到了应有的下场！受他的威逼，我们一个二十来户的村子，就有十二人当过土匪，最后丧命、被镇压和劳教的就有六人。我父母找人回信说，你这样已经是很幸运了，我们不忍心去揭别人的伤疤，以后找机会再说吧，你在部队里好好干最要紧。"

孙银栓被这对善良的老人感动了，也劝韦小福："老人家说得在理。以后如果需要，组织上会调查清楚这些历史问题的。"

熊生跟王小川拉锯，可没有这么顺畅。

"又是个监督我的积极分子！"熊生还是绷着脸，有气无力地拉着大锯。

但经过王小川的三两下，卡死的锯子轻轻一拉就活了，他又从内心佩服。

不过，锯子一动，熊生的心情又由愤怒转为惊恐，他不时仰头望一眼大树，生怕它倒下来压扁了自己。他觉得自己在这山、这树面前，是那么的渺小、无助，提上来的心快跳到喉咙管来了。看着锯末一点一点地从锯缝里喷出来，他又有点儿着急了："怎么还不断呢？"

"熊生，你们家乡有这么粗的树吗？"王小川故意找话说。

"没有，我家乡的树很小，只能砍来做锄头把。"

"我家乡也没有这样大的树，我也是第一次看见呢。你瞧，又粗又直，拿去搭排架可真美呀！"

他换了个姿态，不等熊生搭话，继续说："这五指山真是座宝山呀！不说别的，光这木料就是一大财富，建设海南还少得了它？等公路通车了，这沉睡了千年的原始森林，也要为国家建设服务啦。梁文教说，这里有很多珍贵稀罕的木材呢，这些木材用途很广，有的是海上作业渔轮的造船材，也有铁路的枕木用材。"

他用胳膊肘擦了下额头上的汗，又指着树下长满了的爬藤和植物："这里有不少是药材呢，我小时候在山里采过药，认得一些。你知道吗，海南岛正在建设一批大规模的国营机械农场，开垦荒地，种植国家需要的热带经济作物。像工业原料剑麻可以制成绳缆，供工矿、渔业、航海业用；油料作物油棕含油量很高，金鸡纳树是治疟疾特效药的原料。海南岛是热带岛屿，冬天也是一片绿色，既不下雪，也不打霜，一年四季都可以耕种各种粮食作物，这里的椰子、香蕉、菠萝、芒果、荔枝、龙眼、槟榔、香茅、咖啡、胡椒品质好、产量高。还有很多我们家乡没有的热带特有植物，各种有用的宝贝物产多着呢。"

熊生边听边干，头也没那么胀了，心也回到了正常的部位，拉锯的双手力气也足些了。王小川看在眼里，继续跟他聊天："最近在推广一种适合热带和亚热带种植的经济林木树种，叫桉树。它的木材坚固、结实，可用作电杆、枕木、栋梁、矿柱和桥梁。桉树抗腐蚀性很强，制成的枕木不经防腐处理也比其他木材经久耐用，适宜于建筑和水利工程。桉树还有一个优良特点，就是生长快，三五年就可以成材，砍伐后又会由根株萌芽，更新再生。它可以作为橘林和茶园的防风林，树叶可以加工提油，供医药和香料工业使用。你看吧，海南岛的桉树很快就会多起来。”

不一会儿，只听王小川说：“松手！让开！”他俩朝边上一躲，随即树一晃动，“哗啦”一阵响，“轰”的一声，大树扯断了缠着的葛藤，压折了枝桠，躺倒下来。

他俩正拉下系在脖子上的白毛巾擦汗，有人递了一碗温开水过来。回头一看，向永贵正微笑着站在身后，还带来了一桶开水，一箩筐菜肉包子。向永贵说：“先喝口水润润喉。我在外边吆喝了半天，没见人出来，只好挑着担满山找。你们伐木渴了饿了，我心里好受么？吃吧！人是铁、饭是钢，吃饱喝足才有劲干啊。”

两人也不推辞，坐在树干上，一手端水，一手拿包子，狼吞虎咽地吃起来。王小川给向永贵指了个方向，让他将茶饭送给别的同志，又开干了。

次日一大早，俱乐部的门口贴出一张红纸写的捷报：“各班伐树工效提高一倍，超额完成计划。”在大标题下面还有一行小字：“孙银栓班成绩显著，三个钟头伐树一百三十六棵。”战士们收工回来就围拢去，看着大字报都开心地笑了。为了尽快完成伐树任务，用这些木料将桥墩之间的空档填补起来，战士们豁出去了。

为了适应林区操作，每个班分成三个战斗小组，每组三到四个人，配备一张龙锯、一把斧头、一把砍刀。现在每组还专门派一个人选树，选上了用刀砍个记号，掌锯就省事多了。这是战士们在实践中摸索出来的“流水作业法”。

王小川小组伐倒几棵树之后，来到一条沟边，嘿！这里的树都是直溜溜的，不大不小，棵棵成材，好像是为他们早准备好了似的。他们飞快地推拉着龙锯，“哗啦”一声，树枝一摇，树倒了，可没落地，原来是树枝被手电筒那么粗的古藤缠绕住了，吊在半空中，晃悠着下不来。

他们观察了一下，发现古藤是从左边一棵树上攀爬过来的。反正都是要锯的，于是他们接着又把左边的一棵树伐了，谁知也一样吊着不落地。一口气锯了八棵，一棵都下不来，拉也拉不动，扯也扯不开，把三个人都累得直喘气。

熊生说："原以为吃到了一口肥肉，谁知是根骨头！这可好，吞又吞不进，吐了又可惜。我看另外找个地方干吧，再这样磨下去，今天的任务就泡汤啦。"

王小川不同意："这海南岛的一草一木，都是人民的财产，这么好的木料丢了不心痛？再说，别处就没有藤拉扯了？"他坚持要上树砍古藤，大家认为这样做太危险，现在已伐断的八棵树，压力万斤，万一失手，就会包饺子不用剁馅，直接把人压成肉泥了。

王小川说："我上树侦察一下，好干就下手，危险就下来。你们靠边躲一躲。"说着，将砍刀朝腰上一掖，双手一抱，两脚一蹬，嗖嗖几下，就上了树顶。

他观察了一阵，叫下边的两人躲开，然后摸出砍刀，将手边几根细藤先砍断。每砍断一根，就觉得身子晃动一下，而那八棵树一抖，身子也往下坠一下。下面的两位战友都屏住呼吸，瞪大眼睛盯着他，心都随着他的每一个动作而狂跳。

剩下的最后一根粗藤，绷得紧紧的。王小川将砍刀重新掖进腰部，抹了一把糊住眼睛的汗水，打量了一下周围的环境，判断可能发生的情况。

熊生一个劲地喊他下去，但被曾新严制止了，请他保持安静，免得分散了王小川的注意力。

王小川重新将砍刀握在右手，左手抓住了粗藤。像这么粗的古藤，起码得好几刀才能砍断。谁知一刀下去，不知是下力过猛还是坠力过大，只听见"啪"的一声，藤断了，八棵大树摧枯拉朽地倒下来，"轰"的一声巨响，把山都震动了。

王小川预计到有这一着，树一倒，他就扔掉砍刀，双手握紧了古藤。树群倒塌的吸力，将他猛地往下扯，他只觉得双手一吃劲，头脑"嗡"的一声，就给震得迷糊了。

下面的两位战友，被大树倒下的冲击波推后了好几米。听到砍刀掉下来"咣当"一响，熊生的心咯噔一下："完了！"当他们清醒过来，抬头一看，见王小川还吊在半空中，连忙喊："抓紧了！别松手！抓紧！"

经他们一喊，王小川很快恢复了知觉。他看了一眼倒下去的一堆树料，脸上露出了胜利的笑容。朝两边看了看，见离他刚才爬上来的树有一米多远的距离。他身子一晃，双腿一摆，像钟摆一样摆动起来。荡了几下，脚尖碰到了树干，但随即又被弹了回来。

下面的战友一边喊加油，一边做了救人的准备。

他屏住一口气，使出最后一把力，让身子荡得更开些，再开些，然后盯着树干飞过来，这一下好了，双脚框住了树干，他飞快地把半截古藤一放，双手抱住树干，"哧溜"一下滑了下来！

三个战友抱成一团，紧张、激动、高兴，都流出了眼泪。

一场空中飞人，就这样有惊无险地结束了，却留下了后遗症。就在王小川双脚夹树的一刹那，由于用力过猛，左脚踝上划破了一个口子。当时因为胜利而激动，没有感觉到，收工回去才觉得热辣辣的痛。他知道，如果声张出去，孙班长就会强迫他休息养伤，班里就要减少一份战斗力，战友们就更辛苦了。于是，他找块破布包扎了一下，穿上袜子，没被发现，照常进山。第二天收工回来，发现伤口化了脓。"出了脓就好了"，他这么想着，继续出工。

同志们没有发现，山蚂蟥却对伤口灵敏得很，它们闻到血腥味，就追逐而来。孙银栓见他一条又一条、没完没了地捉山蚂蟥，很好奇："怎么山蚂蟥专找你光顾？"熊生说："可能广西人的血甜。"王小川笑着说："我们广西糖多，血当然甜。哪像你们湖南人光吃辣椒，山蚂蟥闻着都怕。"就这样掩饰过去了。

谁知伤口经山蚂蟥一吸，周围越烂越大，脚一落地，就引起一阵剧痛。他想着今天是伐树的最后一天，等完成任务了再治疗，因此，班长见他走路有点异样，问他需不需要休息，他摆着头一笑，又上山了。

十二、林海遇险

从桥工所听了工程指挥部党委关于部队集体转业指示的传达和抗击台风的部署之后，宋斌急匆匆赶往工地。这时，太阳已经偏西，天气格外闷热。他把风纪扣解开，才喘过气来。又是集体转业，又是台风警报，都凑到一块儿来了。自然界的台风，已经领教过了，而思想上的台风，还不知道怎么刮呢。

他爬上山坡，一幅紧张的劳动场面呈现在眼前：穿绿军装的战士，穿黑衣服的民工，穿蓝衬衣的技工混在一起，人们忙碌、奔跑、追赶，有的挑土，有的抬石，有的扛树，熙熙攘攘，热闹非凡。便道已经开通，昨天汽车往来拖了一天的木材，根据司机的意见，对便道进行了加固、整修。由于木料和石料都在这条便道的沿线开采，它成了大桥工地就地取材的主要运输线，全工地的劳力都集中到这一带来了。

下了山岗，突然看见前面浓烟滚滚，火苗上蹿，他知道战士们正在火攻一座"碉堡"。原来，便道边上有一片密密麻麻的竹棘，像铁丝网编成的路障，张牙舞爪，里面黑咕隆咚，人难以进去。前几天修便道时，已经绕开了它，但司机提出竹棘挡住了视线，搞不好会翻车，所以今天派了一个班去"啃"这根骨头。可能战士们"啃"了半天，收效甚微，就想到用火攻。宋斌走近时，竹棘都烧光了，战士们正在打扫战场，把十几根竹竿砍下来。

"战士们的办法真多！"宋斌把烦恼丢在脑后，继续朝前走。

一阵凉风吹来，工地上的战士们像久旱逢喜雨，欢呼起来，干得更猛了。

宋斌却高兴不起来。他已经摸清了五指山的脾气——闷热过后有雨下，风就是雨头。风刮得更紧了，抬头一看，风推云涌，天空急剧变化，转眼间太阳被乌云盖严了，乌云像要移动五指山，从东往西翻滚、奔腾。按照气象预报，第九号台风在南太平洋海面上形成之后，可能会横过台湾海峡，在福建沿海登陆，台风的边缘会波及本岛。

根据这两年的经验，他知道台风过境有两种现象：一种是台风中心过境，先风后雨，风大雨猛；另一种是台风边缘影响，风雨齐来，风小雨大。从目前的征候看，是边缘波及，雨马上就会随风而来了。

他朝前赶了一段路，天就黑沉沉的，四周的山上已看不清晰。他沿途督促战士们把斗笠戴起来，赶快收工往回走。可战士们觉得天气凉快，正好出力，不肯收工。他急得直跳脚，又继续朝前赶，要把原始森林中伐木的主力部队撤下来。

等他赶到山下木料装车场，白茫茫的雨网就围过来了，蚕豆大的雨点刷着森林，打在战士们身上，"哗哗"直响。宋斌像被人猛泼了一盆冰水，不由地打了个冷战。

"凉快啦！加油呀！"有人大声呼喊。

还有人唱了起来：

> 谁英雄，谁好汉，
> 咱们比赛着干！
> 建设海南保国防，
> 咱们都是英雄汉！

一人起头大家和，这是战士们在向大自然挑战！可能有谁滑倒了，引起一阵畅怀大笑。

战士们不愧是向大自然搏斗的英雄，建设祖国的先锋！有这样的战士，要高山低头，高山不能不低头；要河水让路，河水不能不让路！但是，战士们越是拼命，宋斌越要爱护好战士们的身体。

他好不容易在战士群中把司号员周亚光拉出来："吹收工号！"

周亚光扯下脖子上的毛巾，抹了一把脸上的雨水，眨巴着一双大眼盯着连长。宋斌急了："愣什么？吹收工号！"

"嘀嘀嗒嗒！"一阵响亮而急促的号音，冲破了雨网，越过了山岗，震荡在山谷，传进了原始森林。四周又传来一片欢呼声，战士们把收工号当成了冲锋号，干得更欢了。

"再吹一遍！"宋斌生气地双手叉腰，命令周亚光。他又鼓着劲吹了一阵长时间收工号。

周亚光把一肚子的气都吹完了，小声嘟囔："都是老战士了，谁还听不出号音……再吹也白搭。"

"吹调号，叫各班班长到此集合！"他望着全身水淋淋的周亚光吼叫。

各班班长踏着号音来了。

宋斌召集他们站拢点，面对面地对班长们说："你们听着，谁如果不服从命令马上收工，有一个战士迷了方向，冻得生了病，我找你们这些当班长的算账！"

不一会儿，各班才陆陆续续地将战士带着往回走。战士们走过宋斌身边时，扛着工具，调皮地迈开了正步，像接受检阅。

足足又过了二十分钟，才见孙银栓班的人出来。刚才各班班长都到了，唯独没见孙银栓。现在见他班里的战士熊生缩着脖子、罗锅着腰走来，宋斌忙上去问："你们班的人呢？"

"在后边。"熊生头也没抬，边走边答。

果然后面稀稀拉拉又有人从林海里钻出来，他问："收工号你们没听见？"

"我们听见了，可总没见班长，还以为他先走了呢！"韦小福站住了。宋斌挥手让他先走。

又等了一刻钟，才见孙银栓跌跌撞撞地领着三个战士出来。他向宋斌报告，天一起风，大家又散开操作了。今天他们班向密林纵深进发，这样适合采伐的树更多一些。连队下达的任务，班里早已提前完成，大家说要多伐些备用。可人一散开，在这茫茫林海里就分不清东西南北了。"听到号音，我赶紧在周围搜索兵力，找到一个就给他们指定号音的方向往下走。最后在密林深处找到这三个，就引了出来。"

宋斌默算了一下，他们全班只出来了十一个人，还有一个没见着，不知是从旁边走过去了，还是没出来。他见这五大三粗的河南老乡明显地消瘦了，眼睛窝了进去，此刻经雨水一淋，唇乌颊紫，就没有说什么，让他先走。

孙银栓见连长浑身淌着水，要他一块儿走，宋斌说看看其他班有没有掉队的，坚持留下。孙银栓只好扛着龙锯先走，走了几步又回头问宋斌："你见到王小川没有？他这两天脚像不对劲，早上让他不上工，他硬要来。"

宋斌怕他要留下来，就含含糊糊地说："可能头里走了吧，一个个戴着斗笠，看不太清楚。你快走吧，回去叫向永贵烧一锅辣汤，给大家驱驱寒。"孙银栓应了一声，裹着一身风雨走了。

这一来，宋斌心里更清楚了：王小川还没出来。

王小川，我的好战友，我的好兄弟，你在哪里？在这风雨交加的林海里，我到何处寻你？

王小川这时正一个人在茫茫的林海里挣扎着，踉踉跄跄地迈步。他知道今天是伐树的最后一天了，又瞒住同志们坚持干了一天，收工时让同志们先走了。经过一天高强度劳动，现在体力已经消耗光了，再加上伤口灌进了雨水，就觉得全身火辣辣的，踝骨发出一阵阵钻心的疼痛。乌云盖严了树梢，林中更加阴暗，雨水刷打树叶发出"沙沙"的响声。

他靠在树干上直喘气，他知道只要一倒下去，就难以再站起来，他一定要回到连队去。打量一下周围，发现自己在孤岛一般，同志们都下山了、走远了。一想到森林中可能出现巨蟒，不禁打了个寒战，咬着牙寻了根棍子捏在手上，一来可以当武器，二来可以支撑身体，又跌跌撞撞地朝山下走去。他高一脚低一脚地移动着，觉得身子是这么沉，腿是这么无力。

"得赶快回去上药，不然明天就不能干活了。"他这样想着，就加快了步伐。谁知一脚踏在一块长满青苔的石头上，一滑，石头踏翻了，砸在脚踝的伤口上，顿时觉得像被电打了一下，脑袋一麻，眼睛冒火星，整个身子倒了下去。他挣扎着抬起头，但总坐不起来。隐隐约约听到有人喊什么，他想回应，但口张得老大，却发不出声音来。

宋斌等了很久，没见人出来，觉得凶多吉少。他习惯地摸了一下腰间，又记起手枪留在连部没带来，就折了根树枝握在手中，朝伐木场钻去。他边找边呼喊，没听到回音，又继续朝这恐怖的森林深处奔去。正走着，见前面躺着个战士，走近一看，正是王小川！

他将呻吟着的王小川扶坐起来，见他脚上有摊血，剥开袜子一看，心中一惊，什么都明白了。他抹去王小川脸上的雨水，将毛巾拧了一把，包在王小川的头上，然后蹲下来，抓起那双软塌塌的手，搭在自己肩上，把王小川背起来，踉踉跄跄地往回走。

王小川刚才鼻孔里灌满了雨水，觉得呼吸困难，在宋斌的背上，雨水倒了出来，一通气，他就醒了过来，挣扎着要下来自己走，宋斌叫他莫动，一动两人都会倒。

新修的便道，经过雨水一浇，就像抹了层油，脚一踏一滑，空着走都吃力，何况背上压着一百多斤。脚一踩下去，泥水一飙，出现深深的脚印坑，使出浑身的劲才能将脚拔出来，每迈一步都得付出很大的气力。

宋斌摆了摆头，甩开糊住眼睛的雨水和泪水，挺了一下腰板，迈开双腿，一步一滑地向前挪。他边走边责备自己官僚，连里出了这么一个重伤员都没有发现，还让他参加这么繁重的劳动。这是一个多么好的战士啊！打从王小川穿上绿军装，他就手把手地教他立正稍息、托枪拼刺。他曾领着这个小老虎在广西十万大山中向残匪穷追猛打，又同他手挽手跳进虎渡河排成一堵人墙，用胸膛挡住汹涌的江水，以便拦河大坝顺利合龙。悬崖上打炮眼，台风之夜抢排架，王小川一个个矫健的身影，又涌现在他的脑海。这是阶级弟兄，是生死与共的战友，让他承受这么痛苦的折磨，遭受这么巨大的危险，自己失职啊！

王小川贴在连长背上的胸膛渐渐热乎起来，又听到连长的呼吸一声比一声沉重、急促，就哀求说："连长，放下我，我能走。"

"别动！一动咱俩都会滚进山沟！"宋斌把他的双腿抱得更紧了。猛然，发现几滴热泪滴到脸上，就安慰他说："痛吧？坚持一会儿，马上就到了。"

"连长——"王小川喊了一声，忍不住痛哭起来。缓了一阵，坚持从连长的背上滑了下来。宋斌也觉得需要喘口气，就扶着他慢慢往前走。

王小川趁这个机会，向连长汇报自己的思想："最近听到同志们瞎参谋，说部队要集体转业了，不穿军装换便衣了。我不知是真是假，思想上多多少少有些波动。"

宋斌也想摸摸战士们对这个重大变动的思想脉搏，就问一句："你对不当战士当工人有意见吗？"

王小川说："党叫干啥就干啥，有什么意见。不过，从部队转业了，恐怕就不像在部队这样得到关怀、帮助，对自己的锻炼提高有影响。"

宋斌知道王小川早就提出入党申请，只是由于广西土匪多，他的社会关系和历史问题一时还来不及调查清楚，再加上班里熊生等个别非党员群众提出他有骄傲情绪、爱出风头表现自己、夸大个人的作用，所以还没有解决组织问题。

部队要集体转业的消息，早已通过"小广播"在战士中传开了。思想反应五花八门、形形色色，但像王小川这样要求上进的同志，怕转业以后无人关心他政治上的进步，担心转业以后入党问题会拖下来，这是宋斌没有意料到的。他紧紧扶着王小川朝前走，一时无言回答这位年轻的同伴。给他许诺？给他指出社会关系、历史问题和骄傲情绪？他觉得不太好，他自己不也是老背着"骄傲情绪"这个罪名么？

他从小就在军队里长大，平日里不苟言笑，身上始终保持着标准的军人气质。对桥工所开干部会，军工、技工、民工混为一团，开起会来东倒西歪、交头接耳，发言没有秩序，既不喊报告，也不经批准就讲起来，你一句我一句的，说的管说，听的管听，他至今还有点不习惯。每次开会，他都端端正正地坐在那里，很少发言。他认为有些问题三言两语布置一下就解决了，何必婆婆妈妈地讲过来、说过去，浪费多少时间啊！听到与他的工作有关的话，他就记下来，要发言就站起来立正，两眼望着主持人："报告！我发言！"其他干部因他过于严肃的举动而在偷笑，他也不管。有人据此认为他孤芳自赏、骄傲自大。"现在又有多少好同志，因为对问题有独立见解、对工作有独创精神而被斥为有'骄傲情绪'呢？面对'建设新中国'这个新课题，有这种'骄傲情绪'的同志不是太多，而是太少了。"当然，他这种认识是不能向战士传播的，不然容易让人误以为他对群众意见有抵触。

他想起最近读毛主席的《矛盾论》，觉得很能解决思想问题，但如何针对王小川的思想来讲解呢？又感到自己对毛主席的著作还是一知半解，如果对战士生搬硬套讲唯物辩论法，说起来绕口，听起来陌生。于是边走边对王小川说："部队转业是形势的需要。一个人是金子，放在哪里都会闪光的，不要担心转业以后入不了党。关键问题是要牢固树立正确的人生观，在奋斗的道路上，正如同我们现在走的便道一样，风风雨雨，坎坎坷坷，泥滑水稀，你要做好充分的思想准备。"

王小川插话说："从我参军那天起，我这百把斤就交给党了。"

宋斌说："我们队伍中不缺不怕死的人。但对无穷无尽的磨难、苦累，有人就受不了啦。他们认为一死百了，两腿一蹬，多么痛快。共产党员不光能为党的利益而献身，还能为人民的利益'自找苦吃'，他们是特殊材料造成的。由一个普通群众变为一名共产党员，要经过多少锻炼和考验啊。你年轻、勤学上进，不要有点成绩就骄傲，也不要听点批评就灰心。锻炼和提高，贵在自觉，只要你坚持不懈，到哪里都会得到组织的关怀和帮助的。就是在部队里，也要看个人努力和表现，有的人参军时间长，一次功没有立；你参军四年，四次立功受奖……"

宋斌话没说完，就见迎面走来两个人。原来孙银栓回班一清点人数，发现少了王小川，连部通讯员也在各班找连长，两人就朝便道奔来。孙银栓走来，不由分说，把王小川背走了。通讯员要背连长，宋斌说了一句"乱弹琴"，自己朝前奔去。

王小川被宋斌从森林里背回来以后，卫生员用手术刀在他脚踝的伤口上划了个"十"字，将脓挤干，塞上药棉包扎好，就被孙银栓按在寝室里养伤。

第二天，韦小福从外面进来："看我给你带来了什么灵丹妙药！"说着，掏出一封广西寄来的信递给他。他一看信封上大妹妹阿竹的落款，激动得眼泪都要掉下来了，阿竹也会写信啦？！于是迫不及待地拆开读起来：

二哥：

你好！这是我第一次写信，我很高兴。

信写了又改，有时写不下去了，夜校的韦老师就一直给我打气，不会写的字，她就教我，所以我又认识了很多字！

生了老二以后，我又回到了夜校学文化。夜校设在小学里，这两年村民有了余力，就把一个荒废了多年、摇摇欲坠的祠堂修整一新作为校舍，为村里的孩子办起了小学校。妇女主任组织了临时托儿站和互助组，使我们能够安心地在夜校学习，公婆也不反对了。

想对二哥说的话太多了，先说娘家吧。

你寄回的钱都收到了，父亲母亲都好，不要挂记。大哥当上了厂劳动模范，他把奖状寄回家，母亲高兴得流了泪。弟弟妹妹都在进步。四弟到国营林场工作了，成天植树造林，主要是种香蕉、柚子、桂圆等好些的果树，生产桐油、茶油、八角、蔗糖等等，还出产一些药材。他晒得乌黑，但是每次见到，他都是一脸笑，说林场的几十种土特产连年丰收，对国家有贡献。五弟、六妹在中学读书，知道大哥、二哥发了话，要供他们读书供到底，他们都安心地学习，很用功也很懂事。

今年娘家合作社、婆家互助组的粮食都是大丰收，从来没见过这样多的粮食！政府帮助搞了互助合作，新修了小型水利，将旱田变成了水田，一茬田变成了两茬田。今年增补了耕牛农具，改进了耕作技术，比如稻子普遍比去年多耕了一次田、多施了一次肥，加强了田间管理，改变了过去刀耕火种、广种薄收的落后方式。我们还扩大了播种面积，过去光秃秃的荒地，今年种上了玉米、旱稻和荞麦。政府说，再加一把劲，如果秋冬季生产再获丰收，彻底结束广西缺粮的历史，争取部分粮食外运，支援其他地方的经济建设。

婆家的日子也过得红火。家里养了三头猪、十几只鸡。口粮备足了，每天都能吃上一餐干饭和两餐稀饭。每一餐都吃得上盐了，家里还存了二十多斤盐，过年全家人都能穿上新衣服。公公端着饭碗说，解放前终年累断筋骨，流干了汗水，还要靠着木薯、野菜充饥，逢年过节见不到一两盐巴，终年缺衣少穿，长期忍受着冷、饿、病的折磨，现在的生活是过去想都不敢想的。婆婆抱着老二喜泪直流，过去生孩子就像过鬼门关，难产不知道夺去了多少性命，婴儿死亡率高，"只见娘怀胎、不见儿行路"。我生老二时难产，辛亏现在推广了新法接生，才保我们母子平安无事。

我一边写信，一边哭了又哭。过去穷人遇到灾荒，不够生活，只有借债，借一石加五斗，三年借下来，就债台高筑，脱不了穷根了，连脚踏的石头都是地主的。娘家无法，把我卖去当童养媳，一想起那段悲惨的日子，就头皮发麻，心头发紧。看看现在的生活，真是糖里调蜜一样甜。娘家、婆家的堂屋正中，都贴着毛主席像，我们朝夕感谢毛主席的恩情。

二哥在海南岛干大事，你要照顾自己，注意身体。

此致

敬礼！

妹阿竹

王小川心里又喜又悲，鼻子发酸，想着要给阿竹写一封回信，好好鼓励她。阿竹的信上，有不少老师改正的痕迹，他要送妹妹一本《新华字典》，方便学习。

谁知，信的后面还加了一页，上面全是阿竹的笔迹，涂涂改改、错别字更多了，显然是老师没有过目的。上面的意思是："二哥，韦老师是个十八岁的漂亮姑娘，跟你年纪相当，母亲对她很中意。她父亲是我们这里出名的土郎中，也是穷苦人出身，后来与韦家的独生女结婚，当了上门女婿，跟岳父学了壮医。结果一连生了三个女儿，没有儿子，他觉得没为韦家传宗接代，愧对岳父全家，哭得在地上打滚。无奈之下，最后决定把最聪明的二姑娘当儿子来培养，将来由她继承韦家的香火，所以供她读到中学毕业。韦老师知书识礼，还略懂医术，又相貌出众，加上没有经过种田的风吹日晒，成了十里八村最美的姑娘，说媒的人踏破了门槛，她父亲都没有答应。父亲过去上山采药时就认识韦郎中，向他问草药的知识，也算是知根知底。母亲生怕她被别人抢跑了，催二哥尽快回家，对山歌定亲。"

王小川不禁笑了。他不会耽误人家姑娘，也想通过自由恋爱找到自己的另一半。

十三、搬运木料

这场台风过后，军工的主要任务是搬运木料，十几辆汽车在抢运，便道上黄烟弥漫。

王小川养伤期间，孙银栓来到这个小组，顶上王小川的缺，同熊生组成了搭档。熊生专门偷巧耍滑，总不出力，别人说他，他不服，同别人抬杠。王小川个子比他瘦弱，力气比他小，常吃他的闷亏。但王小川时时不忘起模范带头作用，做事给他带着点。

现在，两人抬木料，孙银栓总是扛大头，让熊生抬小头。就算这样，熊生还拈轻怕重，往往没喊"一二三"，就把树干从肩上掀起来。经过孙银栓教他，双方起肩、迈步、卸肩都配合起来了。谁知抬到第四根，熊生思想开了小差，"三"字没出口，就把树干掀了下来。树干一头着地，一头在孙银栓肩上，落地一弹，孙银栓差点被打得昏倒过去，缓了好半天才喘过气来。他一边摸着被打痛的左脸，一边继续同熊生抬起来。

熊生做事不起劲，一休息就想找人抬杠，没人抬杠就不舒服。可能刚才把班长打了，心里不是个滋味，现在休息，他靠在一棵大树脚下，似睡非睡。

自从王小川负伤以后，他就没睡过一个安稳觉，一睡觉就做梦。一时梦见王小川爬到树上砍古藤，他同王小川被倒下来的大树压住了，拼命喊救命却喊不出来；一时又梦见自己坐在排架上，随着台风飘飘然，就像传说中的神仙腾云驾雾一样，突然"扑通"一声，他同排架一起掉进了南海，在水天相连的海里挣扎；有时又梦见自己驾驶着拖拉机——就是苏联影片中的拖拉机，奔驰在金色的田野上，大财主家的那位千金小姐，坐靠在他的怀里……

此刻，他似睡非睡，总觉得同志们用轻蔑、嘲弄的眼光在盯着他，两边的高山峻岭慢慢向他靠拢，挤得他喘不过气来，而身边的参天大树也随时可能倒下来，把他压成肉酱……

前些日子，工程指挥部通知什那桥工地近期派十名战士去学机械。"好啊！"赵广才一说，宋斌马上赞成："咱们最大的困难是不懂技术，只晓得伐树呀、采石呀、挑沙呀，不知道这桥怎么个修法，也不知道怎么叫这些乱七八糟的东西变出个桥来。"

正说着，张工满头大汗地跑来："机器到了，可是一个人也没派来，咱们怎么办？"

赵广才说："早两天我就考虑这个问题了。现在到处都在搞建设，哪有人给我们？就是有人来，咱们也要派人学的，往后建设工程多着呢。我们工程部队要向机械化迈进，没有一批自己的技术工人还行呀？这下好了，硬逼着咱们学了。桥梁学、公路学的教科书多得很，三年也看不完。"

"学当然好，问题是时间来不及吧？"宋斌心里没底。

"没有啥，咱们参军的时候，你我起初连枪栓都不会拉，打仗还不是在枪林弹雨中学会的？头天还不会打仗，打了两仗就会了。"三人商定请汽车司机来做兼职教员，从宋斌连队挑选十名身体好、思想进步、稍微认几个字的战士来学。

自从工地来了一批机器以后，熊生就猜测会吸收一批人去学机器了。

而今天下午收工回来，他听到小广播透露，今晚要开大会公布学员名单。

"派哪些人去呢？"他冷静地将全连的人都分析了一遍，觉得条件最好的就是自己。无论聪敏、身体，都比别人强，还有文化，部队开展学文化运动时，他进了高小班。他觉得别人都笨头呆脑、粗手大脚，不是学机器的材料，只有他熊生简直天生就是掌握机器的，去学技术是十拿九稳的。唯一可能的对手是王小川，这家伙最会假积极。

他梦寐以求的是尽早离开这荒凉的五指山区，离开这难以完工的什那桥，离开这群只知道傻干苦做的人。他听文化教员说过，人在最痛苦或者最高兴的时候，才能作出诗来。他很想作一首诗，想啊想，终于想出了两句来——掌握机器驾驶员，不用劳动多拿钱。就再也想不出第三、第四句来了。

当他听到集合号，心都快蹦出来了。会上说了些什么，他无心去听，只有连长公布名单的时候，他才聚精会神听起来。念一个名字，他的心就"扑通"地猛跳一下。名字念完了，没有提到"熊生"两个字。他如同被当头泼了瓢冷水，一直凉到心窝。他觉得全身发抖，两腿软绵绵的，快支持不住了，请了个假，提早退出会场。

回到寝室，他一伸腿踢掉鞋子，就像一根棍子似的倒在床铺上。名单里既没有他，也没有王小川，都是清一色的党员。他猜测，王小川是个团员，要留下来当骨干，带动和监督我这样的落后分子吧。

不一会儿，大会结束了，同志们陆续回到班里来，不时响起一阵笑声。熊生更加烦躁了，长叹一声，翻了个身。大家用嘴朝他努了努，静悄悄地脱衣就寝。

"唉！"熊生自言自语地说："入党，学机器，别人干了一点点成绩，就打雷下雨的，还尽得好处。咱呢？'落后'的帽子是戴稳了。"

"话不是这么说的。工作好坏，群众的眼睛是雪亮的。都是革命同志嘛，谁能戴个'落后'帽子？"曾新严安慰他。

"唉，咱算个啥革命同志呀！"

"你不是革命同志是啥？是反革命？"李勇压不住火，吼了起来。

"谁是反革命？你说，谁是反革命？"熊生一蹦起来，像要干架的架势。

"你不是革命同志是啥？你说呀！"李勇从不示弱让人。

两人你一句过来、我一句过去地杠上了，大家都在劝阻。孙银栓从连部回来，听到整个宿舍闹哄哄的，就不声不响地站在门口听。

这个班有个习惯，几乎每天晚上都要在床上进行一场争论。争到一个个面红耳赤、不能下台，孙班长就出来制止了。现在也是这样，他走进来，喊道："睡啦，莫吵啦！妨碍睡觉，别的班可要提意见了。"一听班长的声音，劝架的同志自然住了口，熊生也早就想精彩收场，于是，孙银栓一喊，室内就鸦雀无声了。

"明天得挤个时间开生活会了，熊生的思想问题不解开，对咱们的工作是有害的啊。"孙班长躺在床上想。

清早，天才麻麻亮，战士们就起床了。孙银栓把洗脸水提回来，让同志们洗脸以后，就进寝室去给大家叠被子。走到熊生床前，才发现熊生没有起床。

他轻轻揭开蚊帐问道："怎么啦？不舒服么？"

"我，我胃疼得很。"熊生有气无力地回答。

"呵，病了就休息吧，我到连部给你请个假。"

正在这个节骨眼上，班里出现了个病号，有了减员，不能不使战士们震惊："病了？什么病？！""思想病呗！"大伙议论一阵，就扛着工具上工去了。

熊生一个人躺在床上胡思乱想。他总觉得自己在这个连队里成了一颗老鼠屎，出不了头啦。一想到此，他就心灰意冷，但又不甘心如此虚度青春。

俗语说"百痛从凉起，万恶由私生"，熊生的个人主义发展到了顶峰，就在大家为战胜台风而拼命的时刻，他开小差逃跑了。

当天收了工，宋斌正召集班排长会，摸连队的任务进展和战士们的思想情况。会议开到一半，就见王小川火急火燎地跑来，把孙银栓拉出去嘀咕了一阵，孙银栓惊得汗毛都竖起来，脸涨得通红，回来低声向连长报告："熊生开小差了！"

"你说什么？"宋斌以为听错了。他在革命队伍里这些年，无论在战火连天的年代还是和平建设的环境里，周围的人还没有过开小差的。

"熊生开小差，跑啦！"孙银栓说。

他们忙跑到班里去看。没进门，就听到里头七嘴八舌、吵吵嚷嚷的，数李勇嗓音最高。

"别个刀架在脖子上，枪口指着胸膛都没有一点动摇，他就能被那倒霉的台风吓怕了，当了逃兵！这不是给咱们筑路部队抹黑，给咱们班丢脸吗？"李勇气得直跳。

"你别瞎说，没准他出去冷静一下，很快就归队了。他不至于白白吃了部队几年的大米饭，枉费了同志们苦口婆心的帮助教育吧。"曾新严不敢相信熊生会到那个地步。

"你少为他帮腔！堂堂七尺的大汉，当了逃兵！让他跑吧，少了他熊生，咱们的大桥一样能按时完成！"

"你说话不看人，对谁都嚷嚷！无风不下雨，他就是被你气跑的！"曾新严一个劲地埋怨。

"他开小差能怪我？他成天偷懒耍滑，你们谁没和他吵过？他说的话，咱就是听不下去！"

见连长进来，战士们默默地让开一条道。只见熊生的床上凌乱不堪，新发的军衣已经带走。不一会儿，向永贵跑来报告，伙房的馒头被盗。他安排生活总是精打细算的，刚才炊事班准备和面发馒头，向永贵说莫忙，让我检查看还有多少现馍，免得面和多了吃不完。一检查，发现被盗了不少。宋斌将熊生失踪和馒头被盗一联想，心中有数了，随即向桥工所报告，桥工所也逐级向上报告。工程指挥部指示秀英港码头加强防范，凡有军人经过都进行检查，没有探亲和出差证明的就扣押审问。但检查了一个星期，连熊生的影子也没发现。

民工队的医生陈熙祯把队里的姑娘一个个评品了几番，觉得能够引起性欲的只有一个，那就是队长刘亚兰。她当然比不上大军的女文工团员和女医生、女护士那么美，但在这山窝里，也可称得上"鸡笼里面出凤凰"了。他觉得黎族男女之间的关系是原始的、放荡的，凭自己的手腕和风度，不费吹灰之力就可以把这姑娘搞到手，满足自己泄欲的需要。他曾作过试探，刘亚兰对他却格外冷淡。

他慢慢发现，刘亚兰特别喜欢接近宋斌。他开始恨宋斌，认为这是个政治上和情欲上的敌人。但后来发现宋斌对刘亚兰并没有特殊的表现，一切公事公办。莫非除了纪律约束外，宋斌还另有所属？刘亚兰的举动，则完全是儿女痴情。他越想，欲望就越强烈，他要把刘亚兰幼稚而单纯的痴情转移过来。

他曾设想过种种方案，比如说，有一天刘亚兰病了，到他这孤零零的医务室看病，然后他把门一关，就可以随心所欲了。谁知刘亚兰从小就风里来雨里去，大自然造就了她健美的体格，从来连喷嚏都不打一个。每天晚上，当军民联欢时，看到刘亚兰那优美的舞姿，听着她甜蜜的歌声，心就痒痒的，恨不得像饿虎擒羊，扑过去抱在怀里。

熊生逃跑的第二天晚上，原计划的军民联欢，由于熊生主演的节目来不及找人顶替，再加上雨后路基没干，暂停一天。陈熙祯认为这是千载难逢的好时机，就以谈工作为名，把刘亚兰请到医务室，决心破釜沉舟、背水一战。刘亚兰一进来，虽然没有搽什么花露水，但少女特有的幽香，令他神魂颠倒，血红的双眼盯着刘亚兰鼓起的胸部，颤抖着双手猛扑过去。

刘亚兰进了医务室，打量着案板上的药瓶，以为医生因缺药让她找大军要点什么。当她用眼角扫了一下沉默的医生，见他凶狠的样子，吓了一跳，又猛然被抱住了，更吓得差点昏倒过去。她觉得有一只手在拉开她的裤子，并在下身乱摸，就高喊："放开我！放开我！"

医生把她按在自己床上，正要扑下去，这时刘亚兰彻底清醒过来，知道他要干什么，就双脚一蹬，正踢在他的腹部。他完全没有防到这一着，以为黎族对这种行为是很随便、无所谓的。因此，当他兽性大发，只觉得烈火烧心、如痴如醉时，被刘亚兰双脚一蹬，就仰天而倒，腰部磕到独凳上，独凳一翻，他整个身体瘫在地上，刘亚兰趁机夺门而出。

他像一捆劈柴倒在了地上，头脑才猛然清醒过来，恢复了理智，觉得处境不妙，支起身子站起来，在屋里转了两圈，决定不能束手就擒，三十六计，走为上计，便随手抓起案板上的香烟和火柴，奔上大路，趁黑朝海口方向逃去。不一会儿，路过部队的营房，这时梁新正领着王小川一批文娱骨干在排练节目，传出阵阵歌声和锣鼓声。他对这营房的灯光和战士们的歌声格外仇恨，筑路部队的到来，改变了这里的环境，也改变着人们的观念，阻碍了他陈熙祯宣泄自己的权欲和淫欲。"哼！我让你们高兴！"他加快了步伐，准备一不做二不休。

刘亚兰整理好衣服，靠在槟榔树上流泪，觉得遭受了有生以来最大的侮辱和委屈。她平时就觉得陈熙祯一双贪婪的眼睛围着自己转，让她感到讨厌，但她万万没想到他会如此胆大包天搞突然袭击。从陈熙祯散布"放寮馆"的谣言来看，显然他对黎族过去的婚恋习俗是有所研究的，以为黎民两性关系混乱随便，想利用黎民的原始愚昧，乘机为所欲为。但他翻错了黄历，全新的中国改变了人与人的关系，也改变着陈规陋习，如今黎民有了新的认识和追求。她觉得他这种行为是对整个黎族的侮辱，就抹干眼泪，怀着满腔怒火，冲进医务室，要将他扭送到宋斌面前处理，只有宋斌能够给她以帮助和支持。

一进医务室，没看到人，就转身出来上了公路，远远看见一个穿发白香云纱的男人在前面走。她以为陈熙祯有所悔悟，自觉到宋斌面前去投案自首，就远远吊线跟在后面。但到了营房，他没有进去，反而加快了脚步。她想跑上去抓住他，但到了桥头水泥仓库的草棚，却不见了人。正在犯疑，就见仓库角上一股火苗蹿了起来。在火光中，她看见陈熙祯身影一晃，钻进了树林。她高喊："坏人放火啰！快来抓坏人！快来救火！"

桥工所的人见了火光，又听到喊叫，都涌了出来。通讯员提着冲锋枪冲出来，朝着刘亚兰指的方向追去，赵广才和张工指挥救火。宋斌见水泥仓库起火，心中一惊，什那桥工程的一百多吨水泥都在这个草棚里，这一烧，无异于战役前被烧了弹药库一般。况且烧了弹药还可以拼刺刀、从敌人手中夺，这水泥烧了如何完成任务？他提起水桶就朝火光跑去。

当宋斌和后面跟着的战士们跑到现场，好不容易从河中用水桶、脸盆把水提上来，张工却拦住不让泼。战士们急红了眼，骂他是破坏分子，有人将水泼到他身上。风助火势，火借风力，呼啦啦，转眼草棚就被烧了半截。正在一边要泼水、一边不许泼的纠缠中，猛然发现王小川同那帮文娱骨干各人折了一大把带叶的新鲜树枝握在手里，爬上了草棚顶，一字摆开，挥动树枝拍打火苗，拦住了火的去路。宋斌领着战士们将燃烧的竹竿、树条拨出来拖走，由于人多，不一会儿就把火扑灭了。

赵广才就地把全工地扑火的人都召集起来，自己站在一堆碎石上讲了话，要求大家从中吸取教训，提高警惕，防止敌人破坏，同时表扬了王小川等同志。他对大家解释，为什么张工不许泼水？因为这里装的是水泥，火烧了还可以用，水一泼就坏事了，全部报废。经这么一说，大家才恍然大悟，刚才骂了张工、向他泼水的战士，纷纷围着张工赔礼道歉，张工说也怪自己一时没解释清楚，互相就谅解了。

"哒哒哒哒"，树林里传来一阵急促的枪声，大家一愣，有几名战士就要朝枪声的方向冲去。赵广才拦住了他们，说是通讯员在追捕纵火犯，大家就不要在这黑夜里瞎钻了。不一会儿，通讯员提着枪气喘吁吁地回来报告，由于夜黑林密，没追上坏蛋，叫了几声"站住"，他也没停脚，只好远远地朝着发白衣服的影子给了他一梭子。赵广才嘱咐大家加强警戒，叫大家回去休息，人们才逐渐散去。

王小川脚上的伤口经过治疗，过了两天就基本好了，他照常白天出工、晚上排练。救火的第二天，他们班负责修复水泥仓库。他同几个战友抽空到昨晚枪响处搜索，没有发现尸体，只见地上有一摊血。

又过了几天，有个打猎的老乡在一处悬崖下发现了两具尸体，跑到桥工所报告，连里派孙银栓和王小川前去查看。在老乡的引导下，他们先到了山巅，在草丛里找到了一个黄挎包，里面有两本书，一本《刘海砍樵》连环画，一本《梁山伯与祝英台》小册子，还有一封家书，都是熊生的遗物。显然，熊生离开连队之后，在原始森林里迷了路，好不容易借着阳光找出了方位，再朝北走，走出了大森林，到这山巅歇口气，拿出馒头来充饥。这时碰上了纵火逃窜的亡命之徒陈熙祯，两人争夺食物，扭打中抱着滚下了悬崖，同归于尽。山巅的杂草倒塌了一大块，看得出搏斗是激烈的，在压倒的草丛中，还有些馒头屑子。

他们提上黄挎包，猎人又领着下了悬崖。只见熊生仰着，陈熙祯扑着，两人都血肉模糊，发出一阵阵恶臭，身上爬满了山蚂蟥。王小川见熊生龇牙咧嘴、口里还咬着半截馒头，不禁百感交集：熊生呀，熊生！你生前总抱怨没有立上功，临死同这反革命同归于尽，应该追记一大功，可是，你这是什么行为……三人草草挖了个坑，埋葬了熊生。

孙银栓指着陈熙祯的尸体征求王小川的意见，王小川上前踢了一脚，见陈熙祯右手上还捏着半个馒头，左手拢在一件绿军装里，腿上有个枪眼，伤口上有一块淤血。王小川从来就对这个不参加劳动、爱散布谣言的医生没有好感，而且他强奸未遂，纵火烧仓库，被打伤还继续顽抗，在山巅碰上熊生，因饥寒交迫驱使抢夺熊生的军装和食物，又害了一条性命，简直是恶贯满盈，死有余辜！王小川头一摆，厌恶地说："拉倒！"猎人也说这里人迹稀少，不埋也罢。孙银栓见天色不早，三人就下了山。

十四、搭建排架

返回部队的路上，孙银栓与王小川心里都很不好受，闷声走了很长一段路。王小川憋不住，先开了口："班长，熊生就这样走了，我心里堵得很。我家乡说'死者为大'，按理咱不好评论他，可我就是想不通。"

"你说吧，不碍事。"孙银栓想帮他排解排解。

"为什么熊生总是跟大伙的想法不一样呢？人民子弟兵紧握钢枪保卫祖国、拿起铁锹建设祖国，都是咱的本分和光荣。再说，跟志愿军在朝鲜战场上付出的牺牲、克服的困难相比，咱们吃点苦、受点累算个啥！他还受不了纪律的约束，可是没有铁的纪律，部队怎么能打胜仗，怎么能保证人民政权坐稳江山呢？"

孙银栓叹了口气："熊生是从旧军队过来的。解放长沙时，程潜、陈明仁率部起义，他所在的国民党军保安部队改编成解放军，后来正式列入第四野战军建制，对部队进行了整训。1950年，四野从所属各单位调入大约八千名干部战士，在各级建立起共产党的组织和政治工作制度，使部队素质发生了根本变化，宋连长、向永贵和我都是那时候调过来的。这几年经过部队的磨练，一起投诚过来的李勇、曾新严、炊事员老马这些人都成了坚强的人民战士。对熊生，咱一直推着、拉着他往前走，没想到他还是掉队了。唉！不知道究竟有什么东西，老是把他往外拽？"

王小川说:"我是为他和我们班感到可惜。刚进岛更苦,也熬过来了。这一年很累,也挺过来了。现在眼看什那桥就要建好了,他却看不到了,咱们全班在桥头合影的计划也泡汤了。他开小差后,班里大伙都觉得丢脸,很气愤,又为他担心。"

"熊生离开部队以后经历了什么?思想上有没有转过弯来?这些都不清楚。但是从现场看,在最后关头,他跟那个坏医生作了英勇搏斗,没有屈服,最后跟敌人同归于尽。在这一点上,他是好样的,没有给部队丢脸。"

孙银栓想好了,回去要组织班里开个会,大家一起把这件事谈开,卸下思想包袱。他准备向赵教导员、宋连长反映一下情况和自己的想法,相信组织上会给熊生一个适当的结论。

在什那桥工地上,人们为了赶在下一次台风到来之前把满排支架搭起来而日夜苦干。白天,火辣辣的太阳晒得人们流油淌汗,天气闷热得使人喘不过气来。宋斌领着连队配合技工搭排架,指挥战士们将木料从坡上抬下来,然后由十几个身强力壮的战士用手抬起木料往上举,排架上站着的一群又一群的战士像接力赛似的逐级往上传,一直传到十几米高度,横七竖八地往上搭起来。

这是一项既吃力又危险的工作,稍有失闪,上下的人都会被砸伤。为了传一根几百斤的木料上去,需要三十多人合作,使出全身的力气。一天劳动下来,战士们一个个累得浑身骨头散了架,但这个环节还是成了卡点。往往是下面扛木料的同志不慌不忙,因为上午扛一阵,木料就积压起来了,上面的技工也常常停工待料,问题出在中间的木料难以递上去,影响了整个工程的进展。

早在上次搭排架时,王小川就琢磨用工具来代替这笨重的体力劳动。他想起老家的石灰窑,烧窑师傅装窑时,都是利用杠杆往窑顶上送石头。杠杆既然可以吊石头,为什么不能吊木料呢?

收工以后,他跑到连部向宋斌建议,将这个方法用手比划着说了一遍,见宋斌听得糊里糊涂,便用笔画了个草图,宋斌看了也似懂非懂:"我们找张工去,让他合计合计。"

张工看了一眼那张不像样的草图,听了王小川的简单介绍,兴奋起来:

"好！这个建议好！"

宋斌拦住他："别一个劲地好好好，这办法有没有上过书？"

张工一笑："你真把我当成书呆子了。说它好，因为它有科学道理，也上过书，这是杠杆力学。比方说，秤砣虽小，但它能吊起千斤，这个杠杆就如同秤杆，这头只要几个人轻轻操纵，那头就可以将木料吊起来。"

宋斌对王小川说："你早说秤杆谁还不知道，说什么杠杆，让人半天摸不着头脑。还是张工有学问呀。"

张工笑着说："我的秤杆不过打个比方，应该还是杠杆，就叫'王小川杠杆吊装法'吧。"

王小川脸一红："别扯上我的名字啦，这是我们那里老祖宗就用了的方法。"

宋斌担心："这玩意儿吊石头行，吊木料可能不灵吧？"

王小川也说："石头就是一坨，木料老长老长的。再说，咱们桥面的高度可比石灰窑高得多。"

张工呵呵一笑："现在的人应该比过去聪敏得多，我们不会利用木料的长度达到我们需要的高度么？"他将手中的钢笔立着往上一提，王小川心中一亮，点头就走了。

张工埋头伏案计算了桥的高度、木料的最大重量、树干和横杠的长度，然后对宋斌说："只要三个人操作就行了！"

宋斌听了，喜得一蹦："我的老天爷，一个小小的点子，就腾出了我百分之九十的劳动力，我们战胜台风更有把握了！"

张工又在杠杆下面画了个木架，给木架安了四个木轮，这样移动起来也方便。宋斌笑着说："嘿！这是张工的土起重机！"

"这不过是雕虫小技，为了同志们操作起来省力方便。"

"明明是锦上添花，你未免谦虚过度。"

两人到技工寝室找人连夜开工，突击做两个活动杠杆。木工队长接过草图，一边派人点汽灯，一边领着人到料场选木料。

宋斌见事情安排落实了，哼着歌回了营房。他觉得张工格外贴心，王小川格外可爱，心情格外舒畅，回去倒头便睡，睡得格外香甜。

第二天清早，宋斌领着战士从木工棚将活动杠杆推到工地，把要送上排架的木料绑好，另一头由三个战士一压，木料就吊了起来，三人再一用劲，木料就送上去了，排架上的人将木料接过来，落位以后再将绳子解开。这样一来，木料一根接一根地往上飞，排架就像山洪暴发时的河水，眼看着往上升。

宋斌将节余下来的劳力，及时组织到试压石料的抢运上去。战士们将原先堆在桥头的大小石料，抬着、挑着、扛着往已经竖好的排架上堆压。大伙"嗨嗨""哟哟"地喊着劳动号子，上中下部都是忙碌的人群，人人有事做，个个出大力，整个大桥工地呈现出一幅立体的战斗场面。

每到这种时候，宋斌总是提心吊胆，一声异响、一个异动，都会让他的心"扑通"一跳，生怕哪里出现了事故。正在他满处寻找安全事故隐患时，张工气喘吁吁地跑来，要他下令将运石料的兵力减下去。战士们像海浪似的一阵接一阵朝上涌，还有的将一百多斤的巨石扛着一扔，简直像落下一颗重型炸弹。他既怕新搭的排架承受不了，又怕相互碰伤，还怕石头掉下去砸着下部施工的人。

宋斌说："人可以不减，我重新调整一下。"他让运石料的战士稍事休息，在战士们喝水、擦汗的间隙，把兵力分成两班，一班将石料装好，运到桥头，一班接过来运到排架上。"时间要争分夺秒，体力不能硬拼，只能挑、抬，消灭肩扛。"这样一调整，上排架的兵力顿时减少一半，操作起来就不显得拥挤，工效也大为提高。张工把这取名为"接力运石法"，再也不提减人的事了，连声称赞："好！好！"

孙银栓掩埋了熊生以后，就觉得恶心难受，当晚腹泻不止，在战士们高一声、低一声的甜鼾声中，他轻手轻脚地起来往厕所跑了几个来回。第二天清早，找向永贵讨了几瓣大蒜，就着馒头嚼到肚子里，腹泻才止住。但不知是由于晚上起来吹了山风，还是折腾一宿没睡，总觉得昏昏沉沉，提不起劲来。

当战友们端着刺刀，嗷嗷叫着往上冲，咱党员此时此刻能躺下么？孙银栓咬紧牙关，照常天天上工。好在使用杠杆吊运木料，他同几个战士在排架上接应，也省力多了。谁知一时的疏忽，差点让这条河南汉子永远躺下来。

又一根木料飞上来了。这是一根梁，比一般的木料要粗长得多。四个战友接过来，解开绳子，举过头部，让木工钉上马钉，他们就完事了。谁知忙中出错，正在他们像举重运动员拼着最后一口气，将木料举过头顶那一瞬间，孙银栓的左脚踩到一颗马钉上，只觉得脚一麻，一阵钻心的痛疼。手一松劲，木料下沉了一点，没有达到高度，木工捏着马钉没有钉。

孙银栓意识到大事不好，只要他一松劲，木料就会打下来，他同三个战友就会同木料一道从这十多米高处掉下去，河谷里施工的战友躲避不及，后果不堪设想。他猛吸了一口气，高喊"加油"，四个人一齐用劲，将木料举到了预定高度，木工将木料钉牢了。

孙银栓这才松手，低头一看，只见脚上的鲜血把踩着的木头染红了一片。他靠在一根立柱上，一手抱着木料不让身子掉下去，一手将马钉从肉里拔出来。这时，上面操作的军工和技工都发现了，惊呼起来。孙银栓头一摆，甩开满脸的汗珠："你们咋呼个啥？"

王小川听到上面的呼叫，抬头一看，见班长的脚被血染红了，连忙操作杠杆上去，孙银栓身旁的几个战友接过杠杆上的绳子，绑在他的身上，将他吊了下来。

正在工地巡查的宋斌和卫生员，见杠杆上吊了个战士下来，知道出了事，就奔跑过来。孙银栓一落地，两人就给他解开鞋子，脱下袜子。鞋膛里都是血，袜子也被血浸透了。

卫生员正要上药，一位木工师傅拨开围观的人群挤进来，制止了卫生员，蹲下来拿过一块小木板，一个劲朝孙银栓的脚掌上拍，痛得他牙齿咬得格格响。木工师傅边拍边解释："锈钉子扎进肉里，毒性蛮大，拍打以后，利用排淤血将毒锈冲出来，很快就会好啦。我们踩到钉子，都用这个法子。好了，可以上药了。"卫生员用药棉将血抹了一下，血还在流，就上了些药粉，缠上绷带。

孙银栓怕影响大伙施工，就忍着疼痛，由卫生员搀扶着，一跛一跛地回工棚去休息。宋斌调了个战士上去，补上这个缺，施工又热火朝天地进行了。

赵广才从团部开会回来，就拉着张工和宋连长到工地巡视，仔细看了"杠杆吊装法"和"接力运石法"，又详细询问了孙银栓负伤的经过，感慨万分："什么是战斗性、创造性的劳动？这就是！正是这些平凡的战士，用自己的劳动、汗水、智慧和鲜血，谱写了一首接一首的英雄赞歌。要给这些同志请功！我们将在五指山区树起一座又一座的纪念牌，什那桥也是一座纪念牌！"

他环顾四周，问："梁新呢？他在忙些啥？光甩干饭！要把这些感人的事迹整理出来，用大字登在《公路工程》报上，在广播里大声宣传，教育别人，同时也教育我们自己。"

梁新最近的表现，与表妹的来信有关。随着收到的信增多，他的情绪却日益沉闷。表妹的每封来信，都让梁新像打翻了酱缸子一样，酸甜苦辣咸五味杂陈。

表妹正在湖南长沙的医学院读书，他俩从小认识。这次回家探亲，他到姨妈家看望，留下了一张相片和通讯地址，表示以后多联系。表妹放假回家，就给他来了信。开始只是一两页纸，简单介绍些情况，后来信纸逐渐厚起来，并大大方方寄来了照片。最近一封来信，他看了一时拿不准怎样写回信才好。来信是这样写的：

表哥：

目前全国掀起了慰问"最可爱的人"热潮，规模空前的全国人民慰问团已经在北京组成，著名作家赵斌在海南分团里，你恐怕能同他会面。我真为你感到光荣、幸福和骄傲！

你给我的来信，被我们宿舍的同学夺去传阅，她们说三道四，我也不在乎，反正又不是什么军事秘密，看就看吧，我为有你这个表哥而感到自豪！

你信中描述的五指山，简直是一幅幽美雄浑的山水画。我原以为海南岛一马平川，像橘子洲一样，是漂浮在海中的一片绿洲，想不到还有如此高山峡谷。我想象着有一天，在这神奇的五指山区，在最可爱的人中间，同你靠着亭亭玉立的椰子树，啊！我的心陶醉了！

刚才，经过一通宵突击，我们宿舍七位同学绣了一面锦旗，让慰问团捎到部队去。同学们绣完以后，将锦旗挂在墙上，都美滋滋地睡了。我想起了你——我远在天涯海角的亲人，就匆匆写了这封信。

非常非常想念你！

你的表妹

多年没会面，他想象不出表妹的音容笑貌。部队在桂林休整时，曾驻扎在一所医学院旁边。每到傍晚，女大学生就成群结伴，端着脸盆，掖着衣服，唱着欢快的歌曲，到清澈见底的漓江游泳。每次收到表妹的来信，他就联想到漓江边的女大学生，似乎表妹就在她们中间，越想越觉得神魂颠倒。

直到她寄来了照片，那两根又粗又黑的长辫，那一缕刘海，弯弯的眉毛下那双含情脉脉的明亮大眼，那线条优美的鼻子，苹果似的脸蛋上那两个笑涡，那下巴，那胸脯，都是那么相称！梁新走南闯北，穿州过府，见过多少女子，还没见过这么美丽的。而这个美人在想念着他，倾情于他，大胆地表示要来到他的身边，投入他的怀抱，同他在一起。她的每一封信，都燃烧起他心中的爱情火焰。她提到作家赵斌——那正是梁新崇拜的偶像，就像高手点穴一般，直达文化教员的心窝里，他更加认定两人有共同语言，彼此心意相通，她就是最懂自己的人！

表妹的照片，很快在战士们手中传来抢去。在一个大锅里吃饭，没有什么私事隐瞒得了。开始有人还以为是哪里弄来的电影演员的照片，一听说是梁新的表妹，都连忙还给他，随即投来羡慕的眼光："真是走桃花运啦！"

宋斌也曾瞥过一眼这张相片，以为她就是梁新回家探亲找的对象，暗暗吃惊：农村会有这样的美人？又一想，都说湖南女子美，再加上解放了，经过"土改"、打倒地主分了田地，人们生活水平提高，心情舒畅，人面桃花，不足为怪。他没做什么评论，俗语说"朋友妻，不可提"，对同志的爱人说三道四，似乎是不道德的。显然，梁新的魂被这个女子勾去了。宋斌没有谈过恋爱，不知道其中的滋味，他难以理解，堂堂七尺男子汉，怎么会被一个女子征服？果真是"英雄难过美人关"么？梁新是个书生，不是英雄，知识分子就是这么个调调。

第十号强台风在海南岛登陆了，摇撼着五指山，冲击着满排支架。在这样恶劣的天气里，老百姓照例朝家里跑，军工却朝外跑，党员干部跑在最前面。他们趁着风力还小的时候，对水泥仓库进行了加固，将围沟挖宽挖深。为了预防被火烧后重新盖起来的那半幢漏雨，就将两块大油布扯盖在上面。又对河滩的工地进行了清理，对工棚加了些支撑。这些事告一段落，风力就加大了，宋斌把部队带回工棚休息。

第二天风力小了，照例是倾盆大雨泼下来。吃过早饭，宋斌正要通知各班评功，就见赵广才同张工穿着雨衣进了连部。宋斌以为来了什么突击任务，习惯性地将雨衣从墙上取下来。

赵广才边脱雨衣边说："别紧张，咱们闲着没事，走来串门。"宋斌将自己的雨衣重新挂上，同时将他们二人的雨衣接过来挂在墙上，下面用两个脸盆接水，再抽下毛巾，递给两位领导擦干脸上的雨水。通讯员提了热水瓶过来，给三位首长倒上热气腾腾的开水，三人就坐下来谈话。

赵广才说："这个台风迟不来、早不来，等咱们排架搭好、石料压上就来了，来的正是时候。番响桥的模板已在台风来到之前拆下来了，只等风息雨停，就可以送来。这样，台风过后，咱们就可以浇筑桥面的混凝土，在下一次台风之前，完成任务是很有把握的。为了达到这个目的，需要利用激战前这点空隙，练练兵、鼓鼓劲。这实际上是发起总攻前的一次战斗动员。"经过商议，他们决定先集中开军人大会，然后再分班讨论。

通知一发出，各班长迅速将人带到了饭堂。一时间，饭堂里说笑声、唱歌声此起彼伏，盖过了外面"哗哗"的雨声，直到宋斌宣布开会，会场才安静下来。

首先由张工讲了桥上部结构的施工安排和操作技术要求。他从模板的安装、钢筋的绑扎，讲到混凝土的浇筑。宋斌连队是混凝土浇筑的主力军，所以他对此讲得更加具体一些，详细讲了砂、石、水泥的质量检查，砂石料的配比，混凝土的拌和、浇筑，以及捣固的要求。

张工强调："桥面是全桥主要的承载部位，也是全桥最薄弱的部位。同志们打仗时曾炸过桥吧，炸药包一般都安在桥面部位，因为这是薄弱部分。而在施工中，桥面浇筑的工作量最集中，也最容易发生质量事故。我相信同志们一定会以极端负责的精神，拿出顶呱呱的桥面，经得起重型坦克的碾压，经得起子孙后代的验收！"

接着，宋斌传达了上级关于开展评功活动的指示，要求大家按照条件把功评好，同时各班还要在评功的基础上，订计划、下保证，开展挑应战，并将根据最后一仗的表现，来考察评功论奖。前一段表现很好，在总攻中表现差劲的，就要把他的名字从功臣名单上拉下来；如果前段还有某些不足，但在这一次表现突出，可以考虑把他的名字补上去。

然后，他加重了语气："打完这一仗，有一部分同志将要复员，许多同志都在算自己的命，有这样或那样的思想，这是自然的。但我们受党的长期教育，经历过艰苦的磨练，有坚强的意志、必胜的信念，我们会正确处理国家利益和个人利益的关系。前段虽然有些瞎参谋、小广播，但并没有影响工作。我们应该站好最后一班岗，争取为人民立个大功，光荣复员！"

赵广才缓缓地站起来，明亮的眼光看着会场上一张张坚毅而充满朝气的脸庞，声音由于激动而颤抖："告诉同志们一个喜讯，全国人民慰问团已经到达海口！"战士们自发地鼓起掌来。

春节前夕，全国政协常委会和中国人民抗美援朝总会常委会举行联席扩大会议，一致决定派遣"全国人民慰问人民解放军代表团"到各部队进行慰问，向"最可爱的人"致以崇高的敬意。因限于海南岛路途遥远、交通困难和台风等天气因素，海南分团对筑路部队的慰问作了灵活调整。

赵广才接着说："有一个分团将来到什那桥工地，检查我们的工作。这个分团里有我的一个本家咧，恐怕许多同志久闻其名、未见其人，他就是人民作家赵斌！我们要以实际行动迎接人民的慰问，充分做好热情迎接慰问团的准备！"会场上响起了更为热烈的掌声。

十五、工地婚礼

暴风雨终于停了。笼罩半截山峰的乌云，像海水退了潮，渐渐往上升、往上升，最后被阵风撕成一块一块的，如同草原上奔跑的羊群，无声地朝西北方向飞去。

什那桥工地又恢复了热火朝天的施工场面。文化教员梁新急忙爬上排架，在孙银栓受伤的地方，一边同战士们一起干，一边了解当时的情况。

梁新原来是连里最活跃的人，也是宋斌的好参谋、好助手，许多宋斌没掌握的战士思想苗头，他很快就收集反映上来了。但是这一段的工作，他是推一下动一下，甚至像个四方石滚，推而不动。宋斌以为这是知识分子初恋阶段的正常反应，因此赵广才指责梁新甩干饭，他没转达，只就事论事地给梁新布置了目前要做的几项宣传鼓动工作。

下午快收工了，向永贵在劳动的人群中，找到正同战士们一道干活的宋斌，向他报告："梁新的爱人从湖南到这里来了。"

宋斌眼睛一亮："好啊！这是来我们连探亲的第一个家属。你先去准备两个菜，另外准备一盘辣椒，他们湖南人是无辣不吃饭的。"

向永贵面带难色："我到哪里搞辣椒？"

宋斌说："这山上那种朝天长的小辣椒，一年四季都开花结果，你派个炊事员摘一把来。"

向永贵吐了一下舌头："乖乖！那玩意儿，我一大锅辣汤放上几个，全连都辣得直吐舌头，那能做菜吃么？"

宋斌说："你单独弄个小碗装着，她能吃就吃，不能吃也不勉强。"

宋斌回到连部，见一个女子坐在平时开会用的几块木板钉成的条桌边，一副农村姑娘的打扮，条桌上放着两个花布包袱。也可能旅途奔波劳累的缘故，她神情憔悴，右额角上有一块发亮的新伤疤，格外引人注意。宋斌见了一愣：怎么同照片上的变了个人，完全两样，搞的什么名堂？正忙着打水、扫地的通讯员，见连长回来，赶忙介绍："这位是梁文教的爱人，这是咱们连长。"那女子慌忙站起来，操着浓厚的湖南口音，叫了一声"连长"。

"欢迎！欢迎！"宋斌说："你一路上辛苦啰！坐吧坐吧——咦，梁文教呢？"

通讯员说："他还没收工回来。"

宋斌觉得奇怪，最近一段时间，梁新总是出工落在后面，收工走在前面，为什么今天反常，收了工还没回来？他问通讯员："你没通知他？"

通讯员说："早通知啦，他说有事丢不下。"

宋斌以为他中午布置的几件宣传鼓动工作让梁新去忙了，就匆匆抹了把脸，坐下来陪来客闲谈农村的情况和路上的辛劳。

梁新接受任务以后，就思想斗争开了。宋斌布置工作时虽然没有批评指责，但说的都是梁新分内应该干的事，以前从来没有这样给他布置过工作。像孙银栓被马钉扎了脚，为了战友的安全，忍受极大的痛苦，直到木料钉上去了才抬腿拔马钉，这样的感人事迹他应该很快知道并反映出来、传播开去，怎么还要连长出题目、下任务，让他去做文章呢？革命军人贵在自觉，他感到惭愧。

俗话说"站得高，望得远"，从她坐着运料的汽车进入工地，梁新站在排架上就看见了。开始他真不敢相信自己的眼睛，见她提着花布包袱进了连队，就确定无疑了。命运真会捉弄人呵，真是"想什么得不到，怕什么却来了"。老实说，这一阵他一门心思扑在表妹身上，渐渐把她忘了。能永远把她从记忆中排除出去该多好啊，可惜办不到。

就在他回部队不久，她曾来信说"身上有了"。有人说，孩子是男女双方爱情的结晶，可他同她哪谈得上爱情？千不该万不该，不该那一时的冲动，真是"一失足成千古恨"，阴差阳错，平地升起了一道他同表妹幸福结合的障碍。好在现在讲婚姻自由，结了婚还可以离婚呢，你能把我怎么样？他想拖下去，直到表妹毕业，他俩结婚以后，造成另一个既成事实再说。

上月，她来信说要到部队来，他认为千里迢迢、漂洋过海，谈何容易，不过是一种威胁罢了，也就没当一回事。谁知他妈的她说到做到，果然来了，这如何是好？

他心乱如麻，找借口待在排架上盘算，收工好一会儿才不得不回去，连从排架上爬下来的力气几乎都没有了，回连部的路上，觉得两腿沉重得迈不开步子，见了她，只冷冷地打了个招呼："你来了。"

宋斌拉着梁新同湖南妹子共进晚餐，之后将自己需要的日用品清理出来，同通讯员睡挤铺，请客人住进自己的寝室。梁新也没说一句感激的话，把她引进连长的寝室，将两个包袱朝铺上一扔，把自己的脸盆、毛巾、肥皂一放，默默地走出去了。

"梁文教的爱人来了！"这消息很快传遍了全连，王小川等平时同梁新接触频繁的战士，前来向"师娘"问安，宋斌以"劳累过度，需要休息"为由挡了驾，又看见梁新一反过去那种乐观、潇洒的神态，像个苦主坐在一边，也就走开了。

湖南妹子住下来以后，梁新对她不理不睬，每天由通讯员给她端水打饭。

一天晚上，宋斌问梁新："你怎么啦？怎么能这样对待一个来队的家属？人家千里迢迢来到这山窝里，为的是看你这双冷眼？"

梁新说："我们没结婚，怎么能叫家属？"

宋斌火了："乱弹琴！你还蛮会抠字眼呢！叫家属也罢，不叫家属也罢，反正她是来找你的，你就得给我热情接待！"

在宋斌的坚持下，梁新无可奈何地来到她的住房。不一会儿，宋斌就听到小两口在房里低声地吵起来。只听到梁新说："……你这是来出我的丑，丢我的脸。"她委屈得直哭："你就不想想我这一阵是怎么过的，全家人都骂我下贱、丢丑，还打了我，把我赶出门。我如果能待下去，会冒这个风险来找你吗？"梁新气冲冲地出来了。

这一下，宋斌没辙了。第二天，他在工地上找到赵广才，寻个安静的地方，将梁新的事一五一十作了汇报，满脸愁容地说："很可能是先谈了这个，后来表妹来信，梁新见异思迁，想把她甩了，谁知她却来了，两人僵持着，你说怎么办？"

赵广才年岁大些，又结过婚，见识也广些，他一边听一边作了分析，就对宋斌说："你忙你的吧，这事就交由我处理得啦。"宋斌心上的石头落了地，高高兴兴地走了。

赵广才回到桥工所，给在后勤部当协理员的爱人摇了个电话，叫她搭便车来工地。爱人以为他病了，放下电话就拦了一辆运料便车来到了工地，一看他硬硬朗朗，直埋怨他催得这么急，害得自己衣服都来不及换。赵广才一笑："就你们女同志婆婆妈妈，又不是来举行婚礼，收拾打扮个啥？"

两人一同到了宋斌连部，看望来部队探亲的客人。

尽管这湖南妹子肚子还没鼓起来，但从她的脸色、身体变化来看，协理员就猜出她已经怀孕数月了。三个人坐定以后，先拉了一阵家常，然后赵广才对她到来后没有很好招待表示歉意，又接着说："这里是国防前哨，荒无人烟，现在又是台风季节，你能不畏艰险，历尽千辛万苦前来看望梁新，这既是你们感情深厚的体现，又是对我们部队的信任。你有什么困难，需要领导帮助的，尽管提出来，我们尽力解决。"

刚才他俩进来，通讯员给她介绍这是营首长和他爱人，她见这夫妻两人和善热情，也年长些，就抽泣着将满腔愁怨吐了出来。

湖南妹子虽然上过几年学，但还恪守着封建礼教，平时很少出门，没事就在闺房里绣绣花，做点针线活。梁新回家探亲，经人介绍撮合，两人一见钟情，没几天就打了结婚证，决定在他下次回家探亲时举行婚礼。就在打结婚证回来的路上，他甜言蜜语、山盟海誓，她也认为结婚证打了，自己是他的人了，就同他发生了关系。

谁知他走了以后，月经就不来了，饭也不想吃，吃了想吐，被家里人发觉了，都骂她给全家出丑，要她去死。她多次来信，没得到回音，明知路途有艰险，这里也不是安居乐业的地方，但还是咬着牙来了。"谁知梁新不仅不为自己的行为负责，不替我排忧解难，反而对我冷语相待、冷眼相看，让我怎么办呀！"湖南妹子说完，掩面痛哭。赵教导员两口子劝慰一番，她才止住了哭。

协理员说："梁新太不像话，胆敢这样欺侮我的妹子！你放心，好好休息，我们让他来赔礼道歉，与你重归于好，这事就交给我去办！"

回来的路上，赵广才用手腕子碰了碰爱人："你当着别人开出这么大一张空头支票，像蛮有把握哩。"

协理员吃吃一笑："我哪有这么大的处理权，我这是替你说的嘛。"

赵广才说："我未必是个哑巴，要你说！如果梁新坚决拒绝这门婚事，你能按着公鸡下蛋？常言说，强扭的瓜不甜。"

协理员站住了，说："你们这些骚男人就是狠，总是要我们女同志做出牺牲、付出代价！这本来是你的工作，把我拉扯来干什么？我也是狗拿耗子——多管闲事。好吧，我回去跟她说，你这事咱们当兵的管不了，你到法院去告吧，官司打不赢就去死吧，反正你也没脸回家了。"

赵广才笑着把她拦住了："我跟你闹着玩呢，要不搬你来做什么，何必动这么大的气。梁新毕竟年轻，关键点上咱们不能眼看着他犯错误、摔跟头，要挽救他，拉他一把，不让他掉队。"

两人说说笑笑回到了桥工所，协理员将他的脏衣服清出来洗，赵广才把梁新找来谈话。

梁新似乎早有准备，一坐下来，就提出这桩婚事不能成立，这是包办的，双方缺乏了解，性格不合。赵广才问他，既然如此，为什么发生了关系？梁新听了一惊：她怎么把这丑事端了出来？但还鸭子死了嘴巴硬，开始是矢口否认这个事，后来又说即便有这个事，哪儿会擦一下就怀孕，谁知道她同谁鬼混的。弄得赵广才火冒三丈，但仍按着性子指出他见异思迁是不对的，他却说我有通信的自由。

赵广才气得浑身哆嗦，桌子一拍："你有你的自由，组织上也有组织上的自由！我给你指出两条路，让你自由选择。马上同她结婚，这是一条；另一条，你坚持在错误的道上滑下去，拒绝结婚，我就让人扒下你的军装，开除你的军籍，把你送到法院处理。因为你不像个军人，而是像个花花公子，朝三暮四！我人民解放军在群众中有崇高的威信，人民称我们是'最可爱的人'，你就利用群众这种敬仰子弟兵的感情，达到自己卑鄙的个人目的。你要知道，人民热爱我们，是因为我们过去对国家有过贡献，我们一定要保持荣誉，用不断的进步去获得人民更大的热爱，争取更大的光荣，决不能做对不起人民、给部队抹黑的事！你以为那个女大学生表妹真的爱你么？我用不着要什么手腕，只把你的错误以及处理结果告诉她，她就永远不会同你联系了，你信不信？不信咱们试试看！"

"我不是花花公子，我……我在这五指山流的汗还少？我什么时候不是同战士们滚在一起？"梁新声调嘶哑而颤抖，边哭边说。

协理员走过来，给他倒了杯茶，埋怨赵广才："对同志说话不能和气一点吗，何必吹胡子拍桌子的？梁文教为人师表，是个知识分子，一时思想转不过弯来，开导开导就行了。我刚才同教导员去看望过，那个妹子还是蛮好的嘛。常言说：美不美，家乡水，亲不亲，故乡人。你母亲年纪大了，结了婚，她孝敬你母亲，你可以一心一意在外面干革命，有什么不好？现在谈什么性格啦、感情啦，在旧社会，对方长个什么鼻子什么脸，结婚前谁也没见过谁，哪谈得上什么感情！再说，感情也可以慢慢建立嘛！好啦，大家都挺忙的，回去收拾收拾，准备当新郎官吧。我今晚也不走啦，要吃你的喜糖。"

他夫妻二人一个唱红脸、一个唱白脸，软硬兼施，说的倒都在情在理，梁新羞涩地答应了，低着头出去。

赵广才说："宋斌这家伙专找难剃的头让我剃，今晚罚他两杯喜酒！"

当晚在连部办了酒席，连里排长、班长都参加了，为梁新举行了婚礼。连长宋斌代表连队全体官兵，欢迎新娘子来到部队。接着，他简单报告了海榆国防公路建设和什那桥工程的施工进展，称赞文化教员梁新有本领、负责任、能吃苦，跟战士们打成一片，把俱乐部办得红红火火，还经常给战友们介绍各行各业的新成就，把大家的干劲鼓得足足的，连队的宣传动员、文化学习、体育活动多次受到上级的表扬，梁新功不可没。相信结婚以后，梁新会与爱人互敬互爱，互相学习，共建幸福家庭。

众人起哄，要赵广才的爱人代表教导员和女同志讲几句。推辞不过，协理员大大方方站起来，夸奖一对新人十分般配，新娘子知书识礼。"可不要小瞧了我们女同志咧，远了说有花木兰替父从军，近了讲海南岛红色娘子军威震一方，巾帼不让须眉！全国人民都说解放军是'最可爱的人'，从今以后，新娘子就是'最可爱的人最爱的人'！"众人又是叫好，又是拍手，一度打断了她的话。

待大家安静下来，她接着说："结婚以后，梁文教在外建设国家，多立功、多受奖，新娘子在家当个好妻子、好媳妇，孝敬公婆，搞好生产，多打粮食，动员父母把余粮卖给国家；再有就是，当个好军属咧，带动乡亲们参加互助组和农业生产合作社；最后，要快点当上好母亲，早点请我们吃红鸡蛋咯！"说得一对新人直点头，心里暖烘烘的。在众人的齐声叫好中，协理员张罗着新人喝了交杯酒。

喝完了喜酒，由赵广才夫妇送新郎新娘入洞房。王小川等一班俱乐部成员早已拥在连部门口，曾新严用一只小喇叭吹出欢快的曲子，一大班人说说笑笑护送新人入洞房。

战士们下午一边劳动，一边嚷嚷着要闹洞房，都把各人家乡的婚俗搬出来，相持不下。宋斌全给否决了，想着新娘子有孕在身，梁新也有些不大自然，思想上、面子上都需要有个转弯的过程，还要保证桥梁施工，所以规定，一是只能"文闹"，不能"武闹"；二是控制时间，控制人数，一百多号人呼啦一下全挤进来，谁吃得消。这"文闹"怎么个闹法呢？王小川一拍脑门："'武闹'是闹新娘子，'文闹'就是闹咱们自己！只要热闹就行！"

洞房原来是梁新同通讯员、司号员住的寝室，现在让他俩暂时挤到班里去，把房腾出来。俱乐部的委员们在房门贴上了一副大红对联，房中贴着大红喜字，尽管用的是梁新原来的旧铺盖，但由于整个房间打扫干净，摆设整齐，再经过一番布置，也像那么回事儿。待新人在床边坐定、王小川开场后，表演就开始了。

亚基献上了黎族传统的婚礼歌，歌声悠扬、欢快、诙谐，其中一句"婚后不打也不骂，老了也不送娘家"，博得众人一片叫好、笑闹声。

接着，俱乐部成员演唱了《修公路小调》和苏联歌曲《红莓花儿开》，大家都打着拍子，跟着合唱起来。又有两个战士上场，表演延安秧歌舞《兄妹开荒》。高大健壮的李勇头上包个毛巾扮演妹妹，只见他动作夸张滑稽，满场子地飞，上天入地般跳上跳下，格外卖力；瘦小的韦小福扮演哥哥，被挤到角落里，完全施展不开。一屋子人笑得东倒西歪，宋斌捂着肚子直摆手："明明是《兄妹开荒》，怎么成了妹妹单干？"一直拘谨端坐的新娘子和梁新也笑得直打晃，靠在了一起。

王小川下午就教连长的鹦鹉说"结婚咯！结婚咯"，这会儿把它提过来。可能有些受惊了，它不停地扑腾，自顾自地叫"天亮咯！天亮咯"，等到俱乐部成员一起祝福师娘早生小师弟时，它又开始叫"结婚咯！结婚咯"，逗得大家哈哈大笑。筑路部队工地上的第一场婚礼，就这样热热闹闹地结束了。

部队就像一个大家庭，梁新结婚，全连上下都像过年一样喜气洋洋，大家真心为他们高兴。这对梁新触动很大，他为自己之前的那些个人私心杂念感到羞愧，革命军人的正义感、荣誉感，对爱人的感情又回来了。婚后，湖南妹子心情舒畅了，不顾怀有身孕，以女同志特有的勤快，每天都到各班搜集衣服、被子来洗缝缝，吓得战士们脏衣服随手就洗，再不敢偷懒了。住了一阵，她就搭便车到海口，再坐船，然后转火车回家乡了。

湖南妹子来了之后，王小川、韦小福主动要求替梁新到民工队去读报。他们事先跟亚基讨教，标上黎语的发音。民工队员开始还对读报觉得新鲜，时间一长就有点打不起兴趣，有人借故不来了。刘亚兰一着急，就让民工队员给大军提问。

黎族姑娘们想知道的是，你们壮族吃什么饭、穿什么衣、住什么屋、过不过三月三、唱的什么歌。陈满在几个男民工的怂恿下，直接点歌了："我们想听对歌。"下面"轰"的一下，笑开了。

这个难不倒王小川和韦小福，两人拉开一段距离，面对面站住，亮开了嗓子。

王小川唱道："有对好像两公婆，夜夜总要摸一摸；睡觉之前摸一下，一夜不摸睡不着。"

韦小福答道："歌友真是有才学，门板比作两公婆；哪个又愿开门睡，夜夜关门都要摸。"

民工队员都说像，就是门板！

韦小福又让众人猜个字："依依恋恋不怕丑，男女二人也排头，排头还要手牵手，下面又把脚来勾。"

稍作停顿，王小川答道："情投意合不怕羞，因为男女才排头，排头还要手牵手，齐心合力把脚勾，争做好人哪怕羞？"然后公布谜底："是个'好'字！"众人都叫好。

几个姑娘给刘亚兰咬耳朵，她就问："比方说，你遇到了喜欢的姑娘，你要对她唱什么歌？"男民工也起哄说好。

王小川没谈过恋爱，唱的调门有点低："石榴青，问妹出嫁是招亲；妹你招亲就招我，人又能干又痴情。"大伙看着大军有点难为情的样子，笑翻了天。

韦小福却是大大方方，扯开嗓门，来了一段表演唱："鲤鱼见水尾就摆，哥今见妹心就开；蜜蜂见花团团转，花见蜜蜂朵朵开。"引来下面又笑又叫，一阵喝彩。

那些借故不来和走开的民工队员，被歌声和笑声吸引，都围了过来。

回来的路上，韦小福直说："总算完成任务了！先生不是好当的，真得好好备课呢！"

王小川点点头："黎胞对外面的世界很好奇，咱们给连长提个建议，叫湖南战友来民工队讲讲韶山冲的故事，河南老乡说说黄河的传说，你觉得怎么样？"

十六、浇筑桥面

天一亮，群山又雄赳赳地展现在眼前。当山洪还在汹涌澎湃地向下倾泻时，一个浪头过来，翻腾着白色的泡沫，打得排架微微颤抖。由于排架经过了改进，间隙加大，加之上次山洪已将大部分枯树断枝卷走，这一次冲下来的主要是些落叶烂草，大多从排架的空隙流走了。而且排架上堆码了试压石料，增加了压力，因此，尽管这次山洪水位比上次还高，排架却巍然屹立。

宋斌站在河边观察，一股激战前夕的兴奋涌上心头。他大步回到连队，就见孙银栓、王小川抬着班里向全连的挑战书进了饭堂，连忙过去帮他们贴到墙上，看了起来。他在字句行间，体会到战士们的豪情壮志和高昂斗志。这时，各班都争先恐后将应战书、保证书、决心书贴了出来，哗啦啦贴满了饭堂的墙面。他看了看各班之间谁与谁挑应战，就回到连队召开支部会。

这次支部会，将不是支委的党员班长也吸收进来了。会议开得很紧凑、很严肃，宋斌提出这几个议题：一是各班汇报讨论情况，二是群众评出的立功受奖名单，三是复员退伍人员名单，四是发起总攻的安排，五是迎接慰问团的准备工作。他一说完，到会的人就像推磨似的一个接一个地发言。由于问题是议一个结一个，发言的磨子也是一圈一圈地转。

议到复员退伍名单，会议出现了短暂的沉默，继而爆发争论。这些连队的中坚力量，在生死关头可以向群众挥手"跟我上"，事事都带头，唯独在这个问题上没法带头。在坐的人中间，孙银栓、向永贵等人按照条件应该退伍了，可他们自己还想在这支队伍里干下去，谁又好提出来呢？要知道，这些都是同生死、共患难、朝夕相处的战友啊，他们一腔热血，想继续干最艰巨的工程，能让谁走谁留？

上午会议没开完，吃过中饭接着进行。宋斌正在启发大家，讲复员退伍的必要性，讲不复员这支队伍也是集体转业，今后都是老百姓了……还没讲完，赵广才就打来电话，番响桥的兄弟连队送模板来了，让他们全连紧急集合，过河去接。会议就此中断，宋斌领着战士们去接模板。

来到河边，张工已经在"照相"——战士们喜欢将技术人员看测量仪说成"照相"。他们将模板卸下来，技工就扛着锯子、拿着斧头对模板进行修理。之前是排架树起一乘，就在上面压上石料。现在要安装模板，就得把一乘的石料搬开，等浇筑好了混凝土，再搬开下一乘上的压石。

赵广才同张工商量，认为最靠近海口的这一乘是先树、先压的，附近的水势比较平稳，加上模板已到手边，可以先搬走这一乘的压石，安装模板，就让宋斌连队将压石搬开，运出桥头堆码起来。

紧张的大桥浇筑战斗就这样展开了。

经过军工与技工的通力合作、并肩作战，从头天下午模板运到，一直突击到第二天深夜，终于将这第一乘的模板安好，扎上了钢筋。战士们接着就要开始浇筑，被赵广才制止了，强令大家回去休息。

太阳出来了，张工安排刘亚兰带领民工将碎石再洗一遍，然后指挥技术员用仪器对装好的模板进行测量，又爬过去用水平尺检查了一遍，再对照图纸看钢筋扎得对不对，作浇筑前的检查验收。军工在紧张地准备工具，木工有的打楔，有的加固，整理着模板。除了打楔发出几声"嘭嘭"的响声，整个工地呈现出总攻前的沉寂。

赵广才和宋斌一左一右地跟着张工检查，问张工情况如何，张工满意地点了点头："只是这些旧模板上，有些还沾着混凝土没刮下来，需要薄薄地抹上一层桐油。还有些板缝得用纸塞一下，免得漏了灰浆。"宋斌说："这交给我啦！"就招了招手。战士们以为开工了，高呼一声"冲呀！"奔了上来。宋斌也不阻挠，只对通讯员说了一声，通讯员就匆匆地走了。

张工心中有些不快，心想我提出的事没做，怎么就开工了？但见大家热火朝天地干起来，也不好说什么。不一会儿，通讯员领着周亚光、梁新夹着旧报纸、旧毛巾，提着一桶桐油前来报到。宋斌袖子一挽，四个人抹油的抹油，塞缝的塞缝，等到第一批混凝土搅拌好，第一个模板的抹油塞缝已经搞好了。张工看到宋斌精细的安排、灵活的方法、扎实的作风，不得不钦佩，气也消了，就去指导战士们拌和混凝土。

一块大铁板两边，各站着两名掌锹的战士。两担小碎石、三担大碎石、四担砂、一包水泥倒在铁板上，负责拌和的战士们挥锹，"嚓嚓嚓嚓"地将干料翻过来又覆过去地抄了一遍。另一名战士早已提着水壶等候，等锹一停，就在料上洒水。掌锹的战士再挥锹将料翻转起来，又"嚓嚓嚓嚓"覆过去。等石、砂、灰、水都搅拌均匀了，用锹将拌好的混凝土从铁板上推下去。半截铁板刚空出来，运料的同志又将石、砂、水泥往上倒。尽管强风冰凉，战士们干了一阵，就脱了外衣，汗水还是从白衬衣里浸了出来。

什那桥是按照苏联标准设计和建设的，技术员事前进行了混凝土配比试验，派专人在混凝土拌和现场负责检查，反复强调各种材料的添加一定要严格按照配比，尤其不能为了拌和省力，偷偷加水："必须保证质量，否则万一将来桥垮了，我们怎么向后人交代！"

赵广才一直没有离开现场。在大桥的修建过程中，最忙坏人的两项工作，一个是把桥墩抢出水面，另一个就是浇筑大梁和桥面的混凝土。这两项工作招呼不好，都会出重大的质量事故和安全事故。

等施工上了正轨，宋斌走到他的身边，掏出一支烟递过去，自己点燃一支，说："应该把第二乘的石料搬走，安上模板，扎上钢筋。不然，第一乘弄完，就接不上气了。"

"我也这样想，可哪来的劳动力呢？"

"我有。"

赵广才盯着他问："你打什么埋伏？"

宋斌一笑："我哪敢打什么埋伏，你没见我把连部的几个人都拉上来了。看到没有？运料的劳力有富余，他们挑了一担回来，总在铁板边等一会儿。"

"劳动组织是张工安排的，可不能随便打乱。"

"我不打乱劳动组织，一个人干两个人的活还不行么？"

赵广才问他有什么绝招，他将自己的打算说了一遍，赵广才觉得可行，但需得征求张工同意。"你可能没察觉吧，刚才他说抹油、塞缝，你却把全连招来开了工，他好一阵子老大不高兴。"

"我本来招手让他们来个人，谁知都扑上来了。我觉得抹油塞缝同搅拌混凝土可以同时进行，也就没有阻拦。"

"咱们同这些知识分子打交道，可要察言观色些，否则就责备你不尊重技术人员。"

两人找到张工，宋斌将自己的想法一讲，张工很高兴："如果能连续浇筑，不光争取了时间，对质量也有好处，免得出现一条一条的界线。"

赵广才说："同志之间不能有界线，混凝土也要紧密结合，这样才有力量，是不是这个理？"

张工说："是的，是的！"

宋斌回去安排，要同志们挑一担料进来，带一担压石出去，来回不挑空担子。只要能抢在下一次台风之前完成任务，多出点力谁还有意见？这个方法实行以后，第二乘的石料很快就运完了，木工接着在上面安模板。

炊事员老马也参加了这场突击战。他挑着一担水，吃力地往坡上爬着。昨晚他要求到工地来，向永贵劝阻道："你年纪大了，还是在家做饭，搞好后勤吧。人是铁饭是钢，一天不吃饿得慌，打突击战还能少得了吃饭？"

老马哪里肯听，他说："现在全都拼上去啦，咱们炊事班就不能来个暂时的'精兵简政'？咱去挑两担水，也算炊事班的一点贡献！"大家拗他不过。他挑起两个水桶来了，专门挑水供拌和混凝土使用。

他记不清已经挑了多少担，只觉得腰痛肩辣，双腿发抖。"老啦！"他轻轻地嘟哝了一句，把扁担换了个肩，又向上爬去。望着在模型盒里蔓延的混凝土，望着劲头十足的挥锹小伙子，望着整个工地沸腾的劳动场面，他笑了，又晃着两只水桶，向河边走去。

宋斌看到运水泥的同志扔了扁担，一个人扛着一包水泥在奔跑，浑身的水泥混着汗水粘在身上。他强令战士们拍打拍打，在河里将身上的水泥洗净，然后还是按规定两人抬一包，免得水泥烧伤了皮肤。干了一阵，见大家抬着水泥，身上还是沾着厚厚的一层灰，觉得奇怪，就去水泥仓库看个究竟。原来，水泥仓库被坏人放火以后，堆在最上面一层的包装纸被烧破了，战士们要将这散了包的水泥扒开，才能将整包的水泥翻出来。经过这一折腾，灰一扬，沾上了汗水，不一会儿身上就是厚厚一层。他折回工地，抱着一大抱腾空了的水泥袋，拿着一把锹，与通讯员、司号员一道，到仓库里将散包水泥装起来，让战士们抬着去用。

赵广才和张工找到水泥仓库，将宋斌拉出来商量开夜工的事，简直认不出他了，从头到脚都是灰白色的水泥，只有一双眼睛在眨。两人劝他先洗一洗，他说不碍事，散包水泥装得差不多了，清理完了同大家一块儿洗。就这样，三人商量了开夜工的安排，就分头去桥工所开干部会。

会还没开始，宋斌脚一踏进桥工所，那些工长和材料员都争着跟他打招呼。

"宋连长！这件事情非要你帮忙不可！你调几个劳动力去把那车模板卸下来吧，趁早，车子还可以再跑一趟！"

"连长！给搭排架的加几个人吧，眼看装模板的勾底了。"

"连长！弯钢筋的有两个人病倒了，今天没来上工，给咱派两个人来呗。"

宋斌听得头都胀了，苦着脸说："叫我怎么办？连里通讯员、炊事员、轻病号，能走动的人都上来了，只有几个走不动的守门。不信你们去检查，要是发现我那里还有劳动力在家，你关我的禁闭好啦。"

赵广才满头大汗地走进来，不声不响坐下来，用草帽扇着凉。要劳动力的人又围上来，缠住他吵。他听大家都说完了，才不紧不慢地开了口："你们只晓得喊劳力不足的困难，可是没有人设法解决这个困难，都怕动大脑，生怕一动脑筋就会得脑膜炎？比方说那车模板，咱们干部先跳上车，挽起衣袖：'来呀，大伙先把手上的活放一放，把这板卸了，让汽车好开走。'别说是工人，就是汽车司机也会动手呀。怎么，钢筋组的人还少？我看就是缺个精明强干的人去组织。劳力组织好了，把钢用到刀刃上，一个人顶两个用。"几个干部发现成天伤脑筋的问题在教导员这里能这么解决，就不作声了。

早上没有下雾，而且天气异常闷热，没有一丝风，似乎空气都凝固了，燃烧着的阳光把一切都烤焦了，这都是台风的不吉之兆啊，大家不安地望着天空。

赵广才说："劳力不足，材料供应不上，机械力量单薄，工作量、设备与时间对不上口，这些问题都存在，刚才大家说的都是实在话。但是，现在的最主要问题，是浇筑混凝土跟不上。扯别的没用，大家都想想怎么全力以赴，拧成一股绳，抢在台风之前完成桥梁和桥面的混凝土浇筑。"

"我们拼死拼活地往前赶，为了什么呀？为了让台风有东西可破坏，让洪水有排架可冲走吗？现在全部排架和模型板都基本完成了，如果咱们能鼓一把劲，完成上部结构工程，上面就有几百吨的东西压着，最大的台风也不能动摇它，特大的洪水也难以冲倒它。上次台风，番响桥、那东桥的排架都没有被冲走，就是因为做了上面的结构。这就不是以守为攻，而是以攻为守呀！"

"现在，浇筑混凝土明显跟不上。昨晚经过最大的努力，才浇筑好了第一乘。照这个速度，五乘的桥梁和桥面的混凝土，起码还得两天两夜。而且，连续地紧张劳动，战士们体力消耗大，过度疲劳的时候，工效会降低下来，这样就说不定要拖上三天甚至四天。可是，天气不会等人啊。"

张工接着说："一般浇筑混凝土，都是等全部排架搭起来、模型板安装以后才进行。如今为了赶在台风的前面，什那桥建设就得打破这个常规，把搭排架、安装模型板、浇筑混凝土的工作，采用流水作业的办法，三道工序同时进行。"赵广才把那些可能发生的问题反复考虑过了，同张工仔细计算了材料、工时、施工组织，也分别和大家商量过了，甚至于工地夜间的照明设备如何安排，他都想到了。但他怕有什么疏忽，所以召开这个干部会，再合计合计，统一思想。

干部们在讨论了各种有利和不利的因素以后，都下了最大的决心。

"现在是集中优势兵力，拿下这个最大堡垒的时候了！"

"回去做好思想动员！那次排架被吹跑了，大伙都憋着一股劲呢，不能再让台风得逞了！"

"咱组织一下，把战斗力组成两班，准备日夜干！"

赵广才见大家新反映的问题不多了，而且信心很足，他把工作布置了以后，就宣布散会："那就这样吧！宋连长，你马上把二连带上来！他们连长受伤住院了，你就领导吧，好在你熟悉这个连的情况。去吧！要跑步把人带过来！跑步！通讯员跟着去！"

宋斌跑开以后，他转过头来对张工说："你去组织一下，所有的汽车都集中往那头运料。装卸车的人，就动员业务干部，还有几个轻病号，随你找吧，韩信点兵，多多益善。"

张工也跑开了，他的头发乱蓬蓬的，也顾不上理顺了。干部们都跑步回到了自己的岗位上。

工地变了一番模样，又沸腾起来。为了赶在台风之前，打赢混凝土浇筑的硬仗，班对班、排对排、军工对民工、民工对技工、这个工种与那个工种之间开展了竞赛，各支队伍都拉出了横幅，写着醒目的新标语。

"快点！快点！碎石！粗砂！水泥！你们装筐的同志们放麻利点！水来，水！挑水的人呢？"宋斌站在拌和混凝土的铁板旁，不断地吆喝着。他的喉咙都嘶哑了，粉尘呛得他直咳嗽。全身衣服也被水和汗湿透了，沾满了泥砂。现在也顾不上风纪了，他敞着衣服，挽上衣袖，卷起裤腿，不断地指挥战士们以最快的速度把各种配料倒上铁板、拌和好、推进模板盒。拌和板下，战士们像走马灯似的奔跑着。

司号员周亚光听连长催急了，就将扁担一丢，一手提起一筐碎石，尖着嗓子喊道："芝麻开门！让开让开！小瓜子来啦！"一蹿几步，嗖嗖嗖地冲上来，两胳膊一使劲，哗啦！倒在拌和板上，一转身，身子一闪，来了个向后转，随手抓几个空筐子，又往回跑，边跑边喊："亲爱的战友！快，加油！要让拌和板吃饱喝足呀！"

大梁的模型盒里就清静多了，外面汽灯明亮，里面只有丝丝光线。但是，在这清静而幽暗的盒子里，正在展开一场惊心动魄的战斗。

孙银栓班负责捣固混凝土，他和王小川专门负责捣固大梁。大梁是桥的骨干，就像人的脊背骨一样，又是全桥承力的关键部位，大梁的混凝土浇筑合不合质量，关系到桥的载重量和寿命，生怕出现"蜂窝""麻面"之类的质量问题。他们一时弓腰，一时跪下，一时扑倒，不断地将手中的铁钎往模型盒边缘、钢筋缝里插。里面又闷又热，光线昏暗，他们忘记了时间的流逝，机械地操纵着手中的铁钎。

孙银拴挥动着铁钎，不断地插向大梁里的混凝土。"使劲啊！王小川！要捅到底去！百年大计，质量第一呀！"孙银栓一边插，一边鼓励着身边的战友。

王小川趴在横梁上，侧着身子，使出全身力气，不停地捣固着。由于钎子不能脱手，又得用劲，混凝土下面的情况也不明，有时一钎子抡下去，砸在粗钢筋上，震得手都要断了。

模型盒空间狭小，水泥、桐油的气味充斥在空气中，吸到肺里，咽不下、吐不出，像一团火似的在胸腔里发胀，喉咙干得直冒烟，难受极了。他们已经连续干了五个小时，浑身的骨头像要散架一样的疼。

班里的战士在上面喊着要换班，王小川说："我能坚持。班长，你脚伤还没好利落，让李勇来替换你吧。"

"捣固混凝土，用手不用脚，不碍事。再说，李勇块头大，在里面伸展不开。"

"那就让小福或者小曾上。"

"他们个头瘦小，干得吃力。"孙银栓在心里说，叫谁来换？哪个不是一个人干两个人的活，忙得连撒尿都没有空？再说，临时叫别个来，他又不晓得钎子往哪里插，闹得不好，出个蜂窝、狗洞啥的，对得起谁呀！

孙银栓的两只鞋早就被混凝土浸湿透了，一双脚又辣又疼，受伤的地方更是捣乱。双手被铁钎磨得起了泡，泡又磨穿了，血粘在铁钎上，使得铁钎像泥鳅那么滑。他坐起来，头上顶着模板，身子弯成虾米样，脖子都伸不直。他抽出毛巾，抹干脸上的汗水，索性脱掉鞋子，觉得舒服多了，就将毛巾包着铁钎，继续干起来。

这梁上的混凝土难以捣固，不光是工作条件不好，最主要是大梁的模型盒深、钢筋密、结构复杂。大梁里扎着电棒粗的钢筋，钢筋与钢筋之间，只留有二厘米宽的直缝。中间，还扎上了横的、斜的、交叉的小钢筋。浇筑大梁的混凝土是特制的，用的碎石比玉米粒还小，战士们称它为"瓜子玉米"。就是这么细小的碎石，也很难一下子流到梁底。这也是孙银栓不放心的原因。

"孙银栓、王小川，你们怎么还没换班？"晨曦中，赵广才爬进来，连动员带命令地夺下孙银栓的铁钎，把他推了上去。

"不行啊！钎子插不好会出质量事故的！"孙银栓挣扎着要回去。

"走吧！放心好了，这里还有我这个老战士呢！再叫个人来，换下王小川。"

孙银栓爬出来，回头望去，看见教导员捡起他的铁钎，熟练地插起来。他直起身子，觉得山头直打转，树林在跑，河岸在翻着跟头，李勇、曾新严、韦小福他们在惊慌地朝他挥手、喊叫，然后啥也看不见了，一阵摇晃，晕倒在模板上……

十七、胜利转战

"呼啦"一阵大风，差点把赵广才刮得飞起来。他双手叉腰，望着将要合拢的混凝土，哈哈笑道："来吧，你吓不倒人啦！"

台风按照预报的时间来了。当人们给模型盒灌满混凝土，台风就大起来，它横冲直撞，盘旋着、呼啸着。暴雨像抛撒着的豆子，打得人生疼，闪电劈雷震得人心破肝裂。王小川和战友们边扶着藤缆撤离模板，边大声喊着："来晚啦！台风呀，你来晚啦！"

桥工所办公室的小油灯被风吹得要没要没的。张工睡在办公桌上，见赵广才坐着默默地抽烟，两眼不安地望着大桥，就说："睡吧！教导员，八十级台风也没问题，我敢打包票。"刚起风时，他就把桥检查完了，有充分的把握。

赵广才没有答话。他有这么个习惯，每次战役结束后，总要像现在这样，一个人默默地坐上一夜半宿，进行一番自我检讨，考虑着下一步的工作……

台风怒吼了两天两夜，对钢筋铁骨的大桥无可奈何，最后只好夹着尾巴，垂头丧气、筋疲力尽地溜跑了。

台风刚息，战士们又忙碌起来了。孙银栓强烈要求从部队的临时医院出院，由宋斌接回来，送到了班里。大家哄地一下围上来，都问："好了没有？"李勇正要对他拉胳膊扯腿，但见他的手脚上还缠着绷带，只好作罢。

"好啦！你们看！"孙银栓活动着手脚。

李勇从头到脚地打量了一遍："精神还好，就是瘦多了。瘦点好，免得像我这样的大块头，在大梁下面不能动弹。"大家都笑了。

台风一走，慰问团就来了。工地上换上了一条条新的标语：

> 欢迎全国人民慰问团！
> 创造更大成绩迎接亲人到来！
> 以实际行动为人民立新功！
> 永远作一支战斗队、工作队！
> 疆场杀敌是战斗英雄，建设祖国是劳动模范！

为了迎接慰问团，工地上开展了热火朝天的劳动竞赛。许多认为办不到的事情，都提前超额地完成了。

宋斌在工地上找到王小川："你收拾收拾，准备一下，向慰问团介绍情况。"

"我有什么可介绍的？"

"你就讲讲找排架呀，提高伐木工效呀！"

"这不是我一个人的成绩，要去也是我们孙班长去。"

"去吧，这是工程指挥部党委决定的，孙银栓和你一块儿去。"

"那我就报告一下战友们和许大爷他们黎胞的事迹。"

慰问大会的会场就设在什那桥桥头的河岸上。下午，慰问团一到，司号员周亚光吹响了集结号。顷刻间，人们停下手里的活计，从四面八方向桥头涌来，不住地呼喊：

"毛主席万岁！"

"欢迎慰问团！"

"建设海南，巩固国防！"

慰问团的随行剧团在会场上敲锣打鼓，欢迎部队入场。技工、民工也迅速赶来，列队站立，梁新指挥战士们唱起嘹亮的军歌。当慰问团成员在赵广才、宋斌以及张建国、许大爷、刘亚兰的陪同下出现在大家面前时，会场爆发出雷鸣般的掌声和欢呼声。

北京来的慰问团团长身穿蓝色制服，拿着大喇叭致辞："亲爱的筑路部队指战员们，毛主席和全国人民派我们来慰问你们啦！我们向参加什那桥建设的全体军工、技工、民工同志们表示感谢！向曾经坚持海南岛革命游击战争的老战士，向支持工程建设的当地黎族同胞表示敬意！"

"海榆中线是一条贯穿海南岛南北的重要国防公路，途经五指山区。我们一路上看到地势险要，指战员们施工和生活条件极端艰苦，还要与台风、山洪、毒蛇、野兽、蚊虫、疟疾等自然灾害和各种困难作斗争。你们披荆斩棘，靠钢铁一般的意志和双手，克服了难以想象的艰难险阻，硬是在原始森林里，在悬崖峭壁间，拓出一条公路来！我们深刻体会到解放军英勇奋斗、不怕牺牲、亲密团结、坚韧不拔的优良传统和高贵品质，解放军同志真不愧为'最可爱的人'！"

"我们要把在祖国海防前哨海南岛，在遥远的什那河畔所发生的感人事迹带回去，教育自己，教育人民！英勇的解放军指战员们，祖国人民盼望着海榆国防公路全线贯通的好消息！"

他的讲话，多次被战士们的欢呼声打断，很多战士都流下了热泪。

随后，宋斌、孙银栓、王小川等人代表解放军作汇报，慰问团成员听得感动落泪。之后，慰问团为解放军英雄模范代表敬献礼物、佩戴纪念章。

慰问团代表全国人民，送给解放军的每一位指战员五件纪念品和礼品，其中有毛主席和朱总司令的彩色相片、金光灿烂的纪念章、美观耐用的金笔、道林纸的慰问手册、印有天安门图案和"保卫祖国、保卫和平"字样的搪瓷杯。全国人民还精心准备了许多珍贵的礼品，送给各地英勇可爱的人民解放军，慰问团给什那桥建设官兵带来了一件湖南人民的珍贵礼品——湘绣"老虎图"。

慰问团成员、著名作家赵斌受到了年轻战士们的热情欢迎，在一阵阵

"赵斌！赵斌！"的叫喊声中，他拿着大喇叭，对着一张张英气勃发的脸庞，动情地说："在海南岛慰问的每时每刻，我都被解放军艰苦卓绝的忘我精神、集体英雄主义精神、革命乐观主义精神和英雄事迹感动着，受到了极其深刻、生动的教育。年轻的战士们远离家乡，远离亲人，用青春和热血，书写出改天换地的无悔人生！我们文艺工作者，有责任创作出更多人民喜爱的作品，记录这个伟大的时代，记录创造历史的英雄，记录中华大地上火热的建设生活！"战士们爆发出更加热烈的欢呼声。

接着是慰问团随行剧团精彩的文艺表演。几位演员一路慰问过来，一天连演数场，要赶很远的路，但还是以饱满的精神坚持演出丰富的节目。演出结束后，演员们跳下台来，和部队的同志们握手、拥抱，战士们激动地把他们抛向空中！

最后，慰问团团长宣布："指战员们，毛主席、朱总司令给筑路部队授旗啦！"说着，将两面金光闪闪的锦旗展开，授予部队。孙银栓和战友们一个字、一个字地念着锦旗上的大字："加强防卫，巩固海南！毛泽东"，又念着另一面锦旗上的字："好好建设公路，为造福人民和巩固国防而努力！朱德"。

两滴热泪从王小川眼角里滚落下来，他觉得受到了最崇高的奖赏，感受到最伟大的幸福！他很想唱支歌，一沉吟，就放开嗓子唱起来：

"东方红，太阳升，中国出了个毛泽东……"李勇、曾新严、韦小福和周围的战友们都跟着高唱起来。

那一边，战士们大声唱道："总司令，命令往下传，红旗一展，大军直向前……"

歌声此起彼伏，震耳欲聋。

末了，赵广才示意大家安静下来："同志们，慰问团横渡海峡、爬山涉水来慰问筑路部队，带来了祖国人民和毛主席的亲切关怀，给予我们以极大的鼓舞，提高了指战员的团结和战斗意志，增强了大家的荣誉感和使命感。我们要把给毛主席、祖国人民和慰问团的感谢信和决心书，写在什那桥工地上！以建好海榆国防公路的实际行动，来答谢全国人民的慰问，表达我们对祖国和毛主席的热爱，让全国人民放心！现在是什那桥建设的关键时刻，让我们送别慰问团，马上回到工地去！"

人们欢呼起来，口号声一声比一声大，一声比一声响。战士们把慰问团团长抬起来，梁新握着赵斌的手，大家簇拥着慰问团成员，送往汽车。慰问团和部队首长一一拥抱、握手后，就离开了什那桥工地，开往下一站。战士们唱着军歌，含着兴奋和感激的眼泪，送别全国人民的使者，直到汽车掀起的尘埃看不见了，就立即投入施工，继续挑灯夜战。

孙银栓带着班里的战友们跑步返回工地，他边跑边说："慰问团来后，我觉得浑身是劲，再累也不觉得苦！"

王小川兴奋不已："以后俱乐部里，挂上毛主席、朱总司令的题词锦旗，我们每天都能看到，提醒自己要保持住这种光荣！"

曾新严抢着说："湘绣的老虎，跟真的一样，也要挂在俱乐部里！看到这件宝贵的礼物，就像看到了湖南家乡的亲人！"

李勇嚷嚷起来："我要把慰问团赠送的纪念章收好，等立了功才戴！"

晚风微微吹拂，叫人感到舒畅。椰子树像刚洗过澡，精神抖擞地立在桥头。桥下，什那河水轻轻地流淌着，似乎在为战士们深情地歌唱。夕阳冲破云层，给大地和波浪般起伏的山峦染上了一片金色。被雨水洗过的公路，像一条金色的带子，从山谷里伸出来，越过大桥，盘定山岗。

不远处的河滩上，在一大片乳白色的栀子花丛旁，黎族姑娘们一边劳动，一边在低声歌唱。

"她们唱的啥？"曾新严问。

亚基屏息听完，拍着手说："她们唱得太好了！她们唱的是：过去河水相隔难恋爱，如今修了大桥好过来，河那边的小伙子，来吧，我在焦急地等待。"

"再来一个！"李勇愣头愣脑地吆喝了一句。黎族姑娘们大笑一声，跑开了。

王小川被这美丽的景色吸引住了，他边干活边对李勇、韦小福和曾新严说："这水流得多轻、多缓！谁会想到像这样的河流会发脾气，把咱们的排架冲走。等桥完工了，咱们到桥上溜达溜达，好好赏赏风景。"

曾新严说："桥是咱们亲手修的，每一寸混凝土都渗透着咱们的汗水，有啥可逛可看？"

"叫你去，你就去嘛！"李勇大声地吼着，拉住曾新严，好像现在就要跑去了。

"好好好，我去我去，何必拉拉扯扯呢？"曾新严求饶了，挣脱他的手。

大家笑起来，干得更欢了。

终于盼来了那个充满欢乐的日子！"十一"之前，什那桥终于全部完工了！它被打扮得像出嫁的姑娘，出现在什那河上！王小川和战友们用木料在桥头搭起一座简易的山门，上面贴上了一副大红的对联：

建设海南捷报飞往北京
保卫和平高呼祖国万岁
横批：庆贺什那桥通车

随着工程指挥部和桥工所领导点燃鞭炮，孙银栓领着李勇他们甩开膀子敲响了锣鼓，人们欢呼着、跳跃着，整个工地一片沸腾！梁新领着俱乐部成员在桥上扭起了秧歌，亚兰和民工队的黎族姑娘、小伙唱着悠扬的民歌，手拉手跳起了欢快的舞蹈。黎族男女老少迫不及待地纷纷跑上了宽敞平坦的大桥，以兴奋激动的心情，顺着两侧的栏杆来来回回地走，笑得合不拢嘴，沿途不住地对大军、技工和民工竖起大拇指："顶呱呱咯！"

许大爷也赶过来了，他激动地对工程指挥部领导说："毛主席派来大军修好了这座幸福桥，我们黎人就像获得了第二次解放！"

这时，刘亚兰和陈满跑过来："赵主任、宋连长，今晚我们民工队请大军在桥头联欢庆祝，可好？"

"联欢？好啊！"赵广才说着，正巧看见张工夹着把提琴走过来，头发梳得更加光滑了，就说："今晚请张工来一段广东戏，好不好？"

"好！"

张工一改平日里知识分子的斯文模样，把头摇得像拨浪鼓，故意扮出夸张的痛苦表情，连声说"饶了我吧"，流露出少见的天真，逗得众人哈哈大笑。

宋斌觉得现在自己对张工只有好感，完全不反感了。

当王小川和战友们走向大桥时，就见夕阳斜照，天空中呈现出一片瑰丽的彩霞，为雄伟的大桥抹上了一层金红色，桥上大理石一样光滑的栏杆显得更加俏丽。河水远看像一条银色的带子，从西边的山谷中绕过来，穿过桥底，流进了东边的山缝；近看似平静的湖面，倒映着连绵起伏的山峦、美丽的晚霞、五个巨大的桥墩、如大鹏展翅飞翔的大桥和桥上畅谈漫步的人们。

夜幕渐渐笼罩了五指山，军工、技工穿着整洁的衣服，向大桥聚拢过来。民工队的姑娘们换上了节日的盛装，颜色鲜艳的花裙像孔雀斗艳，脖子上闪闪发亮的银项圈格外引人注目，几个姑娘甚至穿上了洁白的大翻领衬衣！解放后黎族同胞翻身做了主人，他们已经体会到新生活的意义，开始追赶时代潮流变化的步伐。

巍峨耸立的大桥上人声鼎沸，热闹非凡，桥头锣鼓喧天，器乐齐鸣。生龙活虎的战士们正三五成群，兴高采烈地喊着、吼着、吹着口哨，享受着胜利的喜悦。

连长宋斌问民工队长刘亚兰："桥修好了，你准备干什么？还回村去当妇女主任么？"

"我吗？都可以呀。"刘亚兰咯咯笑着。

"你就留在这里建设吧。你瞧，这里有山有水有桥，风景美极了。海榆公路通了，说不定将来这里还要盖工厂、修发电站，那就真是过上高楼大厦、电灯电话式的幸福生活了。"

"那你也留下吧！"刘亚兰边说边笑。

"国家建设才刚开始，不知还有多少公路、桥梁等着咱去修建呢。"

司务长向永贵对土地最有感情，他对刘亚兰说："回家种地也不错哩，海南岛全年都可以生长农作物，一年四季都可以耕种，稻米常年可以两熟，雨水均匀就能收获三次，农民冬季都在挥镰收割，多好！在咱们北方，现在都该收了红枣进入冬闲了，这里还能继续撒种。"

"可不是，今年岛上又是一个丰收年。"孙银栓也赞成。

"你们爱这里，就留下吧！"刘亚兰和亚基不约而同地说。

"那可不中！美不美，家乡水，亲不亲，故乡人，谁也舍不了家乡。"向永贵一着急，山东口音更重了。

"那你就回北方去。"赵广才半开玩笑地说。

向永贵最听不得别人喊他复员，他睁圆了眼："怎么，嫌我老？来，咱们试一试。"说着伸出手来，要与教导员掰手腕。

李勇亮出粗壮结实的臂膀，主动请战，周围的人大笑起来。

梁新过来请众人就位，联欢晚会马上就要开始了。

明天，战士们将离开什那河，承担起海榆公路第三期工程的施工任务。

1954 年 12 月，海榆中线公路全线贯通，结束了海南岛中部五指山区自古以来不通公路的历史。为铭记在这场筑路大战中浴血奋战、献出宝贵青春和生命的 221 名先烈，竖立了一座纪念碑，碑上镌刻着毛主席和朱总司令的题词、交通部撰写的碑文和牺牲烈士的英名，让他们的无私精神彪炳青史。亲爱的指导员长眠在这片土地上，他的名字镌刻在纪念碑上，也永远镌刻在战友们的心里。

新的任务，等待着公路二师的指战员们。他们将在那里，为国家立下新的功勋。

20 世纪 50 年代初，为了改变我国钢铁工业的落后状况和"北重南轻"的不合理布局，中央提出"钢铁要过江，钢铁要过关"的战略决策。1952 年 5 月，正式决定在湖北兴建新中国第一个钢铁基地。为选择合适的厂址，先后五次开展大型野外踏勘。1954 年春，中苏专家再次沿着长江进行了实地考察研究，最终将厂址确定在武汉东郊的一片开阔地，新钢铁基地正式命名为"武汉钢铁公司"。

1954 年 12 月，中央急令中国人民解放军公路二师立即班师返回武汉。中央军委命令，公路二师撤销军队编制，全体官兵集体转业，全面投入武汉钢铁公司的建设，成为武汉钢铁公司的第一批正式员工。

谁能理解军人放下钢枪的不舍？谁又能理解军人脱掉军装的酸楚？

在军人大会上，赵广才的话掷地有声："同志们，'一五'期间 156 项重点基建项目正在全面铺开，急需大量的钢铁啊！能够亲手给国家源源不断地输送钢铁，我们脱下军装也值了！"

孙银栓、向永贵坚决要求留在队伍里，得到了批准。向永贵激动得眼含热泪："在我们的手上，再建一个像鞍钢那样的特大型钢铁企业，我感到无比的光荣！过去我们立过战功，但军功章是部队给的，荣誉归于部队和战友们！我们老战士决不会躺在功劳簿上骄傲居功，而是要向年轻同志学习，不断进步，继续发扬部队的好作风、好传统，为人民再立新功！"

孙银栓动情地说："毛主席讲'一个粮食，一个钢铁，有了这两样东西就什么都好办了'。我想好了，我为祖国炼钢铁，在家乡找个对象结婚，她在家乡照顾父母、种田产粮，一起支持国家的建设！"

王小川代表年轻战士宣誓："建设祖国，是为人民谋幸福的伟大事业。钢铁是国家的命脉，我们将用双手改变国家缺铁少钢的局面，这是无上的光荣！我将用主人翁的精神，永远忠于这个事业，为了建设我们的国家，我愿意献出自己的一切！"

1954年12月28日，一个异常寒冷的冬日，赵广才、宋斌、孙银栓、王小川等原公路二师的近万名官兵乘坐闷罐列车，从广州出发到达武昌徐家棚车站，接着步行十多里，来到钢铁基地大本营——武汉青山区蒋家墩，在刚刚经受过特大洪水冲洗浸泡的倒口湖一带安营驻扎。

呈现在他们眼前的，是一大片荒芜的沼泽，上面沟汊密布、塘堰纵横、杂草丛生、蒿蓬满地，一群群野鸭在泥泞中觅食，白鹭、水鸟上下飞翔。官兵们如何安身？从海南岛带来的单薄衣被，怎能抗得住这长江边冬天的寒冷？粮食、蔬菜、副食日用品如何解决？师部紧急通知：不等不靠、自力更生。于是，全体官兵像初到海南岛一样，立即行动起来：宋斌带领官兵就地取材搭盖临时营房；战士们到唐家墩、胡家大湾一带收购稻草，解决睡觉御寒问题；向永贵带着人到武昌、汉口去挑粮、运副食；梁新等连部人员组织起来捡断树残枝，供炊事班做饭烧水；孙银栓领着王小川、韦小福等一群年轻的战士在当地老乡的引导下，敲开厚厚的冰层，跳下冰冷的湖水，挖野藕来改善生活，确保了全体指战员安全过冬。

1955年初春，冰雪尚未消融，官兵们便在荒芜滩涂上摆开了战场。他们巧排污泥积水，激战烂泥湖，天明连黑夜，苦干加巧干，从"三九"到"三伏"，凭着一把铁锹、一根扁担、一对竹筐，经过十个多月的鏖战，打通了武昌至青山的道路主动脉和干道，完成了高压输电线网架设、排水管网线铺设，实现了路、电、网与外部的全面贯通，为武钢主厂区全面破土动工吹响了号角。十月，一支支建设大军从天南海北奔赴武汉，拉开了十万大军建设新中国"钢铁长子"、第一个特大型钢铁联合企业——武汉钢铁公司的历史大幕。

再见了，五指山！再见了，什那河！

王小川这些热血沸腾的英勇战士，经过海榆国防公路建设历时两年多的磨练，目光变得更加坚定，意志变得更加坚毅，就像他们唱出的军歌：

> 背负着人民的希望，
> 我们是一支不可战胜的力量！

长堤破晓

临江区古属云梦大泽，地貌是江汉平原特有的平坦开阔、湖汉纵横。这里水土肥沃、物产丰饶，人们都说它是天上飞来野鸭大雁、水里游来鱼虾鳖蟹、土里长出来芦苇湖草野蔬的"三来"宝地。由于它位于长江北岸、偏居本县南部边陲，尽管这里没有高山，但用"山高皇帝远"来比方，最恰当不过。

"文化大革命"中，"造反有理"在这里一度达到登峰造极的程度，全区陷入极度混乱。"造反派"到处横冲直撞、大打出手，在区委私设公堂和黑牢，肆意审讯殴打、严刑逼供，甚至把人装进麻袋沉江喂鱼。多少无辜干部群众被迫卷入这场浩劫，他们在历史旋涡中沉浮并奋力抗争，守护着这片古老土地上的美丽家园。

一、路桥工地

能放开手脚工作，是多么幸福的一件事情啊！

眼下，临江区委民政科科长刘敬民，被抽调到"三线"建设的配套工程、为铺设油气管道而修筑公路的工地上。按照设计，通顺河上将修建一座公路桥，选址就在荒坡镇附近，位于临江区和跃进农场的交界处。

这荒坡镇坐落在通顺河南岸，镇上只有一条街，从南边的车站到北边的渡口长达一里多路，街两边曾经是一家家的店铺，不难看出跃进农场十年建设给它造就的繁荣。此刻，除了工交邮、财粮贸等少数几家国营部门、集体饮食店还有手工作坊，大多数店铺都改为了居民宿舍，天一擦黑，这里都关门闭户，因为经常停电，街面上更显得清冷。只有赶往工地运送材料的车辆，发出一阵阵"隆隆"声，打破这一片寂静。

在镇旅社的楼上，县管道公路指挥部正在连夜召开碰头会。省、县、跃进农场、临江区抽调的十多个人聚到了一起。

县革委会副主任、指挥部指挥长吴晓勇瞥见省公路局工程师、省指挥部派驻工地的全权代表周永南满脸不高兴的神情，就侧过头来说："周工，你先讲讲吧。"

周工说："还是让大家先说吧。"

于是，器材科科长郑为新汇报今天到了什么器材，明天还有什么材料将到，接着谈到运到江边的木料被盗、运到工地的青砂被人拖走不少。工程科科长余建平汇报完便道、沉井筑岛的进展以后，提出希望在这个会上能定下木工工资与劳保用品的标准。

周永南"啪"的把笔记本一合："跃进农场的尹天亮和临江区的代表、副总指挥高强，为什么没来开会？这是中央工程，上面有明确的要求，要全力以赴确保按时完工，不得以任何理由影响和干扰工程进度。咱们这里呢？上周碰头会上说材料被盗，这周碰头会还是说材料被盗，保管员干什么去啦？光睡大觉？上次研究木工工资，今天还是研究木工工资，木工一天到晚坐着玩，像这样下去，沉井的模板哪一年能做出来？指挥部设在这远离工地的旅社里，时至今日，工地路不通、电不通、水不通，三通里一通都没有！两个指挥分部没成立，民工还没上来。今天都几月几号了，工地还是这么个劲头！我这个人直来直去，说不来客气话，我认为目前的状态不像抢工程的样子，我只好回省城向指挥部如实汇报，对本县完成今年的任务没把握。"

余建平满不在乎地拨弄着手里的钢笔，他认为周工盛气凌人，以势压人。而郑为新则认为周工说大话不怕交税，只想早点散会回房去甩扑克。由于共事不久，他们不想一下子把关系搞得太僵，就没有作声。

最尴尬要数吴晓勇，他觉得周工的每句话都是冲他来的。吴晓勇原是县委宣传部的干事，这两年为"造反夺权"出谋划策、摇旗呐喊有功，坐火箭进了县班子，担任这次管道公路指挥部的一把手。他原本根本没有兴趣，但他到底是一个投机专家，觉得眼下对这场运动的发展趋势还不太拿得准，不如避避风头，到一个临时机构观望一阵也好。从他混迹官场的经验看，对省里下来的人，尽量捧着、哄着，轻易不要得罪。

于是他说："周工一针见血地指出了我们工地当前存在的问题，搞革命嘛，就不能讲什么客气。我们这一段的工作没做好，根据当前工地情况，我提几条意见，这些工作都要有专人负责、有时间要求，谁完不成任务就追究谁的责任……"

"咣当"一声，会议室的门被撞开，进来一个满脸疲倦、穿着油腻工作服的汽车司机，说："你们这里是指挥部吗？我还以为设在工地上，黑灯瞎火地摸过去，一问才知道你们在这儿，真是路难走、人难找呀！"

大家连忙倒茶，让司机坐。他坐下来喝了两口茶说："你们不赶快把路修好，器材没法运进来，像这样的烂泥路谁敢跑呀？我的车子装了一车钢材，在离这里两公里的地方，陷到路当中出不来了。"

余建平说："我们有条便道，不过要绕远一点，新路还没完工，不通车。"

吴晓勇说："明天在交叉路口立个牌子，免得车子都陷进去了。你吃饭休息，明天清早我们派'东方红'把车子拖出来。"

周工说："满车的钢材，今晚恐怕得派人去守。"在场的会计曾达、办公室主任刘敬民、出纳员乔生荣主动报名前去。

刘敬民同乔生荣打着手电筒，高一脚低一脚地沿着新开辟的路基往前走。这一段路基以前是层层水田，路基开出来以后，两边的便道没挖通，最近春雨不断，更把填在路基上的一层黄土泡得稀烂。

两人来到一个村边。只听得"嗖"的一声，窜出两条大黄狗，张着血盆大口朝他们扑来，乔生荣吓得掉头就跑，跑出几米远才回头招呼刘主任，只见刘敬民站在那里没有动，狗已不知去向了。原来他见狗窜来，就势往下一蹲，做出一个拾砖块的姿势，狗就吓跑了。

乔生荣催他快走，刘敬民说："咱们等等曾会计，免得他一个人不好走。"

乔生荣说："他不会来的，别看他闹得好看。"

又朝前摸了一里多路，才见一辆"黄河"重卡停在路中，车轮大半陷进泥里，车上的钢筋没有动，捆着的绳子也没有解，两人松了一口气。在这乍暖还寒、万籁俱寂的夜晚，他们觉得寒气袭人，特别是被汗水浸湿的秋衣贴在身上，凉嗖嗖地，赶紧钻进驾驶室，过了好一会儿才暖和过来。

刘敬民想着刚才碰头会上的情形，周工那焦急的眼神、愤慨的面孔不时在脑中闪现。小乔猜透了刘主任的心事，说："我们工地，谈将多、干将少，谁干事谁就站不住脚，伸脚烂脚、伸手烂手。你只要一干，责任就落到你的身上，搞得好两扯平，搞坏了就有你的好戏看，难得搞好！各单位抽来的人，临时凑合的班子，有什么办法！现在各个单位打倒了一批、靠边站了一批，走时运的人未必愿意来这里。曾大会计就是一百个不愿意，整天骂骂咧咧的。"

"都不做事，都怕担责，路桥怎么建成？"

"你一个人能扭转这个局面吗？你看看，指挥部的'红旗'车，成了指挥长回家的专车。刚买回来，指挥长全家就开车回老家过春节。我上班一看里程表，乖乖，跑了一千二百多公里。还把整个旅社包了，天天举行宴会。曾大会计一天到晚喝得醉醺醺，脸上总是通红通红的。还没开工，上面拨下来的三十万就用完了。我不管，反正有人签字我就付钱。我虽说是个出纳，实际上是曾会计的佣人，为他端水、买饭、洗衣服，样样都要我干。上个月我给他垫了五块三，他像忘记了。我一个合同工，每月才三十六块，我要不是指望有一天能转正，端上旱涝保收的铁饭碗，还不如在生产队吃大锅饭舒畅些。"

刘敬民说："你年轻，能够做的事代点劳，这是团结互助，但要有个分寸。有些事，你可以巧妙地回避一点。至于经济上的事，当时就把它搞清白，亲兄弟还明算账哩！"他就事论事地劝解道。

小乔问："你老是叫他'曾司令'，你们以前很熟吗？"

刘敬民说："我长期在区里工作，他在县里，只是一面之交。这两年他参加'造反派'，在全县出了名。这次到指挥部，见他摆出指挥一切的样子，我就自然而然地称他为'曾司令'。"

"哦——"小乔好像恍然大悟。

两人都觉得眼皮撑不开了，就挤在驾驶室里睡下了。

第二天一早，刘敬民急匆匆直奔附近的四队。到了村头，听见出工的钟声"当当"响，就直奔队长张花子的家。

张花子正在堂屋里穿衣服，一见刘敬民，喜得浓眉一扬："稀客呀，你怎么来了？"他指派堂客端凳子倒茶。

张花子的堂客倒了一杯开水送来说："老张昨天还念你，说民政老刘走了，不然一块儿吃狗肉该多好。"

刘敬民去年在这里住过队，人熟路熟。张队长说："我正想过两天抽空到区里找你。眼下，队里既没有活钱，肥料也一点没有，想让你想点办法。"

刘敬民说："我抽到管道公路的工地来了。"他将来意一讲，张花子二话没说，就领着全队二十多个男劳力，扛着锹，搂着稻草，朝公路上奔来。刘敬民对早已等候在车旁的乔生荣说："你回去吧，免得别人领钱找不到人。顺便叫司机开'东方红'来。"小乔应了一声走了。

刘敬民爬上车，把绑绳解开，然后同社员一道将钢筋一根一根地卸下来，搁在铺开的稻草上。

有个青年小伙子边扛边说:"我们队做仓库,差几根钢筋做梁,张队长钻了几年的路子,一根也没搞到。这下好了,送上门来了,不粗不细正合适。"

张花子说:"快点干,少说废话。这是国家的财产,'三线'工程的材料,给也不能要。"

有个社员说:"你们不用说,老刘不是别人,等桥做好了,有用不完的,他还会不给我们?"

大伙说着干着,很快将六吨钢材卸完了。接着在车辆前边挖个斜槽,填上石头,垫上稻草。正好司机赶来了,一发动,加大油门,张队长领着社员在后面推,一声"加油",汽车拱了出来。大家又将钢筋装上车,将绑绳绑牢。忙完,人人都成了"泥猴"。

刘敬民对大家感激不尽,对张队长说:"你们帮了大忙,回去叫会计开个收据,到指挥部领钱。"

张队长开始还客气一句"算了,这还值得付钱",见刘敬民是认真的,就问:"叫会计开多少钱?"

老刘考虑了一下:"开二十四块吧!"

张队长说:"老刘,你帮忙就帮到底,开三十怎么样?你听我说,去年我们队的堤防任务落了后,只有请河南老乡来挑堤,还差别人三十块工钱。眼下他们急等着钱用,昨天又上门来讨债,我急得没办法,正想把自家的一头糙子猪提去贱卖了还债。如果你给我凑齐三十块,我的猪就不用卖了。"

刘敬民说:"你就开三十吧,到旅社楼上指挥部会计室领。"说完钻进驾驶室,汽车就开走了。

刘敬民回到指挥部,小乔迎上来问怎么样了,刘敬民将经过简单说了,小乔心里一块石头才落了地,说:"我一回来就找'东方红'司机,一直没找着,可能他昨晚打牌玩晚了,现在不知躲在哪里睡大觉呢。"刘敬民告诉他:"已同张队长商定付费三十元,过一会儿他们拿到收据,你就付款。"小乔答道:"这笔钱应该付。"

公路桥工地,在湖边一大块围湖造田的低洼地上。从镇上通往桥头的便道,已经横穿工区,到达湖堤脚下。新修的便道,虽然铺上了厚厚的石块，但由于地势低洼，加之边沟不通，汽车跑在上面像弹簧一样颠簸。有的地方，泥浆从石头缝里翻出来。

刘敬民走到器材科仓库，想借把铁锹。保管员拿出一把，让他写个借条。正写着，器材科科长郑为新踱进来，眉头一皱，指责保管员："你怎么随便将工具往外拿？指挥部有指示，除了民工领用，任何人不得借出！"保管员没有答话，显得很尴尬。

刘敬民把掏出的钢笔重新插进口袋里，将铁锹递回给保管员："麻烦你了！"转身朝筑岛工地走去，找民工借了一把锹，回到便道边，把一道道土坑挖开，将渍水引向机站的渠道。干了一阵，觉得身上有点燥热，就脱下棉衣，放在一堆石头上，又挥锹干起来。

这时，吴晓勇、周工、张工从工地上回来，正巧碰到刘敬民在一个人挥锹苦干。三个人继续往前走，等走远了，周工说："这是一员干将，很多人还不知道他是办公室主任，以为他是个工人呢。"

吴晓勇随口答道："看来他工作挺踏实。"

张工说："人的变化真是太大了。十多年前，他就在我们省公路局工作，跟我一块儿修过路桥。那时他还年轻，现在如果在路上碰到，肯定都认不出来了。"

张工名叫张启鸣，也是省公路局的工程师。

吴晓勇说："想不到你们之间还有这段交情，这么说你们是老同事了。"

张工说："我同他没打过太多交道——他怎么到区里来了？"

周工说："既然他修过路桥，又能干，我提议让他当工程科科长。把余科、郑科全部调走，他们办不好事的。"

吴晓勇顺着周工的意思说："你这意见很好，我回县里就提出来，应该问题不大。"

周工说："这要当机立断，别七研究八研究的，时间就拖下去了。"

吴晓勇说："我吃过午饭就走，尽快回来。"

周工多年来悟出一条经验：如同打仗要组织好突击队，特别是要物色好一个突击队的领头人一样，目前工程科需要一员能率领群众冲锋陷阵的猛将。组织动员成千上万的民工进入工地不难，但工程队是技术骨干、主力军，许多事他们说了算。可惜，现在人们都热衷于搞运动，像刘敬民这样肯专心做事又能处理好与方方面面关系的人，实在难找。

而吴晓勇心里想的是：刘敬民这个人自己肯苦干，看来是没说的。但他四十来岁了，只是区委的一个小科长，能否在错综复杂的矛盾中挑起这副担子，还没多大把握。原本抽调他来当办公室主任，只指望他出个战报、写个文稿啥的，没想过让他上一线冲锋陷阵。既然是周工他们主动提出的这个人选，他干好了自己乐得卖个人情、当个伯乐，干砸了把用人不当的责任推出去，那就顺水推舟让他去干吧。

刘敬民把沟道挖通，排干渍水，把锹拿回工地还给民工。转回旅社食堂时，开饭时间已过，只买到早餐剩下的两个馒头。回房里正泡着热开水吃着，张花子推门进来，他就匀出一个馒头递过去，两人边吃边谈。

张花子告诉他，自己早就来了，曾会计不同意付款。刘敬民听了火一冒，端着茶缸奔进财务室，对正在喝酒的曾会计说："司令，昨晚那车钢材，是张队长帮忙搬的，他已经来好半天了。"

曾会计打着官腔："我给你说，像这样的开支，你应该先向我汇报，我再酌情给他付款。现在稀里糊涂开个什么鬼条子就领三十块钱，当我不知道，卸一吨货才两块钱工钱！"

他越说声音越大，张花子怕刘敬民为难，就奔过来说："支援建桥是应该的，可老刘硬要我来领钱。"

曾会计说："莫在这里唱高调！该开支的十万八万都行，不该开支的一分钱都别想拿走。"

刘敬民说："我算不到账，想请曾大会计指教指教。"

曾会计说："这个账小学生都算得到！六吨钢材，每吨两块，二六一十二块。"

"他们卸下来又装上去了。"

"各作各算，加一番，二十四块。"

"车子是他们推出来的，只算了五个标工，每个标工一块二角，不正好三十块么？"

"就那么推一下，就算五个标工？"

"你没见车子陷得多深，把车轮都埋在泥里了。社员们先把泥土挖开，填上石头，二十多个人齐心合力才推出来的。"

曾达心想，用拖拉机拖出一台在路上抛锚的车子就是三十块，原以为刘敬民送人情，想不到他还算得头头是道。但口里仍说："搬运两块钱一吨，是有距离的，你们一上一下，根本没有距离。"

张花子一直让老刘同他争，自己没插言，这时也顾不上许多了，说："我们队还拿了两百斤稻草垫钢筋，这笔钱还没算。"

曾达不耐烦了："三十块就三十块，你签个字。"他将收据递给刘敬民。等他签上名以后，曾达又说："要把开支的明细标清楚，便于以后查账。"

刘敬民一愣，耳边响起小乔的话："在我们工地上，伸脚烂脚，伸手烂手。"于是唰唰地在收据反面，将昨天汽车错走新路，陷在中途，张花子带领社员支援，应付卸车费多少钱，装车费多少钱，推车费多少钱，合计多少钱等项目都写好，然后签上名。

曾达接过来，戴上眼镜看了，说："到底是笔杆子，写得简明扼要，清楚明白。你不要以为我是故意刁难，财务手续，儿戏不得。"

刘敬民也不搭话。见张花子接过钱，要留他再坐一下，张花子说："河南老乡还在等着呢！"匆匆地走了。

第二天，吴晓勇从县里开会回来，通知刘敬民兼任工程科科长。刘敬民二话不说，被包一卷，扛着到工地工棚里去了。

工程科的几个施工员对他的到来都很欢迎，说领导亲临前线，加强了施工领导力量。刘敬民说："我来当工程科科长了。"大家喜得一个个雀跃起来。刘敬民说："先莫喜哈，有你们哭鼻子的一天。"他同大家一起把铺盖搁好，就讨论起当前的工作来。

一说到工作，大家诉起苦来。施工员郭祥说："刚才还同附近大队的干部吵了一架。他们筑岛，按定额计算，只完成六十二个标工，可是他们要求按出动劳力的人头来计算，用了三百四十个工。我把定额本本翻给他看，他不看，还说要我们搬走，他们收回土地种庄稼。"

刘敬民不解："怎么相差这么多？"

郭祥说："他们太阳老高才逛到工地，太阳老高就收了工，中午还回家吃顿午饭，工效能高得起来？"

接着又谈到木工排。施工员李师说："已经有木工三十二人，都是生产队搞副业的手工匠人。原先家家户户接他们去打家具，都是每人一天付二元四角，一日三顿酒，茶烟不离手。到这里每天一元二角，自己到食堂排队买饭，搞了这么长时间，还一分钱都支不到，曾大会计说民工工资一律由公社结算。现在木工吃饭都困难，就消极怠工。可是，郑科长、余科长私自介绍来的炊事员、守棚子的老头，月月都让我们开工票，他们都能领到钱。现在不是各部门为工程科服务，而是工程科为各部门服务。省公路局的周工、张工也不能解决具体问题，就知道一天到晚催我们。"

钱，又是钱。刘敬民一听到钱的问题就头痛。昨天为三十块钱，不是忍了又忍，就得同"曾司令"吵起来。

他有意岔开话题，笑着说："牢骚太盛防肠断。我刚来，你们就按余科长原来安排的干着吧。"说完，朝木工棚走去。

木工棚里三十多个人，都像归元寺的罗汉，以各种姿势默默地坐在操作台上。刘敬民找到排长施魁惠，一起到外面一堆模板上坐下。施魁惠身材高大，五官端正，他说："你有事，最好当着大家伙说，找我说没用。"刘敬民笑了笑，掏出烟递过去一支。

前两天，施魁惠建议吴晓勇指挥长来开个会，结果讲了三句话，就让大家轰跑了。昨天周工拍着他的肩膀说："好好干，伙计。"他脸一变："谁是你的伙计，你怎么喊我伙计？"张工连忙拉开，给他解释："叫伙计是口头语，是一种亲近的表示。"他又扑过去对周工说："我们这里父亲叫儿子才叫伙计，你占我的便宜！"周工脸上红一阵白一阵地走了。看来，他就是铁了心给领导施加压力，解决木工工资报酬问题。

刘敬民问："怎么样，不好搞吧？"

施魁惠说："我是个木匠，从来没当过官。到工地来，我先报到，余科长叫我给后面来的木工安排铺位、做操作台，以后就叫我当了木工排长。这里一天工钱才一块二角，食堂生活又贵，一天得花块把钱，我们还要抽烟，还要喝两口酒，你算算账，简直是算命瞎子连胡琴不要了都不能脱手。还要交钱给队里记工分，每家还有堂客婆娘和一屋的伢要养，这都是实际问题。给余科长提过多次，他总说请示请示、研究研究。这一下好了，问题没解决，他回家休假去了。他也是迫不得已，听说为我们木工工资的事，他在上面挨了训，夹糖饼子不好吃，只有一走了事。"

刘敬民说："上面也有困难，一元二角一个标工，是上面规定死了的，这个不好变通。"

施魁惠说："我早就提出过，反正是国家建设工程，像修水利一样，县里给各生产队说一声，由各生产队向指挥部结账，队里给我们记工分，指挥部食堂一天三餐管我们吃喝，我们吃饱了百事不管，一心干活。"

刘敬民说："你说的都是气话，实际上办不到。现在上级通知我担任工程科科长，咱们今后要同甘共苦，坦诚相见，有问题商量解决。我无权给你提高标准，但我有权给你加标工。不过，我的工不会随便加，你干了我加，你不干不加。"

施魁惠连忙把自己的烟掏出来，敬给刘敬民一根，说："只要能解决收入问题，你说怎么干吧。"

刘敬民说："开夜工。"

施魁惠眼睛一亮："好，就这么干。"

回到木工棚，施魁惠安排两个人去仓库领钉子，派了一个人磨锯盘，其他人员由他同刘敬民领着，进院子里搬木料。

吃过晚饭，木工们把嘴巴一抹，又奔回工棚，砍、刨、锯、钉，乒乒乓乓地干了起来。

晚上的碰头会，由于有两位科长回家休假，再加上刚上任的刘敬民在工地没上来，看来今天晚上的会是开不成了。但是，吴晓勇、周工、张工、曾达等人还是按时照例坐拢来。

工地传来一阵阵电锯的嘶啦声、金属锤木头的"咚咚"声，夹杂着人们的呼喊声和劳动号子声。这声音已经传来很久了，现在夜深人静，大家坐着相对无言时，才觉得这声音格外响亮。周工坐不住了，就同大家站起来向工地走去。曾达照例是不过问施工的事，找借口溜了。

他们打着手电筒来到工地，只见木工棚里灯火通明，大家正穿着单衣在干活。刘敬民将施魁惠用电锯锯下的板子抱上肩膀扛着，喊着"嘿哟嘿哟"的号子，送往各个操作台。这同往日里木工们愁眉苦脸枯坐在木工棚的情景，形成鲜明对照。

刘敬民见领导来了，拍了拍身上的锯末迎上去，在门口的那堆模板上坐下来，将他同施魁惠商量的情况，向几位领导作了汇报。全排的木工，除了三人没来，其余全部开了夜工，大家干得挺欢。

周工问："那三个人怎么处理？"

刘敬民说："多劳多得，少劳少得，不劳不得，这三个人不记加班工。"

吴晓勇说："对，该开支的钱就开支，不该开支的不能支。"

周工说："我们并不反对赚钱，我们反对的是光拿钱不干活。像这样干，他们越赚钱，咱们心里越高兴。"

刘敬民说："据了解，现在许多木工没钱买饭票，曾会计说要以公社为单位结账，这个事还请领导妥善解决。"

吴晓勇说："他就是怕麻烦，我给他说一说。你有什么困难就及时向我提出来，我尽力给你解决。工作还得抓紧，这几天民工就上来了，现在是有事无人干，还要防止有人无事干。"

周工说："你一上手就抓木工，这着棋走对了。只要模板出来了，莫说一千人，两千人也有事干。"

接着，刘敬民又想起筑岛的标工结算，向吴晓勇作了汇报。吴晓勇说："标工结算有距离，可以协商解决。要我们退地，恐怕是一时的气话。这事我们明天找公社协商。土地不光不能退，还要再划来一大片。"

刘敬民说："我考虑的，是整个施工队伍。由于工程复杂，工作量大，质量要求高，没有一支过硬的施工队伍是不行的。我想组织一支由工程科直接掌握的技术队伍。"

吴晓勇望着周工问："有必要吗？"

周工答："很有必要。我们工程队虽然来了几十个人，但都是工人和学徒，他们虽然是技术骨干，但只能作些指导。像木工的章师傅，这人技术上有一套，许多桥的模板都是他拿出来的。但他现在身体垮了，还在家治病，得过几天才能来。木工就得当地解决，你如果从各分部抽，今天派张三来，刚教熟，明天又换李四来了，你说这个仗怎么打？不要看我们来了几十个人，其实许多工种都是一两个人。对了，明天我将工程队名单给你一份。"

吴晓勇说："好吧，工程科明天提个数字来，我在分部头头会上分配下去，让大家物色输送各方面的人才。"

刘敬民面露难色，没有表态。张工知道，他虽然参与过建设路桥，但毕竟生疏了，于是说："我明天和工程队一同研究个名单吧！"

刘敬民喜出望外："那太好了！"

回来的路上，望着满天星斗，周工吸了一口清新而湿润的空气说："今晚虽然没开碰头会，可研究的问题比哪天会上都多，而且都是一些实际问题。"

张工说："看来不能光泡在会议上，要实行面对面的领导，指挥部不能机关化作风太浓。刘敬民虽然从区委来的，就没有机关化作风，当办公室主任是这样，当工程科科长还是这样。"

周工叹了口气："现在社会上大干不如小干，小干不如不干，不干不如捣乱。好在公路工程有上面的重视和保障，但愿能阿弥陀佛，功德圆满。"

吴晓勇看看这两个天真的书呆子，没有作声。

二、水塘救人

临江区的人都知道，卢大全不光是文章写得好，一手字也写得漂亮。只要他脱得了身，管民政的刘敬民就喜欢喊他来写结婚证，让一对对新人高兴而来、满意而去。

有一次，卢大全到田间地头了解"双抢"的进度，见到一个农民，就叫出了他和爱人的名字，问他们有几个伢了，对他们哪年哪月哪日领的结婚证，记得清清楚楚。

"当时你爱人一个大姑娘家，不好意思，躲在区委院子外不敢进来，拉进来了又死活不肯说谁先动的心、谁先开的口！还是你男子汉大丈夫，一边掏喜糖，一边承认都是自己干的！后来民政老刘故意举着章子对姑娘喊：

《婚姻法》有规定咧！你不说清楚是不是自由恋爱、自愿结婚的，这个章子我不能盖咧！'她才红着脸直点头。"

一队的人都笑倒了，几个女社员还笑岔了气。

卢大全想不到，他不经意间做的一件小事，让一个"造反派"小头目对他"网开一面"。

这一年的气候反常，倒春寒来得猛、延续时间长，春分过后又下了一场雪，清明以后还在打霜。俗语说"春雪是个鬼，不是干旱，就是大水"，这个江畔湖区的社员，对天气特别敏感。春雪刚化完，大伙就拼死忘命地战阴天、抢晴天，起早摸黑地把苞谷、棉花播种下了地。还不等大伙把地收拾好，封门的大雨就一阵赶一阵地倾泻下来。天，阴森森的；人们的心，也是阴沉沉的。

雨，终于停了。清早，在嫩绿的柳树枝上和花枝招展的桃树上，一群麻雀正吱吱喳喳地欢歌劲舞。突然"哐当"一声，把麻雀吓得往高处飞躲。

随着"哐当"一声，"造反派"在区委办公室私设的黑牢门开了，两个"武斗"队员用枪押出一个三十多岁的汉子。他胸前挂着块"黑牌"，"黑牌"是用一扇玻璃窗制成的，上面贴着的白纸上写着"黑打手卢大全"六个字，在"卢大全"三个字上，用朱笔打了三个叉。不用问，这挂"黑牌"的人就是卢大全了。现在，"黑牌"两头用细麻绳一绑，挂在卢大全的脖子上，随着他的走动，"黑牌"上的玻璃有节奏地发出"当当"的响声。

卢大全至今对自己的新头衔有点想不通，他这样一个强烈反对"武斗"的"逍遥派"、"靠边站"的区委干事、被关押审讯了半年之久的"保皇派"，怎么突然之间又成了"造反派"重点批斗的"黑打手"？

雨后的新鲜空气和眼前春暖花开的景色，让卢大全的心情开朗起来。柳树照样吐出嫩芽，桃树照样开出红花，大地仍然一派生机，这些坏人翻不了天，自己虽然受诬陷、挨批斗，但终究会真相大白！

"快走！""武斗"队员用枪托朝他的脊背冲了一下："他娘的！迟不拉，早不拉，斗争会都要开始了，你要上他娘的厕所！"

卢大全嘴角不易察觉地向上扯了扯，嘲讽道："莫慌，只要我不死，有你们斗的！"

还不等他说完，枪口又指到他的背心："你敢犟，再犟老子一枪崩了你！"

卢大全进了厕所，放下玻璃窗做的"黑牌"，顿时觉得松快起来。他用手往脖子上一摸，哎呀！细麻绳勒出了一条深痕，难怪这样疼。同时，另一只手又触到了裤腰带，不由得闪现一个"换"的念头。他瞅见两个"武斗"队员正在背着风抽烟，就一边方便，一边用裤带换下了细麻绳。

忽然，就听得厕所外面的水塘里"哗啦"一声，接着就是一个小孩的嚎啕大哭声，哭声戛然而止，接着又是"哗啦"一声。两个"武斗"队员跑到塘边，"这里这里""那里那里"地干喊。

"不好！有人掉到塘里去了！"卢大全冲出厕所，跑到塘边一看，水面上浮起一对啾啾辫，转眼又沉下去了。前面几步远的水面上，还在往上冒着泡泡。他心里一沉：不好！有两个孩子落水了！他朝前一跃，跳进塘里。水不深，只齐胸前。他奋力向前几步，把两个孩子从水里捞起来，一手拎一个，吃力地爬上岸来。

两个"武斗"队员从慌乱中回过神来，又神气十足地吼叫起来：

"你他妈的想逃跑？"

"你想找死？！"

大一些的小女孩吐出几口水，很快又嚎啕大哭起来，小男孩却气息微弱，肚子胀鼓鼓的。慌乱中，卢大全一屁股坐到地上，将小男孩的腹部贴在自己的大腿上，俯身放到自己面前，开始拍打他的后背。小男孩哇哇地大口往外吐水，等地上湿了一大片，他才开始动弹手脚，嘤嘤地哭出来。

两个孩子又冷又怕，都在瑟瑟发抖。卢大全脱下自己的上衣拧干，裹在小男孩的身上，又用手抹去孩子们脸上的水珠，边抹边安抚着："莫怕，莫怕。"

"快走！""武斗"队员不耐烦了："你想磨时间？"

这时小女孩止住了哭嚎，一双水汪汪的眼睛盯着两个背枪的人，怯生生地挪过来，拉着小男孩的手说："弟弟，我们回去！"

卢大全轻轻拍了拍小女孩的头说："回去吧！快让你家大人给你们换衣服，莫冻病了。"

　　两个孩子几步一回头地走了。卢大全回到厕所，提起"黑牌"挂在脖子上。

　　这时，高音喇叭已传来"批斗'黑打手'卢大全大会，现在开始"的吼叫声。他被押着，穿过公社的办公区，来到广场，上了批斗台，下面早已喊声一片：

　　"打倒卢大全！"

　　"'十七年'受压迫者要翻案！"

　　"'文攻武卫'就是好！"

　　"'造反派'万岁！"

　　卢大全刚在台前站定，旁边等候的两个大块头就走拢来，把他的头猛力一按，都快挨着脚尖了，腰弓到九十度；接着用脚猛踢他的双手，要他双手垂直，让他站成"n"字形。卢大全从头到脚，滴答滴答地往下滴水。

　　"造反派"头头钱斌公布了大会纪律和议程之后，现任区委副书记、"大联筹"指挥部干部代表高强首先发言：

　　"都安静点！今天这个会，是一场你死我活的阶级斗争。卢大全不是孤立的，他代表了一股反动势力，一条错误路线……"

　　"这家伙，都说他是草包，真有点不含糊呢！"卢大全想："他们要把我置之死地而后快，不是因为我能耐大，而是我同人民群众站在一起。这是他们不敢明说的。"

　　"今天这个会，还有一个意思。"高强继续说："革命闯将定平，又回到了我们身边，又回到我们临江区蹲点来啦！"

　　他的讲话，被台下噼里啪啦的掌声所打断。

　　"他回来已经一个月了。"高强继续说："他对我们区的'反复辟'运动，作了英明的指导、周密的部署，特别是对壮大和发展'文攻武卫'队，加强武器装备，立下了汗马功劳……"

　　卢大全想："他们分明是利用批斗大会，臭表功！"他的腰像断了似的疼痛，湿衣服裹在身上，一阵阵寒气透心，不由得打了个寒战，两条腿也抖起来。他多么希望这时候有人喊几句口号，他也可以借机伸伸胳膊挺起腰，让全身的血液流动一下，松快一阵。可是这个草包一讲半个钟头，又臭又长，也不穿插一句口号。

"想想人民群众吧！"每逢卢大全感到痛苦难以忍受、坚持不住、双脚站立不稳的时候，他就把注意力转移到广阔天地里去，这样一来，就感到充满了力量。是的，想想贫下中农，自己上台的时候，看见他们都拿着挑土的工具，要上堤防汛了。黑牢可以挡住阳光，可锁不住音波，现在广播是卢大全唯一的消息来源。这几天电台发出的"水位公报"，枝城，涨！城陵矶，涨！汉口以下都在涨，江水正以每天尺把的速度往上涨。洪水并不可怕，咱们同它……

"嘭！"高强桌子一拍，打断了他的思路。接着是一连串的质问："有没有这个事？！你说，有没有这个事？！"

高强的讲话，他根本没听，于是莫名其妙地抬头望过去。

旁边的两个大块头朝他背上一拍："说！有没有这个事？"

"嗯！嗯！"卢大全含含糊糊地答道。大块头又把他的头往下摁，让他恢复原状。

定平把手拢在袖筒里，跷着二郎腿，洋洋得意地晃着。他一直用三角眼盯着卢大全，目光恨不得像两把利剑，刺穿这个对手的胸膛。突然，他脸上的横肉抽搐了一下：怎么搞的？"黑牌"上的细麻绳什么时候给换啦？这家伙真狡猾呀，又给他钻了个空子。在这千人百众面前，又不便要卢大全重新换下来。好呀，你同老子斗！老子不一下子搞死你，而是把你慢慢拖死，不弄得你老婆改嫁、孩子改姓，老子就不是人！

想到这里，他扭转头来问"武斗"队员，上台以前发生了什么事，武斗队员结结巴巴地说："他……嗯……他要从塘里逃跑！"

"饭桶！"定平骂了一句，然后又自我吹嘘："落到我手里的犯人，就莫想从我手里逃走！"

"是！是！""武斗"队员恭恭敬敬地递上一根烟，点燃，又点头哈腰地说："您走南闯北，过的桥比我们走的路还多！"

这时高强的戏已经唱完，钱斌公布由定平揭发控诉。只见定平将拢在袖筒的手抽出来，迈着八字步，走到话筒前面，劈头呼喊了一阵口号：

"打倒'黑打手'卢大全！"

"向卢大全讨还血债！"

"打退'复辟妖风'！"

"卢大全不投降，就要他灭亡！"

"卢大全再顽固，就要他入土！"

随着口号声，卢大全也伸腰举手，口里动了动，好像跟着呼口号的样子，他的目光却朝着台下观察：这么大一个广场，只稀稀拉拉地站着一两百人。除了扛着锹、挑着土箕的，还有挽着菜篮、提着油瓶的，甚至还有扶着婆婆、抱着毛毛的呢！莫看人不多，组织得还很不好，这些人行不成行，队不成队！会场四周三步一岗、五步一哨，沿着批斗台周围，还站满了"武斗"队员，从布局来看，还真像那么回事呢！

口号一停，定平开始讲话了：

"父老乡亲们！'造反派'同志们！战友们！"他喊了三个"们"，又习惯性地把手拢到袖筒里。两只手刚接触，又意识到这样不雅观，就将手缩回来，然后很不自然地按在条桌上。站在卢大全两边的大块头，也感到不自然，就恶狠狠地将卢大全已经低得很下的头往下按，再往下按，以便把群众的注意力吸引过来。

定平瞪了卢大全一眼，又开始"书归正卷"。

"他们要把我整死，我又回来啦！中央'文革'首长提出'打开监狱找左派'，我这个响当当、硬邦邦的'左派'，给找出来了！我们这些人是在提着脑袋玩，危险得很呐！中央'文革'首长指向哪里，老子就冲向哪里！冲出去就是个红顶子，冲不出去就是个红颈子！君子一言，驷马难追，老子说得到，做得到！"

说完，下面又是口号声一片：

"向中央'文革'首长致敬！"

"向革命闯将学习！"

口号声一停，定平又滔滔不绝地讲起来。他把自己怎样"坚决革命"，"文化大革命"中怎样过五关斩六将，怎样受"反动路线"的迫害，在牢里怎样受折磨，都摆了一番，然后话锋一转：

"睡觉找枕头，冤家找对头，卢大全就是我的死对头！大家莫看他一身湿衣服，他的衣服是怎么湿的呢？他是想逃避斗争，投水自杀！老子告诉你，就是死了烧成灰还要斗！你以为衣服湿了就不斗？老实告诉你，没这么便宜……"

"自杀是自绝于人民！"高强跳上前来插话，与定平一唱一和。

定平咬牙切齿地说："他是什么党？'修'字号的党，复辟党！"

这时，钱斌也上前来凑热闹，他一把夺过话筒，对台下扬了扬手上攥着的一张纸条，喊道：

"革命群众来条：'黑打手'卢大全坚持反动立场，顽抗到底，要对他实行无产阶级专政，'架飞机'！"

话音刚落，那两个大块头把袖子一撸，一手抬起卢大全的胳膊，一手抓住他的头发，将头往下一按，然后猛力地把他的胳膊朝上一揪，卢大全浑身的骨骼就发出一阵"嘎嘎"的响声。

"你们不能这样整人啊！"这时台下有个妇女喊道："卢同志是下水救我的伢们的，他不是自杀！"

"你们瞄到伢们在塘里扑腾，见死不救！"一个老爹也挤上前说："等卢同志把伢们救上了岸，你们还用枪托打他。我是隔了一条大沟赶不过去救人，但是看得清清楚楚，你们当我眼睛瞎了？"

有个扛锹的社员吼起来："你们搞'突击戒严'，把我们这些上堤的人押到这里开会，你们不防汛，还不许我们防汛？"

"总算是雨停了，你们不让下地干活，想让我们喝西北风？"

"我是上街打油的……"

"我抱伢上医院……"

人们越说越气愤，冲破了警戒线，潮水般地往前涌。台上的人慌了手脚，两个大块头也丢下卢大全，躲到角落去了。

定平傻了眼："你、你、你们要翻天啦，有话慢慢说嘛！"

"慢慢说就慢慢说！"刚才喊话的那个妇女，大大方方地走上台来，对着话筒说："方才我的伢们回去了，浑身透湿，冻得像个鬼！问他们怎么搞的，'嗯'了半天，才说是弟弟掉下塘了，姐姐去拉，也掉下去了，不是别人救得快，不都淹死了！问他们是哪个救起来的，姐姐说是个挂着'黑牌'

的，给拿枪的人押走了。天啊！那不是卢同志吗？我连忙叫婆婆给伢们换衣服、喂热水，就赶到会场来了。往台上一瞄，天啊，卢同志浑身的衣服还在往下滴水！他只穿了一件秋衣，把外套裹在我儿子身上了。"她扬了扬手里的湿衣服，哽咽着说："我男人家，五代单传，要是儿子有个三长两短，我怎么活啊！卢同志就是我家的救命恩人啊！"

台下的那位老爹喊道："我们言词短，说不到多的话。要是论起谁是好人、谁是坏人，我们贫下中农心里可有一本账！"

"你们这是想翻案、复辟！"钱斌一把夺过话筒："什么贫下中农！这是在宣扬血统论！现在阶级变动啦，是'造反派'当家掌权！"

"嗡"的一声，台下哄起来了。那位老爹喊道："不管变动不变动，你那埋在土里的地主老子，也变动不上天！"

这一下乱了套啦！高强急得像热锅上的蚂蚁，背着手两头转。定平的眉毛在抖动，一双三角眼露出凶光。"造反派"司令陈耀金把插在腰上的手枪掏了出来，"武斗"队员把枪栓拉得哗啦哗啦响。

卢大全静观这场对阵，他看到了群众的力量、行动和决心，暂时忘记了寒冷，忘记了疼痛，心情有说不出的畅快。但他马上意识到，这帮坏蛋人心丧尽，他们非常孤立、恼羞成怒，是什么事都干得出来的。于是，他走上前去，轻轻地说："大嫂，你回去吧，给伢们熬点生姜水驱驱寒。"

"卢同志！你真是……"大嫂望他一眼，一句话没说完，就眼泪直涌。

卢大全又说："你儿子还有一只鞋落在了塘里。雨天泥滑，再不准他们到塘边玩了。"

"哎！"大嫂应了一声，强忍泪水，走下台去。

卢大全跨上两步，大声喊道："贫下中农同志们！社员同志们！拿出大寨人的精神来，上堤防汛，下地排渍，抗灾夺丰收！"

"走啊！"

"上堤了！"

"下地了！"

人们一呼百应，涌出了会场。

卢大全转过身来说："继续开会吧！"

高强这才如梦方醒，对着话筒大声宣布："批斗大会到此结束，把'黑打手'卢大全押下台去！"

"武斗"队员又来了劲，左推右搡地押着卢大全，把他重新丢进了黑牢。

批斗会散场以后，定平等人像泄了气的皮球，垂头丧气。高强一看这气氛不对，就以领导者的姿态说："来来来，咱们到'威虎厅'去总结总结。"

定平、陈耀金、钱斌等人引着一帮"武斗"队员，挤在一间阴暗的屋子里，你一言、我一句地谈论着刚才发生的情况。

陈耀金接过高强递过来的一支烟点着，首先开口："咱们斗了他大半年，批斗会开过无数次，从来不像这次这么塌火！这明明是长了他的志气，灭了我们自己的威风！"

"不该让他穿着湿衣服上台的！"

"不该让那女的上来东扯西拉，为他歌功颂德！"

"保守势力太强大了！"

"准备不足，匆忙上阵。"

一帮"武斗"队员你一句我一句地总结着。高强忙说："别光说泄气话，先还是要肯定成绩嘛！比如说，这个会能这样圆满结束，没让他们打上台来，这本身就是个经验。"

"收起你的经验吧！"钱斌顶了他一句："原指望把他搞臭，把我们搞香的，这倒好，他香了，倒把我们搞臭了！"

定平说："莫争嘴了，还是检查我们的心慈手软吧。当初听我的，把他用麻袋一装，往江里一丢，省得这些麻烦。"

陈耀金说："你想杀鸡吓猴？没这么简单！只怕杀了鸡，反了猴，咱们都得完蛋！"

高强也打边鼓："对对对！现在不是搞人与人的斗争，是搞路线斗争。他不是一个人，而是一股势力！从今天的批斗会上，难道我们还闻不出他那股势力的火药味么？"

定平说："你们平时能冲敢拼，到了关键点上，就怕这怕那。现在什么都攥在我们手上，怕啥？！"

钱斌说："矫枉必须过正！对付这样的人，必须采用铁的手腕！你莫看他表面上老实，运动一有反复，他又会秋后算账，我们这些人就会坐牢的坐牢、枪毙的枪毙！"

陈耀金一听"反复"二字，身上就打了个寒战。老实说，他同意开这个批斗会，目的不是什么"搞香搞臭"，而是把上堤的劳力拖住。现在，要另想对策了。他说："好冷呀！还有么事？没得么事，我就回队里去了。队里的人说我老在外头游手好闲，要扒我的工分、停我的口粮。我不能陪你们这些拿工资的人闲坐。"

几个从队里抽出来的"武斗"队员也纷纷诉说本队发出了扣工停粮的"通牒"，表示了去意。

定平说："那好，我回省城总部办公，县城也带了几回信要我去。这里'保守势力'太大啦，我也难落脚。"

"怎么？散火啦？"高强这才真正慌了手脚："来来来，大家抽支烟，再商议一下。"

他一边给大家发烟，一个一个地把火点着，一边在想鬼点子。在这乌烟瘴气的气氛中，商定了几条"临时措施"：一是把卢大全弄到生产队劳动改造，等候"发落"；二是由定平率领"武斗"队员出去弄枪支弹药，扩充实力；三是任命陈耀金为防汛指挥部的指挥长，上堤督阵；四是由高强坐镇区委，掌管全盘，兼顾后方生产。

这些定下来以后，话题自然而然地转到把卢大全放到哪个队的问题了。

"这是要冒险的！"定平说："招呼得不好，让他把'保守复辟势力'拉起来，对我们是大大的不利。"

陈耀金想了一下，说："放在我那个队吧！那可是'造反派'的窝子，便于监督。他想拉人过去，那可万万办不到！"

"在你的根据地里，当然保险！"高强哈哈一乐："给你们队找了个劳动力，也好给你找个替死鬼，那些说什么工分啊、口粮啊的人，嘴也堵住啦。"

晚上，正当几个"武斗"队员聚在审讯室"威虎厅"的灯下，热火朝天地打扑克时，区委机关食堂的炊事员老孟一手提个罩子灯、一手挎个竹篮子过来，收拾"造反派"丢在各个角落的盘碟碗筷。

老孟叫孟先利，今年五十七岁了，他从区委一成立就来当炊事员，一晃就是十年，当年他在伙房门口种的两棵枫杨，现在已有水桶般粗了，树荫底下，成了个天然餐厅。老孟矮墩墩的身板还结实，花白的头发已渐渐脱落，前脑门总像刚剃过似的，秃得发亮。高兴起来，两片厚嘴唇微微一咧，两个眼角露出几根皱纹。但是，他已经好久都笑不出来了。

过去，每天他要给从区委书记到勤杂人员二十来口人做饭。那时，区委热热闹闹，来开会的、办事的人川流不息。大家一般都先来问候老孟，一来算是挂号吃饭，二来也好打听一下开会的地方、要找的干部，免得瞎撞。他厨艺好是出了名的，年轻时在县城的"醉乐酒楼"当学徒，后来出师掌勺，练就了一身手脚敏捷、忙而不乱的本领。区里召开一百多人的大会，只要来个把人帮厨，老孟也不慌不忙地保证按时开饭。就是县里哪位书记、县长突然打这儿路过，只要稍微等候一下，抽支烟、喝杯茶，老孟的四菜一汤就端上来了。

如今，区里的干部大都成了"黑帮""老保"，被赶到生产队劳动改造、听候"发落"，留在区里的只剩下三个人：一个是参加"三结合"的革命干部、副书记高强，一个是留下来交代罪行、接受批斗的卢大全，再有一个就是老孟自己。"造反派"夺了权，进驻区委，老孟认为这帮人不是正神，成天搞打砸抢抄抓，长不了的。他们在外像抢犯，在食堂是抢饭，吃了不给票、不付钱，嘴巴一抹就走人，今后怎么交账？老孟见了他们就有气，更莫说伺候他们了。

"开一下那个门，我一起收走。"捡完了这间屋的碗筷，老孟见黑牢的门上了锁，就指了指那里，还是那个冷冰冰、不好说话的口气。

"武斗"队员交换了一下眼神，无人出头反对。没办法，靠他做饭，吃人家的嘴短，只能迁就一下。一个家伙慢腾腾地站起来，朝他的篮子里瞅了瞅，除了一堆脏碗筷，没发现情况，就无聊地吹着口哨，慢腾腾地挪到门口，掏出钥匙把铁门打开，站在门口盯着。

漆黑的屋子里登时有了昏暗的灯光，躺在地上的卢大全坐了起来。

这间黑牢，是把最西头的一间办公室封上窗户、钉上铁门改造的，这个时节里面又冷又潮，弥漫着一股刺鼻的霉味。往黑牢送"牢饭"，是"造反派"负责的事，什么时候送、送什么，全看他们的心情，老孟心里大概有个数。用过的碗筷就扔在地上，除了老孟，无人收拾。

老孟把灯和篮子放在门外的地上，进来弓着腰捡筷子捡碗。到卢大全跟前时，他背着光，迅速从围裙下掏出两个烤黄的馒头，扔进卢大全背后的一个碗里，动作娴熟，两人配合默契。

老孟走了没多久又折回来，卢大全的妻子玉珍夹着两件干净衣服，跟着来了。

这区委机关设在一个不大的院子里，南面一排是办公室和会议室，区委大门开在正中间。东边一排依次是客房、财务、仓库和厨房，西边一排是区干部的宿舍，北边是水塘、厕所和菜园子，所以办公区和生活区呈"鸡犬相闻"之势。这几年院子里的孩子们经常夜里被"威虎厅"传出的惨叫声吓得直哭，干部家属们整天如同惊弓之鸟，担惊受怕。

院子外，大门前是一条宽阔的土路，向南笔直通向几百米外的长江大堤，两排高大的杨树立在路的两边。西边是农村的塆子，东边与老街之间，有一片空旷的场地，中间垒了一个露天台子，过去区里开大会、放电影、看演出都在这里，"文革"刚开始，周围的男女老少聚在这里跳"忠字舞"，现在它成了"造反派"开批斗会、公审大会的专用场所。

"开一下门，叫那个'黑打手'换衣服。全身都是湿的，冻死他活该，就是沤得太臭了，能熏死一排人！叫他堂客拿走拉倒！"老孟还是气哼哼的口气。

两个大块头不干了，站起身，直眉瞪眼地骂老孟狗拿耗子——多管闲事！

一个小头目站起来息事宁人："算了算了，多大的事！换了衣服也好，免得把我们熏得作呕。女的不能进去啊，就在这里等着，别想通风报信！看样子，这一把你们要赢咧，快出牌吧。"拿钥匙的这才去开了门。

原来，小头目哥哥嫂子的结婚证，就是卢大全写的。他想，卢同志一个吃公家饭、写大材料的干部，临时被叫来，热心快肠地给一对素不相识的普通农民写了结婚证，还记住了他们的姓名，今天又救了两个落水的小孩，这样的人，能坏到哪里去！

三、下乡劳动

雨停了，天晴了，铜盆大的太阳从东边的地平线上冉冉升起，光芒四射，气势磅礴。天更宽，地更阔，树更绿，水更清，江汉平原的景色迷人极了！

卢大全扛着锹，挂着斗笠，从沿江生产队的塆子里走出来。被雨水泡烂了的路，一脚一滑，不一会儿，他那双解放鞋就沾满了泥巴。他用锹把泥巴刮掉，又继续往地里走。在他经过的地方，留下一串串脚印。

劳动给卢大全带来了快乐，减轻了烦恼。有力无处使，有手无事干，对他来说是最大的折磨。眼下他背后没有枪押着，耳朵听不到粗野的辱骂，身上挨不到钢丝鞭，能够干活了，自由了，他却感到有些惘然。他这次住到沿江生产队，一不是调研，二不是蹲点，而是劳动改造。这是昨天深夜，陈耀金、定平和高强把他提到"威虎厅"三堂会审时，向他宣布的。

他到临江区委已经第十个年头了，几乎天天都往地里跑。走在这样的路上，他总觉得精力充沛，心情舒畅！不管是临时下来摸点情况，还是在哪个队里蹲上一年半载，他可没松过劲头，总想拿出自己全部精力，为贫下中农多做点贡献。

轻风吹拂，麦苗起伏，湿润的空气，使人感到阵阵清香。卢大全极目远眺，大地敞开胸怀，好像苞谷在向他点头，麦苗在朝他微笑，棉苗也伸出两片胖乎乎的嫩叶，对他说"欢迎呀，欢迎呀"！

卢大全一手支锹，一手叉腰，看着这一望无垠的庄稼，感到说不出的兴奋。他沿着田间土路朝前走去。几乎所有的劳动力都上堤去了，田野里显得冷清。三三两两的饲养员，正赶着牛往湖边草场去放牧。

他要到哪里去干活，他自己也闹不清。吃早饭时，队长邓光柱在门口说了声"吃了饭去清沟"，就急急忙忙地扛着锹走了。

他边走边四处张望，终于看到左边地里有个人在低头弓腰地专心做事。

他大步走过去，正是光柱在挖沟排渍。他把一双鞋后跟踩脱，左右抬腿，把鞋踢到一边，照着光柱的样子干起来。光柱听到响声抬起头，见是他，微微一笑，算是打了招呼，又埋头干起来。

清沟，就是把地厢两边的沟口挖通，把地里的渍水排出去。"水是苗的命，也是苗的病"，土壤水分过多，棉苗根部吸收以后，挥发不出去，根部就容易发肿、霉烂。棉苗受了渍，会造成严重的死苗断垄。"土爽育壮根，壮根发壮苗"，这是棉区的三岁小伢都会念的歌诀。按照农技要求，播种之后就要清理沟厢，做到沟沟相通。今年是抢晴播种，播种之后就遇到连日大雨。雨大沟堵，地里的渍水也就多。他们现在的操作，也就特别费劲了。卢大全一锹一锹地把土挖起来，放在厢面上。把沟挖通以后，顺手将沟底一清，让地里的渍水放到大沟，排到湖里去。

两个人埋着脑壳干了半晌，光柱把锹一插，掏出一包烟，走过来问："有火吗？"说着，递了一支过来。

"有。"卢大全也把锹一插，掏出打火机，打着火凑到光柱嘴边，把他的烟点燃，然后点燃自己的一支，大口大口地吸起来。

"棉苗在坐水牢嘞。"卢大全用袖子抹了一下脸上的汗水，自言自语道。

"只要天晴，渍水好治，"光柱说："我就担心会发生草荒。草荒苗，不结桃。"

经光柱一提，卢大全也注意到那盘根错节的绊根草已经发了嫩芽，回头青已伸出了剑叶。歌谣说："马绊筋，回头青，真是害人精，前头薅，后头青。"棉区薅草可真要下功夫呢，像妇女梳头发一样，一道接着一道，"棉锄七道白如银"嘛。可是今年还没动锄头哩。

卢大全建议："先集中一切力量清沟排渍，一来有利于棉苗生长，二来爽土好薅草。"

"想是这么想，哪来的人呢？"光柱说："上堤的上堤，没上堤的也人心惶惶，说是今年的水比一九五四年的还大，都忙着搬家——这不是，来了！"说完，朝路上努了努嘴。

这时，一队人马从垮子里出来，男女老少都扛着箱子、挑着袋子，牛车上也载着家具，人们不安地默默走来。

光柱说："不像话！我把他们堵住！"说完，扛起锹，大步奔到路上。卢大全也跟着过来。

光柱走到人群前面，把锹往路当中一插："站住！你们到哪里去？"

人们煞住了脚步，牛车也停了下来。

赶牛的社员拉住缰绳，用牛鞭指着光柱说："你是没听到，还是装糊涂？今年的水比一九五四年还大，快回去搬东西吧！"

一个小青年上前来吼叫："快闪开！咱们把东西送到搪江山，还要赶几个来回呢！"

光柱仍然没动，队伍又继续向前蠕动了。

卢大全一个箭步向前，跨上牛车，大声喊道："社员同志们！请大家先把东西放下，歇口气，听我说几句。说完了，大家该怎么做，就怎么做。"

那些老爹、太婆早就累得慌，都把东西放下了，看这个干部打扮的人要说些啥。

"大家方才说，今年的水比一九五四年还大。我们这江边住的人，祖祖辈辈吃够了发大水的苦头。早些年，咱们这里十年九水，大水一来，就得逃荒要饭，多少人妻离子散，家破人亡，多少人患上'大肚子病'，在不死不活中挣扎！所以，你们一听说要发大水，就忙着搬家，这种心情是可以理解的。"

"那你为什么不让我们走？"刚才那个扬言要赶几个来回的小青年问。

"等别个说完。"旁边一个老爹爹把他拉开。

"今年真的会有比一九五四年还大的洪水吗？"卢大全继续说："不会！肯定不会！水已经上了堤坡、来势很凶，是不假。但是，不知大家注意收听广播没有？目前是汉口以下的水位在涨，从长江航道局发布的水位公报来看，宜昌以上的万县、重庆一带的水位都在退。这就是说，川水没有下来，洪水又怎么还会猛涨吗？因为今年从洞庭湖到我们这一带都下了大暴雨，从雨情看，同一九五四年有点相似，但从水情看，同一九五四年大不一样。所以说，今年的水不会有一九五四年那么大。"

"我从广播里听到上游的水在退，可我娘一听说比一九五四年的大就吓死了，要我往山上搬东西。"还是那个小青年在插话。

"像一九五四年的大水又怎么样？"卢大全说："一九五四年我们遭了那

么大的灾，人民政府派船来把我们接到山上，给我们安排吃的住的，水退了又帮我们重建家园。"

"大家别听他的！他是个'黑打手'！"有个大块头挤上前来，打断卢大全的话："你昨天还挂着'黑牌'挨斗，今天又在这里现丑，你放老实点！"他恨不得上前去把卢大全一把揪下来，可是人们挡住了他的去路。

"我们应当相信党和政府，相信已经组织起来的千百万人的力量！"卢大全接着说："现在的情况同一九五四年大不一样了！那时是互助组，现在是人民公社；那时的堤矮小，现在堤身高大；那时国家才刚开始搞建设，现在国家的力量雄厚多啦！就是来一九五四年这么大的水，我们也会稳如泰山！"

大块头看见卢大全越说越起劲，群众越听越有味，就蛮不耐烦地瞎吼："让开！让开！你们不走，让我走！"说着，挑起一担破烂，向前冲去。光柱张开两手一挡："谁也不准走！"

大块头把担子一放，袖子一撸，摆出一副打架的架势："么样？搞出鬼来了！你张开狗眼看看，老子又不是你们队的社员，真是管得宽的很！"

卢大全朝光柱摆了摆手："让他去！"

大块头重新挑起担子，傲慢地说："现在提倡大民主，谁想怎么样就怎么样！你这个'黑打手'给老子记住，你旧账没清，又犯了新罪！"说完，大摇大摆地走了。

有人喊了一声："你脚步放稳点，小心泥烂路滑！"

又有人说："滑跌也没关系，他反正准备上山用他那担破布换糖坨的嘛！"

大家一听，就哄笑起来。

"现在主力部队在堤上同洪水搏斗，我们在后方的人应该给他们支援、鼓劲，"卢大全继续在动员："我们应该团结一心，拿出浑身的干劲来，排渍涝，战草荒，堤上堤下开展竞赛，争取防汛、田管双胜利！"

卢大全说完，跳下牛车，同大家交谈起来。路上的人逐渐地减少，人们都陆续回村里去了。卢大全同光柱商量了一下，光柱点了点头，就赶回垸里。不大一会儿，带回一大群拿着工具的社员，除了看门的小脚婆婆和摇窝里头的小毛毛，全队凡是能做事的男女老少都下地来了，宽阔的田野上喧闹起来。

黎明，社员们借着曙光就上堤了。一不敲钟，二不吹哨，几千人于同一时间，朝着同一个方向，一下子就行动起来了。

陈耀金这个"防汛指挥长"，这时正朝着民工相反的方向走去。他站在宁静的村口，显得心事重重。他不明白，说今年的水比一九五四年大，他们不往下撤；派出"武斗"队员制造事端，他们不朝后退；一处发生险情，八方支援；一处出现漏洞，四面上人堵。这种精神武装，这种组织力量，太可怕了！

他躲开人们的视线，现在他要去拜见一个神奇的"上司"。他像一条被打断了脊梁的癞皮狗，听到一点动静，就心惊胆颤，觉得现在迈出的每一步，既充满了希望，又充满了恐怖；他又像一个卖身投靠的婊子，不知等待自己的，是一个忠贞的公子，还是玩弄一下就抛弃的恶少。

走到一家门口，他站住了，心咚咚直跳。是的，这是地主钱老康的遗孀周小花的家，他们约定接头的地方。他摸了摸插在腰部的手枪，壮着胆子，一头闯进屋去。

周小花听到有人进屋，低声说了一句"您来啦"，就把他引进一个套间。这时，陈耀金才看清，周小花论年纪有四十好几了，但由于人长得白净、窈窕，穿着可身的白衣青裤，围着一条绣花的兜裙，留着运动头，看上去真好像三十来岁哩。这时，她指着一个干部打扮的汉子给他介绍："这位就是我们'永兴会'的王特派员。"转身就去厨房了。

王特派员赶紧起身让座、递烟、倒茶，两人谦让一番，重新坐定。王特派员先开口了："听说去年你们被'夺权'以后，你被抓去坐过牢，吃亏不小吧？身体像么样？"

陈耀金说："当时是吃了点亏呀，头一回，没经验，我又哭又板，谁知这铐子越绊越紧，硬是疼得我喊了一晚上娘！呵呵！呵呵！"

王特派员说："是呀，吃一堑长一智，今后就有经验啦！"

陈耀金深感这位"上司"的关怀，就说："您这次不畏风险，亲临视察，有何指示？"

王特派员坐近一点："你的月薪已经定了，每月八十元。这个月的我已经带来了。"说着，从衣袋里掏出一叠人民币，递到陈耀金的手上："往后，每月有人送钱给你。你如果需要特殊经费，就让来人转告我，我会设法给你解决的。"

陈耀金边收起钱边说："我还没有什么贡献，上峰就这样关怀我，真是受之有愧！"

这时，周小花端出了酒菜，有红烧鳊鱼、猪肉炒莴苣、油炸花生米、菠菜鸡蛋汤，外加一瓶红星汾酒。摆好以后，她笑嘻嘻地说："手艺不好，你们随便喝点。我出工去了，把大门上锁，等会儿你们从后门出去。"说完，拿块毛巾把头一包，锄头一扛匆匆地走了。

陈耀金低声问："你怎么选中这个地方接头，不觉得危险吗？"

"不碍事！"王特派员斟满两杯酒说："这里看起来危险，实际上更安全些，我们说话也方便。来，喝！"

两人干了三杯后，王特派员正式回答"有何指示"的问题：

"上面发来指示，我们的任务不变。就是打着'造反'的旗号，把他们搞乱，搞得天下大乱，乱得工厂停产、农村停工、学校停课、机关瘫痪。这种乱，目前你我都是容易办到的，他们不是有人提倡'文攻武卫'嘛！这是千载难逢的大好时机，第一，我们是'合法'的，弄好了，我们两边都有功；第二，弹药武器可以就地取材，免得从外面运来；第三，我们都有护身符，进了保险柜，你是'造反派'的头头，我在那里，可是个响当当的公社革委会主任！"

陈耀金听了，心里热烘烘的。这还用你说苕话，不是这些有利条件，我怎么参加你们这个组织，随便把个鸡蛋往石头上碰？他把杯子一端，脑袋一仰，又干了一杯，用筷子把鳊鱼肚子上的一块肉撕下来送到嘴里，说："上面的策略，我们估不透呀，谁知道运动还有没有反复？一九五七年还不是要人们大鸣大放呀、帮助整风呀，嘿，结果呢？大抓'右派'！"

王特派员说："反复的可能性不大，现在不是一九五七年咯！你看吧，现在到处都是'造反派'掌权，又有这么广大的群众跟着我们跑，谁还能一巴掌把我们打下去？"

"难说呀！"陈耀金说："他们那些经过南征北战的老家伙，能甘心罢休？我们这里的'保守势力'还大得很啊，有个风吹草动，他们会要我们的命。想到这些，哪个晚上睡得着？"

"'保守势力'大是好事！"王特派员说："他们同我们斗，一斗就乱，一乱就达到我们的目的了。"

"谈何容易啊！"陈耀金叹了一口气："他们在避开我们的锋芒，表面上老实得很，不同我们对着干，真是让你'狗咬刺猬——无从下口'。我们前几天把卢大全放出去了，他还没有什么动作。我们造了个谣，说今年的水比一九五四年还大，闹得人心惶惶，谁知道这家伙几句话，就把搬家的人说转回去了。"

王特派员说："从总体来说，'保守势力'已遭到致命打击，上面的表态简直对他们是个晴天霹雳，现在树倒猢狲散，土崩瓦解。目前已经有'造反派'从内部杀起来了，出现了一派动乱的大好局面。你不要作难嘛！只要我们抱定宗旨、注意策略，总会找到机会施展我们的本领，完成我们的任务！"

陈耀金说："现在我是戴着红袖章，干着明人不晓得的事，一旦把红袖章扒下来，就会鸡飞蛋打。听说湖南有我们的线，我想，万一运动有反复，您能否把我弄到湖南去？"

"嘿嘿嘿，"王特派员一阵干笑："看来，你才尝了几天铁窗的滋味，就吓不过了，真是'一朝被蛇咬，十年怕井绳'。好吧，有什么反复，到时候再说。你有什么要求，尽管提出来。"

"我总觉得力量单薄，"陈耀金说："我能不能发展组织？"

王特派员说："你怎么力量单薄？你有好几千的'造反派'，还有一支'武斗'队。你的任务是打着'造反'的旗号搞乱，懂吗？"

陈耀金苦笑了一声："你以为'造反派'都会跟着我们跑吗？'武斗'队不会掉转枪口吗？"

"你想发展谁呢？"

"定平怎么样？"

"这个人可以利用他，"王特派员说："但不能发展他。他是个破脑壳，随时可以丢进去。这样的人发展进来，对我们太危险啦。我们现在打着'造反'的旗号，同他一块儿干。万一运动有什么反复，把罪过往他身上一推，这不是对我们更加有利吗？"

陈耀金说："我前几天到县城开会，我有个舅爷是邮电局局长，从'文化大革命'一开始就靠边站了，人被整得像鬼。我说，你加入我们的组织，我保证你站出来工作，他不肯……"

"这坏事啦！"王特派员跳了起来："他不会去报告吧？"

"你放心吧，我们谈话的第三天，他跑邮差时，从汽车上掉下来摔死了。"

王特派员吁了口气："我再说一遍，你没有发展组织的任务，你的任务是当好'造反派'司令，搞好'文攻武卫'！"

突然，外面传来"哗啦"一声，接着就是鸡飞狗跳声和人们的惊呼声，连成一片。

陈耀金"唰"的一声抽出手枪，同王特派员蹑手蹑脚地审到门口，如临大敌。两人从门缝里往外瞄，然后相对哑笑，长长地吁了一口气。原来是隔壁的婆婆在晒被窝，架子没有搁好，垮了下来。这时，婆婆正从地上搂起被窝，收拾衣架。

"没事！"两人又钻进套房，吃喝起来。

陈耀金从周小花家的后门钻出来，不知是由于多喝了两杯，还是因为心中有鬼，总觉得恍恍惚惚，走起路来跟跟跄跄。

走到区委的大门口，高强一见陈耀金，喜出望外："辛苦了，辛苦了！水势平稳了，我正想找你研究一下工作呢。"两人前后脚进了办公室。

"说辛苦嘛，堤上是辛苦一点。"陈耀金装腔作势地说："不过，堤上单纯一些，不像你堤下的工作，婆婆妈妈、东扒西抓、人少事多、千头万绪，够你忙的啦！"

两人互相恭维着，都是大年初一拜年——专拣好的说。但是，正像卖玻璃的碰到卖镜子的——心里都是亮的，他们清楚，这几天谁也没做什么工作。

陈耀金把高强倒来的一杯开水一饮而尽，再叼上一支烟，说："江水要落了，我这个指挥长也该卸任了，还是当我的'司令'吧，哈哈哈！"

"那当然，那当然！你这个指挥长旗开得胜，这么一来，你的威信更高了，以后指挥更灵了！我这一着棋，你开始没看出来吧，哈哈哈哈！"

"我开始真有点不想挑这副担子！像你这样的领导干部，真是全县少有，今后县里'造反派'研究县委班子，我可要放它一炮！"

"不行啊，我缺少你们那种闯劲和魄力。"

"哈哟！这县委书记你不当，未必我去当？我可是个民主人士呀！"

"你莫急呀，你这个'党员'身份还跑得了？"高强直拍胸脯："你入党，我介绍！你早就是思想入了党的党员啦！"说着，把陈耀金一拉："走走走，到我房里谈。"

陈耀金说："我吃过中饭啦。"但还是站了起来。

走进高强的寝室，高强拉过穿衣柜边的一张靠椅，让陈耀金坐下，然后拿出糖缸，给他冲了一杯糖茶，又顺手拉开抽屉，拿出一盒"大前门"，递了一根给陈耀金，说："这几天我在地里检查，情况不妙呀！缺苗、草荒、虫害都很严重，唯有你们队……"

"我们队怎么样？"

"你们队好呀！土松、草净、苗齐、健壮。"

"卢大全表现怎么样啊？"陈耀金放下糖茶问。

"卢大全？"这可把高强问住了，因为他只在地边上瞄了一眼，根本没同社员打照面。他只有含含糊糊地说："他还能老实？不过，他在你的'根据地'里，也不敢怎么样。"

"为了他，我把大队支书尅了一顿胡子！我说你怎么不把卢大全拉上来挑堤？！搞大担子，压死了又不找你偿命！"

高强站起来，在房里踱了几步，说："这是个危险人物，对你、对我，都非常危险！"

陈耀金一笑，不以为然："他是我们的死对头，对你有什么危险？"

高强有苦难言，说："你以后会慢慢明白的。"

原来，临江区委书记江明，在"四清"运动结束以后就调到县委工作了。当时，高强满以为这个区的一把手自己当稳了，可是一直没下通知。他几次到县里开会，都试探性地问："我们区缺个书记哩，上级怎不安排呀？"别人总是叫他莫慌，迟早总要安排的。

后来，不知从哪里透出一点风，说是已经有了区委书记的几个人选，正在酝酿，陡坡公社书记雷义廉、区委的刘敬民和卢大全榜上有名，却没有他高强。听到这个消息，他简直如同遭了晴天霹雳。对这些人，他本来都没瞧上，现在更是恨之入骨。刘敬民的老婆是"臭老九"、海外关系一大把，这种人能重用吗？卢大全尽管口碑、人缘还不错，但他不过是个普通干事而已，高强从来就没有把他当成竞争对手。他暗地里嘀咕起来："上级对我也太不重视了，我这些年倒着霉呢！他们是当区委书记的材料吗？对领导吹吹拍拍倒有一套！"

不久，"文化大革命"就开始了。后来，卢大全组织贫下中农把陈耀金他们打下去，他高强也由于支持"造反派"而靠边站了。不是上面提出"打开监狱找左派"，把"造反派"从牢里放出来，重新拉起队伍、掌握武器，把卢大全他们压下去，他高强现在不还在任人摆布？

"是的，你这个'司令'该官复原职了。"高强重新坐下来说："你准备从哪里下手？是不是把卢大全弄回来……"

"要斗争，要无情打击！"陈耀金顺口搭话，心里却打着另外一个算盘。这几天他虽然上堤防汛，却一直躲在房里喝酒。他原想指挥一切、调动一切，可是谁听他的？特别是那天路过本队的工地，社员们都讽刺地欢迎他"深入基层，参加劳动"，这不明摆着将他的军吗？看来，不乱，莫说"上级"交代的任务完不成，连日子都蛮不好混呢！

细想这半年多来，卢大全像块磁铁，紧紧把人吸住，大家就围着他团团转。而自己费力不少，收效不大，兵力越来越少，越转越孤立。现在，已经转到烂泥湖里不能自拔了。是的，把卢大全这个龙头死死按住，就能稳住局势，稳坐江山。可是，现在要的不是安定，而是大乱。面对当前这个烟消火熄、冷冷清清的局面，如不迅速扭转，随之而来的民工下堤、田间管理、麦收等等，越往后，人们的注意力就越转向生产。看高强的意思，还是想转向卢大全，可见这个草包不懂行动。

陈耀金继续想，现在自己要寻找一个突破口，掀起一股空前的惊涛骇浪：乱一个区，乱一个县，乱一个省，天下大乱才美呢！他还在心里鄙视高强：你就是把卢大全丢到江里，也乱不起来，只会彻底暴露我们自己，这种蚀本的买卖不能干！我们要打着"革命"的旗号，施展我们的本领；喊着"革命"的口号，达到我们的目的。

高强哪里看出他心怀的鬼胎，只听到他说"要斗争"，就连忙到食堂指派炊事员安排生活去了。过一会儿，拿了一把筷子，兴冲冲地走进来，见陈耀金低着头，不觉一愣："怎么了？不舒服吗？"

陈耀金说："我在想，卢大全代表了一股势力，这股势力在哪里呢？"

"在哪儿？"高强又一愣："到处都有啊！"

"他们为什么不出来拼个你死我活？"

这是他们难以解开的谜。这种苦恼，是战场上每个指挥员都会碰到的。双方对阵，彼方越战越强，我方越战越弱，兵败如山倒，眼看就要被对方重重包围，灾难临头。突然，救兵从天而降，真是"山穷水复疑无路，柳暗花明又一村"！对方"哗啦"一声垮下去了，自己再组织力量反扑的时候，对方已有组织地退却，无影无踪，弄得你手足无措，落得个"英雄无用武之地"。

"嘿嘿！"高强边摆着筷子，边说："我们现在枪多势众荄子硬，他们哪敢轻举妄动。"

"对呀！"陈耀金说："现在什么都捏在我们手里！至于那些扶着犁耙、扛着锄头的农民，像湖水，你往哪里引，他们就往哪里跑。哪边势力大，他们就往哪边靠。你看吧，自从我们杀回来，群众就纷纷反戈一击，'这是卢大全搞的''那是卢大全指使的'……材料很快就揭发出来了。卢大全已经臭了，没有什么势力了，孤立得很！"接着，他又把"武斗"队员给他汇报的邓太婆怎么不让卢大全住、怎么不愿安排生活，添油加醋地描述了一番。

高强听了，哈哈大笑，心想这家伙绕了这半天弯子，原来是在动员我放弃批斗卢大全的计划！其实，我如果不是为了表示支持"革命"，谁还没事找事？

四、深夜密会

那天周工点名批评两位副指挥长没有到会，其实他们缺席的原因各有不同。

跃进农场的副场长尹天亮是个知识分子，那几天被"造反派"叫去问话，给扣住了。而农场的党委书记、场长肖龙是个立过大功、威望极高的老革命，当即下令尹天亮全职去路桥工地当副指挥长，并且告诫"造反派"，不准把战火烧到工地去，否则冲击了"三线"建设，军法论处！这样，就把尹天亮给保护起来了，也充实了指挥部的领导力量。

高强呢，他原指望通过"副指挥长"的身份，跟上面的人拉拉关系，积累人脉资源和政治资本。但去开了几次会，就有点提不起劲头来。省里来的人，多为酸溜溜的知识分子，处不到一块儿去。指挥长吴晓勇对他有点摆架子、瞧不起人，一时不太好打交道。县里的其他几位，要么心不在焉，要么埋头干活，也没什么真神。倒是会计曾达还谈得来，两人都热衷于政治运动，很快就处成了酒肉朋友。几杯酒下肚，曾达向他透露了县里的很多内幕，令他大开眼界。跃进农场的人，自有一种优越感，令他一直很不服气。本区派去的，都是入了江明的法眼、被县委书记"钦点"的。只有他自己，摆明了是个公事公办的安排，想起这点他心里就有气。

这天晚上的碰头会，尹天亮、高强两位副指挥长都到了。吴晓勇从县里回来，将县委研究的几个问题向周工和大家吹一吹："一是征用土地，按大桥工程需要，用多少征多少，由指挥部同有关社队协商。二是劳力，从临江区的附近公社抽调，一个公社五百人，共一千人；各公社成立指挥分部，由一名副书记带队；通知已经发出，人员明天就会来到。三是电力，我们设个专线确保，希望省指挥部向省三电办公室给我们要两百千瓦——我们县电很紧张，昨晚又停电了。四是干部，由于抽调了大批干部下乡，当前很难再抽，以后再逐步解决。"

周工认为棘手的事，县委一开口都解决了，他很高兴。美中不足的是干部问题，他觉得这个问题不解决，恐怕管道工程难以按要求完成。搞得不好，这副担子就会落在工程队的身上，自己就会成为各种矛盾的焦点。为了摆脱这种局面，他说："经验证明，组织起一个强有力的领导施工的班子，就会省工省料。"他接着列举在这条管道公路的第一期工程中，某个县赚了多少钱，某个县落了多少钢材、木料。高强听说有可能捞到这么多油水，心里就活泛起来，准备好好争一争。

其实，县里开会时，就有人打过这种算盘，吴晓勇何曾没有想过以此邀功。县委书记江明却说："这是国家重点项目，我们唯一要考虑的，是怎么把它保质、保量、按期完成好。为国家精打细算、省工省料理所应当，掺杂了私心杂念，就可能演变成偷工减料，那问题就大了。这次工程牵扯面大，跃进农场也参与了，他们可是省里直管的县处级国营农场，跟我县同级。让我们牵头当指挥长、跃进农场配合，咱们可不能打自己的小算盘，要算大账，打起十二分的精神来，把活干好了，不能掉链子。"

于是，吴晓勇对周工说："我们县已经研究过了，国家为铺设油气管道在我县修这么一座大桥，我们理应做贡献；同时它还是一座公路桥，是为我县人民造福，我们要人给人、要物给物，大桥的钱和物，我们一分一毫也不想落。"给周工婉转地堵了回去。高强眼看捞不着好处了，难免有些失望。

缓了一会儿，吴晓勇告诉大家，器材科科长郑为新有经济问题，原单位揭发出来，县里已决定让他回去交待问题。他又望着尹天亮说："跃进农场方面有什么意见，是不是请尹场长介绍一下？"

会后，高强带了两瓶酒、一大包香喷喷的炒黄豆和几个咸鸭蛋，溜进曾达的房间里，两人你敬过来、我敬过去地边喝边聊起来。

"还是你这样好，工地、区里两边走，什么都不耽误，想来就来，不想来就去他个球！不像我，被死死地困在这里，跟劳改有什么两样！这一阵县革委会往上层建筑单位、学校派驻'工宣队'，好几个跟我一起'造反'的战友都摘到了'胜利果实'，谋到了肥缺，神气的不得了！我是没前途了！"对曾达的满腹牢骚，高强是发自内心地同情。他相信，除了那些不谙世事的学生娃"红卫兵"，其他人豁出去"造反"，不就是为了夺权、捞好处吗？眼看要到手的桃子却被别人摘跑了，能不气恼吗？所以免不了对曾达安抚、吹捧一番。

曾达得到对方的共鸣，更加理直气壮，接着就贬损起指挥部的人来，好像没一个让他看得顺眼的："周永南什么玩意儿，装得像个钦差大臣似的，整天指手画脚，弄得大家神经紧张。省里来的怎么啦？你不就是一个'臭老九'吗？'臭老九'的惨样儿，我见得多啦！县一中的校长，不照样被我们打得斯文扫地，趴在地上狗啃泥吗？吴晓勇呢，当了指挥长，眼睛都长在脑门顶上了，只会往上看，对'当权派'卑躬屈膝，对我们'造反派'却是过河拆桥，没一点感情，这个人太滑头了！自己屁股不干净，还冠冕堂皇地管别人……"高强担心隔墙有耳，赶紧往他嘴里送进去几颗炒黄豆，劝他小声点。

"好好好！我的高书记！你不愧是高人啊，就连你区里来的刘敬民，现在也是指挥部的大红人啦！好家伙，你看他大包大揽、呼风唤雨，把省里、县里来的头头们玩得团团转，我都快成了他的小跑腿啦！这里的人，不一定知道你高书记、高副指挥长，但都知道他刘敬民、刘科长！"

高强吃了一惊，但他装着不经意地说："刘敬民是跃进农场成立时，从省城机关下放来的。后来临江区委成立，他就调到区里来了。江明书记到县里之前，是我们临江的书记，所以他对刘敬民是熟悉的。刘敬民对他很忠心，是个'保皇派'死硬分子，'文化大革命'开始不久，就靠边站了。有人说，他是江书记的嫡系，这次他上工地是江书记点的将，我看也不见得吧。如果像你所说，他真是在工地上这样飞扬跋扈的话，是不是那些关于他与江书记关系特殊的传闻，误导了指挥部的领导？还是他自己被冲昏了头脑？"

临江区委的人私下里都认为高强是"三分钱买个猪娃——就剩那张嘴"，干不了实事，那是他们没看到高强的过人本事：他一是能迅速分清敌友，找准目标；二是很会说两面话，你正着听可以、反着听也行，杀人于无形之中，让你挑不出毛病来；三是特别擅长说聪明的废话，保证不会冷场，听起来还是那么推心置腹。

曾达兴奋得跳起来，挥舞着两只胳膊说："他江明任人唯亲，拉帮结派，这还了得！我明天就跟县城的战友说，正愁找不到攻击他的炮弹呢！也不能便宜了刘敬民！钱上的事，本来就应该我说了算，他乱开口子，老给我找麻烦、出难题。老子堂堂的'造反派'，在这里硬是施展不开，也不能让他们拿老虎当猫欺负！"

高强故作无奈地说："有什么办法呢？省里、县里的线，他刘敬民都搭得上。跃进农场的尹天亮副场长，估计也跑不掉。刘敬民的老婆是跃进农场的技术员，大学毕业生，长得非常漂亮，听说在大学时就是校花，只是家庭成分不好。跃进农场级别高，长期压在我们临江区头上。刘敬民又是农场的家属，尹场长不得对他关照关照？"

曾达兴奋得又跳起来，闪着两只醉眼，压低声音说："他老婆肯定是个破鞋！什么校花，简直就是个笑话！江明、尹天亮肯定都上了她的贼船，被资产阶级糖衣炮弹打中了，有严重的政治立场问题和生活作风问题！我明天就跟县城的战友说，给江明再轰上一炮！尹天亮要是不老实，老子要他好看！"

高强连忙摆手："我可什么都没说啊！"他做贼心虚，明知江明、尹天亮跟刘敬民的老婆连照面都难得打上，不可能有什么瓜葛。因为刘敬民的家安在夫人的单位，远离区委和农场总部。

曾达笑得眼睛眯成一条缝，拍着他的肩膀说："放心，你什么都没说，我的高书记！"

两人碰了一下杯，一干而尽。

新拓的路基像两条黄龙，将头伸向通顺河，顶到河堤上，隔河相望。现在，在公路与河堤的接口处，人喊马欢，手扶拖拉机引擎轰鸣。人们像开大会似的，潮水般地涌来，手扶拖拉机还没停稳，姑娘们、小伙子们就嘻嘻哈哈地跳下来，栽杆子、钉席子、搭棚子。经猛烈阳光照射的湖面，弥漫着淡灰色的水蒸汽，使这里的气氛如同硝烟弥漫的战场。不一会儿，一条条民工新街就呈现在人们的面前，在大小高低不一的房子上，盖着芦席、晒垫和竹簾，最上面都铺着五颜六色的塑料布，一看就知道，这是各队用完的化肥袋子剪开的，铺在棚顶既能挡雨又可驱寒。

这里的农民，年年外出修水利、搞工程，搭工棚、挖土灶、煮大锅饭，已经不在话下。一般水利工程，都是给各队定人数、定标工、定完成时间。各队队长先派几个人到工地搭棚子、埋锅灶，等农活告一段落，就领着全队的男女老少，杨家将一齐上，用人海战术干上三五天，喊哩喀喳完成了，再撤回来。因此，各队的工棚一般都搭得狭小且简陋。这次路桥工程同以往有所不同，虽然标工任务到队了，但每队只要三五个人，而且说上就上，还说好是专班子长年施工。

在各大队开生产队长会传达精神时，各队都说工棚不好搭，最好由各队出材料，一个大队搭一个工棚，当然也以大队为单位开伙。等各大队把棚子搭起来以后，都觉得棚小人多，就像沙丁鱼罐头一样，难以把人塞进去，有的队为争抢铺位而动了武。正在这时，听说指挥部要抽人成立技工连，于是民工纷纷挤到分部开证明，到工程科报到。

工程科施工员郭祥专门在房门口横了一张条桌，接待前来报到的人。开始，他像招工似的，问了姓名、性别、年龄、家庭出身、身体状况、有何技术特长，一一登记，然后再决定取舍。后来人多了，门口站着一大片，吵吵嚷嚷，对着耳朵说话也听不见，就接过一张证明，发出一张领条，让人到器材科领张竹片床，就算报到了。一直忙到快吃晚饭，才把人打发开。

刘敬民带着一身的泥水和热气从施工现场回来，正要询问人员报到情况，郭祥抬头一见他，就说："指挥长同周工下午来找你，说堤外的便道用烂泥巴堆起来，连走人都困难，这不是瞎搞吗？"刘敬民坐下来喘了口气，没有搭话。

他能说什么呢？堤下是个水塘，需要两百多方土才能填个缓坡，将便道修向河边去。河滩就是一片淤泥，堤内是工地，不就近取淤泥筑路，到什么地方取土？从山上运土来，时间来不及了。对他来说，时间比金子都宝贵。他做出这个决定时曾犹豫过，知道有人会批评指责。但考虑到这些淤泥是汲砂土，堆码起来滤几天水，太阳一晒，比铁还硬，再填上块石、石硝，汽车就可以在上面奔跑了。到那时，意见、误解自然会烟消云散。

他问道："报到多少人？是不是各工种都齐了？"

郭祥扬着分部开来的介绍信说："人数我还没汇总，好像红炉工还没见报到。"

这时，有两个城市青年模样、操着省城口音的人，递上分部的介绍信，前来报到。这两个"城里人"，一个是李力，一个是代桥，都是跃进农场的。接到通知后，两人忙乎了半天，一边翻箱倒柜把坛子底的米、瓶子底的油倒干，在菜地里搜罗了些菜苔和菠菜，又从草堆里拉了两捆稻草，做了一顿饭菜，一边找出破鞋子、臭袜子、烂衣服擦洗干净。吃饱以后，打上被包，赶到集合地点——这时大队人马早已搭手扶拖拉机走了，两人才慌忙往工地赶。

等他们来到工地，工棚已搭好，铺位也占满了。他俩把行李一丢，沿着工棚街游荡起来，想找认识的人挤个铺，跑了几个棚子都没找到人，一打听，才知道他们到工程科的技工连去了，他俩才心急火燎到分部打证明。由于分配的名额已经满了，开始分部不肯开证明。但考虑到他俩在农场好吃懒做、偷鸡摸狗、吵架斗殴是有名的，留在队里会影响施工，再加上他俩苦苦哀求，也就开了证明，但说明："指挥部要的名额已经满了，你们莫拿行李，先去闯一闯，别人接收更好，不收就回来，不要在那里扯横皮。"

他们到了工程科，正碰上郭祥给刘敬民汇报，李力听到了，把介绍信一递说："我俩是搞红炉的，现在前来报到。"

郭祥打量了他俩好一阵，表示怀疑："你们会吗？"

李力爽快地回答："会，我们在学校就学会了。"

代桥却不明白，凑上前问："红炉是干什么的？"

他这一问就露了马脚，刘敬民抬起头打量了他们一眼，答道："红炉是打铁的，你们有这套技术？"

李力一巴掌把代桥推开三米远，说："红炉就是打铁，在学校学过，别没话找话说，没见别人正忙着吗？"两人拿着条子，领出竹片床，寻到贴着红炉班的工棚，进去开了铺。

代桥脑子里一直响着铁锤叮当的声响，眼前火星四溅，说："你疯了，咱们来干小炉匠？"

李力说："我以为红炉就是化铁的，人多了，就可滥竽充数，谁知道……不管他，既来之，则安之，住下来再说。"两人把行李搬来，吃过晚饭，就沿着技工连的工棚串门。

在钢筋班的工棚里，遇见几个熟人。他们打听到，钢筋班今天报到的女多男少，省工程队的李桂英师傅急得直跳脚。两人就找到李桂英的工棚，一见后，才知道是乡亲，亲不亲，故乡人，话题慢慢转到工作安排上来。

李桂英说："我要的人都到齐了。刚才我到工棚一看，女的多，男的少，以后怎么搬得动铁？"

李力说："去年建闸时我就在钢筋班，略知一些。女的也是要的，她们弯钢筋、扎钢筋完全干得来，姑娘们做事细心，不偷懒，比儿子伢强得多。"因为李桂英是个女同志，李力就把女的捧上了天。

李桂英听了很高兴："现在儿子伢就是没有姑娘伢听话，他们干劲小，玩性大，你说他，他比你还狠。"

"说什么说？现在的人生得贱，三句好话不如一记耳光。去年我在闸上就说不了那么多大道理，他不按我的来，我就揍人。"李力说道。

李桂英同他俩越聊越投机，就邀请他俩到钢筋班来。

代桥说："能跟着李师傅学技术，也算我们走运了。"

李力说："不行，我们已经被安排到红炉班了。"

李桂英说："那有什么难，明天你们就到钢筋班上班，我给刘科长讲一声就行了。"

李力说："我听从师傅的安排，您今后只要说一声，指导指导就行了，我给您冲锋陷阵。"

第二天，两人把铺搬到钢筋班，然后到工棚里问李桂英有什么任务。李桂英将要下钢筋的数量、尺码告诉李力，并交给他一个钢卷尺，他用手一招，把人领着下钢筋去了。

过了一会儿，刘敬民同郭祥从工地走来。李桂英迎上去，笑容满面地说："昨天来报到的小鬼，女多男少，都没摸过钢筋。听说红炉班的两个青年搞过钢筋，我要来了。"

刘敬民说："你觉得适合就留着吧——李师傅，沉井的钢筋要抓紧准备，木工今天竖内模，你们明天就要扎钢筋了。"

"哎呀，我们今天才正式开工，怎么跟得上？我早给周工提过的，光抓木工，不管钢筋，以后不要撵我就是了，你看我没说错吧！"她提出两个要求，一是开夜工，二是另外派人，把钢筋运到沉井工地去。这两个要求，刘敬民都爽快地答应了。

走在路上，郭祥满肚子不高兴，一来认为这两个"城里人"不该扯谎，干不了红炉还来报红炉工，二来李桂英不该随便收人。

刘敬民对他说："你不知道'城里人'在队里单独立户，有多么艰难。如果在队里待得舒舒服服，谁会往技工连里钻？技工连是骨干、是先锋，会比民工连艰苦得多。他俩还算有自知之明，知道干不了就找适合的干，不像有些人，自知干不了，还占着茅坑不拉屎，误事。省里的师傅，咱可得顺着点，给他们放手放权。我们再找分部要盘红炉的上来，最好把工具带来，一来就可以干。"他这么一说，郭祥气也消了。

这时，施魁惠腋窝里夹着一瓶"黄鹤楼"酒，兴冲冲地走来。

刘敬民问他："领到工资啦？"

"领到啦！曾大会计一百个不耐烦，我把吴晓勇指挥长拉来，他才勉强发了。"

"发了工资就买酒，堂客婆娘伢不要啦？"

施魁惠尴尬地笑着说："渴了几天，今天补偿补偿——中午请二位喝两杯！"

刘敬民说："我不会喝，你留着慢慢过瘾吧！"

施魁惠走了几步，又转身回来，神秘地对刘敬民说："曾大会计发钱的时候说：你给刘敬民带个话，让他过点细——不知是什么意思！"刘敬民听了一笑，同郭祥继续往前走。

晚上，张工打着手电筒摸到工棚，找到正忙得一脸黑汗的刘敬民，询问人员报到的情况。刘敬民一一报上数来，又把需要上面解决的问题提出来。谈完了，张工要回去，刘敬民提出送送他。

两人聊着工地上的事，不知不觉就走到了半道上。两边都是田地，四周一片黑暗寂静。他们不约而同地停下脚步，相视笑起来，往对方的肩上擂了一拳。

"张启鸣，我几次看你故意把脸转到一边去，就没跟你打招呼。"

"我们这种人，被打上了'臭老九'的标签，一身晦气，还是不让别人沾上臭气、晦气的好。对了，你爱人沈亦芳也是大学生、'臭老九'，她现在的处境怎么样？"

刘敬民说："小沈一直在跃进农场下面的农机修理站当技术员，情况还行吧。这样的大型国营农场，人员来自五湖四海，内部就是一个小社会，从农业、工业到为职工服务的商业，从幼儿园、小学到中学都有，下一代毕业了就在农场就业。场长威信高、压得住阵，他不歧视读书人。场里的青年呢，又有父母勒着缰绳，不敢乱来。所以这些年，农场的知识分子没受到大的冲击。"

张启鸣笑出声来，又在刘敬民的肩上擂了一拳："有人说我是你们的媒人，也有人说是你抢走了本该属于我的姑娘。当年我是省公路局的团支部书记，联系好了与华工的学生会联合举办新年舞会。不巧当天我感冒发烧，没法带队去，让你这个党支部宣传委员代劳，结果你老兄就碰上了华工的校花、机械系的女生沈亦芳。听说在跳匈牙利舞曲第五号时，气氛达到高潮，小沈正巧跳到你的对面，不经意地抬头笑了一下，你就多心了，感情泛滥，一有空就骑辆破自行车赶到华工，死乞白赖地陪人家上自习，泡图书馆、实验室，周末再骑辆破自行车载着人家去游东湖、爬磨山，完全不注意影响！"

两人哈哈大笑起来，引来两边田野里一阵蛙叫蝉鸣。

"大伙在背后议论，说小沈是那种越看越美、还不自知的漂亮，没见过长得这么干干净净、清清爽爽的姑娘。尤其是那双大大的、深不可测的眼睛，厉害啊！见了我们，立马就用眼睛客客气气地划清了界限，让你乖乖地断了非分之想。多少人不服气啊！我们跟头儿提意见，干嘛老要我们加班，偏偏给你放假！头儿振振有词，说你们没见洪山和关山口之间都被那小子的破自行车轧成了槽，不助他速战速决，咱们公路局为他修公路都忙不过来！"

张启鸣提起往事还愤愤不平："更可气的是，原来有你这个老大哥领着我们新来的年轻人打球、游泳，带着我们坐轮渡过江进城，请我们吃老通城的豆皮、四季美的汤包，喝小桃园的鸡汤。自从有了小沈，我们的这些福利就彻底泡汤了，活活便宜了机械系的那帮饿狼！"

"都是瞎编的，没那么回事儿。"刘敬民笑着否认。

"当然有！后来大家算是明白了，为什么你老兄该有此艳福。小沈一个品学兼优的高材生，因为家庭成分不好、海外关系多，毕业被分配到血吸虫的窝子、刚刚成立的跃进农场。你二话没说，作出牺牲，主动报名下放跃进农场，追随爱人而来！"

"没那么悲壮好不好？别尽说我啦，你和公路局的熟人都怎么样？现在省城的运动形势如何？"

"还能怎么样？公路局知识分子成堆，'牛鬼蛇神'多，每次运动都逃不脱，总要揪出几个人来才罢休，弄得人人自危，如惊弓之鸟。像这样参加国家重点工程，算是难得的美差，能发挥所长，干点大事实事，又可以避免冲击。可是一两年后工程结束了怎么办？现在省城的'百万雄师'和'工总'两派斗得不可开交，公路局所在的省委、省政府一带经常被围攻，站满了抗议群众的上百辆大卡车说来就来，连坦克、大炮都开过来了！我一个小知识分子，不懂什么政治运动，只是担心哪一天时代的车轮无情地碾压过来，落到自己的身上。我琢磨，总不能坐以待毙吧，所以想从工地回去以后，调到一个环境宽松一点的单位，不求受到重用，也无所谓专业对口不对口，当个资料员、实验员打打杂总可以吧？"

刘敬民不太认同他的观点，于是委婉地说："咱们这些人，从小受到忧国忧民的教育，又受'士为知己者死'的传统文化熏陶，总想拼命多干，上不负国家，下不负人民，所以更容易悲观吧？我倒是觉得，有些情况只是暂时的。这些年我在基层，对老百姓生活的不易和内心的愿望最清楚。老百姓最希望日子越过越好，他们最反对动乱，民心不可违啊。"

见张启鸣没有吱声，他说："记得当年我和小沈是七月初来跃进农场报到的，七月下旬长江发大水，杜家台分洪当天，因水势过猛，跃进农场附近的内垸漫溃，我们全部劳动力都押在堤上了，但哪里堵得住！傍晚，十八家、王家塞倒口，全堤崩溃，顿时一片汪洋，十人当场丧生，老百姓多年攒下的一点家当被冲得光光的，他们哭天喊地，真惨啊！我们也是只剩下两个人、两双手，从零开始，从头再来。接着是三年自然灾害，真的饿死人啊。后面几年情况好转，群众的日子才有了改善，集体和个人也积累了一点家底，但经不起折腾啊。"

张启鸣说："你还是一个理想主义者，还是年轻时那股玩命工作的劲头。你比我大几岁，是从中学、大学时代就组织学生运动、参加革命的人，可以理解。但是你要记住，小沈跟你不同。她是知识分子，家庭成分不好，海外关系复杂，又是女同志，人也单纯，你必须多留点小心，保护好她。跃进农场的一把手肖龙，听说上面有人借口他跟省里被打倒的头头有牵连，要整他。也许是我见得多了，有点过虑吧，万一风声不对，你赶紧把小沈转移走，离开是非之地，不能硬碰，不要试图辩解，欲加之罪，何患无词！任何情况下，千万别想不开，留得青山在，不怕没柴烧，活着比什么都重要！"

刘敬民听到此话，突然心有所动。他记得姐姐和家人遇害时，沈亦芳安慰他时，说过类似的话。

老友久别重逢第一次叙旧，刘敬民不想弄得太沉重，就笑着说："我不在家，大儿子晚上扛着红缨枪站在门口保护妈妈，小沈不会有事的，放心吧。"他模仿着儿子站得笔直的憨态，逗得张启鸣哈哈大笑。

"他们那个农机修理站不大，建在一片荒滩上，前不着村、后不着店，远离农场总部，我们的家就一直安在那里。小沈平常跟外界没多少接触，跟修理站内部的人关系都处得挺好。她脑子聪明，一通百通，靠着大学'机械制图'考第一的功底裁剪衣服，左邻右舍都找她裁，至今没有失过手，我家衣柜顶上全是邻居们的剪裁纸样。对小孩子生病用什么药，她也头头是道。单位的人生孩子，只要她在场陪着产妇，一家老小就安心多了。小沈涵养好你们都看出来了吧？她从来不发火，对小孩子特别疼爱，多调皮的孩子，在她面前都变乖了，家里经常聚了一大帮孩子写作业、做游戏。走到哪里，都有人跟她打招呼，叫她沈技术员、沈师傅、沈妈妈的都有，可亲热了。"

"哈哈哈，小沈可以啊！看把你老兄美的！"张启鸣又畅快地笑起来。

刘敬民看天色已晚，就说："来日方长，咱们找机会再慢慢聊吧。"两人就在半路上分了手，各自返回。

五、干群同心

卢大全的房东，只有老两口。爹爹邓育忠为队里种西瓜，长期吃住在瓜棚，从卢大全到队里来"劳动改造"，没见他落过屋；邓太婆在家也不清闲，她喂养着一头母猪、一头糙子猪、几只母鸡、一窝小鸡、一只花猫、一条黄狗。出了后门就是菜园子，里边种满了瓜菜，辣椒行中套种苋菜，豆角旁边点种苞谷，现在豆角藤正攀上苞谷苗，而园边柳树上牵藤的是二三十棵扁豆。一眼就看得出，这菜园的主人是精细而勤劳的。

那天天刚亮，两个"武斗"队员拿枪把卢大全押来的时候，邓太婆正在喂猪。她吃了一惊，又装着没看见似的，继续把小桶里的潲水往猪食盆里添。

"武斗"队员来到邓太婆的门口，让卢大全把背包放下，走过去对邓太婆说："喂！这个坏家伙住在你屋里！你听到没有？耳朵聋了？"

"谁出的主意，把他安排住我家？"

"陈司令安排的，你敢不服从？"

"哪个陈'死命'？"

"嗬！陈司令都不知道？可见你太不关心革命啦！不就是你们队里的陈耀金吗？"

"你这早晚也是挨刀的货！"邓太婆对着猪骂了一句，才直起腰说："他怎么不安排到他自己家住？我家没空房！"说着，提起猪食桶要进屋。

"喂，喂，咱们话还没说完呢！""武斗"队员摊开双臂把她拦住："你这个婆婆，对我们'造反派'太缺乏感情了。'文化大革命'以前，上面来了干部，不总是住在你家吗？哦！上次让你的老头子吃了点小小的亏，你可能记恨在心。那也是一时的气头上，误会，完全的误会！"

邓太婆说："这么说来，我们以前招待干部错啦？我们有错就改，再不当招待员了！"

"其实也不用你招待什么，"另一个"武斗"队员过来帮忙动员："他是来劳改的，不会给你增添什么麻烦，你有脏活重活，只管指派他做，还怕累死他？"

"我家住不下！"

"其实你不用为难，在堂屋里丢捆稻草，不就行了嘛！这半年多，他连捆稻草都没得，还敢对你提什么要求条件？"

"你倒会帮我安排呢，"邓太婆说："不行！堂屋里怎能搁铺呢！"

"让他偎灶门也行！""武斗"队员急于开溜。

"行什么行？吃的呢？"邓太婆仍不松口。

"那还用问，在哪里住，自然在哪里吃咯！""武斗"队员指着卢大全说："钱呀，粮呀，他一分一毫也不会少你的！"

"还有油呢？柴呢？"邓太婆还是不松口。

"哎哟！""武斗"队员不耐烦地叫喊："一个人在你队里劳动，就是喂头牛还要丢两捆草，未必队里就不贴点油和柴，还能让你吃什么亏？"

"不行！"邓太婆说："我一个六十多岁的老太婆，光照顾我的这些猪子、鸡子、猫子、狗子、园子，有时自己的饭都忙不到口，哪个还有工夫给他弄饭吃？"

"不行不行！""武斗"队员学着邓太婆的声气，气势汹汹地说："给你解释半天，你一口一个不行，老子不是为了'造反'，还求你个屁！"

"你是谁的老子？"邓太婆把猪食桶往地上一蹾："搞出鬼来了！你'造反'还造到我头上来了不成！"

"你差火！你这老不死的东西！"

"你咒我死啊？我才不死咧，我要看看到底公鸡能不能下蛋，鸭蛋能不能掉头！"

卢大全一直垂着双手，静观这场舌战。当他听到"公鸡下蛋""鸭蛋掉头"，不觉心头一震。原来，定平他们"造反"的时候，创造了一个"鸭蛋理论"，他们把一个鸭蛋分成几部分：下面的蛋尖是历次政治运动中受打击的人，再上面一层是历史成分不好的人，鸭蛋的中部是贫下中农、工人，再上去是党团员和干部，上面的蛋尖是掌管大权的"走资派"。现在搞"文化大革命"，就是鸭蛋要掉头，历次政治运动中受打击的人同"走资派"换了个部位，党团员干部也要压下去，要"改朝换代"嘛！为了传播这"鸭蛋理论"，他们又编了个歌："公鸡下了蛋，地富要翻案，'右派'要翻天，'走资派'完了蛋。"邓太婆说的，就是指这些破烂货。

卢大全怀着敬重的心情，客气而又抱歉地上前来说："婆婆，我给你添麻烦来了。"

那两个家伙瞅着这个机会，三十六计，走为上计，荷叶包鳝鱼——溜了。

邓太婆见两个"武斗"队员走了，就转身到厨房刷锅做饭。卢大全也跟过来，坐到灶门烧火。不一会儿，饭熟菜香，两人默默地吃完饭，卢大全就下地了。

邓太婆对卢大全虽然冷漠，但在生活上还是比较大方的。早上是鸡蛋炒腌菜，中饭单独给他煮了三个整蛋，晚饭是虾米烧莴苣，外加一个鸡蛋汤。

卢大全说："婆婆，别打鸡蛋了，拿去换几个油盐钱吧。"

"家里有什么，你就吃什么，别挑肥拣瘦的。"

一句话，把卢大全说得不好意思再开口了。

每天天没亮，邓太婆就把饭做好了。卢大全起床刷了牙，洗了脸，吃了早饭，邓太婆就拿出一个布袋，把盛满饭的大钵子装进去，再拿个碗反扣在上面，丢进一双筷子，这就是他带到地里吃的午饭了。

临江区的所在，是由江河冲击和湖泊淤积而形成的宽阔平原。这里地广人稀，垸子和垸子之间相隔比较远，每个生产队的田地面积也很大，所以农民下地干活，一般都在地里吃午饭，省得来回跑。农活大忙的时候，还一天三餐都在地头吃呢。

卢大全扛上锄头，把饭袋挂在锄头把上。随着他刚健有力的步伐，布袋就像钟摆一样，有节奏地两边摆动。这几天，他和光柱领着"强大的后备军"下地劳动。这是他为这些动员出来突击的老头子、老婆子、大肚子（孕妇）、小孩子起的一个称号，他们在棉田间苗补苗、中耕锄草、清沟排渍、追肥治虫，管理过的地在不断朝外扩展。

这天，他们已推进到瓜棚附近了。卢大全抽中午吃饭的空隙，提着饭袋到瓜棚去看望房东邓大伯。

邓育忠一见他过来，连忙放下手中的活，接过他的饭袋，拉过一张小凳让他坐下，端详了他好一会儿，关切地问："怎么样，耐得活吗？"

"还好。"卢大全笑着说："男女老少都在拼命干，我还有什么说的！"

"好啊！"邓育忠夸奖了一句，掏出一盒"大公鸡"牌香烟，给两人点燃，接着说："前些日子真是心急火燎呀，内渍外淹，苗死草旺，天灾人祸一齐来！人家正等着咱们公社散伙，提篮讨饭哩！这下好了，咱们可是一派兴旺！"邓育忠说完，畅怀地笑起来。

卢大全说："我们的对手是唯心主义者，他们总是过高地估计了自己的力量，低估了人民群众的力量，连人民解放军忠实地执行'打不还手、骂不还口'的指示，他们也认为是软弱可欺！等着吧，人民是不会放过他们的！"

"你真同我们贫下中农贴心呐！"邓育忠又夸奖一句，说："看你，这半年多来，硬被他们磨掉了一身肉！你要保重身体，实在坚持不了，歇口气再干。大队支部书记邓育发从堤上捎信回来啦，要我们好好地关照你。他们把你搞下来劳改，我们还是当你来蹲点的。你不光要领着我们消灭草荒，还要领着我们除掉害人虫呀！"

卢大全苦笑起来："我现在是砧板上的一块肉，任人割来任人剁。我个人受点委屈倒没什么，他们可把咱贫下中农整苦咯。"

"他们打击贫农，是打击革命！咱们贫下中农心齐着呢！你可是砧板上的一块钢，越锤炼越坚强了。咱们经常在一块儿谈着你呢。"

卢大全有很长一段时间没同这些老贫农促膝谈心了。邓育忠这些推心置腹的话，使他异常激动。两人默默地抽着烟，还有满肚子的话要说。

回想当初，"文化大革命"开始的时候，卢大全还在区委做着干事的工作。他不是"当权派"，别人不会造他的"反"；他经常跟着领导往下面跑，别人也不会给他挂红袖章。但是，很快他就被卷进运动里了。

那是定平策划"全面夺权"以后，一些大队的贫协主任，那些给地主扛了大半生长活的贫下中农，纷纷跑到他的宿舍，揭发了许多惊心动魄的事情：比如，上面明明指示"生产队不夺权"，可是"造反派"连生产队的权也夺了，所有的干部通通撤光，富农当上了队长，"四不清"下台的贪污分子当上了会计，劳改释放犯当上了民兵排长；再比如，把干部拉到江边，用暴力逼迫他们交出公章，然后把公章吊在裤腰上，在大街上一摇三摆地叫嚣："什么是权？这就是权！"他们闹不清楚，未必权就是这么夺的？夺公章就是夺权？还有，他们把夺来的公章拿到信用社，强行提出集体的存款要"分光吃尽"。贫下中农反对他们这么干，他们就狂叫要"踢开贫协，挖掉土改根子"，他们这是造谁的"反"？他们把公章瞎盖，乱出证明，今天为这个"改成分"，明天给那个"平反"，他们到底要干什么？

区委的"当权派"靠边站了，高强成了支持"造反"的红人，贫协群龙无首，怎么办？卢大全没有明哲保身，面对着一双双期待的目光，果断地说："跟他们斗！"

第二天，贫下中农拿着"公社贫下中农协会"的第一号通令，扬眉吐气抄贴出去，广播开来："从今天起，所有的公章暂停启用。已经盖上的公函，没有贫协的签字，一律无效……"

这如同油锅里放了一把盐，干柴上点了一把火，晴天里一声霹雳响，定平一伙人慌了手脚。贫下中农一抬头，"牛鬼蛇神"低下头。公章交回来了，"地富反坏"的袖章偷偷地摘下来了，干部的腰杆子也硬起来了。公安机关根据贫下中农的检举揭发，把定平、陈耀金抓起来了！

后来，上面斥责这是"右派反扑"，说定平他们是"革命造反行为"，要"打开监狱找左派"，把这对活宝又放出来了。白色恐怖笼罩着临江，"牛鬼蛇神"又从阴沟里爬出来了，一场打击报复开始了。

"全部是我干的，与贫下中农无关，你们要算账，就找我！"卢大全说。

他当然是首当其冲、锋芒所向。可是，贫下中农也难逃毒手，那些已经白发苍苍的贫协主任、"土改根子"，身上的旧伤疤上又加上了新伤痕。

邓育忠把卢大全的饭袋拿过来，端出饭钵，打开一看，说："这婆婆还行，饭煮得不软不硬，装得也堆，按得也紧。"他夸着老伴，转头问卢大全："饭吃不吃得饱？做事不吃饱不行！"

说着，他把冷饭倒进锅里，点上柴火，把饭炒热。这时候，卢大全打量了一番瓜棚：有六平米见方，上面盖着一层芦席和一层尼龙薄膜，四面是高粱秆扎的围墙，一个地铺占了三分之一的面积，铺前堆放着粪桶、喷雾器、箩筐、铁锹等生产工具。棚子门口，四根木棍顶着一床竹篾晒垫，就算一个凉棚，凉棚下面垒着一个小灶，灶上架着锅，灶边放着一口水缸、一口茶缸，地里干活的人口渴了，就跑到这里喝茶，所以这里也是个义务茶水站。

邓育忠把饭炒热，装了一碗，再把自己做的新鲜饭盛了一碗递给卢大全，卢大全推让不过，只好接过来。他把两碗菜放在反扣的脚盆底上，两人就围着脚盆，吃起午饭来。

"你要夹菜吃啊。"邓育忠把好菜往大全碗里拣："你想吃点什么，就给婆婆说，莫讲客气。前几天婆婆给你煎的鸡蛋，你没有吃，有没有这个事？难怪婆婆不高兴。不怪我当面给你提意见，这就是你的不对了，做什么，你就吃什么呗。"

卢大全说："我给您家两老添麻烦了！"

"莫这么说！我们过去同条苦根，现在同顶恶浪，共着命运呢！鞭子抽在你的身上，可疼在咱们心里呀！你莫看婆婆不肯让你住进来，那是难为那些鬼打架的。"

"您不说我也知道。"

"我这婆婆越老越机灵了。"邓育忠继续称赞他的老伴："你想，如果亲亲热热地把你接进来，他们不更起了疑心？我埋怨她，过后没给你说白。她说，不能开口，有时深更半夜还有人听墙角。"

卢大全恍然大悟：哦！怪不得她每天把前后门顶死，狗子一吠，她就爬起来赶猪弄鸡的，平时不多说话。她这是在白色恐怖中保护自己啊！

"快吃饭吧。"邓育忠说："这种日子长不了，咱们扬眉吐气的日子，很快又会到来的。"

卢大全说："您还是动员婆婆安心地睡觉吧。他们要搞死我，早就下毒手了。他们是想把我慢慢地拖死，不敢明目张胆地硬来。"

"你莫把这事记心上，小心不为错。老年人瞌睡少，放精明点也好。她要做的事，动员也无用。"

邓育忠神秘地一笑："你说巧不巧，你们区委食堂的炊事员孟先利，是我的小舅子、婆婆的亲弟弟！我叫他背着人的时候，告诉你爱人一声，就说你住在我家里，一切都好，要她莫担心。"

卢大全泪水在眼眶里打转，他紧紧地握住邓育忠的手，说不出话来。

"那伙鬼打架的真不是人！你爱人见黑牢空了，赶忙打听你的下落。他们故意支支吾吾，一会儿说有人昨晚被装麻袋沉江喂鱼了，一会儿说有人被打死了，尸首扔在街上，现在还无人认领。你爱人转身就往街上跑，急火攻心，出了区委的大门就晕倒了，不省人事。先利听见惊呼声跑过去，掐她的人中，她才醒过来。可怜你爱人回家躺在床上，不吃不喝不说话，只望着一排伢，不住地流泪。左邻右舍的区委家属，都陪着她落泪。后来得到先利的口信，知道了你的下落，她当时就坐了起来，稳了稳神，就下了地，开始忙乎家务了。"

卢大全的眼泪止不住地流下来。既然选择了与人民群众站在一边，严刑拷打和痛苦折磨他都能扛住，他最不愿意看到的是自己的家人受到牵连。但是，为了临江的安宁，他别无选择！

卢大全来生产队时间不长，光柱觉得他可敬可信，他身上有一股巨大的力量，有许多自己所缺少的东西。是什么力量，什么东西？光柱说不上来。

比方说，上次群众轻信谣言，慌忙搬家，自己只知道在路上一站拦住，却不知怎么说服众人。卢大全上前几句话，就让大家服服帖帖。事后，一些爹爹婆婆提醒他："你呀，得向别人学着点。"

又比如，自己看到草荒了、苗渍了干着急，总感到防汛、田管难兼顾，一手难捉两条鱼。可卢大全呢，提出在非常时期采取非常措施，一个鸡公四两力，把能够下地的人都组织起来。经过这么一干，棉苗真比邻队的高出半截呢。

他在心里说："卢同志啊，我可没把你当劳改分子，我有事找你请教，连每天的排工派活都同你商量，你可不能不相信我，对我有别的想法呀！"

他走过来，挨着卢大全薅草，小声地告诉他："堤上的人回来说，江水在退。看来，那些轻信谣言的人，该清醒清醒了。"

卢大全过细地薅掉两棵绊根草，说："需要清醒的不是群众，而是那些造谣的先生们。"

过了一会儿，光柱像想起什么，低声问道："你说，全区这么大，为什么唯独把你放到我们队来劳动？"

"他们说我犯了罪、顽固，他们要我脸朝西，我还敢脸朝东？"

"你有什么罪！"光柱吼了一声，又压低嗓门说："我是这么看的，摆出来你分析分析。一来我们离区委近，让你在他们眼皮底下，不敢乱说乱动；二来我们全队都是'造反派'，他们信得过；三来……我说不上了。"

卢大全说："要说这第三条，就是陈'司令'需要脱产'造反'，不弄个人顶替，怕今后工分、口粮不好处理。"

"对呀！"光柱一拍大腿："前些时我们放了风，说不参加生产的，一律不记工分、不发口粮。"

"你这一搞，别人当'司令'的可要断炊了。"

"现在暂时把工分记着，口粮也给他吃，年终分配再算总账！免得说你一来，工分停了、口粮停了，把罪过强加在你头上，黄泥巴掉在裤裆里——不是屎也是屎。"

光柱抹了一把脸上的汗珠，看见薅草的社员远远落在他俩的后边，就对卢大全说："陈耀金以为全队的人都戴上他发的袖章，就是他的人了，他是'做梦娶媳妇——想得美'。我们哪会跟着他跑？我还是'造反派'的一个小头头呢。笑什么，不信，你看！"说着，从裤袋里掏出一个红袖章来。其实，卢大全早就见过了，这个红袖章成了他的抹布，脸上擦汗，手上擦泥，修喷雾器擦油，弄得黄一块、黑一块，早已面目全非了。

"不戴袖章就是不关心国家大事！"光柱学着陈耀金的腔调："'造反'成功了，男的进工厂，女的拿工资，年轻人参军，老年人进养老院——他就是这样连哄带吓、死皮赖脸地把袖章往我们手上塞。几百个袖章发完了，他就到处吹嘘自己的力量强大，结果捞上了个'造反派'司令。"

不知是由于愤怒，还是分散了精力，光柱说着，手上的锄头也放慢了操作。他叹了一口气说："这家伙心毒手辣，谁反对他，他就把谁置于死地。育忠大伯把他发的袖章扔到粪坑里去，他不好说，就给本队人钱斌歪了个嘴。第二天晚上，钱斌家哥俩闯进大伯的屋里，匕首往桌上一插，大刀往凳子上一拍，质问育忠大伯：'我家到底是什么成分？你今天给老子们说清楚！土改时，你搞老子们的鬼，压得老子们十七年不能伸头，老子们今天就要出这口气，报这个仇！'育忠大伯气得浑身直筛糠，恨不得拿起冲担捅死他们！但他压住火，尽量心平气和地说：'你们现在不是不讲阶级了吗？还问成分干什么？'这两个家伙做贼心虚，没捞到稻草，就溜走了。"

"过了几天，"光柱继续说："钱斌的哥哥用电烙铁熨袖章，触电死了。出殡那天，他们领着一帮'武斗'队员，边走边打枪，把育忠大伯五花大绑，强行披麻戴孝，押在棺材前面开路。埋棺材的时候，强迫育忠大伯下跪，育忠大伯不从，他们就拳打脚踢、'架飞机'，还说要把他推到坑里活埋陪葬。我们在地里得到信，赶去把人抢回来了。他们的所作所为，让我们看清了这伙人的真面目。你说，他们是在造谁的'反'？"

"光柱啊，你今天给我上了一堂深刻的教育课呀！"卢大全说完，两行热泪"沙沙"地滴在锄把上。这半年多以来，在那黑牢里，他天天受折磨，没有求过一声饶，没有掉过一滴泪。现在，泪水却糊住了双眼。

一天傍晚，高强和陈耀金正在"威虎厅"里推杯换盏，门外人声嘈杂，一阵脚步声"噔噔噔"由远而近。他俩正探头要看个究竟，定平率一帮"武斗"队员已到了面前。

"嘭"的一声，定平乐悠悠地将一支手枪拍在桌上，把筷子全都震掉到地上。陈耀金把枪拿到手里，端详了半天。这是一支新手枪，黑里透光，十分惹人爱。他把枪递给高强，问定平："缴的？"

"缴的！"定平往椅子里一靠："这些人哪里玩得到枪咻？如果枪在我手里，还能被别人缴去？"

"那自然！那自然！"高强迎合着，转头给端酒菜进来的炊事员老孟说："你再给煎点干鱼，炒些黄豆，来个番茄蛋汤，再打两瓶酒，我们今天为定老庆功！"

"武斗"队员们肚子早就饿了，又兴奋过度，就一窝蜂跑到伙房后面的菜园子里瞎闹。这个菜园子有一亩多地，是三年自然灾害中为了搞"瓜菜代"，老孟同区里的干部开辟出来的。后来形势好转，没人关心这块菜地了，老孟还是把它种得好好的。

他们把一只长到拳头大小的香瓜捶了吃掉，又把成熟的番茄摘来吃光，再一人揪下一根黄瓜啃起来。老孟烧上水，到菜园子里来摘番茄，准备打鸡蛋汤。只见菜园子像被猪拱过，一片狼藉，长熟的番茄哪还有影子！他当时就毛了，冲进"威虎厅"，把围裙往桌上使劲一摔："你们把炊事员的权也夺了算了！菜园子里的番茄，不晓得被哪个前世饿死的猪拱了吃了，我拿什么来做鸡蛋汤？"

那一群"武斗"队员哪个是好惹的，马上围上来："你对'造反派'是什么态度！吃你一点菜一点饭，你一百个不耐烦！"

"通知你参加'早请示晚汇报'，你就有抵触情绪；该开饭了，你还在生炉子，借口柴是湿的、煤不好烧，成心要饿死我们！你这是破坏'三忠于'！"

"是不是你服侍的官老爷被我们打倒了，你心怀不满？告诉你，如今我们掌了权，你就得服侍我们！"

"你们差八辈子火！从今往后，不拿饭票菜票来，老子谁也不伺候！"老孟喊了一句，一跺脚，回了厨房。

陈耀金煽起火来："反了他了！上次'武斗'打死'走资派'老周的儿子，尸体扔在枫杨树下无人敢理，他跑过去给盖上了一床破席子，还眼泪巴沙的。再有，红星大队的民兵连长张明方拒不执行命令，审讯后躺在黑牢的地上，眼看就要断气了。他也不嫌满屋子的血腥味和便臭，从伙房舀了一大缸子温热茶来喂，张明方大口大口把茶喝光，就还了魂，被大队来的一伙人抢回去了，我们又多了一个死对头。他跟这些人勾勾搭搭，对我们呢？有一次还冲着我们的人往案板上拍菜刀，要拼命！"

定平附和道："这可是值得注意的阶级斗争新动向！得找老孟攻一攻。"

高强说："这好办！"安抚了几句，就赶紧跟到厨房。

老孟正抱着双手，坐在案板旁，气得直哼，浑身发抖。过去江明书记总说"做饭也是干革命"，机关的人对炊事员都很客气和尊重。现在，他给这些"造反派"做饭，也是干革命么？还不如把饭倒去喂猪喂狗！他恨不得马上离开这伙房，离开这区委机关，因为人们已经把这里变成监狱、改成刑场了！

据高强观察，老孟这个人的旧意识重，对熟人容易感情用事、心慈手软。在他看来，群众好比一股水，你往哪里引，他就往哪里流，老孟也是一样。自己正好借这件事，树立在"造反派"中的威望，巩固已经掌握的权力。昔日老孟能为江明卖命、对卢大全他们亲厚，如今就不能为我高强所用吗？

脑筋这么转了两转，高强才开了口：

"老孟呀！区委的一班老人里，现在还主持日常工作的，只剩下你和我了。其他人都闪在一边，百事不管，他们会享福啊！我呢，官又糊涂事又多，你可要多操点心！从今以后，我们多商量，互相支持，争取多立点新功！"

老孟说："我一个烧火的，不能同你比。你现在是响当当、硬邦邦的革命领导干部，我成天围着锅台转，对你有啥支持？"

"话不能这么讲！"高强明知他满腹怨气，也不在乎，顺着老孟的话说："这是革命分工不同嘛。你把饭做好了，让大家吃得满意，就是对我很好的支持嘛。"

"你们常说革命不是请客吃饭，搞革命还吃么饭？只有'走资派'、黑帮、'老保'才讲吃讲喝，搞革命的人是不怕饿的。"

"人是铁，饭是钢，一顿不吃饿得慌。"高强觉得谈话越来越不投机，就转移了话题："现在理事的人不多，你看食堂怎么办好？"

老孟说："难得办好！吃饭不做计划，你办倒，没人来吃；你没办倒，他涌来一大排，前天晚上半夜了还要鱼要肉。没得点规矩，吃了又不算账、不交饭票菜票。再说，先前我卖饭，收的饭票菜票要交给姚会计，姚会计再把票交给民政老刘代卖，到月底三个人一对账，清清白白。现在你一个人又管账又卖票，不合手续。"

高强原指望帮助他"自觉革命"，好好检查工作态度，把"造反派"伺候好，谁知道他反而给自己提起意见来。现在随便什么事，都要打破条条框框，他还死抱着老章程不放！

不过，关于卖饭票菜票的事，倒是勾起他考虑多时的心事。我堂堂一个区委副书记卖饭票菜票，会给人什么印象？再说，这些"造反派"经常差钱短票、只赊不还，长此下去，我填得起这个坑吗？真要严格起来，我哪得罪得起这些人啊！得赶紧找一个替死鬼才行。

于是他说："你提得很好，让我同'造反派'慢慢商量解决吧。"

高强拿着老孟已经做好的煎干鱼、炒黄豆和两瓶酒返回来，一边把掉在地上的筷子捡起来擦干净，一边张罗那班虾兵蟹将围桌而坐。定平早已眉飞色舞地摆起他抢枪的龙门阵，免不了又自我吹嘘一番。

等他讲完，陈耀金迫不及待地问："这么说，你缴的是跃进农场的枪，他们与咱们可是观点相同的！"

定平说："管他什么观点，装到篮子里就是菜，抓到手里就是鱼！"

这时，高强把菜往桌上一摆，酒往各人的杯子一倒，大伙就大吃大喝起来。

陈耀金边品着酒，嚼着黄豆，边想起王特派员说的"'造反派'内部杀起来""我们的目的就是乱"，不动声色地明知故问："农场曾驻过部队，他们路子宽，枪一定不少。"

"多得很呀！特别是那两挺机枪惹人爱！"定平把这几天侦查到的情况做了介绍。

高强端着杯子招呼："你们放下杯子干什么？来来来！边喝边谈，边喝边谈。"

于是，在酒桌上，一个夜袭跃进农场、强行夺枪的计划，就这样定了下来。

六、新华来访

一天傍晚，门外"嘭嘭嘭"响起一阵急促的敲门声。邓太婆赶忙把门打开，就进来一个戴红袖章的人。他的身边还跟着一个人，一顶草帽遮住了大半边脸。

戴红袖章的人进门就问："'黑打手'呢？"

"在房里。"

卢大全听声音很熟，忙迎了出来。

这人质问："你老实不老实？"

邓太婆说："人家天天劳动，还要怎样老实？"

卢大全看清了，是区供销社的采购员宋进华，就笑着同他握手。

邓太婆开始一愣，后来恍然大悟，赶忙出去照看猪。

宋进华带来的那个人，这会儿摘下了草帽，卢大全仔细一看，原来是刘敬民的外甥张新华。

乍一见新华，卢大全又是吃惊，又是难过。

刘敬民和卢大全是同一批从省城机关来到此地的。那年省里决定在长江和汉江的洪泛区、近四十平方公里的荒芜之地建立跃进国营农场，从省直机关、高校毕业生中抽调了一批干部，又从本地、河南商丘兰考等地派来了民工，在此围堤垦殖。1959年临江区委成立时，他们又一起调到区里工作。

刘敬民在省城有不少亲戚，姐姐与他感情深厚，逢年过节和暑假就带着一对活泼可爱、又懂礼貌的小儿女新华、丽华从汉口坐轮船来临江。刘敬民时常骑自行车驮着他们来找区委的孩子玩，一来二去，就跟区委的人都熟了。新华从小就特别崇拜解放军，每次见到卢大全，就缠着他讲战斗英雄的故事，两人成了忘年交。

新华是1949年出生的，三岁时父亲牺牲在朝鲜战场上，母亲再婚后有了妹妹丽华。继父是汉口滨江纱厂的工人，后来升为厂领导，他性格敦厚和善，人又勤快手又巧，让一家人的日子过得舒舒服服、和和美美。前年，新华如愿入伍当了兵。

然而一场突如其来的风暴，粉碎了这个家庭的幸福和安宁。新华的继父和母亲响应号召，投身"文化大革命"，参加了群众组织"百万雄师"。但是，这个组织被定性为反动组织，在震撼神州的省城"七·二〇事件"中，继父死于非命，据称是"畏罪自杀"，母亲也被人活活整死了。半年前，趁新华爷爷奶奶回农村老家的机会，一群流氓夜里破门而入，从床上把刚满十四岁、上中学的丽华拖出去，第二天清晨人们在滨江公园发现了她的尸体，死前受尽了凌辱……从前那个穿着小花裙，马尾辫上用花手帕扎个蝴蝶结，玩"木头人"游戏时总是第一个笑起来的小姑娘，生命终止在豆蔻年华，至今还未破案，凶手仍然逍遥法外！

一个四口之家，就有三人接连被残酷地夺走了生命！家庭的变故，使眼前这个二十岁的年轻人已全无稚气，完全看不出几年前的神态了。高大英俊的他穿一身旧军装，鬓角里夹杂着银丝，眉头微蹙，嘴习惯性地紧紧抿成一条横线，浑身上下，透着一股与他的年龄不相称的冷峻。

"我过来探望舅舅，他让我跟您当面问个好。"

"你们不是驻扎在河南吗？这次回来是……？"卢大全想起来，新华前三次回省城，都是奔丧，对他更是心生怜惜。

"军区把我们调到省城当临时警察，维护治安。过去总是卢叔叔给我讲故事，今天我就给您讲讲我们怎么抓流氓的吧。"听新华的语调，倒是波澜不惊。也许他已经给自己的心装上了厚厚的铠甲，这样才能在巨大的家庭灾难面前挺过来。

原来，"文革"后省城局势发生了急剧变化。以"文攻武卫"的口号煽动起的"武斗"，造成全国各地派性"武斗"大幅度升级。省城地处中部，是连接大江南北的要冲，对全国具有示范作用，于是就被作为"目标"，不断煽风点火，对省城的群众组织支一派、压一派，致使流血冲突不断，社会严重撕裂。一些"造反派"组织有恃无恐，冲击军事机关，占领军事目标，冲进解放军的武器库抢夺轻重武器，省城顿时陷入一片混乱、动荡的状态。在抢枪乱窜的热潮中，位于闹市的军区招待所被一个"造反派"组织占领，当作他们的大本营和"武斗"据点。

后来上面公开纠偏，连续发布"停止'武斗'、消除派性、不准抢夺解放军的武器装备、维护社会治安、确保国家资财和人民生活秩序"的号令，军区也承担起治理省城、维护稳定的重任。初春时节，一个紧急命令，让正在战备拉练的新华所在的侦察连立即跃上军车，风驰电掣、日夜兼程赶到省城执行特殊任务。

一个寒风呼啸、细雨斜飘的傍晚，以刘副团长的吉普车为前导，满载军人的四辆卡车，"隆隆"地驶进了军区招待所。当车队出其不意地闯进这个"马蜂窝"，在楼房环抱的院子里"吱"的一声停下，整个招待所就像油锅里撒了一把盐——炸了锅。"四周大楼岗哨林立，明碉暗堡里伸出的枪口发出幽光。那些头戴柳条帽、臂箍红布条的'造反派'男男女女，熙熙攘攘地挤在阳台走道上，架着机枪步枪，举着长矛大刀，虎视眈眈地盯着我们，嚎叫着、咒骂着，剑拔弩张，武装冲突一触即发。而我们按照刘副团长的指令，紧握着上了刺刀的枪杆，威武地站在卡车上，任凭风吹雨打，目不斜视、巍然挺立。"新华娓娓道来。

开始，"造反派"拒绝交出招待所，但慑于军队荷枪实弹，又经过刘副团长的据理力争，最后勉强同意暂时撤出。谈判一结束，刘副团长出来，威严而响亮地命令："下车！"战士们就依次从车上跳下来，开始拆工事、扫垃圾、粉墙壁，重新设岗哨、挂牌子，驻扎下来。与此同时，那些戴着柳条帽的"造反派"拿着武器、夹起行李，纷纷从各个房间涌出来，蜂拥而去。

"几天后，我们执行第一项任务，全部换上痞里痞气的便衣，三四个人一组，分散到市内主要干道的公共汽车上，打击流氓阿飞。我同战友周明、王友新登上了78路车，开车的郭司机沉默寡言，售票员李美芳与我们年龄相仿，是一个相当漂亮的姑娘。车上油漆斑驳，车窗玻璃残缺，座椅破烂。由于车次不正常，一开车门，人们就争先恐后往上挤。乘客一见我们这副打扮，都战战兢兢地挪远点，生怕沾上了火星似的，并且一个劲地互相递眼色，有人悄悄把钱包转移到衬衣口袋里。"

汽车开到第三站时，车门一开，跳上来三个大鬓头、歪戴着军帽的油子哥。新华马上给两位战友打手势"有情况"，他们也早已看到来者不善。这不，其中一个瘦高个趁着上下车的混乱，捏了一位怀抱小孩的青年妇女的胸部，口里还无耻地说："好肉头啊！"大嫂脸一红，嘴角动了动，没骂出来，强忍着满腔怒火，朝新华他们这边挪了挪，但一见这几人的打扮，愣了一下，以为被流氓左右夹攻了，长叹了一声。

正在这时，大个子周明猛地站起来，很有礼貌地给这位大嫂让座。大嫂开始一惊，但也只好坐下了。新华见他站起来，心中也吃了一惊：坏事了！他们之所以化装执行任务，就是要以假乱真，一来维持车上的秩序，二来好摸清这些流氓分子的活动规律，将其一网打尽。这一让座，不暴露了自己的身份么？这年头，哪有油子哥会让座？果然，那个瘦高个见了，眉毛一挑，嘴角一翘，摆出一副寻衅滋事的架势。他们左推右撞，挤到了前面。

可能是李美芳要他们买票，他们围着她嬉皮笑脸，只见李美芳羞怒得满脸通红。"好像为了做给我们看似的，他们竟对小李伸脚动手起来。接着，又在光天化日之下，抢夺小李卖票的钱包。小李紧紧抱着，才没被抢去。"

汽车缓缓地进了站，三个家伙等车门一开，就大摇大摆地下了车。新华一声"上"，三人就猛扑下去，像饿虎擒羊似的把三个流氓按住了！这三个亡命之徒也是老油子了，又早有防备，哪会俯首就擒？就在公共汽车旁跟战士们厮杀格斗起来，打得难分难解。当时，省城工厂停产、学校停课，街上人来人往、摩肩接踵。双方一开打，瞬时就围满了观战的市民。对方渐渐体力不支，瘦高个就使出了贼喊捉贼的伎俩，高呼："打流氓！打流氓！"

"群众早已对流氓恨之入骨，仗着人多势众，纷纷挥拳蹬足，向我们围拢来。我们虽然格斗、追捕、夺刀、擒拿一整套武功不在话下，但眼下既不能对受蒙蔽的群众还手，又有口难辩，眼看我们就要在愤怒的人群中变成肉酱了。危难之间，李美芳一步跨上来，双胳膊隔开雨点似的拳头，边挡边命令我们：'上车！'我们相互掩护着，退上了车。刚上车，郭司机'吱'的一声按了车门，门擦着我同小李的背，'咣当'一声关上了，把扑上来的三个流氓关在门外，汽车徐徐开动了。我们配合得多么默契！"

车子开出老远，那三个流氓还随车追来，边跑边挥着拳头，口里像连珠炮似的吐着骂人的脏话。李美芳却像什么事也没发生，仍然以甜润的嗓音播报："刚上车的乘客请买票！"

"我们出师不利，脸刮破了，衣服扯烂了，一副狼狈相。车驶进终点站，我们混在乘客中下了车，悄然来到长江边，掬起江水，洗净脸上的血迹。我买了六根冰棒，与战友们慢慢地吮着，压一压心火。连里撒出去的战斗小组，都没有什么收获，有的没发现流氓，有的发现了没抓住，有的抓住了半道上让人'说好话'给截走了，当然，最狼狈还是我们小组。"

当天晚上，连里召开军人大会，由大家谈体会、提困难、想办法、定措施。鉴于今天发生的情况，新华放了一炮，提出"集中与分散结合、军衣和便衣结合"的建议。大家也谈了流氓的装扮、行动和作案的一些规律，这对后来观察、判断和打击流氓起到了很重要的作用。最后，刘副团长要求大家学习杨子荣"越是艰险越向前"的英雄气概和李向阳"眼观六路、耳听八方"的细致作风："咱们这里有一百多个杨子荣、李向阳，岂容这些流氓分子逞凶狂！"

"第二天，我们又上了李美芳的汽车。到了昨天'比武'的站口，老远就看到瘦高个气势汹汹地领着十几个人在此恭候，他们见公共汽车过来就把马路一拦，要冲过去已不可能。李美芳问怎么办，我让她通知全部乘客下车，同时指示穿军装的王友新同乘客一道下车，给连里打电话报信。安排妥当后，我和周明就在车上坐下来。"

　　车一到站，这伙暴徒就砸窗捶门，残存的玻璃被捶成细渣，横飞乱溅，乘客惊呼着争先恐后地挤下了车。王友新混在乘客中冲出了重围，新华心中的一块石头落了地。这时，车头站着几个挺胸叉腰的凶神，有人用石块砸着车门，瘦高个领着人从车窗外朝里抢木棍，当然这些木棍都被新华和周大个缴了过来。一时间，满街挤满了围观的群众，交通中断了。

　　正在相持之中，以刘副团长的吉普车为前锋，后面十辆摩托车满载全副武装的战士，呼啸着开来。围观的群众纷纷离去，瘦高个一伙人还理直气壮地围着公共汽车不撒。刘副团长指挥战士们将这伙人抓上公共汽车，这帮家伙说："我们是抓流氓的！"刘副团长说："谁是流氓一下子难以弄清，通通押回去再说。"郭司机发动汽车，一打方向盘，将车子掉头开进了军区招待所，这批流氓被交给内勤班关押起来。

　　"随着掌握流氓活动的规律越来越多，我们的战果不断扩大。各战斗小组经常一两个、三五个地将这些为非作歹的油子哥抓回来，连队把他们收容以后，一批一批地押送劳教农场。这样一来，街面上勾肩搭背的油子哥日益减少，省城治安有所好转。"

　　邓太婆坐在门口，边纳着鞋底、照看着门外的动静，边津津有味地听新华讲故事。这会儿她从菜园里摘了些黄瓜、番茄，洗好送过来，慰劳这个"临时警察"，宋进华、卢大全跟着沾光。

　　新华道了谢，接着说下去："我们的第二个目标，是市中心公园。省城还是极其混乱，背静的地方仍然时常发生杀人、抢劫、强奸的恶性事件。特别是市中心公园里，多次发生女青年被轮奸的案件。连队派了三个战斗小组进去搜索、观察、潜伏数日，一无所获。某一天，又有一个女青年在这里被轮奸了。我心中万分烦躁，咱人民解放军不能为民除害，能配得上戴这红五星么？"

　　这天下午，新华三人小组从公园出来，正遇到下班回家的李美芳。她眨着一双大眼睛，低声问道："有任务？"新华点了点头。他们不便在此久留，就跟李美芳拉开几步距离，顺着道一同往前走。一会儿进入到她家住的巷子，她的父亲李大伯开了门，热情地邀请三个年轻人进去坐坐，进了门又是让座又是倒茶。

新华见了李大伯，不禁大吃一惊：这不是负责侦破妹妹被害案件的李警长吗？新华记得，当时李警长对凶手的暴行咬牙切齿，向家属保证，一定会全力以赴缉拿凶手，依法严惩，给死者一个公道！

李大伯见到新华，倒是没有吃惊，只点了点头。难道他一早就知道了？或者没有认出新华来？

李美芳一边将挎包挂在墙上，一边说："爸爸，您这几天老念叨他们，怎么样？今天他们碰到我的手上，让我逮来了！"

李大伯哈哈一笑，对客人说："怎么话到她口里就变了味儿，明明是请来的嘛。"父女二人这么一逗趣，客人的拘谨一扫而去，精神为之一振。

"我知道列位到公园干什么，并且任务完成得不顺利，是么？一出公园门，一个个愁眉苦脸，像打蔫的黄瓜似的。"她学着新华他们当时的样子，不过有点夸张，弄得人哭笑不得。李大伯把她支到厨房做饭，同客人交谈起来。

李大伯说："公园的强奸案接连发生，成了省城街头巷尾议论的话题。我装着做早操的样子，到公园转了几圈。我觉得，作案地点只能是在假山洞里，那里比较僻静，能守能退。公园是个公共场所，他们之所以敢在那里作案，一是他们平时混在游客之中，难以发现；二是他们一定是有几个人，有作案的，有放哨的；三是他们手里有凶器，让受害者不敢声张。因此，他们不容易被发现，也难以抓住。要为民除害，就得用特殊的办法，甚至要冒危险。"接着，他将一整套破案的方案向新华他们亮了出来。

后来新华才知道，李大伯接手妹妹的凶杀案没几天，就在"砸烂公检法"的声浪中"靠边站"了。但他毕竟是个老公安，这就难怪他对于流氓犯罪活动的规律了如指掌，难怪他的破案方案这么周密，难怪他的女儿如此有胆有识。李美芳做好了饭菜，挽留客人吃饭，新华他们就告辞出来。一回去，就将此方案向领导做了汇报，得到了批准。

第二天早晨，新华在公园门口同李美芳碰面了。只见她完全变了个样，打扮得花枝招展：身穿桃红色收腰长摆连衣裙，脚蹬奶黄色高跟凉鞋，配着白色的袜子，肩上挎了个小巧的白色女包，两根油黑发亮的麻花辫垂下来，辫梢上吊着两个奶黄色丝带扎成的蝴蝶结，一走动，蝴蝶就飞舞起来，衬出她唇红齿白、面目姣好、身材窈窕、活泼迷人。"当我们面对面地站着时，我被她这身打扮惊得目瞪口呆。她低声说：'让你久等了吧？爸爸为了我这身打扮，折腾来折腾去的，烦死人啦！嘻嘻！'说着，主动挽起我的胳膊，我们就在公园的林荫小径上散起步来。"

李美芳满面春风，兴致勃勃，不时扯下一片绿叶揉着，放在鼻子下嗅嗅清香，还递过来让新华闻。新华身穿副团长四个兜的新军装，脚蹬指导员那双擦得锃亮的皮鞋，手上戴着连长的新手表，假扮成回家探亲、陪年轻爱人游玩的军官。此刻的他，跟许多第一次约会的青年一样，傻乎乎地不敢多看她一眼，浑身像沾了麦芒似的，说不出的别扭，手也不知往哪儿搁，连舌头都不灵活了。亏得李大伯想出什么"引蛇出洞"，不如"守株待兔"来得自然。既来之，则安之，事到如今，只能边学边干了。李美芳也在小声地督促他："你看周围这些游玩的夫妻、恋人，别人多自然、多亲密、多大方啊，哪像你！"

两人并肩挨臂地在偌大的公园里走走停停转了一圈，一上午就过去了。李美芳这身艳丽的打扮，足够引人侧目的了，新华则尽量配合，扮演好一个丈夫的角色，处处表现出对她的温顺、亲近。他们在虎狼口边上晃来晃去投下的诱饵，猎物应该闻到了、看到了，没准正在垂涎呢。而新华的眼角边，不时闪过战斗小组其他同志的身影。

可是，表面上并没有发现异常，连碰也没有人碰他们一下。怎么办呢？新华望了李美芳一眼，她娇滴滴地说："咱们到湖心亭坐一会儿好吗？"只好这样拖延时间了。他们买了面包和汽水，慢慢地吃着喝着，又过了一小时。百无聊赖中，两人就在湖里划小船玩。新华机械地划船，暗暗分析为什么毫无动静，是今天"毒蛇"没出洞，还是戏演砸了，露出了破绽？为了引人注意，李美芳三两下窜到新华这边，把小船弄得两边剧烈晃荡，新华叫起来："轻点，翻船啦！"她吃吃一笑，低声说："怕什么？哪年横渡长江没有我！"

湖里荡了半天，两人才上岸，在离假山不远的树荫下坐下来。太阳快要下山了，游客已经逐渐往外走，公园冷清起来。在这动乱的年代，市民被流氓闹得人心惶惶，已恢复了"日落归家、夜不出户"这古老的习惯。就是大白天的，青年妇女都不敢单独活动。

看来，一天就这样过去了。新华看了一下手表："好啦，今天总算平安过去啦！"

"怪不得你魂不守舍，还是怕呵！我就不怕，谁比谁多个鼻子多个眼！"

"别人可能有枪啊！"老实说，新华是在担心她，万一有个闪失，对上级、对李大伯，都不好交账啊。

"咱也不是赤手空拳！"说着，她撩起裙角，微微露出贴在小腿肚边一支"五四"手枪。不用说，这是李大伯的武器。"她拉过我的手，要我去摸是真枪还是假枪。在她大大方方撩起裙角那一刹那，我的脸'腾'地发烫了，哪个当兵的能伸手到姑娘家的裙子里乱摸？我挣脱了她：'来人了！'"

这时，两个干部打扮的人走拢来，质问道："你们是干什么的？鬼鬼祟祟，拉拉扯扯，哪像个军人，跟我们走！"不由分说，将他俩往假山那边推。

"你们要干什么？"李美芳大声地质问。新华一边打着官腔同他们纠缠，一边睃了一下四周，战斗小组的同志们连影子都没看到，他的心不由得狂跳起来。

到了假山边，又跳出两个人，其中一个说："分开单独审问！"押着新华要往外走，另外两人把李美芳往假山洞里推。果然"毒蛇"出洞了！新华心中一阵暗喜，但又担心李美芳受害，就拼力往回挤："有话一起谈，我们不能分开！"有人不耐烦了，一掌将他推倒，反剪他的双臂，拉条毛巾塞进他的嘴里，用膝盖压在他身上。

这时，李美芳说话了："你们要干什么都可以，但要依我两个条件！第一，把我男人放了；第二，你们只能一个一个来，如果一起来，我死都不从！"

"哈哈！算你识相！先陪老子快活地玩吧，还管你那什么臭男人！一个来就一个来！我先上，出来给你们换班。走吧！"

不一会儿，假山洞里传出一声枪响，新华从地上一跃而起，掏枪指向流氓："不许动！"有两个流氓想跑去山洞看个究竟，才靠近洞口，埋伏在山背的战斗小组同志们猛地跳下来，他们被打翻在地，束手就擒。

"我三步并作两步奔进假山洞里，只见小李一面用小手枪指着流氓，一面飞快地扎着辫梢的蝴蝶结。在她脚下，斜躺着一条汉子，大腿的枪眼里'咕噜噜'地往外冒着血。我捡起地上的一把明晃晃的三角刀，叫过来一个俘虏，把这家伙扶起来架出去。忽听到洞外面人声嘈杂，跑出来一看，其他两个战斗小组押着团伙中的另外四人走来了。原来枪声一响，有五个亡命之徒知道出了事，就朝假山扑来，被埋伏在四周的战友们用枪口顶住了他们的胸膛。其中有一个'呼'地一声，飞身翻过公园的院墙跑了，没能把他们一网打尽。我扭头朝洞里寻找小李，已不见人，再转身一望，她正款款地朝公园大门走去了。"

宋进华突发奇想，问道："新华，老实坦白，你喜欢上人家姑娘了吧？"

新华脸一红，挠了挠头，支吾了一下，接着讲下去。

"'打蛇先打头，擒贼先擒王'。我们的第三个任务，是去捉拿从公园翻墙逃跑、诨名叫'飞虎'的流氓头子。从抓获的流氓口中，早听到过'飞虎'的名号，据说他从小练就一身好武艺，能飞檐走壁，三五个人难以拢边。近年来抢到了枪，又练出一手好枪法，可双手握枪，左右开弓，要打你的鼻子绝不会打到眼睛上。这个坏蛋抢劫强奸、杀人放火无恶不作，又十分狡猾，一时化装成'造反派'，一时伪装成解放军，经常变换位置过夜，我们捉拿了几次，都扑了空。一天李大伯送来情报，天黑我们又从左右街坊得到证实：'飞虎'的确在此过夜。"

同这样的流氓头子交手，不能不特别谨慎行事。凌晨，星星已经隐去，城市的万家灯火已经熄了，当市民进入了梦乡时，新华和战友们趴在百货大楼平台的水泥地板上，忍受着灼人的热气，一动不动。从这里到即将攻击的窗口，只隔了七家的屋顶。他看了看夜光表：两点四十五分，便朝早已迫不及待的小组成员做了个"出发"的手势，大家就翻过栏杆，抓住早已拴好的绳子，滑到隔壁一家比平台矮三丈多的屋顶上……

轻手轻脚地过了一家屋脊，背贴着背时，新华让战友们停下来，先歇口气，生怕接近窗口时，让"飞虎"听到他们的大口喘息声。很快接近了窗口，贴在两边墙上，仔细一听，里面万籁俱寂，像个空房。新华慢慢接近窗框，向里斜瞟了一下，房里黑咕隆咚的，什么也看不到。他看了看表：两点五十五分，行动马上就要开始了。

这里是楼房的三层，根据李大伯和附近居民提供的情况，只要楼梯有走动声，"飞虎"就可以从容地从这扇窗户钻出去，然后钻进像迷宫似的百货大楼，迅速脱身。他还在楼梯上安了电网，一般人是难以上去的。而且，他随身携带着两支手枪和几个手榴弹。针对这种环境，刘副团长决定对这栋居民楼临时拉闸断电，使"飞虎"的电网失灵，连长率领突击组从楼下往上摸，万一惊动了他，就由新华所在的小组在窗口堵住。最好是将他在睡梦中逮住，不让他反手。

突然，不知谁在楼梯上滑了一跤，发出"咚"的一声响。新华用眼角一瞅，只见床上动了一下，"飞虎"的两眼在黑暗中闪过两道凶光。又听见"啪嗒"一声开电门的声音，这家伙发现电路被切断了，接着就是一阵"嗦嗦"作响，新华知道他要掏枪了，说时迟那时快，立即飞身进窗，重重地压在"飞虎"的身上。这家伙被突如其来的袭击惊了一下，但仍然垂死挣扎，枪没举起来，就扣下了扳机，"咚咚"两枪，打得新华的大腿一阵发麻。周大个跟着跳进来，一手夺下这家伙的手枪，抡起铁锤朝他头上猛击。王友新跳进来以后，死命按住这家伙的双脚，让他动弹不得。与此同时，刘副团长和连长率领的战士们已经涌了上来，在手电光的照射下，被周大个打得鼻青脸肿的"飞虎"给戴上了铐子。卫生员给新华进行了包扎，但仍流血不止，就连夜派车把他送到军区医院进行治疗。

第二天，李美芳提着水果、点心来医院探望。她坐在床边，剥橘子给新华吃，眨着一双大眼睛问："还痛啵？我爸说，你没伤到筋骨，部队医治枪伤经验丰富，过几天就会好啦。"

新华压低声音对卢大全说："我出院没几天，连队就奉命撤出省城，在军山附近的小村庄里，上面派来一个工作组，宣布连队解散，全连官兵全部复员。我不知道这是犯了什么罪，回到省城，垂头丧气地来到李美芳家。李大伯说：'你们为省城人民做了件大好事，老百姓是不会忘记你们的。现在上面有人唯恐天下不乱，他们不允许社会安宁，所以把你们视为眼中钉、肉中刺，要对你们'分而治之'。你前一段结的冤家对头不少，是不是先躲一躲？你是烈士后代，家人惨遭不幸，不能再有什么闪失。'他留我在家住下，避避风头。

"果然，部队撤出省城后，那些被我们抓获的流氓阿飞，纷纷释放回城了。李大伯料到这些坏蛋会以牙还牙，所以托了复职出来工作的老领导、老同事，把李美芳和郭司机调换到别的公交线路上。但终归还是在省城里，仍然有危险。我为自己连累了小李感到很不安，她却安慰我说：'这是我自己的选择，跟你无关。我从小就想搞公安，当城市卫士，恐怕是遗传基因在起作用。'李大伯又想方设法，安排我随'上山下乡'的知识青年到远离省城的一个大山里去插队落户，这几天就要走。"

"我不放心舅舅一家，就坐船来，到他的工地上走了一趟。舅舅还是工作狂，一副'舍我其谁'的样子。现在工程刚上轨道，他担任工程科科长，要操心的事情太多，忙得昏天黑地，但精神状态挺好。他跟我说了很多话，让我很暖心，也很受教。舅舅拦了一辆送货的大卡车，让我搭便车到区里，请宋叔叔带来找您。我明天一早回省城，然后就动身去插队了。"

七、欢乐田野

夜已深，宋进华看了看表，邓太婆也往家里收东西了。卢大全见新华没有着急走的意思，就问他今晚住哪里。

新华说："我到码头附近晃一晃，天亮就坐船回城了。"舅舅的工地太远，去舅舅家吧，又担心给舅妈添麻烦。他也不可能跟宋进华回区委，那等于是往"造反派"的枪口上送，自投罗网。可是邓太婆家里也不能久留啊，卢大全一个"劳动改造分子"留宿客人，目标太大了。

卢大全说："你一个大小伙子，夜里在码头附近闲逛，被'造反派'发现了怎么办？太危险了！"

"卢叔叔忘了，我是当过侦察兵的人，您就放心吧。"

正在为难之际，邓太婆拿起手电筒说："我真是老糊涂了，刚想起来要给爹爹送换洗的衣服去。伢呐，你跟着我一起去，就在爹爹的瓜棚里将就一夜，明天从那里去码头也近些。卢同志就不要起身了，宋同志跟我们一起出了塆子，就回家吧。"

卢大全说："育忠大伯瓜棚的铺位很小，睡不下两个人。"

邓太婆夹起衣服："现在西瓜快熟了，他要盯着，晚上哪里捞得着睡觉？"

三个人感激地望着邓太婆，说不出话来。

出门前，新华对卢大全耳语："我们军区的司令员和政委都犯了'路线错误'，被撤了职。现在省城里人心惶惶，私底下各种传闻满天飞。有一种说法是，'文化大革命'原计划第一年开张、第二年出眉目、第三年结束。但照现在这个趋势发展下去哪会就此罢休？他们提出要'把无产阶级文化大革命进行到底'，这场政治运动何时收场，就不好说了。这几年的'夺权斗争'，造成全国性的严重社会混乱，总产值也是连续大幅下滑，国家损失惨重。"

卢大全说："没想到情况这么严重！"

新华叮嘱道："舅舅说，他在工地上，相对安全些，而您的处境更险恶，所以让我过来跟您提个醒。这些事情，您放在心里有个底就行，多加小心。"三人便消失在夜色中。

天一亮，各条通往田间的道路上，一下子喧闹起来。拖拉机奔忙，牛车"吱嘎吱嘎"响，高音喇叭在播放着歌曲，那些扛着锄头出工的姑娘们，也在和着广播里的音符而哼唱。

长江水势一平稳，防汛的劳动力就陆续下堤了，马不停蹄地投入了田间管理。广阔的田野显得更加生机勃勃，各项农活的进展都在飞速加快。

这天，沿江生产队的社员正在追施化肥。光柱在前面挖挡子，卢大全把盛在脸盆的化肥施到挡子里，随即用脚拨土盖上化肥，填平挡子。

"光柱啊，"一个妇女走在路上，向光柱打招呼："你们队可要翻大身啦！"

卢大全瞥了她一眼，边干活边问："这是谁呀？"

"她是东边队的人，叫张淑珍。你从塘里救起来的两个小鬼，就是她的伢们。"

光柱正小声介绍着，淑珍的声音又飞过来了："你这个死光柱！哪一年不求我们支援？今年生产上了前，人的架子也大了！你有什么板眼？我们队如果也来个干部蹲点，肯定比你搞得好，你信不信？"

光柱打趣说："你莫看花了眼啵，我们哪来的干部蹲点？有个'造反派司令'，他整天坐办公室。再只有个'黑打手'在劳动改造。"

淑珍吃吃地笑着："你再说一句'黑打手'，我一锄头挖死你！他给你帮了大忙，还当别人不知道，想瞒着我？"

光柱说："你们这些先进队的人，见不得我们穷队发愤图强，巴不得我们提篮子讨饭才舒服呢！"

"哎哟！这才冤死人啦！看到你们队的棉苗长得好，我喜得都不想走。你今年丰收是十拿九稳的！俗话说'猪来穷，狗来富，猫子来了开当铺'，你们队来了个好干部，不富也得富！"满田的队员都哈哈笑起来。

卢大全这才抬起头来答话："大嫂，我可是属猪不属狗呀！"社员们又是"轰"地一笑。

"哎呀！鬼老卢！"淑珍笑着说："你埋着脑壳做事，我没认出来！卢同志呀，我可不是骂你呀！"

光柱故作威严地说："快滚！不滚我用土渣甩的咧！大清早就想着心事骂人，鬼东西！"

淑珍怕他甩土渣，赶忙扛起锄头："哎哟，西边的队长还管到东边的人来了！卢同志，抽空到我家做客呀！光柱，你批不批假？"

光柱说："你称肉煨汤，我去当陪客。"

"好呀，我统接！"淑珍应了一声，飞跑了。

她前脚刚走，大队支书邓育发就出现在大家的面前。他满面笑容，声音倒还很严肃："一大清早，又是煨汤、又是陪客的，没做事，先讲吃！"

光柱吐了吐舌头，社员们又是一阵欢笑。

卢大全同邓育发是熟人，他赶忙放下装化肥的脸盆："报告书记，'黑打手'卢大全到此劳动改造，特向你报到！"

邓育发说："真见鬼，来了这些日子，才报到。"社员们又是一阵大笑。

邓育发把他拉到地边，坐在田埂上，说："我同你商量个事。下午把大队的所有生产队长引到这里开个现场会，你给大家讲一讲，怎么样？"

"我？我只下来这些天，有什么说的？要讲，就让光柱讲。"

"嗯，先把会议定下来。讲嘛，谁都一样。从当前情况看，不现场将个军，生产的进展就难以平衡。"

"当前这种局面，不能怪干部和群众。用这个队将外队的军，恐怕外队不服。"

"不服？怎么不服？同样防汛，同样坏人造谣，别人上去了，你为什么上不去？说客观，谁还数不出十条八条？"

卢大全诚恳地说："我也有责任！只蹲在这个队里，外队没有管。"

"莫这样说，卢同志！你的心情我理解，你的处境我知道。能做到这一步，就不简单啦。怎么办呢？我们大队的权，还不是夺了？可我的党员没开除，我的书记没撤职，我还得干。"邓育发放大嗓门说："他们当官不管事，你干吧，他说你'抓权不放'；你不干吧，他说你'消极怠工'。干也挨整，不干也是挨整。我想，还是干！干了，对国家有贡献，社员也有分配，挨整也值得！"

卢大全劝他把嗓门收小一点，他说："怕什么？他敢把我怎的？这些话，我迟早总要说的。好啦，下午就在这里开会，我去通知。"说完就大步地走了。

卢大全回到地里，重新端起脸盆施肥。这时，社员们说说笑笑，好不热闹。仔细一听，原来大伙在议论他。这时话题一转，研究他在救落水小孩的时候，是挂着"黑牌"还是没挂"黑牌"。他只当没听到，继续做他的事。

"当时他一掌把一个'武斗'队员推出两丈远，转身一脚把另一个'武斗'队员踢翻在地，纵身一跳，挂着'黑牌'跳到塘里！"小伙子邓解放好像当场看见一样，活灵活现地描述起来，不容争辩。

"可他在台上，为什么浑身衣服都湿透了，'黑牌'却是干的呢？"有人驳得他哑口无言。大伙又是一阵哄笑。

真是"快活不知时间过"，边说边笑边干，不觉就到吃午饭的时候了。由于大批劳力下了堤，队里的农忙食堂又开办了。卢大全把没施完的化肥倒回袋里，重新扎好，就同大伙走进盖在仓库旁边的临时伙房，从饭甑里端出自己的钵饭，拿出邓太婆为他准备的青椒腌菜拌黄豆，蹲在地上吃了起来。

"什么好菜？让我尝尝。"邓解放走过来，用筷子拈出自己饭钵的一块干鱼，放进卢大全的碗里，接着把他的菜往自己的碗里扒了一点。其他队员也不约而同地凑拢来，围上一圈，把各人带来的菜端过来，摆在当中，有滋有味地吃了起来。

这"田间餐桌"上的菜，真可说得上丰富多彩了！就说鱼吧，有干鱼、鲜鱼、小鱼、大鱼；黄豆有炒的、焖的、煮的，还有黄豆芽；蔬菜有莴苣、菠菜、韭菜；酱菜有豆瓣、腐乳和油辣萝卜。这样一来，不用走家串户，这个队里谁做菜的手艺好，谁家的自留地种得好，到这个"田间餐桌"上看一看、尝一尝，就一目了然了。

不一会儿，饭吃饱了，菜吃光了，各人把自己的餐具洗净抹干，放回布袋里，然后各人找个位置，铺上芦条，打开塑料布，睡的睡，躺的躺，舒舒服服地歇口气，恢复体力，下午再干。而那些大姑娘和大嫂子们，挤挤拥拥地坐在一起，小声说、大声笑，她们那双勤劳的手，不停地纳着鞋底，补着衣服，织着毛线……

卢大全端着一钵开水，找了个阴凉的地方，背靠树干，抽口烟，喝口水，显得安然自在。

邓解放这帮小青年，这时却觉得无聊。他们躺不下，坐不安，更不能做那些婆婆妈妈的手工活，倒不如干活来得痛快，为什么中午硬要休息呢？

很快，他们就找到了一个消磨时间的办法，一下子把卢大全包围了，七嘴八舌地提出了一大堆问题，要求解答：

"你在那黑牢里，一关就是半年多，觉不觉得烦？"

"他们这样折磨你，你当时是怎么想的？"

"你不能瞅个机会，逃出来吗？"

"你把枪夺过来，拼他个你死我活不成啊？"

邓解放说："你们这么多人问，别人长十张嘴也难答。老卢，你是个老革命，旧社会坐过牢吗？"

"我算什么老革命？我同你们一样，是'解放牌'的。"卢大全拍拍邓解放的肩膀："我参军那年，才有你现在这么高。"

邓解放表示惋惜："如果旧社会坐过牢，看看你现在坐的黑牢跟那时的牢有什么区别，好比较比较嘛。"

"在旧社会，我没坐过牢，但送过牢饭。"卢大全说。

"什么叫送牢饭呀？"大家一听，挺新鲜的。他们给开拖拉机的、放牛的、薅草的人送过饭，这送牢饭，不光没送过，连听还是第一次听到，你说新鲜不新鲜？大伙一个劲地催着要他讲讲。

"好吧！"卢大全喝了一口水，就讲起来："我九岁那年，伪乡长要抓我父亲的壮丁。这壮丁一抓走，就回不来啦，我们一家老小怎么活呀？我父亲不干，半夜里就逃跑啦。狗乡长说我家违反征兵法令：'跑啦？跑了和尚跑不了庙！'就把我的阿公——你们这里叫爹爹——抓到县政府，丢进了监狱。"

"从此，我每天给阿公送牢饭。以前坐牢，要自己家送饭去吃的。"

"我家的生活，本来就是吃了上顿愁下餐。父亲外逃、阿公被抓以后，家里的生活就更困难了。每天我妈就烧一大锅水，下升把米，煮熟以后，先捞点干的装到罐子里，让我提着送进牢里。然后，我们兄弟姊妹六人围着锅一抢，把锅里的米捞干了，我妈就喝点米汤。"

"大约过了两个月，守卫牢门的兵对我说：你明天不用送饭来了，叫你家大人来领人回去。我回家高高兴兴地告诉妈，我阿公要被放出来了。"

"第二天，请了邻居的几个人去接我阿公。我们走到县政府门口，见一位老人躺在地上，披发盖耳，骨瘦如柴，衣服破烂。这就是我的阿公，我都认不出来了。"

"我们把阿公抬回家，他已经说不出话来，过了几天，他眼一瞪就断了气。我阿公劳累了一生，死的时候，是空着肚子走、包着席子埋的……"

一天下午，突然来了两个"武斗"队员，把卢大全从地里押到区里"武斗"队的审讯室"威虎厅"。

卢大全一进门，看到办公桌那边，早已坐着三个人：定平，钱斌，还有一个人不认识。

两个"武斗"队员把卢大全一掌推到当中，定平用凶狠的目光盯着他。

"你知道为什么把你弄来吗？"

"不知道。"

"嘭！"定平桌子一拍："你狗胆包天！这几天到哪里去啦？说！"

"我在生产队劳动，哪儿也没去。"

"你不老实！我的辣汤辣水，你还没尝够？打到身上，没人帮你疼！"

定平转脸问旁边的那个家伙："是不是他？"

"是他！是他！"这家伙点头哈腰地说："烧成灰我都认得，穿的一身洗白了的蓝制服，戴一顶斗笠，是他到跃进农场送的信。"

"你认错人了，"卢大全轻蔑地一笑："我这段时间哪儿也没去。"

"嘭！"定平又威严地把桌子一拍："来！给他清醒清醒！"

随着一声令下，一班暴徒正要挥鞭举棒，就听得"咣当"一声，门被推开，光柱出现在门前，一屋的人都愣住了。

"老定，你出来一下！"光柱说。

定平出去了好一会儿，才进来把那个扬言"烧成灰都认得"的家伙找出去，重新把门带拢。

只听到光柱在门外大声地说："他天天在队里做事！你们招呼都不打一个，糊里糊涂把人搞走。你未必连我都信不过？好歹我还是'造反派'里的一个小小领导！"

定平说："我也半信半疑，我们这么周密的计划，怎么会让他知道？有你们盯着，他还跑得脱身？"

那个家伙还在嘴硬："是他是他，我敢拿头担保，我还能认错人不成？"

光柱说："错就错了！他大前天追肥，前天治虫，昨天和今天都在薅草，我同他肩并肩地做事，还许他乱说乱动？我这些话是背着他说，要是当着他说，看你脸往哪里摆。你如果信不过我，好，咱们一同到队里去问社员！"

虽说是在外面说的，但屋里听得一清二楚。钱斌非常狼狈，坐也不是、走也不是，只好把话扯开，扭转这个令人难堪的局面：

"你最近怎么不交反省材料？"

"没时间写。"

"你白天劳动，晚上反省！"

"晚上要上政治夜校。"

"你不要错误地估计了形势。"钱斌打着官腔："你莫看到'关王庙'垮了，就抱有幻想。现在，各处都是我们'造反派'的力量占了上风！"

卢大全说："我不晓得什么'关王庙''观音庙'，那与我毫不相干！反正我没给农场报信，我搞不到那套，我不搞'武斗'，也反对'武斗'！"

"搞'武斗'是革命行动嘛！上面不是提倡'文攻武卫'吗？你反对'武斗'，就是反对上面的意见嘛！这说明你立场观点没有转，还需要继续劳动改造，来个脱胎换骨！你看，现在哪儿不在'武斗'？这是历史发展的必然，'文化大革命'的步骤，群众运动的规律，路线斗争的需要。修正主义路线统治了十七年，没有巨大的革命风暴，不动大的手术……"

"咣当"一声，打断了钱斌的话。光柱推门进来，大声命令："卢大全，回去劳动改造！"

卢大全随光柱走了以后，陈耀金走进审讯室问："审得怎么样？"

钱斌两手一摊："一无所获！"

陈耀金说："在我的'根据地'里，他还不死心！"

定平说："还有一个漏网之鱼，就是抽调到路桥工地的坏分子刘敬民！听高强说，他在那里飞扬跋扈、作威作福！他是从跃进农场调来临江的，他老婆现在还是农场的职工，跟农场关系太密切了，通风报信的嫌疑更大。何不找这个借口，正好把他抓回来当靶子，灭灭他的威风？"

钱斌提醒他："工地上的人，以'三线'建设的名义，给划了一道圈子保护起来了，我们近不了身。"

陈耀金心想：这倒是与搞乱"三线"建设挂得上钩，正好向上峰去邀功。于是说："那就施个调虎离山计！"如此这般地一说，三人一拍即合。

接着，陈耀金按钱斌坐下："来！把这个材料赶写出来，印发出去。"

说着，把一篇题为《农场事件的真相》材料铺在桌子上，对钱斌说："写得不错！真下了一番功夫！我的意见是这样：题目还要改，要有火药味，让人一看就觉得杀气腾腾。要说成是他们向我们突然袭击，我们被迫自卫反击！最后，还要联系到'文化大革命'前的十七年，跃进农场的'走资派'以国营压集体，强占我们的湖汊，蚕食我们的土地。这样，是不是更有号召力呢？"

这些年，行政区划变动频繁，临江区和跃进农场之间的土地划进划出都是有的，陈耀金就此借题发挥，混淆视听。

"高！高！实在是高！"钱斌恭维道。

卢大全跟着光柱出了区委的院子。光柱说："听他卖什么狗皮膏药！"

走了一段路，卢大全要到集上理个发，两人就分手了。

卢大全先迈进供销社的烟杂门市部，营业员小孙笑着对他点了点头，很快就去招呼别的顾客了。

卢大全走近柜台，边掏钱边说："给我两包烟。"

"烟票呢？"

卢大全一愣："什么时候发烟票了？"

小孙大声说："现在的烟，是专门供应'造反派'的，你还想抽烟？"

"那好，我戒了它，坏事变好事。"卢大全转身往理发室走去。

临江的这条老街，就在区委机关东侧的不远处，向南笔直通到长江码头，街两边是各种店铺。两百多年前，往来的货船、渔船云集江边，船上的老板、船工上岸逛街购物、喝酒品茶、听书看戏，这里开始成行成市。由于临江的长江沿岸坡陡水深、水流平缓，便于船只停泊，20世纪40年代初，汉口至宜昌的客轮开通运营，这里便成为必停靠的码头，周围几十里地的人都到此搭轮船上沙市宜昌、下汉口。早些年，街上有饭馆、杂货铺、肉铺、裁缝铺、篾铺、药铺、粮行、酿酒作坊、罐头铺等等，虽然算不上繁华，但很是热闹。过去，街上有两家茶馆。公社化以后，谁还有闲空去泡茶馆？由于生意清淡，茶馆就关了门。有几个年过花甲的老爹爹，过去是茶馆的常客，现在吃饱饭就拄着拐杖到理发室谈天说地。

这理发室虽然设备简陋，可是夏有风扇，冬有火炉，不管春夏秋冬，煤炉上的开水成天都"咕噜咕噜"地翻腾着，泡个茶、喝个水也方便。理发室一进门，背靠背地摆着六张转椅，转椅过去，放着几张条凳。因此，每天除了出出进进理发的人以外，条凳上总坐着几位老爹爹。在这里，全区的革命、生产、奇闻、笑话以至家庭纠纷，都会很快传播、评论。在这百年老街、区直小集上，理发室就成了一个最活跃的地方。人们根据这个情况，给理发室取了一些雅号，比如"政策研究所""临江路透社""情报供应站""逗是聊非室"等等。

卢大全走进理发室，往一张空转椅上一坐，理发员老王立即给他围上一块白布，推剪剃洗地给他理起发来。

人们正谈得兴致勃勃，好像根本没见他进来似的。

"猛虎不及地头蛇，你跑到别人农场去打，不是送死？"

"听说有人给农场走漏了风声？"

"屁话！跟着去的人，有的还搞不清什么名堂，谁能给农场报信？"

理发的人，被理发的人，闲坐的人，你一句我一句地谈着自己的消息，议着自己的看法。卢大全从大家的言谈中，才知道定平他们在跃进农场吃了"败仗"。

原来，昨天深夜，定平和陈耀金带人包围了农场"武斗"队的营房。他们正要撬门进去，里边的人被惊动了，有个伙计操起枪就打，一下子全屋的人都起来了，不停地朝外打枪、扔手榴弹，农场的广播也发出集合号令。顿时，人们挥着锄头、扛着冲担从四面八方包围过来。定平他们边打边撤，顺着大沟爬了回来。半路上一清查，丢枪两支，负伤三人。真是"偷鸡不成反蚀一把米"。

难怪定平他们无端地把卢大全从地里押来，劈头盖脸地诬陷他给跃进农场送信。想拿他出气、要他背锅？真是人在家中坐，祸从天上来。

他回到队里，社员已经收工，吃了饭，洗了澡，天就黑了。

突然，门外响起急促的敲门声，原来是戴着红袖章的宋进华来了。

两人进房，互相问候以后，宋进华边从衣兜里往外掏烟边说："你走出门市部以后，小孙就进来告诉我，说你断炊了。当着这些人又不好把烟给你，怎么办？我找小孙拿了一条烟，等到晚上才来了。"

"真不知怎样谢你才好！以后不要干这样的事了，为我抽烟冒这个风险，划不来。"

"这种情况长不了！"接着，宋进华把最近在外地采购中听到和看到的情况简要地告诉了卢大全。

"'造反派'不得人心！据我了解，咱们区委机关被他们打倒、下放改造的人，都被群众保护起来了，一旦行动，他们会带领群众冲上来！"

宋进华分析了"造反派"与跃进农场冲突的事态发展，建议他暂时离开，以"搞采购"的名义到外面躲一阵再说。卢大全不同意，说："贫下中农需要我。"

临出门，宋进华大声地说："你要老实点，如有乱说乱动，莫怪我们'造反派'对你不客气！"又低声说"不要送"，就消失在夜幕中。

不一会儿，拍门声又响起来。

这回来的是光柱，他告诉卢大全："区里的'造反司令部'通知，明天举行集会游行，抗议'农场暴徒'的罪行，要停产参加，还要把你搞去批斗游街。支书说，你是不是出去躲一躲？"

"躲什么？他们能把我吃啦？我倒不担心自己，我担心的是生产。"

"已经做了安排，我领着一帮老小去参会，劳动力留下搞生产。"

第二天清早，"武斗"队员把卢大全押到了"威虎厅"。他一抬头，见里面有一个人，已经被五花大绑，挂上了"黑牌"。怎么像是刘敬民？不可能啊！他以为眼花了，仔细一看，"黑牌"的三个红叉下面，可不就是"刘敬民"三个字！

原来，昨天下午高强去了管道公路指挥部，参加晚上的碰头会。刘敬民一到，他就按照约定，用暗语给定平他们拨电话报了信。过了一阵，定平派人把电话打到指挥部，点名找刘敬民，对他谎称是跃进农场的人，说"您家沈技术员被抓起来了，正在审讯呢！她托我给您打个电话，让您赶快想办法"，还没问上两句，电话就断了，让他"喂、喂、喂"地喊着干着急。

这些天，关于肖龙的传闻，让刘敬民担心跃进农场会乱，对沈亦芳不利。接到电话，脑袋一嗡，信以为真。当即给领导请了假，说家里有点事，快去快回，就拦了一个去农场方向的便车往回赶。临江的"造反派"早已在必经之路上候着，半道把他截住，押回区里，扔进了黑牢。

此刻，挂上"黑牌"的刘敬民，就像一个人做梦从云端掉下来、正落在半空中那样的惊恐不安却又无能为力。他和同样五花大绑、挂上"黑牌"的卢大全一起，被推上了批斗台，先开控诉会，后游街示众。游街的时候，他们被推到队伍的最前面，后面跟着的是三个被农场打伤的"武斗"队员，就好像这些家伙是被他俩打伤似的。

下午，卢大全慢慢地挪回房东邓太婆的家里。他朝靠椅上一坐，浑身像散了架，不想动弹。两只被棕绳绑了大半天的胳膊现在还是木的，挂玻璃窗"黑牌"的脖子是僵硬的，屁股一直没有沾板凳，腿都是麻的，那浑身上下的伤也火辣辣地疼。老两口把他迎进屋以后，就忙碌起来。邓育忠帮他解开那被血和汗浸透了的衣裳，用温热的毛巾轻轻地擦着，邓太婆把满满的一杯茶递到了他手上……

昨天，他判断这帮家伙要借用临江区的力量，搞乱跃进农场。今天，从他们的嚎叫声中，从他们安排游街的险恶用心里，他发现原先的判断错了，定平他们是要打出"农场"这张王牌，来继续搞乱临江！但他们为什么要把刘敬民从路桥工地押回来批斗呢？这里头有什么阴谋？想起刘敬民那恍恍惚惚、心不在焉的神情，他的心就揪了起来，莫名地为老刘担起心来。

卢大全坐了一会儿，喝了杯茶，扬扬胳膊伸伸腿，然后站起来，像往常一样找事做。可是他要挑水，"缸是满的"，扁担被夺走；他要扫地，"才扫过的"，扫帚被抢去。他就坐到灶门烧火，邓太婆还要来夺火钳，邓育忠用目光制止了她，卢大全这才做起事来。

不一会儿，饭菜做好了，三个人围着小桌，好像什么事也没有发生过一样。卢大全正要端起饭碗，邓育忠把他的手一按，拿出一瓶酱色的药酒，倒了两杯："来，喝了它。"

"让您费心，我真过意不去。"

"说这话就见外了！干革命不光要有坚定的意志，还要有强壮的身体。来，喝！"

卢大全喝了一口，觉得又辣又香。

"我早就想给你泡点药酒，有几味药难得买到，最近才谋齐了。我还怕没泡出味来，还好啵？来，干了这杯！"

"我好上脸，不能多喝，免得他们找来了，见我面红耳赤，又该说我不老实。"

"莫管他，喝了就去睡，有什么事，我去对付。"邓育忠说："我无儿无女，有钱就吃点喝点，怕什么？我银行里还存着这个数呢！"说着，伸出两个手指头，哈哈地笑了。

邓育忠对邓太婆说："我明天要出一趟门，过江会个老朋友，快则一两天，慢则三五天。你每天把生活安排好，割点肉、称点鱼，莫舍不得。今年是个丰收年，闹好了，每家每户都要进几百、千把块钱咧。药酒喝完了，再打两斤白酒掺进来。这药莫倒了，还可以泡三四回呢。"

邓太婆说："我安排不好，你来！兵荒马乱的，你到处乱窜什么！"

卢大全也说："西瓜正在长熟，您走不开呀。"

邓育忠手一摆："你们莫担我的心！我自有主张，都安排好啦。"

八、守望相助

这是一个不平静的夜晚。

管道公路指挥部的碰头会，高强毫无悬念地请假缺席了。他自知理亏，干脆不露面。

周工虎着脸第一个发言，质问指挥长吴晓勇："你们县里往'三线'工地派人，事先没有把关吗？先说有经济问题，弄回去一个科长；现在说有政治问题，装神弄鬼地把刘敬民弄回去了，你们怎么解释？把国家重点工程当儿戏吗？"

吴晓勇装出一脸很无辜的样子，敷衍道："周工的意见，我向县里反映。"

其实，他一开始对刘敬民这个基层干部并不在意。后来听县里的哥们儿私下说，江明早在临江工作时，就数次力荐刘敬民，组织部门以他爱人海外关系复杂、无法外调为由，给否决了。江明当上县委书记后，对县里的干部们很随和，但都是保持工作关系的等距离交往，这跟他对待群众的热情态度明显有温差。吴晓勇是一个靠派性上位的人，习惯于"非此即彼"的敌友观念。他搭不上江书记，心里就直打鼓。如果江明真的在为刘敬民铺路，刘敬民上去了，江明不就多了一个嫡系和帮手，而自己不就多了一个对手吗？

最近，吴晓勇又多出了一个顾虑。他感觉到，自己待在工地上，是一把"双刃剑"。虽然暂时能偏安一隅，但致命的问题是离开了县里的权力中心，迅速被边缘化了。他必须打起全部的精神，为自己从长计议。曾达这个人虽然庸俗不堪、一肚子坏水，但是他脑子灵光、消息灵通，当个炮灰啥的利用利用，还是可以的。对刘敬民被扣押一事，他决定采取事不关己、听之任之的态度。

周工还在不依不饶："刘敬民一走，他负责的工作就得受影响，谁来负这个责任？你们考虑过后果吗？"

吴晓勇说："我给高强副指挥长说一声，让他们临江尽快把刘敬民的问题查清楚，如果没什么大事儿，就让刘敬民赶紧回来工作。"

吴晓勇又试探性地说："临江区抓刘敬民，会不会是县里授意的？听说关于刘敬民和他爱人的传闻，都传到县里去了，还把江明书记扯上了，估计江书记也不好表态让区里放人吧？"

曾达是个沉不住气的主，坐在一边，一副得意忘形、幸灾乐祸的样子，阴阳怪气地说："刘敬民的爱人不是在跃进农场吗？尹场长，她的情况您清楚吧？"

尹天亮敷衍道："我知道有这么个人，但是对不上号。"

曾达不怀好意地笑着："那您就有点官僚主义喽。"

尹天亮面无表情地冲着天花板翻了翻白眼，没有理睬。

周工见县里派来的这几位心思都不在工作上，又气又急，就要发难。

张工担心他言多有失，就拿话岔开："下午红炉班有人受伤了，周工说要去现场看一下的，什么时候走？"

周工一听，更来气了："今天有人受伤，不知道明天还会出什么事，你们在座的心里踏实吗？钢筋班与浇筑班的工期安排有交叉，木工排有事需要与器材科协调，都在嗷嗷叫，刘敬民一走，很多事情无人管，开始打乱仗了。工程科科长的职位绝对不能空缺，你们说怎么办吧！"

吴晓勇说："要不，请张工临时顶替一下？"

周工发火了："你以为技术人员都是吃闲饭的，可有可无？张工离不开！"

尹天亮实在看不下去了，说："临阵换将，兵之大忌也。拆了东墙补西墙，终归不是办法。要么赶紧让刘科长回来，要么请县里另派人来。"

最后商量的结果是，第二天起请尹天亮副指挥长临时负责一下工程科科长的工作。

尹天亮见吴晓勇一脸得过且过的样子，就说："我服从碰头会的决定，但保留自己的意见。"说完就叫上周工、张工去工地了。

周工和尹天亮提心吊胆、如履薄冰，考虑到工程关系重大，所以不约而同地向所在单位作了汇报。结果是，吴晓勇还没有把情况反映到县里去，省指挥部的板子就已经结结实实地打下来了。

邓育忠老两口与卢大全刚吃完晚饭，光柱就一阵风似的进来了。他边拎起胸前的衣服扇着风，边小声说："游街之后，我去区委找人打探民政老刘的消息，说他被押到东边生产队劳动改造去了。老刘是被他们设了局骗出工地的。定平本来要关他黑牢的，但因为最近黑牢使用频繁，周转不开，高强就提议把他扔到就近的生产队，方便随时提审批斗。我借口找水喝，到区委食堂孟师傅那里打了个转，磨蹭了一阵子，再拐到东边生产队去找他们的队长黄腊狗。"

黄腊狗一见光柱，心领神会，没聊几句就抱怨起来："今天'造反司令部'硬是往我们队塞了个'黑打手'刘敬民，嫌死人！最后强行派到了黄茂田家。他家儿媳妇张淑珍是个厉害角色，坚决不干，冲着押送的'造反派'直嚷嚷：'这怎么个搞法？我们湾子跟区委就隔了一条大沟，打个喷嚏都听得到，到时候说他通风报信，我们吃不起瓜落儿！你们还说要经常押回去审讯，那还要我们贫下中农教育个啥，你们直接教育不就行了！你们斗完了、游完了街，他这一身的伤，往我家里一扔，叫我们怎么办？嘿，嘿！爹爹您给他喂个么水咿！让他们赶快拖走！'没办法，就这么砸在他家了。"

光柱说："刘敬民昨天还是工地上指挥几百号人的工程科科长，今天就成了'牛鬼蛇神'，直接从天上掉到地上，够他受的。"

黄腊狗说："可不是吗？老刘挺沉稳的一个人，这次受的刺激不小，跟平日里判若两人。放到你们队的'黑打手'卢大全，我看他倒是老实多了，你们教育得不错。"

听到这里，卢大全突然开窍了："老刘很可能是对他爱人沈亦芳的处境不放心才被骗出来的，那他现在最担心的就是沈亦芳的安全。我爱人玉珍跟沈亦芳很熟，让她去一趟老刘家，探个虚实、送个信，这样他们夫妻两人心里都踏实了。"

光柱点点头："我这就去找孟师傅，请他给玉珍嫂子传个话。"

卢大全说："他们把老刘放在东边队，就是摆在眼皮子底下，不会轻易放过他。你提醒老刘小心行事，拜托队长黄腊狗多留个心。"

邓育忠说："东边队和黄茂田那里，尽可以放心。婆婆，你把药酒倒一小瓶，交给光柱，让刘同志喝了，多少管点用。"

第二天清早，邓育忠换上一身干净的衣服，夹把油布雨伞，乘坐渡划过江去了。

卢大全心中又结了个疑团：育忠大伯很少走亲访友，有个三病两痛的也不离瓜棚一步。现在生产大忙，斗争激烈，路上也不太平安，他哪来的兴趣走亲访友？

一天过去了。

两天过去了。

第三天仍不见邓育忠回来。卢大全吃了晚饭，烦躁地在堂屋里踱圈子，然后坐下来自言自语："今天是第三天啦！"

邓太婆在灯光下缝补衣裳，边做边说："你莫担他的心。他虽然年纪大了，身体还结实。别看他一字不识，可有心窍啦！他呀，可是个胆大心细的人！"说起老伴，邓太婆夸奖开了：

"那还是日本鬼子最猖狂的那一年，他给钱斌家当长工。有一天，我们正在吃午饭，日本人的炮艇就靠了岸，闹得鸡飞狗上屋，男女老少都往苞谷地里躲、朝芦柴林里钻。育忠慌忙牵着钱家的大牯牛往湖里赶，谁知道这牯牛发了犟，玩命地往回跑！这才不得了啦，万一这头牛给日本人牵去，我们当一辈子长工，都还不清这一笔阎王债！他一直追到垮子头前，总算把牛的缰绳拉住了。"

"几个日本人也围上来了。他把牛绑在杨树林里，就装着解手的样子，提着裤子跑出来。牛没被捉去，人被押走了。"

"他被押到江边，就钻进了人群堆里。这些人都是没来得及跑，被鬼子抓到的。原来鬼子的炮艇撞上了岸，搁了坡，开不动了，把当地人抓来推船。"

"一、二、三，呵！"

"一、二、三，呵！"

"大家喊的声音蛮大，就是不出力。推了半天，船还是没动。鬼子发了火，枪一举：'八格牙路，死了死了的！'"

"这时，船舱里钻出个军官，朝日本人一挥手，让他们把枪放下，对人群说：'你们的，是皇军大大的良民！'又打了个'把船推开'的手势：'皇军大大的奖励，懂得？'说完，他又一挥手，要日本人也来推船，他站在船上指挥：'一、二、三，呵！'，'一、二、三，呵！'大家跟着喊，就是不下力，船还是不动。把一帮日本鬼子累的，一个个坐在堤坡上喘粗气。"

"育忠悄悄同几个年轻力壮的人咕噜了几句，就对日本人说：'太君，人少了，推不动。'又朝一座破窑一指：'那里的人，大大的有！'军官一听乐啦，赶紧派出四个鬼子，让育忠领着一帮人：'开路开路的！'"

"一走近破窑，鬼毛都没有，鬼子一愣，还不等转身，就被砖头砸死了。育忠他们掉头回江边，群众正同鬼子扭打，他们上前帮忙，把鬼子的脑壳打开了花。船上的两个司机，也把一个日本军官、一个拿机枪的鬼子打死了。"

"司机请大家帮忙把炮艇推下水，开到江当中，点着汽油，一把火烧了！"

"司机游水回岸，问了一下路，就投奔新四军去了。后来才知道，这两个同志，有一个在一九四九年牺牲了，另一个就是江书记——江明。"

卢大全听了，心情异常激动。像邓育忠这样苦大仇深的老贫下中农，才是顶天立地的硬骨头，人民政权的铁柱头！他同这些人紧紧地站在一起，就有力量，就有智慧，就有方向！那些自封为"造反派"的人，别看他们洋洋得意、不可一世，骑在人民头上作威作福、张牙舞爪，实际上不过是些跳梁小丑，决然逃不脱历史的惩罚！

一直到第五天傍晚，邓育忠才回来。他满脸笑容，蹬蹬地跨进门来，那股高兴劲，好像又迎来了个丰收年。

卢大全帮他挂好雨伞，拍了拍身上的尘土，然后只见他从口袋里往外掏东西，掏一样说一样："虎骨，田三七，天麻，红宝书！"

卢大全别的一概不要，连忙捧起那个小红本。他边看边问："老朋友送的？"

"对！不过，他既是我的老朋友，也是你的老领导——江明书记！"

"您不是过江的吗？怎么到江书记那里去啦？"

邓育忠没有回答，只顾说自己的："把这三味药泡到药酒里，可再好也没有啦！"

卢大全没有多问，就全神贯注地看起小红本来。

邓育忠吃了饭，洗过澡，换过衣服，对邓太婆说："今晚我不回瓜棚，就同大全挤一挤。"

邓太婆说："管你呀！要睡就早点睡，大全做了一天的事，莫拉着别个一扯就是半夜。"

上床以后，这一老一少没有睡，两人靠墙坐在床头上，邓育忠小声地对着卢大全的耳朵，开始了他的汇报。

"我这次到对江搞外调去了！"

"外调？"卢大全又往里挤了挤："我说您哪有空走人家！怎不事先给我通个气？"

"我去找的人，二三十年没见面啦，搞得成、搞不成，没有把握。我同支书商量过几次，非去不可。"然后，他把自己调查的情况详细地告诉了卢大全。

　　原来，邓育忠听人说，早年定平叛变以后，投靠了日伪汉奸部队"皇协军"，在三眼桥一带干了很多坏事。三眼桥有个雷三牛，邓育忠同他一起在钱家当过长工，后来雷三牛为了反抗钱家的欺压，把铺盖一卷回老家去了。这次，邓育忠以探望雷三牛为名，调查定平的罪恶历史。

　　"雷三牛身体可结实了，现在是队里的保管员。贫苦老友一见面，那个亲热劲就不用提了。我一提起定平，他恨得直咬牙：'早知道他还没死呀，真该捉回来千刀万剐！'"

　　"第二天夜晚，三牛串连了几个知心老友，到仓库与我谈了大半夜。有人说到伤心处，眼泪直淌。"

　　"这个后来当上日伪小队长的定平，在三眼桥一带杀人放火、强奸妇女、拦路设卡、敲诈勒索无恶不作。有一次，他抓住了我们的地下交通员肖志中，给活埋了！"

　　"日本人投降以后，这个家伙离开了三眼桥。据说他摇身一变，当上了国民党'中统'江上情报站站长，专门收集我党在长江沿线活动的情报。"

　　卢大全说："难怪他拿出法西斯手段来对付我们！"

　　"昨天，我弯路进了县城，"邓育忠按着自己的记忆往下说："我想找一找江书记。进到街口，碰到公安局的老姚——他在合作化时住过我家。他说：'江书记被"造反派"围攻得正激烈呢。他爱人在我们公安局工作，我让她捎个信。走，上我家去！'昨晚上，我在他家过的夜。他告诉我，人家要'砸烂公检法'，他'靠边看'已有半年多了。什么叫'靠边看'？就是在街上逛逛，看看大字报，看看'武斗'，看看社会秩序。你说不忙吧，有时连饭都吃不上。你说忙吧，也没什么具体事。我把调查的情况向他做了介绍，他说，定平这条死狗还没断气，现在从阴沟里爬出来，又张嘴咬人了！我问他公安局有没有定平的档案材料，他说半年前'造反派'把档案材料说成黑资料，抢去烧了。他把记得的情况告诉了我。"

　　"定平在国民党反动派败退之时，又拉起二三十条枪的队伍，要到水乡湖区打游击，打算同残余势力里应外合，跟我们拼一死战。后来被我县大队包围，打垮了他的土匪武装，缴了他的枪，他当了我们的俘虏。人民政府根据他前前后后的罪恶，判了他的死刑。正要执行，让他半夜越狱逃跑了。后来他又混进我们一个县机关，当上了税收员。他搞贪污，'三反五反'又被丢进了监狱。宽大出狱后，又攻击'三面红旗'，政府对他依法逮捕。"

卢大全说："难怪他经常吹嘘自己几进几出、提着脑袋玩，原来是这么回事儿！"

"1965年，他在牢里病得快死了，通过省里一个什么大人物给他保外就医。后来病好了，就安排在我们临江大堤守闸。"

"哦，原来他是这样来到临江的！"卢大全恍然大悟。

"今天清早我向老姚告辞，他递给我一个小包，说是江书记捎给卢大全同志的，我就接过来了，就是那红宝书和药材。"

两人又谈了一些别的情况，邓育忠就躺下了，一翻身打起呼噜来。他像完成了艰巨而繁重任务的战士，睡得是那样香甜！

而卢大全却心潮起伏，难以入眠。他先前没有了解定平的全部历史，只是一次偶然听高强说"定平是土匪"，自己在一次会上不点名地将了定平的军，后来被人反咬一口"捏造罪名、污蔑革命闯将"。从这点来看，是中了高强的圈套。从育忠大伯了解的情况看，定平不光是土匪，还是一个叛徒、日伪汉奸、特务。如果让这样的人掌了权，该是多么危险啊！

这天"早请示"以后，高强打破常规，趁着人没散开，提议"造反派"头头们研究一下工作。他首先把自己编的瞎话，即如何教育炊事员老孟，老孟如何检讨、如何表态、如何建议，吹了一通。

他话锋一转，扯到"黑打手"刘敬民从工地回来后如何不老实，到农村劳动改造居然把房东给拉过去了："房东的孙子喊他叫'干爹'，碰巧被我们的'武斗'队员听到了。他哪是劳动改造，还在那里作威作福咧，还有资产阶级孝子贤孙伺候咧！"

原来，房东黄茂田对五代单传的小孙子特别宝贝，见这孩子跟刘同志亲，很快就成了人家的小尾巴，提出让孙子认干爹。刘敬民哈哈大笑："我没有女儿，更喜欢女孩咧。"张淑珍因为老人重男轻女而受过气，这会儿喜出望外："那就姐姐、弟弟一起认干爹！"

高强接着引导说："我的意见是，他半天在生产队劳动改造，半天回到区委，让他卖饭票。给他点事情做，不能再让他做老爷、吃闲饭。在我们的眼皮子底下，他还能变出什么花样！"

钱斌表示赞同，不过有点补充："让他给老孟当个帮手如何？光卖饭票太轻省了。"

定平马上反对："不能让他沾食堂的边！万一他在饭菜里下点毒药，我们都会闹死！我们夺了他的权，搅了他的科长，戳了他的安乐窝，他会甘心吗？"

又经过一番争论，最后定下来：从明天起，刘敬民上午在生产队劳动改造；下午回区委劳动，内容是卖饭票、种菜、养猪、挑水、扫地、贴大字报；晚上则是审讯、反省。

玉珍走进沈亦芳那间不大的办公室时，见她正一手拿着一个还在往下滴油的零部件，一手拿把卡尺，对着图纸在测量精度。一件肥大的劳保工作服套在她的身上，更显出她的高挑纤细。

其实，把这里称作"操作间"更为贴切。它紧挨着维修车间，一张宽大的金工操作台占据了屋子的大半，与角落里那张破旧、粗糙的小小办公桌形成了鲜明的对比。玉珍每次来，她不是在操作台上动手处理关键零件，就是在车间里指导钳工、车工、刨工等解决技术难题。

见玉珍这个时候突然光临，沈亦芳那双大大的眼睛里掠过一丝不安，但她很快就恢复了平静，用棉纱擦了擦手上的油污，热情地招呼起玉珍来。

玉珍拉着沈亦芳的手，悄声说："亦芳嫂子，敬民大哥现在住在东边生产队的一户人家家里，队长和户主都是好人，一定会护着大哥的，你放心。"

一路上，她都在盘算着怎么跟亦芳嫂子讲。这毕竟不是好消息，都说出来，她担心亦芳嫂子承受不了。但是，沈亦芳何等聪明，什么事都别想瞒住她，况且丈夫有家不能回，她还不晓得问题的严重性？所以就大致地说了一下刘敬民从工地到区委的经过。

"敬民大哥回得匆忙，没带换洗衣物，大全就叫我过来取一下，也看看你和孩子们的情况，回头告诉大哥，让他放心。"

沈亦芳说:"现在我也是'黑打手'的家属了,你不怕受牵连、罪加一等,辛辛苦苦走了这么远的路来报平安,你都不知道我有多感激!"

"嫂子这样讲就见外了,敬民大哥和你帮我们的还少吗!前些年我家大全因为入党申请长期得不到批准、思想压力大,有段时间都变得沉闷了。敬民大哥借口大全的字好,故意喊他去写结婚证。有人说敬民大哥:'你的字也写得很好啊,干嘛喊大全去干?'大哥说自己手抖。其实,大哥的手抖不抖,就看大全在不在。如果大全有空,大哥的手是要抖的。如果大全在忙着,大哥就会自己动手,在结婚证上写上好看的隶书。大全跟着大伙说说笑笑,心情也好多了。大哥催促单位赶快去外调,后来他还当了大全的入党介绍人。我家的几个小鬼出生,嫂子你都在场,他们对你可比亲娘还亲。"两人都笑起来。

走到家里,沈亦芳请赵婆婆下菜地里摘了一大篮子菜带给孩子们,又清出几件衣物挽成一个小包袱,托玉珍捎去。

玉珍说:"那我就不客气,这些菜全部收下了。菜场的售货员说我是'黑打手'的家属,连菜都不肯卖给我,只能求别人帮忙代买一点,孩子们好久没见到这么多新鲜的蔬菜了。过去,敬民大哥经常把你家菜园的菜驮到区委,分给同事们。哪家有什么好吃的,也塞点给他带回来。那时候,区委院子里每天都热热闹闹,孩子们从东家串到西家,无拘无束,多好啊!不像现在,打个招呼都说你们搞'串联'、通风报信。一提起'威虎厅'、黑牢,孩子们都吓得哭。这种提心吊胆的日子,什么时候是个头啊!"

沈亦芳安慰她:"黑夜再长也会天明,都会过去的。你家里还有一排孩子等着呢,我就不多耽搁你了。"赵婆婆又把为自家准备的菜塞给玉珍不少,沈亦芳就跟玉珍把东西抬到修理站,找了一个修好的拖拉机,捎她一段路。

沈亦芳心里清楚,又是自己连累了丈夫。

当初,她为爱上意气风发、英气逼人的刘敬民而痛苦,担心自己的家庭背景会影响他的前途时,他没有丝毫犹豫:"你到哪里,我就跟到哪里!"

男人都看重自己的事业和社会价值,丈夫年过四十了,还只是区里的一个小科长，但他从没有抱怨过，而是充满热情地迎接每一天。为了方便妻子，他把家安在沈亦芳的单位宿舍，自己骑车上下班，往返于区委和偏远的跃进农场农机修理站之间，风雨无阻。繁重的工作，艰苦的生活，长江边夏天的炎炎烈日和冬天的凛冽寒风，把他变成了一个粗糙的中年男人，难怪张启鸣在工地上乍一见到他时，会不敢认。

沈亦芳的老家在广东一个著名的侨乡，祖上漂洋过海到南洋谋生，把赚到的血汗钱汇回来，慢慢地从解决一家人的温饱，到积攒下一点点薄产。到了曾祖父这一辈，他们兄弟到广州做药材买卖，从小本生意做起，渐渐有了起色，站住了脚。传到祖父这一代人手上时，药房创出了名号，陆续开了几家分店。有了钱，沈家就供孩子们读书，指望他们把生意做大，出人头地。

沈亦芳有七个兄弟姐妹，五男二女，都接受了高等教育，有学医药、法律、商科、艺术的，大部分去了国外留学并定居。排行最小的她，怀着满腔爱国热情和实业报国理想，坚决留在了国内，立志献身新中国的机械化建设。

但后来沈家被划成了资本家，家谱里还健在的亲戚，在境外的实在是太多。人的出身无法选择，但后天的道路是可以选择的，沈亦芳选择了报效国家、勤奋工作、自食其力和做个好人。

刘敬民收到布包袱，心里一块石头落了地。包袱里，有他经常翻阅的《毛泽东选集》，有几件他常穿的旧衣服，还有一件新做的米灰色短袖衬衫——这一切都说明爱人是平安的，他悬着的心终于放下了。

另外还有两件旧衣服，让他看了又看，差点掉下泪来。

他的那件本白色棉布衬衫，是家里买了缝纫机后，小沈的第一件作品。在领子后面平常贴商标的地方，小沈用浅粉、嫩黄两色丝线绣了两朵并蒂小花，花蕊是两人昵称的首写字母。他最爱穿这件衬衫，一直穿到它太老太旧，不得不退役为止。

那件婴儿服，是他瞒着怀孕的妻子到省城住院治疗血吸虫病时，出院那天走进马路对面的商店，一眼就看中的。这是一件拼色条纹的线织婴儿服，比巴掌大不了多少，可别提有多乖巧了，于是毫不犹豫地买下。没想到，大儿子出生后，还穿了它挺长时间，后来老二、老三再接着穿。每次看见这件巴掌大的婴儿服，两口子都会傻乐一阵，笑出声来。

接到那一通莫名其妙的电话以来他所经历的一连串痛苦折磨，瞬间被妻子的爱和家庭的温暖给冲淡了许多。

这几天在"威虎厅"，"造反派"的头头们对他进行了"轮番轰炸"：

定平冠冕堂皇地发问："你老婆是跃进农场的人，就是你给农场通的风、报的信！还不如实交代！"

陈耀金迫不及待地打探："听说你在工地上以抢工期为由，实行残酷劳动，压制群众运动，你凭什么阻扰工地上的广大群众'造反'！你跟跃进农场的尹天亮一唱一和，你们有什么私下交易？工地上还有哪些'死硬分子'？你要反戈一击，将功抵罪！"刘敬民察觉出来，陈耀金对工地的事特别感兴趣，他这是想把火烧到工地上去。

定平还拿刘敬民的家庭生活大做文章，咬牙切齿地咆哮："你老婆就是一个娇滴滴的资产阶级小姐和外国特务！你就是一个被资产阶级糖衣炮弹击中，被金钱美女腐蚀，被阶级敌人拖下了水的蜕化变质分子！你说，你跟国内外敌人有什么罪恶勾当？"

钱斌不愧是地主的后代，他抛出了"重型炸弹"，想要对刘敬民实施毁灭性打击："你们这一对坏分子贪图享乐，追求资产阶级生活方式，私自雇佣了一个赵婆婆当长工，残酷剥削欺压她，强迫她做家务、带孩子，有没有这回事？！你说赵婆婆是孤老，跟你们共同生活是双方自愿，今后要为她养老送终，鬼才相信！凭什么你们拿着两份工资，还侵占国家集体的土地作菜园子，有没有这回事？！什么？农机修理站为了治理滋生蚊虫的臭水沟，把它分给职工填埋平整作菜园子？简直是鬼扯！"

高强坐在那里，一言不发。跟这几个光脚的"造反派"不同，他还是有所忌惮的。后来听他们越说越离谱，就借故开溜了。

刘敬民住到东边生产队之后，情况有了变化。一天夜里，定平他们正以审批为由，对他进行人格侮辱和人身攻击，队长黄腊狗领着一群社员，人人都戴着红袖章，冲进来对着刘敬民大吼："你这个'黑打手'，还在这里磨蹭什么？押回队里批斗！"

刘敬民恢复了精气神，融入到人民群众之中，又成了群众的主心骨。区委大院的孩子们又见到了从前那个他们所喜欢的刘叔叔，在他卖饭票时，总会有小孩送个小板凳给他坐。

九、保护家园

被农场打伤的三个"武斗"队员俨然成了英雄，这一天下午，他们又在伙房里找吃的、翻喝的，得不到满足就火冒三丈，指责、谩骂不绝于耳。老孟开始不理他们，后来实在忍不住了，顶了一句："哪个该伺候你们的？"

一个"武斗"队员听见了，冲上来指着老孟的鼻子："哦？你服侍的官老爷被老子们打倒了，你心怀不满？告诉你，如今老子们掌了权，你就得服侍老子们！"

"你差八辈子火！"老孟也喊起来。

"你敢骂人！"那人上前就是一脚踢过来。其他两个"武斗"队员也像饿虎擒羊似的朝前扑。

说时迟那时快，老孟抓起两个盛菜的碟子飞了过去。冲到前面的人"哎哟"一声，用手捂住额头，鲜血从指缝里渗出，滴到地上。"武斗"队员遭到这突然打击，都惊呆了。

老孟又操起一把明晃晃的菜刀，朝案板上一拍："你们来呀！不怕死的上来，老子同你们拼了！"

"武斗"队员又是一惊。

正在这双方相持的片刻，刘敬民大叫一声："不要动手！"一步跨到中间，把双方隔开。高强也闻声跑过来，夺下老孟的菜刀。刘敬民掏出手帕，给负伤的人捂住伤口，扶着他到卫生所去包扎治疗。

刘敬民从卫生所回来，见人们已经散去。老孟正在煮饭、洗菜，从他扔篮子、甩火钳的举动看，他还余怒未消。刘敬民正想上前劝解几句，高强就站在门口喊："刘敬民，你到前面办公室来！"

老孟一边做饭，一边想辞职不干了。现在是有理无处诉、有冤无处伸，自己像砧板上的一块肉，别人想剁就剁、想砍就砍，这还有人过的日子吗？越想越觉得干不下去了。

突然，听到街上人声鼎沸，大人的奔跑声、小孩的叫喊声好不热闹！老孟从窗口往外瞄，只见一帮"武斗"队员前呼后拥，用枪把刘敬民押在前面，游街示众。

刘敬民头戴高帽子，胸挂大"黑牌"，手提铜锣，边敲边喊："我叫刘敬民！我是死不改悔的'走资派'！我唆使食堂的孟师傅持刀伤人！我挑动群众斗群众！我有罪！罪该万死！"接着是"当当"两声锣响。

听着刘敬民嘶哑的叫喊声，老孟心里一阵阵发痛，泪水止不住地往外涌。

"他做了我的替死鬼！他们拿我这烧火做饭的没办法，就拉老刘来出气。我真的把锅铲一丢，还不知道老刘怎样挨整呢。"他赶忙拿起扫帚，打扫刚才打破的碟渣。

清晨，开始还满天乌云，不大一会儿，万道朝霞冲破了密云，通红的太阳从东方升起，把灿烂的阳光洒满田野。卢大全和社员们又扛着锄头、身披霞光出工了。

广播的高音喇叭里，传来了一阵高过一阵的欢呼声和口号声。原来是省城的百万军民游行集会，为"加强团结、恢复秩序"的最新指示欢呼。

"快走！快！往苞谷地里钻！"卢大全正聚精会神地听着，突然大队支部书记邓育发在背后大吼一声，赶上前来，拉着他钻进了苞谷地。邓育发把苞谷苗扒开一条缝，卢大全才看到一辆拖拉机改装成的宣传车，正缓慢地开过来。

邓育发说："天麻麻亮，一帮'武斗'队员就包围了我家，问我为什么不广播他们的'告全区同胞书'，我推说话筒坏了，他狗日的就把宣传车开来了！"

"……跃进农场的一小撮暴徒在'走资派'的指使下，妄图对我们搞暴力行动，叫嚣要踏平临江，强占地盘！我们临江区的人民要紧急行动起来，实行'文攻武卫'，坚决同他们血战到底！"

"……全区同胞们，迅速行动起来，放下农具，拿起武器，投入战斗！不要埋头生产，不要为错误路线而生产，不要为复辟资本主义准备财富。我们要实行全民皆兵，保家保田，同农场的暴徒血战到底……"

等宣传车爬过去、走远了，两人才从苞谷地里钻出来。

邓育发说："现在人们的思想都被这些坏人搞乱了。比如说，要革谁的命？他们说革'走资本主义道路当权派'的命。专谁的政？他们说专'干部、党团员和贫下中农'的政，因为他们得了'走资派'的好处，是那些人的'黑打手'。"

卢大全表示赞同："确实要把搞乱了的思想路线再扳正过来才行。我们在战场上，对那些放下武器的敌人，还不打不骂不虐待不搜腰包，愿意回家的还发路费。可现在他们抓住我们就往死里整，不死也得脱层皮，还说这是'革命行动'。谁反对这样做，他们就扣大帽子，还引经据典地说'不是东风压倒西风，就是西风压倒东风，在路线问题上没有调和的余地'。"

"我们最根本的一条，还是要维护人民群众的利益。"

"对！他们把枪口对准干部群众，颠倒是非，混淆黑白，围剿和压制不同意见，实行白色恐怖、无情打击，比国民党反动势力有过之而无不及。"

邓育发笑着说："他们不许我们过组织生活，要不咱们组织党员晚上在一块儿乘凉聊天、统一思想，总可以吧？我要到沿湖一带检查麦子，从季节上看，快开镰收割了。你是不是一块儿去？"

卢大全摆了摆手："宣传车说要'血战到底'，这是跟上面唱对台戏呀，恐怕有什么新名堂。胜利在望不等于胜利到手，鸡鸭在断气以前还蹬几蹬呢，我找光柱他们聊一聊，合计合计。"

"那好，下午我们在育忠的瓜棚再碰个头。"

卢大全前前后后一想，心情又沉重起来。坏人手中有枪杆子，我们赤手空拳；坏人操纵着舆论工具，我们不能发声；坏人篡夺了一部分大权，我们还受着他们的"专政"。他也不能开个会，同大伙一起商量商量。

他知道贫下中农是心明眼亮的，早就恨透了定平这伙坏蛋。问题是怎样重新把队伍组织起来，就像把遍地的干柴拢成一堆，把火点燃，把定平一伙的阴谋烧成灰烬。这种组织工作必须赶在敌人下手之前，又必须不动声色地进行，过早暴露就会付出不必要的牺牲。定平他们捣乱的时候，总是把群众推到前头。这种事他不能干，可又不能单枪匹马地去斗争。他又一次感到，离开了组织，离开了领导，离开了同志，离开了群众，一个人是多么渺小，多么无助！

不觉来到地里，看见社员们喜气洋洋，争论声、谈笑声、歌声响彻田野，这种气氛一下子感染了他。他大步朝光柱走过去，发现光柱旁边有个人在挥锄薅草。等他走拢，光柱说一句"他来了"，那人掉转脸望着他，原来是宋进华。

"哎呀！你怎么不声不响地跑来支农了？"卢大全走过去，紧紧握着他的手。

光柱指着大沟说："你们到那里去谈，我来放哨。"两个人就进了沟。

原来，这几天宋进华到省城提货，了解到不少情况。他把上级的指示怎么迅速传开，省城的军民如何根据部署，展开强大的政治攻势，踏平了"武斗"据点，收缴了武器弹药，拆除了街上的路障，恢复了市内交通，作了一番介绍。他说着，将省报上套红刊登的指示递给了卢大全。

宋进华说："我昨天提了货，买了报纸，半夜搭船赶回来了。因为电台在反复广播，我怕这班家伙会封锁，就打扮成支农的样子，下地里来找你。"

"你分析得很对！"卢大全说："他们强令各大队都播他们的什么'告全区同胞书'，我们大队不听他的，坚持转播省电台的节目，他们就开宣传车来干扰！老宋啊，你送的信太及时了！"

宋进华说："我们该发起反攻了！"

"对！"卢大全说："现在要密切关注他们的动向。你找一份他们的'告全区同胞书'，就会看出他们最近要耍的花招。他们曾经策划过万一运动有什么反复，就拉起队伍'上山下湖打游击'。他们逃跑之前，会不会制造大的流血事件？我们的目的，就是既不能让他们跑掉，又不能让他们咬人，而是在他张开血盆大嘴的时候，敲掉他的牙齿！"

"为什么等他张嘴咬人？早点动手不行吗？"

"早当然好，那就看我们组织发动得怎么样了。过早暴露我们的意图和行动，就会付出极大的代价。代价总是要付的，力争少一点。你在集上，要密切注视事态的发展。"

"好！我马上赶回去。"

"你能不能帮忙把报上的指示翻印三百份出来？"

"好，三百份，保证一份不少，一字不错！"宋进华扛起锄头，匆匆地走了。

太阳偏西了，卢大全同育忠大伯正在瓜棚里，光柱一阵风似的闯进来："不好啦！他们今晚要炸堤啦！"

原来，"武斗"队里的"自己人"刚才从公社"威虎厅"溜出来报信：定平等人说是农场的人今晚要来偷袭，血洗临江，踢平大堤！"造反派"扬言要拼个你死我活，已把全副武装拉上了牛头塆，在堤上埋了两包炸药，要炸他个人仰马翻。现在陈耀金和钱斌正分东、西两片组织队伍，以壮声势。两支队伍约定晚上十二点以前会师牛头塆，联络信号是手电闪三下。

"他们真要下手了！"卢大全沉着地说。

"堤一炸开，这里可就变成洞庭湖啦！"邓育忠焦急地说。

三人正商议，宋进华大步流星地奔来了。他双手递过翻印好的指示说："集镇上出现了新情况，'武斗'队已经拉上了堤，高强也转移到搪江山，整个公社机关空了城。上午，他们在广播里说农场今晚要来人袭击临江，群众还不当回事，现在这么一闹，都稳不住神了。一时间，闹了个商店关门、学校停课，整条街上没个人影。这些情况，我已经跟民政老刘通了气。"

卢大全说："看来，他们的戏越唱越像了。"

怎么办？大家都看着卢大全。

卢大全避开大家期待的目光，走出瓜棚，背着双手，在瓜地里转起圈子，不时停下来眺望江堤，凝望田野，沉思起来。

他听了上级的号召，曾闪过"等待"的念头。为了落实上级的指示，省委、县委一定会采取果断的措施，人民解放军也会来支援的，定平他们嚣张一时，垂死挣扎，还能一手遮天吗？但是，形势的发展说明再不能等待了。

"你来得正好啊，邓书记！"卢大全对着从路上奔来的邓育发喊道。

"麦子可以动镰啦！"邓育发高兴地扬了扬手上的一把麦穗。

卢大全接过麦穗，剥下一粒丢进嘴里嚼了嚼说："麦子长得不坏！丰收在望啊！"

邓育发还沉浸在丰收的喜悦中，信步走进了瓜棚，一见这么多人，而且个个神情严肃，愣住了。

光柱说："先别想着吃白馍馍，弄得不好就要喝黄汤了。"他接着把定平一伙人怎样阴谋策划炸堤一说，邓育发先是一惊，接着又是一气，跺脚说："他做梦！老子先下手为强，组织人把他一锅熬！"

卢大全问："跃进农场那边有什么动静？"

"别人哪会来袭击我们！农场的肖龙场长是领过兵、打过仗的厉害角色，哪会轻易被临江的这几个'造反派'小毛贼牵着鼻子走！我路过农场，他们都在忙着抢收，都夸我们的棉苗长势好，留我在那里吃了午饭。我要他们的联合收割机帮我们收麦，他们要我们去劳力支援薅草。咱们场社的兄弟友谊，谁也破坏不了！"

卢大全说："好！这证实我们原来的判断是对的。定平他们不过是借着农场的幌子来搞乱临江。"

"前段是打着农场的幌子搞乱人心，现在是打着农场的幌子把堤炸断！"邓育忠气愤地补充。

光柱说："我听到也生疑，他们偷袭农场以后，别人要报复早该来了，为什么一直没有动静，唯独今晚来？"

"他们要炸堤，偷偷一炸就是了，何必扯旗放炮张扬出去？"宋进华提了个疑问。

"他们既要当婊子，又要立牌坊！"邓育发分析："堤也炸了，追查起来，说是'文攻武卫'，责任也推开了。"

"打着革命的旗号，干着反革命的勾当，这是他们惯用的手法。"卢大全同意邓育发的看法。

"既然他们以'文攻武卫'作盾牌，如果农场的人不来，他们'卫'不成，阴谋不就破产了吗？"宋进华又提了个问题。

这一下把大家问住了。

"不管农场的人来不来，堤他们是非炸不可。不然，你扮你的'文攻武卫'，为什么往堤上埋炸药？"光柱说。

"他们心狠手辣，什么事都干得出来！不怕一万，就怕万一，我们不能不防。"邓育忠说。

"上级的指示已经颁布，他们成了惊弓之鸟，准备破釜沉舟！"卢大全说。

于是，大家转入到研究作战方案。卢大全提出这么几种：第一种是由他率领几个人上去，当场揭穿他们的鬼把戏，进行分化瓦解，制止他们的罪行；第二种是组织少数人打入他们的队伍，大部分人埋伏策应，他们如果不动，我们也不动，他们一动，我们就夺枪、抓人；第三种是马上组织人，开赴牛头塆，同他们拼了。

"第三个办法最好！"光柱率先说。

大家你一言我一语地谈了自己的看法，意见很快就统一了，认为第一种方案是出力不讨好，不仅伸着手指头给别人咬，还会打草惊蛇，落得个鸡飞蛋打。第三个方案付出的代价太大了，不符合出奇不意、攻其不备的思想，而且还为他们留下了口实：打胜了，这是"文攻武卫"；打败了，这是"两派武斗"。只有第二种方案最好，你不动，咱们扯直；你一动，咱们就打击！这样看起来被动，实际上是变被动为主动。

"我领着人去夺枪！"光柱首先自告奋勇。

大家又研究起具体做法来：趁着陈耀金拉人上阵的机会，把自己人混进去，到了牛头塆，采取"一个盯一个"的办法，一动就夺枪。这个工作交给光柱负责。

"好！"光柱说："我们像育忠大伯一样，再来一个巧计夺枪！"

"你莫光顾得夺枪，要两眼盯着炸药！"邓育忠嘱咐道。

"夺了他的枪，就是敲掉了他的毒牙！你大着胆子干，我们发动社直部门的职工策应！"宋进华说。

卢大全也说："你夺枪同育忠大伯当年夺枪，既一样，又不一样。所谓一样，都是赤手空拳、出其不意地把枪夺过来；所谓不一样，当年面对的是日本鬼子，而你对付的是'武斗'队员。"

"这就是说，既要把枪夺过来，又不能把他们打死？"光柱问。

"正是这样。"卢大全说："'武斗'队员里面，除了几个死心塌地跟他们跑的坏蛋，绝大部分是受蒙蔽的群众。搞得好，还可以争取他们中立，甚至掉转枪头！这就靠你的机动灵活了。——你的红袖章呢？"

"在这里！"光柱把一只洗净叠好的红袖章亮了出来："上次你说了以后，害得我花了半块肥皂洗它。"大家都笑了起来。

光柱把袖章戴在左臂上，走了。

宋进华和邓育发也起了身："我们也要行动了！"

邓育发走了一会儿，又转身回来问卢大全："你不到哪里去哟？"

"我要到搪江山找高强谈谈。"

"你莫乱跑啦！找他有个什么扯头？死硬支持'造反派'的草包！"

"你打算从哪里着手？是不是把支委找在一起，先碰碰头？"

"你莫安排我，我先把你安排好。你如果不肯在这里待着，就跟我走。你莫想上搪江山。"

"看来你真的对我不放心。其实搪江山安全得很，不然高强怎么躲到那里去了？"

"莫宽我的心。他安全，你也安全？"

卢大全只好把自己找高强谈话的理由给他做了一番介绍。末了说："不管他有什么错误，我们从团结的愿望出发，把他拉过来，不能推过去。万一拉不过来，他还利用定平的人对我们下毒手，他就彻底暴露了！你先带着人上去，我谈完了就赶来。"

"对你真是没办法！"邓育发说："让育忠哥同你一块儿去！"

"对你真是没办法！"卢大全笑起来："去这么多人打架？"

"走吧！小心点总没错！"邓育忠整整衣服，绑紧鞋带，正要走："这瓜棚交给哪个照管呢？"

正在为难，邓太婆掂着个包袱走来了，边走边嘟哝："不送衣裳来，你一年都不换！这身还是走人家回来那天换的，都穿成油抹布了，死难得洗！"

邓育忠喜出望外，接过包袱，用包袱皮把文件一裹，说："你在这里坐一下，我们有点事。"

"你疯啦！"邓太婆跳起来吼："我还要弄猪子、鸡子，老天爷呀！"

"莫吼，马上就回，一会儿就回！"邓育忠说着，拉起卢大全和邓育发就跑。

"稀客！稀客！"卢大全一出现在蒋桂福的家门口，他连忙丢下碗筷，迎了过来。

卢大全给邓育忠介绍："这就是搪江山大队的党支部书记。"

邓育忠告诉他："认识！我们还是用算盘拨得出的亲戚呢。"

蒋桂福说："现在讲阶级亲！"三人便笑起来。

不一会儿，蒋桂福的爱人往桌子上加了两双筷子，添了两碗饭，卢大全和邓育忠也不谦让，三人围桌而坐，边吃边谈起来。

卢大全给他介绍了目前的形势，并掏出从报上翻印的文件，接着又把定平他们如何阴谋炸堤，目前到此的打算，也摆了一番。

"难怪高强突然到我这里来'调查'，原来是避风来了。这些家伙真是什么事都干得出来！"蒋桂福忿忿地说。

"现在高强身边有没有保镖？"邓育忠问。

"他一来，我们大队那几个不是正路货的家伙围着他说这说那，后来都被陈耀金招走了。"

"他现在在哪里？"卢大全放下碗，问道。

"在我们大队部。"

三个人径直朝大队部走去。

蒋桂福说："你们进去谈，我把几个大队干部找来商量一下。"

邓育忠没有进去，而是走向山坡，找棵树一靠，坐了下来。这里可以眼观六路、耳听八方，大队部门口和路上的动静，他都掌握得清清楚楚。

高强中午接到定平的通知，说今晚农场要来人血洗临江。他想，上次搞了别人一下，别人哪能不报复？就信以为真，按照定平的安排，以调查研究为幌子来到搪江山，并约定，没有人来接不要擅自回区里。他来到搪江山，在大队部安排了个临时铺住了下来，此刻正黯然地靠在床上。

他"管道公路指挥部副指挥长"的职务已被免，尽管之前他并没有把这个职务当回事，但仍然感到异常惶恐和沮丧。据说省公路局和跃进农场分别给省指挥部告了状，县委领导班子盛怒，撤销了吴晓勇的指挥长和他的副指挥长，主动提出由跃进农场的尹天亮副场长担任指挥长，县里和临江区重新选派得力的干部，陡坡公社书记雷义廉已经作为临江区的代表就任副指挥长。

他所不知道的是，江明书记向省里作了深刻检查，负责选派干部的县委组织部受到了严厉的批评，县委借此机会，名正言顺地对全县的干部工作进行了一轮拨乱反正。

高强得到消息后，慌忙给曾达拨了电话，想打听打听，但曾达不在，会计已经换人。他心里清楚，整个事件的导火索就是刘敬民被抓，他高强一个人就占了两条重大过失：工作失职，抓走刘敬民。这次自己太失算了！

"哐当"一声门开了，卢大全从容地走进来。

高强慌忙站起来："你、你、你要干什么？"再看只有卢大全一人，背后并无其他人，他提到喉咙管的心才慢慢地放回去。

卢大全拉个凳子坐下，掏出一支烟点着，说："咱们来谈谈心。"

他轻松、自信的神情，让高强可真慌了。陈耀金是怎么搞的，不是说把卢大全放在他的"根据地"里会万无一失么？怎么让他窜到我这里来啦？不过看来他没有什么恶意，那就让他上上政治课呗。

卢大全察觉到高强一时惊恐不安、一时满不在乎，就单刀直入地质问："今晚炸堤，你同他们是怎么策划的？"

高强吓得"滋溜"一下滑下床来："什么？炸、炸堤？我可没参加策划！"

"我问你，他们到牛头塆干什么？！"

"那不是明摆的嘛！防备农场的人突然袭击呗！"

"防备突然袭击，为什么拿炸药上堤？"

"这是斗争的需要！"高强理直气壮起来。

"哼！"卢大全说："斗争？同谁斗争？完全是你们家鬼闹家神！你真以为农场的人会来夜袭吗？我们从各方面判断，完全不是这么回事儿。你想，人家要报复早该来了吧，还能让你们睡了半个多月的安稳觉？退一万步说，真是农场的人打来了，你们两包炸药能起多大作用？在这汛期，堤上堤下挖一抔土都是犯罪，他们这样搞是什么行为，你作为在临江工作多年的领导干部，不会不知道吧？"

这一番话，说得高强哑口无言。不知什么时候，脑门和前胸后背的汗水已像小虫在蠕动。

"你还记得吧？前几年张省长来检查堤防时，语重心长地对我们说：'你们这段堤是省城的大门，无论在什么情况下，都要做到人在堤在，确保安全，要像对待自己的眼珠子一样爱护它、保护它！'"卢大全话锋一转："可是现在，有人已经把炸药埋在了堤上！作为一个领导干部、共产党员，你说应该怎么办？"

高强低着头没有答话，心中却在想：怎么办？我能怎么办？防汛一下堤，我就知道他们要瞎闹。为了表示"支持群众的革命行动"，我提议还是把卢大全搞回来批斗，他们认为不过瘾，就把战火烧到了跃进农场。当时我觉得不可理解，但理解的要支持，暂时不理解的也要支持，你有什么办法呢？就像对待不听话的小孩，他这里出手、那里惹祸，当爹妈的毫无办法，这种情况还少么？何况他们是一群"造反派"，是革命群众的代表，我能对他们指手画脚"你应该这样干、你不应该那样干"吗？现在是"大民主"期间，要尊重群众的首创精神嘛。你卢大全还是缺少学习呀！这也难怪，一来你目前在队里劳动改造，不明形势；二来受过委屈，心中有气。

想到这里，他说："不会炸堤的，未必他们一点觉悟都没有！"

"鬼迷住了你的心窍啦！"卢大全愤怒地斥责了一句。心想：我等你考虑了半天，你却喷出这么一句话。但还是压住了火，把定平如何叛变，如何在"皇协军"里鱼肉百姓，如何当上"中统"特务，如何拉起土匪队伍，如何越狱逃跑，如何几进几出，给他讲了一番。最后说："明明他是个老反革命，你还称他为'老革命'。你可能会说，定平不好，可陈耀金、钱斌不坏呀！这陈耀金是个劳改释放犯，三年经济困难时期迁来的；而钱斌是心有杀父之仇、坚持反动立场的地主孝子贤孙。你同老虎睡在一起，还觉得舒服和温暖，不断地帮他们梳毛！"

高强又黯然地靠在床头上，思想上进行着激烈的斗争。有谁比高强更了解定平呢？当初定平恭恭敬敬地把介绍信递上来，不是他接过来的么？他虽然知道定平从牢里放出来不久，但一看介绍信上署着省里那位大人物的名字，也不便推辞不安排。为这事，不是受过江明一顿刮胡子么？钱斌的家庭情况他怎么不了解？前几年他报考大学，名字是自己划掉的嘛！至于那个劳改释放犯陈耀金，释放就等于改造好了，就没有事了嘛！

卢大全说："我给你讲这些，是针对你认为他们有觉悟、不会炸堤说的，不是要你马上同我们站在一起。你同他们感情太深了，一时难以割断，人的认识有个转变过程。我没有进门以前，在你的心目中，我是敌人，他们是战友……"

"不不不！"高强连连摆手表示否认："敌人还能这样促膝谈心？"

卢大全继续说："谁是我们的敌人，谁是我们的朋友，爱谁恨谁，在这个问题上，我们只能站在人民群众的立场，站在党性和党的政策的立场上。绝不能从个人感情出发，谁对我好谁就是我的朋友，谁对我不好谁就是我的仇敌，这样会上当的！比如说，我们曾经同贫下中农一道批判过你的错误，你就同定平他们一道来整我们。你和他们怎么想的，我不知道。我呢，是为了帮助你改正错误，把你的毛病整掉，不是为了把你这个人整死，搞得你下台我上台。这表面上看来都是整，但由于立足点不同，结果是多么泾渭分明！"

高强的心绪越来越乱了：自己是怎么踏上定平他们这条船的呢？过去自己跟他们素不相识，怎么一下子就情投意合、不分彼此呢？不正是在打倒"保皇派"的旗号下结合的么？现在，他们如果犯了罪，自己还跑得了顶缸？想到这里，他不禁脱口而出："唯愿农场的人不来，手电筒不闪三下，就打不起来了。"

卢大全说："好啦，我不能在这里久留。你对我们有什么看法，以后有机会再仔细谈。不过，我要告诉你，目前摆在你面前的有两条路，一条是死抱住派性不放，马上去给定平报告，让人把我抓去，这是一条死路，他们猖狂不了几天了。上级对我省的指示，你看过了吧？第二条是挺身而出，制止'武斗'，保护堤防。你如果还有党性的话，你就会这么干。我诚恳地希望你同定平他们划清界限，向人民群众靠拢，回到正确路线上来。群众是通情达理的，他们会'惩前毖后、治病救人'，不会对你一棍子打死。何去何从，由你选择！"说完，递上一份油印的上级下达的决定，转身走了。

高强展开文件一看，哎哟！卢大全的话还在耳边回响，手中又捧起一团火来，他坐立不安起来。

十、长堤破晓

同卢大全家乡那些连绵起伏、层层叠叠、像波浪翻腾的高山峻岭比较起来，形似卧虎的搪江山实际上就是一个小山包，在这一马平川的江畔湖区，它孤零零地隆起，像大案板上摆着一个馒头，不能不说是造山运动的功劳。

不过"山不在高，有仙则名"。相传这里的江堤有一个口子，里面住着一条恶龙，经常兴风作浪、坑害百姓，南极仙翁急命白鹤童子立即下界捉拿。白鹤童子与恶龙厮打起来，直打得江水陡起三尺，滔天洪水直往口子外冲，白鹤童子打得性起，一口吞下了恶龙。正要上天，忽闻老百姓呼儿叫女的声音，又见洪水把那道口子越冲越大，实在不忍，就纵身跳到那道口子里。只听得惊天动地一声响，白鹤童子落身的地方，陡然间冒出了一座小山，山形和白鹤童子一模一样，搪住了江水，救了当地的老百姓，"搪江山"就这样叫开了。它东边二十里的小山包"纱帽山"更是神奇，前几年在那里发现了一处旧石器时代古人类文化遗址，一举名扬天下。

此刻，搪江山笼罩在一片苍茫的暮色之中。

卢大全同邓育忠再次走进蒋桂福的家时，大队干部会已经结束，开会的人都走了。

卢大全说："从高强吞吞吐吐的话语中，证实了我们掌握的情况是准确的。他说是农场的人一来，以手电闪三下为信号，一齐动手。刚才光柱也谈过这个情况，咱们没有引起重视。我看这里面还有文章呢。"

蒋桂福点了点头："嗯。他们要打，当然一齐动手。他们要一齐动手，当然得有个信号。"

"我看这事不这样简单。"邓育忠分析："我刚才靠着树就翻来覆去想，如果他们光为了炸堤，搞几个人神不知鬼不觉地就炸了，为什么兴师动众、扯旗放炮？他们明明知道农场的人不会来，为什么动员西头这几个大队的人还不够，还要到东头去拉人？他们会不会让东头的人把西头的人当成农场的人，西头的人也误把东头的人当成农场的人，冲啊杀啊，结果打的都是我们临江的人，让我们自相残杀！"

"对呀，文章就在这里！怪不得邓太婆说您胆大心细！刚才我说他们家鬼闹家神，不对了，他们是借刀杀人！杀了以后，他们还可以说是误会、误会。"

这时蒋桂福也醒悟过来，他比划着："这是炸药，"又把一盒烟放在桌子当中："东头往西边冲，西头往东边杀，然后——"他把烟往上一提："就是这着棋子！"

"问题严重了！"卢大全的眉头皱了起来："我们原来的安排是他动我们才动。现在，第一他们非动不可，第二我们即便把西边的枪夺过来了，东边搞不清楚，把我们当成农场的人，还是会打起来！"

怎么办呢？三人认为唯一解救的办法，是派一个人到东边队去传信。蒋桂福催促说："要去就早点动身，我刚才通知大队干部开会的时候，好像听到东边的广播喊赶快集合。"

"我去吧！"邓育忠说："东边几个大队的书记和贫协主任我都熟。"

卢大全说："只有劳累您跑一趟了，路上多加小心。这同当年火烧炮艇不同啦，年岁不饶人啊。"

卢大全领着蒋桂福组织起来的人，抄小路接近了牛头塆。队伍来到一片苞谷地边，他低声对蒋桂福说："往后传：跟上，不准说话！"

"往后传：跟上，不准说话！"社员们低声传着，弯着腰，一个跟着一个钻进了苞谷地。

这时，邓育发迎了上来，他们借着星光认出了对方。

"我们的人都来了，都趴在前面。"邓育发简单地向卢大全报告。

"堤上有什么动静？"

"没有什么动静。刚才光柱装着解手，钻进来说，一切安排妥当。"

卢大全对蒋桂福说："苞谷地里都是我们的人，不要发生误会。现在你把人带开隐蔽。"然后把他们发觉的情况和采取的补救办法，低声告诉了邓育发。

"对的，他们就是想让我们自相残杀。"邓育发听了以后说。

这时，苞谷地里都隐蔽着人，有的躺倒，有的俯卧，有的坐着，一个个都屏住呼吸，警惕地关注着堤上的动静。堤上人影晃动，刺刀闪光，不时传来一两下低声的咳嗽。

时间在一分一秒地过去。此时此地，人们觉得这一夜是多么漫长啊！

江汉平原的夜色是壮观的。到了收获季节，拖拉机瞪着大眼，射出耀眼的光束，牵引着如火车车厢一样的联合收割机，像大海里的轮船，行进在麦浪起伏的海洋上。田间大道上，水牯牛迈着八字步，慢悠悠地拖着高高堆起麦穗、"吱呀呀、吱呀呀"欢唱着的牛车。稻田上灯火通明，脱粒机在高一声低一声地欢笑。江上夜航的轮船，"哐哧哐哧"地奔忙，不时鸣起一阵悦耳的汽笛声。——可是现在，开拖拉机的、赶牛车的、搞脱粒的人，都被坏人逼迫，埋伏在这苞谷地里。

卢大全的思路被一阵响声打断了，一扭头，见邓育发过来，在他的耳边说："育忠大伯回来了。"

两人钻出苞谷地进了沟，见邓育忠、蒋桂福正交头接耳，四个人就头碰头地听取了邓育忠的汇报：

原来，钱斌下午赶到东边几个大队，先是在广播里大喊大叫，动员大家"文攻武卫"，大家没有理睬他。他就像当年国民党反动势力拉差一样，领着一伙实枪荷弹的"武斗"队员挨家挨户地搜。

正闹得鸡飞狗上屋，邓育忠赶去了，好不容易把信送到各大队支书和贫协主任。他们说："我们闻这气味也不对，可不晓得他们还有这么一手！好在你来得快，不然就'大水冲了龙王庙——自己人认不到自己人了'！"

现在钱斌正凶着呢，嚷嚷"农场的人已经踏平了区委，开到了牛头垴，再不集合就烧房子、枪毙"。东边的人是拖又拖不住，跑又跑不脱，再加上准备不足，他们让邓育忠赶快回来报信，顺便问一下怎么办。

这又是一个难题呢！你不听他的吧，他就要杀人放火，孤注一掷。只要这边发现火光和枪声，正好制造假象，点火炸堤。你派人去配合东边队的群众，来个就地解决吧，又免不了走漏风声，谁敢保证没有个把漏网的跑去告密？这边定平、陈耀金久候人不来，不会派人去打听虚实吗？光柱他们还眼巴巴地等着那三下闪光。如果让坏人出其不意地下手，后果就不堪设想了。

卢大全果断地说："这样吧！既然他死心塌地，我们就来他个将计就计。育忠大伯赶回东边去告诉同志们，按钱斌他们的要求集合，跟着他们来，选一批青壮年准备夺枪，看见西边的手电筒亮三下就一齐动手。不过——"他转向邓育忠说："手电闪了以后，您马上赶到前面，把队伍挡住。只要他们知道西边是自己人，再加上您一拦，两边的队伍就不会交火，他们那自相残杀的阴谋就会落空。我们来他个关门打狗，逐个消灭。不过——"大全又加重了语气："莫忘了夺枪不伤人啊！"

大家认为这个办法好！这样一来，导火线虽然捏在别人手里，可主动权却掌握在我们手里，我要你什么时候点，你就什么时候点。

"就这么干！"邓育忠沿着大沟快步走了。

"准备战斗！"卢大全说了一声，三人重新钻进了苞谷地。

突然，堤上传来一阵说话声，过一会儿人声嘈杂，再过一会儿还有大声争吵，然后声音平伏了、消失了。周围小虫在低鸣，萤火虫在闪着绿光。

光柱钻进来说："高强来到堤上，动员他们收炸药、撤队伍，定平骂他贪生怕死，两人吵了起来，高强要夺导火线，被定平一掌打到堤下，还说高强暴露了目标，要把他丢到江里去。现在人们连劝带推地把高强押回区委。高强走了以后，陈耀金在背地里骂老子娘，埋怨钱斌没有及时把人领来。"

卢大全说："你快去吧，没有必要就莫进来了。还是以手电光为行动信号。"

"哎。"光柱低低地应了一声，走了。

卢大全的思绪又像江水奔腾起来。他为高强迈出新的一步而感到兴奋，这一步是多么的艰难，又是多么的懦弱。你满以为他们会听你的，太小看人了！你不过是他们手上的一个玩物，要你的时候，捏在手里；不要的时候一抬手就抛开，如同把一个土块抛到江里一样！你该清醒清醒了。

"沙沙沙！"江风吹得苞谷叶子发出一片响声，卢大全感到寒气袭人，一摸衣服，已被露水浸湿。这时他的脑海里又惦念起一位老人：您在干什么呢？是在安排夺枪，还是同过去的穷伙伴在商讨着对策？是把愚笨的坏人引上了钩，还是被凶狠的暴徒推到了江里？……

卢大全啊！你过去想的是春播夏管秋收冬藏，调研开会上传下达，你总觉得时间支配不开，双手忙不过来，可你从来没有想到有一天局势会这么复杂凶险！

启明星已悄然升起来，东方开始发亮。

突然，东边堤上发现亮光，一下、两下、三下！

陈耀金连忙回了信号，正要开口喊"打"，可是还没有喊出口，就被人拦腰抱住，他想掏枪反抗，枪已经被另外一个人夺去。

定平还在观察东边的人冲过来了没有，自己的队伍里就扭打起来了。又听了苞谷地有人大喊一声"冲啊"，人们就排山倒海般地涌上堤来。他连忙打燃打火机，正要点着导火线，被光柱飞起一脚，打火机脱手飞上天，在空中打了几个筋斗，"咚"的一声掉到江里，定平同光柱扭打起来。

大部分枪被夺了过来，由于光柱他们做了细致而巧妙的工作，有些"武斗"队员的枪不是夺的，而是送的。卢大全一上堤，就看见自己人已经握着枪，对于少数顽抗的人，已经上去三个、四个甚至五个人把他按住，从他手上把枪夺下来，还有人正在夺子弹袋呢。面对这壮观的场面，卢大全抑制不住内心的兴奋：让坏人看看人民群众的力量吧！

突然，有个大块头挣脱了抱着腰的手，打翻了两个群众，举枪向卢大全射击。说时迟那时快，张淑珍跑上前去，把手里的冲担朝枪筒一挑，"吭"的一声，子弹从卢大全的头上呼啸而过，她转手把冲担指着这个坏蛋的胸膛："再动就冲死你！"这家伙不情愿地举起手来。

围拢来了！人们从四面八方围拢来了！邓育发和蒋桂福的队伍全部出了苞谷地，邓育忠、刘敬民和黄腊狗领着东头的队伍，西头是宋进华率领的区直各部门的职工老孟、小孙他们，都围上来了。愤怒的人们围成铜墙铁壁，把"造反派"破坏分子挤得无容身之地。

"突突突突"一阵响声，冲破了江面的寂静，一艘白色的快艇飞速而来。船一挨坡，一个身穿蓝色制服的干部领着几个穿白衣戴白帽的公安人员跳下船，走上堤来。

"江书记！"

"江书记来啦！"

人们欢呼跳跃起来。

卢大全、刘敬民正安排人看守俘虏，听到呼声，就挤上前来。

江明握住他们的手，深情地打量着，自豪地说："我们胜利了！"接着一道去检查俘虏。

定平在群众的看押下，拢着双手，缩成一团，坐在堤上。见江明来到跟前，抬起头看一眼，双眼露着凶光，随后又把头低下去。

"定平！你又失败了！看来你的病治好了，该收监啦！"

江明又走到陈耀金面前，陈耀金傲慢地把脸扭向一边。江明背着手欣赏了他好一会儿，说："怎么，你不服气吗？"

"你又在挑动群众斗群众！小心重犯路线错误！"陈耀金煞有介事地说。

"哈哈！"江明说："打着革命的旗号，干着反革命的勾当，是你们惯用的手法。这不是挑动群众斗群众，是人民群众自发组织起来镇压反革命，难道不是吗？'永兴会'先生！"

陈耀金一听"永兴会"三个字，"扑通"一声瘫在地上，公安人员马上把他拎起来，戴上铐子。

江明逐个把俘虏审视了一遍，才转过身来，一面同群众握手打招呼，一面往回走。他看到光柱在用锹扒土，就停住脚，拍拍他的肩膀："扒什么？"人们告诉他，定平他们在这里埋了炸药，他就喊："老姚！你把搞摄影的人找来，拍下他们作案的现场！"

江明走过来，同邓育忠握手。

"我上次到县城没会到你。"

"我这不是来了吗？"

两位老战友哈哈笑起来。

"钱斌怎么没来呀？"江明突然问。

"哦，来了，还少得了他？！"

邓育忠把他引到东头。这时钱斌早被群众绑起来了。

"你也是恶贯满盈！"江明对钱斌严厉地说。

"这是误会！"钱斌说："定平他们炸堤，我是反对的，我是来保护堤防的，我……"

他还想表演，老姚上来说："你的戏该收场啦！你们把绳子解开，留下来捆猪、牵牛，我这里有铐子。"说着掏出铐子，然后亮出逮捕证说："你被逮捕了，'永兴会'的骨干！"

公安战士把三个反革命分子押上船去，群众那股欣喜若狂的劲头就不用提了。陈耀金朝舱里一打量，见里面坐在王特派员和周小花等十来个人，心想"完了"，脚一软，滚进舱去。

江明望着这堤上堤下喜气洋洋的群众说："好啊，确实把人民群众充分地发动起来了！不过——"他扭头问："怎么没见高强？"

光柱抢着答："他半夜来过，被定平派人押回去了。"

"我来了！"高强说："我听到枪响又上来了！"

"来得好啊！"江明说："我多次对你打招呼，你不听，你看，这一跤摔得不轻吧？"

"是大全同志拉了我一把。"

"是啊！"江明说："是要拉，不能让你滑到江里去。县委研究过了，你去住学习班，明天报到。"

"好。"高强应了一声，钻出了人群。

在大家一再要求下，江明给群众作了讲话：

"首先，报告大家一个好消息！党中央、毛主席给我省发出指示啦！"

"伟大领袖毛主席万岁！"

"中国共产党万岁！"

口号声震撼了江堤，飞过了江面。

"再告诉大家一个好消息，"江明大声地说："县委决定，陡坡公社书记雷义廉同志任临江区委书记，刘敬民同志调县民政局主持工作，卢大全同志任临江区委副书记兼陡坡公社书记！"

"哗——"人们响起了长时间的热烈掌声。

接着，江明对当前的学习、革命、生产等各项工作提出了具体的要求。他最后说：

"不管今后还有多大的风浪，还要经过怎样尖锐复杂的斗争，只要我们紧紧依靠革命干部和人民群众，胜利一定是属于我们的！"

"哗——"又是一阵热烈的掌声。

"现在，"江明说："请你们的区委副书记——卢大全同志讲话！"

"哗——"又是一阵热烈的掌声。

"我想说的你都说了，我还说什么呢？"卢大全小声地嘟哝，显得有些拘束。当他看到人们一双双充满喜悦、鼓励和期待的目光，又觉得精神有些紧张。他举目远眺，只见那翻波逐浪的小麦在初升的太阳照耀下闪着金光，不禁大声喊道："同志们，割麦去呀！"

人们一愣，接着又爆发出一阵热烈的掌声。然后形成一股股人流，向广阔的田野奔去！

邓育忠说："老江，到家里过早吧。"

"今天不行啦，我要赶回县里，过几天再来——你可别叫太婆熬着鸡汤等呀！"说得大家哈哈大笑。

老姚把刘敬民拉到一边，低声耳语："江书记说，你调县里的任命已经发出，县里马上将你抽调到路桥工地去，任副指挥长。你爱人沈亦芳同志调县农机厂当技术员，具体负责县里跟华工机械系签订的'农业学大寨'联合攻关项目。给跃进农场的商调函已经在路上了，他请你们赶快搬家，马上到县里报到，越快越好，不要耽搁！"

江明同大家一一握手以后，大步跨上快艇。

卢大全、刘敬民同大伙站在堤上，目送江书记远去。

在朝霞的映衬下，通红的太阳冉冉升起，柔和的阳光洒满了长江，江面上闪烁着一片片鱼鳞般的红光，整个长江如同一条巨龙在畅游。

长江真美呀！

绿叶黄叶

人的生存发展、满足幸福，都离不开物资。

从物资短缺的计划经济年代走过来的人们，一定对粮票、油票、肉票、布票、煤票、火柴票、肥皂票、食盐票、糖票等名目繁多的票证记忆犹新。那时国家对粮棉油实行统购统销，生活中几乎所有不能缺少的东西，都由国家按计划印发票证，凭票购买和供应。它们就像是人们的"通行证"，缺了就寸步难行。

而在广大的农村地区，政府要求农民自力更生、自食其力，所以农民拿到手的生活消费品类票证比城镇居民少，但他们会另外得到一些计划指标如种子、化肥、农药等生产资料的指标。这些票证和指标，只有仰仗供销社及其分销店，才能变成千家万户维持日常吃穿用度的物资，才能得到生产资料的供给，保证农业生产正常进行。就是说，供销社是农村流通的主渠道，只此一家，别无分店。

20世纪80年代初，当这种持续了近四十年的物资分配制度开始松动、面临改革之时，一场席卷全国的打击经济犯罪活动，将永安供销社推向了风口浪尖。

一、沸腾早市

我是在晴转阴、有零星小雨的那天，到永安供销社走马上任的。

刚放下行李，副主任赵平把我请到办公室，研究一件刻不容缓的事。他说："公社决定调布匹仓库保管员俞大发去搞专案，通知下来三天了，早上又来电话催了一道。叫谁去接他的手，我反反复复都找不到合适人选……"

"那就抓紧研究吧。"我淡淡地说。

赵平年近五十，个头只有一米六，长得矮墩墩、胖乎乎的，活像当年清河县卖烧饼的武大郎，一副憨厚懦弱相，同我这细高的个头形成鲜明对照。如果咱俩说相声，倒是个好搭档，保证台上一站，全场捧腹。可惜，我俩不是演戏，而是要一起搞工作。这对于泼辣而略带急躁的我来说，恐怕还有个适应过程。可不是么，赵平作为一个对购、销、调、存滚瓜烂熟的"老商业"，明知上级有规定，不得乱抽调企业人员搞中心工作，那么当时接到公社通知，为什么不顶回去？既然怕得罪领导，你抽个人上去临时顶替一下就是了，何必一定要等我来了再研究？我既没有带可派的人来，又初来乍到、人生地不熟的，还不得主意你出、工作你做吗？

我俩沉默了一阵，赵平可能觉得自己有些唐突，抱歉说："本该让您好好休息一下，再把整个供销社的情况向您汇报的。只是这事的确是火烧眉毛……能够来接替俞大发的，只有一个人，可这个人能不能用，我拿不定主意。"

"你说出来研究吧。"我最怕别人说话吞吞吐吐。

"这个人就是江宏，原是桐山头分销店生资柜的营业员。从学习班出来，因经济问题一直没有结案。按公社副书记耿书记的意见，我把他放在酱园里挑水。其他人都是一根柱子顶个梁，抽不得。"

"那就让他接手吧。"

"就不知耿书记同意不同意。"赵平说:"十年前他有指示,说江宏有重大经济问题没交代,一天不搞清楚,就一天不安排他沾钱和物的边儿。"

原来是这样,那可得慎重考虑了。

"是什么问题,一挂十年搞不清?"

"一时半会儿说不清楚,反正每次运动都有他的份儿。前两次运动都搞了他一年多,说不定这次打击经济犯罪活动……"

"那就先把他挂起来再说。"在严厉打击经济犯罪的今天,把原本有经济问题的人提起来重用,这不是存心给自己找麻烦!我马上推翻了刚才的决定。

"那……谁来接俞大发的手?"

难怪他要等我来拍板!我难以答复这个问题,唯一的办法,只有以不变应万变了。我说:"今天先让俞大发到公社报到,看抽到公社干什么。如果不忙,就把仓库的活带着。如果他忙不过来,咱们再抽人。先拖几天再说。"

赵平迟疑了一下,才点头同意。

下午,公社党委召开社直各部门领导干部会,布置打击经济犯罪工作。我一进会议室,一位工作人员就笑容可掬地跑过来,热情地同我握手:"欢迎!欢迎!我的刘主任!终于把您盼来了!"他边说,边安顿我在条桌边坐下,给我泡上一杯茶,然后自我介绍:"我叫俞大发,在布匹仓库工作,今后还要请领导多多督促和帮助!"

俞大发精神焕发,看上去三十多岁,上穿一件劳动布衣服,下穿一条削价处理的黄布军裤。由于长期在室内工作的缘故吧,脸色有点苍白,说话时两眼盯着对方。我给他让了一支烟,他抱歉地说:"对不起,我不抽烟。我知道上面最近会派得力的干部来。光靠赵副主任不行,他忙不过来。再说,他也抓不好经济案件。"说到这里,他用手捂住半边嘴,凑近我的耳朵,压低音量说:"刚才耿书记对我漏了音,这回咱们供销社又是重点!"这时,其他部门的领导干部陆续来到,他忙着招呼去了。

听了他的话,我愣了半天,心中暗暗叫苦。回想我名义上在县商业局工作了十二年，是个政工干事，可大半时间都被抽到外面突击中心任务，不知道我这个流浪的飘萍要当到何年何月。不曾想，今年永安供销社的黄主任告老还乡，上级就调我来补他的缺。我决心好好干，学到一套生意经，搞点真才实学。我也清楚自己已四十出头，属于"六十岁学吹鼓手——晚了"。不过，现在需要"四化"干部，再不学点专门知识，谁知道哪一天就会被"吐故"出去。

可是，我还没来得及施展拳脚，很可能就又陷入运动中去了。如果你单位作为运动的重点，一把手能回避吗？过去我虽然参加过一些运动，可那都是领导怎么说我就怎么干，领导掌舵我划船。现在要在一个单位独当一面，业务运动一起抓，情况就大不相同了……

"开会了，同志们！"一个威严的声音从条桌的另一头传来。我抬起头，见周围同志都正襟危坐，就迅速把思绪收回来。

我转过头一看，耿书记正坐在主位上，低头翻阅着一摞文件。他外穿一件灰色开胸尼龙线针织衣，内衬一件浅蓝色衬衫，硬衣领顶着脖颈，一抬头下巴往上一翘，显得格外精神。当他说到得意处，习惯性地用手把满头青丝朝后抹抹，爽朗一笑，你简直难以相信他已是五十岁的人了。

"……咱们有好几年没开这样的会了——这次打击经济犯罪，与以往不同，一不提阶级斗争，二不提运动，大家要统一口径。不提阶级斗争，可不能心慈手软；不提运动，不等于不发动群众。在目的与方法上，同过去并没两样。在座的都是老手，熟套熟路，不用我多说了。"

他喝了两口茶，似乎兴致正浓，又说起来：

"有的人，我早就警告过他，你躲得过初一，跑不过十五！你这次不坦白，下次还得抖出来。问题不搞清，我死不瞑目！隐瞒是不能持久的！现在不兴搞运动了，但也不能一笔勾销！有的经济犯罪手法巧妙得很，不过，'家有黄金，外有斗称'，不怕不识货，就怕货比货。俞大发一月工资五十多块，生活过得很艰难，小孩破衣烂衫，在街上捡藕梢子回家下饭。有的人一个月只赚三十来块，还接连结婚、盖房、为小孩做满月，难道他的钱经用些？"

经他这样活生生一对比，顿时提高了我对这次专项斗争的认识。会场上响起一阵交头接耳的嗡嗡声，俞大发歪过头，小声对我说："这'有的人'，指的是江宏！"噢！幸亏没让江宏接管布匹仓库。原本我还准备就这事请示一下耿书记，现在看来还是免开尊口吧，省得自找麻烦。江宏有这样明显的经济问题，在这里工作多年的领导干部赵平难道会不知晓？为什么我一落脚，他就提出研究这个问题，指不定是给我设什么圈套！哼！大风大浪我都过来了，是不会在这小河沟里翻船的。不过，这事无疑在我与赵平之间竖起了一道墙，添了一层隔膜。

正在我七想八想时，会议结束了。我机械地随着散会的人群往外走，被俞大发拉住了，抬头见耿书记在亲切地朝我招手，我像木偶似的随俞大发进了耿书记的住处。

这是一个厢房隔成的套间，外面是接待室，里边是卧室。为了表示亲切，他让我们到卧室里就坐。对于我的到来，他显得很高兴，我们坐定以后，他说："供销社人多摊子大，是得有一个像你这样的明白人来整顿整顿。党委分工我管财贸，可我官又糊涂事又多，哪管得了那么细？你一来啊，我的担子就轻多啦！"

我说："县社的姚主任一再嘱咐我，要紧紧依靠公社党委，在党委的绝对领导下开展工作。我水平有限，毛手毛脚的，今天出个乱子，明天捅个纰漏，免不了给您添麻烦。"

耿书记往前欠欠身子，亲切地拍了拍我的肩膀："好好好！你大胆地干！搞错了，我们党委承担领导责任。"

他点燃一支烟，抽了一口说："调到一个新的单位，想把工作做好又怕搞不好，这是好干部，这种心情可以理解。就怕那些马马虎虎、无所用心、满不在乎的'老油条'！现在我们干部队伍里这种人大有人在，要恢复到'文化大革命'以前的那种工作状态，难呐！"

他叹了口气，马上又满腔热情地对我说："自从中央提出供销社改革以来，我们公社党委就想下手，一直顾不上。你是从县里来的，对上面的精神吃得透，又没有历史包袱，比较超脱，完全有条件办出个改革的样板来！天时、地利、人和，你都占全了，你会搞好的！你可以借这次打击经济犯罪的强劲东风，打开新的局面。"

我畏畏缩缩地说："我……听说，有经济犯罪就搞，没有就不搞……"

"那是当然，当然！"他说，"首先应当绷紧打击经济犯罪这根弦！你们供销社成天同钱和物打交道，再加上制度不健全，领导软弱涣散，对外开放以后，香风臭气也涌进了咱们这山窝窝，有多少人能拒腐蚀而永不沾？说不定，咱们在这里谈论打击经济犯罪活动，他那里正把销货款往兜里装！当然，我不是怀疑一切，认为洪洞县里无好人。"

显然，他把我留下来，除了见见面，还让我集中精力抓好这次活动。我说："从上级通知看，当前的经济犯罪活动规模超过了'三反''五反'，这种严重性我是知道的，至于供销社……"

"供销社的经济犯罪活动，"他打断我，"历来严重！所以在历次运动中都是重点。为什么永安供销社连年亏损，越办越死？冰冻三尺，非一日之寒呐！对待那些经济犯罪分子，就要像秋风扫落叶一样，无情打击，绝不能心慈手软！"

然后，他又恢复了亲切的态度："具体情况嘛，由俞大发同志给你详细介绍。他是你们供销社的活档案，多年跟随我搞运动，也锻炼出来了，这是我给你准备的好参谋、好助手。他是个党员，本身没有经济问题，运动中敢打敢拼。这一条很重要，特别是在供销系统，有经济问题的人见人低三分！可惜他老婆前几年病故，丢下三个小孩，中年丧妻，生活上挺困难的。可他没有流露出一点畏难情绪，公社党委说抽人，他就来了。他虽然抽到公社，但重点还在你们单位里，最近一段公社没有多的事，就让他先在供销社帮你搞着。"

我打量一下俞大发，他坐在小板凳上，也许是对耿书记的夸奖难为情吧，始终没有抬头，双手摆弄着放在膝盖上的钢笔和记录本，一只脚轻轻搓着地板。这是一位"运动明星"，我将要与他共事，他既是耿书记给我安排的助手，也是公社领导在供销社里的耳目吧？

从公社回来，我将会议精神给赵平作了传达。他说："照这样看来，俞大发非得替下来了，不然公社会批评的。"他提出让江宏到煤院，从煤院换个人出来接替布匹仓库。我想了一下，供销社的煤炭进出量一般都不大，让江宏到煤院发发货、过过磅，钱不落他的手，出不了大问题。再说，在这个关口上，把他从水桶扁担上解脱出来，麻痹麻痹他也好，我就同意了。

兴趣是可以培养的，此话一点不假。我逛永安老街的早市，很快就逛上了瘾。这里讨价还价，货比三家，热闹非凡。只要一靠近它，一股浓郁的商业气息扑面而来，让你马上就进入一种亢奋的状态，立即有了消费的冲动。

这个早市前几年还是农民卖自产蔬菜、鸡蛋之类的"露水市场"，太阳出来就收市了，出工的、上班的、上学的该干嘛干嘛。后来早市逐步放开，时间也延长了，卖的东西品种之多，足以让我这个供销社主任心生一种危机感。

那些二道贩子把从汉正街批发回来的日用小商品，比如针头线脑、锅碗瓢盆、瓶瓶罐罐啊，拿到早市上卖。质量自然是参差不齐，但经不住都比我们门市部价低，俗话说得好，"一个便宜三个爱"嘛！

更可怕的是，这些二道贩子们无师自通，对"勤进快销"之类的生意经运用得比我们强多了。今天卖的是各种尺码的男女拖鞋，可能过了两天摊子上又换成五颜六色的腈纶线、膨体纱，让顾客再次疯狂抢购。

转到老街的尽头是永安小学，校门外的一溜早点摊子已经摆好了，有油炸糍粑、油条、面窝，蒸的包子、发糕，煮的玉米棒子、茶叶蛋，还有热干面、热豆浆、豆腐脑之类的吃食。供应早市的第一拨生意已经热热闹闹地开张，就等着学生进校，迎来第二拨如火如荼的高潮。别看这每样几分钱的小生意不起眼，利润还是蛮可观的。下午放学时，这地方还有一拨行情，卖小零食，或笔呀本呀卷笔刀呀这些小文具。

当然，早市还是以蔬菜食品交易为主，既有附近的农民把自家的菜、蛋挑来卖的，也有卖咸鸭蛋、皮蛋、咸菜、酱菜这样加工过的产品的。

一个卖菜的摊子引起了我的注意。一辆拖拉机"通通通"地开来，拉着满满一车的菜，几个男男女女从车上跳下来，开始摆摊叫卖。很多人围拢去，有的买，有的问。

两个汉子在大声吆喝："不打农药，不施化肥，您放心买、放心吃嘞！"

两个快嘴嫂子也是手不停、口不停地推销。这个说："您看看，我们的菜叶子上还带着虫眼呢，保证没打农药！这些菜都没有发过水，实在、经放。您回家去放到水里，马上就新鲜的不得了，分量得上去一大截不是？保证您不会买错、买亏的！"

那个说："我们这是生产队种的菜，没必要短斤少两，让您吃亏。抹掉一两分钱、送您一两根葱，都无所谓，吃得好了您明天再来买。"他们生意做得蛮活泛，大家买得高高兴兴，下一次可能就是回头客嘛。

等他们有说有笑地把剩下不多的菜往车上搬、准备收摊时，我问他们："现在田地都分到各家各户了，你们生产队哪儿还有地种菜呢？"

可能是觉得我问得太幼稚吧，他们都笑起来。刚才吆喝的一个汉子说："四城埂有荒地，我们队就在那里搭了一个棚子，专门派一个人去种菜、浇水，活计集中的时候，就派一个拖拉机拉几个人去帮忙。等菜长好了，再派一个拖拉机拉几个人天不亮就去采摘，拿到早市上来卖。"

"那卖不完的菜怎么办呢？"

一个快嘴嫂子说："卖不完，就分给社员吃呗。"

"你们队里有那么多人，不够分怎么办？"

他们又笑起来。另一个快嘴嫂子说："没关系啊。像今天剩的小白菜，差不多一斤一捆，剩多少就发多少人，下一次再发给其他的社员呗，大家都不会计较。菜剩下来分给社员，大家高兴；菜卖光了，队里赚到钱，以后还是进社员的荷包，大家也高兴。"

我说："你们各家各户都有菜园子，菜长好的时候，自家园子里的菜都吃不过来。早市上同样的菜多了，价钱低，还不好卖。你们把多的菜拉回去，怎么搞？"

这次他们没有笑。另一个吆喝汉子说："怎么搞？那就各家多分一点。豆角做成酸豆角，可以多保存几天。像叶子菜，不好存放，就只能吃泼辣一点呗。"

"你们辛辛苦苦种出来的菜这么处理掉，不觉得有点可惜吗？有没有想过拓宽销售渠道？或者改种其他的市场上比较缺少的品种呢？"

他们都不约而同地打量了我一眼。一个快嘴嫂子表扬了我一句："你这个同志还蛮有水平咧，跟我们队长说的一模一样。"

那个年长些的呿喝汉子说："我们农民哪有那么大的本事？这几年国家政策好，生产队才胆子大一点，'摸着石头过河'搞点创收。你说的确实在理，最好是有政府帮着我们搞。"

永安公社地处江汉平原边缘，地势是丘陵性湖沼平原，属亚热带季风气候，具有土肥、热丰、水富、光足的特征，一直以农业为主，是县里的一大粮仓。永安供销社的各个门店，主要分布在百来米长的老街两旁，占据了老街的半壁江山。老街南到汉沙公路为止，向北有一条马路，笔直通往江汉平原第一高峰、风光秀丽的九真山。这个古老集镇的街道两旁，都是灰砖青瓦的平房，一派古朴的风貌。只有从收录机发出的电子音乐声中，从充满活力的早市里，才能意识到自己置身于 20 世纪 80 年代。供销社，也要跟上时代啊！

二、调整分工

这天一上班，赵平推门进来，邀我一道到煤院、酱园做工作，以便把人员安排落实。我也想到这些单位去见见面、摸摸底，就同他一道前往。

出了街口往西两百米左右，在公路边上围着一个院子，开了两个大门，当中一堵隔墙，一边是煤院，一边是酱园。赵平引着我先进了煤院，只有零星两三个顾客在买煤。掌磅的是个五大三粗的汉子，我们站在一旁等他发完货，赵平便向他说明来意。起初他一百个不愿意："哎呀，我的赵大主任，咱盘黑货蛮合适的。你就让江宏开票得啦，咱还是掌磅！"后来听说领导已经决定了，他才勉强服从。

接着我们进了开票处，对正在条桌上扒拉算盘的小伙子说明了来意，这小伙子也是高低不肯从命，理由是他同"盘黑货"配合得很好，没盘过布匹，俞大发是老先进，搞坏了不好交账，等等。赵平就耐心地给他摆了一大堆的困难，但凡有一点办法是不想动他的。苦说半天，他从体谅领导困难的角度出发，才点了头。

从煤院出来，我俩就进了酱园。

　　酱园里只有两个人，加工的豆瓣酱、腐乳、酱油、藠头、辣萝卜、腌菜等，却要供应全公社两万多人。一走进来，酱园特有的酸甜咸辣的气味就一个劲地朝鼻孔里钻。赵平进了院门就喊："江宏！江宏！"

　　"哦！来了！"一个男人应声急匆匆地走出来。只见他穿一件洗得发白的蓝上衣，肩膀、肘部和衣摆都打着补丁，下穿的一条劳动布裤子也有些年头了，膝盖上打了两个大补丁。他右手抓着一根竹扁担，光着脚站在我们面前，这就是江宏。一位青年妇女牵着一个五六岁的小男孩，跟在他后头。这妇女眉清目秀，中等身材，梳着两条长辫，也不同我们打招呼，边径直往外走边说："老娘叫你下班后一定回去。"不用问，她就是江宏的爱人。江宏没有搭话，可能因为上班时间接待妻子让领导撞见了，他显出几分羞涩和慌乱。

　　赵平为了给他解围，好像什么也没看见似的，把我介绍给他。他把扁担放下，支在地上，惨淡地对我笑了笑："您来了。"

　　当赵平通知他到煤院发货时，他出乎我的意料说："不去！"我尽力保持脸色的平静。这些年来，有不少挂起来的人，一旦安排他的工作，就卖关子、撬盘子、摆架子，可能因为心中有气吧，情有可原，见怪不怪。

　　赵平耐心耐烦地给他讲了一大通道理，但言多必失，无意中透露了俞大发要调去搞经济案件。江宏说："那我更不能去。'运动明星'又登场了，我跑不了又是重点。耿书记在学习班上对众人说过，不把我的问题搞清楚，不搞得我爱人改嫁、小孩改姓、房子改主，他死不瞑目。这个时候，我不想给领导添麻烦。"说完，他低着头，挑起两个空水桶出去了。

　　赵平没辙了，对我说："先让他考虑考虑吧。"引着我就往里走。他可能话说多了，口干舌燥心火旺，来到一个水池边舀起一瓢水，咕咚咕咚地喝起来。喝够了，把铁勺一丢，用袖口抹了一下嘴："嘿，好甜啊！这是江宏挑的山泉水，你喝不喝？"我摇了摇头，我的胃受不了，没敢领教。走进水池一看，果然清澈见底，同一般农村塘水的浑浊形成鲜明对比。

　　可能听到铁勺的响声，屋里有人喊了一声"谁又在偷我的水喝"，一位围着白围裙的老工人走出来，见是我们，笑着把我们迎进屋内，给每人泡了一杯热茶，请我们在对面的铺上坐下来。原来他就是酱园的掌作师傅老杨，杨师傅五十出头了，瘦瘦精精的，身板倒还硬朗。

说明来意后，杨师傅说："江宏的情绪，还是'婆婆的包包——老样子'。看见他悲观，有时我就劝他想开点，他苦笑着摇摇头。这也难怪，他二十四岁就下放到我这个院子里挑水，一晃都是三十六岁的人了。这几年多少冤假错案都平反了，可他呢，本来就没有定案，也就无案可翻。如今，他除了挑水做事，就是看书，连家都很少回去，说无颜见江东父老，人很消沉。"

我这才注意到，床头上放着一摞旧书刊，随手翻了一下，有《毛泽东选集》《政治经济学》《会计基础》《财务管理》《电工知识》《农村自来水安装》《怎样制作冰棒》《十万个为什么》《林海雪原》《钢铁是怎样炼成的》等书，还有一册《关于建国以来党的若干历史问题的决议》，以及《小说月报》《长江文艺》之类打发时间的旧杂志。

杨师傅叹了口气："江宏的事一天没有结论，他一家人就一天不得安宁。多亏他爱人唐小荷一直相信他、鼓励他，还托我多开导开导他。你看，我的袖套就是他爱人做的，手艺好吧？她一个女人撑着一个家，太不容易了。"

赵平说："江宏的确是吃得苦、受得气、背得污。刚到酱园时，听人说他磨洋工，半天只挑了几担水，有一天我专门来检查，看见他挑着桶往外走，我就躲在树林里瞄。水塘就在酱园旁边，他为什么朝山上走？我正百思不得其解，他却颤悠悠地挑着一担水回来了。"

"往外放话，是我搞的一个阴谋诡计！"杨师傅得意地抢过话来："小江来挑水，开始挑一担叹一声气，我还以为他吃不了这个苦。后来有一次听到他自言自语地嘀咕：'像这样的水，做出来的酱货卖给群众吃，怎能保证不生病？'我们这个水塘，附近群众洗菜、洗衣服，甚至不自觉的人洗尿片都在里面，经常还有牛跑进去饮水，是不卫生。可从前酱园雇临时工挑水，多年来都是挑的这个塘水啊！水池里倒满了水，拿块明矾放进去晃几圈，等杂质沉到水底就用了。小江不知怎么打听到不远的九真山脚下有一眼泉水，从此他情愿多跑路、多受累，也坚持去挑泉水。望山跑死马，距离也不近的。有时我看他累不过，让他就近挑点塘水来涮缸、淘料，他不同意。

泉水是好，泡茶都格外香，可是他要多流多少汗啊！"

杨师傅又叹了口气："这样好的一位同志，受不到表扬不说，公社还经常要汇报他的动态！我搞烦了，就说他磨洋工，别人一上午挑十几担水，他只挑几担。你下来调查，我再慢慢把他的优点端出来。按说，也该给小江安排个业务工作了。'文化大革命'遗留的多少问题都解决了，凭什么把他一挂十几年？他不肯走，有不走的理由，你还摸不准他的思想？他是怕换一个人来，又让全公社的人吃脏水！"我端起杯子喝了一口茶，哎呀，真香甜！

杨师傅话锋一转，埋怨起公社领导来："哼，动不动从我们供销社抽人，只见咱们人多，没见一个萝卜顶一个坑，一动百摇。话又说回来，现在公社抽人比前几年少多了。刘主任，你是不知道，那时硬是抽得我们供销社动不动就关门停业。"他瞥见赵平不耐烦的神情，见我又一直没搭话，就说："好啦，你们当领导的挺忙，江宏这边的工作我来做，你们就安排办交接手续吧。"

赵平打趣说："看你蛮有把握的样子，敢情江宏一个劲地硬顶不接，你是幕后指使啊？"

杨师傅哈哈大笑起来。

突然，他收住了笑，对赵平说："跟你谈个正事。余桃家的四口大缸，我又去看过了，心里觉得很不踏实，你花个正经价钱赶紧买下来，摆在我们酱园里。余桃的干娘风烛残年，余桃本人迟早是要去云梦县带孙子的，到时四口大缸怎么个着落，你再买需要花多少钱，都很难说了。"

余桃是食品柜的负责人，四十多岁，长得小巧玲珑、眉清目秀。至于她家里的事，我是头一次听人说起。

赵平皱着眉头说："你又给我出难题。人家余桃明确说了，那是她婆家的财产，她做不了主。"

回来的路上，我问起四口大缸的事，赵平说："余桃的婆家过去是开酱园的，杨师傅刚拜师学艺时，就听同行们把她家的酱菜大缸说得神乎其神。后来他和余桃成了供销社的同事，就时不时去看看、摸摸，虔诚得很，还多次游说供销社把四口大缸买下来。余桃的丈夫是通情达理的人，乐得大缸有个好归属，也看出杨师傅是真心在乎、爱惜这些大缸。但是耿书记不同意，还上纲上线，余桃就马上改了口。"

"这么具体的事，耿书记也管？是开价太离谱吗？"

"人家根本就没开价，是杨师傅凭良心说了个价。有些事咱们不懂，比如为什么木匠推崇鲁班、杨师傅推崇那四口大缸，但多少能理解吧。耿书记就不是。余桃到刘家当童养媳，为什么没有跟刘家决裂，最后还跟刘家的独子成了亲，夫妻还很恩爱，耿书记不理解，也接受不了，觉得她变了质。唉，不说了，慢慢你就知道了。"

想着刚才赵平这么挨个儿地做工作，还夹在中间左右为难，真是不容易。直到这时，我才体会到他等我来研究人员安排的苦衷。经过半天工作，人员变动基本落实了，这一半是赵平说服的，一半是大家给我这个新来的领导留点面子。无论如何，通过半天的共事，我跟他之间那堵若有若无的墙，"哗"地垮了。

工作一开展起来，就忙得我喘不过气来。一会儿是公社通知参加各种会议，一会儿是叫我去接县社打来的电话，再一会儿是有职工来反映情况。

还有一件麻烦事，就是时常有亲朋好友找我"走后门"买紧俏商品。社会上流行一个顺口溜："一粮二水三供销，工商税务我不要。"人们很羡慕供销社职员，认为我们近水楼台先得月，不愁买不到好东西。我得一个一个好言好语地解释、回绝，谁叫我是供销社的负责人呢？

其实，有很多工作都是赵平扛了。像日常业务往来啦，支钱领款签字啦，安排各门市部的工作啦，制订各分销店的计划啦，调解营业员同顾客的争吵啦，农药化肥的分配啦等等，这些都要他去抓、去管。最近两天，还增加了江宏与"盘黑货"的交接工作，他要到场参加盘存见底，工作量不可谓不大。据说"文化大革命"中，"造反派"狠批他的要害，是"埋头拉车不看路，只管买卖不管钱"。经过这几天，我却喜欢上了这个"埋头拉车"的人。

一天晚上，耿书记打电话把我叫到公社。我一进门，他就开门见山地问我抓打击经济犯罪的工作情况。

我说："这几天我到各个分销店跑了跑，打击经济犯罪的事也没耽误。

开了部门领导干部会回去后，我做了两件事，一件是组织专门班子，另一件是摸情况、找线索。"

接着，我将如何做工作从煤院抽人接替俞大发的工作，将其复杂性、艰巨性作了详细汇报，委婉地说明，上面抽个人忙坏一大群，牵一发而动全身，今后领导对此要慎重。

"听说你把江宏安排到煤院去啦？"他打断我的话，严厉地问道。

我一愣。真快呀，才安排落定，小报告就打上来了。

我随口答道："是的。不过这也是策略，麻痹他一下，然后出其不意，方能克敌制胜。"

"胡闹！"他有点动怒了："恐怕他没麻痹，反而是你们自己麻痹了！他是个'糨糊手'，沾不得钱和物，根本没有资格当营业员！如果他发生了新的犯罪，谁负责？"

"据我初步了解，供销社的人普遍对江宏并不反感，没把他当坏人对待，甚至还有人说他的好话呢。再说，万一他真是坏人，让他在酱园里挑水，他狗急跳墙，丢两包毒药在水里，再做成酱货卖给群众，毒死个几十百把人，谁都负不了责！"我豁出去了，以强硬的口气顶了他一下。

他坐下来掏出支烟，在铁盒上戳了一二十下，慢慢掏出火柴，擦燃点上火，长长吸了一口。把烟喷完，才以缓和的口气说："你这两手抓是对的，特别是下狠心把俞大发抽出来，就有了依靠力量。历来的运动经验证明，没有可靠的骨干力量是不行的。至于江宏的安排，我知道不是你的主张，谁出的歪点子，你知我知。永安供销社还有一个突出问题，就是好人不香、坏人不臭、鱼爱鱼、虾恋虾、乌龟爱的是王八，弄得臭味相投，正不压邪。你要注意哩，赵平是个埋头业务、不问政治的人，你莫光听他的，让他牵着鼻子陷进事务圈子里去了。从现在起，你要把精力集中到抓大事上来。三天以后，各部门领导干部在你们那儿开碰头会，你准备一下。"

我们的第一次冲突，就以双方各让一步结束了。我摸黑沿着坑坑洼洼的田埂，高一脚低一脚地往回走，心情就像走进了酱园一样，酸甜咸辣都有，这时一起涌了上来，说不出啥滋味。依了群众的意见，就会得罪领导；依了领导的，就会得罪群众。刚到供销社，业务工作还没熟悉，改革局面还没打开，就一脚踩进泥沼里，像陷入夹板缝里动弹不得，怎能不烦闷！

早上赵平见我脸色不好，问我怎么啦？我只说，耿书记要我集中精力抓经济案件。他很灵活，连忙叫办公室的人将档案柜打开，把江宏的专案材料副本交给我，接着把我引到生资仓库的一个暗楼里，拉开电灯，抹掉桌子板凳上的灰尘，低声对我说："你就在这里看，不会有人来干扰的。'文化大革命'时两派打起来了，我就躲在这里写反省交代材料——鬼都找不到。"这里确实避嫌、安静，美中不足的是，化肥挥发出来的氨气味有点熏人。

江宏的专案材料装在十个档案袋里，摞起来有尺把厚。1970年"一打三反"学习班的有六袋子，1978年"一批两打"学习班的有两袋子，尚待查清的问题装了两袋子。这些材料包括本人交代、别人的揭发检举材料、调查报告、"一主两旁"的证明、退赔兑现的清单、会议记录等等，使人望而生畏。但为了迎接三天之后的碰头会，我只好打起精神，啃这个硬骨头。

一看之下，哈哈，这档案材料看起来吓人，其实是个纸老虎，没有多少内容。江宏在第一次学习班住了一年零八个月，落实的退赔只有一百四十二元六角三分。其中有：

> 公社耿书记路过桐山头，我们分销店招待了一餐，用去八元六角四分，我从升溢中抽出付了，该我退赔。
>
> 一批玻璃灯罩打破了，报了损，其中有两个虽然破口，用纸糊一下还可以用。我见财起心拿回家了，应赔三角八分。
>
> 有一次我弟弟来，我让他带点煤油回家点灯，没有东西装。当时有几个漏气的热水瓶胆，我顺手牵羊拿了一个，让弟弟装煤油拿回家去了。应退两角（当时卖给群众的处理价是两角）。

还有就是：

> 我结婚时没有打发钱，经赵平主任批准，借公家二十元，长期没

还，这次应退赔二十元。

我家做屋，经赵平主任批准借公家二十元，一直拖着没还，这次应该退赔二十元。

如此而已。

虽然有些意见经不起一驳，但我还是耐着性子，一笔一笔地记在我的小本子上，以便进行深入研究。

我就想，这个江宏有些事确实办得不妥。招待耿书记吃了八元多，理应让耿书记自己掏腰包。既然他没付钱，供销社下属的分销店又不能报销，从升溢中抽出来付了就算了，你何必还要在学习班里把这件事捅出来，牵连耿书记，让领导难堪，最后落得你自己退赔，还作为一个问题装进档案里。从组织上说，那些二十元、三十元的借款不能算挪用，更不能算贪污，让他还清就是了。单凭这些，就断定江宏连当营业员的资格都不够，也未免言过其实了。

至于江宏材料中挂起来、尚待查清的问题，我粗略翻了一下，总的感觉是比落实的问题要大得多。除了对他结婚、做屋、小孩出生摆酒席等大事的经济来源有疑问以外，对他三年时间报损八千多元也有怀疑。这些疑问都是当时群众在揭发批判中提的，满满当当装了两个文件袋。

由于上午安排了拜会兄弟单位，下午要去食品加工厂检查安全生产，我来不及细看，就匆匆忙忙地走了。

三、陈年旧账

清晨，逛完老街的早市，我继续向北，往九真山的方向溜达过去。

此时，初升的太阳照在巍峨壮丽的九真山山顶和半山腰升腾起来的一团团飘舞的云烟上，照在九个山头环抱着的这一方秀美的土地和炊烟缭绕的村庄上，给眼前的一切添上了一抹梦幻般的色彩，让人仿佛置身于世外桃源，心旷神怡。

突然，我觉得山脚不远处的田埂上，那个戴着草帽、挑着一担水的人有点眼熟，定睛一看是江宏。原来，他被抽到煤院后，酱园招了个临时工顶替他，但人家嫌挑山泉水太累，正在闹情绪、讲条件。见杨师傅着急上火，这两天江宏就八小时之外主动帮着挑挑水。

他那张郁郁寡欢的脸在我眼前挥之不去，我的心猛地抽搐了一下。十二年，从二十四岁到三十六岁，最好的年华他都往返在这条田埂上，除了挑水，就是挑水。背负着沉重的思想包袱，这清晨明媚的阳光，能否照进他的眼里？这老街早市浓烈的人间烟火气，能否弥漫到他的心里？

人心都是肉长的啊！我有责任尽快把江宏的经济问题查个水落石出，做一个结论，画一个句号。有什么问题，就做出相应的处分，既不冤枉好人，也不包庇坏人。而现在最大的疑问，就是那八千多元的报损，他有没有中饱私囊？

碰头会在即，我也必须得搞出点眉目来。我匆匆回去洗了脸，吃了早饭，就到布匹仓库找俞大发。

从煤院调过来的小伙子打开门，我走了进去。仓库布局成几条呈井字形的小巷，堆的都是花花绿绿的布匹，使人觉得置身于布的世界。布匹分档清楚，堆码整齐，看得出保管者是勤劳尽责又经验丰富的。

我随口问小伙子："手续都交清了？"

"布匹都交了，布票没有交。"

"为什么？"

"年头长，数量大，让俞大发直接往县里交吧。我从现在起砍断，各交各的布票。"

发出多少布就收回多少票，实物与票证对口，按时盘点，清点上交，哪来什么"年头长、数量大"一说？

我问道："俞大发呢？"

"他昨天下午交完手续就走了。"

出了布匹仓库，我从街头寻到街尾，没见俞大发的踪影。碰见赵平，问他见到俞大发没有。他知道我正心急火燎地找人，就去寻了，让我在办公室等着。

这时太阳已经升得老高。我走进办公室，顺手拿了张《湖北日报》看起来。直到我把报夹子里最近几天的报纸都浏览了一遍，赵平才大步进来，朝我笑笑，到电话机旁给驻汉办事处的采购员挂了个长途，然后坐到我对面说："我派人到他家去找，他的小孩说他下汉口看病去了。我打电话到汉办，采购员说昨天傍晚在铜人像旁边见他同一位妇女说话，正想上前搭话，他俩就转身了，昨晚没到汉办过夜。"

"外出也不打个招呼，太不像话！"我说。

赵平说："他还能没给耿书记请假？凡是抽到公社去的人，就由公社管了，咱们是'铁路上的警察——管不到那一段'。再说，专案人员见官大一级，谁敢管他们？"

这也是的，不是他打小报告，耿书记怎么会擂我的人？怎么会把碰头会挪到咱们这里开？可是，那天耿书记明明指示，俞大发这一阵以供销社为主。这倒好，正要用他，他跑了。不知怎么，我又想起那布票的事来。

"布票是这么回事，"赵平给我解释道："从 1954 年国家对棉花实行统购统销开始，全国按人头每年定量发放布票，凭票供应棉布、服装、棉织品。因为棉布稀缺，发的布票就少，甚至两个成年人一年的布票凑起来，才能缝一条长裤，所以人们很少买布做新衣裳，只能是'新三年，旧三年，缝缝补补又三年'，布票一般要攒到过年、婚丧嫁娶办大事才舍得用。布票是严禁买卖的，发放和回收管理很严。前些年，县社的布匹仓库只有一个人管，对布票回笼抓得很紧，记得有一年我们上交的布票差了一百三十六张，他还打电话给我，我到仓库给俞大发清理过。"

赵平皱着眉头说："后来搞低工资高就业，县社的布匹仓库增加到五个人。谁知鸭多不下蛋、人多不洗碗，回笼布票也没有人擂了。说起来有人管发货、有人管布票回收，实际上发了多少布、收回多少票，都搞不清楚，因为他们互不通气。有几次俞大发扛着布票到县社去上交，那里的小青年一见就麻头，推说忙，没工夫清点，让他扛回来。我爬上暗楼看过，麻袋装满了，箱子塞满了，还有的用旧报纸捆着，的确不是一下子交接得完的。我就交代将它们冻结起来，让俞大发抽空向县社交清，再立新账。为这事我在县社开会时还反映过。"

由于我急于寻找江宏问题的突破口，就没有把布票的事谈下去。

我口袋的小本子里，记着江宏的许多待落实的问题。我可以找他攻一攻，要他老实交代。但搞专案有个规矩，找审查对象谈话至少要两人到场，光我一个人去，搞得不好还说我给他通风报信。

于是我又躲进小楼，继续翻阅江宏在 1978 年"一批两打"运动中的材料。这部分材料全是会议记录，不仅没有新东西，而且江宏还推翻了自己在 1970 年交代落实的问题，对于经济退赔满腹牢骚。当时会议记录是这样的：

> 江：我的一乘衣柜，你们只作价三十元，一只手表也只作价三十元，我爱人的一套呢子春装，只穿过两回，你们只作价二十五元。我说让我卖了拿钱来兑现，你们又不许可……我个人经济上受损失倒是小事，可惜的是拍卖时，公家的门让人挤破了。

可想而知，他当时的态度激起了学习班领导和骨干多么大的义愤！接下去，都是批判发言的记录。掂一掂这公文纸的分量，会议不是开了三天三夜，绝对记不了这么厚。其中耿书记和俞大发的发言时间最长，记录也最多。我就这样一句句、一段段、一页页地看下去，如同在阅读一部神话小说。

下午，随着木梯的响声，暗楼的门"哐当"一声被推开了，俞大发走了进来。

"嘿！这里还蛮——安静哩。"他像发现了新大陆，喜滋滋地说，"蛮"字的音拖得很长。

他拉过凳子坐下，对我说："小孩的姨妈病了，老早带信来，我走不脱身。昨天交完手续，经耿书记批准，我赶上末班车就去了，今天上午赶回来，中午才到家，刚才在布匹柜给陈艳芳帮了一阵忙，赵主任说你找我，我就来了。"

他给小孩说的是自己下汉口看病，现在又变成姨妈病了，那么在铜人像附近谈话的妇女是谁呢？这些念头在我脑子里一闪而过。但来不及多想，我就急着同他商量后天开碰头会的事，如何着手、如何尽快打开局面，免得在会上出洋相。

"你说怎么搞呢？"他狡黠地盯着我问道。

"我初来乍到，情况不熟。你是个'运动明星'，可得好好帮我参谋参谋。"

看得出来，他对"运动明星"的头衔很受用。他见我态度真诚，就翘起二郎腿说："你也别太认真了！运动就那么回事，别一个劲往前扑。别人怎么搞，咱们就怎么搞。在这上头当个先进，顶个屁用！这些年，我算看透了。搞经济案件，就凭咱们这水平，没门儿！福尔摩斯来了也不行！经过这些年的运动，你办案水平提高了，可别人作案的水平也提高了。但话又说回来，上面要搞，你按兵不动，这也说不过去。你这不是在看江宏的档案吗？到了碰头会上，一整理，一形容，就应付过去了。"

他的轻慢态度与初次见面时的殷勤相比，简直是天壤之别，一百八十度的大转弯！这番话，听得我目瞪口呆。是在嘲弄我吗？还是要误导我？又或者，是对以前没把江宏彻底拿下，而目前我又安排他搞业务不满？

不管怎样，我是单位的领导，就得对同志进行正面引导。于是，我把打击经济犯罪的意义，以及我们应有的积极态度，一一解释给他听，同时也是向他表明自己的立场。

不知是我的水平问题，还是他乘车疲倦了，他听着听着就快要打起瞌睡来。我一打住话头，他就说："那就这样，今晚我们找江宏搞个小战斗再说。"

在煤院江宏的房里，我坐在唯一的椅子上，俞大发坐在江宏的铺上，江宏坐在一个小板凳上，一场"持久战"就这样开始了。

俞大发率先开口："新来的刘主任要了解当前职工的思想动态，你先谈一谈，从学习班出来这几年，都有些什么想法？"

江宏抱着两手搁在膝盖上，下巴挨在手上，缩作一团，好一会儿才低声慢气地说："我青春已过，等候发落。不过，我的问题终有一天会水落石出……"

俞大发继续道："你这'破罐子破摔'的思想是错误的。你应该积极主动交代问题，帮助组织弄清事实真相。现在人人都在大干'四化'，你自己不干，还牵扯了领导的精力。刘主任刚来，就陷入你的问题中来了，你能问心无愧吗？你知不知道现在全国在开展什么活动？你有何打算？"

江宏说："打击严重经济犯罪，是为'四化'建设扫清障碍，重点打击大案要案，特别是领导干部的大案要案。我衷心拥护……"

俞大发打断他的话："你算不算大案要案？"

江宏盯了他一眼，但又很快低下了头说："我没案，更算不上大案要案。"

俞大发严肃道："你还有经济问题没搞清楚。"

江宏声音虽小，但答得斩钉截铁："我的经济问题清清白白。"

我一看顶了牛，就连忙插话，说明当前打击经济犯罪的严肃性和必要性。虽然重点是大案要案，但不是重点的难道就不搞啦？有什么问题，就交代什么问题……

江宏坚持说："我没有问题！"

我一下子就火了："你没问题？我问你，你到分销店短短三年，就报损八千多块。全国有多少供销社、多少业务柜，都像你，国家还搞不搞建设？怎么会没有问题？"我这一番指责和质问，口气不可谓不强硬，但没有使用"贪污"这一类刺耳的字眼，让他容易接受些。

缓和了一阵，他才低声慢气地说："领导说的也有道理。从金额看是吓人，谁听了都痛心，都会怀疑。当时的化肥说是一包一百斤，实际上只有七八十斤，生产厂家坑我们，但我们可不能昧着良心坑农民。开始我很矛盾，怕报损数字大了。但如果按一百斤一包发出去，生产队就来人要掀柜台。再一个是野蛮装卸，柴油、桐油整桶往车下瞎扔，我们分销店经常收到一些只剩半桶的油，有时甚至是空桶。加上是迂回运输，本来我们从县里直接进货蛮好，硬要从县里运到公社供销社，再回过头拨到我们分销店。请的驴子板车拖货，他们抄直走山路，路上高低不平，驴子又不听话，经常是整箱的玻璃灯罩、整篓子的饭碗从车上摔下来，滚进山沟里，拖回去一箱或一篓的破碎渣子……"

"又把老经拿出来念！"俞大发早就不耐烦了，打断他的话。

一场小战斗，就这样结束了。

"十刀割不出血的牛筋子！咱们还得寻找新的突破口。"走在路上，俞大发愤愤地说。

但我并不这么看。这一次与江宏的谈话，表面上看来一无所获，实际上我基本弄清了他的一大悬案。他说的也不是毫无道理，特别是化肥短斤少两的现象现在都还存在，何况是在"文化大革命"中。许多供销社将这些损失转嫁到农民身上，而江宏死心眼，落下个问题、包袱，都自己背着。至于迂回运输，真得抓紧改革了。这不能说不是意外的收获。

临分开前，俞大发向我请假，说明天到县里交布票，我同意了。

社直各部门负责人碰头会，按计划在我们供销社召开了。会议一开始，各部门捷报频传，都号称掌握了许多经济犯罪的线索，而且这些犯罪活动都同领导班子有牵连，还涉及到公社某些干部。对于那些原来挂起来的"老运动员"，虽然花了九牛二虎之力去调查摸底，却收效甚微，很少发现他们有新的问题，原来的悬案还是悬案。

一直自认为公社机关是个清水衙门的耿书记，听说公社某些干部牵扯到经济犯罪活动，就如同国王听说王宫里出了丑闻一样，神情显得很不自然。他一会儿嫌屋子里空气太差，一会儿说门市部的嘈杂声对会议有干扰。等各单位汇报完毕，他简单地总结了前段工作的成绩和经验，指出了某些不足，布置了后一段的任务，就散会了。

让我日夜提心吊胆的碰头会就这样侥幸过关，我不得不钦佩俞大发的科学预见。同时，听了各单位的情况交流，我觉得供销社的工作进展大为逊色。所以，下午俞大发从县里回来，我就引他到生资仓库的"密室"里，告诉他碰头会的情况，同他研究下一步的工作方向。看得出来，他对某些单位不受前两次运动框框的束缚，绕开老对象、追查新问题的做法，不感兴趣。

"还是要抓住江宏不放，只要把这个顽固堡垒攻破，逮捕一个人，震慑一大片，咱们这盘棋就活了。而要想有新的突破，必须扩大调查范围，到桐山头周围的生产队去查访。是鱼是虾，打两网再说。"

他刚说完，赵平爬上来，说接到县社通知，要我明天到县里开一天会。

我对俞大发说："你的意见我考虑一下，晚上咱们再研究个细致完整的方案。"他应了一声走了。

我就碰头会的情况和刚才俞大发的建议与赵平扼要通了个气，他爽快地说："俞大发是对的，就是要抓住江宏不放。江宏是耿书记的眼中钉、肉中刺，不把他打翻在地，再踏上一只脚，耿书记就一天不得安生，咱们就一天摘不下'右倾'的帽子。"

"可是，也要以事实为依据，以法律为准绳。"

"那是纸上谈兵。在咱们这山窝里，耿书记的逻辑推理就是事实，耿书记的话就是法律！"

我这位搭档今天是怎么啦，竟胆敢指名道姓地议论领导。我明天要去县里开会，俞大发在家闲着，就让他去调查吧。

从县社一散会，我赶末班车回到永安公社。

县社布置的任务要马上着手，整个供销社的人都得扑上去了。江宏的案子耿书记盯得紧，也要投入相当的精力。经过十几年漫长的岁月，江宏从血气方刚变得死气沉沉，那些当年从他手上购买过生产资料的生产队长、同他结过账的会计，恐怕换的换、忘的忘。近年来农村实行生产责任制，由过去队里统一分配变成一家一户的生产开支，在这种变革中去翻陈年旧账，想从中榨出点什么油水，无疑是刻舟求剑、大海捞针！

老远，我从车窗里就看见俞大发在车站等候，心里一喜，他肯定有什么好消息向我报告。果然，等我一迈出车门、两脚一落地，他就将调查材料送到我手上，兴奋地说："我猜想你一定会当天赶回的！"

我激动地将调查材料睃了一遍，内容是揭发江宏抬高商品价格，一共两笔。一笔是同样的柴油，同一个生产队那个月买了两次，上旬的单价是每斤一角八分，下旬是两角六分，每斤柴油抬价八分。以此类推，每吨柴油就抬价一百六十元，一年少说高价卖十吨，也就是一千六百元！另一笔是柴油机的活塞导套，上半年卖的单价是七元五角，下半年卖十三元三角。每笔都有当事人的举报、生产队的证明和发票的复印件，材料完备，铁证如山！俞大发啊俞大发，真是功夫不负有心人啊，大海捞针真让你捞到了！

四、改革试点

从县社开完"供销社体制改革试点会议"回来,我就忙开了,当天晚上召集各柜负责人和业务骨干开会。这次,县社把试点任务进行了分解和下派,我们领到的任务是"清仓压库,改善经营"。

传达完会议的精神,我请大家谈谈。再看在座各位的反应,一个个像归元寺的罗汉。有的低头沉思,有的闭目养神,坐在那里一动不动,一语不发。我心里"咯噔"一下,暗暗叫苦。这些部门负责人和骨干经历了多次运动,一听到"试点"的消息,肯定是自动把它与"打击经济犯罪"挂上了钩,担心承担责任,躲避还来不及,谁都不敢引火烧身。

我只好接着就事论事地动员道:"供销体制改革,是大势所趋。越往后改革的难度会越大,但相应的机会也会越多。平心而论,我们承担的这项试点任务,偷不了懒、玩不了虚,必须实打实地摸清底数,制定压库消肿的措施,分类、逐项实施,工作量会相当大。但是,降低了库存积压,就能增加资金回笼,加快资金的流动性,做更多的买卖,提高经济和社会效益,值得做!"

赵平也说:"我们领到的这个任务还算好,至少下得了叉子哟。像那个理清股权,牵扯面就大了。还有扭转官商作风、转变'门难进、脸难看、事难办'的现状,那才真叫难为情啊。再说,医治好了库存积压的'胀肚子'病,就能卸掉一个大包袱,也是好事。"但他的打趣和鼓劲没有奏效,下面还是都不出头,咬紧牙关,避免祸从口出。

我见大家纹丝不动,琢磨着酱园肯定没有积压,就点将了:"酱园的杨师傅,您是不是先说说?"

杨师傅抬起头,眼睛望着天,开了金口:"我们做的酱菜价格一直不变,每年的数量都差不多。加上江宏这么多年为酱园挑泉水,做了活广告,一传十、十传百,谁都知道我们的酱菜可以放心吃,所以出来多少卖掉多少,没有积压。我倒是想为别的柜台讲几句公道话。造成积压原因很多，有的是进货时硬性搭配和摊派的，有的明明是抢手货，但是消费风向突然变了，进的货就卖不出去了。"

杨师傅这么一带头，奠定了"诉苦"的主基调，大家就都松了一口气，气氛也变得轻松起来。

食品柜的余桃师傅是个出了名的仔细人，她说得很具体："我们食品柜，像京果、芝麻糕、绿豆糕这样的年节特色食品，总是供不应求，破损的马上退给了食品加工厂。冷门滞销的食品也有，比方说高档奶糖，是批发白糖的时候搭配来的。奶糖价格高，在农村销不动，已经有十几斤融化报废了。这样的滞销，问题出在批发环节，要是把责任归于售货员、采购员，那不公平。"

食品加工厂的冷厂长接过话头："这个我可以作证。余师傅还跟我们说好话，让我们买了奶糖做原料。加了奶糖，点心的口感当然更好，但是点心又不能加价卖，就得干赔，所以我是爱莫能助。"

耐用品柜的谢柜长说："我这里的商品价格高，最怕积压。耐用品供应紧张的情况总体在缓和，消费者对商品的选择性就增加了，既要求产品质量好、品种新、款式美，又要价格合理。即使对眼下比较紧俏的自行车、缝纫机，也趋向于买名牌，一些质次价高的杂牌就变成了库存。还有一批自行车的车胎，是进名牌自行车时，每一辆车硬性搭十个车胎，叫我怎么办？"

日用杂品柜的黄柜长说："自从几年前省城的汉正街小商品批发市场重新开了张，'二道贩子'从那里批了货回来倒卖，把生意抢走不少。我们怎么降库减压？除非我们也做批发？或者走街串巷叫卖、当货郎？"

我看问题的盖子开始揭开，觉得时机差不多了，就说："县社的姚主任特别强调，这次试点要边查边改，痛下决心，动真格的，解决实际问题，不是花拳绣腿比划一下就了事的。既然是改革试点，就不能局限于我们自己眼前的一点事，还要思考一些普遍性、长远性的问题。要弄清楚造成积压的原因有哪些、我们可以采取什么措施，以及向上面提什么建议、要哪些政策。请大家开动脑筋，多出点子。"

赵平说："明天一早我们再跟各分销店的负责人商议。各个柜要抓紧动员布置，从明天开始，首先是逐库、逐柜全面盘库，摸清底数；第二步是由柜上提出初步意见，哪些该削价处理，哪些该报废冲账；第三步是抓推销、降库存。长痛不如短痛，哪怕是削价处理、报废冲账造成账面不好看，影响当年的利润指标，也在所不惜。"

压库存的试点工作全部布置下去后，第二天下午我同俞大发到了煤院，与江宏展开新一轮面对面交锋。可是，任凭我们反复解读政策，晓之以理、动之以情，口都说干了，江宏还是软硬不吃，缩作一团，很少搭话。

我有点坐不住了，从口袋里掏出俞大发调查回来的材料，在他面前扬了扬："别人写了揭发你的材料，你还想躲赖。"我生怕被他夺走，马上又装进口袋里："让你交代，是给你留条从宽的路。"

俞大发接过我的话，继续对江宏启发诱导。我见他喉咙说哑了，就再接着他的话耐心说服教育。我们两人一唱一和，没有冷场。可是，江宏仍然无动于衷，似睡非睡地低头沉默。

我看时间不早了，就把手中的"原子弹"抛了出来："我问你，为什么同样的活塞导套，你卖两样的价钱？"

他惊恐地抬起头一愣，缓了好一阵才俯首，低声慢气地说："这活塞导套由于产地不同，价格也不同。上海的便宜质量又好，而县农具厂生产的质次价高。上海产品供不应求，就只好从本县进货。为了区别，我开的发票上都作了注明……"

"谁能保证你不会把上海产品当本地的出售？"俞大发打断他的解释，紧追不放。

我趁着他回答俞大发问题的机会，将两张发票的复印件拿出来看，果然分别注明有"沪"和"本县"的字样。

唉！我当时也是被胜利冲昏了头脑，将这几个字忽略了，打了个塌火，闹出个笑话。

我索性孤注一掷，等他话音一落，又将一枚"氢弹"抛了出去："你不要狡辩，认为你不说我们就不知道。活塞导套由于产地不同而有两种价格，那为什么柴油的价格也如此悬殊？"

这一次，他连头都不抬，依然用平静而缓慢的语调回答："柴油有两种价格，农用柴油每斤一角八分，工业用柴油每斤两角六分。每年抗旱抽水，农用柴油售完了，我们就拨些工业用油回来供应，贵是贵点，但抗旱如救火，生产队也顾不上了。"

完了！前无粮草，后无援兵。我们以"时间不早了"为借口，高挂"免战牌"，仓皇撤退。

回来的路上，我感到非常疲劳，两条腿都快拖不动了。看着陪我慢慢走在这幽暗公路上的俞大发，顿时觉得他可敬可怜又可悲。大海捞针似的搞回两发"炮弹"，都被我弄成了瘪火。我是应该为出师不利而羞愧难当呢，还是要为消除了江宏的两个疑点而庆幸窃喜呢？不知什么时候，俞大发轻轻地哼起了日本电影《追捕》里的音乐：啦啦啦……

我同俞大发将江宏的账本与发票存根翻出来，查他的柴油和活塞导套的购销账。正查得头昏脑胀，公社打来电话，说耿书记要见我。

我去了以后，耿书记很客气地递烟倒茶。我首先报告了县社开会、我社承担试点任务的情况。

我见耿书记没有做声，以为自己汇报得不够完整，他在等着下文呢，于是又滔滔不绝地说下去。

"我个人觉得，这次供销社体制改革，不是一时的小修小补和权宜之计，而是方向性的转变。既要恢复五十年代的优良传统，又要适应农村改革的需要和放开搞活的形势，任务相当重。清仓压库、查找问题只是序曲，改善经营效果、提高服务质量才是重点和难点。"

耿书记始终皱着眉头，后来干脆闭上了眼睛。我像一个面试的考生，越是心里没底、越是发慌话就越多，有点语无伦次。

耿书记一定是觉得我的滔滔不绝都不得要领，这会儿眉毛一挑，一字一句地说："工作上有问题，根本在人的身上。要借查库存的机会，牵出问题线索，找出责任人，打击经济犯罪。"

他的想法与试点的思路好像不是一回事，我只好听下去。

"江宏的案子查得怎么样？"耿书记突然发问。

我将这几天的工作情况向他作了详细汇报。当谈到俞大发调查回两份材料时，他将头发朝后抹了抹，插话说："我喜欢的就是俞大发的这种作风！"

可是，当他听说我把这两发"炮弹"都打成了塌火时，"呼"地一下弹起来，暴跳如雷："怎么能这样搞运动？你搞过运动没有？上一次小战斗的失败，我在碰头会上就说了，我们不是找他核对材料，不要轻易抛材料，不打则已，一打必准！花费这么大精力搞来的材料，你怎么随便抛出去？要引而不发嘛！你，你……让我怎么说你呢？"

我只能像一个打破了饭碗的小孩，硬着头皮挨训。直到他脾气发完了，我承认了自己考虑不周，表了下一步行动的决心，他才勉强地挤出一点笑意，说："你的出发点还是好的，态度还是积极的。咱们这些年积累的材料，你都翻看了，动作很快。尚待清查问题这部分，你看了没有？一般人是不会注意这两袋子材料的。江宏的主要问题，不在已经落实多少，而是在悬案上。这家伙顽固得很，在事实面前拒不认罪。你当时不在学习班里，不知多气人！没把他拿下来，对学习班影响不小。他有千条计，我只有一条计，就是把他挂起来！监狱里犯人关了一二十年没定案的也有嘛！像树上的黄叶，挂久了，它迟早会被风刮下来、自己掉下来。"

老实说，对挂起来的那两袋子材料，我没有很仔细地研究，有点心虚。

耿书记大概看出了我的窘态，得意地用巴掌习惯性地把满头青丝往后抹抹，继续循循善诱地说："一个人的历史，是由他自己的言行写成的。查经济案有连续性，要历史地看。经济案件比起政治案件来，要难搞多了。他们成天同钱和物打交道，常在河边走，哪有不湿鞋？谁能保证咱们在这里谈话的时候，就没有人在柜台上偷销货款？"

耿书记不愧是领导，打也打了，摸也摸了，既有责备，又有体谅，还讲了道理。一个百事缠身的公社分管副书记，却对供销社一个小人物的历史情况了如指掌，过去这么久了，说起来还如竹筒倒豆子，记忆力惊人，这一点我不得不佩服。

我刚回到办公室坐定，布匹柜的陈艳芳就哭哭啼啼地走进来。我这个人最见不得女人的眼泪，好说歹劝，她还是止不住泪，泣不成声地诉说。

我耐着性子听了半天，才听出头绪来。原来，俞大发经常主动到她柜上帮忙，闲来无事也到她那儿坐坐，说些嘻流子话，有时四下无人还出手动脚。而且只要他到柜上帮忙，柜上就会出短款少钱的事。前几天，她有意试他一下，在找零的钱中混放了一张十元大钞，借口上厕所，让他照看一下。等他走了再看，十元的票子不翼而飞了。

"我倒霉，这十元我赔。"她唏嘘着说："请领导给他发话，让他以后莫到我柜上去了。多少人吃过他的闷亏，我惹不起，还躲不起？"

陈艳芳三十出头，爱人在武钢工作，长期过着牛郎织女的生活。由于没有生育，模样还像个美丽的姑娘。据说，镇上一些青年业余时间闲得无聊，对我们门市部的女营业员逐个评分，她独占鳌头，得了九十九点五分。俞大发中年丧妻，他想染指陈艳芳，同时捞取金钱美色？我坚信陈艳芳不会撒谎。

陈艳芳一下子揭发了俞大发两个问题：作风不正和见财起意，这是男女混杂而又经常与钱打交道的商业部门的两大忌讳。

此时此刻，让我怎么转达陈艳芳的"最后通牒"，叫俞大发再不要去布匹柜了？瓜田李下，各避嫌疑？似乎不妥。这些天要继续查案子，他简直是贾宝玉脖子上挂着的"通灵宝玉"，让我一天都离他不得，怎么能跟他撕破脸面呢？

可是，站在陈艳芳的角度，如果我和稀泥、不为她主持公道，显然不公。她一个女人家丈夫不在身边，受了别人的窝囊气连个可以倾诉、依靠的家人都没有，更是可怜。

我给她倒了一杯茶递过去："你和丈夫两地分居，相隔上百里，说远不远说近不近，来回一趟单程基本上就是一天吧，还有旅途的劳累和不小的花销，很不容易。今后有什么困难你就提出来，我们尽量帮你解决。尽管营业员是一个萝卜一个坑，很捆人，但谁家没有个大事小情？偶尔有点特殊情况，社里临时找人替一下还是可以办到的，你就别客气。"

陈艳芳的眼泪又涌出来，哽咽着连声道谢。

我本不愿意打探别人的私生活，但是作为领导，关心下属是分内事，所以就说："我毕竟比你年长十几岁，恕我多句嘴。你们这么年轻，长期两地分居也不是长久之计。你跟你爱人能不能想些办法，早日团聚呢？"

陈艳芳说："距离上相差上百里，可是省城和农村的差别更大。如果要团聚，就得找人跟我对调工作，哪里找得到省城的人愿意对调到这个农村供销社来工作的？不管怎么说，我现在还有一份正式的工作。如果我光一个人去他那里，丢了这份工作，那我在他、在他家人、在外人面前怎么抬得起头来？别人老说余桃师傅：'你怎么不去跟爱人、儿子们团圆，享享清福？'我心里特别理解她，她也是一个有自尊心、要体面的人，不希望依靠别人，过得没有尊严。"

一席话，令我对她刮目相看。没想到，这个平时嘻嘻哈哈的漂亮姑娘还挺有主见，看问题也透彻。

我换了个话题问她："你去省城次数多，觉得城里跟咱们公社比，人们的穿戴方面有哪些不同？从供销社的角度，我们可以做些什么事情？"

陈艳芳说："我们这里的农民跟城里人比，是苦一点，但自然条件还好，只要肯下力、没有大病大灾，日子都过得去。农村跟城里很大的差别，是农村人手上的活钱少。也有一个好处，就是能自给自足一部分。比方说，这里的生产队和社员都会种些棉花，各家各户纺线织成粗布，基本上家里的床单、被套就解决了。上了年纪、不讲究的人，冬天穿的棉袄棉裤也是用粗布做的。现在农民收入也多起来，但是生活改善还有一个过程。城里人手上有活钱，布票比较紧张，买布都得凭布票嘛，所以他们穿衣也好、床上铺盖也好，得精打细算。这几年，不凭布票的各种化纤面料多起来，城里人穿的、用的越来越丰富、讲究了。城里的布匹花色品种多极了，连我都看花了眼，选择的余地很大，因为省城人多、周转快，商店扛得起。农村供销社呢，市场有限、流动资金有限、花色品种少，农民的眼光、我们进货的标准也跟城里不太一样。我倒是觉得，在服务顾客、引导消费上，我们有很大的改善空间，农民也是有期待的。现在市场放开了，如果我们什么改变都没有，顾客迟早会流失。"

我看她情绪好多了，就让她回柜上了。

这个姑娘挺有头脑，口才、形象都不错，我心里一喜。我想，采购员和售货员是不是也应该适当流动流动，比方让陈艳芳也到省城跑跑采购，开阔一下眼界？这事，我得跟赵平好好合计合计。

五、惠民大集

我们供销社一连七天的"惠民大集"热闹非凡，展销柜台在供销社门外的街上一字排开，很多商品一抢而空，整个公社都被搅动起来了。

进入老街，一张张大幅的红色海报映入眼帘。供销社的墙外张贴着大集每天活动的预告，各种处理商品的价格表尤其吸引眼球。看不出，江宏这小子写写画画还真有一套。更为难得的是，他自己这么挨查，遇到大事还真是听指挥、用得上。

当我向县社姚主任报告清点库存的"战果"，提出甩卖存货的方案时，他没有直接发表意见，而是说："这些天，县社也在研究交给基层试点的任务，讨论我们自身如何转变作风。我有一个观点，就是要重新找定位。一方面，我们供销社的工作不是单纯'我卖你买、你卖我收'的经济活动，而是要通过商品交换，反映和调整国家与农民的关系；另一方面，在'放开搞活'的形势下，我们要想占有一席之地，必须把基层和农村消费者当成自家人、当成'上帝'，设身处地为他们着想，提供优质的服务，而不是把我们手上的存货甩出去、把人家兜里的钱掏出来就万事大吉了。"一席话，听得我脸上火辣辣的。

姚主任接着说："新华书店的关书记是我邻居，他提出想借供销社的网点，帮他们减减库存的想法。书店年底进的张贴画过了春节就剩下了，其实像胖胖的娃娃、丰收的景象、梅兰竹菊、渔歌唱晚一类题材的年画喜庆、漂亮，便宜卖给农村家庭、学校张贴，还是挺不错的。一些适合农村的书籍在城镇卖不动，想送书下乡，但苦于下面没有'腿'。我说，我们可以合作，但书店不能只打自己的算盘，还要满足农村的需要，组织一批农村实用技术的图书、好看的书、好听的歌带下乡，我们只管搭台，你们负责唱戏，一切费用自理，关书记满口答应了。"

居然有这等好事！我马上说："那就把新华书店送书下乡的首站，放在我们那里吧！"

姚主任笑着点了点头："现在工商企业都在做转变经营方式的大文章，基层供销社如何借力，值得好好琢磨。我再让五金批发组联系电子企业去摆摊销售，同时免费为群众维修电视机、收录机、收音机，为你们壮壮威，再添一把火，你看如何？"

我把姚主任的意见向各柜负责人一传达，大家都信心高涨，热血沸腾，马上就坐不住了。每个柜台都暗地里比上了，憋足了劲，想出奇制胜。

大集之前的两天，日用杂品柜的黄柜长把我和赵平往库房里拉，神秘地说："咱给领导亮亮宝！"

黄柜长递过来两个枕席，赵平一看就惊呼起来："刚翻出来的吗？清单上没有它呀！这个好这个好！肯定受欢迎！多少年没卖枕席了！咱们这里三伏天热得家家户户都把床搬到屋外过夜，铺上个席子，再垫上个枕席，就凉快了。你们备了多少货？"

黄柜长得意地说："我们从仓库里翻出了一批芦席，除了少数受潮损坏，大部分还好，通了几天风，准备削价处理。有的芦席上有少量的霉点和泛黄，师傅们说扔了可惜，就把好的部分剪成了一个个枕席，找布匹仓库要了一堆卖不出去的碎布头、捆布匹的布条条，洗净熨平，借了余桃家的缝纫机给包了边、装上衽子，做了好几十个，打算卖三毛钱一个，怎么样？"

"好好好！这边包得够宽，衽子留得够长，看着就牢实，缝得平平整整，做工不错。你们头天试一试，如果供不应求，可以考虑再裁一批芦席做成枕席投放出去。价格方面，你通盘考虑一下，别同一个东西前后卖两个价。"

黄柜长一拍大腿："赵主任不愧是老供销，市场嗅觉灵敏！"

赵平接着支招："你找两个脸皮厚一点的师傅吆喝吆喝：'芦席枕席，成双配对！又凉快，又好看，又实惠！走过路过，不要错过嘞！'顺带也拉动芦席的销售，一举两得。"一屋子人都笑起来。

黄柜长直竖大拇指："好！我们还有正品的竹篾席子，档次和价格高些，如果顾客有需求，也可以定制枕席，配成套出售。不过把人家余桃的私人缝纫机用得太狠，就不好意思了。"

"我们还有秘密武器！"黄柜长指着花花绿绿的一堆东西说："女孩子扎头发的彩色发卡、发圈，也是好多年没见了吧？肯定会引起一片轰动！"

"还有！"他又拿起一个搪瓷脸盆："这次把残次积压的搪瓷脸盆、杯子都清出来，采购员买回专用的修补剂，师傅们把碰掉瓷的地方都补好了，一律削价出售。如果社里同意，我们准备再进点修补剂，在大集的边上另外摆个小摊位，专门免费给群众修补搪瓷器具。谁家没有几个碰掉了瓷的盆子、杯子？估计能吸引不少的人气。"

群众的智慧调动和汇聚起来，会形成多么令人叹服的力量啊！

我问在场的师傅们："社里规定，大集期间全体职工不能买处理商品，家属可以买，但必须正常排队，不能搞特殊，大家觉得合不合理？"

"应该的，应该的！我们工作都忙不过来，不可能分心去买东西。"

"这个规矩定得好！一视同仁！"

"应该把便宜留给群众！把好事办好！"

从日杂仓库出来，我问赵平："分销店抽调营业员支援的事，落实了没有？他们来了怎么安排生活？"

"都办妥了，食堂管餐，几个女同志晚上到余桃家里挤一挤，男同志跟着仓库保管员将就一下。"

我去给耿书记汇报县社姚主任要来调研的消息和大集筹备情况，耿书记很高兴，主动提出他要出面接待，并向公社一把手郑书记报告一下，还说派出所维持秩序的事他再打个招呼。耿书记这个人还是不错的嘛。

趁着耿书记情绪好，我试探着说："您觉得余桃这个人怎么样？看得出她工作负责，觉悟也高。这次搬来自家的缝纫机给公家缝粗活儿，分销店抽来帮忙的几个女同志也住在她家。她四十出头，正是干事的好时候，主持食品柜的工作也有一段时间了，是不是可以考虑让她当食品柜的柜长？"

耿书记像见到怪物一样地打量着我，反问道："你了解她的家庭情况吗？"

"她本人出身贫农，丈夫是革命干部。"

"她婆家是工商业者，过去开酱园，在这一带小有名气，赚了不少钱。

她现在住的婆家大宅，青砖青瓦，上下各三大间，都带堂屋，中间还有个大天井，前后门是普通农家大门的几倍厚，地面都是夯过的。她丈夫早年被送到省城去读书，据说是个进步学生，后来被派到云梦县城当了干部，做了企业负责人，两个儿子也跟着爹在县城里读书、工作。余桃留在老家，给婆家四个老的养老送了终。现在她养尊处优，一个人住个大宅子，还认了一个资本家的小姐当干娘，接那个干娘一起住，跟着吃素。她哪里还有劳动人民的本色！行为举止哪像个公职人员！"耿书记义愤填膺。

我解释说："余桃是出了名的可怜人，附近上了年纪的人都知道。我跑过几趟食品加工厂，闲聊之间听说余桃的娘家就在旁边的余塆，因为太穷，把她卖给了刘塆的婆家当童养媳。婆家把她当花钱买来的使唤丫头，嫌她不懂事，想打就打，想骂就骂。几岁的小姑娘，数九寒冬一趟一趟地去塘里洗藕、洗菜做酱菜，手肿得像馒头，哭都哭不出声来。塆子里好心的大娘大嫂们都可怜她、照顾她，她才熬过来。"

耿书记打断了我："你不要为她辩解！即便如此，她也从来没有跟剥削阶级划清界限！"

我犹豫了一下，但转念一想，对领导就该知无不言言无不尽，所以把了解到的全说了出来："她那个干娘是城里资本家的小姐不假，可是经不住兄长们豪赌、被人骗财，家道中落了，又由兄长们做主，嫁给了这里一字不识的乡下穷汉。偏偏丈夫早逝，她干娘一个小脚女人没办法下地干活，靠给叔伯几家洗衣做饭、带大十几个伢，养活了自己和四个儿女，很受人尊重。要说这个老婆婆的个人成分，也应该算是劳动人民吧？当初干娘把余桃当成自家的孩子疼，有时为她说几句话，婆家人也是听的，余桃的处境就会好些。她婆家划的什么成分、财产怎么处理，政府都有结论。余桃跟她丈夫长期两地分居，家里有个老婆婆跟她做伴，也是可以理解的。"

耿书记脸涨得通红，他压着怒火，一字一顿地说："余桃的事，先不要提了。除了办好试点，还是把工夫花在查江宏的案子上吧。"

"惠民大集"的第三天，姚主任下来调研。原来他跟公社的郑书记是老熟人，两人交流工作谈得很热烈，对待具体历史问题都主张"团结一致向前看"，分析起体制改革来，有时是你说上句我接下句，有时又插话谈谈自己的不同见解，看得出两人很对脾气。

老街上仍然是人头攒动，那天最为火爆的，是抢购出口尾单——各种颜色的灯芯绒面料，硬是把柜台都挤偏了。

姚主任在郑书记、耿书记的陪同下，与排队的顾客们交谈起来。

他问一个脸庞黑红的汉子："拐子，你一个人买这么多木盆，多不多啊？""拐子"是此地对平辈年长男子的尊称。汉子脚下放着四个木盆，依次小的放在大的里面，像套娃一样。尽管是存货，但日杂仓库保管得好，加上本身质量过硬，显得很厚实，做工也讲究，锃光瓦亮的，三道铁丝箍已换成新的，看着就招人喜欢。

"这是四件套，给姑娘做嫁妆正正好！小号的是脸盆，再大一号的将来给外孙当澡盆哟，再大的是大人的澡盆和洗被单的大盆。"周围的人都投来羡慕的目光，夸他考虑周全，夸木盆的样式、材料、做工样样好，夸他抢到了手运气好，夸得黑红脸汉子嘿嘿直笑。

"你排队还要买什么咧？"姚主任问。

"买一些生姜啥的，再看看吧。老伴去了布匹柜，估计她是挪不动步了，哈哈哈哈……家里要办大事，有合适的布料就扯几块。"

采购员从广西进了一车皮的生姜，价格低、质量好，除了酱园留一部分做酱菜，都放在大集上销售，很受欢迎。酱园的杨师傅到了现场，教顾客保存方法和泡生姜的做法。

"除了今天供销社有的，你还需要买些啥？"

"还需要啥？建材呗，实用农机具呗。你们要想想怎么帮我们多赚钱……"

"你说的，都不是供销社管的事。"耿书记打断了他。

姚主任拍拍黑红脸汉子的肩膀："拐子，你说得好！属于职责范围内的，我们要全力以赴去解决；超出经营范围的，我们也有责任向上级反映，与相关部门沟通。基层消费者就是我们的'上帝'！"

"惠民大集"完美落幕。布置完下一步"惠民小集"——板车队送货下乡的工作，我猛然想起耿书记催办的事，赶紧找俞大发。下班了，我还得到他家去找。我曾打听过，俞大发的家顺着供销社侧巷朝后走到头转弯，顺数第八家就是了。

我走进屋时，他的大儿子靠着门，坐在小板凳上削莴苣，满脸污垢的弟弟妹妹趴在堂屋的地上喂蚂蚁玩。这是三间砖砌瓦盖的旧屋，一边一头是个满铺床，一头摆着老式衣柜，柜子上搁着个红漆木箱，临着窗户有张写字台，台边放着个洗脸架。另外一个厢房可能是小孩的卧室，安了个铺，堆着些杂物用具。堂屋背厅是厨房，一只公鸡正飞上锅台觅食。

看见这三个可怜的孩子，我的眼泪都忍不住要掉下来。大发呀大发，我一天到晚拉着你工作、工作、工作，没想到你还需要照顾这个家。

我把翻倒的板凳扶起来，又拍拍两个小孩子的头，走到门口问老大：“你爸爸呢？”

他继续削莴苣，用袖子一抹鼻涕：“上班去了。”

我逗他：“今天怎么舍得花钱买菜，你没上街去捡？”

他瞪了我一眼：“猪卖了，再捡，爸爸不给钱。”

哦！他给钱让孩子上街捡菜，说是人吃，实际是用来喂猪。可他为什么要装穷叫苦？我百思不解。

我低着头往回走，猛然被一位白发苍苍的老太婆扯住了胳膊：“同志，你是公安的啵？”没等我回答，她就把我拉进屋，让我坐在小凳子上，压低嗓门对我说：“俞大发这小子坏透了，吃喝玩乐、嫖赌逍遥五毒俱全。谁不知道他堂客是被他害死的？头天还出工、喂猪、洗衣服，怎么会……可苦了这三个可怜的孩子。他不在家吧？告诉你，从这往上走，在山窝窝的松林里准能找到！几个鬼打架准在那里赌……”

“同志！你别听这疯子婆婆的。”一位中年妇女从后园赶出来，裤腿卷得高高的，看样子是婆婆的儿媳妇。她转身严厉地责备婆婆：“妈，你瞎说些什么？”

我有些慌乱，一时手足无措。她儿媳妇一个劲地向我递眼色，下了逐客令。我满腹狐疑，退了出来。

陈艳芳反映的情况，老婆婆诉说的问题，为什么这么巧合？俞大发到底是人还是鬼？这位“运动明星”在我心目中的形象，像曝光不良的相片，蒙上了一层阴影，模糊起来。

耿书记不断催问江宏的案子，我和俞大发又清查起江宏经手的账目。只是我常常找些借口，缩短俞大发的加班时间，好让他回去做点家务，照料孩子。每当我起身伸展一下腰，他就知趣地走了。这样，清查速度大为放慢。

我的大部分精力还得花在"压库存、促经营"上。好在进展不错，供销社上上下下的积极性都被调动起来。

不等我们清出个头绪，县社就下发了清理、上交回笼布票的通知，并把这一工作纳入当前打击严重经济犯罪活动之中。

接到通知后，我就去找耿书记。他戴上老花镜把通知看了一遍，不以为然地说："各说各的工作重要，如同当年干什么都是'最高指示'一样。回笼的布票一般都是过了期的，送给别人当手纸都不要，怎么能与打击经济犯罪挂上钩？不过，供销社的工作是双重领导，你们就搞吧，需要公社党委支持吗？"

我提出，俞大发是管这块的，恐怕他要回去几天。由于他去忙布票回笼，活动也得往后挪了。耿书记考虑了好一会儿，勉强同意了。

江宏尚待查清的问题一直像个谜团，搅得我头脑发胀，又像一块巨石，压得我喘不上气。那两袋子材料不外是两个疑点，一是他在桐山头分销店生资柜当营业员三年时间，报损金额达八千余元；二是他结婚、盖房、孩子办满月的开支及其来源。

开始一见八千多元这个数字，着实让我吃了一惊。供销社报损常有发生，可从未听说在一个柜台有这么大的损耗。生资柜卖的生产资料一般都是紧俏商品，既不存在削价处理，又不会霉坏变质。报损是要经过领导批准的，不如找赵平问个水落石出。

提起这事，赵平就有点激动，他一拍大腿："就为这么个问题把江宏挂了十多年，那才叫天大的冤枉！在他报损的金额中，绝大部分是化肥。说是每包一百斤，实际只有七八十斤，厂家为了追求产值，装包不足。各供销社都是按一百斤一包发货的，只有江宏卖的时候过称。我不同意报损，他说，我家就是农村的，农民面朝黄土背朝天，一个劳动日才分两三毛钱，要我在生资柜台听听农民的意见，后来就批准了他报损。耿书记起初听说化肥重量不足，批评我们供销社'黑良心坑农'；后来查出江宏的报损数额大了，又说我'只管账目清不清，不问路线对不对'！总之，都是他有理。"

赵平叹了一口气："这化肥就是一个害人精！这次压库存也不让动！你到仓库看看，几十吨化肥堆在那里挥发、融化，农民苦苦要求买，耿书记说追肥季节没有到，他不发话，你动一两试试！你讲买卖，他要突出政治；你多种经营，他要以粮为纲；你想把生意做活，他要计划经济。他把两方面绝对地对立起来，总觉得你处处同他唱反调、对着干。群众也对我们不满意，说要改革，就先把供销社由官办变为民办，真正为农民着想，否则又是麻雀掉进粗糠里——空喜一场。"

六、回笼布票

我主持召开了各分销店和门市部布匹柜营业员的会议，赵平就清理回笼布票工作进行了布置："多年来的布票发出收进，像循环流水，总不断线。这次县社抓住打击经济犯罪的机会，对前些年的布票来一次大清理、总盘存。这些年各分销店从俞大发手中拨出多少布、收回多少票、已交多少、尚欠多少，都要搞个清楚明白，俞大发也要同县社结清此账。"

散会以后，大伙就回去清理去了。俞大发跑来请假，说小孩的姨妈病情加重，明天需要下汉口看望。我准了假，笑着对他说："你也是多灾多难啊。"

我抽空同赵平下到桐山头分销店和附近的生产队，调查"麦收四快"的物资需求量，以便提早做好供应准备。春尾夏头，风和日暖，麦黄稻绿。我同赵平翻山越岭，走村串队，询问登记。

老话说，春天婴儿脸，说变就变。我俩往回走时，突然天空乌云密布，风一刮就淅淅沥沥地下起了雨，不一会儿瓢泼大雨猛下起来。没办法，我们只得进村，钻到路边一户农家的屋檐下躲雨。

这户人家的门槛上坐着两个五六岁的小男孩，唱着儿歌：

家里的风团团转，

过路的风要人唤，

呜——

赵平碰了一下我的胳膊："这就是江宏的家，唱歌的是他的双胞胎儿子。"这么巧！受好奇心的驱使，我不由得踱进去看一看。这是三间土屋，前后墙砌的旧青砖，两边山墙是用土坯垒起来的。像一般农户住房一样，宽堂屋，窄厢房，左边厢房挂着房帘，我撩起来朝里打量一眼，除了一个床铺，屋里空空如也。右边厢房开着两个铺，显然是江宏母亲和弟弟的住房，没有门帘，铺上的铺盖显得破旧，连一样显眼的家具也没有。

"别唤啦！再唤风就把房子刮倒了！"江宏的爱人唐小荷喊她的儿子们："快进屋，莫让飘雨把衣服弄湿了。"

我随着声音进了厨房，跟她打招呼。只见她顶着个大簸箕，一边不停手地炒菜，一边对我笑笑，算是对我的回应。这时我才发现，屋顶上的布瓦盖得太稀，抬头可以看到阴暗的天。我对她说："这屋上可得添点瓦收拾一下了。"

她没接我的话茬，继续挥舞锅铲炒菜。人真是万物之灵，她能动脑筋适应环境，这不，尽管屋里漏得连个站脚的地方都没有，她仍然叫它饭熟菜香。如果是打个雨伞或者戴个斗笠，就只能挡住头但遮不了锅。而顶这么个大簸箕，连人带锅台都遮住了。她可能每次下大雨都是这一副装扮，头上顶着大簸箕还操作自如，显然是训练有素。

"要不是同屋的要拆迁，"她缓了好一阵，叹了口气对我说："我们也不会做这个屋。土改时，地主的一栋屋分给婆家和另外一户贫农。同屋家的伢们长大了，要做新房接媳妇，就把他的半边拆了。他一拆，房子就要倒，没有办法，我们就将半边旧房的料改建成这三间，瓦不够，就赶细拉长。说是个屋，实际是个瓜棚——这不，外头大落屋里小落，外面不落了屋里还在滴。就这样的屋，好像我们用了十万八万似的，硬说我的人贪污，把他泡在水里十几年，人都泡腐了……"她说着，喉咙就哽住了。我赶忙劝了几句，以雨小了还得赶路为由退了出来。出了门我才发现，赵平一直站在屋檐下没有进屋，他说："我无脸见他的家人。"

在路上，他告诉我："1968年，供销社内部分成两大派，成天罢市打'派仗'。没办法，我从农村招了一批合同工，让他们顶替那些'脱产闹革命'的，保证照常营业。江宏就是那个时候辞掉了生产队会计进社的。"

我说："从他家的情况看，不像个大贪污犯的家。他同耿书记有什么私怨吗？为什么老抓住他不放？"

"他们只有公怨。"赵平说："一个是公社副书记，一个只是小小的营业员，能有什么私怨吗？"

"公怨？"我听这词觉得新鲜。

"这还得从'一打三反'学习班扯起。"赵平说："当时全县财贸战线集中在中学办学习班，规定了'五不准'——不准请假、不准通信、不准接见家属……整个中学周围岗哨林立、杀气腾腾。我们公社由耿书记带队，任连长。他在那儿搞了不少'逼供信'的新花样，咱们连搞出的经济数字一直名列前茅，是个'老先进'啦，全县各地都请他去介绍经验，他简直像个英雄，这恐怕是他一生中最得意的时候了。而在那个时候没把江宏拿下来，恐怕是他一生最大的遗憾。"

我看他边走边说，直喘大气，见山道边的树荫底下有一块大石头，索性跟他坐下来，让他说完再走。

"一天晚上，江宏听到睡他旁边的蔡老头躲在被窝里直哭，就好声相劝，谁知越劝对方哭得越伤心。蔡老头是我们文具柜的营业员，从学校教员转行来的。此人同我一样，个性软弱，胆小怕事，经受不住耿书记、俞大发等人的压力，起初交代三角五角、十块八块，后来说麻了口，交代了四千多块。又捉了个大鱼，耿书记高高兴兴去报喜，蔡老头哭哭啼啼难反悔。"

"江宏一听，吓出一身冷汗：'你老糊涂了！你拿什么来退赔？你以为说多了能过关？你的儿子、儿媳妇知道了，还不知怎么埋怨你呐！'蔡老头哭得更伤心了，把一个教室里睡的几十个人都吵得难以入眠。我们既替蔡老头难过，也为江宏担心——你吞了熊心豹子胆，自己都是'泥菩萨过江——自身难保'。当时我们住的教室里，都穿插睡着像俞大发这样的'情报员'，能随便乱说乱动么？"

"果然，随着'哐当'一声，大门被踢开，耿书记'吧嗒'一声把电灯拉开：'起来！都起来！'他一吆喝，全屋的人'哗'地一下起来了。当时是冬天，冷得不得了，我们坐起来，披上棉衣，下身偎在被窝里。耿书记宣布开会，把上披棉衣、下穿一条秋裤的江宏拉到教室中间站着，冻了一晚上。这开会的情况有记录，你能找出来看。"

"第二天，全连学员不知是为了声援蔡老头，还是被江宏鼓动了，都申辩自己的交代是假的，是被耿书记逼出来的。耿书记乱了手脚，生怕事态继续恶化，也不管是真是假，凡是交代了就算定案，让学员分期分批回家取钱来退赔。"

"第一个放行的是蔡老头，谁知他一去就杳无音讯，过了几天，人们才发现他的尸体在学校后门的池塘里浮了起来。还是江宏下水把他拉上岸，替他换上干净衣服，拖到火葬场去的。听说耿书记原先是要当公社一把手的，因为蔡老头的死，他的头衔就一直挂着个'副'字，屈居第二。"

我明白了，这就是耿书记与江宏的"公怨"。

一路上，我都在想象着当年那个晚上批斗会的情景。穿着单薄秋裤的江宏披着棉袄，低头立正站在教室中央，一边是慷慨激昂的批判、铿锵有力的质问，一边是他低声慢气的检讨认罪……

我记起一件事："耿书记责怪我，'惠民大集'上为什么把江宏的爱人唐小荷找去帮忙，弄得我是丈二和尚摸不着头脑。你查清了没有？"

赵平说："嗨！我刚听到也吓了一跳，实在是误会！大集期间，布匹柜请来了老街有名的丁裁缝，现场免费给顾客量尺寸，参谋做什么款式、扯多少布料，裁剪简单的衣裤，这个事我是知道的。丁裁缝特别受欢迎，但架不住人多啊，被围得里三层外三层，根本忙不过来，嗓子也喊哑了。正巧江宏的爱人来排队，想买点处理的布料，淘点便宜货，结果被丁裁缝看见了，叫她过来帮把手：'唐小荷你过来！给这些大娘、大嫂子们讲讲棉布、棉绸的缩水率，各种款式要打出多少富余量。'原来，唐小荷出嫁前跟丁裁缝学过手艺，是师傅的得意门生。可惜结婚后婆家没有缝纫机，手艺就撂在一边了。现在师傅叫她做点事，她也为难，但没有当众驳师傅的面子推辞不干的道理。晚上，唐小荷找了两个当年一起学徒的好姐妹来帮师傅几天，又向丁裁缝说明了不便，就没再露面。"

办大集的那几天，人人都神经紧绷，忙得头皮发麻，怎么连我们都没注意到的小事，就有人留了意，给耿书记报了信？

耿书记还责备我："你们压库存削价处理了那么多东西，一进一出亏了多少钱，你算过吗？谁来负责任？有些商品是有季节性的，比方冬天卖毛线、夏天卖拖鞋，季节还没到，为什么要着急贱卖？"

我笑着说："耿书记，您到我们老街的早市上看看，最好是到汉正街小商品批发市场去考察一下，东西多得很，也便宜得很。我们供销社的存货想等到一个好时机，等市场回升了再卖出去，没有可能性。今后供销社的经营，我们要好好规划一下，有所为，有所不为。"

我顺便与赵平商量起人事安排来。一提到陈艳芳跟现在的采购员"两边走"的想法，赵平的头就摇得像个拨浪鼓："肯定不行！耿书记说陈艳芳生活作风有问题。在他眼里，余桃的生活作风也有问题。"

经他这一说，我突然明白了一件事。那天陈艳芳向我举报俞大发后，我一直没想通：他俞大发如果对一个女同事动了贪色的念头，应该会设法讨好，投其所好，甚至不惜大手大脚砸钱、小恩小惠拉拢，怎么可能还让人家不明不白地蒙受经济损失呢？这逻辑上自相矛盾啊！而照赵平说的以此类推，如果俞大发认定陈艳芳本身生活作风随便、混乱，自己不玩白不玩，不抹油白不抹，就能解释得通了。

我把陈艳芳说的情况简单告诉了赵平，并且分析："陈艳芳不可能诬告俞大发，因为她没有那样做的动机。那天看她哭得止不住，一定是觉得受了奇耻大辱，俞大发欺人太甚。如果确有其事，陈艳芳算是一个顾全大局的人了，她受了这样的委屈，没有在门市部大吵大闹，丢了钱也没吭声，而是向领导反映，挺有组织观念。"

赵平也很愤慨："俞大发做的哪是人事儿，干脆吃屎算了！陈艳芳工作、为人都不错，平常嘻嘻哈哈，就被他想歪了。人家两地分居就应该整天愁眉苦脸、唉声叹气吗？这人没有同情心，反而落井下石，心眼太坏，人品太差！耿书记对供销社的看法和态度跟俞大发有很大的关系，他在其中有很不好的影响。"

我说："赵平啊，不是我怪你，你听到耿书记对陈艳芳有误解，为什么没有向领导据理力争，帮同事洗清冤屈呢？我们当上级的，有责任爱护和维护下属。"

赵平沉默了好一会儿，才说："江宏的事弄得我灰头土脸的，耿书记对我意见很大，根本就不信任我。我解释什么，不是适得其反吗？"

我立即体谅了赵平的处境，毕竟江宏经手的很多业务都是他签了字的，有些事情他不得不刻意回避。

我为错怪了赵平向他真诚道歉，他摆了摆手："说开了更好。我其实很羡慕你这样直爽的性格，不像我，顾虑太多。"

我又问："怎么又说余桃有生活作风问题？有什么证据吗？"在我的印象里，余桃很能干，心灵手巧，算盘打得噼里啪啦的，也是一个正派人。有一次，余桃在门市部拿着刚收到的大儿子女朋友的照片给同事们看，大家都嚷嚷这姑娘长得漂亮，眉眼间还有几分神似余师傅呢！而余桃则是满脸的幸福和慈爱。她见我进来，出于礼貌就把照片送过来，我瞟了一眼，确实跟大家说的一样。可见，余桃作为母亲，在儿子的心目中是很受敬爱的。

赵平挠了挠头："我只能说，是因为很多事情超出了某些人的理解范畴。余桃小时候当童养媳吃了很多苦，为什么她还能性格开朗、温和？她跟爱人长期两地分居，她爱人也很少回来，为什么家庭还能维系？我见过她的爱人和孩子，她爱人长得高高大大、一表人才；两个儿子白白净净、斯斯文文，很有礼貌，一看家教就很好。其实，余桃跟她爱人是很有感情的。当年她爱人在城里接受了进步思想，坚持让父母送余桃去读书识字学文化，她后来才有机会到供销社上班。余桃一边工作，一边赡养四个老人、抚养两个儿子，劳苦功高。要说还有什么原因，就是余桃的性格比较散淡吧，没有什么功利心，高的不攀、低的不踩。她对当不当柜长不是太在意，没准等儿子结了婚、添了孙子，她就名正言顺地去带孙子了。"

我说："现在大家收入都不高，交通也不方便，跑一趟长途的花费和周折很难承受。我自己老家远，十几年没有回去，父母去世才回老家奔丧。

咱们在农村公社，余桃想找人对调工作解决两地分居，简直比登天还难。至于职务安排，即使人家不计较，咱们也应该出于公心。"

雨过天晴，头顶上树枝摇曳，沙沙作响。一缕阳光从树叶间的缝隙里穿过，正好照在我的脸上。我抬头望去，满眼都是翠绿。只有几片旧年的黄叶还顽固地留在绿叶之间，显得格外的扎眼。

回到供销社，我迫不及待地爬上"密室"，找出那天晚上的记录翻阅起来：

> 耿书记：江宏，你刚才对老蔡说了些什么？
>
> 江宏：没说什么，我叫他安心睡觉，莫影响大家休息……
>
> 俞大发：你放屁，你当我是聋子？你说……
>
> 耿书记：让他自己说！放老实点！
>
> 江宏：李玉和被鸠山捉去以后，严刑逼供。李玉和硬是不说，鸠山落得个竹篮打水一场空。但他贼心不死，又找李奶奶要密电码，李奶奶就叫铁梅去取出来，鸠山喜得不得了，结果接过来一看，原来是一本皇历……
>
> 俞大发：没有人听你讲这些人所共知的故事！
>
> 耿书记：你把我们比作日寇刽子手！记下来，这又是一笔罪！
>
> 江宏：不！我是想说明，我们革命群众对敌人要狡猾，对党、对同志要忠诚老实。蔡老头为了过关，他……
>
> 耿书记：为了过关，彻底交代，好嘛！看来你是想坐穿牢底咯？
>
> 江宏：他贪污四千多？三分钱一支的铅笔，五分钱一个的本子，他就是把整个文具柜都搬回家，也值不了四千多……

我正看到这里，赵平推门进来，不由分说拉我到食堂吃饭。这时，我才觉得饿极了。

一晃三天过去了，俞大发还没回来，分销店找他缴布票，营业员找他对账，而耿书记又一日三遍打电话来问进展情况，真急死人！

耿书记把我招去，用其他单位的进度来将我的军，并且说："俞大发一回就到公社来，很多专案材料等着他去搞。你组织力量把江宏拿下来！"

我看再也拖不下去了，就谈了在江宏家看到的情况，然后说："原来估计他几件大事开支不少，怀疑他入不敷出，是不是在报损上搞了鬼。通过这段清账和调查，他的悬案没有什么真凭实据。主要问题是借支，还清就行了。依我看，可以消除对他的怀疑，就此结案。"

"结案？"耿书记猛地站起来："这里没有人请你来当他的辩护律师！"

"坚持实事求是，何谈用'请'？"我也顾不上客气了。

"你，你这是对谁说话？"他气得满脸通红，想以领导的身份压我："你这样下去，会掉叉子的！"

"你这样下去，会犯错误的！"我也豁出去了。

七、清者自清

我们发生争论的第三天上午，一辆警车拉着警报开进了永安老街，在供销社办公室门口"吱啦"一声停下了，吸引了满街的群众围观。

我赶忙从办公室奔出来，只见身穿制服、头戴警帽的四名公安干警，把戴着手铐的俞大发从车上拖下来，进入小巷，朝俞大发的家走去。我不知道出了什么事，就跟着去看个究竟。

几天没见，俞大发像蝉儿蜕了壳，换了个样，面部清瘦而憔悴，双眼下陷而呆滞，头发凌乱，脸色白中带紫。他的三个小孩一见这么多人涌进家里，吓得缩在屋角里瑟瑟发抖。

公安人员经过搜查，在他搁在大衣柜上的红漆木箱底下抄出了几摞十元一张的钞票和一大捆布票，趴在窗外观看的小孩都惊叫起来："啧啧，好多大钱啊！"公安人员将钱和布票清点后，让俞大发在一张条子上签了字，然后将钱和布票装进一个提包里，押着俞大发回到警车，把他推进去，留下一个人，其余的上车先走了。

等车开走、围观的群众散了，留下的这位同志转身走进供销社办公室，问道："请问哪位是这里的负责人？"我从他身后出来作了自我介绍，同他握了手，给他让座、泡茶。这时耿书记和赵平也闻声赶来，我将他们一一介绍给公安人员，然后四人围桌而坐。

原来，俞大发从 1968 年起，趁混乱之机，将回笼的布票盗出，交汉口一个没有固定职业的寡妇出售，两人分赃。一来二去，他同这寡妇勾搭成奸。这些年来，这个寡妇已经为他流产三次。他每月都到寡妇家过两三夜，拿布票去，拿钱回。寡妇将这源源不断的布票，除换些鸡蛋、衣料等物资外，还经常在铜人像周围，以一两角钱一尺的价格出售。那些年布票紧张，有些结婚的青年男女一次就找她买几十、上百尺。据他俩初步交代，十几年来一共盗卖布票十二万多尺，牟利两万多元。经过搜查，从两家抄出赃款一万三千多元，布票两捆。

寡妇的街坊们早已发现他们的丑恶勾当，纷纷向居委会、工商所和派出所反映。前几天俞大发又到寡妇家去了，公安人员将他二人从床上揪起来，在俞大发的挎包里掏出一批布票，人赃俱获，立即拘留审查。开始二人都拒绝交代，经过几个回合，首先攻破了女的，俞大发见不可抵赖，才交代了自己的罪行。

至此真相大白，俞大发这个"运动明星"就这样自动爆炸，一片黄叶终于随风飘落了。

送走公安人员以后，耿书记背着双手站在办公室门口，感慨万分："真没想到啊没想到！俞大发在运动中那么正气凛然，谁知他暗地里居然搞这些勾当！平常他让小孩上街捡菜叶、藕梢子吃，谁知他箱子里还存有这么多钱！"

噼里啪啦——砰！门市部的门口放起鞭炮来，两千响的浏阳鞭炮炸得人耳膜发胀。鞭炮声把营业员都吸引出来观看，只见陈艳芳正用竹竿将鞭炮高高地举起来。有人大声问陈艳芳：

"你又结婚啦？"

"生了个大胖小子吧？"

陈艳芳回答道："喜事，喜事，今天是大喜的日子！"

耿书记被激怒了："营业时间放什么鞭炮？回去，都回柜上去！"

但是，他的声音被鞭炮声和人们的欢笑声所淹没，没有奏效，只得气冲冲地离开了。

从此，耿书记再没有在永安老街上出现过。他被调走了，据说调到县城里一个什么协会去坐办公室了，后来听说他因强占农田盖私房受到处分。

耿书记一走，我同赵平研究要对江宏落实政策：一、当面宣布对他的怀疑已经取消；二、在上级批给供销社的招工指标中抽出一个给他，转为正式工；三、按照熟练工待遇，工资晋升为三级。

至于赵平建议把江宏的爱人唐小荷招为合同工，在布匹柜发挥一技之长，那就以后再议吧。

上级批准之后，我和赵平走进煤院，向江宏宣布以上三个决定，问他还有什么要求。

他抬头望着我说："领导的心意我领了。我只有一个要求，就是让我回家种田！"

"你这又何必呢？"

"这是我十几年来反复考虑打定的主意。"他坚定地说："只要我的屋不改主、妻不改嫁、儿不改姓，我就满足了。我坚持了这么多年，就是等一个公正的结论、讨一个清白，不留下历史污点，免得给子孙后代丢脸。"说着，泪水憋不住地涌了出来。

尽管他的态度出乎我的意料，但我理解他的心情。于是我说："这样吧，你回家几天，了解一下当前农民的商品需求，也休整休整，与家里人商量一下，冷静下来再作下一步的打算。"

一年后，随着农业、轻纺工业的发展，布匹供应日趋丰富，布票随之取消。

三年后，大部分商品已经由卖方市场转向了买方市场，国家决定取消农产品统购统销制度。

永安老街的历史文化价值也被发掘出来。不曾想，北面的九真山不仅是江汉平原上的第一高峰，而且它曾经是香火极旺的道教圣地。于是，永安老街被重新定位，成为旅游目的地和省城后花园。

后来，由赵平挂帅、江宏当副手，我们开办了旅馆和餐饮业务，年年盈利并扩大规模，干得红红火火，省社还来开了现场会。市场放开搞活后，供销社在农村地区"一家垄断、皇帝的女儿不愁嫁"的地位一去不返了，在全方位服务农民、农业、农村，带动当地旅游业综合开发工作上，江宏可是功劳不小。

余桃当上了食品柜的柜长，陈艳芳成了名扬全县供销系统的金牌采购员，还生了个大胖小子。杨师傅最终没有求到那四口酱菜大缸，它们被民俗展览馆请了去，成了镇馆之宝。

几年后赵平要退休了，县社决定在永安供销社内部，通过群众推荐和民主选举，产生一名副主任来接棒。结果爆出了一个大冷门：群众一致推选了江宏！江宏这个站在柜台、心系农民的好同志脱颖而出，一个被冤屈、埋没了多年的人才，终于还原了他本为绿叶的真实模样。

江汉春风起

　　20世纪80年代初的一个春天，乍暖还寒时，神州大地上那多如牛毛的工厂，像冬眠之后倏地出蛰，纷纷活跃起来。那些老是沉在车间里抓生产的厂长们，匆忙脱下油腻的工作服，披上呢大衣，市场进、商店出的，念起生意经来；偌大的农机厂，突然敲些煤油炉，锻些锄头、菜刀，让工人用板车推着沿街叫卖；而有的街办、社办工厂，眨眼就闻名全国。曾被"批倒批臭"的经济这个"帅"，成了万能的上帝——谁富谁光荣，谁穷谁狗熊。你若有钱，红榜一悬就是奖励多少多少元。没两天，你要攻克的技术难关解决了，你的新产品问世了，你可以引进国外的新设备，你可以在报上登半个版面的广告，甚至可以让电视台在转播精彩球赛的间隙，给你卖上一段"狗皮膏药"：全国首例，誉满全球，引领世界新潮流！那些爱赶时髦的青年工人，为了给衣袋里的奖金找出路，早已烫上怪发，穿上奇装异服，手提进口收录机，招摇过市。他们的标准是：洋就是美，美就是洋！

　　在这新的潮流中，有个县办小厂，也不甘心被人遗忘……

一、走马上任

　　临到快要下班了，江阳县工业办公室的司机小李推门进来封闭烤火炉，顺便给靠在沙发上的章忠明副主任送来一封群众来信。

　　章忠明近来收到职工来信日增，有要求落实政策的，有为调动工作、安排子女顶职的，有希望解决工资福利或者住房的，好像领导是三头六臂的神仙，吹口气就能把问题都解决了。自实行对外开放政策开始，有人一心追求别人那样现代化的生活，可没有扪心自问，是否像别人那样拼命工作。更令他难受的是，昨晚组织几个厂的工人看纪录片《日本见闻》，见别人吃喝玩乐就啧啧称奇，放到东芝公司的工人手脚不停地操作，座椅就"哗啦"一片响："像这样做事，莫把人搞死了！"——人走了大半。各厂的厂长、书记，也不知他们一天到晚在干啥？！这不，又是群众来信。尽管他感到头疼，但还是随手将信拆开。信中写道：

　　工办领导：

　　　　您很忙，为我们这百把人小厂的事打扰您，太不应该。我知道您为我们晶体管厂伤透了脑筋，我心里有话不对领导说说，也觉得不是个味儿。我请求您在万忙中将我的信看完，并加以考虑。

　　　　我们厂自 1973 年创办以来，前些年靠统购包销，日子还过得去。自从国家实行放开搞活，我厂旧产品落后淘汰，新产品又一直不过关，生产一直不正常，最近半年日子更不好过，厂里全瘫了。前年全县扭亏增盈，去年我们厂又冒出一个亏损户，拖了全县的后腿。县工业会精神传达以后，我作为这个厂的一名工人，听了也心中不安。厂的领导换了四批，一代不如一代。这些调走的干部都是有能力、肯干事的，为什么总扭转不了局面？

　　　　我觉得吴近蛟这个同志事业心很强，工作方法也有一套，在一部分职工中有一定的威信，"一批两打"中虽然查出他有些问题，但他思想检查还是深刻的，经济退赔还是彻底的。最近领导把他"解脱"出来，虽然没有明确宣布他任什么职务，他还是积极地工作。但我们厂堵漏的人少，捅瓦的人多，动不动就告状，说他冒充厂长，弄得他干也不是，不干也不是。

我的意见还是让老吴放开手脚干，领导要支持他。但他这个人容易头脑发热，领导要派一个得力的干部进来掌舵。不过这些问题可能领导已经考虑了。

我就啰啰唆唆写上这些，若有不对之处，敬请批评帮助。

此致

敬礼！

晶体管厂工人王芳

1月4日

他匆匆把信看完，就听见一阵脚步声，见主任肖承祥开完县委会议推门进来，就说："你回来的正好，有一封工人来信。"连忙让座，将信递到肖主任的手里，然后起身泡上两杯茶，端了一杯送到肖主任手中，自己端起一杯，吹了吹漂在水上的茶叶，慢慢喝了起来。

"调去晶体管厂的人不是定了吗？"肖主任看完以后，偏过头来问。

章忠明说："我都分别谈了话，两个人都不肯接受。他们都认为晶体管厂是个烂摊子，难收拾。可是都不明说，只讲自己是门外汉、水平低、能力差，搞不好给领导抹黑。"

肖主任叹了口气，过了好一会儿说："这些年调动个干部也这么难，如自己的意就服从，不如自己意的就顶倒。有的是自己不肯走，有的是单位不肯放。好嘛，干部没调成，说情的还不少，闹得满城风雨。晶体管厂的问题非解决不可了，原来的领导调走了，新的领导没调去，不空了城、断了线！你再考虑一下，在本系统内找个合适的人选，我给组织部打个招呼，接着就下通知，不再征求意见了，不服从调动就处分！"

章忠明点了点头，说："……信上说的是吴近蛟？"

肖主任说："这个人我还吃不透，看看再说。"其实，他对吴近蛟的为人还是有所了解的。想当初，吴近蛟从部队转业回来，就当上了向阳合作工厂的副书记兼厂革委会副主任。他觉得没有掌握实权，就操纵一部分人闹分厂。单独成立晶体管厂后，他大权在握，就把工厂当成了自己的私产，经济上乱搞一气，组织上拉帮结伙，收买一部分人、排斥一部分人，把一个地方国营企业搞得乌烟瘴气。派了几批干部进去，他都让人站不住脚。说到底，他是想谋厂长之权，不尽厂长之责。

夜幕拉开，晶体管厂的主要建筑——四层楼的厂房黑灯瞎火，只在朦胧中泛出灰白的幽光，显示出它高大的轮廓。在围墙角上，一扇窗户透出绿色的光束，显然这里在放电视。

电视机前坐着四个人，天庭宽阔、下巴尖尖、中等身材的吴近蛟，身材魁梧、鼻梁上架着近视眼镜的技术员石谦，个子窈窕、梳着两根小辫的副厂长陈友香，个头同吴近蛟相仿、长着一个鹰钩鼻的车间主任舒金。吴近蛟四十来岁，家属工作和宿舍都在针织厂，他单独在这间小房安个铺。石、舒两人的家属不在厂里，陈友香今年二十九岁了，还是个老姑娘，三人都在厂里有宿舍。

自从吴近蛟重新出来工作，这里又成了他们碰头交流情况的地方。他们晚上除了外出看新上映的外国影片，多半是在这个房里，没事就看看电视、甩甩扑克消磨时间。每到晚上十点钟，就叫炊事员老孟搞夜宵。

在长达十四个月的停职反省中，吴近蛟将办厂以来的经历反反复复地进行了回顾。他有时后悔当初不该建这么个厂。当时肖主任明确指出，我们这样的县城，既没有技术又没有资金来搞这样的尖端工业，但自己不听，一手操纵群众造他的反，一手把市电子局领导拉来做后台，在县里大造舆论，结果弄得作茧自缚；有时他又不服气，觉得事在人为，凭自己三寸不烂之舌，多烧香磕头、窥测方向、玩弄权术，没有过不去的火焰山。当领导宣布他"解脱"、欧阳厂长调走时，他觉得这无疑又是个机会。他拜石谦和舒金为左丞右相，举陈友香为前锋，要重振旗鼓、重建班子，做出一番事业，给那些平庸之辈瞧瞧。眼下，他们需要确定主攻方向。

看着看着，电视屏幕"下雪"了，星星点点、图象模糊。吴近蛟调试了一阵说："电压低了。"

舒金说："关了吧，莫把我们的眼睛都看成石谦那样，变成四个瞎子。"

石谦摆出一副技术权威的口吻："就我国当前水平而言，电视机有'三差'：一是收看效果差，像下雪花，上下滑动，人物像哈哈镜照出来似的，要么脸长腿短，要么脸短腿长；二是稳定性差，刚买回来还好，由于元件的质量不过关，或者焊接不好，过了一段时间，因为高温、震动还有搬动、冲撞等因素，电视机就坏了，拿去修理好，过些日子又坏了；三是寿命差，国外的电视机可用一万多小时，国产的只有两三千小时。为什么进口电视机五六百元要钻路子买，国产的三四百元摆在柜台上无人要，就是这个道理。"

舒金笑着说："你这套崇洋媚外的理论，放在前些年不给你挂牌游街才怪呢！"

石谦也不示弱："前几年我还是造反的红卫兵，专给别人挂'黑牌'的！"

吴近蛟说："要不是国家实行对外门户开放的政策，只知道形势大好、一年比一年好，还不知道自己落后了多少年。"

陈友香附和道："我们这样的县办小厂，老产品被淘汰了，新产品还找不到方向，在现在激烈的竞争中，只有关门了。"

石谦叹了口气："是啊，就电子技术而言，我国在世界上少说也落后了二三十年，而且外国还在日新月异地发展着。现在别人已向集成电路发展了，我们还在搞电子管、晶体管，怎么不被动？必须引进国外的先进技术，才能打翻身仗！"

石谦这一席话，说得舒金和陈友香直点头。吴近蛟一看到了火候，就说："前段我人虽在反省错误，心却在想着厂里的出路，眼睛一直盯着局势的发展。前几天我同老石商量了一下，觉得我们的重点应该放在外贸上，从外贸上找出路。我已经找了老首长吕振新，早年他是我的团政委，现在转业在省进出口公司当领导。他认为我们这个雄心壮志同现在的政策是一致的，同意大力支持，建议我最近到北京进出口总公司去一趟，找那里的业务员周琦。周琦的本子上记满了外国商人要求合作的项目，我们争取两笔回来做，这盘棋就活了。"

陈友香嘴一撇："你说的都好，可那是哪一天的事？工人老闲着也不是个办法。现在上头虽然喊尊重科学、按经济规律办事，可又有多少人懂得经济规律的 ABC？他们一看你厂里的人是不是在热火朝天地做事，二看每月产值是否往上升。像我们厂这样的状况，他就会坐在办公室里想了，晶体管厂怎么回事？吴近蛟和陈友香怎么搞工作的？什么思想、情绪、作风、方法、关系，好像都有问题，一无是处。我倒没什么，了不起说我不是个当干部的料子，重新回去当工人。你呢，老吴？"

吴近蛟一笑："你是'四化'干部，与我不同。我是榜上有名的整不死的程咬金。"他想了一下说："我倒不担心上头怎么样，不到山穷水尽，他不会把我抬出来。我担心的是厂内，当前这种人事安排，是不适合搞外贸的。"

四个人的话题，很快变成了如何在组织上转向外贸的轨道。按照吴近蛟的设想，就是在"外贸"的旗帜下，将自己信得过的人捏到一起来，由他们充当产、供、销等职能部门和主要车间的领导，从而在组织上由他掌握全厂的实权。

为了防止有人听壁觉，他将电视机的音量扭大了一些。四个人在电视声的掩护下，进行紧张的商讨。将马贵荣——这个石谦的死对头贬到角落里晾起来，大家没有意见；将舒金调去负责供销股，大家也一致赞同；再讨论到其他人员，几个人就争论起来：石谦认为可用的，舒金坚决反对；舒金提出来的人选，陈友香又否决了。直到电视机里喊"再见"，还没什么进展。讨论了一晚上，到底哪些人是依靠力量，也没确定下来。

吴近蛟焦躁地把电视机关掉以后，小声对大家说："我们是不是思想更解放一点？我这个人就是爱才，只要有才干，大节上是好的，就可以信任和重用。时间不早了，大家再考虑一下，明天继续研究。"

按照石谦的设想，这人员调整，只要把马贵荣贬下去、挤起走，也就消除了心头之恨，他没有过多的要求。而吴近蛟想马上让全厂随着他的指挥棒团团转，恐怕有点脱离实际。这个厂里的职工有三大部分，一部分是老职工，是从老厂分过来的，吴近蛟同石谦在这些人中间名声搞臭了，现在两个人搅在一起，更是臭豆腐倒进茅坑里——臭上加臭；另一部分是转国营以后招工进来的年轻人，他们认为"为人不当官，当官都一般"，对谁都那么冷漠；还有一部分是通过各种关系调动进来的夫人、小姐，她们图的是晶体管厂干净、轻松，又在县城的中心位置，上下班方便，对其他事并不关心。将全厂九十八个人拨过来、扒过去，真正拥护他们的人并不多。

于是，第二天四个人一集中，石谦就打了头炮："我认为，实权已经掌握在我们手里。公章有陈厂长捏着，批钱的笔她也捏了，生产劳力由她调度，技术大权攥在我的手掌心了，再加上舒金到供销股掌握物质大权，老吴就可以一心一意地往前闯了，用不着担心后院起火。兵随将转，谁还敢不听？至于说谁是反对派、谁是拥护派，我昨晚反复作了分析，觉得阵线还不太明朗。如果说，敌人的朋友是敌人，敌人的敌人是朋友，那么，我们目前既无敌人，当然也无所谓朋友了。"

舒金马上表示赞同："即便目前存在一些潜在的敌人和朋友，也是会变化的。三十年河东、三十年河西，分久必合、合久必分。以前老吴骂过陈厂长是黄毛丫头，两人成了冤家对头，现在合作了；老吴同石谦打过架，现在也团结了；以前我同马贵荣是整脑壳，现在闹翻了。只要我们在外贸上搞出点名堂，让工人得到实惠，谁还不拥护？"

吴近蛟有个诨名叫"鳝鱼头"，是说他一来会投机钻营，二来能随风转舵，要多灵活有多灵活。他从谏如流地说："两位把我的心里话都说出来了，不愧是我的好高参！我看班子暂时就这样搭起来，当前还有几件工作要跟上：第一，要大力宣传搞外贸是我厂的唯一出路。我们虽然还没有挂上钩，但报纸上那些搞外贸发了洋财的典型，外国的先进东西都是好教材。现在上大课吃不开了，我们可以像谈家常一样给大家传播，说得工人们都想外贸、爱外贸、等外贸，这是思想准备；第二，春节临近，每人发二十元奖金过年——不多吧，全厂不到两千块，这就要看陈厂长的道行了；第三，利用现在停产的时机，组织青年工人学习技术。首先要选派四个年轻美貌的女工到省城学外语，两个学英语，两个学日语，学好回厂当翻译。石谦负责抓这项工作。"

石谦摇头摆手："学外语我可以去联系一下，当技术教员我不行。再说，我盘不好这些小爹小娘。"

吴近蛟说："你可以领他们到上海、北京、杭州等地参观嘛！"

于是，石谦爽快地答应了："行！这个苦差事就让我去做！"

人们说，晶体管厂一直没解除"军管"，总坐着个"老转"——刚走了穿过绿军装的，又来了当过兵的。这不，吴近蛟同刘镇，正坐在厂办公室促膝谈心。

当初他俩参军以后，就分到同一个团里。刘镇当连长时，曾率领连队建营房，而吴近蛟是团部房管处的协理员。两人虽不像连长同指导员那么接近，也曾朝夕与共。况且又是一同参军的同乡，俗话说"老乡见老乡，两眼泪汪汪；你扛迫击炮，我扛机关枪"，当然格外亲热。转业回来弹指十年，虽然都在一个县里，但刘镇多半在农口打转，吴近蛟长期在县城，你忙我也忙，没有见过面。世界上的事就是说不准，山不转路转，石头不转磨子转。这不，一纸通知、两行打印的字，就把这两位战友搞到一块儿了，真是"不是冤家不聚头"！

刘镇回到地方以后，调动是频繁的。别人调动，一般都是先领导谈话、征求本人意见，然后开个欢送会，会上人们对调出的干部来一番歌功颂德，为"由于庙小，容不下大菩萨"表示惋惜，然后就大摆酒宴，调出干部喝得东倒西歪，让人一手扶着，一手拎着纪念品，恋恋不舍地离开原工作单位。而到了新的工作岗位以后，虽不敲锣打鼓、扯旗放炮、夹道欢迎，但欢迎会还是少不了的。在品茶、嗑瓜子、嚼软糖的热烈气氛中，有人将新领导的革命经历介绍一番，再表示对新领导的赤胆忠心，大家挨个儿地发言。然后，新领导在大家期待和信任的目光中，在经久不息的掌声中缓缓地站起来，虚怀若谷地指出刚才的介绍有些出入，他再一一更正，将自己过五关斩六将的光荣历史诉说一番，接着发布一套施政方针。然后，八个人围一桌，大块吃肉、大杯喝酒，轮流给新领导敬酒，预祝工作顺利、万事如意、马到成功。而刘镇一不会喝酒，二不听阿谀奉承，三不搞逢场作戏，四没有什么战绩可摆。他一接到调令，交完了手续，征求了意见，把户口本和组织关系往黄挎包里一装，不声不响地去报到上任了——还是部队的老作风。这样一来，有时的确使一些人感到难堪——酒肉都办了，他走了。甚至他已经到新单位开展工作了，组织部还在往他原单位打电话催他上任。

对晶体管厂又发生了"政变"，刘镇早有所闻。后来听说要在赵、钱两员大将中挑选一名去当栋梁，后来又听说赵、钱两人不能受命，主要是晶体管厂人员难盘，有派性；生产难上去，缺技术；包袱难背，欠债多。但两人都推说自己能力差、年纪大、不懂行，不肯往这刺蓬里钻。在这个县城里，小道消息传播得格外迅速，刘镇听了，当然没放在心上。他万万没有想到，这次会点到他的头上！组织上应该想想啊，赵、钱两人是这个县里办工业的老手，他们都感到晶体管厂这个头难剃，我能拿下吗？他原想学乖一点，这回如有调动，就找领导讲点个人想法，谁知道根本没人找他谈话，未必我真是一块砖，哪里需要哪里搬？本人意见没有听，一个通知就发到手上了，这是信任？重用？还是考验？后来他打听到，晶体管厂已停工数月，欧阳厂长调走之后出现了权力真空，领导这样做，也是为了解决燃眉之急，他是不会使领导难堪的。既然已经下发了任命通知书，哪能随便收回、改动？那样让领导的脸往哪里搁？组织的威信何在？于是，他一如既往保持部队的老作风，不声不响地走上新的工作岗位。

刘镇的到来，对于吴近蛟来说，既是意料之外，又是意料之中的事。说是意料之中，因为自己属于集体企业干部，是不能在国营单位担任领导的，据说哪个红头文件上作了明确的规定。当初集体转国营，把他从第一把交椅上撸下来，除了他犯有经济上的错误，这也不能说不是原因。最近陈友香等人处处把他当一把手捧着，但他哑巴吃汤圆——心中有数。

特别是刘镇来厂的头天下午，他将上外贸的打算向县工办章忠明副主任汇报以后，章忠明听得眉飞色舞，一个劲拍着他的肩膀叫好。当他投石问路地提出厂领导力量薄弱时，章忠明说："这是组织上考虑的问题，你就一心一意在外面抓，厂里还有陈友香嘛！"他这些年同章忠明打交道，深知此人头脑简单又拍板果断，如果组织上已确定自己为厂一把手，他一定会说："挑重担啦，同志！好好搞，干'四化'就要干，再不能稀里糊涂了，再上不去，我拿你是问！"可他说组织上考虑，也就是组织上安排人。一安排，又是派国家干部进来，这是毫无疑问的。

他沉默了一会儿，叹了口气："我难啊，你叫我抓，我怎么抓？产供销、人财物我都调不动，要权无权，要能力无能力，有心为领导争口气，又力不从心。"

章忠明不无同情地又拍了一下他的肩膀："莫着急，慢慢来，权是干中来，不干哪里来？"又说："你是连级转业干部，是'向阳'的副书记，在晶体管厂也搞过书记，怎么说没有能力？未必玩龙灯遇到雨——玩转去了？"章忠明连拍带哄地把他送出了办公室。

吴近蛟一回厂就得到情报，新厂长明天到。原来是老战友刘镇，这是出乎他意料的。

对刘镇这个人，吴近蛟既有所了解，又不太了解。就拿那次建营房来说吧，刘镇带着连队来到工地，每天清早，团部的参谋干事们都还待在热被窝里，他的连队就跑步上操了。"一二三四"的吼声，"咔咔咔咔"的脚步声，飞过村庄，越过田野，传出很远很远。嗨！叫花子赶夜路——无事忙！建房就建房呗，整天施工累得黑汗水流，还搞什么操练！

吴近蛟看在老乡情分上，委婉地把这些议论转告他。他听了冷笑一声："别看都穿绿军装，连队与机关就是不同。营建任务是短期的，但这世界上只要有人民解放军存在的必要，我军永远是一支战斗队，要随时做好参与战斗的准备。"

然后，像透露什么军事秘密似的，他压低嗓门对着吴近蛟的耳朵说："告诉你个诀窍，越紧张，兵越好带；越松垮，你就看吧，闹复员的，因饭菜不合口味同炊事班争吵的，同驻地的姑娘拉拉扯扯的，什么乱七八糟的事都出来了。只要干部以身作则，比战士还辛苦，越紧张干部反而越好当！"

对于他这套理论，吴近蛟没有体会，也不敢恭维。但有一点他不得不佩服，刘镇的连队施工任务月月超额完成，军事考核也得了红旗。

在庆功大会的第二天，吴近蛟指着他们连队工地上堆成小山似的木料，让刘镇派个战士帮忙做口衣箱。刘镇瞪大了眼，把吴近蛟打量了老半天，看到吴近蛟并非开玩笑，自己哈哈一笑："你算了吧！你像我，那两套衣服拿块白布一包，平常当枕头，行军就塞进背包里一捆，搞那木箱干什么？操！未必打起仗来，你顶着木箱冲锋？"这家伙一点不讲老乡情面！不仅没帮忙，还让他碰了一鼻子灰。

营房建成以后，两人就各奔东西了。然而命运总是捉弄人，刘镇这位在部队里摸爬滚打了十八年，一心扑在部队正规化、战斗化建设的基层指战员，随着大批转业的浪潮，第二年就回到了他的家乡。

不管是意料之中还是意料之外吧，一页盖了朱红巴巴印的任命书，此刻摊在吴近蛟的面前，上面明明白白地写着"刘镇同志任江汉晶体管厂厂长兼党支部书记"，而刘镇本人此刻正坐在他的面前。吴近蛟气恼地想，为什么要"兼"呢？你拿一项出来平半分不好吗？可理智告诉他，这人事任命又不同于小孩吃饼，从中一掰，一人半块。他几十岁的人，怎么好开口找别人讨？何况这与分饼不同，就是刘镇好商量，他也作不了这个主。

两人坐定以后，吴近蛟拿出一包带把的"永光"，丢了一支过去，自己点燃一支，长长吐了口烟，情绪低落地说："这几年你混得不错嘛！我过得糟透了，几乎年年挨整。我这个人就是直，部队作风老改不掉，搞不到转弯抹角，见了不对就爱顶，不会吹吹拍拍，不逗领导喜欢。咱们部队那一套在地方上吃不开！"

刘镇冷笑了一声。这家伙真是猪八戒倒打一把，谁不知道你是见风使舵、吹吹拍拍的高手？在部队里就听人说，他的协理员是用狗肉换来的。吴近蛟原来在连队当炊事员，听说团政委吕振新爱吃狗肉，他就经常找附近的老乡要几只小狗娃回来喂养，等吕振新下连队来检查工作时，他就杀一只狗。因为这个连队有狗肉吃，吕振新就来得勤些。一来二去，吴近蛟从炊事员一步步提到了司务长、协理员。当然，从此吕振新不仅狗肉吃得多，而且住房也变宽了，家具也换新了。据说后来吴近蛟被发现有经济问题，最后不了了之转了业。

吴近蛟见他笑了一下，以为产生了共鸣，又接着说："我们厂的领导几乎年年换，把厂搞得是不死不活。他们钻得路子，屁股一拍走了。我呢，就像《战上海》里的刘义，留下来死守。这些年我没有功劳有苦劳，没有苦劳也有疲劳。现在可好，我是什么都不是的。你到外面搞工作，都讲究对等接待，为了工作的圆满……又有人告你充冒厂长。上面对我这个人不知道怎么看的，就说干部有国营、集体之分，未必（注：方言，意为"难道"、

"不一定"）党内还分什么国营和集体？"

刘镇还从来没见过一碰面就发牢骚的，更没听过一个共产党员自比国民党的将军。转念一想，这些年人们的牢骚怪话多，自由主义满天飞，老战友见面无话不谈，不足为奇。于是说："我转业回来调动频繁，打一枪换一个地方，错误也不少，你不嫌弃，我就在这里干几年。"

这时陈友香嘟着嘴，气冲冲走进办公室，拉开办公桌抽屉，拿了点东西，又出去了。

吴近蛟瞥了陈友香一眼，品嚼着刘镇的话，觉得话里有话，就动了气："你这么说，我有点想不通，未必走的几批人，一个个都是我挤走的？"如同阿Q忌讳光一样，他对这点敏感性强着呢。

这家伙疯了，一见面就咬人，开口就辩论。刘镇知道三言两语扯不完，就说："咱们离开了这些年，是得抽个空好好聊聊。现在，谈谈厂里的情况吧。"说完掏出了笔和本。

吴近蛟说："我这个人从来不在领导面前汇报厂里的情况，因为与你好的人也有，与我好的人也有，话传话总有多的，嘴巴两块皮，说话有走移，我在这上面吃过亏，有过教训。"

刘镇想，既然他有为难之处，也就不勉强了，好在来日方长，情况以后再摸，就说："那能不能找个地方，让我搁个铺、安个窝？"

吴近蛟不耐烦地打着官腔："找陈副厂长，让她安排。"

"她人呢？你介绍我见个面吧。"

"她刚才进来好一阵子，才出去。"

刘镇这才知道，刚才进来拉抽屉、打板凳、横眉瞪眼、一百个不耐烦的那个女同志，就是陈副厂长。刚才他全神贯注与吴近蛟谈话，只朝她点了点头，没有搭话。从她的神情看，自己成了个不受欢迎的人，现在找她也没好结果，就说："请你代为给陈副厂长说一声，让她安排一下，我下午再来。"

他刚出厂门，陈友香、石谦、舒金三人就蜂拥进了办公室，责怪吴近蛟不该接待刘镇，违背了昨晚制定的"不合作主义"策略。

吴近蛟说："我以为是老战友来串门，谁知道这家伙被调来了。其实我对他冷冰冰，还给他碰了几个软钉子，友香在一边听到的，她可以证明嘛。"

陈友香立即反驳道："要不是我拉桌子、打板凳的，你还不知道跟他谈得多热乎呢。"

舒金接过吴近蛟扔过来的一支烟，点燃以后说："老战友来了见见面，也是人之常情。这是初步接触，以后打交道的时间还多着呢。"

石谦说："哼！土克西（注：方言，指没见过世面、土里土气的人），万金油干部，靠边去吧！现在得有红本本，没有红本本就让他领导全厂？我领导他吧！"

二、寻找商机

刘镇进厂的第八天，才召开第一次会议，由章忠明副主任亲自主持晶体管厂中层以上干部会。这个会议，吴近蛟没有参加，他上北京去了，陈友香请了病假。

会议一开始，章忠明念了任命通知书，接着与会干部纷纷发言，都说新领导来了，这是上级对我们厂的关怀，职工都很高兴。我们厂去年一年处于半停工状态，今年很危险。厂领导换得多，新领导来了，我们厂不是快要垮了，而是大有希望。大家认为，我们厂还有一个主要问题是管理混乱，原始资料不全，原先连材料保管员都没有，现在有了，但制度不健全。即使制度定得多，也总是治别人，领导不一碗水端平，总搞不好。

在大家发言的时候，隔壁技术股传来一阵阵"哇——哇"声，接着是歌曲，然后又一阵"呜——呜"声，接着是京剧、英语，声响不绝于耳，吵得人心烦意乱。

章忠明不断皱眉头，最后实在忍不住了，问："隔壁搞的啥玩意儿？"

有人告诉他："石技术员在修收音机。"

他说："叫他停下来！"但没人动弹，都怕碰一鼻子灰，也不好勉强。

刘镇像是已经习惯了这个环境，一直在恭听大家的发言，见大家差不多讲完了，才侧过头对坐在角落的马贵荣说："马技术员，你谈一谈吧。"

马贵荣一怔：他怎么认识我呢？沉默了一下说："好，我说两句。我们厂不好搞，来的新领导也未必搞得好。现在新领导来了，要找饭吃。有事做，劳动纪律好抓；无事做，制度定得千好万好也不行。"

大家都认为他说得对，当前厂里的主要矛盾就是无事可做嘛。车间主任王芳叫起苦来："整天闲着，管也难，不管也难。"

这时，章忠明站起来了："我也讲几句吧。"他首先谈了全国全县的大好形势，又说："前途是光明的，道路是曲折的。工人就是要扎扎实实地干好八小时，就是要坚守岗位。松松垮垮、吊儿郎当，有事也做不出来。去年厂里亏了本，还每人发二十元奖金过年，这是哪一家的政策？这样搞，全县都会搞乱！统统要收回，领导带头退！当然啰，责任不在工人，这是吴近蛟搞的鬼！刘厂长，你可不能当老好人。大家莫小看了老刘哩，其貌不扬，干工作可有三斧头！"

散会以后，刘镇就同马贵荣提着公文包到省城去了。

他本不想召开这个会的。他可不是那种整天泡在会议中的干部，特别讨厌开那种既无准备又没有把握的会。吴近蛟和陈友香的冷漠，石谦和舒金的满不在乎，百把双焦急又无可奈何的眼睛，都让他担心这样的会也许开不起来，更怕人们在会上空对空地言词敷衍。但借章主任的威信开个会同大家正式见见面，搅动一下这死气沉沉的空气，也许有好处。

吴近蛟自从向刘镇发了一通牢骚，一直没打照面，后来听说他到北京出差去了。关于安铺的事，不知他给没给陈友香说，反正没落实。刘镇背着行李来，在厂里打了两个转，看到厂里住房的确紧张，有的工人一家五口挤在十二平方米的斗室里，连脚都插不下去。后来看到食堂炊事员老孟的斗室里还挤得下个铺，就住了下来。

这八天里，刘镇找了几位厂中层以上干部摸了摸情况：目前厂一级领导只有两人，陈友香副厂长实际主持全面工作，工会主席杜春堂负责后勤。中层干部里，行政股长邱金波、财务股长肖玉娟很有经验，供销股长舒金刚到位。三个车间都已停工多时，只有王芳、马贵荣两位车间主任。

对他的到任，大家都持观望态度。杜春堂的话有一定的代表性："这几年上面派的领导来了又走了，大家的希望一再落空，厂里有门路的干部和工人也调走了一些。目前最大的问题是工厂要生存下去，谁接了这个烫手的山芋来当一把手，工人都不会排挤欺生。当然，也不会刻意拍谁的马屁，更何况你跟吴近蛟是老战友。我这个人最讨厌搬弄是非，但是我要不避嫌地说一句，吴近蛟是个害群之马！他拉起小山头、小帮派，也迷惑了些人给他抬轿子、吹喇叭。有人说，这样的人县里不把他弄走，晶体管厂迟早会被他玩死，给他殉葬。我没有多大的能力，但是我敢表态，如果新来的领导有诚心、有本事让晶体管厂活下去，工人都会支持他，我也会尽全力搭把手。"

在其他人吞吞吐吐的话语中，刘镇悟出这个厂当前有两大矛盾，一个是派性，另一个是生产。有派性，生产是会受干扰的。但这种派性，可不像当年拉山头、扯旗号，而是让你看不见、摸不着，明无山头暗有礁，你反谁的派性？搞得不好，别人的派性没反着，你自己被扣上了"搞派性"的帽子。

看来只有先把生产抓起来，在生产实践中逐渐消除派性。而生产又存在两大问题：生产管理和生产定向。生产管理不善，不能把职工的劲头组织起来，产品质次价高，搞起来也会熄火；可是，没有定型产品，工人闲得发慌，管理怎么抓？再说，谁愿意把自己的劳动成果打撇撇玩？这些天，他一直在考虑这个问题，最后决定到省城去找饭碗。

他同马贵荣先到市电子局，一问，局长们都开会去了，什么广州交易会、杭州配套会、济南展销会、省里的计划会……他苦笑了一声："领导总是在忙啊！"两人就退了出来。

来到沿江商场，只见人们潮水般地涌进涌出，摩肩接踵。他们很快被卷进洪流，夹带着进了商场。各个柜台前都围得里三层外三层，熙熙攘攘，人声如潮，五花八门的商品往外飞，大把大把的钞票朝里飞。

转着转着，不觉来到三楼，也是人头攒动。特别是卖"鹦鹉洲"牌收录机的柜台，人多得把柜台都挤进去一大截，几个售货员一边把柜台往外推，一边喊着："莫挤了！莫挤了！没货了！没货了！"没买到东西的人哪里甘心，有的怪商场没有把秩序维持好，插队的太多了；有的怀疑售货员搞鬼，留了货开后门，群情激愤。一个男售货员干脆跳到柜台上，一脑门汗珠子，拿个大喇叭喊："莫挤了！真的没货了！真的卖脱销了！我们也进不到那么多货啊！你们明天再来看看吧！"这"鹦鹉洲"牌收录机是本地产品，广播、电视上天天都有它的广告，全国上下老幼皆知，特别走俏。

不远处有一个柜台前，却一个人也没有。莫不是这个柜台今天盘存不营业？走近一看，原来是收音机专柜。这里出售全国各地的收音机，大的如座钟，小的如烟盒，琳琅满目，五光十色。他们一走近，三个营业员连忙迎上来，刘镇怕给别人添麻烦，赶忙拉着马贵荣离开。原打算上收音机生产的刘镇，无异被泼了一身冷水。形势发展得出乎意料的快，前些年半导体收音机还是稀罕物，现在成了滞销品。

不觉肚子饿了，两人跑去找饭馆，不料家家座无虚席。刘镇苦笑了一下："饭馆的生意倒还兴旺……"下半句"可惜我们不是开饭馆的"，他没说出口。两人继续往前走，到街头小摊吃了两碗素面。

又转到集贸市场，这里也是人山人海，但又寻不到他心中难题的答案。天色渐晚，刘镇决定找个旅社住下再说。可是跑了几条街，家家旅社都挂着"客满"的牌子。刘镇感慨道："我们那宽敞漂亮的厂房，要是变成旅馆，肯定赚钱。"最后两人在一家背街的小客店找了个小房间住下了。

刘镇进房以后，将塑料提包一扔，身子一歪，靠在被子上躺下了。多么可笑啊！堂堂一个国营工厂的厂长，却像叫花子似的到处找米下锅，以养活厂里这百把个人。想一想前些年，当年的总产值还没拢账，下一年的生产计划就下来了。产品、产量、规格、型号，上级给你布置得清清楚楚，安排得有条有理，当厂长的只要领着工人甩开膀子干，到时能把合格的产品交出去，虽说不披红戴花，也不会挨批受刮。至于产品是否对路、盈利多少，是不用过问的。现在却是严厉地批评你"躺在国家的计划上，吃统购包销的大锅饭"。其实，企业被逼上市场，这有什么不好呢？他脑子里乱哄哄的，觉得这样像个无头苍蝇到处瞎撞不是个办法，需要好好思索。

对面房间里，几个外地来出差的人正在喝酒划拳。隔壁房间里，一拨人在打扑克，又喊又叫。马贵荣办完住宿登记手续进来，一听太吵了，要去交涉，被刘镇拦住了："算了，人来人往才有生意。我们出去走走吧。"马贵荣见刘镇心事重重，提议上街去看场电影。刘镇说："我们随便走走聊聊。"不多一会儿就走到了江滩，两人在江汉关附近转起圈圈来。

马贵荣今天在会上放了一炮以后，有些后悔，觉得新厂长初来乍到，就一盆冷水将他从头浇到脚，谁受得了！接着厂长又领着他往省城跑，他心里像吊着十五个水桶，七上八下的。从风风火火闯进市电子局，到接着考察市场，他心里就有底了：新厂长要找新产品，为厂里找事做。他因自己的意见立竿见影地被新厂长采纳，不由得心中暗喜。可是，这个厂长也老实得可以，他就听不出我说的反话？他沉默了一会儿，问："听说，你同老吴是老战友？"

刘镇很快会过意来。他听老孟说，厂里有两个技术员：石谦和马贵荣。先前，吴近蛟重用马贵荣，排斥石谦；"一批两打"以后，反过来利用石谦，排斥马贵荣。现在表面上分工由马贵荣抓早已停产的二极管车间，实际上是将马贵荣拴在那里，不许他乱说乱动。身处逆境，再加上刘镇与吴近蛟共事过一段，他的戒备心理也是可以理解的。

这些年，只要是穿过绿军装的碰到一块儿，尽管一个来自广州军区的天涯海角，一个来自兰州军区的边关哨所，握手之后都呵呵一笑："咱们是老战友啰！"其实充其量不过同为"解放牌"。不错，刘镇和吴近蛟曾经长期在同一个团，并在兴建营房时合作共事过，又是同乡，也就是这样的老战友关系吧。

马贵荣听了他的简单介绍，笑着说："我看你们就不是想象的老战友的样子。自你到厂以后，你们交往不是很多，恐怕你们是两股道上跑的车——走的不是一条路哈。"

刘镇叹了口气："大方向恐怕是一致的。"

马贵荣说："看来，你同他共事的时间还没我长，我对他的了解比你多。他这个人是个官迷、财迷，死皮赖脸要官，挖空心思要钱，能够同他共事的人不多。几任领导为什么都走了？就是因为他拉帮结派要权，有权就捞钱。你在明处，他在暗处，想心思引导你犯错误，搞得你无法待下去，只好灰溜溜地走人。为了达到个人目的，什么国家的利益、工厂的存亡，他才不管。你没来以前，他在组织上作了精心安排，你一来，打破了他当一把手的美梦，他是不会善罢甘休的。所以，你不搬石头戳他的窝子，你将束手无策、一事无成！"

刘镇说："贵荣啊，你是信得过我，才和盘托出，吐露这肺腑之言，我很感激。现在厂里的确有人想把我冷倒、架空，让厂继续瘫下去，让领导给他磕头，他再出来收拾残局。我也想过向领导申请辞职，他不是想权么？让给他就是了，何必跟别人像小孩子争夺糖坨似的。有时候又想，是红是黑都没看见，就这样走了，这个厂怎么办？良心又过不去。贵荣啊，你说现在别人打的什么主意？"

"冷倒、瘫倒，让你无所作为。"马贵荣不假思索地说。

"对呀！如果我们找不到新产品，不是让别人得逞了吗？"

马贵荣笑起来："我今天在会上说的是反话，你倒反话正听了。"

刘镇意味深长地说："不管正话反话，当前我们厂没有产品，的确是主要矛盾。有了适销对路的产品，工厂就活了。没有产品，或者产品不对路，企业就是死的。产品是一个工厂的空气和血液，关系到工厂的生死存亡。"

"你要谈产品，我就谈一谈我的想法。我这一段没有正经工作，就看了一些国外的电子产品情报和国内的经济信息，有些考虑。我们原来生产的硅二极管现在销不动了，我曾想过上电子玩具。现在提倡一对夫妇只生一个孩子，家长都把这些特保儿看成龙子龙孙，在他们头上是不怕花钱的。但电子玩具有致命弱点，如经不起磕碰，价格高，要有一定智力水平……孩子太小不会玩，长大了又没时间玩。有个厂做了一批电子琴卖不出去，丢了二十多万，我们厂可丢不起。目前电视机、收录机、计算机走俏，我们小厂做不出来。即便做出来，也难以同别人竞争，许多地方的厂家还在一窝蜂似的上这些产品。从将来趋势看，要不了太长的时间，这些俏货将不俏，像收音机一样卖不出去。"

"对'鹦鹉洲'收录机，你怎么看？"

"这个厂，厂长是个能人，领导班子、技术力量、销售队伍都很强，抓住机会做成了全国龙头企业，市场份额占比大，自身财力雄厚，有研发、更新换代产品的本钱，省里、市里各种政策、资源还在向他们倾斜。如果跟他们搭上关系，给他们供货，当然最好不过，但是选择权在人家，有相当的难度。"

刘镇点头同意："可以试试看，争取一下，也要有两手准备。我觉得我们国家的电子行业路子窄了一些，翻来覆去就这几种'机'，为什么不扩展到别的领域？当然，像运载火箭的控制系统、飞机和潜艇上的自动操作系统，我们小厂搞不出来。但在工农业生产和人民生活的广阔领域，电子产业却是一片待开发的处女地。我是外行，想入非非。我急需找个过渡产品，让工人有事做、有饭吃。"

马贵荣想了一下，笑着说："过渡产品倒有一个，不知行不行？"

"我们闲聊嘛，有什么你就直说，不必吞吞吐吐。"

"我有个同学当营业员，她说现在保险柜很俏，市场上供不应求。"

刘镇眼光一闪，手拍大腿说："这是个门道！当前新的机构多，办厂多，商业网点多，添个机构就得有个保险柜。再加上现在强调治安保卫，都用得着保险柜。"两人越说越投机，从保险柜的制作、销售到材料的采购、调运，都研究了一番。

马贵荣又提醒说："厂子这两年一直走下坡路，停产半年多，现在人心涣散、士气低落，也是个大问题。你要理解，晶体管厂这两年效益差，大家经济压力大。以我家为例，我家那位工资不高，虽然三班倒辛苦，但是有夜班补贴，挣得比我多。她很贤惠，下了班忙完家务，还从猪鬃厂领猪毛回来拣，天不亮大老远跑到针织厂排头几名，领四方围巾回来手工扦边，赚几个小钱贴补生活。这两个厂的外贸单子多得做不过来，所以向外包活。我嫌她丢人，她只解释说政策是允许的，也不埋怨我，给我留面子，偷偷摸摸地做，我心里很不好受。我家算中等条件吧，有的职工生病医药费报不了，生活很困难。跟厂子生产正常运转的时候比，跟周围效益好的企业比，职工肯定心情苦闷。"

远处的长江大桥灯火通明，大桥东面，黄鹤楼重建工地仍然是一片灯海，大吊车还在不停地转动。江面上不时有大型货轮经过，拉响鸣笛。入夜的省城依然保持着工业重镇的活力，与这春天的气息交汇在一起，拱得人心潮澎湃，平添了一股往前闯的冲动和勇气。当江汉关的钟声敲响了十下，刘镇和马贵荣才往小客店走去。

商量了明天活动的大体安排，两人就各自摊开被子睡觉。马贵荣睡前又说："我们厂的事难办呐，那几个人肯定会出来干扰反对。吴近蛟本人在厂里没有任职，头上没个紧箍咒，你怎么约束他？"

"睡吧，睡吧。人要怕噎着就不吃饭了。"刘镇口里虽然这么安慰别人，心里却在忧心怎么打破厂里的僵局。

第二天清早，他把尚在梦中的马贵荣拍醒，两人匆匆刷牙洗脸，在街上吃了早点，就直奔鹦鹉洲电器总厂。

明媚的阳光洒满江城，随着早上上班的滚滚人流，他们来到鹦鹉洲电器总厂，远远就看见工厂气派的大门前，挤满了各路跑业务、要货的人，一概被拦在外面。两人走近，看见几个年轻学生正在通过一个小门，赶紧跟上去。可能门卫见马贵荣戴着眼镜，刘镇身板挺直，问道："一起的吗？"马贵荣"啊"了两声，就挥手放行了。

尾随学生进到大楼里，电视上老露面的鹦鹉洲厂厂长已经带着几个人在一间会议室门口等着了。他穿着西服打着领带，和颜悦色地跟青年学生们一一握手："欢迎！欢迎周教授的得意弟子光临！周教授跟我是本家，这几年开省政协常委会我们老是挨着坐，蛮谈得来，他还送了我好几本他出的学术著作，学问可大了！周教授是研究现代企业管理的权威，他想把我们厂作为成功的典型案例，写进书里、写进教材，我看这件事很有意义！目前我们厂的情况是产品供不应求，效益不用说了，即使十年不生产也有饭吃。银行整天追在屁股后面要给我们贷款，厂里自在资金还用不完呢，势头非常好！我厂的发展历程、经验、战略、思路、举措，你们慢慢研究。生活上的事都安排好了，有任何要求，你们直接找总办郑主任协调，莫客气，他手上的权力比我大，能力特别强。一会儿我要接受电视台和电台的联合采访，失陪了。"

刘镇、马贵荣赶忙抓住机会，迎上去递名片，被那位郑主任挡住了："你们有领导批的条子吗？你们怎么进来的？用你们口的晶体管？我们是重点企业，你找省电子局去申请。"

他们被"请"了出来，又直奔市日用五金商店，找到那个营业员——马贵荣的同学。经过介绍，说明来意，并看了各种型号的保险柜。刘镇掏出小本将保险柜上各种零部件、规格一一记下，告辞出来；接着又到各处把材料价格问了个准信，又通过人托人，找了几个退休的钣金老工人，以每人每月五十八元的高价聘请他们到厂里当技术指导，并由他们列出开工需要的工具、用品、材料清单，然后两人匆忙赶末班车回到县城。

刘镇一到厂里就通知开党员会。虽是临时通知，但十二名党员还是到了十名，吴近蛟出差北京还没回，陈友香没通知到，缺席。原来，她买了晚上七点一刻的电影票，听说要开党员会就提前溜了，免得被逮住看不成电影——鬼叫他通知晚了，反正我没接到，怪鬼！

刘镇看了一下，应到的都到了，就说："这是我到厂以后开的第一个党员会，通知有点急，大家来得也及时。这个会研究一个中心议题——厂里的生产。"他谈了一下厂里的处境，介绍了这两天到省城看到的情况，然后再谈到生产保险柜的打算，让党员同志讨论看行不行。党员同志说："我们长时间以来有力气无处下，每月发工资，拿着国家的钱，怪不好意思的。只要有事做，不拿亏心钱，干什么都行！"他们一致赞同上保险柜，并表示只要用得着，指向哪里干到哪里。由于老师傅没来，不知人员怎么安排才好，会上只确定抽两名党员到保险柜生产上来，一个学钣金，一个学油漆，其他党员按原来分工暂时不动，以后随要随到。会议只开了二十分钟就结束了。

按照党员会的提议，第二天刘镇召开了厂、部门、车间负责人会。刘镇将生产保险柜的事一说，有的摇头，有的叹息，有的反对。

"我们是电子行业，电子行业是干什么的？咱们摆清楚再说。"

"我们厂大部分是夫人、小姐，拿个镊子都嫌重了，他们会给你抢大锤、砸铁板？"

"搞保险柜，少说也得投资上十万元，这钱从天上掉下来？"

"天上掉下来还得起早床捡呢，"刘镇说："起晚了给别人捡去了。干什么都有困难，都得花力气。什么事都不干，又舒服，又保险。同志们呐——我们厂再这样下去，会'关停并转'的呀！真的厂子关了门，大家分到其他兄弟厂去，未必就蛮光彩！谁如果有更好的路子，说出来，我们都认为可行，保险柜可以不做，按你的办！暂时还没有其他办法，那就按我的来！"

舒金说："吴厂长搞外贸去了。"

王芳嘴一撇:"洞庭湖吹喇叭——哪里哪。"

刘镇说:"搞外贸同这并不矛盾。真正人不够,我们还可以招工——我们县有三千多待业青年,劳力大大的有!"

他说了一句日语,大家"哄"地一笑,会场气氛缓和多了。参会的党员带头帮忙做些解释工作,大家也就通了。散会以后就兵分几路,一路到有关社队铸造厂联系翻砂保险柜的锁叶、脚轮,一路去了解铁板等原材料采购,一路按老师傅开出的工具用品清单去准备,一路安排四个老师傅的住处和生活。安排一项走几个人,安排完了,人也走完了。

刘镇把搞财务的、管仓库的人组织起来,进行清仓查库。真是骆驼死了架子还在,莫看这个厂几年来不太兴旺,积压的物资还不少哩,越清理东西越多,越清理越觉得有甜头。建厂这些年,厂里年年搞新产品,年年搞革新,年年有新套套。样品试制出来了,革新成功了,敲锣打鼓报了喜,就丢在一边了。因此,各种各样的元器件、原材料、工模夹具,丢得到处都是。

他把车间的工人也抽了些来,楼上楼下、屋里屋外,到处找宝挖金,清理集中,该上堆的上堆,该入库的入库,通通点数、过磅、上账。白天清理,晚上召集财务股长肖玉娟、前任供销股长马贵荣和会计、仓库保管开会,按照适用、积压、报废等项目,将物品进行分类排队、登记造册。经过分类,有十多万元的积压物资可以调剂出去。

马贵荣说:"按原价恐怕卖不出去。"

肖玉娟说:"东西积压了,月月还要付银行的利息,削点价处理出去也是划算的。"

保管员说:"便宜点处理算了,放在仓库是死的,不如换几个活钱。"

刘镇问:"谁去处理好?"

马贵荣说:"当然我去为好,很多东西是我买进来的,这些东西的性能、用途、成色,我还说得出点道道。"

刘镇说:"那你就辛苦一趟吧,我派个人给你当帮手。"又对保管员说:"你按这清单上,每项选个样品给他包好,让他带走。"又对肖玉娟说:"你找会计开个夜车,把这些处理物品的品名、产地、型号、规格、单价、数量画个表交给他,也给我留个底。"

肖玉娟"噗呲"一声笑了："到底是带过兵的，做事总是这么细致、周详、严密。"

保管员撇了撇嘴说："还看各人，有的在部队搞了一二十年，只会说大话、说假话，只会打个人私利的小算盘。"

马贵荣哈哈一笑，也禁不住想含沙射影说几句，刘镇忙说："时间不早了，抓紧办吧，你们女同志的小孩还等着妈妈回去呢。"

马贵荣对会计、保管两位女同志打趣说："小孩可能睡了，男人正等得不耐烦呢！"

"哎呀！死鬼！"两个女同志都来围攻他。刘镇笑着走了出来。

第二天清早，刘镇到县工办，想给领导汇报一下。先回到原单位——县农机厂，要了两个油漆工，到废品仓库清了些小螺丝提走。

看来，县委大院已经知道晶体管厂要做保险柜了，碰到的熟人都对他冷嘲热讽："指望你到晶体管厂当头头，给我们搞台价廉物美的电视机、收录机什么的，谁曾想你搞保险柜——保险柜能装衣服吗？"刘镇对他们笑笑，敲开了工办办公室的门。

章忠明正在圈阅一个什么文件，只抬起头请他坐，又埋头工作了。而肖承祥主任却很热情地给他泡茶，听取了他的汇报，肯定了他以开拓的精神找新产品、以深入的作风抓清仓查库和清产核资的工作，并询问了下一步的打算和遇到的困难。他脱口而出："下一段抓企业管理，困难……"不好直说，想了一下："我觉得力量单薄了一点。厂一级只有我、副厂长陈友香、工会主席杜春堂三个人，中层干部也不齐整，希望组织上给厂里把班子配齐。"

肖主任听了直点头："这段时间你摸了些情况，找了些门路，干一阵再说。近两年你们厂调出去的干部确实很有几个，有些问题我们还拿不准。你有事就来找我们，好在离得不远嘛。"

章忠明看他要走了，手上的文件也圈阅完了，就插话道："刚才肖主任已经说了，你这一段成绩还是不小的，你们厂还是大有希望的。不要听那些人扇阴风，好像这个厂已经走投无路了。前段老吴没放手工作，你又没去，是松懈了一阵。现在好了，你去了，老吴也干起来了，哪有搞不好的道理？老吴从北京给我来了封信，他已经赶到广州去了，看来大有奔头，你要全力支持他的工作。你主要抓厂里的思想、组织、规章、制度，外头具体的事就放手让老吴搞。哦，对了，春节发的二十块钱奖金，叫财务在这个月发工资时统统扣回来。不干事拿奖金，哪有这么好的事？"刘镇面带难色地点了点头。

肖主任送他出门，对他说："此时此地，叫谁来当晶体管厂的厂长都难，这不是快刀斩乱麻的事，你真得做好思想准备，一定要下苦功夫。"两人边走边谈。那些刚才还嘲笑刘镇的干部见了这个情景，又变换了另一种面孔和目光。

肖主任告诉他，自己要到织布厂蹲点，抓一下技术革新，然后召开现场会推广。办工业既不能像过去那样搞人海战术，又不能等着外国的先进设备，而是要在原有基础上搞更新改造。然后嘱咐刘镇抓好安全生产，保险柜是笨重家伙，把人撞了压了都吃不消。前两年出了个"渤海二号"事故，报上公开捅了出来，事情闹大了，社会上都在指责我们工业战线的干部是主观蛮干瞎指挥。这也是中央对全国敲了警钟，我们要把抓安全放在为人民服务的高度来认识，一定要抓好。

末了肖主任说："一开始，我还以为你是来辞职的。好啦，祝你成功！"他用力地、紧紧地握了一下刘镇的手。

三、外贸订单

没几天，晶体管厂的保险柜生产就"叮叮咚咚"地开了工。由于马贵荣出马推销积压物资，资金源源不断地汇到厂里，生产所需的工具和原材料用这些钱购了回来。

厂子的院里临时搭了个芦席工棚，老师傅正领着几个男工"乒乒乓乓"地锤打铁板，做内外笼；几个姑娘跟着一个老师傅用小锉刀锉锁叶子；十几个中年妇女跟着农机厂来的油漆工学怎样除锈、刷底漆、刮灰、喷漆。两台机床在制作锁把，冲床、钻床也在开动。杜春堂到各处照应，不时搭把手，给工人打气。王芳领着没有专业分工的队伍往合了笼的柜子里灌混凝土，这里人最多，也最热闹，筛沙的，洗碎石的，抬水泥的，提水的，人来人往，你喊我叫。锤铁板声，机床声，空压机声，人们的叫声和笑声，合奏出欢快的乐章！

晶体管厂上保险柜的消息很快就在县城传开了，引起不小的震动。成立晶体管厂之初，有人把它吹得神乎其神，俨然成了地方经济转型升级、走向现代化的示范和标志，一时风头无两。后来它摇摇欲坠，现在居然放下架子做起了保险柜，令人感慨，人们说法不一，不看好的居多。

一次工办召集厂长们开会，会前几个厂长就对刘镇"开炮"了。

锻压厂的孙厂长打头阵："伙计，咱们县城地方国营里，就数你们晶体管厂清爽、玩人，是县里最得宠的幺儿子咧。现在怎么搞成这么个稀巴烂？你也步我们的后尘，搞起傻大黑粗了？前几年老子厂里几个有门路的，都往你那里调，坐在无尘车间，穿上白大褂，油沾不着、水洒不上，几多人羡慕！人往高处走，老子都放行。去年听说有个小娘们放风，想从晶体管厂调回来，老子说绝对不行！别看老子这里又脏又累，但也不是想出就出、想进就进的菜园门！"

织布厂的李厂长马上附和："我老伴在家里骂我，说我没本事：'银行税务、供电水厂太难进，咱们就不想了。你不能找找门路，把伢们调到晶体管厂去？姑娘在针织厂三班倒，还没出嫁就熬得像个黄脸婆；儿子在集体企业瓦楞纸厂上班，干得比农民还苦还累，说出去也不好听，找对象都难，你就忍心？'可我就是不想为个人家庭的私事求爷爷告奶奶。这一两年晶体管厂蔫了，老伴唠叨也少了。"

农机厂的丁厂长跟刘镇搭过班子，两人关系不错，听着这些奚落的话不是味儿，就出来打圆场："刘厂长是个厚道人，晶体管厂吃肉的时候跟他没关系，啃骨头让他赶上了。他刚接手这个烂摊子，百来号人要吃饭，多难啊。你们家大业大，站着说话不腰疼，就少说两句吧。刘厂长是谁的替死鬼，你们有人清楚啊。"有两个厂长抿着嘴笑得起劲，推辞不干的赵、钱二人正是他们的搭档。

氮肥厂的何厂长说："有一回我厂里的采购员去五金柜台进材料，听见你们晶体管厂的销售员在跟售货员说气话，嫌自家的产品陈旧、质量差：'谁都不要，要我我也不买！'这样的厂怎么搞得好！我在全厂大会上就举了这个例子，厂荣我荣、厂衰我衰，这个道理都不懂，不是过转去了？我氮肥厂的人，谁要是在外面像这样砸自己厂的牌子、拆自家的台，就请你走人！"

刘镇听了心里很不是滋味儿，说："晶体管厂今日不如往时，上保险柜也是权宜之计，不得已而为之，先有口饭吃再说。电子行业升级更新快，产品生命周期短，要不断研发投入、上新产品才行，咱们哪有这个实力？穷家养娇妻，好看活受罪。不像你们，厂里又是发奖金，又是盖宿舍的。传统产业也有好处，像王麻子的菜刀、张小泉的剪刀卖了几百年，又俏又稳。你们还有机会，晶体管厂就别想了。"

几位厂长心里舒坦了，换了话题。锻压厂的孙厂长隔着几个座位给刘镇递过来一支烟，算是言归于好了。

巧的是，那天会后，肖主任当着厂长们的面对刘镇说："昨天县办的行政科长拦住我，说晶体管厂生产保险柜太好了，他要订购十个小号的，发给各办公室放公章。上个月被盗走了一个公章，省里通了我们县一报。"

生产刚上路，刘镇又向马贵荣提出了新课题：发挥本厂的优势，把电子技术打进保险柜里去。马贵荣说："我也正在考虑这个问题，不搞点电子玩意儿进去，别人笑我们不务正业。"于是决定研究在保险柜里安装电子报警器。

陶玉莲拉亮厨房的电灯，正准备收拾锅碗，吴近蛟风尘仆仆地进了家门。三个小姑娘听见爸爸回来了，就蜂拥而来，夺过旅行包寻找爸爸带回的礼物。但这一次令她们大失所望，什么东西也没有。

陶玉莲看到这种情形，就责怪孩子们："太没有规矩了！爸爸一回来你们就掏包搜身，未必哪回回来都要给你们买东西！有饭吃、有衣穿、有书读还不够？都做作业去！"

把孩子们赶走以后，她又埋怨老吴："你也是的，再怎么忙，都带点礼物回呀，你看她们嘴巴翘的！"

吴近蛟说："礼物有，太贵重了，没拿出来。"说着，变戏法似的从身上解下一条腰带，上面串着一圈进口表，有男式的、女式的，有机械表、电子表，有带日历和不带日历的，有大有小，把陶玉莲的眼睛都看花了，说："你带这些回来做什么？"

"给别人捎的。"

"这该不是走私的物品吧？最近省里出了布告，说走私是犯法的。"

吴近蛟不以为然："这就是大惊小怪。在广州，一出火车站一直到海珠广场，都摆着卖，就像我们这里卖萝卜白菜一样。"

陶玉莲一边收拾手表一边说："你洗澡吧，我给你弄夜宵。"

吴近蛟说："先别忙洗澡，你给我弄点酒菜，厂里有几个人马上来商量事，边吃边谈。"

"有什么事在厂里不好商量？临时到哪里弄下酒菜？"陶玉莲口里虽这样说，心里以为他要把新厂长接到家里来，就赶忙挽上篮子，急匆匆往厂里的食堂去了。

当她从食堂整了一盘炒猪肝、一盘烧鱼、一盘卤牛肉回来，见陈友香、石谦、舒金已经围桌而坐。还是这几个人，新厂长没来，刚才自己猜错了。她将菜摆在桌上，再摆好筷子、杯子，又从橱柜里取出一瓶"黄鹤楼"酒，客气地说："没有么菜，你们随便吃点。"转身到厨房忙乎去了。吴近蛟将酒瓶撬开，给各人的杯子斟满，大家也不推让，大口吃肉，大杯喝酒。不一会儿，陶玉莲又端上来一盘油炒花生米、一大碗鸡蛋粉条白菜汤。

大家又干了两杯，吴近蛟才放下酒杯，把他怎么持吕振新经理的介绍信到北京找到进出口总公司的周琦，周琦如何神通广大，如何把世界五大洲要同我国做生意的商人名单抄给他，又如何把他带到广交会，如何认识港商刘为英，如何商谈电子钟收音机十万台来料加工业务的经历，神侃了一通，听得在座的人喜笑颜开，眼珠子由于兴奋而闪烁。

接着，三人又将刘镇如何做保险柜，如何重用马贵荣，如何削价处理仓库的物资，如何抓企业管理，职工如何怨声载道，向吴近蛟一一作了汇报。他们分析，随着刘镇工作的逐步开展，他同职工的矛盾必将逐步加深、激化，他也会越来越被孤立，终将要垮台。

吴近蛟听着，心中不免吃惊——新官上任三把火，这家伙终于顶住阵阵冷风，将火点起来了。如不赶快扑灭，这火将会越烧越旺，烧掉他的前途、他的事业。眼前这几个人虽然严守"不合作主义"，可也没有在阻止烈火蔓延上有多少作为，特别是组织青工学习没有行动，一群饭桶、草包！随着工作的展开而矛盾激化，这有什么奇怪的！有的工人已经玩惯了，一下子要他们做事，会没矛盾么？一不要他们做事，二不要触犯他们的利益，三要满足他们个人的一切要求，他们就与你和平共处，否则对你反到底，同你势不两立，来生变猪都不同槽！这些人总是领导的反对派，开始反自己，接着反历任领导，现在反刘镇，以后自己东山再起，又要被反，真是当家三年狗也嫌。不过这样的人在厂里是少数，成不了气候。现在自己要在外贸上大显身手，震动全县，在城关小镇上升成为一颗明星，让满街的人都以崇拜而敬慕的目光看自己，我要成为晶体管厂名副其实的"太上皇"！

"来！干杯！"他又举起酒杯给大家敬酒。现在他要强打起精神，以一种凯旋将军的姿态出现在人们面前。他明显地看出，自己将外出个把月过五关斩六将的传奇经历一吹，同伴们受到了极大的鼓舞。但实际收获，他是"哑巴吃汤圆——心中有数"的。经过同刘为英马拉松式的艰苦讨价还价，只争取了五千台电子钟收音机的来料装配业务——为了振奋人心，他回来说是十万台，其实充其量只有十天的活，加工收入是两万两千五百港币，折合人民币只有七千五百元。而两台废旧流水线设备，就要去了两万港币。要完成这装配业务，从深圳到厂里往返的差旅费、运输费，流水线设备的安装费、修理费，生产过程的工资、电费，还有海关税、招待费，该倒贴多少钱？菩萨祖宗保佑，总算没有空着手回来。可是，往后怎么办？

他很快将话题引到今后的工作上。大家一致认为，刘镇无疑是个障碍。这家伙像棵杨树，什么样的环境都能适应，总是朝气蓬勃地成活；又像棵松树，雪压不弯，风吹不倒。他办事既泼辣又谨慎，好像厂内根本不存在对立面，处处按原则来，使你抓不住他的尾巴。

石谦用手指头拈了两颗花生米丢进嘴里，边嚼边说："我们不能光长别人的志气，灭自己的威风。不是吹，只要我石谦稍施小计，就能让他焦头烂额，一蹶不振。"

大家忙问他有何高招，他吧嗒着嘴说："前段我们采取'不合作主义'，这是对的。随着形势的发展，这个策略要略作调整，否则就会把我们自己的手脚捆住了。你们注意到没有，种种迹象表明，土克西最近要抓企业管理了。他对目前厂里做事不定额、用料无手续、开支无制度、采购无计划、质量无验收的状况非常不满，对有些人迟到早退、无故外出、喂奶时间过长、以看病为名上街游逛的现象很恼火。昨天他对王芳说：'原来没事做说工人不好管，现在有事做了未必也管不好？你们在其位要谋其政，把自己车间一摊子人管好，首先要自己以身作则。再这样松垮下去，我们厂就得关停并转了。'"

这时陶玉莲推门进来，还要给大家斟酒，大家都说喝够了。

吴近蛟知道石谦的意思，就是给刘镇火上浇油，让他在企业管理中更加激化同工人的矛盾，他认为这个办法可行。多年来，工厂吃大锅饭，工人端铁饭碗，干与不干一个样，干多干少一个样，大干不如小干，小干不如不干，不干不如捣乱。刘镇在这上面下功夫，你有三头六臂，一下子能扭转这种局面？无疑是用鸡蛋撞石头。再说，万一他抓出点名堂来，将厂子整顿好了，对开展外贸业务也不是没有好处。

虽然石谦的话被陶玉莲打断了，但吴近蛟心有灵犀一点通，完全领会其意图，也就不将陶玉莲支走，以免说得太露骨了反而不好。大家一看手表，时间不早了，为免得影响主人家老小休息，就起身踉踉跄跄地回厂了。

陶玉莲送走客人回来收拾杯盘狼藉的桌子，口里直嘟囔："我们一毛钱的腌菜吃三天，你一顿就花这么多。"

吴近蛟搂着她的腰哈哈一笑："舍不得诱饵就钓不到鱼，小钱不去，大钱不来。会打三棒鼓，还得俩帮手呢。用两个小钱你心疼，真乃妇人之见。"他压低嗓子说："等明天我把这些表脱了手，保证大把大把的'麻脑壳'往你怀里揣。"他做了一个揣钱的手势，趁机捏了一把老婆的胸部。

陶玉莲一扭身，挣脱了他的手："你什么时候才能学会周周正正地做人，光明正大地工作呀！总不接受教训，总不改！"

她端着碗筷进厨房时，吴近蛟嘱咐她："用开水消消毒——陈友香和石谦都是痨病鬼，莫传染到伢们身上了。"

"同你鬼混的哪有好人？把我们一家老小都害死，你就甘心了！"

广州归来的吴近蛟像蝉儿蜕了壳，突然变了个样。你看他，身穿浅灰色薄呢西服，夹着公文包，手提航空箱，昂首阔步回到晶体管厂。院子里一边堆着砂石水泥，一边摆着尚未完工的保险柜，他侧着身子穿过，往办公室去。工人们见到他，有的说"我们厂来了个大首长"，有的说"哟！怎么跑了个港商进来了"，他趾高气扬地向大家点头致意。正在同工人一道将保险柜装上汽车的刘镇听说他回来了，赶忙把工作交给别人，洗手到办公室迎接。

刘镇同他握了手，一面说"你辛苦了"，一面给他倒水泡茶。吴近蛟说："你先不忙，我跟你商量个事。我同一个香港商人谈妥了一笔外贸生意，属于来料加工，需要上级部门批准。我想马上请这些单位到厂里来个'三堂会审'，争取尽快通过，对方还在广州东方宾馆等着我的回信。"

刘镇按照吴近蛟的提议，临时抽调几个腿长口快的职工分别到县工办、计委、外贸、财政、银行、公安等单位发请帖，请这些单位的领导或代表到晶体管厂，审批外贸业务。同时又让行政股派人买鸡割肉、买烟称茶叶，准备两桌中午饭。

当他里里外外安排妥当，重新坐在吴近蛟面前时，吴近蛟说："我这次出去一趟大开眼界！外贸业务大有搞头，我们厂还要大发展！"

刘镇一喜："好啊！你不知道，前些日子为找米下锅，真叫我愁白了头！"

吴近蛟手一摆："不愁不愁，莫说这百把人，就是千把人，事情也做不完。老刘啊！你就放一百二十个心吧，今后你坐镇指挥，只要把把关就行了！"

刘镇"好啊好啊"地应酬着，心里想，还坐镇把关，你一回来就成了主宰，我成了你的听差，围着你打转转。

正谈着，外面有人大声说话，随着话音章忠明进来了，两人起身迎接。

章忠明同吴近蛟拉着手坐下，说："我正在开大会的人都跑来了。内事服从外事，这不是闹着玩儿的！你再不好说我不支持了吧？"

吴近蛟满面春风："支持！支持！我一定为领导争气！"

章忠明同吴近蛟握手时，就注意到他手腕上箍着一块进口日历表，坐定以后让他把表摘下来看看。吴近蛟像做广告似的，将手表的产地、性能、价格滔滔不绝地做了介绍，他简直听呆了：年、月、日、时、分、秒可以同时显示，还能说明今天是星期几，这为一奇；不用上发条，完全是自动的，这为二奇；这么好的表，比我们国产三等表还便宜，这为三奇。他爱不释手，但看了一下，还是还给了吴近蛟。作为领导干部夺人所爱，像什么话？这会给刘镇留下什么印象？

其实刘镇根本没理会这些。章忠明进门以后把他冷在一边，他知趣地闪开，领着邱金波去布置会场，将办公桌摆成长方形，摆好椅子，往每个茶杯里撒上点茶叶，拆开香烟的封口。等收拾妥当，各部门的参会领导和代表陆续到了，他又忙着给大家倒水、递烟。

会议一开始，吴近蛟像玩魔术似的，将电子钟收音机从提包里掏出来，摆在桌面上。开始大家还未注意——在我国，收音机已基本普及，谁家没有台把，有什么稀罕？但当他把电路接通，"滴答"一按按键，收音机的灯亮了，一边播放优雅的音乐，一边显示出电子钟：10:12，而且秒数在不停地闪烁变化。大家不由得同它对了对表，有的手表快了、有的慢了，就进行了校正。

章忠明说："这玩意儿稀奇啊！大家都还没有见过吧？"

吴近蛟很得意："没有。"

章忠明又问："这收到的是外国还是本国的播音？"吴近蛟将指示针调动一下，收音机里传来当地的"土特产"：楚剧。章忠明"嗯"了一声，直点头。

吴近蛟趁热打铁，汇报了电子钟收音机来料装配的商谈情况："经过在广州同香港预见电子实业有限公司的老板刘为英谈判，决定将电子钟收音机十万台交我们厂装配，每台加工费四点五港币，他们来设备给我们生产使用。每台元件是四十五点五港币，每次给我们发五千台，由我方银行发出二十二万五千港币的信用金，如果不能在元件发货以后四十天内交货，对方就可以在香港的银行提取我们的信用金。如果领导认为这个业务可以搞，我马上给刘为英先生拍电报，邀请他到厂里来参观，并洽谈签订合同。合同签订以后，他将设备和散件运到深圳文锦渡交给我方，我们运回来就可以开工了。哦，对啦，刘老板说了，只要这笔业务搞得好，以后还有收录机、电视机来我厂装配。"

吴近蛟作了中心发言以后，由于大家对外贸业务不懂，疑问甚多，紧接着会上上演了"问答比赛"。

问："一块港币相当于我们多少人民币？"

答："相当于一块。但如果以工业品相比，一块港币要值我们一块多人民币。像这个电子钟收音机，香港的批发价是五十港币一部，我们这里恐怕一部人民币七十元都不止。"

问："一百元一部都有人要！问题是，装好以后都交给他？我们能不能内销？"

答："以后关系搞好了，我准备将加工费给他留一部分搞内销，争取留百分之十吧。不过这是我们一厢情愿，暂时不能写到合同上去。"

问："合同草稿拟出来没有？"

答："我已安排石谦在动笔，等写好了，一定复印呈送各位领导。"

刘镇听了一愣：你回厂还没与石谦打过照面，怎么说安排了在写？肯定他们已经接过头，不然就是扯谎搪塞。他在记录本上打了不少红钩钩，准备提出来，让吴近蛟当着领导的面把情况说清楚。

吴近蛟接着"逢问必答"。

刘镇问："既然是来料加工，为什么要我们付信用金？"

外贸局邵局长代答："这是外贸业务上的规矩——你不懂。"

问："他每次发五千台来，元件是一次发运还是陆续发运？"

答："当然是一次发运了。因为香港的利息很高，他要讲究资金周转。"

问："万一他缺这少那，我们无法安装，到期交不了货，责任怎么负？"

答："收齐以后，由我开出收据，信用证才能生效。"刘镇飞快地记下这一句，又问："我们哪来这么大一笔外汇给对方当押金？"

答："找银行贷款。"

银行周会计连忙摇头："我们没有港币，只有人民币。"

邵局长说："这不用担心，合同签了以后，由我同老吴到市中国银行申请。只要搞外贸，他们会大力支持的，由他们给香港的银行开个信用证就行了。"

问："我们交货以后，他的加工费怎么付给我们？"

答："汇过来。"

问："要是他不汇呢？"

答："他有东西押在我们这里。"

问："什么东西？"

答："两条流水线的设备。"

问："价值多少？"

答："两万港币。"

问："什么样的设备？值不值两万港币？"

答："是别人正在使用的，为了扶持我们投产，现拆下来了。"

问："也就是说生产设备是旧的，作价两万港币给我们，以后从加工费中扣除，是不是这样？"

答："是的。"

问："这条是不是要写进合同里？"

答："写也可，不写也可。"

问："最好写上去，空口无凭、立字为证嘛！还有一个问题——产品的质量标准怎么定？"

答："他们派技术人员来指导安装设备、培训工人、掌握质量。"

问："质量我们说合格了，他们说不合格，叫谁断这个官司，怎么断这个官司？"

答："做生意讲究相互信任，势还没架就打算打官司，实际上就是想把这笔生意推开！"

银行的周会计见吴近蛟动了气，就打圆场说："搞外贸要签合同，而合同一经签订就有约束力，哪一方违反了合同，是要负法律责任的。产品装配质量应该明确一个验收标准，我认为刘厂长提的问题都值得我们三思。"

刘镇说："我对外贸是个外行，想学着做生意。我再提个问题：他来多少技术人员？吃、住费用由谁开支？"

章忠明不耐烦了："别人来帮你工作，未必你不安排生活？"

刘镇说："好，生活费由我方负担，有没有招待标准？"

邵局长说："中央有规定，县以下单位招待外宾，每人每天伙食标准五元；陪客一对一，陪客人员每人每天交八角钱、一斤粮票。"

刘镇说："有规矩就好办了，没有规矩不成方圆。我再提个问题……"

章忠明说："算了吧！时间不早了，我们这些人不能光听你们两个说相声。现在要研究怎么装备、怎么上马。从现在起，全厂都要动员起来，从思想上、组织上、行动上都转到外贸方面来。这是党的十一届三中全会确定对外开放政策以来，我县搞的第一笔来料加工外贸业务。搞好搞坏，不光是哪个人的责任、哪个厂的成败问题，更是关系到我们县的信誉，只准成功，不准失败！老吴在外贸上带了头、立了功！当然还有些具体问题，你们内部再具体研究。"

吴近蛟说："有些问题，在合同执行过程中，还可以友好协商解决。"

章忠明说："对！我们不是天神，不是诸葛亮，哪会想到以后的事？以后发现了问题还可以商量嘛，他们想赚钱，我们也想赚钱，大方向是一致的嘛！你说呢，邵局长？"

邵局长说："我担心万一不能按期交货……"

这时，炊事员老孟伸头进来说："菜凉了。"

会议只好暂停，将桌子拉开，两张一拼，条桌成方桌，上酒摆菜。由于章忠明不能喝酒，其他人酒量又都不大，只有邵局长同吴近蛟对阵喝了三杯，觉得饭后还要接着开会，也就放了杯。

下午会议议程很简单，讨论如何向刘为英发出邀请电，厂里准备如何接待，确定谈判与签订合同时，今天开会的全部人马都来，到时由晶体管厂发出通知，然后就散了会。

章忠明要将电子钟收音机抱走："让我试用一下。"

吴近蛟说："你帮我看看电子钟走得准不准。来，我帮你抱。"

他同章忠明边谈边走，出了厂门就将手表摘下来塞进章忠明的口袋里。

章忠明还要推辞，吴近蛟小声说："我到广州的机会多，好买。"

章忠明就坡下驴："下个月给你钱。"

"好说好说。"

章忠明又关心地问："还有什么困难？"

吴近蛟迟疑了一下："这次出差开支大了点。"

"同港商打交道可不能小手小脚。你有账吗？"

"账都有，请你在发票上签个字，免得刘镇抵手。"

"我签什么字，到时我打个招呼就完事了。"章忠明说完，把电子钟收音机接过来，叫吴近蛟免送。

吴近蛟回到厂办公室，邵局长还没走。两人谈了一下广交会的情况，邵局长就问他带了些什么东西回来，他说有一块进口全自动的日历表，给章主任拿去了。

邵局长说："我经常接见外宾，需要一块好表。"

吴近蛟说："我爱人手上还戴着一块，晚上送到府上，你看中就留着用，看不中下次我到广州再带一块回来。"

邵局长让他留意一下彩电和"三洋"收录机，有价格合适的，一样搞一件。

最后他打着官腔说："电子钟收音机投产以后，要送五台样机到外贸局，这都是不成文的规矩。由于你们是刚搞不知道，所以先打个招呼。"说完扬长而去。

吴近蛟把邵局长送出厂门，习惯性地用手将梳得溜溜光的头发往后抹、抹、抹，不由得心想："潮流啊，潮流！追求外国物质生活的滚滚潮流，这是谁也阻挡不了的。革命几十年的人，今天也来赶这个时髦。识时务者为俊杰，看来我顺应潮流搞外贸，这一着棋走对了。"

刘镇刚回到办公室，厂幼儿园的幼师吴菁菁推门进来，自报了家门，要求调到车间干活。她说："我年纪轻轻的，老当这娃娃头，什么技术也没有，以后怎么办？我早就提出过申请，都说研究研究，然后领导调走了；下一个领导又说研究研究，又走了。现在刘厂长你来了，你这次做件好事，帮我把工种换一换。"

刘镇一笑："车间里都在玩，你怎么学技术？"

吴菁菁说："他们一天到晚玩，常年四季把小伢丢给我带，刘厂长，未必就不能换我玩玩？"

刘镇说："有志青年只能同别人比贡献、比进步，怎么能同别人比玩呢？"

吴菁菁说："该玩不玩，别人说你是个傻子。你一天到晚白汗累成黑汗，谁同情你？别人说你没本事，累死活该。我昨天为你打抱不平，说了几句直话，他们就围攻我，骂我丑话。"

刘镇说："你何必为我怄气？我就是没本事、我无能。好了，你回去照顾小朋友，我还有些急需办的事。你的工作安排，我们通盘考虑。"

吴菁菁嘴一噘："通盘考虑，和研究研究不是一码事吗？不管三七二十一，外贸的活来了，我是要参加的！"

四、迎接港商

搞外贸业务的消息一传开，做保险柜的工人一下子散了神，有的又穿起白大褂，坐在工作台前看小说、织毛线、打瞌睡。这是刘镇万万没有想到的。搞了外贸，形势更好，应该干得更欢，怎么反而熄了火？他问工人，工人说你去找车间主任。问车间主任，他说工人不服从调配。这是演的是哪一出双簧？吴近蛟也在办公室里直嘀咕："不像话，上班稀稀拉拉，港商来了会留下什么印象？接的活怎么按时完成？"

刘镇不动声色，第二天早上上班，拉响上班铃以后，他和杜春堂让门卫匡老头将工厂的铁栅栏门拴上了，迟到的工人由匡老头放一个报一个名，杜春堂就记在本子上。一时间，迟到的人朝里涌，匡老头往外推，大门口乱成一团。等工人进完了，乖乖，本子上整整记了两页，一数，多达四十三人。

刘镇正想宣布对迟到人员的处理办法，工人就纷纷提起抗议来："你这是独照我们住在厂外的人，你不到厂内宿舍检查一下，看都起床了没有？"

有的说："领导一碗水没端平，像这样搞，那好，厂里给我们房子，我们都搬进来住！"

有的说："这完全是资产阶级对待工人的办法！预先也不打个招呼，搞突然袭击！就是按时上班了，我进车间坐着，你能把我怎么办？"

这时吴近蛟出来："吵什么？迟到还有理？你们不害臊！刘厂长这样做，也是为我们厂好嘛！"

工人说："你吼什么？谁不晓得谁几斤几两？不跟你说，你不配！"大家"轰"的一声，都回各自车间去了。

吴近蛟自我解嘲地对刘镇说："你说他们做事不行，嘴巴还蛮厉害！他们就是贱三爷，搞得不对就罚他三斗红高粱，没有铁的手腕不行。"

刘镇从这个事情中看到问题的严重性。制度怎么执行？迟到四十三人，占全厂总数的四成多，其中还有干部、党员！每个都惩罚？说不过去。我们的政策、法令、规章、制度，惩罚的是少数人，这是一条基本原理。何况，工人提的意见也有其合理部分……

正在这时，来厂支援的四位钣金老师傅找他谈工作，他连忙把师傅们领到自己的卧室里——这是清查仓库的成果，原先堆着废料、杂物，后来腾空，搁下一张单人床，一张条桌，一张方凳，成了他的卧室。因为办公室要改装成迎宾室，经常来这里商量工作的人多，就在靠墙处安了一把长靠椅。

他请师傅们坐在方凳、靠椅上，自己坐在床上。四个师傅你瞄我、我望你，最后还是年纪最大的蔡师傅当代表开了腔："我们想结账回家。"

刘镇一惊："有什么难处吗？"

蔡师傅说："我们有天大的难处，也没有你这个当厂长的难。我们活了这几十岁，走过一些厂家，没见过你们这样的工人，想做就做，想玩就玩，害得我们要材料没材料，要帮手没帮手，有力无处下，做不出活，拿国家的钱我们心中有愧。"

刘镇默默听着，不禁动了感情。人最怕有力无处下，可有什么办法？吴近蛟和陈友香以搞外贸为由，要求人回岗、厂还样，就差没明说要保险柜下马。刘为英过几天要来，恐怕保险柜得停几天工。但这些事，怎么能给老师傅们讲啊！

等蔡师傅说完，他说："你们几位受国家退休优待，照理应该在家过幸福的晚年，可是为了我们厂的生存，到我们厂教技术、传作风、当参谋。我们小厂条件差，对师傅们在生活上照顾不周，还请各位多原谅。这样吧，我组织一下力量，日夜开工，把这一批柜子先做完，然后大家回去休息四天，休息期间工资照发，车费报销，大家意见如何？"

蔡师傅说："我们听领导安排。跟你这个厂长做事，真没话说。你重活脏活带头做，吃饭同工人一样排队买，我们走过一些地方，像这样的干部少见。其实搞个半图不落，我们走了心里也过不去。"说完掏出个清单："这是马上需要的原材料，你安排个人去备齐，我们好完工。"刘镇接过清单，送他们出门。

刘镇正想看看清单上都写了什么，杜春堂进来了，往靠椅上一坐，说："前天镇上开了个计划生育会，本来是要求各单位一把手去的，我接到通知看你在忙，就代你去了。会议强调一把手要亲自抓，月中汇报，月底检查。"

刘镇说："你去开会也一样，接回任务我们共同完成。"就掏出钢笔、本子，听取了传达，两人又根据会议的要求，对本厂有生育能力的女工逐个进行分类。

刘镇说："下次碰头会还是你去参加，就按我们刚才研究的汇报，我们再分头去落实。"

下午，刘镇重新组织力量，除少数人按着清单去采购材料，多数人都安排到各工序，配合老师傅抢时间、争速度，把保险柜完工。

工作安排上路以后，他分别找几个党员交谈了一下当前厂里工人的思想动态。原来吴近蛟回厂以后，到处吹嘘搞外贸大有甜头，广州一些厂给港商加工都发了大财，工人不做事一个月都要拿两个月的工资；我们厂马上就要盖四层楼的房子，还要招收一千工人；还说马上抽一部分人学外语、学技术，准备上生产线。工人听这种话还能不动心？特别是一些青年工人，生怕坑在了保险柜生产上，就丢下工具回到车间，穿起白大褂，以表明自己并不是刘厂长一条线上的人，好让吴近蛟选上去外贸生产线。

党员认为这种等外贸的思想一下子很难扭过来，都劝刘镇不要着急，急了反而不好，不妨看一看。刘镇说："港商过几天就来了，保险柜还有大批没做完，像个烂摊子，港商看到也不雅观。"党员都表示带头开夜工突击，以便腾出地方，好好接待港商。

入夜，晶体管厂灯火通明，一片繁忙景象。一路人马由刘镇带领突击保险柜，一路人马由陈友香带领，将办公室的桌椅箱柜抬出来，把办公室改成迎宾室。

第二天清早，上班铃拉响以后，刘镇把全厂职工都集中到做保险柜的临时工棚里，先逐个点名。工人有的答"有"，有的答"到"，有的答"来了"，还有的答"在这儿呢"，答完又吃吃一笑。结果，有三人没来：陈友香、石谦、舒金。又是这三位特殊人物，难怪工人在下面说，把他们治住了，全厂就治住了。

刘镇问："他们没来？"

吴近蛟答："石谦写合同搞晚了，陈友香去请画匠去了，舒金——我也安排有事。"大家听了都叽叽咕咕地议论，像突然飞来一群蜜蜂，在耳边嗡嗡乱撞。

刘镇瞪了吴近蛟一眼，想说什么，忍住了。缓了一口气，低沉地说："同志们，点名——这在部队里可是个老章程啊，在地方上还算个新鲜事儿。没别的意思，我到厂一个多月了，有的人还不认识——名字同脸面对不上号。叫张三，喊了几句他不答应我，原来是李四。"会场上"轰"的一笑，大家紧张的心情顿时消除。

刘镇接着说："我们厂接了笔外贸业务，大家都很高兴，我也觉得脸上光彩。不过，那还是个墙上的画饼。我在墙上画簸箕大的一个糖饼子，请吴近蛟同志过早，不行，他还得掏钱去买馒头包子，否则没到下班就要饿得他胃里涌酸水——墙上的画饼不能撑饱肚子。这个月发工资，还得靠它！"说着，他将身边一个保险柜外壳拍得"嘭嘭"响，工人的心也"怦怦"跳了三下。吴近蛟脸上还挂着笑，但笑得很尴尬。

刘镇话锋一转："在这里，我还想对青年同志唠叨几句。现在的年轻人思想活跃，充满理想，但缺乏社会知识，容易上当受骗，让别人当枪使，也容易从一个极端走到另一个极端。以前将外国的一切都斥为反动，现在又是外国的一切都好，月亮也是外国的圆，似乎身上沾点洋气脸上就光彩啦，搞了外贸就身价陡涨。同志们呀！在我们这个人口众多、经济基础较为薄弱的社会主义国家里，人的成长、厂子的兴旺，都离不开艰苦奋斗这一条。我就不相信沾了外国人的边，那些美元、英镑、马克、卢布就会像雪片似的朝我们厂飞来。就是有这样的好事，你也得早点起，起晚了都让别人捡光了。我想说这么个道理：要干，要艰苦奋斗，边干边学，在实践中把自己培养成又红又专的接班人；不干，四个现代化既不会从天上掉下来，别人也不会双手送上来。"

他又说到外贸业务上："港商把电子钟收音机拿到我们厂装配，我们实际上就是赚点手工钱、加工费，就是出卖劳力，你不干，你就赚不成。从现在起，谁不遵守厂规厂法，谁不干活，谁出工不出力，就不许谁上外贸生产流水线！哭鼻子不行，告状不行，开后门也不行。到时候大家按照这几条来评议，够条件就上，不够条件就拉下来，把批准权交给大家啦，我如果开了后门，大家就撤我的职。大家说好不好？"

"好！"工人一致欢呼。

"散会！"刘镇手一挥，工人就散开了，又像前几天那样，按照分工干起来。

刘镇宣布散会以后，好像堵在喉咙里的一团气吐出来了，浑身松快了。他见肖玉娟正朝他使眼色，就跟进了财务股。

肖玉娟打开抽屉，取出一摞报销单据："这是吴近蛟昨天下午来报的账，共一千二百三十六元七角九分。包括衣食住行，还有不少的白条子，陈副厂长都签了字，叫我们搞财务的怎么说？"

刘镇边看单据边说："你按财务制度办事。"

"按照财务制度，就有很多不能报。可陈副厂长和吴近蛟都说外贸有新规定，要我灵活运用。我这个人又灵活不了，你看怎么办？"

刘镇一边将单据往本子上抄，一边说："从明天起，没有我的签字，任何人不得支款、报销。"

刘镇大步朝县工办走去。章忠明正在清理文件，见他推门进来，就说：

"来啦？请坐！这么早就送合同草稿来啦？"

刘镇才记起他在等着合同草稿，就说："不是的，我来汇报个事儿。"

章忠明把文件推到一边，取过笔记本："什么事，你说吧。"

"吴近蛟昨天报账，他出去一趟，共花了一千多块钱。"

章忠明听了一愣："这么多？"当刘镇一笔笔报给他听以后，他长长吁了口气说："大部分开支都是正当的嘛。车费、住宿费、补助费，都是应该报的。"

刘镇说："他在广州东方宾馆一餐就开支了一百五十七元六角。"

章忠明很奇怪："几个人？吃了些啥？"

"发票上注明，招待港商刘为英等三人，包席一桌一百二十元，茅台一瓶八元，白酒两瓶七元三角，点菜十九元九角，汽水六瓶两元四角。"

章忠明耐心地开导他："应酬总是少不了的。人情大于债，头顶锅儿卖，打肿脸也得充胖子。你要赚大钱，小手小脚也不行。"

刘镇还据理力争："他现在身上穿的那套浅灰毛薄呢西服，也报销了一百八十六元八角八分。"

章忠明"哦"了一声："只听说出国访问的人可以做礼服报销，没听说接待外宾有什么规定。你叫他先交到仓库再说。"

其实，刘镇早就预感到向工办领导汇报不会有什么结果。现在外贸就是一切，得跟上时代前进的步伐啦。何况吴近蛟正在跑红，身价陡涨八倍，领导的天平正朝吴近蛟这边倾斜。但是，他一贯见不得那些慷公家之慨，摆阔气、讲排场、华而不实甚至化公为私的事，所以还是决定抓紧时间向领导汇报。现在听了章忠明那种对吴近蛟明显褒多贬少的口气，也拿不准是自己少见多怪，还是领导夹杂了个人成见，就想早点退出来。

章忠明把他叫住了，让他谈一谈接待港商的准备工作。因为这项工作吴近蛟没让他插手，他就说："他们在搞。"

"他们在搞？"章忠明来气了，但仍不动声色地站起来，背着手在办公室来回慢踱，尽量耐心地说："接待港商，马虎不得的！搞得不好，影响很大。你能保证他身上没藏着微型录像机？所以同志哥呀，我们情愿多花些钱，多做些工作把接待准备充分些，也不能让人家皱一下眉头。听说有几个日本实习生到市十六砖瓦厂参观了一下，他们光接待室的布置就花了一万二千元！平常谁要打个报告，花三百两百把个厕所修一下，不批！在接待港商方面，花个一万两万，我都敢批！搞好了，别人又带不走，还不是在你们厂里啊！把外贸搞起来了，经常有人来，没个地方能行吗？"

刘镇简直不敢相信自己的耳朵。搞外贸真新鲜啊，领导教育讲排场，动员突击花钱。他口里嗫嚅着说："我们厂里没有钱。"

章忠明以为自己的说服生效了，很高兴："哈哈，别装穷了！我知道你最近处理了些库存物资，又在保险柜上赚了点钱。你知道吗？银行要你们扣还旧贷，是我在顶着，让你们搞外贸多几个流动资金。"

那天早上，吴近蛟听了刘镇对全厂职工的讲话，脸上红一阵白一阵，身上冷一阵热一阵。整个三分钟的讲话，似乎没有涉及他，只有一次说把画饼送给他，那也不过是个比方、一段趣话。但是，锣鼓听音、说话听声，有哪一句话不是冲他来的呢？他觉得就是前些年在会上挨批，也没这么难受过。可一时又说不出刘镇的话错在哪里，脑袋里乱哄哄的，真是百感交集。等人散开以后，他才迈开沉重的步子，朝石谦的卧室踱去。

这单外贸业务，是吴近蛟跟香港客商刘为英谈成的。刘为英是广东台山人，大学毕业时正碰上三年自然灾害，许多人挖香蕉树根当饭吃，他不堪这种煎熬，以探亲为名，拿着通行证，沿着广九铁路到香港，投奔修理收音机的舅父。他不光学会了收音机修理，还将收集起来的废旧元件，自己安装成收音机廉价出售，时间不长就自己办厂，从此自立门户。在香港，雇三五个工人也是个厂，他连营业员一起雇请了六个人，就这样逐渐跻身于香港的电子界。

他发迹于1978年，这一年在广州市郊县的工厂，他一下子签订了十六个来料加工合同，从当地银行贷了一笔款，将香港的电子元件低价买进，利用内地廉价劳动力装配成产品，在国际市场上销售。当然签订的合同大部分没有执行，害得一些厂长哭不是、笑不是。他才不管那些，两年时间就欠下有关厂家的加工费达两万三千多港币。不是没赚到钱，而是因为赌场进、酒馆出，吃喝嫖赌逍遥花光了。你到哪里找他收债？即便在广交会的门前或者东方宾馆的大堂逮到了他，人家是港商，你又能怎么着？何况他态度很好，满脸笑容，连声道歉，表示回港后就如数汇来。一来二去，人们称他为"皮包商"，是"赖皮商人"，在广州一带声名狼藉。

经北京进出口总公司业务员周琦的介绍，他认识了晶体管厂厂长吴近蛟。此人落落大方，花钱如流水，很有气魄，对刘为英毕恭毕敬，奉若神明，提出无论如何也要挂上关系，不在生意多少，而是友情为重。他被打动了，觉得在广州难以立足，也想把脚伸到内地更远的地方去，当晚就给香港公司挂了个长途。

预见公司是刚刚由几家小公司合并起来的，当时几个股东同意吸收刘为英，主要想利用他在内地的关系，以便有朝一日将事业向内地扩展。接到他的电话，总经理黄德坤同几位股东都有些为难。经过研究，同意提供两条生产线，加工五千部电子钟收音机。这样一来可以把即将报废的两条生产设备推销出去，否则存在仓库要储存费，扔在外面要处理费；二来可以利用廉价劳力加工产品；三来在内地设个点，那里可是一块外贸加工的处女地，在当地说起外贸来名声好听，事情好办。所以第二天公司就给刘为英回复同意，吴近蛟得到这个喜讯，随即催促刘为英草拟了协议书，兴冲冲地赶回厂。

五千台电子钟收音机，其加工费扣除生产线的设备费以后就所剩无几了。内地对待外贸业务向来慎重，层层把关，手续繁琐，没有精明强悍的人才，恐怕这个合同难以通过。所以刘为英回香港以后，也就没太把这件事放在心上。

一天晚上，刘为英同姘妇婷娜小姐在大华酒家宵夜时，偶然遇见了张老板。从攀谈得知，张老板是同行，在中国台湾地区开电子公司，专为日本和美国加工电视机的显像管。

张老板告诉他："目前台湾的氧化银脱销，原来供货的渠道已经断流，这次专程来香港采购，谁知出师不利，香港也缺货。"常言道，猛虎不及地头蛇，刘为英常住香港，情报灵通，所以张老板问他能否找到关系，从当地生产厂家匀一点，或者在地下市场弄到一点，大家一起发财。张老板知道如实相告对方会漫天要价，但为了解燃眉之急，也只好忍痛高价收买。

要知道，不能按合同交货，其损失不知高出多少倍。

刘为英说，香港的氧化银主要从内地来。如果能缓些时日，倒愿意效劳。张老板提醒他，大陆将氧化银列为违禁物品，控制很严，搞不好恐怕会偷鸡不成反蚀把米。刘为英哈哈一笑："没有金刚钻，不揽瓷器活。为朋友两肋插刀，老兄就不必多虑了。"两人干了一杯白兰地，就算定下来了。这一餐，由张老板买单。

出了门，在出租汽车上，婷娜满心不快，她嘟囔道："你们这些商人只会做生意，都是冷血动物。"

刘为英才想起刚才集中精力谈交易了，把她冷落在一边，自然会不高兴，就搂着她的腰说："这笔氧化银交易做成了，又是一笔不少的外快，够你花一阵子啦，你应该高兴才对，我的宝贝！"

婷娜嘴一撇："哼！什么金啊银的，小心落在他们手里，送你去劳动改造。"

刘为英嘻嘻一笑："你以为是'袁大头'？我对那不感兴趣。好啦，到了旅馆，我会让你高兴、满足的。"

自从见到张老板以后，他经过反复考虑，认为只有利用吴近蛟这条线，才能试探一下能否把氧化银搞到手。如果搞得到，采取"明修栈道、暗度陈仓"的办法，将氧化银放在电子钟收音机中夹带出来，万无一失。于是，他一反常态，焦急地等待吴近蛟的回音。接到吴近蛟诚恳而热情的电报，他真是喜出望外……

刘镇从工办回到厂里，就被吴近蛟迎进了办公室。石谦毕恭毕敬地双手送上来一张纸，刘镇问："合同草稿拟好了？"

吴近蛟愣了一下。其实草稿早已拟好，他不想让刘镇插手，要力争由他吴近蛟签字。他也不想把条文订得过于苛刻，让刘为英感到难堪。吴近蛟是脑袋特别机灵的人，他抢在石谦之前答话："按照你前天会上的指示精神，我让石谦重新起草合同，有些词句还得过细斟酌，修改誊清以后再交你审阅——现在请你先看看这个。"

刘镇接过来，一眼就瞥见这是张迎宾室的草图，画得不太高明，就说："这是什么呀？我看像无字天书。"

石谦想：你这个土包子还能看出什么道道？只好耐心地把图收回来，用手比划说："这是一张迎宾室设计图。领导决定因陋就简把办公室改成迎宾室，我就量体裁衣，精打细算，作了这个设计。墙上全部套白以后，下部一米五高围圈喷一道浅蓝色的油漆，现在通称卫生墙，免得衣服擦上了白石灰；顶上天花板的中央，要开个方口，钉上木条花窗，花窗下吊个大型吊扇；迎宾室迎门一张三人长沙发，左右两边各摆四个单人全包沙发，每对沙发当中摆一个茶几；每个沙发前面放一张小条桌，当中是一张活动方桌，围着方桌摆八张折叠靠椅。主要装饰是：当中墙上挂幅'迎客松'，两边各一幅'西厢记'，一幅是描绘张生晚上弹琴、崔莺莺窗外偷听而动情的情景，一幅是表现红娘半夜送崔小姐来与张生相会的情节。画匠已由陈厂长请来了。"

刘镇听了嘿嘿一笑，心里说："操！这公子逃难、小姐偷人的情景，也拿出来向客人展示了。"

吴近蛟揣摩出他的想法，解释道："那些人最欣赏我们的传统文化和古典艺术，这在迎宾室是不可缺少的！"

刘镇说："表现本地楚文化、知音文化和湖光风景的题材岂不更好？比方说，左边一幅古代俞伯牙钟子期'高山流水遇知音'的故事，右边一幅眼下莲花湖穿插流转、湖城交相辉映的水乡风情，他们会更加感兴趣吧？"

吴近蛟马上说："好是好，但是我跟港商打过交道，你说的，他们欣赏不了。"

"在照明设计上，"石谦接着说："两边安排了八盏壁灯，天花板上有四组梅花灯，再吊两根电柜。好在空间不大，有这些灯也就柔和、入目、相称了。其他摆设就更简朴了，摆几盆时令花卉，放几个荆江牌热水瓶，再弄一套景泰蓝的茶杯，这些花不了多少钱。"

刘镇边听边想：我的娘，这得多少票子往外数？耳边又响起章主任的话："接待港商，马虎不得的！搞得不好，影响很大。"他的脑海里，又闪出曾经看过的一句话："友好重在精神，不在物质，尤其不在排场。"他一抬头，发现四只瞳孔都盯着他，其神情似乎在说："你反对搞外贸吗？你敢对着干吗？"于是就把话吞回去了。

他对厂里的财务状况了如指掌。银行贷款已超过四十万元大关，而把厂房、设备和库存物质算到一块，才有二十八万元。由于没有物质做保证，银行已经停贷。厂里对工人生活、福利方面的欠账也很多。工厂的生存，工人的生活，都决定了这个厂只能吃补药，不能吃泻药了。工人白汗累成黑汗地敲保险柜，他们图的是豪华的迎宾室吗？他们看了这样的"无字天书"会怎么想？

在人生道路上，有多少关口需要你决策、选择、表态，关键处一招不慎，一失足成千古恨！刘镇从最近的《参考消息》上，看到有批评现在办事拖拉、效率不高的文章，作为一个基层干部，他曾经感到羞愧，谁不想快刀子斩乱麻、雷厉风行地干？可局外人哪知道这错综复杂的关系和苦衷呢？！面对这两双眼睛和一张图纸，刘镇可以说研究研究、请示请示，也可以说看看上级有关规定、查查条文再说。但这样对相互关系和今后的工作并没有好处，刘镇不是那种不识大体、不顾大局的人。

他微微点了点头说："可以！就这么办吧。"

石谦长长吐了一口烟，吴近蛟朝他递了个眼神，似乎在说："怎么样？我分析得不错吧，他鸡蛋不敢碰石头！"两人会心地露出了胜者的微笑。

石谦说："你是不是给财务打个招呼，布置迎宾室的开支实报实销？"

刘镇猜到他们是到财务支钱被挡了驾，才请自己来"审阅"的。他同吴、石二人来到财务股，对肖玉娟说："他们布置迎宾室，要开支一笔钱，你就酌情给他们办吧。"

肖玉娟正拿着鸡毛掸子拂桌上的尘土，听了以后拍着桌子说："他们既无预算又无计划，怎么开支？就说沙发吧，有七十、一百、一百二、一百四不等……"

吴近蛟打断了她的话："方案刘厂长已经审查了，别小眉小眼的，以后外贸业务兴旺了，你还怕赚不回来？"

肖玉娟说："外贸外贸，那还是墙上的画饼，我这可是要现兑现地把票子往外数——我不管！反正领导签字我支钱！"三人听到她松了口，就转身想走。

肖玉娟把刘镇喊住了，问他那笔账怎么办？刘镇知道她指的是吴近蛟出差的花销。是啊，怎么办？难道有必要把章忠明的话告诉她吗？他无可奈何地说："把它先摆着再说吧。"

刘镇从财务股出来，浑身无力，脑子乱哄哄的，这时他才觉得疲劳异常。这段时间疲于奔命，他已经三个星期没休息了。这个月的工资用得差不多了，还没给家里捎钱，今天无论如何要抽空回家一趟。

他找到二楼车间，见陈友香一边从挎包里往外掏画笔、颜料之类，一边向一个大褂上沾满黄一块、蓝一块颜料的中年男子布置任务："你晚上一定要加班赶活，宵夜的肉、酒我已经安排了。"旁边还有一个木匠在钉制画框。

刘镇等她布置完了，对她说："陈副厂长，我请个假，下午回家一趟，有些私事要安排安排。厂里的事你代劳一下，我明天清早赶回上班。"

陈友香冷了半天，不知是故意晾他，还是感觉突然，在琢磨刘镇要玩什么花招，后来才不阴不阳地说："去吧！"

五、回乡探亲

刘镇肩上挎着部队带回的黄挎包，上街给母亲买了瓶治疗风湿病的药，给父亲买了瓶胃药，三分钱一个的米粑买了十个，一分钱一颗的糖坨买了二十颗。还想给爱人买点什么见面礼，一时又找不到合适的，就匆匆上路了。

春天来了，暖烘烘的阳光洒满了连绵起伏的丘陵，坡上的麦苗迎风摇摆，冲田的油菜花一片金黄，农民正扬鞭赶牛在垸前村后翻耕秧田，穿得花花绿绿的妇女正抢着晴天往田里挑担送肥。

头顶阳光，和风拂面，他贪婪地猛吸了几口略带湿润的甜滋滋的新鲜空气，看着这熟悉又迷人的景象，顿觉心胸开阔，神清气爽。他不由得猜想家中的亲人此刻都在干些什么。爱人赵敏一定扭着腰，"嘎吱嘎吱"地挑着两个箢箕往田里送肥；两个儿子荣荣、苗苗蹦蹦跳跳地去上学了，而小姑娘萍萍一定把双腿瘫痪的老太太扶出大门晒太阳，然后端个小凳子靠在老太太的膝下，缠着老太太讲那些老掉牙的故事。

想到这里，他才记起上次回家许了愿，一定带两本小人书回去。刚才路过新华书店门口像是要办点什么事的，一下子想不起来，就走过去了。他又想到六十多岁的老父亲，一定牵着他的宝贝水牛在放草。他的病最近又犯了吗？

刘镇一副严肃的面孔，猛一见面，使人认为他难以接近，时间一长，人们发现他律己严，待人宽。他从不表露自己的感情，但有时又锋芒毕露、言辞辛辣。他很少回顾过去，认为自己这一代，是吃过糠没有跨过江、扛过枪没有负过伤的"解放牌"，没有什么值得炫耀和用来树立自己形象的资本。他只知道三十多年来，由于反复折腾，许多农民还住着破旧的房屋，使用简陋的家具，甚至还有人不得温饱。于是，他总是把注意力集中在眼前，像牛一样地工作，总觉得事情太多、时间太少，连走路都带风。

对自己这个家，刘镇总觉得负有沉重的债务，他们为自己付出太多，而他对家人尽的责任太少了。想到这里，觉得鼻子发酸，眼睛泛潮。自己吃了大半生的苦，还搭上全家也在苦度年月。现在有的人开口就说当官的一心谋私利，建私房、占公房，走后门、图享受，一人当道、全家享福。他听了难以苟同，自己管着百人工厂，我谋的私利在哪里？我全家享了什么福？

刘镇同吴近蛟是同一年转的业，现在看吴近蛟的派头，看他家的摆设、小孩的穿戴、日常的生活，跟自己家简直是天壤之别。听说他上中学的姑娘都戴上了进口表，而他那两千多元的转业费还存在银行折上，根本没动呢！真是人比人，气死人。

刘镇想，吴近蛟的工资不比我高，他怎么搞得这样活泛？难怪这家伙经常挨整！在部队他就犯过经济方面的错误。刘镇又想，应该光明正大地做人，有多大收入作多大开支，家庭生活将就着过，苦就苦点吧。作为一个党员，要艰苦奋斗一辈子，只能同别人比工作、比贡献，不能比待遇、比排场、比吃喝。国家底子薄，人口多，现在百业待兴，这副沉重的担子，我们这支队伍中的小兵也要分担一点！

他爬上一个山脊，觉得饥肠辘辘，才想起还没吃中饭。看看太阳已经偏西，他伸手从包里掏出一个米粑，坐在路边的草地上慢慢地吃起来。米粑甜中带酸，还略带苦味，可能糖精放重了点。很快吃完了一个，伸手又掏出一个来，看了一眼又放回包里，反手抽出一支烟，点燃以后又赶路了。

刘镇结婚较晚。他家穷，再加上前些年农村收入低，一直生活困难，父母同三个姐姐挤住在一间破茅草屋里。他在部队里抽最差的烟，一分钱一分钱地抠，寄回家偿还欠生产队的超支款，支付油盐钱。当时有人关心他，给他介绍干部、工人等条件不错的对象，他都一一谢绝了，他不能把照顾家庭、供养父母这个包袱老让人民公社背着，他也没有闲工夫去谈情说爱。

他转业时，三个姐姐已先后出嫁。他把转业费摆在摇摇晃晃的破桌子上，父子二人算了又算，想了又想，才盖了这三间瓦房。当时他建议当中的堂屋做小些，两边的厢房做大些，爹不同意，说堂屋要做大些，一来气派，二来实用。因此厢房只有两米五宽，把床一横，床尾只能侧着身子过人。他爹又起早摸黑切了些土坯，除了打屋基和前后墙用红砖，其余都用土坯，这样精打细算，又从中节约了三百来块钱。房子盖好以后，用这笔钱给他说了个媳妇，操办了八桌酒席，收了一大堆情礼——《毛主席语录》和"老三篇"。这样，他就和赵敏结了婚。现在，夫妻俩和孩子住东边厢房，二老在西边厢房占了半头，还有半头堆放杂物。

赵敏比刘镇小八岁，她名字有点文气，却是一字不识。她虽然是个文盲，但为人温顺、通情达理。这些年刘镇风风雨雨在外奔波，家庭的重担全部落在她身上。上有老，下有小，里里外外一把手，把一家老小照护得饮食周全、衣着齐整，确实不容易。生产队吃大锅饭时，她从队里出工回来，孩子、炉子、篮子、鸡子都等着她。她一手往灶里添柴烧饭，一手洗菜，等饭熟菜香端上桌子，她把小孩从婆婆手里接过来喂奶。有时顾不上吃饭，村头开工的钟声"当当"敲响，她又急忙整理一下容装，用梳子刮拉一下凌乱的头发，农具一拿，空着肚子出工了。

前些年，在大招工的浪潮中，有些干部钻天捣地把农村家属往职工队伍里挤，想方设法搞个铁饭碗，吃上旱涝保收的供应粮，他却纹丝不动。

当时区委搞了个农转非指标，有领导提议让他爱人到供销社当营业员，他想着以后还有机会，说："领导的好意我心领了，这指标还是让给别人吧。我家那位一字不识，莫错了钱我赔不起。"进城以后，同志们说他："你经常给别人解决就业问题，你家不是还有就业问题没解决吗？"他笑了笑解嘲说："我搞工业，我老婆搞农业，我小孩在学校里做作业，都忙不过来。"

其实在他的内心里，何曾不想把爱人接进城来，过上真正的夫妻生活？每当焦虑、烦恼、怄气、愤怒的时候，回到温暖的家，吃上可口的饭菜，说几句贴心话，心情就会"小雨转阴、阴转晴天"，对自己、对家庭都有好处。可他是个耿直人，"人不求人一般高"，他认为那些今天给这里提几瓶酒、明天往那里塞几条烟、走后门钻路子的行为是丢脸，为个人问题和家庭困难给领导添麻烦是罪恶。他坚信，组织上迟早会照顾他的实际困难。既然你一生交给党安排，党还会不安排你么？领导都高瞻远瞩，连每个人的祖孙三代都心中有数，有什么现实困难还会不晓得？这些年在职工生活上欠账太多，问题总得逐步解决。基于这样的认识，他心里也就平衡了。

就这样走走、看看、想想，直到下午三点才到家。他推门进去，听到老娘问是哪个，知道老娘又在床上靠着，就应了一声，来到床前。

老娘告诉他，村里今年实行了大包干责任制，家里分了四亩八分田、两亩三分地，这老的老、小的小，光靠赵敏一个人，怎么种得出来？万一减了产，把公粮一交，全家就得喝西北风了。"我吃得做不得，有什么用？今天赵敏往棉花地送肥去了，秧田还是一块板，正愁得不知道干哪头好。萍萍看到我不舒服，都跟着她哥到学校玩去了。"

刘镇说："现在党的政策好着呢，农民都要一天天富起来，您家的病也会逐步好起来的。您家现在虽然做不了别的，照个门、赶个鸡也少不了人。常言道，家有老，是个宝——来，吞两片药。"

他把茶杯拿来涮了涮，倒上小半杯开水，把黄包里新买的药倒出两粒放在手心里，送到老娘口边。老娘接过茶杯，用温开水服了药。他又从包里掏出两个米粑，他知道老娘最喜欢吃这个，所以每次从外面回来都带上一些。老娘接过米粑，心想儿子老远回来，自己不能给他弄点吃的、搞点喝的，倒让他服侍自己，不由得两行老泪滚落下来。

刘镇见不得老娘流泪，就扭头转身到对面厢房，将黄包挂在洗脸架上，然后到厨房拿个笛箕来，将米粑放进去，再到三脚架上吊起来，免得猫啃鼠爬。他顺手揭开锅盖，看见锅底还有一点锅巴粥，用指头试试，还是温热的，就铲起来满满盛了一碗，三两口吃完，将筷子和碗丢在锅里，舀一勺水泡着，脱下鞋袜，扛起犁就朝村外走。

刚出村口，就碰上赵敏挑着空担子往回走。赵敏身材高挑，面庞清爽，一身旧衣服穿在身上服服帖帖，草帽下，几根汗湿的头发贴在脸上，她正用一只手背把头发往外赶。一见他风风火火地扛着犁来，就知道是老娘告诉他了，直埋怨说："老远的跑回来，也不在家歇着，谁要你耕什么田？"

刘镇笑着说："我看太阳还蛮高，琢磨着家里的秧田不会很多，天黑以前耕得完。"

赵敏撇了撇嘴："你知道我家的秧田分在哪儿？"

刘镇说："我这不是找你来了吗？"

赵敏"噗呲"一笑："爹在湖边放牛，你去把牛套上。我回去把担子放了，拿把锹就来。"

刘镇扛着犁来到湖边，找到正在放牛的爹，放下犁，掏出包"大公鸡"，抽出一根自己叼着，余下的连烟带盒一起交给爹。

爹点着香烟："你慌什么？巴掌大一块秧田，明天中午暖和了，我耕两圈就完了。"

刘镇说："我有几年没捏犁尾巴了，手痒痒的。"正说着，赵敏扛着锹来了。

老头子知道这两口子要边做事边说悄悄话，就把缰绳交给儿子："这水牛怀犊了，你过细点用，转弯要缓一点，犁头重了往上抽一抽。今年下了牛崽，再放养两年，就成了头大力牛，一出手就是千把块。"说完就回家烧火做晚饭了。

两口子来到责任田里，赵敏挥锹铲去田埂上的杂草，刘镇套牛扬鞭，默默地干了起来。

耕了两圈，赵敏说："你抽它两鞭子，光由着它，耕到猴年马月？"

"我看它蛮像你，抽不下手。"

赵敏稍带愠色："呸！将我比作畜生，想心思骂人，真坏！"随手铲了点草皮抛过去，落在离刘镇一丈多远处，溅起了一朵水花。

刘镇说："你看呀，它又要当母亲，又要拼力为人类做贡献，而它的要求又是那么低。"

赵敏给他说得怪难为情，边低着头做事边说："晓得你说的是正话还是反话？你还以为我在家享福呢。"

刘镇说："你也是瞎了眼，跟我这个背时鬼凑班子，黄连煨猪胆——够你苦的！现在搞大包干，苦的就是像我们这样的'半边户'。"当地人把国家职工在农村的家属称为"半边户"。

赵敏说："你把心思放在工作上吧，家里你放心，用犁使耙难不住我。今年丰收了，我给你买一部'永久'自行车，让你来回方便些。"

当牛耕到跟前时，她支着锹小声问："听说你又调动了？"

刘镇"嗯"了一声。

"开始我还不信，别人说调令全县都发了，是晶体管厂厂长兼书记。听说这个厂风流女子很多，是真的啵？"

刘镇一笑："女同志是不少，可别人都像你一样，规矩着呢。"

她噘着嘴说："你刚去，谁能一见面就伸脚动手的？时间长了，人混熟了，不能不防。"

刘镇见她顾虑重重，不由得惊愕地停步，直愣愣地站在她跟前："你想到哪里去啦！我要相貌没相貌，要衣着没衣着，要钱没钱，谁会把你的背时鬼夺去？"

"你不是有权么？前几年我们公社那个麻子书记，搞的女人一桌都坐不下！"

刘镇冷笑："嘿哟，多大的权啰！连厂里厕所的大粪我都不能动用一担——那是附近生产队包了的，勺起来还要你倒进去。"

她笑着说："现在城里的女子作风很坏，吃饱饭不能消化，就打扮得花枝招展、弄姿作态勾引男人。你没看现在的电影，都是女的在前面跑，男的在后面追。"

刘镇也笑了："没有的事！城里还能是另一个天，不干活有吃的？都怪那些拍电影的，坐在屋里乱想瞎编，害得别人老婆在家提心吊胆过日子。"

她赌气说："哪个不唯愿你找个同你配得上的洋婆娘，我才不提心吊胆呢！"

他在她脸蛋上亲了一下："我只爱你！"

"这不，学电影上的了吧，还说别人乱想瞎编！"赵敏说着，又用锹挑了点泥巴甩过来。

天晴得透亮、灿烂，广袤的田野弥漫着春天里庄稼和泥土特有的芳香，令人沉醉。这对聚少离多、各自奔忙的夫妻，在共同劳作中享受着相互陪伴的幸福。待到夕阳西斜，两人才收了工，有说有笑地往回走。一路上遇见三三两两的乡亲，打着招呼。

两人回来，三个小孩围着爸爸，兴奋不已。刘镇给孩子们发了糖，检查了两个儿子的作业。

女儿萍萍端个小板凳垫高，在他的黄挎包里翻腾了好一阵，想找什么没找着，就嘟着小嘴找爸爸要小人书。

刘镇抱歉地说："忘了。"

赵敏过来把萍萍拉开："别得了星星想月亮，有糖吃还要什么小人书、大人书？"

萍萍的眼泪在眼眶里直打转："非要！非要！"

赵敏叹了口气，责怪刘镇："你也是的，记性没有忘性强，凭白许什么愿？萍萍乖，改天妈妈上集给你买两本。"

老娘在床上说："萍萍，到我这里来，我有米粑！"三个小孩争先恐后进了太的房。赵敏白了刘镇一眼，就去收拾桌子摆碗筷。

吃过晚饭，刘镇将塑料钱包掏出来，给了两个儿子各一毛钱。萍萍虽然没上学，也给了一毛，作为对她精神上的补偿。两个儿子捏着钱算了一会儿：三分钱的铅笔，三分钱的橡皮，还剩四分钱就买不到本子了。刘镇看到儿子作难的样子，不由得心里一酸。别人干部子弟早上过早喝牛奶，平时冰棒汽水不断，一天何止用三四毛钱。一狠心，每个儿子又各添了一毛。

三个小孩高高兴兴，拉着他到太的房里讲故事。赵敏搬了几把小板凳过来，拿件衣服缝补起来。爹也进来坐下，边听边修理土筐。

大儿子荣荣说："上次爸爸讲《卖火柴的小女孩》，我在班上讲了，老师同学直说好！连隔壁班的同学都知道了，围着我给他们又讲了一遍。"

"那我们今天就讲《渔夫和金鱼的故事》吧。"刘镇绘声绘色地讲起来。三个孩子睁大了眼睛，听得津津有味。

"这个故事是外国诗人普希金写的，好听吧？这个故事里，有渔夫、金鱼和渔夫的老婆三个人，你们喜欢哪个？"故事讲完了，刘镇问道。

"那个老太婆太坏了，还是我的太好！"萍萍偎到太的身边，一家人都笑起来。

老二苗苗听得特别认真，这时突然冒出一句："这个故事是我的！我要去班上讲，哥哥不许讲！"荣荣马上急了。几个大人见此情形，忍不住笑了，老二难为情地低下了头。

刘镇摸着苗苗的头说："这个故事，你和哥哥都可以讲给同学听，全世界很多很多的小朋友都知道这个故事，都很喜欢。"两兄弟又高兴起来。

刘镇接着说："这个故事告诉我们，人不能太贪心，要懂得知足，懂得感激别人。比方说，爹爹、太、妈妈照顾你们，学校老师教育你们，同学帮助你、好好跟你玩，都要感谢他们，报答他们。以前讲的安徒生童话、王尔德童话你们那么喜欢，找机会买了书给你们自己看。"

赵敏笑吟吟地瞪了他一眼："你又瞎许愿。"

刘镇马上说："这些书一时半会儿还买不到，恐怕要到汉口的武胜路新华书店去找，那里特别大，书很全。"

孩子们很好奇："那个书店有几大？里头有几多书？"

刘镇想了一下："书店比我们这一整排的房子加起来还要大。从地面到房顶，满排的书架子，一层一层全部摆满了书。"

三个孩子一声接一声地惊呼起来。刘镇又说："能买回家的书总是少数，图书馆里书多，可以借回来看，看完还了再借。"

正在这时，银桥敲门进来，搓着手说："我来跟我三爹爹、我叔聊几句。"刘镇父子热情地请他在堂屋落座，攀谈起来，赵敏带着孩子们勺水洗脸洗脚去了。

银桥是刘镇的同族侄子，不到三十岁，从部队排长复员回乡务农，现在是生产队的队长，很有一股闯劲。他前几天到县里参加生产队长培训班，去厂里找过刘镇，不巧刘镇出去忙了，没碰上。

银桥说："现在农村政策好，分田到户，放开搞活，社员的积极性调动起来了。生产队长不用操心出工、派活的事了，反倒有点迷茫，觉得队长难当，工作难搞，压力蛮大。这次县里办了培训班，组织生产队长学政策、学管理、学科学种田的技术，一起交流新形势下怎么当好生产队长，我觉得方向更加清楚了，信心更足了。农村的主业——种田肯定要搞好，完成国家的公粮收购任务。但是种田成本高、收入低，从中得到的好处不多，赚钱还得搞副业。一家一户的能量毕竟小，只能靠发展社队集体经济。当队长不但不能撒手不管，还要带领全队发展多种经营，共同致富。三爹爹、叔，您家们说对不对？"

爹直夸他："银桥这个队长当得大家服气！前些年队里劳动计酬'一拉平'，能把全套农活干下来的人没几个。实行分田到户、联产承包之后，那些原先不注意学农活技术、凑合拿工分的社员抓瞎了，急得直跳脚。银桥请我们十几个技术全面的人当老师，办起技术培训班，青年人抢着学。这两年很多人家钱包鼓了，盖房子的多起来，他爹有烧砖瓦的好手艺，就找亲戚朋友借钱办了个家庭砖瓦场。一家人干得下力，烧出来的砖瓦外形方正，颜色正，敲起来声音响亮，弹压力强，价钱也公道，销路可好了。银桥要他爹接收队里两个贫困户来学手艺，还管饭、发工钱，他爹开始不同意，跟他翻脸。我支持银桥，去劝他爹，他爹才不言语了。"

银桥笑着说："我跟我爹分析，靠一家一户赚钱难长久。第一，我家赚了，别人会眼红，都认为烧砖瓦是把土变成金，本钱少，见效快，有几家已经准备跟着干了。东西一多，利润会降低。第二，我们现在烧的是没有顶的箍子窑，全部用人力手工，干不过半机械化的罐子窑。公家单位和有条件的人家，肯定愿意买质量更好的机砖机瓦。您家想升级，就得添置搅土机、制砖机，投入太大，短期不太现实。第三，社员们盲目跟风，引起恶性竞争，容易造成损失。不如队里办一个砖瓦厂，您家负责技术，领工钱，挑一大帮青壮年当徒弟，为队里赚钱，快速增加集体积累，再购置机器设备，保证烧出来的砖瓦站稳市场。今后队里还要办一个施工队，对外承包建筑工程。我们已经选了几个人出去学手艺，学好了队里报销费用。现在有的地方农村副业搞得好，年底分红，人均高的有三百元，甚至五百、七八百元，最多的过了千！以后队办企业发展起来，家家拿干股，人人有分红，您家是功臣，脸上多有光！我爹听了这话，就掂量开了。"几个人都畅怀大笑起来。

刘镇赞成银桥的想法："我们这里人多地少，确实要想办法给多出来的劳动力找出路。现在以自给自足的自然经济为主，商品率不高，搞副业的发展空间大。但是目前队里集体财力比较薄弱，恐怕只能先搞些投入少、见效快、技术要求低的项目。"

银桥说："我跟叔想到一块儿了！比方孵鸡娃，在队部弄间房，搞成无菌、恒温的环境，装上照明、保暖的简单设备，派两三个过细的人干，蛮赚钱的。天气热了，队里加工冰棍，搞批发。这些都可以马上干起来。下一步，再搞规模化养鸡养猪，池塘精细养鱼养鱼苗。还有跑运输，队里先投入再承包出去，抽成、收管理费。"

刘镇长期在农村蹲点，了解农村的情况和国家的政策，没少给生产队长出主意。银桥说："现在外面都在讲引进技术、资金、贷款，找外贸订单，我坐井观天，听得一头雾水。叔，您家在外面当领导见识多、交际广，多教教我啊，有机会帮家乡牵个线、搭个桥。明天一早您家还要赶回县城，早点休息。"

他走了以后，爹说："银桥真是不错！在部队当上了排长，人也长得刮气，爹娘原指望他找个城里的对象留在城市，跳出农门。他讲信用，复员回来跟丁塆的女同学结了婚。开始爹娘有点不乐意，觉得人家姑娘拖了后腿，影响了儿子的前程。后来新媳妇过了门，二老看她贤惠、能干、开通，像我家的敏一样，跟银桥又情投意合，啥都依儿子的，小两口和和美美，儿子在外面干得风风火火，队里无人不夸，他们也高兴了。"

爹告诉他，队里正准备打水井，往后再不用每家每户跑那么远去挑水了。上面动员队里造沼气池，爹是支持的，他指望沼气能解决照明，因为晚上老是断电，家里蜡烛不能少。如果沼气再能替代一家一户做饭的烧柴，就最好不过了。

爹还介绍，村子附近的早市过去是露水市场，早早就关了，为的是不耽误大人出工、小孩上学。现在各家自己安排生产，政策也放宽、灵活了，早市时间延长。过去农民都是挑了自家的青菜、鸡蛋去卖，现在不同了，很多人家都动起来了。村头的建设家不光卖自家腌的咸鸭蛋、咸菜，还从外面进了各种酱菜，一小罐一小罐地并排摆着，罐口蒙上透明的塑料膜，弄得干干净净的，蛮赚钱咧。

"我们家缺劳力，只能靠集体水涨船高。银桥脑子活泛，人也实干，你帮他多出些点子，打打气，牵线搭桥，也是为集体出力。我听广播里讲，有的县把柳树条编成方的、圆的提篮、筐子、盘子出口到外国，我们这里柳树多的是，不需要什么本钱，手编也不难。有的县还引进一种草，织成席子、门帘子，日本人很喜欢。怎么打进外国的市场咧？你有没有办法？我跟银桥和他爹说过多次，求人走后门的事不要找你，他们都明白，你不要为难。"

刘镇没想到，像爹这样的一个老农民，"外贸"也深入到他的意识里。他说："爹，您家说的我都记下了，我会留心的。"

他一边同爹抽烟，一边将这月工资的剩下部分交给爹。

爹说："你要用的钱留足，外面花销大。"

赵敏说："这个月的钱就不留家了，你带回去买点化肥吧。"

爹说："你不是为难他？现在化肥都按责任田分到户，虽然有些机动，又不知落到哪些人头上。他又是个不会到处烧香磕头说好话的人，你叫他到哪里开后门？算了，我这里积得有两堆牛粪，上面多多少少总要给我们供应点化肥，补贴补贴也够了。施肥不在多，在巧，不能像先前吃大锅饭，把票子往田里甩，粮食增产了，现金减收了。现在一家一户的生产，也得像工厂一样讲经济效益。"爹这么一说，赵敏不再吭声，进厨房收拾锅碗，做些第二天的生活准备。

他爹这个老农民，虽然不看书不看报，也不开会听报告，可他总是按时听新闻广播，到时候就牵着牛往大喇叭前凑，边听边琢磨，所以心里有主张，口里有新词，生产队长遇到棘手的事总找他参谋参谋。父子二人边抽烟边谈天，从农村现行政策谈到队里分田丈地，从家里水田播种聊到棉田的清沟整地，直到一盒烟抽得不剩几根，两人才洗头脸休息。

刘镇进房来，三个小家伙已睡着了，见赵敏在电灯底下给小孩补衣服，就说："你还要给我清两件破衣服，让我拿去换洗。"

赵敏说："在外面衣服穿讲究点，免得别人瞧不起。"

刘镇说："劳动时穿穿怕什么，别人瞧不起不打紧，你瞧得起就行了。"说着上来搂住她，亲了一下嘴。她指了指小孩的床，脸一红说"坏蛋！"刘镇伸了一下懒腰，就脱衣躺下。

赵敏从箱子里找出他的一套旧衣服，检查一遍，看到裤子右膝上破了一块，就从篓子里找出颜色大致相同的布，补了起来。

刘镇想起了什么，翻过身来："我明天还得带几斤米走。"

"你没发口粮？月月回来剥削家里，吃了不说，还要带走。"

"一个月才27斤，一餐三两只有半碗饭，我哪够吃？"

"小点声，莫把伢们吵醒了——有米，哪次回来让你空着手走啦？"赵敏没见回音，侧耳一听，刘镇已经发出丝丝的鼾声。

翌日清晨天没大亮，刘镇一家老小像军事化的行动，"哗啦"一声都起了床：爹牵着水牛先出了门，接着两个小学生也背着书包，说了声"爸爸再见"就跑了。

老娘右手支着拐杖，左手扶着墙，颤巍巍地迈出房来，刘镇忙上前搀扶，让她坐在小靠椅上，说："您家身体不好就歇着吧。"

老娘说："昨天吃了药，今天好像强多了。我总是不中用了，这药罐子不知哪天摔破就算了。"

赵敏正端水给她洗脸，听她又说短途话，就说："娘，您家又来了。"

刘镇说："只要您家吃了药见效，下次我多买几瓶回。"

老娘说："你莫老惦记我。天气见天暖和了，转眼就要脱棉穿单了，敏没件好衣服，听说现在有一种'壁觉娘'的布，又经磨又便宜，你给她扯一套回。"

萍萍睁圆双眼，想了半天才理解过来，赶忙纠正说："太，人家那叫'的确良'，不叫'壁觉娘'。"

赵敏说她："太几十岁还不知道，要你充能！"

老娘一把拉过萍萍说："萍乖，萍聪明。"萍萍撒娇地钻进太的怀里。

刘镇又进房里同赵敏小声说了几句话，就背了一黄挎包的米，夹着一卷旧衣服，摸了摸萍萍的头，同老娘打了个招呼，大步赶回厂去。

六、港商驾到

刘镇从家里回厂，一进厂门大吃一惊。就像变了戏法似的，一天之间整个厂已面目大变。原来，吴近蛟和陈友香趁着刘镇回家之机，强令保险柜生产停了工，拆了工棚，赶走了老师傅。

马贵荣告诉刘镇，问题很严重。自从晶体管厂生产保险柜以后，许多社队工厂都眼红了，苦于没有技术，老师傅前脚走，后脚就会有人高价聘请。市日用五金商店的保险柜正缺货，如果晶体管厂不能按合同交货，他们必然另找其他生产厂家，这样一来，销售渠道也堵死了。

刘镇赶忙要同马贵荣赶到市里，给老师傅们做些补救工作，力争请他们回到晶体管厂来。

在厂门口，吴近蛟喊住了他："我已经给香港的刘经理发了电报，他很快就来了。"

刘镇说："我去趟市里，最迟明天清早回来。"说完就急匆匆地走了。

与此同时，有一个人急匆匆地走进深圳文锦渡进口检查站。他同刘镇、吴近蛟年纪相仿，身穿浅灰色暗纹薄毛呢西服，脖子上系条天蓝色条纹领带，胸前挂着个照相机，脚蹬花眼黄皮鞋，手提公文包，鼻梁上架着副眼镜，他就是香港预见电子实业有限公司的经理刘为英。昨天下午接到吴近蛟的电报，今早安排好公司的事务，他就启程了。他的身后，紧跟着一个伙计，扛着装有彩电的纸箱。来到检查处，他示意伙计放下纸箱，然后说："你回去吧，如果有个张老板找我，你就请他静候佳音。"伙计鞠了躬，道了句"一路平安"，就离开了。

辗转从深圳到广州，再搭上北去的列车，此刻车轮摩擦钢轨发出有节奏的"咣当咣当、咣当咣当"的响声，到刘为英耳朵里，好像是"深圳——广州、深圳——广州"似的，心情就如同奔向前方的金矿，兴奋、激动又略带甜蜜。他欣赏着车窗外接踵而来的景色，身体随着车身往两边微微摇晃。

省城火车站前的广场，是个最热闹的地方，熙熙攘攘，人头攒动，各种声响汇成的浪涛，一时从这边冲过来，一时从那边滚过去，在人们头上嗡嗡盘旋。生活的节奏突然在这里加快了，南来北往的旅客不是走，而是在跑，老年人迈着碎步，被母亲牵着手的小朋友更觉得自己的腿太短太短了。缓缓蠕动的汽车一个劲地按喇叭催人让道，不时还发出刺耳的刹车声。小贩的叫卖声、人们的邀伴声、广播的音乐声连成一片，连火车进站的汽笛声也是清脆而短暂的。

吴近蛟乘坐的一辆浅蓝色出租轿车驶进了站前广场，靠在边沿停下。车门推开，吴近蛟、石谦、舒金鱼贯而出，吴近蛟说："还好，没迟到。"火车刚好到站，三个人迅速进站，直奔卧铺车厢。刘为英伸头出来张望，寻找迎接的人，正好同吴近蛟的目光相碰，双方都欢呼起来。吴近蛟挤进车厢，握着手道"辛苦"，随即将刘为英的旅行提箱从窗口递出来，石谦接住，刘为英拎着公文包就下了车。经吴近蛟介绍，宾主一一握了手，就信步出站。

来到出租轿车跟前，吴近蛟右手一摊，请客人上车。刘为英说："我这次来得匆忙，没带什么礼物，只有一台十四寸的彩电作为给贵厂的见面礼。"三人忙说"多谢、不敢当、有愧"。刘为英说："彩电还在火车上，我办的托运。"

石谦说："这好办，你把托运提货单交给我就行了。"

吴近蛟抢先将提货单拿过来，把舒金拉在一旁，如此这般地叮嘱几句，就同刘为英、石谦乘车走了。

轿车平稳地开进了县招待所的大院，章忠明早已领着一班大小官员围拢来。吴近蛟首先跳下车来，亲自为刘为英拉开车门，然后将前来欢迎的官员一一介绍给他。每握一个人的手，官员都热情地说"欢迎、欢迎"。刘为英受到了接待的最高礼遇，也一口一个"谢谢"。

吴近蛟凑近章忠明的耳朵，悄声说："刘先生现在很疲劳，先休息一下，等中午开饭时，在酒宴上洽谈，你看如何？"

章忠明说："可得，可得，一切听你安排。"

当即兵分两路，一路由吴近蛟、石谦送刘为英到房间休息，一路由章忠明率领欢迎的"官"众到餐厅候饭。刘镇领着司机到厂财务室结算了车费，又赶回招待所安排宴席。

在刘为英下榻的房间里，双方的谈判已经在紧张地、诚恳地、迫不及待地进行。

刘为英瞥见石谦起草的合同上，写的不是五千台，而是十万台，就着慌了。现在这种电子产品在国际市场上不走俏，十万台得销售多少年？他指着"十万台"这个数字问："吴厂长，这是怎么回事？"

吴近蛟一笑："这是对付我们这里的官老爷的。我们现在要摆开一个'友好合作、大干快上'的架势。五千台加工完了，还不是我们的一句话？"

刘为英恍然大悟，连连点头："对对对，友好合作，大干快上！再加一条——共同发财！"他在香港就担心五千台加工量少了，不会引起人们的兴趣，很可能触礁。这下好了，十万台，多响亮的数字，多高明的手腕！看来这位吴厂长不可多得。

当他看到要公司派出技术人员到厂培训工人、安装调试设备、指导生产、共同商定产品验收质量的条款时，眉头皱了一下。这种可以进历史博物馆的设备，我们派人来安装，不是伸出指头让别人咬吗？但自己如果提出个"不"字，就是此地无银三百两。看来，老吴也是迫不得已加上这一条的，不要为难他了，留住这一条，认了。心有灵犀一点通，到时一句话说开，也就相互谅解了。

刘为英一点头，双方当即在合同上签了字。吴近蛟将合同交给石谦，让他设法尽快影印二十份，力争在刘老板回香港时带走。一切办妥，三人说说笑笑朝餐厅走去。

在餐厅门口，章忠明早已领着"官"众恭候着。刘为英一到，大家前呼后拥进了餐厅，围桌而坐，座次早已内定好，因此不必谦让。

等大家入了座，刘为英从衣袋里掏出名片，点头哈腰，用双手给每个人送上一张。然后，又笑容可掬地给每个人敬了一支印着英文字、用玻璃纸封装的带把香烟。香港人敬烟的方法也特别，他将烟盒拆开一个口子，用拇指和中指一弹，烟卷就从烟盒里飙出半截，他双手将整盒烟送上，人们抽出那飙出半截的烟，他再一弹，又飙出半截。这样给每个人都敬了烟，而他的手指根本没碰着烟卷。到底是港商，连见面礼都与众不同。

只听得章忠明问吴近蛟："刘先生听得懂听不懂我们的话？"

刘为英抢着回答："讲慢点我听得懂。"章忠明就同他天南海北地交谈起来。

刘镇没插话，低着头看刘为英递来的名片：香港九龙青山道 476 号九楼 B 座，预见电子实业有限公司经理，刘为英，电话号码：56347，电报挂号：APENTCRO。他把名片放进口袋里，这时陆续上菜了。

这一顿饭前前后后吃了两个小时，边喝边谈，直喝得一个个头上冒汗，满面红光，酒足饭饱才纷纷离席。由于大家轮流敬酒，刘为英早显醉意，由吴近蛟搀扶回房休息，大家也就赶回家醒酒消食。酒精麻痹了神经，谈判签订合同的事也就对不起——忘记了。

刘镇是从不端杯的，今天为了应酬，当别人一口干个杯底朝天时，他也陪同抿一下。一小杯酒喝完，他就用手罩住了杯子，拒绝再酌，这样他并没有酒精上头。还有一个人没沾酒，这就是石谦。他因患肺结核，遵照医嘱严禁酗酒。但菜却吃得不少，真所谓"点酒不尝，吃菜大王"。

客人离开以后，刘镇把石谦拉到一边问："合同的事，什么时候洽谈？"

石谦说："双方都签字了，正在复印。"

刘镇一惊："哪这么快，谈都没谈。"

石谦说："做外贸就是这样，双方抱有成见，往往为一个字、一个标点符号争论几天；如果双方抱有诚意，一拍即合。"

刘镇见他急于要走，也就没多问。

刘为英的房间里，正在进行"秘密而友好"的会谈。

话题自然是吴近蛟提起的："那部彩电，还是要付钱的，怎么能让刘老板破费呢？我们是国营企业，花个几百、几千、几万都是国家的，刘老板为了扶持我们厂还掏私人腰包，不行，不行。"陈友香和石谦趁机询问香港彩电、"三洋"的价格。

刘为英是个灵活人，很快就领会了他们的意图，觉得正中下怀："这部彩电既然是作为礼物，各位就不要提付款了。如果各位私人有需要，我可以逐步满足，每次过来可以带一部。如果一下要得很多，是不可能的，海关不放行。"

他接着拐弯抹角告诉大家，这些物资只能以物资交换，不能收现金，因为香港那边现在不流通人民币。而当前香港走俏的物资是布鞋、兔毛、鸟毛等等，你们厂又不生产。这一说，无疑给吴近蛟等人迎头泼了盆冰水，直凉透心，房间里的空气陡然凝固了，陷入沉默。

陈友香鼓起勇气说："我妈有个金首饰，刘先生能不能帮忙把它拿到香港换台彩电？如果钱不够，换台黑白的也行。再不够，麻烦您垫着，我再补您钱。"

刘为英哈哈一笑："我刚才说了，你们三位的彩电、'三洋'我都奉送，交个朋友嘛。只不过近来海关收紧了，每次每人只能带进一部，所以得慢慢来。如果各位要得急，也不是无法可想，比如我可以派公司的雇员以探亲的名义将货送到广州来。还可以想些别的办法。"

随后，他像是漫不经心地问了一下氧化银的情况。吴近蛟等人眼睛一亮："我们这里有氧化银！前些年我们厂生产二极管，买过三公斤，您是不是需要？"

刘为英显得兴趣不大："内地货物的致命弱点是质量不高，尤其是'文革'时期生产的产品，让人看见就头疼。"

吴近蛟说："我们派人到省城去打听一下，看有没有新到的货。"陈友香踩着话音就奔出房门，跑回厂派舒金明早搭头班车到省城，打听采购氧化银的事。

下午，趁着客人醒酒休息，刘镇找了杜春堂、马贵荣、王芳、邱金波、肖玉娟等几个人研究下一步工作。刘镇到厂以后，建立了集体决策的制度，重要工作召集厂领导、各个职能部门和车间一把手开会研究，工人们称它是"头头会"。

由于几个关键人物在接待港商，没有参加，外贸到底怎么搞，设备什么时候来，散件和原材料能否到齐，技术人员何时进厂，大家都心中无数，许多事不好拍板。即便安排好了也会冲断，不如等港商走了再说。经过这次折腾，保险柜生产停了，再上就等于要重打炉灶。大家跟刘镇一样，都认为有很多工作要做，心里着急，扯得时间很长，但一个问题都没定下来，直到下班才散。

刘镇草草吃了晚饭，靠在床上把这几天上级发来的文件和报上的重要新闻浏览一遍，估计吴近蛟、陈友香已经陪刘为英用好了晚餐，他想利用这个休息时间找港商谈一谈，摸摸底。

等他一推门进来，吴近蛟像出了重大问题似的，说："刘先生在这里留宿，还没到公安局登记，我……嘿！你看我这脑筋！怎么办？只有您亲自出马跑一趟。"

刘镇接过刘为英的通行证，掉头就往县公安局跑。他看了一下手腕上的廉价表，觉得人家都下了班，跑也没用，就放慢了脚步。脑子里的思维细胞也调动起来：他中午为什么不对公安局的钱股长打个招呼，偏偏这个时候搞这一手？是不是有意把我支开？他们背着我要搞什么勾当？

到了公安局，刘镇拍开钱股长宿舍的门，说明了来意。钱股长说："这事我知道就行了。港商临走之前将通行证拿来，我签上什么时候至什么时候在我县洽谈业务，盖个公章，手续就算完了。"刘镇才知道是这么一回事，道谢出来。

吴近蛟要他这么急匆匆地来跑一趟，明显是不许自己沾外贸业务的边。刘镇是个忍辱负重、顾全大局的人，既然别人觉得他碍手碍脚，自己何必强行出头露面，何不默默地当颗铺路石、搭个人梯？只要能把厂搞活，个人的是非高低算啥？

他信步进了县委大院，寻到章忠明的宿舍，推开门，见章忠明正在洗脸，就自己找个凳子坐下说："我来请示一下明天活动的安排。"

章忠明说："今天这个酒好狠啊，回来吃橘子、喝汽水都不行，睡了一觉才好。我也知道过量了，这不是舍命陪君子吗，谁叫咱是领导！老伴直埋怨我，说喝不得就莫喝，还充能，喝点鬼猫尿倒记起自己是领导来了！你说什么来着？哦，明天的活动安排，你没同老吴扯一扯，看他有什么打算？"

刘镇想，老吴生怕我丢人现眼，把一身土气过到港商身上去了，叫我怎么扯？他说出口的却是这么一段话："我的意见，明天早餐以后，邀请刘经理到厂参观一下，接着就在厂迎宾室座谈。"

章忠明想了一下，就点了点头："这个计划可行。第一，把厂容厂貌再整理一遍，让别人有个好印象；第二，把保卫工作安排好，港商进厂时工人不得随意走动，更不得围观起哄，像看猴把戏似的；第三，把这个安排通知老吴，让他征求一下刘经理的意见，主随客便嘛！就这么几条，你抓紧去办吧！"

第二天吃过早餐，刘为英颈脖上挂个照相机，由吴近蛟、陈友香、石谦等人陪同，趾高气扬地来到晶体管厂。章忠明、邵局长、刘镇等大小"官"众在厂铁栅门两旁迎接。

刘为英一进门，觉得这个厂的确与众不同，美丽、整洁、肃静，若不是吴近蛟像个哈巴狗似的忽前忽后地引导，还以为错进了一家医院呢。昨天排列在湖边两岸的花盆，已经散放在院子四周，恰到好处。看了看院子，就上二楼车间。因为一楼堆放着还没完工的保险柜，像个旧货摊，这是万万不能让港商参观的。三楼是生产二极管的车间，已经停产，更要谢绝参观。

推开二楼车间大门，一阵"哗哗哗"的掌声把刘为英吓了一跳。这是由陈友香精心排练的，全厂长相漂亮的女工都集中在二楼迎接。吴近蛟低声对刘为英说："生产线就准备放在这里。"刘为英顿时摆出一副检查验收的架势，口里"嗯、嗯，好、好"地应着，两眼把女工的脸蛋巡视了一遍，又抬头看看天花板的照明灯光，又踩了一下钢筋混凝土楼板，似乎检查它的承重能力。

在他装模作样地参观时，吴近蛟悄声对章忠明等人介绍："刘经理是个工程师。"

章忠明口张得可以放进一个包子，好半天才说："怪不得现在流行要内行当家！"

刘为英看了一圈，歪着头表示赞赏："可以！可以！"接着"咔嚓、咔嚓"拍了两张照片，然后由吴近蛟引路，前呼后拥地下了楼。

楼上的女工像完成了一项重大历史使命，倏地活跃起来，这个说把你照进去了，那个说把你拍进去了，你推我搡，甩出一串串银铃般的笑声。王芳说："你们又忘啦！"大家一伸舌头，又哑静下来。

晶体管厂正对着一大片的莲花湖，此刻，翠绿的荷叶随风曼舞，一枝枝红莲的花苞已脱颖而出，景致优美。刘为英站在院子当中，好像在观赏着湖光花色，喜上眉梢。他明显地看出，这个厂已经停产有一段时日了，人们无疑把他当成决定这家工厂生死存亡的救世主。此时此地，他可以大显身手、为所欲为。

章忠明以为他为这隆重接待所感动，为这景色着迷了，就提议合影留念，刘为英马上表示赞同，石谦自告奋勇接过刘为英的照相机。

人们分两排站好，把刘为英和陈友香拥到中间。石谦对了一下镜头说："站得太散了，往当中挤拢点，身体侧一点！"人们移动着碎步往当中挤，陈友香整个身体都贴到了刘为英的怀里。楼上瞧热闹的女工看到这个情景，指指点点，交头接耳。这很快被邵局长发现了，忙说："慢点，我像是被陈厂长遮了半边脸，来，咱俩换换。"不由分说，就挤进了刘为英和陈友香中间，一下子把两人分开了。

由于大家都集中注意力望着镜头，没有在意，只有刘镇看出来了，他很快移到邵局长原来的位置上，补上这个缺。石谦一按快门，"咔嚓"一声拍好，大家就散开了。接着，章忠明手一挥，大家随他进了迎宾室。

章忠明拉着刘为英坐到三人沙发上，等大家坐定以后，座谈会就开始了。

刘为英谦让了一下，才操着港式普通话，缓缓地说："我是做买卖的，同各位比起来，开会讲话，我是自愧不如。首先要代表我们公司感谢县里领导，感谢章主任和各位对我们的支持。"章忠明带头鼓掌。

"我们公司，"没等大家把手放下来，刘为英接着说："从广东省到吉林省都有外贸业务。上个月在北京，我见了在外贸方面非常有影响力的人，他要我为四个现代化作贡献。我对他讲，我是中国人，为振兴中华出力，是我义不容辞的责任。"大家又一次鼓掌。

刘为英似乎感觉到这掌声没有刚才的响，怀疑是不是自己吹破了牛皮。话锋一转，他说："这次同贵厂签订合同，的确出于吴厂长的……诚意，我们是把正在生产的设备拆下来,十万套电子钟收音机的散件已经装箱待发,把合同手续办完以后,你们就可以派人到深圳提货。我们这是初交,以后加工的东西多得很,你们这个厂肯定做不完,还要扩大、兴旺。你们发财,我也发财!"会场气氛又活跃起来——虽然报上有"让一部分人先富起来"的提法,可还没听谁公开地喊出"你发财、我发财"。吴近蛟洋洋得意地哈哈大笑,但他想不到,刘为英本来要脱口而出的是签合同出于吴厂长的"哀求",稍作停顿掂酌,才更换成无伤感情的"诚意"。

取得如此轰动效果,有点出乎刘为英的意料。有人说,商人的话都是过了天平的。他拿不准此行要不要发表演讲,为有备无患,在广州买了张《人民日报》,火车上翻来覆去地看,觉得有些道理似懂非懂。难怪人们传说内地的官员"一杯茶,一盒烟,一张报纸看半天",他把报纸看了一天,还是不知从何说起。后来觉得光讲大道理,既拗口又不能打动听众,决定采取"中西结合"的办法,才不失一个香港实业家的身份。

昨晚躺在床上,他搜肠刮肚将腹稿又修改补充了一遍。本该见好就收,但又想起吴近蛟诉苦说他在本地不受重用,这对双方合作大为不利。为了提高吴的身价,他在腹稿之外多说了几句:"你们吴厂长是个人才,我从南到北走过许多地方,见过不少大小人物,还没见过像吴厂长这么会做生意的!你们这边婆婆多,搞得不好交不了账。我不同,我这里亏了,可以在那里赚回来。我一定让吴厂长交好账,让他后来居上!"

又是一阵热烈的、经久不息的掌声!

会上,章忠明指示双方精诚合作,吴近蛟代表厂方表示将全力以赴、按时交货。一杯茶喝完,座谈会就结束了。

吴近蛟赶回住地,帮刘为英收拾行装。突然想起刘为英没有零用钱,就请他把深圳到广州、广州到省城的车票拿出来,递给石谦拿到财务室报销。刘为英开始有点犹豫,觉得合同上并没有规定厂方负责报销旅行费用。再说合同还没生效,拿去报销似有不妥。但能弄点人民币平时零用,一块要当几块港币,而且没人说这是"套汇",也就半推半就地同意了。

石谦拿着车票刚走,陈友香闪了进来,说舒金从省城来了电话,氧化银有货,已叫他买了两公斤在火车站等候。

刘为英在香港常听人抱怨内地办事拖拉、效率不高。从氧化银这件事看，不是这么回事。他脱口称赞道："吴厂长办事果断，带出厂里的部下也行动迅速，真是强将手下无弱兵，我们的合作一定成功！"吴近蛟连忙说："过奖，过奖！"

刘为英又说："我带着氧化银怎么回去呢？你们工厂能不能给我开个证明，说是样品，让我带回香港化验的？"

吴近蛟满口答应，让陈友香火速回厂开个证明，盖上公章拿来。

座谈会一散，港商要走了，刘镇就同钱股长一道去公安局签了通行证，然后赶回厂来。肖玉娟告诉他："石谦把港商的车票拿来报销了，我说要等你回来签字，他拍桌子骂人，我怕误了港商的行程，就给他付了钱。还有，陈厂长不知给港商开了个什么证明，说是两公斤样品，我眼睛瞄了一下，没看清楚，她慌忙火急盖上公章就送走了。"

刘镇来不及答话，就听厂门口有汽车摁喇叭，赶忙奔过去，将通行证递给伸出手来的吴近蛟，小吉普"呜"的一声开跑了，车后涌起一片黄尘，弥漫在刘镇的眼前……

刘为英将两公斤氧化银装在旅行箱里，带回广州。当天晚上找到在人民医院当外科医生的好友单作斌，要了两张药瓶商标纸来，将氧化银的商标盖住。过深圳海关时，边防检查站见是两瓶一般的药粉，就放了行。

回到香港，他再将药品商标揭掉，交给张老板。张老板见商标上注明含银量达百分之九十七，纯度很高，当场出了一公斤比市场高出三百元的价格，以每公斤三千六百港币，要一千公斤，一手交货一手交钱，越快越好。刘为英随即给吴近蛟拍了一个只有他们之间才能看懂的电报，让吴近蛟以到深圳提取设备的名义带一部分氧化银来。

三天以后，吴近蛟扛着一个写着"电子仪器"的纸箱，上了南下的火车。到了广州，在东方宾馆七楼十三号房找到刘为英，把纸箱交给他。

刘为英解开一看，共有三十瓶氧化银，每瓶一公斤，总量三十公斤。刘为英说："这么重你怎么扛得动？也不带个工人帮忙。"说着打开电冰箱，取出一瓶汽水撬开盖子，插好吸管，送到吴近蛟手上。

刘为英坐在他的对面，询问合同手续办理的情况。吴近蛟将合同批文从提包里抽出来交给刘为英。刘为英看到合同最后一页，满篇都盖着鲜红的公章，一数竟有十一个，其中省里两个，市里四个，县里五个。

刘为英数公章时，吴近蛟叹了口气说："你是你们公司的头，我也是我们工厂的头。你呢，是你们公司的'总统'，而我是厂里的小媳妇。一笔业务，你有权决定干，也有权决定不干。我呢，完全像个木偶，任人摆布。"

刘为英心想，你哪里知道我的苦衷？你呢，企业盈亏不用愁，工资收入分文不少。我在竞争的苦海中挣扎，如果不赚钱就得宣布破产，就会一蹶不振。

表面上，他却表现出不无同情："吴厂长说的这是哪里的话！不瞒您说，自从我们相识以后，我觉得凭老兄你这灵敏的头脑、果断的决策、宏大的气魄、坚韧的精神、精细的作风，不是我吹捧，你在香港当个大公司董事长都绰绰有余！"

吴近蛟被吹得飘飘然，连说"过奖过奖"。

刘为英说："今天就不要另外开房了，同我住在一起，我们还有很多话要说。"

吴近蛟受宠若惊，他认为能同港商住在一起是一件光荣的事，同时也好趁机多了解一些香港的风俗人情，求之不得，但口里还在推辞："这恐怕不太方便吧？"

刘为英说："方便方便，房费餐费都由我埋单，你就安心地住好了。明天我们一同前去深圳，我回香港发货，你在深圳接货。"

吴近蛟说："既然刘老板客气，我就恭敬不如从命了。"说着就要把氧化银搬进房角的大柜子里去，刘为英忙打手势制止："送到我一位老朋友家暂存，放在这里不太方便。"

两人乘电梯将一箱氧化银降下底层，抬出门口，刘为英招手叫了一辆出租小轿车，再将氧化银抬上去。转眼到了人民医院职工宿舍，吴近蛟将氧化银搬下来，刘为英付了车费。

只听到一阵"久仰久仰"的热情招呼，人民医院外科医生单作斌迎上来，经刘为英介绍后，满面笑容地握着吴近蛟的手连说"欢迎欢迎"，吴近蛟忙不迭回应"打扰打扰"，客套一番。

吴近蛟把氧化银往里搬，单医生忙说"我来我来"，提了一下，太重了没提动，吴近蛟伸出手，两人抬进了房。

这房子不很宽敞，进门是客厅，厅背后是厨房和卫生间，侧面是卧室。一位窈窕身材、烫着时髦发型的中年妇女出来给客人上茶，刘为英介绍她是单医生的年轻太太，在医院当护士。她对吴近蛟微微一笑，倒了茶，灌满茶壶，就到厨房忙活去了。

单医生很健谈，他同吴近蛟一见如故。他自我介绍曾在国民党军队中当过军医，一九四九年后就在这个医院工作，"反右"运动中查出他隐瞒了罪恶历史，被打成"历史反革命"，下放到农村劳动，打倒"四人帮"以后才重新回医院当医生，前两年摘掉了帽子，同一个比他小16岁的寡妇结了婚。他有一个弟弟、一个妹妹在香港，经常托刘为英捎带些洋货过来，因此他同刘为英也是老相识了。在曾经艰苦的日子里，能够给他送来物资和温暖的只有刘为英了，言谈话语中，他对刘为英充满了感激之情。

吴近蛟也把自己的情况告诉他，什么时候参军，什么时候转业，家庭成员，工厂规模等等。他感叹自己同单医生走着一条完全相反的道路，打倒"四人帮"以后，单医生逐步得到了解脱，而自己几乎还年年"挨整"。

刘为英忙打圆场："好了，过去的账就不算了，你们已经清算了'错误路线'，今后就不会再有那一套了。时候不早，我们也该告辞了。"

单医生夫妻两人一听说客人要走，忙起身拦住说，菜已经炒好了，哪有不吃饭的道理？不由分说，又将两人按坐下来，撤下茶杯换酒杯，摆上菜肴。

刘为英说："我们空手而来，这样不好意思啦。"

单医生说："哪里话！经常麻烦你带东西过来，我还真不知怎样感谢你呢。"

刘为英说："那不过是举手之劳，谈不上麻烦。既然单医生一番好意，我们就不好推辞了。"三人就边喝边谈。

酒过三巡，那位年轻的单太太上完菜、蒸上饭，脱下围裙入席："你们光顾着说话，既不喝酒，又不夹菜。"先用干净的筷子给客人夹了菜，又自己斟满一杯酒，恭维说："刚才吴厂长一进门，我还以为是香港客商呢，谁知是咱们内地的厂长。"她吃吃笑了两声，举杯劝酒，大家喝干以后，又给各人杯子斟满："今天我俩正好轮休，陪大家多喝点，干杯！"

酒足饭饱之后两人告辞，刘为英对单医生说："这箱货物暂存你家，你随便放在哪个角落里。这东西无毒无味，不会污染你家环境的。"说得大家都笑起来。

吴近蛟怕他们夫妻俩搬不动，就动手与单医生抬进卧室里。进了房，单医生小声问："什么货这么重？"吴近蛟压低嗓子告诉他："这东西值钱着呢。"

七、捐款仪式

刘镇到达新农公社田塆时，村头已经聚集了不少人。正对着出村的土路上，拉了一面"香港友诚集团捐建田塆乡村公路开工仪式"的醒目标语，两头用长竹竿撑着，一边一个小伙子扶着竹竿，虽然是因陋就简，却也煞有气势。

标语前，十来个人一字排开，每人手里都握着一把系着红绸布的崭新大号铁锹，他们的前面摆了大红的鞭炮，在地上来回绕了几圈。站在正中间的两个人，是新农公社书记方国强和从田塆出去发展的香港友诚集团执行董事田维端。他们看见了刘镇，远远地跟他打招呼。

田维端乐呵呵地跑过来，紧紧拉住了他的手，挨个儿给他介绍主礼嘉宾，有公社、大队的干部和部门领导，生产队长，田家家族代表，和从香港来的公司同事。大家都尊称田维端为"田先生"，又跟着田先生称呼刘镇为"刘书记"。田先生把刘镇拉到自己的旁边站定，往他手里塞了一把系着红绸的新铁锹。

田先生中等身高，长得很魁梧，头发做了造型，一丝不乱、迎风不动，戴一副金丝边眼镜，宽宽的额头发着亮，圆圆的脸盘很滋润，一直哈哈地笑得合不拢嘴。他上穿一件雪白笔挺的衬衫，下穿西裤皮鞋。最与众不同的是，他的衣领中间系了个黑色的领结，又从肩上垂下来两根背带，分别扣在裤腰上，显得格外洋派。

关于开工仪式的程序，现场出现了三种意见。有的说先挥锹拍照、再放鞭炮，有的说先放鞭炮、再挥锹拍照，有的说边放鞭炮边挥锹，同步进行，一时相持不下。最后，省城来的摄影师发话了："从拍照的效果看，先挥锹拍照、再放鞭炮，照片的清晰度好，也不影响喜庆效果。"大家都觉得有道理，就采纳了这个方案。

挥锹拍照、燃放鞭炮后，是各方代表致辞。轮到田先生，他哈哈笑着往前跨了两步，给后排的领导和前面围观的乡亲们鞠了躬，就侃侃而谈起来。

"我家就是田塆人，因为成分不好，我父亲七弄八弄到了香港。后来为了照顾父亲，我放弃了工作，去香港团聚，一晃过去了五六年。现在公司的业务有了一些基础，但还属于投入、爬坡的阶段。有了一点积累之后，父亲马上就想到要回馈家乡。他说：'我们在家乡的近亲远亲很多，怎么为他们做点事呢？要想富先修路，我们力量很有限，不如出点钱把路修好，让乡亲们一起致富奔小康！'"

受到热烈掌声的鼓舞，田先生打开了话匣子："乡亲们可能会问，你这个友诚集团是做什么的？话说我父亲初到香港时，在一家做服装面料进出口贸易的洋行当伙计，后来自立门户，做起了服装辅料的生意。老人家半路出家，生意做得麻麻呲呲，后来年纪也大了，做不动了，我到香港时还是小本买卖。我就到处求人，请求人家把嫌小、不做的生意介绍给我，承诺赚到钱就给他们付佣金。等赚到了钱，我新年去给他们拜年时，恭恭敬敬地奉上了佣金，一再道谢。他们很开心，觉得我这个人有诚信，又给我介绍了更多的生意、更大的老板。香港有一些老板是真心愿意提携后辈，我很感激他们。我们服装辅料的生意一天天有了起色，越做越大，占有了一席之地。后来我琢磨要发挥自己搞机械设计的长处，看到电吹风、电发剪在国际市场上销路不错，就开了个小作坊，开始接单，做一些加工。去年在珠三角投资办了个小厂，滚动发展。"刘镇知道，田先生赴港前在省内的一家机械厂做技术研发工作，没想到他经商也这么有天赋。

接着是主礼嘉宾转场去用餐。不知田先生什么时候养成了抓手的习惯，他一把抓住刘镇的手，肩并肩高一脚低一脚地走在坑坑洼洼的乡村土路上。他一边走，一边跟公社方书记和各位来宾高声地聊着天，大家说说笑笑，不知不觉就到了大队部，里面已经摆好了两桌酒席。

刚坐下来，田先生的随员又拿出一幅标语，上书"香港友诚集团捐建田塆乡村公路捐款仪式"，手脚麻利地贴在正面墙上，又指挥摄影师就位，给田先生递过来一个大红包。

田先生哈哈笑着，打开了红包，对方书记说："我把五万元现金带来了，交给队里，可以随时开工。钱不多，谈不上什么捐款仪式，咱们拍个照，我回去好跟老父亲交差。"

方书记调到新农公社时间不长，对田先生并不了解，也无从了解，因为这个人到目前为止还名不见经传。对于捐钱修路这种天上掉馅饼的事，他多少有点将信将疑。现在一看真金白银的一笔巨款就摆在眼前了，他跟田先生说："您稍等片刻，我有个事，先处理一下。"拉着办公室主任就出去了。

过了一会儿，方书记进来，请田先生喝口茶。又扫了一眼桌上的菜，皱了皱眉头："怎么这样简单？再添几个像样的菜。"

田先生一着急，抓住了方书记的手："喂喂喂！不要这样吵！这些藕条、茼蒿、红薯叶、南瓜花都是我从小爱吃、在香港又难得买到的，所以点名要了。家乡还很穷，我们力量有限，我来已经叨扰各级、各位了，再让地方上多花钱，我心里过意不去呀。"说着，他另一只手抓着自己胸前的衣服，做痛心疾首状，显得情真意切。方书记和大家哈哈一笑，就依了他。

那位随员拿出了两瓶茅台，一桌摆了一瓶。田先生见方书记只顾着聊天，没有开餐的意思，就提醒说："这个茅台是从酒厂直接进的，您品鉴一下。一会儿咱们还要去小学看看，不好让人家多等，各位也忙，咱们吃饭就紧凑一点吧。"

方书记笑着说："不忙，不忙。您去小学母校参观，有没有给他们捐款的意向？"

田先生哈哈大笑起来："这些事，得我家老爷子做主、拍板。我们先把塆子的路修好，我回来拍个照片给老爷子看，他满意了，咱们再说下一步。

当然，如果老爷子同意给小学捐款，我想是不是通过第三方的途径，点名把这笔钱捐给某某小学，我们申请一个冠名权，以我老父亲的名字给小学冠个名，这样你们也不为难。"

方书记是多精明的人，马上就问："那这次修田塆的路，您对冠名有什么要求？"

田先生说："这次就算啦。如果你们有心，就在路边给我们友诚集团做个广告。以后这条路肯定会纳入市政道路，这是迟早的事，我完全有信心。到时候是不是以我们公司的名字给这条路命名，请领导决定。不行也没关系，我们再做贡献，申请其他项目的命名权。"

正说着，两部小轿车开来，停在了门外，方书记一溜烟奔了出去。刘镇判断肯定是领导来了，就拉上田先生跟了出去。

来人是县委书记邓清风、县长冯健雄和县委、县政府的办公室主任。方书记给田先生做了介绍，双方热烈握手寒暄，又回来重新入席。

刘镇有点尴尬，想往第二桌去，被田先生看见，一把抓了回来。

田先生一叠声地向县领导说着感谢、不敢当之类的客气话，邓书记笑着说："这么重要的活动，我们再忙也是要出面的。您是我们江阳的乡贤，是事业有成的港商，我们为您感到骄傲，更要感谢田老和您两代人对家乡的关爱和贡献啊！"

冯县长站起来说："摄影师准备好了吗？那就开始捐款仪式吧。"他和办公室主任安排第一桌的人一一就位，邓书记和田先生站在正中间，拿着红包作捐款交接，拍了大合照，又拍了小合照，冯县长宣布"礼成，简餐开始"，大家哈哈笑着，一起碰了杯。

县委书记和县长到场后，现场气氛尽管还是其乐融融，但是看得出来，立即明显地有了秩序，大家都拘谨起来，只交头接耳，不大声喧哗。

只有田先生一个人依然很活跃。两杯酒下肚，他跟所有的人都成了好朋友，挨个儿拉着他们的手，举着酒杯去给书记、县长敬酒。

他先是拉着田家的族老，给书记和县长讲了他们家族、父亲的故事和自己儿时的记忆，又分别拉着公社书记、大队长、生产队长感激、夸奖了一番，再是拉着摄影记者和文字记者来敬酒。原来，这次田先生是受省政协的邀请回来参观考察，政协报要重点采访他，他就带着两个记者一起来了。

然后，他拉着刘镇的手，走过去说："当着书记、县长的面，今天我要大胆地表白一句，刘镇书记是我最知心的朋友之一！当年他在我们这里当知青带队干部，挂职公社副书记，跟几个男知青就住在我家的老屋里。我在外地工作，回来也住在老屋。当时我家庭成分不好，有海外关系，又是知识分子，走到哪里都觉得灰溜溜的。刘书记没有歧视我，把我当房主看待，对我很客气。我从小就向往当解放军，因为成分不好没有如愿，刘书记就给我讲他们当兵打仗的故事，我听得津津有味。后来熟了，天南海北什么都聊，挺谈得来，长见识。他还叫上男知青一起陪我下棋，围棋、军棋、跳棋，什么棋都下。那些知青血气方刚，开始还较真，刘书记当裁判和稀泥，后来他们也没脾气了，对悔棋、耍赖也见怪不怪，还给我支招，大呼小叫地玩得特别开心。我家老爷子讲究，嘱咐我过年和清明必须回老家给祖宗上坟、烧纸钱。这可是'四旧'、封建迷信，可是我答应父亲的事情必须兑现，那个左右为难、担心受怕啊。过年时知青回家了还好，但是清明节知青都在啊，万一被他们抓住再揭发出来，我的处境就更难了。刘书记嘴上什么都没说没问，但只要我清明回老家，他就白天组织全体知青外出学雷锋，晚上安排集体学习讨论……"

田先生是性情中人，回忆过去他有点动情，缓了一缓说："在我眼里，刘书记是一个有人情味的好领导。我原来厂里的领导和同事对我也不错，给了很多机会，为我现在的事业打下了基础，家乡更是对我有养育之恩。我向家乡的领导表个态，我在外面，绝对不会说昧良心的话，绝不做对不起国家和家乡的事！"

县委书记、县长搭着田先生的肩膀，一起碰了杯、喝了酒。

刘镇想转换一下气氛，就说："书记、县长，我有个想法。田先生给家乡捐款做善事，是不是请他回来投资，让他在这里赚到钱，要不然家乡人也不好意思啊。"

冯县长站起来，拍了一下刘镇，笑着说："你这个刘厂长不够意思啊，我刚才就想到这一点，正想跟邓书记汇报呢，让你抢了先，罚酒一杯！"说完哈哈大笑起来。

田先生自告奋勇："刘书记不能喝酒，我来代他受罚。有一次回来，他留了一瓶'白云边'好酒，都给我一个人喝了。"

干了杯，田先生解释说："我和老父亲已经商定，在家乡只捐钱、不投资。因为在家乡投资，会弄得很多关系不好处。我们是小企业，投资就得赚钱。但是赚家乡的钱，不好意思啊。"

刘镇说："比方您与我们晶体管厂合作，您赚钱、我们也赚钱，这是双赢的好事，没什么不好意思的。您如果有时间，请去我们厂考察一下。您的产品，我们厂承接来料加工是完全没问题的，书记、县长可以证明。"

田先生又开怀大笑起来："我跟刘镇书记几年没有联系，向方书记一提他，还真找到了。这一次恐怕没时间去贵厂参观了，一会儿去小学看看，我就回省城、返香港了，留下遗憾下次再来。我没有那么多精力跑远路，小厂就设在珠三角，离香港近，方便管理。这样吧，我有一个生意场上的好朋友，他是做剃须刀的，做得还挺大，我信任刘书记你这个人，愿意牵线搭桥。我请他派人过来看看，如果有缘分，他会在你这边投一点，如何？"

邓书记马上表态："我看很好！刘厂长啊，无论是田先生朋友的生意，还是将来跟田先生的合作，你们厂只能做好，不能让港商吃亏。而且，对田先生这个重情重义的乡贤，你要保持联系，把这个朋友交好、服务好，把我们县的发展规划传递好。我们盛情邀请田老、田先生和家人多回家乡看看，什么时候回来、有什么要求，您可以请刘厂长转达，也可以直接跟我和冯县长讲。"

冯县长说："对！今后田先生就是我们江阳在香港的窗口，我们县的招商引资，还请您放在心上。"

田先生哈哈笑着作揖。刘镇又跟田先生的随员交换了名片，就回了座。

冯县长问："这个做剃须刀的厂，排放不超标吧？我这里有一个化肥厂，是县城里的污染大户，又高又大的烟囱一刻不停往外排废气，一刮大风，半个县城跟着吃粉尘。废水池子一个连一个，遇到大暴雨，乌黑发臭的废水漫到附近的湖里，污染了湖水，弄得湖里的鱼、莲藕都不能吃了。我早就对他们不耐烦了，三令五申要求他们整改，也多次罚款，他们当耳边风，小打小闹地应付。去年省环保检查团来搞环境保护法执法检查，重拳出击，给他们开出了大额罚单，厂里又贷了一大笔款购买过滤设备，改造生产工艺，把厂长心疼得龇牙咧嘴的，思想觉悟一下子就提高了。"

田先生哈哈大笑，连声说："剃须刀生产达到了国际标准，很环保。"

冯县长又问："做个剃须刀，能有多大的生意？"

田先生又笑起来："哎，您不要小瞧了！现在是电动剃须刀，有各种型号、颜色、价位、档次的，琳琅满目，看得人眼花缭乱，而且还在不断更新换代。就这么一个产品，我朋友在全球的市场份额已经占到百分之五，正在向全球百分之八冲刺呢，生意做得非常好，真是应了'小产品、大市场'的说法。我给每位带了一个他生产的电动剃须刀，大家体验体验，提提意见。"

分手时，田先生跟来宾依依不舍地拉了手："下一次给小学的捐款仪式，您一定要赏面到场啊！"他又拉着刘镇的手到邓书记、冯县长跟前说："我邀请书记、县长方便时到香港访问，刘书记作陪，一切我来安排。"

刘镇回到厂里，拿出那个电动剃须刀，跟马贵荣、杜春堂说了田先生牵线搭桥的事。他们喜出望外，连声说好。

马贵荣说："电动剃须刀的生产工艺不会太复杂，我们主楼三层的车间、旁边副楼二层的车间都空着，正好用上。田先生到底是乡亲，知根知底，说的话也比较实在。不像那个刘为英经理，神龙见首不见尾，弄得神秘兮兮、牛气哄哄的，不好把握。"

刘镇说："这个事能不能成还不好说，但咱们要心中有底，不能打无准备之仗。你明天去趟省城，摸一摸市场和技术，评估一下。然后你负责盯住田先生的随员，咱们要有一个积极争取的态度。如果电动剃须刀厂家来人，如何对接，你也要考虑起来。"

杜春堂喜笑颜开："咱们总算有了制胜法宝！这单生意，书记、县长都知道，估计有人想搞破坏都不敢了。"

刘镇笑一笑说："咱们把自己分内的事做好，领导自然会重视和支持。我倒是想，马技术员你多往你的老师、同学那里跑跑，多了解信息，寻找商机。"

刘镇送走刘为英以后，接连几天到省、市、县有关单位报批合同，最后中国银行市分行同意发出信用证，他就安排吴近蛟前往广州同刘为英会见，顺便把设备和元件接回。

他转身去接四个老师傅回厂做保险柜，谁知四位师傅已被外单位接走了三位，只留下一位蔡师傅，便又通过蔡师傅找了另外三位退休在家的老师傅，重新搭起临时工棚，保险柜生产才又重新动了起来。这样来来去去停产十天，一个月五百台的生产计划掉了一大截。

但工人要求兑现保险柜生产的二十元奖金，说不是我们不干，是领导要我们停工的，领导不能说话不算数。刘镇为难了，一来生产任务没完成，二来接待港商又花了一大笔，哪有钱发奖金？可工人说的也有道理，经过同肖玉娟反复合计，决定发一半——十元，工人才干起来，可干劲却变小了。

奖金刚要发，财务室就打起来了。因为工人意见纷纷，说吴近蛟、陈友香、舒金等人压根儿没沾保险柜的边，他们凭什么拿奖金？有几个不怕鬼的，将这几个人的名字用笔划掉了。

石谦乐颠颠地去领奖金，见自己还有同伙的名字被勾掉了，顿时火冒三丈，口里不干不净地骂，伸手三两下就把奖金名单表撕了。

会计罗园园不干了："你有意见可以提，撕什么表！"

石谦扯着嗓子嚷嚷："我给哪个牛鸡巴的去提！"

几个没拿到奖金的"小兵娃"也在一旁起哄，眼看罗园园同石谦就要打起来。

刘镇听到争吵声，连忙冲进财务室，将双方隔开。罗园园见厂长进来，满腹委屈地"哇"一声痛哭起来。

刘镇把石谦带到自己的寝室，关上门，递了支烟给他。两人抽着烟，沉默了好一会儿，刘镇才问石谦为什么撕表、打人。

石谦原以为刘镇会对他一阵剋，谁知他却递烟过来，显然已做了极大的自我克制，自己也就顺着梯子下楼，以缓和的口气说："我对领导没有意见，主要是这种做法太气人了，把人的名字瞎勾。奖金拿不拿我无所谓，如果早知道是保险柜的奖金，我根本不会去领。我们几个人以我为首的，是没沾保险柜的边儿，我们认为电子行业改行做保险柜，无异是从二十世纪退化到石器时代——我这个比方不一定恰当，但能说明我们对保险柜看不上，当然更谈不上亲自参与了。但是，作为这个厂的一名职工，我就有权得这十元奖金，因为这奖金在目前来看，还是一种平均主义的分配原则。是不是原则，我搞不清，反正就是这么回事儿。何况，在外贸业务上，我是夜以继日地干。可以说，我进晶体管厂八年的工作量还没有这段时间的多。也就是说，我这段工作量超过了八年工作量的总和。那么，将来外贸赚了钱，是不是就我们几个人得奖金，其他人都靠边站？所以我越想越有气。我这人就是这样的个性，你去问问，先前老吴我都骂过，事情过了也就完了。"

刘镇这些年来养成一个习惯：耐心听别人说话，不管反对的话、骂人的话，他都听，让别人把话讲完。他觉得石谦到底是个知识分子，说出话来逻辑性很强，很有表达能力，在这一点上的确比马贵荣强。今天发生的矛盾，有它盘根错节的原因，但偶然包含于必然之中。

等石谦说完，他才说："老石啊，这是我们初次谈心。你的个性，我早有所闻。我觉得，人都有个性，各有所长、各有所短，金无足赤、人无完人。问题是——你这头脑容易发热，恐怕得改一改。你是个大学生，不是一般的莽夫！又是个干部，得有个干部的风格。再说，你虽然比我小几岁，也三十好几了，不是当年造反的'红卫兵'了，怎么能张口骂、动手打呢？你心中有气，乃人之常情。可有气你冲我出，因为我考虑不周，工作没做好，你可不能把气出在群众身上呀！"

一段话，既有苦口婆心地说服，又有委婉地批评，还有诚恳地自责，把石谦说得无言以对。

刘镇再三征求他的意见，他笑着说："我这个人就是这样，脾气发过了，就完了。"

晚上召开了一个小会，吸收蔡师傅参加。

肖玉娟一进门，没见石谦，就问刘镇："对那个瞎子怎么处理？"

"他已经对我做了检讨。"

"他检讨？除非太阳从西边出。"

"不扯他了，咱们开会吧。"

会上，大家认为这个奖金发放的确有问题。为了消除平均主义的弊病，研究后决定采取超工时计奖办法，就是将保险柜从投料到完工的各道工序摆出来，计算一台保险柜各道工序需要的工时，超过工时就分成计奖，完不成定额的按比例罚。大家都认为这个办法好，刘镇请蔡师傅说，由马贵荣记录，肖玉娟核算。

蔡师傅沉默了半天，不好说，催急了，他说："定高了达不到，定低了又亏了国家。"大家说，您说说何妨，反正还要群众通过的。再说，执行一段，如果不合理还可以修改。经过动员，蔡师傅才望着天花板，一笔一笔地报。他报完了，马贵荣也一一记下了，整整写了三页抄写纸。

散会以后，刘镇接了个广州打来的长途，吴近蛟告诉他，设备已经起运，发的是快件，明天中午可到达省城，请派车派人到火车站接货。快件比托运件运费高些，考虑到厂里正等着安装投产，也是划得来的。互道辛苦以后，电话就挂断了。刘镇想，他怎么不随货回呢？多在广州住一天高级宾馆，得多开支多少钱啊！

第二天，他连忙组织人随厂里的"两吨半"赶往省城火车站。陈友香和石谦也要随车去，这种积极性不好阻拦，就让他俩坐进驾驶室出发了。

下午，连人带货回了。汽车装了满满一车，刘镇打开后挡板，上车一数，大大小小整整十件。陈友香回了，石谦没有回。她将托运单交给刘镇，一扭身就回宿舍去了。

刘镇组织人在汽车屁股上斜架四根槽钢，先把六个小箱卸下来，抬上二楼，再卸四个大箱，上推下拉，很快卸了三箱，到最后一箱出了问题，把刘镇的右脚拇指压伤，人们把箱子撬起，他把脚抽出来，当时鲜血淋漓。十指连心，差点把他疼晕过去，厂医急忙给他包扎。他指挥人把箱子全部抬上了二楼，卸下槽钢，汽车开走，才一跛一跛地回到宿舍倒床休息。

"刘厂长的脚被压伤了！"这消息以每秒三百三十二米的音速，很快传遍了全厂。当时没有在场的人都在打听伤势如何，有的说是粉碎性骨折，有的说整个脚都断了，有的说血流了满院子，人当场已经昏过去了。反正众说纷纭，没个准信。

于是，工人们纷纷提着礼物去看望他，他那小小的卧室一时间人来人往，热闹非凡。有劝他好好养伤的，有动员他上医院拍片的，有建议他打破伤风针的。有人好心地对他说："你不要事事带头死干了。你没听别个说，现在的干部，会干的不如会说的，会说的不如会塞的。你干死也没人同情你，还说你没板眼。"有人出主意给他家里捎个信，把家属接来照顾几天。

刘镇认为这是做思想工作的好机会，耐心对工人进行了说服教育。对于接家属来的主张，他一口拒绝："现在农村是栽秧割麦两头忙，你们千万不要给我家里送信。"

人们临走时，都说"小意思，不成敬意"，从提包里将礼物掏出来，有罐头、水果、点心、红糖等，满满摆了一桌子。他左劝右说，动员人们将礼物拿回去，大家当作客套话，匆匆走了。接着来的人，照例提着礼物。刘镇无法，只好将礼物写上各人的名字。

连炊事员老孟也赶这个热闹，送来一大碗漂着油花的猪肝面，抱歉地说："我抽不出时间上街买东西，只做了这碗面条，由我掏钱请客。"大家说："这礼物实惠，刘厂长趁热吃了吧。"刘镇没同意，高低要先付钱后端碗，否则拒食。老孟无可奈何地摇了摇头，接过餐券走了。

晚上，杜春堂和马贵荣前后脚来看他，一进门就惊呼："哎哟！都快成杂货铺啦！"

刘镇一面给他们让座，一面说："脚打伤了，脚疼；看到这堆礼品，心疼！"

马贵荣说："现在都不是这样搞？你这算不了什么，有的干部收的红糖用缸装。"

杜春堂说："你不是因公负伤，谁买东西送你？"

刘镇叹了口气："本来我的伤不重，上了药包扎以后，疼也轻了，血也少了，休息天把就好了。工人这样搞，自然出自于革命感情，但这不是我要快点好，而是要我快点死！"接着，他讲了一个真实的故事。

有一年，他派驻的生产队，队长病了住院，全垸子的社员都给他送东西，光鸡子就装了一笼。有一家孤儿寡母，母亲从坛子里搜出十几个鸡蛋，动员儿子送去。儿子知道家里没有盐了，就到集上把鸡蛋卖了，但犹豫了半天，不敢称盐。他围着医院打了十几个转转，心里想，他是个人，我也是个人，我为什么要给他送礼？后来慑于队长的权威，还是买了一包点心，强装笑容送进了病房……

"这是年轻小伙子亲口对我说的。直到现在，这位队长还不知道，但是我知道。你们谁能保证这些礼物没有工人的油、盐、米、炭？"

马贵荣说："中国是个礼仪之邦，老话说'人情大于债，头顶锅儿卖'。不过成了风就不好。可这股风谁挡得住？"

刘镇说："挡不住也要挡。你挡一点，我挡一点，像沙漠边缘的林带，挡住滚滚黄沙。"

杜春堂笑着说："你说怎么办？未必要我召开职工大会，让大家把东西都领回去？"

刘镇说："不是领回去，而是送回去，请你们两位代劳。"

马贵荣说："这比上刀山、下火海都难！谁送来了还肯收回？我看这样，我们找个商店里的熟人代销，等你好了以后，再还钱给各人。"

刘镇说："能这么办，我明天就上班！可我到哪里找这么个熟人？你是知道的，我最不善交际。"马贵荣指着杜春堂说，他的妹妹在杂货柜上负责，找她准能帮上忙。

于是，三个人说干就干，刘镇按照礼品的名字，一一记在小本上。张三两斤桃酥，李四一瓶橘子罐头，他记一笔，马贵荣往箱子里装一件。然后马贵荣同杜春堂连夜抬走，免得白天被人发现，多些话说。

抬走回来，马贵荣从长椅底下拿出一网袋苹果倒在脸盆里，将热水瓶的水倒出来冲洗，然后递给刘镇和杜春堂每人一个，自己拿起一个啃起来。

刘镇说："我刚才总觉得漏掉了什么没记上账，原来就是这袋苹果。是个没见过面的妇女送来的，当时没记上名字，独独把它漏掉了。你为什么拿着就吃？"

"把这些东西抬走，累死我了，难道不该犒劳犒劳？"

杜春堂看了看网袋："马技术员，这不是你的网袋吗？"

马贵荣对他直眨眼，刘镇明白了，边吃苹果边笑着说："你自己不好意思送来，打发别人来，搞'夫人外交'，你这家伙真有意思！"

第二天，有人发现他们送的礼物一晚上就无影无踪了。很快，人们又打听到，马贵荣同杜春堂把礼物抬走了，去向不明。有人忍不住问他二人搞什么名堂，二人笑而不答。等到杜春堂从妹妹那里结账回来，刘镇按各人礼物的钱数，用纸一包一包地封好，跛着脚到各车间班组科室，先是给各人道了谢，再将钱送到各人手里。

工人哪里肯接："伸手不打送礼人，你这比打我一顿还难受些。"

刘镇耐心解释道："大家的心意我领了，这礼物我不能收。大家工资收入都不高，生活上都有些困难，我这个做领导的心中有愧。我求你们拿着吧，不要影响了你们的家庭计划开支。"

有人说："吃了人家的嘴软，拿了人家的手短，厂长是怕接了我们的礼物，今后不好管我们。"

刘镇说："不要误会，干部领导工人，工人监督干部，这是正常现象，谈不上谁管谁。也不是说礼物退了，今后谁有什么实际困难也别找我。能解决的困难不解决，我还算个什么厂长？"

工人望着他泛白的面孔、渗血的脚趾，颤抖着手将钱接过来。

八、乱花迷眼

兴旺不兴旺，看谁住楼房。这些年，哪个部门跑上风，哪个部门就建高楼、住大房。军管那几年，人武部鸟枪换大炮，从平房搬进了楼房；一说"五小工业遍地开花"，工业局也由古庙"迁都"到办公大楼；最近提出发展外贸业务，在依山傍湖的风景区，一片新楼房如雨后春笋般地出现在人们面前，什么省进出口公司、市外贸局、进出口委员会，一块块牌子挂了出来。两节头的公共汽车，小巧玲珑的出租轿车，在新铺的柏油马路上穿梭般地奔忙。下了公共汽车，横穿过办公楼，就是这些单位的宿舍区，有小院、有楼房。小院是领导住的，楼房是一般干部的家属楼。

这天中午，一个小院门口有人"笃笃笃"地敲门。吕振新正躺在三人沙发上休息，听到敲门声，心中激起一阵不快："谁这么不懂事，专门选中午休息的时候来打扰？"单位里的人都知道，不管春夏秋冬，吕振新每天都要睡个午觉，雷打不动。"中午不躺一下，下午就无法工作了。"所以不管多急的事儿，人们中午是不来麻烦他的。这来人大概是个生人，他不耐烦地说了句"进来"，来人就推开了虚掩的门。

吕振新见石谦抱着一台电视机进来了，霍地坐了起来，趿着布鞋，帮石谦把电视机轻轻地放在写字台上，热情地拉过毛巾给他擦汗，他的老伴儿忙不迭地出来泡茶、递烟。

石谦坐下以后，告诉吕振新："吴近蛟厂长去广州还没回，他要我将电视机送来，顺便向老首长简单汇报外贸情况。"汇报中他特别强调刘镇如何在签订合同时节外生枝，如何在发奖金时刁难。

吕振新听了很生气："你们县委怎么搞的，把这样思想僵化的人安插到有外贸业务的企业来，真不像话。我给他们写个条子，你带回去怎么样？"

石谦虽然不在党内，但他知道上级业务部门对下级党委写条子谈论组织上的问题，无疑是起不了作用的。醉翁之意不在酒，只要老首长知道下面办一件事情有多难，就什么都有了。所以他对传递条子的事没表态，话锋一转，又回到与预见公司的业务上，一口气数了六七样电子产品来料加工，说得眉飞色舞，把吕振新听得眉开眼笑："搞外贸就是一项前途无量的事业！我牵线的几家厂个个都在扩大厂房，有个厂去年赚了一个亿！"他也吹起来了。

石谦告诉他，现在还打算同刘为英经理签订另一个合同，搞换货贸易，以氧化银换对方的彩电散件，回来装配出售。

他的脸色倏地"晴转多云"："现在国家不提倡以货换货，那些商人都是些生意精，我们搞了几笔以货换货都吃了大亏。你说的什么羊？是你们厂产的吗？"

石谦告诉他，氧化银是一种化学物品，虽不是我厂所产，但还可以找路子采购。

他说："你们厂是个生产单位，不是搞买卖的，一般还是以来料加工为好。如果你们想大搞，我还可以把美国一家公司的业务介绍给你们。"

石谦拐弯抹角地向他打听氧化银能否出口，他说不知道，你最好到市海关问一下。

正谈着，保姆端出一碗面来，碗尖上放着三个荷包蛋。石谦说来之前已经吃过中饭，不再影响老首长休息，就退了出来。他才想起彩电没付款，问多少钱，石谦笑着说："我也搞不清，等吴厂长回来结账吧。"

石谦从公共汽车下来，到汤包馆买了四两汤包，拿着牌子找了个空位子坐下，静静等候。

他本不愿意将这彩电送给吕振新，搞得不好，上千块钱就丢到水里了。爱人和孩子眼巴巴地望着他把好不容易盼到手的珍品抱走了，心里有多难过啊！吴近蛟说，舍不得金子弹打不下巧鸳鸯，为了争取吕振新批准出口氧化银，只有忍痛割爱了。并一再保证，给他搞一部彩电和一台"三洋"。他犹豫了几天，今天才乘厂里的便车到省城，执行他们几个人商定的行动计划。

从吕振新刚才的口气看，他对氧化银的交易没有严厉制止，但也不太热心，这对他们的计划无疑是一个挫折。但他石谦是个有韧性的人，认准了的目标，就会一直奋斗下去……

1964年，18岁的石谦遇到人生道路上的第一次挫折。他高考名落孙山，祸不单行，他那当大队长的父亲因贪污盗窃而下台。他身在逆境志不倒，一边放牛一边复习功课，骑在牛背上啃那些原理、公式，第二年再次报名高考，竟以全县最高分被录取到省名牌大学的核物理系，其荣耀不亚于清朝中了头名秀才。

正当他徜徉在高等学府的林荫道上，憧憬着成名成家、飞黄腾达的美妙前景时，突然一场"停课闹革命"的浪潮，将他从明亮的教室卷进了混乱而动荡的社会。这是他人生道路上的第二次挫折。

他看到戴红袖章可以"主宰世界"，就领着一群战友进驻一家大厂夺了权，享受"有权的幸福"。在这个厂里，他认识了一名女工，两人情投意合，私定终身，这就是他现在的爱人。

一晃四年过去，他作为大学毕业生，要下乡接受再教育。在广阔天地里，面朝黄土背朝天地锻炼了两年，然后分配到这家县办小厂当技术员，月工资五十三元，每到星期六挤进汗臭弥漫的公共汽车，回城同爱人孩子团聚，第二天下午再离开安乐窝，赶回厂去上班，每月四个来回的车费就花去了八元。

一次，他见马贵荣的手表放在枕头边上，顺手摸来揣进了口袋。人们后来到他省城的家中将手表从箱子里搜了出来，把他扭送到民兵指挥部，用拳头、棍棒教训了一顿，他遭受了皮肉之苦，还落得个"强盗"的罪名。他精神上受到折磨，从此对马贵荣恨之入骨，但又找不到机会报仇。这不能不说是他人生道路上的第三次挫折。

但凡落得强盗罪名的，有机会还可能顺手牵羊、旧病复发。晶体管厂工人说，石谦是"糨糊手"——碰到什么粘什么。有一次，厂里派人从上海买回装配新产品的两个小变压器不见了，吴近蛟听说是石谦偷了，就动了气，到他房里去搜。他从厕所出来，同吴近蛟干了一仗。不一会儿，人们从粪池里把他扔的两个小变压器捞了起来，他还矢口抵赖，吴近蛟要把他送进民兵指挥部，他怕又把他的头发揪着往墙上擂，就承认了。随着时间的推移，石谦在晶体管厂工人的眼中就是一颗老鼠屎：他既会小偷小摸，又会捡了别人扔的车票回来报销；既能够打痞架，又可以像泼妇一般地骂街。工人根据他的一贯表现，给他总结了五个字：奸、狡、利、滑、赖，还给他起了个日本外号：隔山陡风臭。

吴近蛟为了东山再起，不惜降低标准，起用石谦为军师。石谦也想借外贸谋私利，所以不计前嫌，挖空心思，出谋划策。从这段时间看，经济上的确活泛多了。他每个星期六的中午就从容地离厂，星期一上午才回厂，可以在家待两个晚上，车费报销，还能领一天补助费，只需在报销单上填写"搞外贸业务"，谁敢不批？至于以外贸为名购买的私人物品，每月也有几十、百把块，比过去小偷小摸强多了。美中不足的是，家里四壁空空，一件现代化的东西也没有，比起电影上那些时髦的摆设差远了。他现在到处奔波为的啥？不就是为这些东西么？

好不容易等到了叫他的牌号，他很快吃完了四两汤包，咂咂嘴，用手绢抹了抹嘴上的油，一看表，下午上班的时间到了，就快步朝市海关走去。

石谦进了大门，将介绍信递给门卫，随着门卫的指引，沿中间走廊向右转进了缉私科，受到了阮科长的接待。阮科长看了他的介绍信说："你来得正好，我们正准备最近到你们厂里去。"

石谦做贼心虚，以为氧化银的事败露了，忙问有什么事，阮科长说："你们在进行的一笔外贸业务，我们已收到了批件的副本，不知这业务进行到什么程度了？"

石谦松了口气，简单地汇报了进展情况，同时询问了氧化银能否出口。阮科长查阅了有关文件之后回答他"氧化银一般含银量为百分之九十以上，根据《海关法》规定，一律由国家对外交易，任何单位和个人若有逃避海关检查进行交易的行为，以走私论处。你如果发现此类交易可以揭发检举，能够立功受奖。"

石谦说："我随便问问。现在同外界打交道，贸易往来日益频繁，为了避免国家受损失、个人犯错误，我还得经常来请教。"

阮科长说："我们的业务才刚开展，希望与有关单位今后加强支持和联系。"石谦就握手告别。

阮科长将他送出大门，说："你们今后运回来的外贸货物，需通知我们海关人员到场才准开箱。我们原打算去你们厂，把这一规定通知你们领导，你来了，我们就不去了，请你代为转达。"

石谦说："请放心，一定转达。"

石谦下午搭班车回厂，一到厂就"病"了。第二天清早，陈友香拿着一张到广州的火车票找他，见他躺在床上，用被子盖着脑袋，哼哼唧唧的，看来"病"得不轻。她安慰了几句，只好亲自出马，将氧化银送到广州去。

她急忙回房间收拾行装，正将换洗衣物等往挎包里塞，刘镇推门进来，提醒她今天参加工办在织布厂召开的革新现场会，她哼了一声。刘镇走后，她背着挎包，从小巷子弯出大门，急匆匆地走了。

石谦从窗台上看见她走远了，就从抽屉里掏出一包饼干，大口大口地啃起来。

陈友香到了省城，将氧化银从石谦家提出来，雇了辆三轮车拉到火车站，上了火车将氧化银放在座位下面，前往广州。

广州这座城市，在她心目中是开放、繁华、神秘的。尽管吴近蛟已经详尽作了介绍，但百闻不如一见，她梦寐以求到此一游，这个愿望终于实现了！她这次旅行还有一件私事，就是用金首饰换台"三洋"。据吴近蛟信上说，此事已经办妥。她要亲自提回来、拿回家，不让厂里人知道，免得人们说东道西。自己虽然二十九岁了，毕竟还是个大姑娘，名誉要紧。

一想起名誉，她又想起了刘镇对她那冷漠、严厉而又忍让的神情。当他得知自己不打招呼，不参加会议，私自跑到广州，将会如何暴跳如雷？但是，你能把我怎么样？我就没有点行动的自由？我这不也是在为厂工作么？她东想西想着，就昏昏入睡了。

同石谦比较起来，她的人生道路像条跑顺风的船，既没有什么挫折，也很少颠簸。十六岁那年，她才有车床那么高，就由她那个当局长的父亲通过关系，送到县锻压厂当了一名正式工人。不久，上面提倡"女人当家"，由于她语录背得熟，又是"自来红"，被"突击"入党、"突击"当了副厂长。要不是生活总有意外，她早就是县工办副主任了！他刘镇是个什么东西？敢在老娘面前指手画脚，想指派自己，做梦！因此，她根本没把刘镇放在眼里。越是跟刘镇疏远，就越感到吴近蛟亲，用工人的话来说，就是"他俩抱得更紧了"。

猛然，有人拍她的肩膀，她惊醒过来。随后一句话扔过来："查票！"她飞了一眼，一位眉清目秀、一表人才的青年乘务员立在身边，面含微笑。她这一惊坏了，引起了乘务员的注意，但从货架的行李和她的穿戴没有发现什么可疑的迹象。一般睡着的人猛然被人推醒，都会表现出一种惊愕的神态，不足为奇。乘务员查完票就走了，但他那帅气的制服和摄人魂魄的眼神，却勾起了她的心事。

同她的仕途相比，她的终身大事却坎坷得多。前些年，人们的人生大事只有一个，那就是"革命"。你就看样板戏吧，江水英一心想的是"堤外损失堤内补"，柯湘是个寡妇，阿庆嫂为了与胡司令这些敌人周旋，长期同阿庆两地分居，守活寡。打倒"四人帮"，爱情也解放，婚姻介绍所挂牌开张，集体婚礼隆重举行。那些与她同龄的姑娘，都把被"四人帮"耽误的时间和青春夺了回来，一个个都寻到了如意郎君。

　　她何曾没有异性追求，但自己是个党员领导干部，能草率行事么？虽说不讲究门当户对，也得条件相当吧？可是，新干部职务过低，老干部年龄过大，真是"王婆选瓜，越选越差"，高不成低不就，转眼就三十挨边了。常言道"男人三十是个宝，女人三十烂稻草"，她才逐渐慌起来。

　　前不久，有人给她介绍了个列车员，比她小两岁，饥不择食，她屈就了。也许列车员工作流动性大，个人问题不好解决，大两岁就大两岁吧，男方同意会面。两人约定了时间在公园会面，那位身穿蓝色制服的列车员一听她是副厂长，不敢高攀，就闪动着一双大眼睛，微笑着走了。

　　"哐当"一声，列车停在广州车站。不知是因为旅途的颠簸，还是身处陌生的环境，她感到疲倦而又茫然无措。她肩上扛着沉重的氧化银，手拎提包，机械地随着人流走过月台。在出口处，见吴近蛟和刘为英正在恭候，如同见了救命恩人，心中一喜，疲劳和孤独的无助感都抛到脑后了。吴近蛟接过纸箱，刘为英拉着她的手，随着优雅而动人心弦的广东音乐"步步高"，三人说说笑笑地出了车站。

　　上了的士，吴近蛟将陈友香让进中间，三人挤在小车的后排座上。车开动以后，陈友香像放连珠炮似的，将石谦怎么突然"病"了，自己怎么为了送氧化银亲自前来，告诉给吴近蛟。

　　话刚说完，的士停在民航售票处门口，刘为英下车走进去。吴近蛟告诉她，刘经理今天要乘飞机赶回香港。她觉得，一个香港商人，出门坐飞机比我们挤公共汽车进省城还方便，而且他们行动自由，想来就来、想走就走，她对此羡慕不已。

　　不一会儿，刘为英走出来上了车，的士朝白云机场疾驰。刘为英说："等我们的业务开展以后，我邀请你们乘飞机到香港旅游，一切费用由我们公司包干，还可以给点港币零用。你们放心，那些什么强奸啊、拐骗啊、抢劫啊，把工人的血往资本家身上抽啊，都是拍电影虚构的，实际上是不存在的。"

　　她听了芳心乱动，不由得答道："能借刘经理的光到香港一游，我们也不枉此生了！"

　　把刘为英送上飞机时，陈友香以为他要将氧化银带走，正准备提纸箱送上，吴近蛟将她的手按住了。两人又上了轿车，吴近蛟说了一声"人民医院"，司机点了点头，返回市区。

"累了？"吴近蛟搂住满脸愁容的陈友香的肩膀问。她把这次来没经请假、逃避开会的经过一说，吴近蛟说："你到底没经过风浪，这事也值得发愁？没事，待会儿我给刘镇挂个电话就行了。"陈友香也不挣脱他的手，两眼望着街上车水马龙的繁华景象、搂腰搭肩的红男绿女、接踵而至的商店、琳琅满目的商品，眼花缭乱，应接不暇……

两人来到单医生家，单医生小步颠颠地跑出来迎客，并将氧化银同上次带来的放在一起。

吴近蛟介绍了陈友香，单医生的夫人说："看不出来呀，这么年轻就当了副厂长。"她刚才以为是吴近蛟的夫人，一看这么苗条，不像是生了四个女儿的母亲。幸亏没有喊出口来，不然该多难为情啊。

吴近蛟说："陈厂长今年才二十九岁，已经当了四年厂长啦。经过这几年的锻炼，很有才干，前途无量，在我们那里的干部中间，她是这个！"说着伸出大拇指。

单医生两口子越发啧啧赞叹："吴厂长传帮带做得好！"

吴近蛟满面春风："哪里哪里，靠她自己勤奋！"

辞别单医生，二人回宾馆吃过午饭，睡了午觉，吴近蛟就领着陈友香乘公共汽车来到越秀公园。这里湖光山色，鸟语花香，树木葱翠，令人心旷神怡。可是，陈友香用余光在附近扫了一眼，就看见这里那里，男女青年都动手动脚，猥琐鄙陋。两人正并肩漫步朝前走，就听到身后"啵"的一响，忙转头一看，一对穿着奇装异服的男女青年正站在人行道上接吻。而右边大树底下的一对，女的靠在树干上半躺着，男的扑在女的身上，脸挨着脸窃窃私语。这是电影里都没见过的镜头。

陈友香低着头站住了："引到这个鬼地方玩，肉麻！"

吴近蛟说："让你开开眼界，知道什么叫'开放'。"

由于陈友香坚持不再往前走，两人就转到黄花岗去游玩了。

当晚，吴近蛟给刘镇挂了个长途，一方面告诉他，刘经理回香港发货去了，过两天元件就到；另一方面说明陈友香到广州，是自己叫她来的，没有事先打招呼，看在老战友份上多加体谅。

刘镇在电话中指示他："在元件没有收齐以前，一定不能给对方开收据。如果开了，四十天到期交不成货，对方就有权在香港金城银行提走我们二十多万港币的信用金。陈友香明天赶回来，厂里很忙，生产线设备等她回来指挥安装。"说完就把电话挂了。

第二天清早，吴近蛟赴深圳，陈友香提着刘为英给她用金首饰换的"三洋"，双双离开了宾馆。

陈友香回厂以后，叫舒金将余下的四十公斤氧化银注明是扬声器，火车托运到广州，收件人写"人民医院单作斌"。货送走以后，按照吴近蛟的意见，着手再购买二百公斤氧化银。

晶体管厂大门的两边墙上，各贴了一张大红纸写的公告。一边内容是根据上级的指示，进行工资调整，条件是贡献大小、技术高低、劳动态度好坏，请全厂职工做好个人总结，以便考评，落款是晶体管厂工调考评委员会。另一边贴的是一张喜报，说的是技术员马贵荣根据市场的需要，试制保险柜报警器成功，提高了产品的竞争力。

两张红色公告像两把火炬，把职工的劳动热情"呼啦"一下烧旺了。虽然抽了部分工人突击安装生产线，但保险柜生产仍按计划完成了任务。

刘镇两眼一睁忙到熄灯，什么小人书、的确良，早已忘得一干二净。他还得抽出精力关注吴近蛟那几个人的动向，这几个人行为诡秘，鬼鬼祟祟，不可捉摸。正如马贵荣忠告的，你在明处，他们在暗处，处处想心思引导你犯错误。害人之心不可有，防人之心不可无，不能让他们哄去卖了还替他们数钱，他们什么事都干得出来。

你看吧，说去广州就走，招呼都不打一个，哪像个共产党员、领导干部！他曾找石谦谈过，可石谦装聋卖傻，口封得紧着呢，一点风声也没透。他从王芳口中听说，陈友香没走以前，曾找厂里一位女工通过私人关系到公安局给石谦办理到深圳的边防通行证。刘镇听了一声苦笑，如果现在包拯还坐在开封府，恐怕也有人去走后门了。

陈友香找的这位神通广大的姑娘，竟是吵着刘镇给调动工作的幼师吴菁菁。据吴菁菁说，陈友香以石谦要到深圳接外贸元件为由，交给她石谦的两张照片。她拿着就到公安局找男朋友，正要办，被钱股长发现了，说石谦因盗窃在他们那儿挂了号，这个手续不能办，所以没办成。

王芳说："陈友香这个伢变完了，上班穿裙子，一切与众不同，根本没同工人接触。以前我说话她还听，现在也听不进去了。"

正谈着，门卫匡老头来说工办打来电话，要刘厂长立即去一下。刘镇笔记本一揣就往工办跑，边跑边想，工办会有什么急事呢？

肖主任亲自在织布厂办点，总结了一套技术革新的经验，召开现场会进行推广，竟有三家的厂长没有到会，其中陈友香特别令他恼火。经过调查，会议通知的确发到她手上了，刘镇也口头通知她，怕她忘了。她可好，一抬脚跑到广州去了。这黄毛丫头不简单呐！她有多硬的后台，敢如此目无组织和纪律？于是，他把章忠明拉在一起，听取刘镇的汇报，然后再研究处理办法。

刘镇在领导面前从不隐瞒自己的观点，他认为吴、陈、石、舒是厂里的一个小帮派，这个小帮派在他进厂之前已经形成，只不过在外贸业务上抱得更紧，表现更为恶劣。他把吴近蛟买礼服、住高级宾馆、宴会频繁、迎宾讲排场，石谦以搞外贸为名大量购买电子元件回来报账等等都汇报了，把一件件事、一笔笔账目向领导摊开。后来签订合同，不拿出来研究，同港商搞私人交易，双方签字造成既定事实。结果运回来的设备是破烂货，连坐裂了的塑料靠椅，掉了叶片的吊扇也运回来了。流水线上的钢架，成排的工人刮出一堆铁锈，经过修理、校正、上漆，才勉强能开动。至于陈友香这次为什么私自到广州同吴近蛟会面，原因还不明。

肖主任一边记录，一边气得鼻子直哼哼。等刘镇汇报完，他问："吴近蛟从广州带了多少手表回来？为什么针织厂、织布厂和我们大院都有他的手表？"

刘镇答道："我也不清楚。听说有的人买了上当，到手两天就不走了，打开一看是塑料机芯，找吴近蛟瞎扯皮。"

肖主任说："你们厂的财经制度也不严，为什么给他乱开支？礼服是谁批准买的？——不过，他上有后台，下有帮派，要我到这个厂当厂长，我也严不起来。你们厂的问题不小，我们也有官僚主义。"

章忠明说："不是叫你们把礼服收起来吗？怎么还没收起来？"

刘镇说："接待刘为英，他穿的就是那套礼服。"心里说，你章主任就在现场，也是看见的，你怎没叫他脱下来？

肖主任说："哼！搞外贸搞外贸，搞得又羡人又困难，这样下去又光明又危险。这事又复杂又简单，他们不让你插手，你插手就同你对着干——他在牵着我们的鼻子跑。完全摆脱组织领导，同港商搞私人交易，这样还能让他搞下去？"

章忠明以恨铁不成钢的口吻直埋怨："吴近蛟这家伙又在翘尾巴，又在瞎搞，又在瞎搞！只是陈友香这个黄毛丫头，也变得太快啦！"

肖主任说："现在的陈友香，今非昔比啰！在大调整、大改革的历史阶段，人人都在变，你老章未必就没变？问题是朝好的方向变，还是朝坏的方向变？陈友香明显是朝坏的方向变。像她这样没有经过严格锻炼的'文革'新党员，对共产党的规章制度、纪律和政策又懂得多少？现在一说门户开放，好像国外什么都好，我们什么都不行，把外国对我们的侵略和压迫历史都忘得精光，不知道为了摘掉'华人与狗不得入内'的牌子和'东亚病夫'的帽子，有多少先辈流血牺牲，前赴后继！现在搞外贸可好，先进技术没学到，腐朽思想倒沾染了。如果我们再重用吴近蛟，不光烂一个陈友香，恐怕还有一批相当级别的老干部都要被他拖下水，不信咱们走着瞧！他吹得神乎其神，我们有的同志被他吹得晕头转向，简直把他奉为新时代的英雄、打开新局面的榜样，要封他为厂长，我就看不进去，我顶了！"

他喝了口茶，又激动地说："吴近蛟这家伙一贯不老实，好说假话。他当面撒谎，脸不变色心不跳。凡是说假话的人，总在掩盖不可告人的勾当。据说他同刘为英的这笔交易来头很大，我认为不要寄予太大的希望。光说可以收入多少外汇，就不算算得开支多少钱出去？上次回来一报账就是一千多块，能赚几个钱还是个疑问。至于说以后还有什么收录机、电视机，什么后来居上，那不过是刘镇说的——墙上画饼，空头支票，一文不值！我是举双手赞成你们厂做保险柜的，首先要立足'内贸'。搞外贸要在工办的领导下，工办说怎么搞就怎么搞，搞翻了船工办负责。如果不服，不搞算了。搞了半年外贸，把厂里搞空了，把个人搞富了、腰包搞鼓了。"

刘镇说："我并不是怕担责任，也不是'软懒散'。现在，他在外面风头很大。你一插手，他就地一歪，把这笔外贸业务失败的责任往我们身上推。这样一来，影响很大。我想提请领导注意的是，他如果打了提货收条给港商，那就等于我们有二十多万的押金捏在港商手里了。我昨晚在电话里一再嘱咐他不要随便开收据，但从他同港商一唱一和来看，也禁不住他开了。现在不是赚不赚钱的问题，而是这么大一笔外汇怎么办？"

章忠明说："我同吴近蛟没有勾连，这是可查可访的。现在说不用他，我也没有意见。问题是外贸这条线是他牵的，资本家讲的是私人感情和关系，你不用他，线就断了。饭刚上气就抽火，搞夹生了不好办。他的问题，一下也拿不准。"

最后决定：陈友香回厂后，差旅费不报销；到党校脱产学"准则"，学好了调到外单位去，不能继续留在晶体管厂，走一个好一个；学得不好，不认识错误，再作处理；厂党支部要组织党员认真学习，反对派性，反对资产阶级思想的腐蚀。

九、柳暗花明

刘镇简直搞不懂，为什么从广州回来的人，一个个都像蝉儿蜕了壳，突然变了个模样！这不，陈友香回来了，一头时髦的烫发，额头一绺头发垂下来又弯上去，白色的开胸衬衣，颈项下面衬出浅黄色透明线的汗衫，下穿一条天蓝色的裙子，脚穿红白相间的袜子，蹬着一双乳白色的高跟皮凉鞋，满面春风，连眼皮都在笑。而她那经常嘟成雷公式的小嘴，也变成了一朵桃花。很长时间没同工人接触的她，一反常态，一回来就钻进女工堆里找人说话。女工们也像见到了稀客，问了广州的市容、吃的住的，问公共汽车好不好挤、上馆子吃饭排不排队。接着就问她这裙子在哪里买的，皮凉鞋花了多少钱等等，她都笑着给大家一一作答。

她还特别详细地介绍了东方宾馆房间的高级："……从这里进门，这是弹簧床，这是沙发，这是写字台，这是空调，这是电冰箱，从这里进去是卫生间——解手、洗澡可以不出房间……"她在车间里比划着，女工们一个个听得目瞪口呆，啧啧称奇，好生羡慕。对那些全家三代挤在十二平方米的斗室里，来了客只好从床底下抽出一张三脚矮板凳，让客人坐在门口的工人来说，无异于把她当作天外归来了。

有人问她："住这样的房间，一晚得多少钱？"

她满不在乎地回答："五十二元。"

"哎哟！我的娘！够我一个半月的工资！还要搭上粮贴和副食补助！"

"人家大厂长，花一千、支一万，大笔一挥，公家报销！咱们当工人的，只有开开耳朵荤。"

大家发着牢骚走开了。只有两三个发誓不到广州心不死的姑娘，还围着她问东问西。她也没有兴趣说下去了，便走回房间。

她把塑料钱夹里的车票、收据掏出来，一张一张地理顺，分门别类地粘好，再用刘经理送的礼物——袖珍计算器按了两遍，将数字填在出差报销单上，理直气壮地去找刘镇签字。

"刘厂长，请您给签个字！"说着，她毕恭毕敬地将单据送到刘镇手上，脸上挂着微笑。这是她第一次这么尊敬地、亲热地、带有感情地叫一声"刘厂长"，这也是刘镇第一次看到她一反孤芳自赏、落落难合、高傲地噘着嘴的常态，而且露着笑容。

但刘镇却不动声色地把单据推开了，叫她先把厂里的公章交出来。

这时她才想起走得匆忙，公章还锁在办公室的抽屉里。她顺从地交出公章，刘镇紧接着通知她，县党校开办学习《关于党内政治生活的若干准则》的党员干部班，工办点名要她去，今天报到。至于差旅费，由于未经请假、擅自外出，不予报销！

她听了这些话，好像谁给了她迎头一棒，脑袋"嗡"的一声大了——她陈友香什么时候受过这样的侮辱？她把涌到眼眶的泪水强憋了回去，一转身，怒气冲冲地走了。

第二天上午，她拣了些换洗衣服，拿了些日常用品和参考资料，就上党校去了。

当天下午，吴近蛟回来了。他对刘镇说："元件大部分回齐了，可以马上开工。一条生产线得五十二个人。上生产线的人员要严格挑选，集中培训。"

刘镇笑了笑说:"全厂连孟老头、匡老头在内,才九十八个人,两条生产线,人员安排不过来。我算了一下,一条生产线日产五百台,五千台十天也就做完了。是不是先上一条生产线?"

吴近蛟说:"这日产五百台的定额,香港可以完得成,像我们这些边说边笑、边打边闹、边做边玩的工人,是完不成的。况且,刚学的,技术不熟,工效更是高不了。"

刘镇说:"边干边学,十天完不成,一个月总可以完成吧!"吴近蛟没词了,只好同意先上一条生产线。

刘镇将经过群众讨论的名单给他,他瞥了一眼,就一口气说了几个"不行"。他指着名单说,张三手脚呆笨,李四脑筋迟钝,王五的眼睛有点近视,赵六喜欢小偷小摸……总之一句话:不行!得推倒重来!

刘镇想,这伙计又在玩花招了,且看他如何动作。于是就爽快地说:"那么你看谁上合适?你提个名单,点谁就谁上。"

他支支吾吾,好半天才说:"我们厂的鬼大得很呢!你叫谁上谁不上,他就说你拉拢谁了,排斥谁了。再说,我也不太熟悉,过去劳力调配,都是陈副厂长搞的,她不走就好了。能不能换个人去学,把她请回来?"

刘镇恍然大悟,原来是这么一回事!就说:"不能换人,是工办点的名。机会难得,去学学对她有好处。"

"什么好处不好处?搞工作掌握大的原则就行了。反正我有毒的酒不喝,犯法的事不做,就行了。"

刘镇看出他纠缠着这事不放,就说:"老吴啊,陈副厂长学习去了,厂里领导更少了,我们应该挑起担子,把厂里的工作搞得更好,让她安心学习。"

吴近蛟又说:"我是搞业务的,生产上的事,陈副厂长走了以后,只有石谦上了。在人员安排上,是不是听听他的意见?"

刘镇说:"让他点将也行。"吴近蛟就到宿舍里把石谦请来。

石谦坐定以后问:"你们领导商量事,找我干什么?"刘镇把意思给他说了一遍,他笑着推辞:"我是搞技术的,劳力调配我不管!"

刘镇又耐心地把技术是人掌握的、技术与人的密切关系给他说了一遍，然后说："如果人员安排不当，你的技术工作也不好搞，所以请你来提个方案。"

石谦边听边看了一下刘镇提供的名单，认为是比较妥当的。他看了一下吴近蛟的眼色，说："我无所谓，谁上都行。"说完抬脚就走了。

这样，上生产线的名单一时定不下来。

第二天，章忠明路过晶体管厂，顺便进厂问一下外贸业务进展情况。由刘镇和吴近蛟陪同，在仓库看了运回的元件。由于石谦回厂没有传达市海关阮科长的意见，没等海关人员监督，已经私自将包装箱都打开了。

章忠明见大多是膨胀酥似的泡沫塑料防震包装盒，说："这未必咱们这儿没有，还要大老远的从香港运来？"

吴近蛟马上应承下来："等业务正常开展了，我再找刘经理谈判，有些我们可以生产的，争取不要进口——这样赚得外汇更多了。"

章忠明直点头同意。他又问："明天能不能开工？"

刘镇说："不行。一来劳力还没安排就绪，二来元件没有回齐。"

章忠明说："你们要雷厉风行地干！收据开了没有？"

吴近蛟答道："开了。"

刘镇急了："元件没到齐，为什么开收据？"

吴近蛟说："这么多箱子，这么多元件，你叫我在深圳怎么一件件清、一件件对？"

章忠明说："收据已经开了，收不回来，过四十天不交货，别人就提走我们二十多万港币的信用金，这不是闹着玩儿的！你们一方面派人去将元件要齐，一方面组织人上，有多少装多少，争分夺秒，日夜大干！"

刘镇趁章主任来督促的东风，抓住吴近蛟，要他把上生产线的名单提出来，这样才把劳力安排方案定了下来。

刘镇又与杜春堂分工，走家串户，将上生产线的工人逐个做了工作。对一部分仍然留下来做保险柜的工人，也谈了话。一直忙到夜里快十二点才回寝室，用冷水随便擦了把汗，就上床睡觉。第二天清早，将上生产线的名单交给王芳，要她将人集中到二楼，先开个会，讨论一下规章制度。

他到二楼时，王芳已同工人讨论了六条劳动纪律，有的工人还表了态。刘镇动员了几句，就按照石谦画的草图，将工人一个一个地在生产线上定岗定责，安排落位。

这条生产线，从东到西，占了半边车间。两头两张像乒乓球桌那么大的工作台，东边这头进元件，西边那头接产品，整部电子钟收音机，从东头原件进去，到西头整机出来，一次完成。中间一条六十厘米宽、十六米长的橡胶输送带，各种元件像流水似的从输送带上送来，该谁的元件谁就拿下来，焊接、安装好以后，再放回输送带，流入下道工序，这就叫生产流水线。在输送带的两边，交叉安置有四十四个三角形小操作台，台上放着小剪、起子、电烙铁等装配工具，每个操作台下面，是一把塑料靠椅。由于来的靠椅新旧不一，好在另一条生产线闲置着，两条生产线的椅子归一条用，因此都选的新椅子摆好了，免得你抢我夺地争新椅子。关键问题是要求各人注意力高度集中，动作准确、迅速，协同一致。

"一个个就像《摩登时代》里的卓别林！嘻嘻！"

"厕所也不能上了？憋死人怎么办？"

"谁要坐第一把靠椅，搞三天就要累得吐血！"

"哪个坐在笨头笨脑的屁股后头，该她背时！"

王芳刚说完，整个车间就像鸭母啄破了孵蛋，叽叽喳喳，女工们嚷嚷开了，吵吵笑笑，一声比一声高。大家觉得既新鲜，又兴奋。

刘镇认为反正元件还不知哪一天回来齐，再说大家的趣话当中不是没有值得考虑的地方。比如说，虽然这几十个人像蜈蚣的脚，个个都要动作，但总还有关键工序同一般工序之分吧。人的能力也不一般齐，搞得不好，有人吃不饱，瞪着眼着急，有的吃不了，胀死了。人吃了喝了就要排泄，这是新陈代谢、吐故纳新的规律。一个人上厕所，全车间的人等着，七等八等，一天八小时就过去了！这个问题在香港是怎么解决的呢？由于他有一大堆的问题，就索性让女工们畅所欲言。

刘镇布置完工作，再找吴近蛟，商量到深圳要齐元件的事，全厂都找不到他的人。门卫匡老头告诉他，吴近蛟同石谦一块儿到省城去了。刘镇就写了封信，找个专人送到车站，亲手交给吴近蛟。信是这样写的：

吴近蛟同志：

我正想找你商量提清元件的事，你已经走了，料想你是出发要货了，就写信来告诉你几件事。

一、关于收据的问题。我原以为在元件没齐以前，你不会给对方开出收据的。现在已经开了，请你给对方说明：因为我们是国营单位，收据要盖厂里公章方为有效！

二、你这次前去，除把元件催齐外，还要对方按照合同，尽早派技术人员来，以便指导生产，协商质量检验标准。

三、石谦不要去深圳，他要留在厂里指导生产，由你一个人去就行了。

四、身上带的现金要注意保管，并节约使用，因厂里的经济比较困难。

末了，他原想签上自己的名字，后来犹豫了一下，觉得不妥，就签了厂名，并加盖了公章。

吴近蛟正在候车室里同石谦密谈，接到信一看，火冒三丈："搞了这些年的工作，还没见过这么不相信人的！"

石谦接过去看了，冷笑了一声："左脚踢走了陈友香，右脚就踹到你身上了！你看吧，收据加盖公章和对方来技术人员，都是些难题，你办不到，说你不服从命令，真是一朝权在手，就把令来行，命令如山倒！"

两人经过一阵低声商谈，就退了票，同送信的人一道回厂里来。

吃过晚饭，刘镇才想起送信的事还没回音，就去寻送信的人。他一怕车站人多，难碰到；二怕石谦一起走了，这生产线一大堆的疑难问题找不到人来解答。谁知在宿舍的走廊里，送信的人没找到，却碰见提着个包准备回家的吴近蛟。

"怎么？你没走？吃饭了没有？"

"吃了！我早就回来了！"

"信收到没有？怎么不走？"他见吴近蛟脸色不好，说："走，进你房里谈谈。"

吴近蛟大声地说："我与你没有共同语言！我今天算真认识你了，从来没见过像你这样不相信人的！口头说了还不算，派人送信去不说，信上还盖个巴巴印！好在你现在没捞到我的材料，如果捞到了，你会把我送去坐牢！"

"你何必发火？有话不会慢慢说吗？你是党员，说什么坐牢不坐牢的，不怕别人笑话？你事情多，怕你忘了，写个信去提醒一下，有什么不好？"

"你把陈友香挤走了，还要把我挤走？哼！对不起！下班休息，少陪！"他绕过刘镇要走。

"货不提啦？"刘镇冲他背后问道。

"我还没想通！"他应了一句，背着两手，气冲冲地走了。手上的包，随着他的迈步，左右摆动着。

显然，刘镇信上写的四条触到了吴近蛟的痛处，让他知道什么叫组织，什么是领导，总不能让他一手遮天，为所欲为。可刘镇万万没想到，他会杀个回马枪，退票不去了。这是为什么？是因为开出的收据不好出尔反尔宣布作废，还是因为工程师不好请来？是因为不同意石谦一同前往，还是因为不能挥金如土？这些不好猜测。不过，他赌气不去，船弯长了，拖下去问题不小。港商是不急的，因为有收据捏在他手里，四十天不交货他可以提信用金。吴近蛟更不会着急，他想站在黄鹤楼上看翻船。

现在需要请个人给他做工作，谁去好呢？厂里的党员当中，只有王芳还同他谈得来，她也会乐意当说客，但效果不一定好。看来，只好搬章主任了，他最听章主任的话。

刘镇躺在床上辗转反侧，不知是由于天气太热，还是心中烦躁，总睡不着。当他打定主意让章主任来动员吴近蛟，才慢慢入眠。

第二天清早，章忠明正在院子里打太极拳，刘镇来了。

"有什么事？你说吧。"他继续抬足伸手地比划着，按拳路练下去。自从上次在工办汇报以后，章忠明就不怎么过问晶体管厂的事了。现在，他既不便于拒绝听取汇报，又不想中断天天练。

刘镇望着自己的脚尖，简单地汇报完吴近蛟的"罢工"以后，请求章主任去做工作。

章忠明收了拳，做了深呼吸以后，站在刘镇跟前："像这样的小事也来找我？难怪别人说我对你们厂插手过多！你主动找他谈一谈，多给他戴几顶高帽子，顺着毛摸，不就行了？"他见刘镇面有难色，说："万一做不通，就找肖主任去，我今天还有会。"刘镇听说章忠明最近为晶体管厂的事受了批评，只好闷闷不乐地告辞了。

回到厂里，肖玉娟招手把他请进财务室，告诉他，舒金到市日用五金商店，共提走保险柜的销售款两万五千元，购买了一百公斤氧化银运到广州去了。接着，肖玉娟将购买氧化银的三张发票、运货到广州的托运费收据——三张分别开的是仪器、扬声器、药品，一下子都摊在刘镇的面前。

"他提了钱也不说，害得罗园园昨天开了三张空头支票出去，银行要罚我们的款。"

马贵荣闻声推门进来，看了一下发票和单据："难怪我前天在旅社里，看到房里有两个纸箱子，写的是'广州人民医院外科单作斌医生收'，我以为他们又搞蟹子、柴鱼、乌龟去'进贡'，揭开箱盖一看，是氧化银。舒金办了托运手续回来，我问他医生要氧化银干啥，他支支吾吾地说是给刘老板搞的。我当时没想到是拿厂里的钱。"

刘镇将单据退回肖玉娟保存好，就出来找舒金。匡老头告诉他，舒金往车站走了，刚同石谦两人嘀嘀咕咕谈了一阵，说去买什么银。刘镇抬腿就往车站跑去。

他在车站熙熙攘攘的人群里穿插，两眼快速地搜索。舒金见他进了门，就将草帽拉得低低地，几乎把整个脸面都遮住了，在进站的长龙中慢慢朝前移动。刘镇一眼盯住了舒金，就挤过人群，大步向前将他揪了出来。

"我下城去的，你要捎点什么？"舒金笑着问。

"你下城？谁安排的？有事吗？"

"当然有人安排的，有点事。"

"什么事？买氧化银吗？"

舒金一惊，他的情报怎么这么快？只有张着口点头承认了。

"买多少？"刘镇大口大口地喘着气问。

"吴厂长说还买两百公斤。"

"舒金啊！厂里的经济困难，你不是不知道，你们用厂里的钱买了一百公斤，这个月发工资都成了问题，你哪来的这么大一笔钱再去买两百公斤？"他按捺着愤怒，尽量平静地说。

"老吴原来嘱咐的是先给对方开收据，提货以后对方再向厂里办托收！"

"问题是，现在厂里的银行账上是空的，你办托收，厂里没钱，只能拒付，到时你怎么办？"

"我也觉得蛮棘手。不过，都是领导，我们具体办事的也蛮难，不知听谁的好。"

"你听谁的？你人叫不走，鬼叫飞跑！"

"我把车票退了，回乡下家里休息两天再说。"

"氧化银再不准买了！已发的货，赶快追款！"刘镇说了一句，走了。

吴近蛟在家整整待了三天，每天都由石谦陪伴着，嘀嘀咕咕不知道商量些啥。陶玉莲一下班，这两人就躲进房间，她派小姑娘进去刺探，被赶了出来。

陶玉莲嗔怪他："你总喜欢跟这些'毒蛇'搅在一起，总有一天会被他们缠死！"

"我们在谈工作。"

"谈你们怎么坐牢！"

吴近蛟哈哈一笑："我坐牢，恐怕牢里装不下！"

"你放一百二十个心，牢房在扩建，一层楼改成了两层楼，还怕你没地方蹲？"

"我一不贪污，二不打皮绊，三不反党，凭什么坐牢？"

"到时候看吧，不听我的话，有你好果子吃！你以为凭你那三寸不烂之舌就滑得过去？现在讲法治，严着哩！"

第四天，刘为英从香港拍来了电报。吴近蛟觉得这次前去，具有重大的利害关系，就给刘镇打了个招呼，走了。

这次一反常态，来回只有三天，就把货提回来了。据匡老头说，头天晚上吴近蛟还在广州给石谦挂了个长途，说十八号箱和十九号箱什么的，具体内容没听清。

一大早，刘镇安排了到省城火车站接货的人员、车辆以后，就到工办开工资调整的会去了。下午回来，听说石谦在货运回来以后，将仓库的保管赶了出来，同舒金两个人在里边翻箱倒柜，不知寻找什么宝贝。可能没找着，是空着手出来的。这两个人行动十分可疑，可他们是空着手出来的，拿不到把柄，也不便穷追。

刘镇找石谦研究生产线那一大堆的疑难问题怎么解决，石谦说要马上去省城接香港来的工程师。刘镇想，等工程师来了一块研究也好，就交代邱金波让食堂准备生活，派人到县招待所预订房间，又让人进迎宾室打扫擦洗，准备迎接香港工程师的到来。

可是一连等了三天，食堂也办了三天的生活，第一天没来，鸡鸭鱼肉卖给职工吃了——这伏天，厂里没有冰箱，不吃只能倒掉；第二天也没来，孟师傅只有和进大锅菜里勺出去了。刘镇急得团团转，打电话到宾馆问，石谦第一天说游览市容，第二天说参观名胜古迹，第三天下午快要下班，工程师在吴、石两人陪同下，空着手来了，连名片都没带一张。

刘镇对来人一打量，他不过二十来岁，留着又稀又黄的胡子，长发齐肩，男不男、女不女，上穿一件咖啡色花格短袖港衫，下穿劳动布牛仔裤。要不是吴、石两位大爷陪同，准把他当成是公司派来的伙计。不过这也难说，菩萨不在大，灵验就行。

刘镇先把他请到迎宾室里，酒肉相待，吃饱喝足，然后到生产线检查，打开车间大门，将所有电灯拉亮。

别看工程师年纪不大，架子可不小呢！一进车间门，这也不顺眼，那也不如意！他问："你们陈副厂长呢？"——他怎么知道这个厂有个陈副厂长？！

吴近蛟眼睛望着脚尖，低声下气地说："领导抽她学习去了。"

"头疼！头疼！"他不无遗憾地拍着额头。

"抱歉！抱歉！"吴近蛟直点头哈腰。

就这样在车间转了一圈，退出来，下楼，又钻进了出租轿车。

一直没开口的刘镇这时禁不住拉着吴近蛟问："他不是来指导生产的吗？怎么就走了？"

石谦插话答道:"他的行李还在宾馆里,没有衣服换洗,明天拿了行李再到这里住下来。"

第二天早上,石谦给刘镇挂了个电话,说香港昨晚来了电报,催工程师今天赶回去。工程师说我们生产准备工作没搞好,过些日子等我们准备好了再来。刘镇再三挽留无效,只好作罢。他知道是吴、石二人从中搞鬼,同港商一道演双簧。放下电话默默一算,收据开出已经十五天了。

香港工程师走了以后,吴近蛟同石谦又对生产积极起来,主动找刘镇商量生产线人员的落实。

刘镇说:"人员安排你们同意了的,这些人一直等着落位,开工时给他们指派一下就行了。"

吴近蛟说:"我们请教了香港工程师,按他的意见要做些调整。"

于是,三个人又重新安排劳力。按照新方案,做保险柜的骨干力量,特别是厂里几个男劳力,都拉上了生产线。刘镇知道他俩存心要把保险柜生产挤掉,但想起章主任的"一切让路、集中力量搞外贸"的指示,况且惦记着收据已经开出十六天了,时间宝贵,就按照新方案将人组织起来,交给吴、石二人。

蔡师傅等几位来厂支援的退休工人眼看着刚搞熟的人又被扯走了。上一批扯到楼上去的人,说是搞什么外贸业务,实际上啥事也没干,坐着吃闲饭。他们觉得这不是一个长远班子,对刘镇说,等你们厂理顺了再来,坚决不干,结账走了。老师傅一走,保险柜生产又停了下来。

这时已进入盛夏,但晶体管厂像刘镇刚进厂时一样,碰上倒春寒,一副冷冷清清的景象。

田先生介绍的剃须刀老板乔兆庆,很快就派了一位邓经理来晶体管厂考察。乔兆庆是晋商后代,跟田先生沾点亲,算是拐来拐去的远房表姐夫。因为两人都爱好琴棋书画、喝酒交友,所以走得很近。乔先生创办的香港兆庆电器集团有限公司,主打产品就是电动剃须刀。

得到好消息后,刘镇赶紧给田先生发去电报,问他对接待工作的意见,田先生回复了八个字:"诚意为要,其他随缘"。

杜春堂明知这件事在章忠明那里难以说通,就托了工办的司机小李报信，趁着两个主任都在，刘镇进去，汇报了邓经理的行程安排，请示接待工作。

事情的由来，肖主任是清楚的，所以当刘镇建议向县委、县政府办公室报告时，他并没有感到意外。

章忠明马上问："这个香港兆庆电器集团和乔老板，你了解吗？怎么搭上的线？为什么要报告书记、县长？"

刘镇如实回答："不了解，是一位也在香港做生意的乡亲介绍的，乔老板是这位乡亲的远房表姐夫，也算是跟我们江阳有关系。"

章忠明敲着桌子说："刘厂长，你是厂里的一把手，要有胸怀！不能为了压吴近蛟一头，就好大喜功，把八字没一撇的事往书记、县长那里报！万一成不了，不是坐蜡吗？"

肖主任出来打圆场："要不这样吧，我去跟两位主任问问，他们眼界宽，看知不知道这家香港公司和港商的底细。具体情况，我怕说不清，要不刘厂长跟我一起去吧。"

很快，两位主任就传达了书记、县长的意见：届时请这两位办公室主任到场，向兆庆公司的代表简要介绍县里的情况，表示欢迎。

刘镇召集了"头头会"，布置接待工作。吴近蛟和石谦也参加了，但他们明确表示抽不出手，干不了。最后确定杜春堂负责厂容厂貌，马贵荣负责技术流程，其他人各司其责。

吴近蛟酸溜溜地说："不用这么紧张嘛，上次接待刘为英经理，我们把路子都蹚出来了，接待室也是现成的，你们照抄就行，不费吹灰之力。"

石谦阴阳怪气："我觉得电子钟收音机的生产要优先保证，确定的人员就不要动了。晶体管厂上保险柜已经是闻所未闻，现在还要做剃须刀，下一步该做月经带了吧？"

舒金表示怀疑："哪有天上掉馅饼的好事？不会是碰到骗子了吧？"

杜春堂说："上次港商来是什么架势，大家都还记得。这次有这次的规矩，请无关人员回避，行政股把参加不了的名单列出来，提前半小时检查、清场。到时，大家要一切行动听指挥，以热烈的鼓掌和热情的笑容迎接客人。"

刘镇借机把保险柜生产又恢复起来。吴近蛟和石谦一看被他们戳散的班子又聚起来了，气急败坏出来找歪，指着马贵荣的鼻子嚷嚷："耽误了外贸你担得起责吗？我们要向工办反映，还怕没有人管你！"

马贵荣说："你们可以去反映。保险柜生产也列在接待方案里，上面都是批准了的。"

吴近蛟慌了神，赶紧去找章忠明，见章主任脸色铁青，一言不发，只好告退。

兆庆集团的邓经理带着一名助手邓先生来了。邓经理不苟言笑，老是一副严肃、专注、若有所思的样子，让人心里没底，给刘镇造成很大的精神压力。他们把厂里所有的地方都走遍了，每到一处邓经理就详细询问各种情况和数据，邓先生则问能不能拍照和录像，得到应允后，就不停地拍录起来。

原来，兆庆集团要上新的生产线，准备把旧的生产线以来料加工的形式往内地省份迁移。经田先生力荐，乔老板在内部确定了一个底线，如果刘镇厂长的工厂达标，就重点考虑跟他们合作。

看完了、拍完了，邓经理还是一脸严肃，执意要走。刘镇心里"咯噔"一下，估计考察结果不太妙。他瞟了一眼肖主任和县委县政府的两位主任，大家的情绪都有点低落。

全厂的人都在厂门口列队，鼓掌欢送两位邓先生。邓经理走到了车门口，正准备上车。也许是大家失望的表情让他有点不忍心，他又折回来，对着在场的人露出了全程唯一的一次笑容，用不太灵光的港式普通话说："只要这个世界上还有男人，我们的剃须刀就不愁销路，但愿后会有期！"

这一次，大家热烈的鼓掌和热情的笑容，都是内心情感的自然流露。

十、深夜访客

邓经理考察回去不久，就给晶体管厂寄来了厚厚的一份来料加工合作意向书，令刘镇又喜又忧。其中最核心、也是刘镇最关心的，就是需要投入多少资金，订单有多少。

钱不是万能的，但是没有钱是万万不能的。建设银行傅行长对贷款的态度非常干脆："你们用自有资金解决。账上没钱？那还找我干嘛？"

县外贸局邵局长对剃须刀生意一听就火冒三丈："你们搞点新鲜玩意儿行不行？香港兆庆集团淘汰的旧设备转让给你们，设备费两万港币，一次性交清？先签三万个电动剃须刀的来料加工合同，每个加工费三港币，港方一次发元件五千套，每套交信用金三十港币，一次要发出信用金十五万港币？同志哥，你们晶体管厂前面那单外贸业务，到现在还不死不活地甩在那里，我正发愁怎么为你们擦屁股呢，你又招来一单！我们外贸局不干别的，整天就给你们收拾烂局呀？"

刘镇赶紧给田先生发电报，想请他从中周旋一下。田先生回复了八个字："在商言商，机不可失"。话是这么说，他还是请乔老板喝了酒，兆庆集团同意将两万元设备费改为从加工费中逐步扣除。

在工办，章忠明听了默不作声，刘镇碰了个软钉子。

肖主任问："刘厂长，你对这个事情有什么考虑？"

刘镇直挠头："外贸确实是不好做。不像我们正在争取、前几天你们主任们还帮着跑市电子局的三极管项目，上面直接就把设备调拨过来，我们不用花钱。现在靠我们自己从哪里弄钱？只能请领导出面解决。除了资金问题，深究起来，我们对港商和港企也不了解，心里没数，害怕有风险。一遭被蛇咬，十年怕井绳。但是，现在厂里是等米下锅，饥不择食，我也左右为难。"

肖主任问："电子钟收音机赶快搞起来，钱不就回来了吗？"

刘镇婉转地说："还有点问题，我们正在解决。"

因为剃须刀生意是田先生介绍来的，刘镇就向肖主任建议，找县政府办公室尹主任反映一下情况。

这一天，冯县长召集县工办、外贸局、银行等单位领导和刘镇坐下来，开了一个协调会。

建设银行的傅行长率先表明态度："项目所需资金，建议晶体管厂用自有资金解决。我们正在搞试点，今后企业上项目，要从无偿使用国家资金变成有偿使用，从盲目争投资、争材料设备，变为认真核算经济效果，从敞着口花钱，变为精打细算；从抢花国家的钱，变为先用自己的钱……"

冯县长插话："傅行长，我先请教一句，你说的是基本建设投资改革试点吧？跟今天要讨论的，不是一回事吧？你又在跟我打太极哈。"

傅行长笑起来："在你这样精明的领导手下干活，一点马虎眼都打不了，太累！现在银行必须算经济账、降低坏账率，是事实吧？晶体管厂账上没钱，我真是没辙。"

县外贸局邵局长接着说："晶体管厂今年年初上的电子钟收音机外贸业务，现在搞得怎么样？同时上两个外贸项目，外加保险柜项目，资金、厂房、人员是不是顾得过来？是铺新摊子好，还是从现有项目挖掘潜力更有效益呢？如果前一个外贸项目确实不灵了，是不是应该在总结教训、弄清责任之后，再接下一单呢？"

肖主任说："晶体管厂的前一个外贸业务，占用了资金和资源，但还没有形成生产能力和经济效益，问题正在抓紧解决。保险柜生产任务并不饱和，大部分工人没活干，还在玩，厂里一半的厂房闲置着。给工人发工资，偿还厂里欠的外债，光靠保险柜一个项目肯定不行，还得找活干。"

冯县长说："晶体管厂的上一单外贸业务，是我们县的第一单来料加工外贸生意，大家都没有经验，做得不顺利，有各种各样的原因。晶体管厂积极找活路，没有'等靠要'，这一点值得肯定。现在他们再上一个新项目要花多少钱？如果他们撑不下去垮了，要花多少钱来收拾残局？你们几位会算账，帮我算算。"

几位都不做声了。冯县长接着说："我也不是偏袒晶体管厂。县里的工业企业，都是1970年以后发展起来的地方国营和集体所有制企业，成立时间不长，靠统购包销的奶水养大。现在一下子断奶了，推向市场，很不适应，好几家企业都相当困难。你们也出出主意，救不救它们？如果让它们自生自灭，它们垮了，政府分别要负担多少？你们帮我一并算算。既要算经济账，还要算民生账、社会账、政治账，既要算眼前的账，也要算长远的账。"

邵局长、傅行长都表示回去好好研究，拿出方案来。

冯县长又对刘镇说:"刘厂长,你也不能一味只管哭穷卖惨。你说说,有什么打算?"

刘镇说:"刚才领导们说得有道理,我考虑,这次要吸取教训,把好关。签的合同必须对双方都有约束力,充分保护我们自己的利益。还有人提出,即便是牵线人田先生很可靠,可是我们对乔老板和兆庆集团并不摸底。我想,上次田先生回乡是省政协邀请的,是不是我们派人去省政协了解了解,以便知己知彼?"

冯县长点点头:"就应该这样一步一步、踏踏实实地往前走。拿着晶体管厂的介绍信去不一定管用吧?县政府的介绍信应该更好使吧?要不辛苦尹主任陪他们跑一趟?"

尹主任和杜春堂到了省政协,接待的同志说:"我们跟田维端先生只接触过一次,印象不错。他是省外贸厅介绍过来的,他们应该更了解。"他请两人稍候,拿着介绍信出去打电话了。过了一会儿进来:"联系好了,你们去省外贸厅找梅处长,走过去不远。"

梅处长是一位中年女性,烫了卷发,化了淡妆,穿着合体的职业套装,显得格外精干。

梅处长说:"我省在港的乡亲准备在香港成立一个同乡组织——江港联谊会,我们和省政协联合,把筹委会成员邀请回来参观考察,田维端先生是其中一位非常热心、活跃的乡亲。田先生的父亲田老是我们的老朋友,他经济实力一般,但为人热心快肠,对家乡很有感情,还把长子田维端先生介绍给我们。接触后,我们觉得田先生联络交际、组织协调能力都很强,是个搞社团的好苗子。美中不足的是,他正处于事业上升期,投入社会活动的时间和精力比较有限。"

杜春堂问:"还有一位乔兆庆先生,您认识他吗?"

梅处长说:"我们在香港的乡亲不是很多,跟广东、福建没法比,所以筹委会就把跟我省有各种联系、在港乡亲的亲朋好友、香港有影响力的人士都纳入到发展会员的视野里,其中就包括乔先生。他是我们省的女婿、田先生的远房表姐夫,经济实力比较强,做得很大。他在珠三角办了一个现代化的工厂,我们去参观过。"

杜春堂顺便问："那田先生的经济实力怎么样？"

梅处长介绍说："他的家族企业是做服装辅料生意的，他接手时只是一个小公司，经过这几年的经营，公司已经大有起色。上了轨道以后，他就把这块生意交给弟弟妹妹打理，自己只抓大的方向，把主要精力放在开发生产理发用具方面，主攻产品是电吹风。他赴港之前是机械厂的技术员，爱琢磨技术，所以进入这个行业后干得相当不错。"

杜春堂点点头："他说在珠三角办了个小厂。"

"是的。他的电吹风企业尽管现在还处于起步阶段，但势头很好。他把香港的房子抵押出去，贷了一笔款，在珠三角拿了地、投了厂，滚动发展，订单上升很快。乔先生也在他的电吹风公司里投了资、入了股，表示认可和支持。"

尹主任听梅处长说了半天，觉得没多少新鲜玩意儿，炒剩饭居多，对县里决策上不上剃须刀项目、怎么跟港商谈判，没什么直接的帮助，难免有些急躁，笑着说："恕我直言，您到香港出趟差，待个三五天，顶多了解个表面吧，对港商港企真的看得准吗？"

梅处长并没有恼，仍然不卑不亢："我谈的情况都是从公开途径得到的信息，不涉及商业秘密和个人隐私，这是我们的工作原则。香港的特点是地方不大、人口密度大、资讯很发达。我们可以很负责任地说，对田先生和乔先生，人们的评价比较一致，跟我们的印象也比较吻合。"

杜春堂倒是觉得兼听则明，梅处长的介绍比较成系统，通过这一官方渠道，印证了前期了解的信息很有价值，就赶紧解释："我们正在跟港商谈合作，这样就放心多了。"

梅处长表示理解，笑着说："现在香港同内地的商贸交流、人员往来越来越密切，内地纷纷到香港招商引资，这是大势所趋。不过，提请你们注意一下，乔先生是晋商后代、山西同乡联谊会会长，山西方面肯定会积极争取他去投资兴业，到手的鸭子可别让人家抢走了。好在我省交通便利，又是乔先生的太太是我们的乡亲，这对你们来说无疑是优势。"

马贵荣再次跨入鹦鹉洲电器总厂的大门，是名正言顺地去拜访该厂的副总工程师董昌盛。

马贵荣进入大学的第一天就认识了他，大学毕业后两人各奔东西，没再见过面。此番相见，分外亲热。

董昌盛一边笑呵呵地给马贵荣沏茶，一边说："咱们两家哪天约好一起，去我干爹干妈家吃火锅吧？"

马贵荣和董昌盛都是外地人，来这里上大学人生地不熟的，父母很不放心。幸亏马贵荣家所在国营农场的附属医院有个张医生，她的女儿在那所大学任教，父母就拜托人家照顾。新生马贵荣一出火车站，远远就看见郑老师举着纸板来接他，见了面就热情地招呼起来。她的爱人罗老师也来了，手里拿着另一个纸板，要接从他家乡来的一个叫"董昌盛"的新生。

"当天傍晚，咱俩就被请到郑老师罗老师的家中，饱餐了一顿热气腾腾的火锅，想家的愁绪和肚里的馋虫立即就被安抚了。"马贵荣绘声绘色地叙起旧来。

"干爹干妈以事业为重，平常一日三餐都在教工食堂解决。但是，周末只要有空，他们就使出一个秘密武器来给我们改善生活，那就是小火锅。"

马贵荣比较腼腆含蓄，不像董昌盛见面没多久就对罗老师郑老师"干爹、干妈"地叫开了。好在两位老师对他们一视同仁，关爱有加，尽其所能地买回粉条啊、豆腐啊、青菜呀，每次多少都会弄点荤菜，哪怕只是小鱼小虾、泥鳅螺蛳，洗净备好，等两个学子一上桌，就不停地往小火锅里放菜、往他们碗里夹菜。

"咱俩上了大学以后，个头还往上冲了一截呢，郑老师、罗老师家的小火锅功不可没。"马桂荣笑着说。

董昌盛很感慨："每次吃饭，干妈都热情地给我们夹菜，陪我们聊天。干爹则比较安静，总是笑眯眯地听着，不时插上一两句。我们两个学生，聊的无非是上了什么课、听了什么讲座、看的好书、打的球赛、怎么抢占晚自习的座位、考试哪门考好了哪门考砸了之类的鸡零狗碎，他们都听得津津有味。干妈也会讲他们出差啊、上课啊、做科研啊、系里的趣闻啊，就像家人一样。"

马贵荣说："有一年，我们和两位老师同时上了校'光荣榜'，名字登在校报上，罗老师是先进工作者，郑老师是先进班主任，你是优秀学生干部，我是三好学生，那次真是高兴啊。郑老师对她班里的学生特别负责任、有爱心，有的学生生了重病，她就带着转几趟公共汽车、轮渡去大医院看病，通过私人关系联系住院手术，跑前跑后。她班上的学生都很齐整优秀，跟她很亲，毕业后经常约着回来看她。"

董昌盛说："他们两位言传身教，是我的榜样啊。我刚刚从基层调到'鹦鹉洲'厂，负责产品升级换代的研发工作。比如，过去电视机、收录机都是手动来开关、调频道音量，以后要用遥控器。电器行业大浪淘沙，竞争激烈，压力还是蛮大的。"

马贵荣顺势谈了晶体管厂目前的困境，提出给"鹦鹉洲"厂供货的想法。

董昌盛建议："你们小厂最好是选择生命周期长、适用范围广、通用性强一些的产品。经过这一段的研发攻关，我判断今后遥控器的前景会非常好。别看它只是不起眼的配角，但也许以后那些大件、主角被更新淘汰了，它还能继续走下去。再有一个是音头，所有需要发出声音的电器都要用到音头，使用范围非常广，也是不错的产品方向。不要看它们小、不起眼，有时候小产品也能做成大市场。如果以后你们把这两个产品做起来，不要忘了谢我这个'媒人'啊！"两人哈哈大笑起来。

刘镇一听说跟"鹦鹉洲"厂搭上了这层关系，喜得不得了，催着马贵荣："你赶紧跟进这两个项目！一定要把遥控器这个阵地攻下来，尽快请董总工到我厂考察，对音头产品马上作论证、找市场。"

剃须刀生意一时没有结果，吴近蛟心里幸灾乐祸，决定采取更加明显的"不合作主义"，给刘镇施压，逼他就范。

吴、石二人把电子钟收音机生产线人员带上二楼，将零件清了一套出来，每人发一件，让工人认这是电阻、这是电容、这是开关按钮等等，然后又清了两套，派人送到宿舍里，关上门再也不出来了。

这是他们商量好的计谋。刘为英在向吴近蛟"追债"——一千公斤氧化银。经过再三哀求，双方达成先付三百公斤的默契。已交一百公斤，还差两百公斤。吴近蛟给刘为英拍了胸脯，为他办个出口证。但听石谦的口气，私人钻路子有一定的难度。但如果以企业的名义出面办，恐怕刘镇这一关难以通过。

"你不让我顺手，我也不让你好过！"他同石谦合计以后，决定采取三条措施，一是给香港来的工程师"做工作"，把他支走；二是以"调整人员"为名，逼迫保险柜生产停工；三是把生产线拖下去，到了时间，港商那边提走那一大笔外汇，不愁刘镇不跪倒在自己的脚下，听从指派。

于是，他同石谦拿了两套散件，就躲进寝室去了。虽然盛夏酷热，但关着门，有台电扇呜呜地吹着，也不怎么热。

刘镇敲门进来时，两人正在埋头苦干。他们告诉刘镇，第一次搞这种"洋机器"，还摸不到门，自装一台试试看，摸摸规律，才好指导生产。以其昏昏、使人昭昭是根本不行的！刘镇没说什么就匆匆走了。

隔天，邵局长由刘镇引着进来，问搞得怎么样了。

石谦笑着答道："没有样。"

邵局长急了："这样长的时间了，一台都没装出来，人家来的工程师又给放跑了，不知你们搞的什么鬼名堂！不能按时交货，是要追究责任的！"

在邵局长的追问下，石谦才支支吾吾地说，元件还没到齐。

刘镇听见，转身就走了。一方面安排王芳带领工人按照装箱单清理元件，一方面通知党员开会。

当刘镇来找吴近蛟时，邵局长已经走了，吴近蛟在石谦房里，两人正谈笑风生。刘镇通知他开党员会，他说就来。党员到齐了，刘镇又去叫他，他说就来，还是接着谈他们的。党员等得不耐烦了，说搞什么名堂，这哪像个党员的样子！刘镇再去请他，他开始还不想走，看到刘镇站在门口，大有"你不去我也不走"的劲头，只好跟着来了。

党员会一开始，大家就对照"准则"给吴近蛟提意见。

大家说："吴近蛟穿戴像港商，思想言行像奸商，挥金如土，不干实事。"

"陈副厂长去学习，是组织上的安排，外人有什么权利指责？你为什么点头哈腰说抱歉？"

"你对刘厂长有意见，也不能把工作丢下不搞，你到底对生产线作何打算？"

"几次开党员会通知你，你不来，同那几个人搅到一起。都说'内外有别'，你同港商、同厂里那几个人无话不说，同我们党员像仇人，这就是你的'内外有别'？"

大家你一言、我一语，说得吴近蛟脸上红一阵白一阵。他最怕组织的力量，像一道万里长城，他无力跨越，又不能漠视它的存在。他一听通知开党员会就觉得不妙，自认为是过五关、斩六将的英雄，这一下子被逼到了华容道上。

但在大家的发言中，没听到有人提手表、氧化银、电视机、"三洋"，他这提到嗓子眼的心才稍微放了下来。

像有意给他解围似的，这时下班铃响了。刘镇止住了大家的发言，低声问他是不是说两句？他说："大家对我提了批评，我不想多说明。我这个人像个小媳妇，起早了怕丈夫见怪，起晚了怕得罪婆婆。刚才通知我开会，石谦拉着我说元件还不齐。请领导组织人清一下，看差些什么，我再去提回。"

最后刘镇说："我们厂当前的状况，大家都看到了，只能一心一意把外贸搞好。但我们一定要在工办的领导下搞外贸，艰苦奋斗搞外贸，只能学习外来的先进技术，而不能学习资产阶级的思想和作风。我不多谈，散会！"

吴近蛟被党员会将了军。上次，若不是为了与刘为英合演一出"明修栈道、暗渡陈仓"的戏，他是不会到广州把元件提回来的。

他同刘为英约定，等一百公斤氧化银到广州以后，就由香港发出二十台"三洋"原装大收录机，从这批元件里夹带进来。二十台，每台六百元，乖乖，一万二千元啊，转手就等于是二十年的工资收入！因此，他主动对刘镇让步，好像什么事也没发生，就前往广州。

刘为英在香港打来的电话里暗示，收录机在十八号、十九号箱里，他急忙给石谦打电话，让他留意，在火车上他考虑再三，觉得这批私货落厂不妥，就临时应变，下火车后用三轮车单独将两箱私货拖走，神不知鬼不觉地藏到石谦老婆的床底下。

石谦接到电话后，领着舒金将保管赶出来，两人关在仓库里，却没发现十八号、十九号箱，于是傻乎乎地将所有箱子打开，热得汗直淌，最后还是什么都没找到。

石谦到省城同吴近蛟见面以后，吴近蛟把自己的临时变动告诉了他，石谦听了，喜得手舞足蹈，大拇指一甩："高！实在是高！"

当石谦赶回家里，看到二十台崭新的"三洋"，其欣喜若狂的心情，不亚于阿里巴巴进了那个用咒语"芝麻、芝麻、开门吧"叫开的藏宝无数的洞窟。他用一只脚打着拍子，鼻子里哼出爵士音乐。当时他坚持同吴近蛟到广州接货，就是为了得上一股，现在好啦，全都送上门来啦！真是有福之人不用忙、无福之人跑断肠啊！

市面上，连国产"鹦鹉洲"牌收录机都供不应求，挤破了头买不到，得靠托关系、走后门。这原装进口的"三洋"，简直就是大肥羊啊！他抱着双臂，眼睛盯着"三洋"，脚尖打着拍子，鼻孔哼着曲子，头脑里飞快地盘算起来：先用一台换一辆摩托，免得挤公共汽车；接着抛售一台出去，弄两个钱花花；再用两台敲开人事部门的大门，换个调令调回市里，这牛郎织女的生活也该结束了！

眼下，吴近蛟的心情却没有多畅快。第二天，他叫孟师傅从食堂倒了四斤麻油，用个塑料壶盛着，拿着缺货清单，又一次到广州去了。

当天晚上，刘镇正坐在房里看报纸，一个妇女推门进来问："您是不是刘厂长？"刘镇看她不像本厂的人，她怎么晓得我？找我有什么事？正在狐疑，来人却大大方方地坐在靠椅上，给刘镇递了支烟，自己也叼上一支，自我介绍："我是吴近蛟的爱人，叫陶玉莲，在针织厂工作。"

"稀客！稀客！"刘镇热情地给她倒茶，并打着了打火机，给她把烟点燃，抱歉说："从部队转业这些年，调到这个厂来也半年了，还没有去看望你！"

陶玉莲说："我很早就想来同你拉拉家常了，可白天忙上班，晚上忙家务，现在觉得再不能拖了，就来找找领导。"她告诉刘镇，自己是个党员，在车间负点责，他们有四个女儿，老大已经工作了，老二上高中，老三上初中，老幺上小学，孩子们学习成绩都还一般，就是有点贪玩。

刘镇说："老吴长期在外工作，你又当爹又当娘，整个担子落在你身上，真难为你了。"

陶玉莲又敬了一支烟，自己掏出一支，接上前一根的烟屁股把火渡着："养老抚幼，是我们这一代人应尽的责任。我累点苦点都没啥，还要一天到晚为近蛟提心吊胆！他总觉得自己蛮大能耐，我总鄙他不知时务！我劝他：'你是个集体干部，在国营单位能安排个事就不简单了。'他总是不听，来个领导搞不好，来两个领导搞不好，总觉得别人都是豆腐渣，唯独他是一朵花。你虽说是他的老战友，恐怕同他也搞不来。你不要摆头否认，我看得出来。他回家待了三天，我天天问他什么原因，他不说，我也猜得出来。

"他这个人，一个是不讲纪律，一个是不搞'五湖四海'，光同那几个人搅在一起——我不明说你也知道是谁。我今晚来，是作为一个老战友的妻子，请求你行行好，再不能把他放出去了，就在厂里派点具体事给他做，叫他在车间当个工人也好，千万千万不要让他出去乱跑了。万一出了问题，我倒无所谓，但他的四个女儿都是要出嫁的，怕名声不好听。"

刘镇边听边点头，觉得这个女人不简单，难怪针织厂办得好，人家有人才嘛！等陶玉莲说完，才安慰她："你多虑了！老吴工作上还是有能力的。现在搞外贸，是件好事。这单业务是老吴牵的线，全靠他了。你说再不让他出去？从你家庭情况来说，我应该答应；从工作来说，我不能赞同。现在的问题，恐怕是有那么几个唯恐天下不乱的人从中煽阴风、点鬼火，老吴长期在外，厂里内情知道不多，别人朝他耳边一吱，他就信以为真。这也怪我同他互通情况不够，我今后注意就是了。他也不是三岁的小孩了，我与你共同多做点工作，还怕出什么大乱子？"

陶玉莲见他态度诚恳，就从怀里掏出一封信递过来。信已拆开，显然陶玉莲已经看过的。他接过来，在灯光下一看，就知道是陈友香写给吴近蛟的，推说："我的眼睛不行了，晚上完全看不清文字，灯光下看报纸只能看个大标题，小字就模糊一片。唉，年岁不饶人啊！"

陶玉莲说："你留着白天看吧。你年纪同我家老吴差不多，恐怕还是生活差了，光在食堂吃，能有什么好饭菜？听说前些年你长期在农村蹲点住队，跟农民同吃同住同劳动，今天东家、明天西家地轮流到农民家里吃派饭，饥一餐饱一顿地凑合，加上在农场时还得过血吸虫病，肯定身体亏了。

房里的灯泡瓦数也小了点——八瓦的吧。实在不行，配副眼镜吧，只几块钱。"说到这里，又给他敬了支烟，起身告辞："请你看在我们一家老小的份上，再不要把他放出去了！"

刘镇答应说："但凡我能够派别人的活，就尽量不派他出去。"一直把她送出厂门。

回到房里，刘镇重新把信拿出来。这封信怎么会落到陶玉莲的手里？她为什么送来？他深感此信重要，要过细研究，来不及多加分析，抽出来看完。此信是陈友香从党校写给吴近蛟、寄到广州东方宾馆的，由于吴近蛟已经回厂，错过了。而信上的落款是针织厂，万一错过了退回，也不会落到刘镇手上。可她万万没有想到，冤家路窄，信还是落到了他的手上。

信上是这样写的：

吴近蛟同志：

刚才舒金路过党校，进来看望了我，说是今天到市里购氧化银，在车站被姓刘的拦下来了，可能被训得不轻，他显得很懊丧。由于周围人很多，我们不便深谈，他闷闷不乐地回乡下休息去了。

我的气愤到了极点，心情难平，所以抽出写学习心得体会的时间，给你写封信。

刘镇是多么猖狂啊！好像我们的生死簿捏在他手上似的！他想以组织的名义压我，用脱产学习的手段分裂我们，这是白日做梦！

从目前的情况看，由于他的极力阻挠，氧化银一两也搞不到了。你要考虑你的后路，你一旦把元件运齐，他就会对你下手了。他的策略就是分化瓦解、各个击破，因此，你要三思而行。

刘经理最近好吗？我很想念他，在我们相处的日子里，他给我留下了美好的记忆，他的友情使我终身难忘。我们的照片，不知在香港冲洗好了没有，如果拿到了，请寄一张给我。

我在这里学习还有一段时间，逢场作戏，我不能不表现积极一点，检讨诚恳一点，力争回到晶体管厂——我死也要死在晶体管厂，以便同他斗争到底！

望你多多保重！

　　亲切地握手！

陈友香

　　刘镇看完，掏出笔来，将信抄写了一份。熄灯就寝后，在床上翻来覆去睡不着。他决定明早就将氧化银和信的事向工办汇报，这样的重大问题应该让领导知道。他检查自己来厂以后百般忍让，并没有刻意触动他们的"小山头"，他们为什么有这样刻骨的仇恨？真该好好感谢陶玉莲，她提供的信件，无异成了刘镇反对氧化银交易的铁证。

　　种种迹象表明，吴近蛟他们是想把这笔外贸生意拖下去，直到把厂拖垮。他们的最后一着棋，就是同港商联合起来相要挟。现在处理他，他是求之不得。开了党员会可能对他有所触动，他已经到广州提货去了，要做到有理、有利、有节。明天汇报是必要的，但如果工办要处理吴近蛟，是不是能缓一步，尽量减少厂里的经济损失……

　　这单外贸业务看来是不行了，不能在一棵树上吊死。厂里的保险柜生产必须稳住。还要继续找市电子局领导要活，他们站得高，信息灵通。电动剃须刀生意还没有消息，田先生和兆庆集团方面得再抓紧联络。遥控器、音头项目，要理出一个眉目来。

　　刘镇，在烦恼中，慢慢地进入了沉睡……

十一、外围较量

　　在县检察院王新运检察长的手边，放着两份群众举报信。都是来自晶体管厂，一份是检举吴近蛟的，另一份是举报刘镇的，都有时间、地点、事实、数据，真假难分。

　　检举吴近蛟的一份比较单薄，全文如下：

县检察院负责同志：

　　来信无别，特向你反映晶体管厂吴近蛟漠视政策法令，进行氧化银走私的事。

《海关法》明确禁止贵重金属及其制品、珠宝饰物出口，规定"运输或携带货物、货币、金银及其他物品，不经过设关地方进出国境，或经过设关地方而逃避监管者"，视为走私。

吴近蛟纠合厂里陈友香、石谦、舒金等人架空新来的领导刘镇，结帮营私，借搞外贸之机，盗用公款二万五千元，购买一百公斤氧化银，用电子仪器、扬声器等名义，掩人耳目，私运广州，交给私人运往香港，使我厂在政治上、经济上蒙受巨大损失。现随信附上发票和托运单复印件，请领导明察。

敬请领导对吴近蛟依法制裁！

晶体管厂一职工
8 月 26 日

王检察长觉得这"一职工"真有意思，你还怕我们不会量刑定罪？简直是"孔夫子门前卖文章，关老爷门前卖大刀"！他随手将这份检举信撇到一边，又拿起另外一份。这份检举信分量足些，它是这样写的：

刘镇是如何把晶体管厂引向毁灭的？

检察长：

我们怀着极大的革命义愤，揭发晶体管厂的刘镇。他坚持"两个凡是"，假冒内行，搞瞎指挥，把一个好端端的国营单位弄得冷火秋烟，即将走向灭亡。其罪恶事实如下：

一、私招乱雇。他到厂以后，改变了我厂的生产方向，用高价到省城招雇退休老工人来厂做保险柜。这些老工人连同退休金一起，每月收入达百元以上，严重破坏了国家的用工计划和工资政策。厂里流传一句歌谣："穷工人，富单干，投机倒把全国赚，退休工人赛高干。"检察长，您德高望重，每月工资收入未必比得上这些退休工人。我们厂的工人都眼红了，许多三四十岁的人就闹退休，造成极大思想混乱。

二、独断专行。他一到厂里，就集党、政、财、文大权于一身，大权独揽，小权也不放，把进厂多年、熟悉业务、年轻有为的副厂长陈友香排挤走了，而重用马贵荣这样不学无术、欺世盗名的家伙，自成体系。

三、心胸狭窄。他反对搞外贸，对一切外来的东西视为毒蛇猛兽，极力阻挠对外开放政策的执行。他对具有革命事业心、思想解放、我厂外贸工作的创始人吴近蛟处处刁难，甚至发动一些不明真相的职工进行围攻。这次工调，凡是跟着吴近蛟搞外贸的人，都名落孙山。当前对外加工业务已经瘫痪，眼看交货期限将到，港方有权提走我们的信用金，这政治上、经济上的重大损失，完全是刘镇一手造成的。

四、好大喜功。他出于嫉妒吴近蛟，为突出个人政绩，执意要另铺摊子、另起炉灶，上马与我厂发展方向毫不相干的剃须刀，给十万台电子钟收音机外贸业务带来极大的冲击。如此胡作非为，必将酿成严重的恶果。

五、不讲效益。他一进厂，就搞什么清仓查库、清产核资，将清出的物资当成破烂往外扔，将建厂以来积累下来的物资都"处理"出去了。应该指出的是，其中有不少是当前市场上的紧俏物资，是前任领导派人到全国各地钻路子买回来，生产一上马就用得着的。工人都说，他根本不是来搞工作的，是来拆摊子的。

六、作风不正。他同女工嘻嘻哈哈，作风下流，特别是整天同财务股长（有夫之妇）眉来眼去，鬼鬼祟祟，十分可疑。他家在农村，长期不回家，据说夫妻关系很紧张。

综上所述，刘镇已构成渎职罪，请予惩办！

此致

敬礼！

晶体管厂广大职工

8月28日

王检察长看完，叹了口气。常言说，清官难断家务事，就是一个厂的事，清官也难以断定。这些人，你给我扣个帽子，我给你扣个帽子，还像"文化大革命"一样，弄得帽子满天飞。都说晶体管厂派性严重，果然名不虚传，这两份检举信就是派性的产物。有了派性，是非不明，好坏不分。在厂里闹还不够，还想把检察院也拖进你们派性的烂泥塘里，不能自拔？哼，好笑！他将文件夹一合，丢进了文件柜。

　　吴近蛟到了广州以后，先到人民医院找单医生，问货收到了没有。单医生告诉他，货已经收到了，昨天下午刘为英已经派人从他家里搬上汽车提走了。他夫妻两人接到提货通知单，顾虑重重，几天没敢去领。后来还是硬着头皮去了，由于没有按时提货，被车站罚了五块多的延期费。

　　吴近蛟听说货拖走了，心里踏实了，就将带来的四斤麻油送给单医生。他那位年轻的太太感谢不尽，从箱子里拿出几件香港捎来的料子衣裳作为回礼，送给他带回去给女儿穿。互相又道了谢，吴近蛟就按照单医生告诉的房间号码，直奔东方宾馆。

　　单医生微笑着送他出门，望着他的背影直摆头，觉得不可思议。有一次他曾经请教刘为英："你是身在香港的资本家，他是内地国营厂的厂长，你们怎么打得火热？"

　　刘为英哈哈一笑，没有直接回答他的问题，却给他讲了一个故事："我小时候最爱看耍猴的戏。猴子被人牵着，穿着花哨的背心，一时扮个花旦转圈，一时扮个小生翻跟头。那玩猴的一边敲锣一边唱：'哎——我从湖南带你来，你求功名我求财！'"

　　单医生还是傻乎乎地问："你们俩谁是猴子？"

　　刘为英说："那要看你去解剖了。你不懂，氧化银在香港很值钱，他在帮我赚大钱！"过了一会儿，又听刘为英自言自语地说："吴近蛟搞的什么名堂，他要那么多'三洋'、彩电干什么？"单作斌听了，更是丈二的和尚——摸不着头脑。

　　刘为英把吴近蛟迎进房里，给他冲了杯咖啡，迫不及待地追问他怎么不把两百公斤氧化银运来？吴近蛟说："急什么？石谦正在办出口证，等出口证办妥了，氧化银一到就运走，岂不方便？"

　　刘为英说："你别同我捉迷藏了，你以为我不知道——出口证是难以弄到手的。我现在不要你的什么出口证，就要两百公斤氧化银，你说什么时候交货吧！"

　　吴近蛟咽了一口略带苦味的咖啡："没有出口证，你怎么运过去？"

　　"这你就不要管了。如果不是你上次说得那么有把握，这一百公斤早就托出海的渔船带过去了！我的朋友，做生意要讲信用。古人云：言而无信，小人也!"

"以前你说要有出口证才能出口。早知你另有高招，我不就将两百公斤发来了。"接着，吴近蛟又将刘镇怎么逼走陈友香，怎么将他们几个人的奖金扣发，工资没调级，通通向这位"知心朋友"端了出来："为了我们的共同事业，我们是不惜付出代价的。"

刘为英对他的处境表示理解和安慰，并且告诉他，自己准备通过渔民出海的机会，将货物运到香港。不过，第一次试探失败了，碰到了缉私艇检查，好在没有装氧化银，因此没受什么损失。

他说："老兄你已经尽了力，够朋友！我设想过出口证难以办成，从装好的电子钟收音机夹带出去也不会奏效，唯有用这种办法，虽然冒险，把握性大些。"缓了一会儿，他又说："自从我们交往以来，你们厂光有支出，没有收入，厂里有些说法也是必然。你不像我，我这笔生意亏一点，那笔生意赚一点，一时亏本赚钱都无所谓。我不会让你不好交账的！把你搞得下不了台，我未必就光彩和受益。"

接着，他给吴近蛟介绍了另外两笔生意。

"现在伊朗同伊拉克打仗，美国站在伊拉克一边，对伊朗实行禁运。由于英国是美国的盟友，英国也不准通过香港向伊朗出口。眼下有一笔货物，只要你们在银行搞个两亿港币的信用证，说这船货是你们的，作为第三方的货物出口，你就可以拿百分之十的手续费，就是两千万港币！"

吴近蛟一听，乖乖，转手之间就是两千万港币，这么好的事到哪去找？他马上给省城中国银行发了个加急电报，又给刘镇挂了个长途电话。

这事办完以后，刘为英拿出一块电视机的线路板要他加工，同意出每块一千美元的加工费。吴近蛟以为他开玩笑，但他说："真的，一千美元，可能更高一些。你仔细看看，这些线路都是金丝的。先用金丝摆好，然后再倒环氧树脂。"吴近蛟立即心领神会：加工线路板是幌子，出口金丝才是目的。他同意拿回去同石谦商量。

最后谈到电子钟收音机还差元件。刘为英矢口否认，说元件是他亲手清点装箱的，一件不差，是不是在路上弄丢了？吴近蛟连连叫苦，经过再三哀求，刘为英才拿过缺件清单来看："这些东西不值多少钱，你们自己可以解决嘛——好吧，我回去给你补齐，不能让你空手回去，这样你更交不了账了。"说完，两人去饭厅共进晚餐。

吴近蛟在广州等了一天，既没接到厂里的回音，也没收到省城中国银行的回电，只好到深圳提了四件补齐的元件，乘车往家里赶。

他真不想回厂。人们看他，不再是羡慕而尊重的眼光，而是怀疑、冷漠、鄙视，一颗明亮的星陨落了。他觉得精力大不如前，光想睡，睡着就做梦，醒来又神情不安。眼下，他随着车厢的缓缓晃动，又似乎身处异境……

身体微微晃动……

万籁俱寂……

他同刘为英、陈友香挤在一只木筏上，在海里漂游。每个人都坐着一箱氧化银。

氧化银变幻着，一眨眼是白银，一眨眼是港币，花花绿绿的港币啊……

他搂着一个蛇腰女郎在跳舞，刘为英搂着陈友香在扭动……

生产线不断地转动，一台台电子钟收音机滑过来了，一台台"三洋"滑过来了，一台台彩电滑过来了，一瓶瓶氧化银摇晃着滑过来了……

突然，一个女工失手打破了一瓶氧化银，灰白的粉末撒满车间。吴近蛟奔过去，用文明棍将女工打得头破血流，女工们愤怒地围过来，拿着靠椅和工具朝他狠狠地打，他惊呼起来……

"同志！你醒醒！同志！同志！"他被邻座的旅客推醒了，原来是个噩梦。

马贵荣从省城回来向刘镇汇报说，市电子局同意将半导体五厂的生产线无偿拨到我厂，生产小功率低频三极管，以填补我市整机装配元件的一项空白。据预测，这种管子只能再行销两三年，就会被集成电路所代替，属于过渡产品。

刘镇说："过渡产品就过渡产品，又不用我们掏钱，干！"

同时马贵荣还汇报，他到海关去了，打听到氧化银属于违禁物品，阮科长说得非常严肃。并说，电子钟收音机的所有来件和装配好的整机，都要报请海关人员到场，在海关人员的监督下才能开箱和装箱，这个规定已经给石谦通知过——他曾到海关询问氧化银能否出口，阮科长质问我们怎么不执行。

刘镇做着记录，脑海里却翻腾起来。他突然想起吴近蛟在房门口说的那句话："好在你现在没捞到我的材料，如果捞到了，你会把我送去坐牢！"当时觉得他说这样的气话，令人可笑。现在听马贵荣一说，才为吴近蛟的这句话找到了注解。

他又想起石谦和舒金关在仓库里查抄元件的丑态，他们到底在暗地里干了些什么不可告人的勾当？为什么海关这么重要的规定，石谦回来竟然不给领导传达？

三极管项目，"头头会"研究和向工办请示，都很顺利，很快就拍了板。"头头会"上大家分析认为，弄清氧化银问题，是关系到晶体管厂生死存亡的大事。吴近蛟贼心不死，同港商勾结起来向领导施加压力，在元件没回齐的情况下就开出了收据，把香港来的工程师也支走了，其目的就是要让生产线瘫下去，让港商提走二十多万港币的信用金。他利令智昏，打错了算盘！

于是，刘镇让马贵荣进一步摸清生产三极管的情况，他自己跑外贸的事，从外围切断氧化银非法交易的后路。

第二天，他同马贵荣乘早班车到了省城，分头行动。他先到市化学试剂商店，在经理办公室说明来意以后，商店领导说："海关已经打电话来查问过这件事了，你来得正好，我们一起把这件事弄清楚。"

氧化银是一种无机化合物，向来控制很严，化学试剂商店是全市唯一出售氧化银的商店。据他们介绍，五月间供销股长舒金拿着介绍信找到营业部主任，说厂里正在搞外贸，急需氧化银到吉林一家工厂加工电子元件，然后交货赚取外汇。"他还送了一部电子计算器给营业部主任。"商店领导说着，从抽屉里取出一部进口的8005型袖珍电子计算器。刘镇曾经见过石谦的报销发票，注明是"外贸业务的需要"，一直没见过实物，原来它跑到这里来了，氧化银就是这样让舒金骗购出来的！

商店领导接着说："你们厂的采购人员提出要三百公斤，当时我们库存不多，给几个省发电报，才调来了三百公斤。已实际买走一百公斤，还有二百公斤积压在我们仓库里。本来照章办事、将钱买货是没有问题的，问题在于我们商店有人以'搞活经济、服务生产'为名，置一些必要的规章制度于不顾。"

刘镇说："问题还在于我们厂的某些人打着'为厂搞外贸'的旗号，干了些不可告人的勾当。据我所知，这一百公斤氧化银根本不是送到吉林，而是直接运往广州交给港商了。"

商店领导惊呼："这还了得！你们快报告公安机关，把它追回来！"

刘镇说："我们尽力而为吧，能够追回更好，只怕货已经到香港了。我来的目的，是请你们协助，对那还未买走的二百公斤把好关。从现在起，如果我们厂再有人来买，请你们不要发货。"就在"一定追回""不要发货"的言语中，刘镇匆匆离开了化学试剂商店。

把氧化银的流通渠道堵住以后，刘镇挤上公共汽车，赶到中国银行市分行，见到了外商科的郑科长。由于上次批信用证是郑科长负责的，所以同刘镇互相认识。中国银行市分行在闹市一幢大楼的底层办公，由于周围高楼大厦林立，里面光线很差，大白天都要开电灯才能办公。进了大门，两边是两排柜台，从右边一个侧门进去，就是用文件柜排列隔开的一个个小办公室。刘镇头一次进去时像进了迷宫，不知朝哪里迈步才好，问了几个人才找到郑科长的办公地点。这次熟人熟路，就方便多了。

郑科长热情地给他让座、倒茶，说："你来得正好！前天晚上我收到一份电报，看是不是你们厂的人发来的。"

刘镇接过来看，电报是这样写的：

省城中国银行郑科长：

与香港洽谈两亿港元贸易，英国不同意通过香港和伊朗通商，需通过我们开出两亿港元信用证，从这边的口岸运出，可得佣金10%，加速复电东方1365。

刘镇笑着说："是我们厂吴近蛟发来的，我在当晚接过他一个长途电话，内容相同。我认为我们是个生产企业，不是干这买卖的，没有答复他。"

郑科长心里踏实了："这真是个无头公案，不知谁发来的，谈的什么问题，我们挂个长途到东方宾馆询问，也没有下落，硬是忙了半宿。这两天我心里还直琢磨，就分析是不是你们厂的事。"

电报的谜解开以后，刘镇将电子钟收音机来件装配的合同执行情况给郑科长作了汇报，最后说："种种迹象表明，他们来件装配是假，搞氧化银交易是真，在还有两百公斤氧化银没有给他以前，他是不会让生产线正常运转的。我来找你的目的，是看能否给香港的银行拍个电报，就说由于对方没执行合同，所以虽然交货期已到，也不能付款！"

郑科长说："这个好办，到法庭打官司，我们还有律师呢。"他让刘镇稍等片刻，出去一会儿把原合同翻出来，回来同刘镇一道，一条一条对照，梳理出拒付款的理由，有对方元件不是一次付来，直到现在还残缺不全，对方没派技术人员来指导生产，质量检测标准还没定下来等六条不符合。

一个青年办事员捧着笔记本走进来，对郑科长说："香港的氧化银无牌价，按今天当地白银价格，是十六点八美元一盎司。"郑科长点了点头，表示知道了。

青年办事员出去后，郑科长在电子计算器上运算了一阵，嘴里念念有词，尽是美元、盎司，刘镇以为与己无关，没有注意。最后郑科长说："一百公斤白银折合港币约二十二万元，折合人民币六万六千多元。氧化银恐怕比银子的价格低吧？"

刘镇这才知道他是在摸这个底，忙答："氧化银的价格比银子高得多，因为通过氧化，需要加工费，再加上它的纯度比一般银子高。有人透露，刘为英给吴近蛟的出价是二千八百港币一公斤。"

郑科长点了点头："照你这样说，氧化银比白银还贵，这是对的。"

刘镇说："根据你掌握的香港当前的银价，说明那二千八港币一公斤的传闻也是确有其事。"于是，他掏出本子，把这组数字记下了，又核实了美元、港币、人民币之间的比价和换算方式。

郑科长告诉他，美元、港币同人民币之间的比价是经常变动的，随着对外开放的进行，报纸上准备经常公布人民币同外币的汇价。

刘镇高兴地说："那就好了。吴近蛟经常用汇价糊弄人，一时说一块港币是人民币三角，一时说一块值一块。那天我在报上看到香港一斤白菜卖五块钱，我们装一台电子钟收音机才四块五，连买一斤白菜都不够。"

"莫说白菜，你如果晚几天来，我们把信用金付出去了，你就丢了头大肥羊！"

"谁说不是？氧化银掌握在港商手里，提款的主动权也捏在他们手里，真急得我坐卧不安。"

"我们内部出了叛徒，急也没用。好了，你放心，这笔信用金他一分钱也别想拿走！"刘镇道谢出来，直朝市海关奔去。

市海关设在著名的江汉关大楼里，那是一座西方古典风格的建筑，门口有四根两人抱不过来的圆柱，顶部是钟楼，1924 年建成，是我国现存最早的海关大楼之一。爬上十二级半月形的台阶，门口就挂着市海关的牌子。

在市海关缉私科阮科长的办公室里，刘镇将自己所知道的氧化银交易、吴近蛟同刘为英的勾结，给阮科长进行了汇报，阮科长详细地做了记录，让刘镇在记录上签了字，又让人将刘镇带来的氧化银发票和托运到广州的单据影印，说："他们胆子真大！可把你们厂害苦啰！"

他告诉刘镇，实行对外开放政策以后，有的国家工作人员打着为集体搞外贸的旗号，与外商勾结走私贩毒，把我国的金银、古玩、珍品、药材外流了不少，同时让一些黄色书刊、淫秽图片、下流唱片流入，毒害我们的青少年，消磨国人的意志，腐蚀大众的灵魂，不能不引起高度警惕。他表示要尽快将此案上报省委，把单据交回刘镇以后，希望一方面密切注意这几个人的动向，一方面写份详细文字报告来。

吴近蛟将最后一批元件提回来，对刘镇说："刘经理根本不承认差元件，因为元件装箱时是他亲自清点的。我也觉得别人不会少给我们，看是不是你们在清理的时候，七手八脚翻乱了。"

刘镇说："要翻乱就是石谦、舒金那一次翻乱的，他们把仓库保管撵出来，不知找什么，翻得一塌糊涂，保管清理几天才理顺。"吴近蛟无话可答。

刘镇说："元件总算齐了，可以开干了。虽然离交货期只有八天，但只要我们日夜开工，也能争取按时交货。"

吴近蛟说："我只管提货，生产上的事我无权插手，管的事多意见多，我有教训。"

一连两天，他都在同石谦研究"线路板"的加工，根本不接刘镇的茬。

刘镇急了，跑来问石谦样品装得怎么样了。石谦却说："我装不好。我从小鱼子吃多了，手直打颤。"

第二天厂里开党员会，吴近蛟一接到通知就来了。

刘镇首先讲了生产线的形势，表扬了吴近蛟三番五次去提元件，劳累奔波。他指出，交货期迫近，到时交不了货，港商就要索赔几十万港币。为了抢时间、争进度，确保按时交货，党员要齐心协力，同心同德，日夜大干。最后提出党员分工，大家都毫无异议地推荐吴近蛟全盘负责生产线。

吴近蛟说不行，这样别人会说我夺权，刘镇当即表态交职交权。党员怕吴近蛟担心调不动兵，就提议刘镇当他的帮手，刘镇爽快答应了。吴近蛟还是扭扭捏捏，不肯接受。

下午，党员会继续进行。刘镇和党员同志又对吴近蛟规劝一番，他还是不接手。

刘镇说："你有什么意见和要求就说，党员会上好商量。你这样拖下去，未必眼看把个厂赔给港商就好了？"

吴近蛟说："赔不赔，责任不在我。"

刘镇说："现在商量怎么干，并没追究谁的责任。"

杜春堂说："你接回来的活，你不负责完成，谁负责？"

吴近蛟说："把我的问题解决了，我负责。"

刘镇说："个人问题先放一边，等你的问题解决了，时间没了，钱赔了，岂不因小失大？"

吴近蛟说："把我的问题解决了，就是时间过了，我也有办法。"

刘镇问："什么办法？"

吴近蛟说："我可以找刘经理商量，让他通融一下。"

邱金波和几个党员哈哈一笑："合同签了，收据开了，黑字写在白纸上，还能够搞什么私人交易？"

王芳止住大家发言，问吴近蛟："你有什么问题需要解决？"

吴近蛟支支吾吾、躲躲闪闪、断断续续地谈了四个要求：一是我到底有没有问题，请组织上下个结论。外面咕咕嘈嘈，说我走私什么的。二是外贸业务是继续搞下去，还是只做这一笔就收手？三是合同执不执行、守不守信用，两百公斤氧化银给不给？四是把陈友香调回厂，让她负责生产线。

刘镇爽快地说："外贸业务好搞就继续搞——先把这笔搞完。"

吴近蛟问："其他三条要求呢？"

党员正要开口批驳，刘镇看出他决心利用港商相要挟，助纣为虐，以期达到自己的目的，再费口舌也是对牛弹琴，就说："时候不早了，我们是不是另找个时间再商量？"宣布散了会。

很快，厂里就有人传出风声，说刘镇向吴近蛟求饶了，同意再给两百公斤氧化银，陈友香又回来主持实际工作等等。

在城关镇的高层里，对晶体管厂的外贸业务，有了新一轮的舆论。

赵、钱两位大员同情刘镇，在一次会上见了他，关心地说："当初你走马上任，我们真替你捏把汗！搞得不好，被他拖下水就完了。听说县里某些个头头同他有牵连？你小心点，他上有后台下有线，还同港商勾结，要稳扎稳打！"

而那些平日里对吴近蛟充满称赞、崇拜、羡慕的人，对刘镇冷嘲热讽。因为吴近蛟身上沾着洋气，是这部分人心目中的英雄，受到追捧。一次，工办的一个干部碰了一下刘镇的胳膊肘，小声地嘲讽他："你压制外贸，搞的还是阶级斗争那一套！"

刘镇自我解嘲地说："有人挖国家和集体的墙角，我装聋作哑、袖手旁观就好了？"

那个干部悻悻地走开了。后来这位干部还在外面说："在整个社会以经济建设为中心的情况下，想在一个单位里搞派性，是没什么好结果的。"

有位局长甚至同刘镇商量："你把吴近蛟调给我吧！"

俗话说："忙人长头发，闲人长指甲。"刘镇头发老长了，一直没时间去理。县城的理发店人手没有增加，理发的工作量却突然倍增。原先只有男人跑去理发，女人基本不进理发店的门。现在相反，女人把理发店占领了，男人只有靠边站。女人烫发，一坐两三个小时，但她们出的价钱高于男人理发十倍，谁怕钱多咬手，有钱不赚？因此，理发店的工作安排上，是先女活后男活。刘镇没有这么多时间排队，只能蓄着头发。后来有一天，门卫匡老头请了个理发挑子到门卫室，先自己剃了头，再把刘镇拉来，不由分说，将他按在凳子上，打盆热水来，让剃头匠把他那头长发理了。

十二、喜忧参半

艳阳高照下，电动剃须刀的签约仪式，在晶体管厂的楼前广场上隆重举行。整个厂区张灯结彩，厂房阳台的栏杆上拉起了鲜红的横幅标语。省政协、省商务厅领导，县里邓书记、冯县长，各部门领导和各方代表悉数到场，见证乔先生和刘镇代表双方企业签约。乔太太盛装出席，喜气洋洋，在人群中显得格外耀眼。等签了字、放了鞭炮，嘉宾们就被引到车间参观生产线，接受媒体采访。

这条生产线安装在主楼旁一栋二层副楼的楼上。兆庆集团选择了这里，一来是它自成一体，方便封闭管理；二来它面对着一大片的莲花湖，不仅景色优美，而且粉尘低、噪音小，有利于生产环境的监控；三是场地大小正好。由于港商在香港寸土寸金的环境里练就了精打细算的本领，车间布局合理，显得井井有条、富富有余。

中午，县委、县政府在县招待所举办了一个简朴的招待午宴，宾主尽欢。乔先生说："我们兆庆集团刚刚在香港成功上市，今天签约，是喜上加喜！公司计划用股市上筹集的资金，上新的生产线，开拓新的国际市场。经过与江阳县和晶体管厂的多轮友好沟通，最终董事会选择与晶体管厂开展来料加工合作。其实，还有一个非常关键的因素，就是我的太太、我的内表弟田维端先生都是贵省的'九头鸟'，太太不停地给我吹枕边风，田先生老是给我灌酒，所以这个事情必须办成，否则我就别想睡好、吃好、喝好了。"

邓书记说："祝贺兆庆集团双喜临门！谢谢乔先生和太太的厚爱！感谢田先生这个'大媒人'牵线搭桥！"大家随着邓书记同敬了乔先生夫妇和田先生。

冯县长说："恭喜乔先生身患重度'妻管严'！在全人类所有的疾病里，唯独这个'妻管严'是健康的疾病，有百利而无一害。"大家随着冯县长又同敬了乔先生。

冯县长又问:"今天见了乔太太,我有个疑问,田先生是不是整过容?乔太太青春年少,按照你们的亲戚关系,田先生应该是中小学生才对啊。"众人都附和,田先生哈哈大笑,乔先生夫妇大悦。乔太太看上去确实是体态轻盈,皮肤细嫩,貌美如花。她也不怎么说话,只是浅笑着,陪在丈夫身边,显得温婉又矜持。在刘镇的印象里,香港的富家太太们一个个养尊处优、无所事事,就是个花瓶、交际花,看来不假,要不乔太太怎么保养得这样年轻呢?

田先生今天扮演绿叶,挨个儿拉着领导和朋友们的手,过来给乔先生夫妇介绍、敬酒、寒暄,处处烘托出乔先生这朵红花。这会儿他说:"乔太太,你驻颜有术,要不要透露一下养身秘诀?"

众人起哄,乔太太莞尔一笑:"秘诀就是生活有规律啦,每天朝九晚五到写字楼上班啦。乔先生非常勤力和辛苦,满世界地飞,我做不了别的,就负责给他看住香港的公司,看住财务,打理好家庭,不要他多操心啦。"众人都很惊讶,对乔太太立即多了几分敬佩。

乔先生满脸自豪,开玩笑说:"我太太比我权力大,我就是给她打工的。"

乔先生与内地合作,最担心的是开始对方什么都说好好好,什么条件都答应,大包大揽,大而化之,等把你引进来以后就变了脸,"关门打狗"。但晶体管厂不是这样。在前期沟通的过程中,他们不断地提出问题,积极地解决问题,在一些利益问题上也争得很厉害。看得出来,刘镇是个说话办事有原则、有底线的人,晶体管厂像个认真做事、可以合作的企业,地方上也很重视,他就放心了,打算把项目长期搞下去。为了与当地搞好关系,得到地方上的支持,也为了表示诚意,他跟太太咬了咬耳朵,当即主动提出,给县里考取大学本科的贫困家庭学生设立一个奖学金,把午宴的气氛推向了新的高潮。

电动剃须刀的后续合作非常顺利,兆庆集团派来了技术人员,很快把设备安装调试好,对抽调上生产线的工人进行了培训,生产就走上了正轨。厂里几块业务同时进行,上剃须刀生产线的工人数量有限,干不过来,所以每天晚上都要加班三小时。但他们毫无怨言,因为他们的收入从过去每月三十元基本工资提高到最多一个月拿了一百二十八元，在全县城引起了轰动。

被按在电子钟收音机生产线上耽误了高薪的工人哪里坐得住，纷纷给厂里提意见，对吴近蛟更是怨声载道。刘镇一边给大家做安抚工作，一边催促吴近蛟、石谦赶紧让生产线开工。吴近蛟恨得牙根痒痒，但剃须刀项目是在领导那里挂了号的，奈何不得，他的气焰自然收敛了一截。

一辆豪华的浅蓝色轿车缓缓开进县城。它的车身镀着珐琅，从头到尾闪耀着光芒，平滑得像玻璃镜子，反照出车外的街景，吸引了街上行人的注目，连理发店的师傅也拿着推剪奔出门来观看。由于车窗都遮着灰紫色的窗纱，车里坐着什么人，外面看不到。越是神秘，人们就越好奇地打听。有人随车一直追到县公安局门口，回来说车上下来的人一色的米黄新制服，头戴国徽，未必是外交部来的？外交部跑到县里干啥？那肯定是为晶体管厂外贸的事。这一下，晶体管厂又有好戏看了。

来人不是别人，正是市海关的阮科长及两位随行工作人员。他根据省委领导同志的指示，要配合县委一道抓这个案件。接到电话后，县委几个常委碰了头，决定以肖主任为主、王检察长为辅组成工作组，进驻晶体管厂。肖、王二人同工作组的成员，早已在县公安局等候阮科长一行。刘镇也带着有关材料到会，参与研究。

阮科长首先传达了省委领导同志的意见和海关总署的批示，接着对照《海关法》，说明氧化银交易实属走私。他提出：一、把吴近蛟尽快抓起来；二、把几个同伙限制起来，不让他们通风报信；三、设法把港商引进来，把氧化银追回来；四、把吴近蛟等人同港商来往的信件、电报统统收集起来，把问题查清楚。他最后说，这个案件在政治上、经济上造成了重大损失，要在当地党委领导下尽快处理。

会议开得比较沉闷，这大出阮科长、刘镇的意料，其实毫不奇怪。工作组，这个曾经煊赫一时的名字，往往是同革命运动、政治工作联系在一起的，后来同"推行'左'的路线"挂上了钩，被批臭了。人们对此的概念是：工作组是整人的，而整人是件危险的事，搞不好最后会整到自己头上。现在虽然不用担心挂'黑牌'、戴高帽子游行示众，但谁喜欢沾上"工作组"

这不光彩的名声？不如你好我好，在办公室里"一杯茶，一盒烟，一张报纸看半天"，既舒坦又保险。

况且"文革"结束不久，大家都心有余悸。昨天还是革命老干部，第二天被揪出来说是"大叛徒"，后来又说搞错了。昨天还是劳改释放犯，第二天红袖章一戴，成了个响当当的"革命闯将"，后来又成了爪牙、小爬虫。就说眼下这位吴近蛟同志，昨天还是思想解放、打开我县外贸新局面的英雄，今天又说是罪犯，谁晓得以后会是什么？但是县委指定了，工作组成员不来又不行。他们来了以后，都看王检察长的脸色行事。

王新运检察长一言不发。他想，现在司法机关越来越有独立性了，怎么能让我参加工作组？再说，现在搞'工作组'这一套还行不行？至于什么"把人抓起来、把问题搞清楚"，那可不是检察院的事。所以，他连这个会议都是不想参加的。

现在大家把目光都投向他，他才挪动了一下身子，嗫嚅道："咱不懂《海关法》……港商怎么搞得进来？"

刘镇心想，他有几十万港币的物资在我们厂里，还怕他不来！

肖主任最后根据县委的意见，作了总结性发言："这是个大案。我们在行动上分两步走，第一步停职反省，交代问题；第二步看发展。主犯是吴近蛟，但也不能小看陈、石、舒等人，他们能量不小。只要香港金城银行不付信用金，我们不怕他通风报信。大不了，这笔生意不搞了。吴近蛟带坏了不少人，搞坏了人们的思想，一定要弄清事实，落实材料。"

站在晶体管厂的角度，对查办吴近蛟案件，刘镇是有顾虑的。现在厂里做着电动剃须刀的外贸业务，正在向市里争取三极管项目，电子钟收音机的装配还没就绪，遥控器、音头项目刚开始调查论证，他担心案件的查处会冲击厂里的正常生产，还会对工厂的声誉造成负面影响。但既然上面定了，只能服从，尽量把损害降到最小吧。这个吴近蛟，真把晶体管厂坑苦了！

这一下，刘镇更忙了。他第一个是对付日常工作，安排生产。保险柜继续做，生产三极管的设备要组织人从半导体五厂拖回、安装，生产管子的材料要派人采购，工人要组织技术培训，这些都由马贵荣牵头负责。电动剃须刀的生产交给杜春堂负责，但毕竟刚刚起步，需要他出面协调解决的事还挺多。第二个是根据县委交代下来的任务，要对付吴近蛟这几个人，注视他们的动向，派人以护厂的名义进行监护，防止他们之间通风报信，更要防止吴近蛟外逃。第三个是要对工作组负责。工作组似有若无，每星期到大院碰一次头，由刘镇汇报吴近蛟等人的新动向、吴近蛟交出的书面材料和整个案件的进展等等，然后由工作组提出下一阶段的工作安排，再由刘镇去抓落实。

刘镇觉得每件工作都重要、都紧迫，他怕忙人多忘事，就专设一个备忘录，将上级布置的、下级请示的、自己想到的各项工作，都记在本子上，分清先后缓急，干完一项就用笔勾一项。他如履薄冰，担心有个闪失、有所疏忽而贻误战机、造成损失，对领导和群众交不了账。

最令他头疼的，是工作组的那个碰头会。王检察长提的问题，有时令他难以回答。比如，王检察长以平静的口气问："这氧化银，你怎么就断定已经运到香港了？他购买氧化银的款额是谁批的？领导没点头，他就真的有这么大的胆子去干？"接着就是指责厂里对案件抓得不紧，没有放手发动群众（但强调一定不要搞群众运动），监护不严（可是你们不要让人看出限制人身自由，要"内紧外松"），直到现在还没有一个接近真实的、系统完整的反省交代材料（但一定不要搞逼供信）。刘镇想，这哪是让吴近蛟反省交代，分明就是为难我！

过了一阵之后，很多人都说吴近蛟没事了。同情刘镇的人说："怎么搞的？活案办成了死案？"崇拜吴近蛟的人说，这就是一桩冤假错案，要真是有那么大的问题，不早就丢进牢里去了，还等得到今天？他们反过来都暗地里埋怨刘镇，似乎他像个逞强好胜的孩子，在外面闯了祸，让一家不得安宁。又仿佛他是个差火的裁判员，把一个眼看要到手的世界冠军搞丢了。有时就是这么邪乎，名副其实的英雄模范也会有人讽刺挖苦，而吴近蛟这样的害群之马却成了一部分人心目中的英雄，受到尊崇。

邵局长也对刘镇说："我同吴近蛟可没什么牵连啊！"表面上是为自己洗白，实际上是挖苦，谁都不是苕。

这一年气候反常。太平洋的台风频繁地在我国南海沿岸登陆，然后转化为高气压继续北上，大量暖湿气流进入长江流域上空，同蒙古高原南下的冷空气接踵相遇，冷暖气流在空中混合、滚动、翻腾，使长江中游一带好端端的金秋变得秋风飒飒、阴雨绵绵。

肖主任同刘镇冒着雨，乘坐工办的吉普朝省城驶去。吉普从打着雨伞的行人身旁擦过，在迎着风、躬着腰蹬自行车的行列中缓慢穿行。

肖主任触景生情："每逢公共汽车转弯，售票员都给乘客打招呼，要大家抓好扶手，有的人就是不听，结果被甩得鼻青脸肿，这叫惯性。"

刘镇应道："是啊，有的人跌倒以后埋怨司机，那叫冤枉。谁不想把车子笔直朝前开？由于各种因素，有时只能曲折前进。但无论如何，车子总是要到达终点的。"

开车的小李没听出弦外之音，以为两位领导在谈论司机开车，这可是到了他的本行，他可来劲了，出了县城，他边握着方向盘，边滔滔不绝地谈他的开车经，不时还偏过头来加重语气，两位领导觉得有趣，哈哈大笑。

他们先到省进出口公司，拜会吕振新经理。肖主任第一次登门，大驾光临，吕经理显得格外热情。

肖主任把晶体管厂的电子钟收音机外贸业务情况向他作了介绍，说："由于对方不执行合同，生产至今不能进行。这个业务是贵公司牵的线，想由贵公司出面邀请港商刘为英来进一步商谈。"

吕振新问："你们厂到底有没有技术力量将电子钟收音机装出来？如果没有力量，我们就把这笔业务安排到别的厂家去。"

刘镇说："我认为我们有能力。问题是对方不提出质量验收标准，我担心我们都装出来，他们说装坏了，找我们索赔。"

肖主任也说："这次邀请港商来，其中很重要的一项内容，就是双方商定质量验收标准。"吕振新这才同意以公司的名义向港商发出邀请电。

接着，两人又驱车来到市中国银行会见郑科长。郑科长首先请他们看香港金城银行发来的一份电报，电文如下："出票人称，付款人已接受不符点。请电复授权我行扣你账。"

郑科长说："你们厂那几个人最近又同港商联系了。"

刘镇说："他们往来向来密切。这信用金付了？"

郑科长说："你放心，我说了，他一分钱也提不走！"

肖主任要的就是这句话。他俩道谢以后，就乘车回县。

在大院门口，肖主任碰见王检察长，谈了这趟没白跑，两件事都落实了，晚上工作组可以进厂开展工作了。王检察长悄悄告诉他："现在一切都要按照法律程序办事，工作组大部分是公检法的人，还是先不进厂为好，让他们厂自己先搞，这样比较稳妥。刚才我给一把手说了这个意思，他也同意。"肖主任想，既然县委书记都认可工作组先不进厂，我还有什么可说。

当天晚上，肖主任带领工办的四个干部来到晶体管厂开党员会。

肖主任首先让刘镇谈生产线的安排，然后询问吴近蛟有什么困难。吴近蛟说，只要答应我的四条要求，什么困难也没有。在肖主任的追问下，他将上次党员会上提的四条重复了一番，并从口袋里掏出一页纸交给肖主任，纸上写的正是"我的要求"。

肖主任说："你就不能改个口，未必你真的一句顶一万句？一点商量的余地也没有？"

吴近蛟说："红口白牙，白纸黑字，我说了、写了，都不准备收回。"

刘镇按捺不住心中的怒火，对这四条无理的、要挟性的要求逐条进行了驳斥："第一，外面说三道四，你自己不检查反省，反而要组织上给你做结论。组织上的结论很清楚：既不冤枉一个好人，也绝不放跑一个坏人。你这一年来都背地里干了些什么？你向组织上吐过一句真言吗？一个人的是非功过是由自己的言行写出来的，身正不怕影子歪，群众中有些议论又怕什么？坛子口封得住，人的口也封得住吗？你这样作为条件提出来，是有理还是无理？你的第二条要求，我已经作了答复：外贸好搞就长期搞下去，这里不再重复。第三条，我们搞外贸，要规规矩矩地搞，要在党和政府的领导下搞。我们同刘为英，说的是来料加工就搞来料加工，怎么又节外生枝冒出个氧化银来了呢？是谁答应给他供应氧化银的？我是阻止了向他提供两百公斤氧化银，因为这不在合同之内，我们不负供货的责任，怎么能说我们没执行合同，不守信用？最后，关于陈友香调走的问题，这是组织上从工作出发安排的，国家干部一块砖，哪里需要就往哪里搬。把你的人调走了，你不干了，这就是你的要求？你心中还有没有组织？"

肖主任等刘镇发言以后，又动员吴近蛟谈想法，吴近蛟说："要说的我已经说了。"肖主任当场宣布："吴近蛟从现在起，停止工作，反省交代。"

在工作组第四次碰头会之后，肖主任认为老这样拖着不是个办法，就组织工办干部根据案情的经过，列了十二个专题，准备各个击破。

这天，他带领两个干部来到晶体管厂找有关人员谈话，索取旁证材料。他们首先把舒金请到办公室——迎宾室又改回办公室了，由工办的干部进行谈话，刘镇参加。

工办干部轻言细语地对舒金说："现在请你来，想请你谈一下，什么时候、什么人安排你到什么地方、购买了多少氧化银；你是采用什么办法、在哪里提款去买的。"

舒金不假思考地说："我脑筋不好，都忘记了。"

那个干部又将问题重述了一遍，说："请你仔细地回忆一下。"

舒金说："我的确想不起来！"

刘镇说："你这个态度就不对了，这些同志是代表组织找你了解情况，你应该如实汇报才对，怎么像对付敌人那样，说'忘记了，想不起来了'？"

舒金大声嚷嚷："我的态度就这个样！你们把我怎么样？你们想搞逼供吗？"

肖主任把他肩膀一拍，说："你不谈算了，你出去，我们还有事情研究。"

肖主任的手刚挨到他的肩膀，他就高呼起来："哎哟！打人了！"边喊边往外跑："工办主任打人啦！"工人们都以为出了什么事，涌出车间看。他更得意了，继续喊叫："你们看呐！他们搞逼供，工办主任打人，这是什么领导干部！"

刘镇同两个干部忙奔出去，连劝带挥地把他搞走了。

肖主任万万没想到他会来这一手，气得浑身发抖。本来依法行事，不料坏人嚣张还不能反击！问题没核实，反被他咬了一口，出师不利，这真是老干部遇上了新问题。

工人都回到车间去了，肖主任的气也平息了。他苦笑着对刘镇说："光坐在上头听汇报，觉得办案的这些人无能。舒金口都没开，就说你搞逼供，你叫他走,他说你打人,你怎么搞!传出去真会笑死人,更要说办案子的人无能!"

刘镇说:"他们个个开叫,是一伙'小事不要脸、大事不要命'的亡命之徒。"

肖主任说:"你一方面加强监护,一方面催港商进来。我们尽力而为吧。"

肖主任走了以后,再没到厂里来。年关逼近,工办该有多少事做啊!整顿企业要验收,利润分成要结账,各厂的奖金方案要审查,有的厂要合并,有的厂要联合,有的领导班子要调整,如何精彩结束今年,安排明年的开门红,这都是刻不容缓的大事,肖主任都要抓紧办。对晶体管厂的案件,过问也就少了。

按照肖主任的指示精神,首先要卡断吴近蛟等人同香港那边的联系。杜春堂和邱金波持介绍信到邮政局,先找到话务员商量:"今后晶体管厂除了我们厂长,任何人不得往香港挂电话、拍电报。香港发到我厂的电报、挂的电话,也只能由我们厂长接。"并写了个条子备案。

话务员连看都不看:"公民有通信自由权,再说每天千百份电讯来往,我记不了那么多。"

两人碰了钉子后,找到邮政局局长,酌情说明了当前厂里的情况和县委指示,邮政局局长很支持:"这好办,我们县与香港来往的电报电话不多。可是,如果跑到外地去通话发报,我们就管不着了。"杜春堂说:"咱们从这里把路堵死再说。"

杜春堂又召集护厂人员开会。由于厂里男工人不多,都派去做保险柜、搬运和安装三极管生产设备了,一些结了婚的妇女有家务拖累,晚上不能丢下小孩来值班,所以安排了十二个姑娘伢护厂。她们四人一班,每班值八个小时,这个班本周值白班,下周值中班,再下周值深夜班,一星期一倒换,任务是不讲自明的。

开始,她们的警惕性还蛮高,吴近蛟在食堂端饭时有意碰了一下石谦的手腕子啦,石谦从宿舍的窗户里给吴近蛟递条子啦,都及时作了汇报。后来看领导没有追问,对于这样的小动作逐渐司空见惯,习以为常,也就松懈了。

这次开会，原准备给她们鼓把劲的，谁知道人还没到齐，她们就纷纷提出要回车间去，不搞这个值班了。都说枯燥无味，八个钟头难得磨，特别是刮风下雨的黑夜，冻得人牙齿打磕磕。

杜春堂笑着说："你们不是织毛衣、看小说的吗？"

她们说："毛线织完了，小说看厌了。"

经过动员说服，她们也知道这是上头的安排，厂里不能说撤就撤，最后终于同意留下来，站好最后一班岗。

要打破这个僵局，必须想方设法把港商请进来。港商不进来，成了"死无对证"，随便吴近蛟望天瞎说。他可是个扯谎不拟草稿、翻手为云覆手为雨的高手，十句话里难得掏一句真的来。证据不落实，就难以结案。于是，刘镇起草了电报稿"请刘为英经理速到我厂洽谈业务"，按照名片上的地址发往香港。电报发出后，如石沉大海，没有回音。他派人到市海关打听，阮科长转告他："从深圳方面反馈的情况看，他很可能得到了我们这边传出去的消息。以前，他几乎每月回内地一次，最近三个月他都没露面。"

刘镇到省进出口公司，看到了与刘为英来往的电报。原来，上次肖主任和刘镇来了以后，吕振新即指示草拟电报稿，经他审核后发往香港。电文是："刘为英先生：晶体管厂电子钟收音机装配准备已就绪，请速派技术人员来厂指导生产并商定产品交货质量标准。"过了两天，公司收到刘为英复电："关于如何生产，陈友香副厂长了解，如有问题请她来电接洽。"他们里外配合得多么默契！

在关键阶段，时间对每个人都是至关重要的。如果战争双方抢夺一个山头，一旦一方赢得了几秒钟，提前三步控制了制高点，就掌握了战争的主动权，而另一方则像一群绵羊被撵下去，丢下遍野的尸体。

眼前晶体管厂的这场较量，吴近蛟、刘镇都认为时间对自己有利。

吴近蛟的理由是：近来再没有人找他要反省交代材料了，他可以自由地同石谦、舒金往来，甚至在电影院放映进口片时，三个人还可以邀约陈友香一同前往观赏。刘镇整天忙出忙进，据说他屡次向香港发电报，急得像热锅上的蚂蚁似的，可能那二十多万港币的信用金已经给港商提走了。让他着急去吧！

而刘镇的根据是：这样一来，起码那二百公斤氧化银你搞不去了。自从这几个人靠边以后，厂里的正常生产工作没受到什么干扰，顺手多了，新的骨干力量正在形成。三极管的生产设备已经安装就绪，人员已经陆续到位。音头项目也有了眉目，设备技术倒是并不复杂，关键是要找销路，马贵荣闯劲大、办法多，销售渠道摸得差不多了。

一天快下班了，刘镇突然接到省进出口公司的电话，说"刘为英先生来了"。刘镇一喜，放下电话就去工办，肖主任听了汇报后，马上同他一道乘吉普赶到市宾馆。

两人在车上分析了对方可能提出的问题，研究了谈判策略，由刘镇主谈。司机小李今晚的约会因突然出车冲散了，心怀埋怨地说："这个吴近蛟，该细刀慢剐！"肖主任笑着提醒他要注意纪律。

话说刘为英正在香港张罗把那一百公斤氧化银偷运过来抛售，恰逢氧化银价格暴跌，张老板从别的渠道把货弄到了手，但表示为讲信用，只要有货，还是同意进一部分，希望能及时些。刘为英原打算等吴近蛟将三百公斤氧化银交齐了一次运回香港，谁知七等八等，错过了时机。他既埋怨吴近蛟不守信用，又痛恨市场这个魔鬼捉弄人，还渐渐觉得吴近蛟同市场行情一样不可琢磨。因为烦恼，他很少同几位股东见面，婷娜几次打电话找他，他起先推说有事，后来干脆不接。

正在他心事重重时，突然接到一份电报："俊姣姐病危，请原地候音。韦万"。经过分析，确定这是石谦拍来的电报，石谦与"十千"谐音，十千为万，所以署名"韦万"。那么"俊姣姐"就是吴近蛟无疑。看来他们处境不妙，不然哪会用"病危"来暗示呢？

过了两天，他又收到石谦的一封来信：

刘为英先生：

俊姣姐突然发病，原因不明，可能是那个药引起的。我们正设法挽救，控制病情恶化。对她的化险为夷，我们有足够的办法与信心。遗憾的是，她这一病，不知何日才有起色，你要的那笔货恐怕要拖些时日。

这里最近气候不好，请你多加保重，最好不要随意外出。

你寄来的两件玩物，我已收藏好。由于我们手段巧妙，无人知晓。我会守口如瓶，免得那些女人争风吃醋。

刘为英接到电报和信以后，就一直蛰伏在香港，任凭晶体管厂与省进出口公司一再催促，他都加以搪塞。可是，预见公司的几位股东不干了，特别是信用金被拒付以后，更说了些刺耳的话，令他难受。总经理黄德坤说："内地做生意最讲信用，这是全世界公认的。现在那边银行都认为我们没有按合同办事，你到底是怎么搞的？"吵得他不得安宁。最近，石谦来信说"俊姣姐的病已好转，正在逐步康复中"，于是他就悄悄来了。

肖主任、刘镇按照进省出口公司提供的宾馆房间号码推门进来，顿时，房间里坐着和站着的人像触了电似的，都惊呆了。原来是石谦同他爱人、小孩正在房间里同刘为英说话。这家伙真是耳尖腿长，捷足先登了。

石谦对他们连夜赶来大感意外，觉得难堪，忙起身解释："我刚接到刘经理的电话。"

刘为英也尴尬地说："我邀请他一家来玩玩。你们请进，请坐！"

肖主任瞥了一下茶杯，茶叶还浮在面上，是刚泡的，两人手上夹着的烟卷，才燃了小半支，说明他刚来不久，可能双方的情报才开始交流，就说："石谦，你们先回去吧，我们同刘经理要谈业务。"石谦忙点头赞同，遗憾地领着老婆、孩子退了出来。

肖主任说："工办的小车在门口，让司机送你们吧。"同他们一起乘电梯下楼，吩咐司机小李把他们送回家。肖主任想，这样免得他在附近逗留，等我们走了以后他们再接触。

肖主任回到房间，刘镇已经开始同刘为英交谈了。

十三、水落石出

刘为英劈头一句就追问："你们为什么不付信用金？"

刘镇将拒付的六条理由重复了一遍，并指出："由于贵方不信守合同，造成我们厂房、仓库占用，工人停工待料，这些损失是有账可算的。"

刘为英说："你们停工，完全是自己造成的。材料我们已经付齐，只多不少。至于生产技术和质量标准，你们陈副厂长、石技术员都知道。"

刘镇说："他们说不知道。合同上写得很清楚，由预见公司派技术人员。他们是我们厂的人，不能代表预见公司。"

沉默了一下，刘为英叹了口气："我们几十万元的设备和材料在你们厂里，银行的钱又提不到，搞得公司几位股东吵吵闹闹，都要散伙，问我到底在这边有什么问题？我也不知道有什么问题，才抽时间过来了。"肖主任同刘镇相视一笑。

缓了口气，刘为英又说："氧化银是吴厂长同我谈的一笔换货贸易，他的氧化银换我的彩电和'三洋'，谈的是一千公斤氧化银，后来又降到三百公斤，截至目前只给了我一百零二公斤，其中两公斤是样品。这笔贸易到底合法不合法？氧化银能不能出口？这也是我这次来要谈清楚的一个问题。"

刘镇说："这笔贸易，吴近蛟从来没有向领导详细汇报和请示过，我难以答复。"

刘为英说："你有义务帮我找有关单位问清楚。"

刘镇说："我没有这个义务。但看在我们还有业务关系的份上，也为了尽快收回氧化银的货款，我可以帮你向有关单位询问。"

洽谈就这样结束了。

两人下楼来，对宾馆值班经理反映了情况，请宾馆协助阻止晶体管厂其他人员与港商接触，值班经理一口答应，记录下来。小车送走石谦一家之后，已开回停靠在门口。

肖主任说："今天是一着险棋，我们来慢一步就坏了。"

刘镇提议请肖主任回县里，他留下来，方便后续开展工作，免得明早乘车进城耽误时间。肖主任望着他日益消瘦的脸庞，想了一下同意了，嘱咐他晚上风大寒冷，注意爱护身体。

回去的路上，肖主任嘱咐司机绕到石谦家，说有急事要研究，将石谦带回厂去。石谦摸不到虚实，只好跟着车回厂了。

刘镇在宾馆门前徘徊。街上的商店陆续打烊，行人渐渐稀少，看表已经深夜十二点半，就在宾馆附近寻了个小旅馆投宿。

第二天，刘为英吃完早餐以后，正想着怎么安排这一天的时间。刘镇虽然答应到有关单位去打听，但不知何时能够答复。这时刘镇带着海关阮科长同两个官员进来，很有礼貌地说："刘经理，你昨晚要我找有关单位打听氧化银的事，我把海关的同志请来了，他们同你面谈。"刘为英的眼睛直愣愣的，如同昨晚见到肖主任和刘镇突然进门一样，惊呆了。

阮科长没等他搭话就问："你是刘为英先生吗？"他答："是的。"阮科长说："请把证件拿出来。"他机械地掏出通行证，阮科长接过来，交给随行官员，说："请你同我们到海关去一趟。"刘为英马上收拾行李，准备去坐班房，被阮科长阻止了："不用带行李，去一下就回。"他很配合地跟着阮科长走了。

刘镇也回县向肖主任汇报，肖主任认为他不动声色，干得漂亮，夸得刘镇有点难为情。

从此，刘为英白天到海关配合工作，晚上回宾馆休息，反正是海关上班他上班，海关下班他下班。他做贼心虚，把同吴近蛟交易的许多内幕都交代了。每天都有一大摞一大摞的笔录送到县里，在肖主任、王检察长、刘镇手上传阅。

石谦曾利用星期天回家的机会，想见刘为英，宾馆的服务员不许他接触，还像审特务似的盘问他。后来打听到刘为英上午、下午两次到海关，一去半天，很难会面。这些，他都及时向吴近蛟通了情报。

吴近蛟起初得知刘为英来了，喜出望外，以为自己又可以东山再起了。但左等右等，没见刘为英来，觉得有点不妙。后来听说刘为英被滞留海关，就急得像热锅上的蚂蚁。他深知港商没经历过政治风浪，让人一拍二诈会和盘托出，他前一段同石谦一道挖空心思编造的谎言将被戳破，他就会原形毕露，身败名裂。他曾多次动员石谦设法接近刘为英，让他知道什么可以说、什么不能交代，好统一口径。但石谦怕县里派人吊线，像那天晚上被赶出门，落个难堪，不敢从命。

一天上午，石谦正在家扫煤炭末子，想利用厂休日捏炭元子，陈友香和舒金来了，要他丢下手里的活，到海关附近等刘为英。石谦想，陈友香调走以后，很少碰到一块儿，不管等不等得到刘为英，一同走走玩玩也好。

天阴沉沉的，寒风瑟瑟，法国梧桐的焦黄落叶从人行道上飘落到街心，又从街心翻滚到路沿沟里。三个人远远地绕着海关走走说说停停，直等到下班，才在半道上拦住了刘为英，一起走进了附近的荷花宾馆。

不知是由于衣服穿得过于单薄，还是背包过重，刘为英一扫过去的英姿神采，懊丧的神情挂在脸上，走路低着头，腰也微驼着。

在餐馆雅座，陈友香掏出钱和票点了四菜一汤，石谦向刘为英打听海关在了解什么情况，刘为英说是氧化银。石谦说："氧化银是县委批准的，还有两百公斤，没问题。"刘为英心想，都什么时候了，还来这一套！我在香港混了这么多年，现在一败涂地，你还在吹牛！到手的那一百公斤，自己供出了，由这边海关通知广州方面出面没收了。他觉得疲倦、麻木，只想早点离开这些"劫持者"。

石谦见刘为英面无表情，就悄悄地问："咱们那笔货，你说了没有？"刘为英摇了摇头，石谦就安心了。因为这笔货关系重大，他谅刘为英也不敢交代。经过询问，证实了原来的一些分析，四人用完餐就离开了。

三天后，海关根据刘为英的行为，按照现行法律，宣布没收其氧化银，还罚款一万二千六百美元。刘为英接受处罚，在处理书上签了字，表示回到香港就汇款过来。阮科长把通行证还给他，准许其离境回港。这天正好是刘为英到此整整一个月。

港商走了，氧化银追回来了，王检察长舒了一口气。他拉过"吴近蛟走私案"的卷宗，又顺手推到一边。刘镇那不满的神情，又浮现在他的眼前。你不满又怎么样？平反冤假错案才告一段落，你别来添麻烦了。这个案件，既不同于强奸抢劫、撬门扭锁的刑事案件，又不同于贴反动标语、呼喊反动口号的政治案件，这是一个最令人头痛的经济案件。一般经济犯罪分子比"狡兔三窟"的兔子还狡猾，在作案时就做好了对付检查的准备。凭你刘镇就能查出个走私案来，还要我们司法机关干什么？现在司法部门可以有自己独立性的规定，真是英明呀！如果按照县委的意见，我们公开出面插手这一案件，现在就会陷于难以自拔的尴尬局面。

为了尊重县委，他还是为此写了个报告："关于晶体管厂吴近蛟氧化银走私一案，经过反复查证落实，经过是这样的：吴应港商刘为英的请求，购买一批氧化银给吉林一家工厂加工电子元件，吴为了工厂开展外贸业务，照办了。由晶体管厂垫付二万五千五百元，给港商刘为英捎带氧化银一百零二公斤到广州。这已经为刘为英、陈友香、石谦、舒金等人旁证材料所证实，并且当刘为英知道氧化银是违禁物品以后，就爽快送交海关。"

"所谓走私，是指违反《海关法》及有关法律、行政法规，逃避海关监管，偷逃应纳税款、逃避国家有关进出境的禁止性或限制性管理的行为。纵观全案，吴近蛟并未得港商分文，刘为英也承认未给厂方结账。因此，走私的结论不能成立。当然，未经领导批准就以大笔款项给港商垫付带货是错误的。"

"晶体管厂企业管理混乱，财务制度不严，给吴近蛟以可乘之机，这是要引以为戒的。请县委迅速组织力量进厂整顿，督促企业加强管理，建立健全各项规章制度。"

"至于吴近蛟贩卖走私手表以及其他经济问题，由于证据不足，建议予以销案……"

他的报告还没写完，就传来一个爆炸性的消息：晶体管厂的走私案又有新发现！王检察长听了，心说幸亏报告和卷宗还没有呈上，随手将报告三两下撕毁，扔进废纸篓里。

不知哪位哲人发现一个规律：分久必合，合久必分。这不，舒金同石谦说翻脸就翻了脸。

舒金自从听说"那笔货"以后，心中犯疑。回厂以后，他追问过吴近蛟，吴近蛟大骂石谦"不够朋友、不是东西"，无可奈何地唉声叹气。他更犯狐疑，返过来追问石谦。石谦打着官腔："不该你知道的事情，你就不要打听。"他更有被出卖、被抛弃的感觉。

他原听说用氧化银换进口货，因此挖空心思将氧化银搞到手，盘算着得了好处有自己一份，出了问题就推说是"受蒙蔽者"。后来，他看到石谦装病不去广州送氧化银，觉得这笔买卖有点不妙，就想洗手不干了。然而，俗话说"上贼船容易，下贼船难"。一来他同吴近蛟的感情割不断，二来对方的货物没到手，他的好处还拿不到，他只有继续去购买两百公斤氧化银。谁知刘镇赶到车站阻止，他也就顺楼梯往下滑："不是我不干，是领导不许干。"后来听说私货从元件中夹带回来了，他是多么喜悦、兴奋、激动啊！可是，挥汗如注地翻了一遍，连根毛都没有，麻雀飞到谷壳里——空喜一场。到底怎么回事呢？他更怀疑了。

舒金原是一个煤矿工人，初中毕业后，经过他在外地工作的姑父介绍，将他从农村"露天大车间"搞进了黑咕隆咚的矿井。他不甘心当"煤黑子"，生怕有一天这座矿山会塌下来，把他压成肉饼。于是由他的姑父活动，调回县里来。到县里一直找不到对口接受单位，他就一天到晚缠住章忠明，要他安排工作。正好，有一天吴近蛟为建厂房找章忠明要人搞基建，章忠明就将舒金交给吴近蛟"临时借用"。

后来在"一批两打"运动中，因吴近蛟有经济问题，县委派工作组进厂，看到舒金能说会道，就吸收他"搞专案"。他深知"工作组，工作组，工作完了就会走"，今后还是吴近蛟掌权，于是利用工作之便，将工作组找马贵荣等人谈话的记录、有关材料给吴近蛟看，给他通风报信，保他过关。吴近蛟"解脱"以后，就将舒金作为骨干使用。但在这次"工调"中，不仅没有给舒金加工资，反而提出他是个临时借用人员，没办正式调动手续，应该退回原单位，的确使他受惊不小。最后工资虽然没涨，人却留下来了。"留得青山在，不怕无柴烧"，只要在外贸中捞一把，一切损失就弥补了。谁知吴、石二人背着他搞这一手！他是这么好欺的么？！

他又记得姑父回来探亲，顺路来厂探望他的情景。那是六月的一天中午，姑父坐在刘镇的房间里，这里他第一次踏进刘镇的卧室。刘镇破例请孟师傅做了两个菜，让姑父和舒金二人单独小聚。饭后，姑父当着刘镇的面狠狠剋了他一顿，最后严肃地对他说："我在公社工作的时候，你们刘厂长就是我的得力助手。你别以为他是外行就瞧不起，他的思想作风、工作方法，你恐怕一辈子都学不到！常言道'近朱者赤，近墨者黑'，你都跟谁亲？跟谁近？你如果跟刘厂长在一块儿，我也就放心了！你记住，再不好好干，犯了错误就不要再找我，自觉卷铺盖回家种田！"

刘镇说："他工作还好！"

姑父冷笑一声："哼！你总是'好好好'，什么时候把好好先生这一套学到了？他这个人我知道，好耍小聪明，不走正道，不干实事，总喜欢同些不三不四的人扎成一把，以'领导的反对派'而自居。你可要对他管严点。"

刘镇检讨说："我前段同他联系不够。"

姑父走了以后，吴近蛟、石谦都说，肯定是刘镇背着他给姑父烧了阴火，他当时咬牙切齿地表示：死个大人带个小伢，也要同刘镇斗到底！

嘴上这么说，可是他想的是另外一码事。在这个世界上，舒金最崇拜、最惧怕的人只有一个，那就是他的这位姑父。现在，听到姑父亲口说刘镇同他共过事，他突然觉得刘镇是个可亲可敬的人。从姑父整个训斥过程分析，刘镇尽管对自己的所作所为不满，但不像是有所流露，显然不想在姑父面前使他难堪。至于姑父当时那严厉的话语，也不过是老生常谈，哪次见面他不是这副面孔？显然是自己错怪了好人。基于这个认识，当刘镇后来追到车站制止他购买氧化银，他顺从地接受了。

此后，刘镇没有利用姑父这层关系拉拢他，也没有因为他同吴近蛟的关系排斥他。特别是在"工调"中，有人提出舒金是临时借用人员，应该退回去时，刘镇没有乘机排除异己。这次清查氧化银，他明明知道自己充当了什么角色，可一直没有对自己恶语相向，将自己同吴近蛟、石谦相区别。刘镇没给姑父告状，已经给自己留了条出路，自己又何必一条黑道走到底？纸总包不住火，没有不透风的墙，自己为什么同他们陪斩？

在吴近蛟房中无人的时候，他又钻进去谈那笔货。他向吴近蛟指出：如果不是他石谦称病不去、导致陈友香迫不得已私自奔广州，绝不会有现在这个被动局面。从石谦一贯为人处世看，他并不可靠，什么事都做得出来了。经过舒金推心置腹地劝解，吴近蛟才把他将两箱"三洋"收录机拖到石谦家中、石谦已开始动用"三洋"的事告诉了舒金。舒金说："难怪他说调回省城的路子已经挖通了，对方已经调他的档案去看，调令马上就要来了，原来是用我们的东西去买通的！"

接着，舒金到石谦房中，叫石谦将货交出来！石谦开始矢口否认，舒金将吴近蛟拉来对质后，他又蛮横地说："就是有这么回事，又怎么样？我既没偷，又没抢！"

舒金说："你不交出来，我就到领导面前揭发，让大家都搞不成！"

石谦说："那又怎么样？了不起我成了个窝藏犯，我还坐牢不成！"

两人你一句、我一句地争吵起来，吴近蛟息事宁人地两边劝。他越劝，舒金越火，后来怒冲冲地走了。

他走了以后，石谦问吴近蛟怎么办？吴近蛟说："分了，就暴露了，我会坐牢；不分，他一闹，我也会坐牢。分与不分我都会坐牢。"说完就回房里去了。石谦也骑着摩托走了。

刘镇听完舒金的揭发，肯定了他的觉悟，让他知错改错，今后好好工作。随即给肖主任作了汇报，肖主任要他对吴近蛟加强监护，并及时向县委作了汇报。

正在这时，王检察长从电话中给县委汇报，石谦用摩托拉了两箱"三洋"投案自首来了，共十六台，承认自己送人一台，换摩托一台，卖了两台。县委研究决定：立即公开逮捕吴近蛟，让晶体管厂做好准备。

第二天上午上班铃响以后，刘镇通知各车间主任将工人带到院子里来。工人正互相打听，就听见警车鸣笛开来，在厂门口猛一刹车，从车上跳下六名武装警察，由钱股长带领，将面如土色的吴近蛟、石谦从房里揪出来，塞进警车"呜呜"地开走了。

工人们如梦方醒，纷纷议论起来。最活跃的是那帮护厂的"娘子军警卫班"，乐得合不拢嘴，说："真有这一手？我们还以为算了的！""咱们熬夜挨冻，值得！"肖玉娟激动得眼含泪花，喃喃道："他们也有今天！"

院子边，突然有人惊呼起来。刘镇放眼望去，只见几个工人将舒金扭过来，对刘镇说："这里还有一个漏网的！"

舒金涨红着脸说："我已经投降了，不是漏网，是宽大俘虏！"

有人高喊："还有那个陈副厂长，别让她跑啦！"

工人又是一阵畅怀大笑。

法庭上，王检察长威严地宣读了有关该案的处理结果：

吴近蛟、石谦在今年元月至八月，打着为厂搞外贸的幌子，趁同香港预见电子实业公司经理刘某某洽谈业务之机，利用工作之便，先后四次将违禁出口物资氧化银一百零二公斤，偷运广州交给港商，使晶体管厂遭受二万五千五百元的巨大损失。嗣后，港商向吴近蛟、石谦行贿"三洋"牌大收录机二十台。根据以上事实，本院对吴近蛟、石谦分别处理如下：

石谦在上述犯罪活动中，出谋划策，窝藏赃物，并利用工作之便，采取盗窃、虚报冒领等手段，贪污盗窃公款公物折款达三千一百二十三元四角六分，已构成贪污罪、盗窃罪、受贿罪，数额巨大，情节严重。本应从严处理，但他在党的政策的感召下，主动投案自首，交代自己的罪行，积极退赔了全部赃款赃物，并检举揭发其他人员的犯罪事实，有悔改立功的表现。为此，我院决定对石谦从宽处理，免于起诉，当场释放。

吴近蛟是此案的主犯，他除了受贿外，还贩卖进口手表三十二只，获利一千四百三十五元；贪污公款公物七百四十六元，虚报冒领四百四十三元，手段恶劣，情节严重。罪行暴露后，订攻守同盟，百般抵赖、拒不认罪，本院决定将受贿犯吴近蛟依法逮捕。

吴近蛟被逮捕以后，晶体管厂发动全厂党员、职工对他们的走私犯罪行为进行揭发批判，让职工明辨是非、肃清其恶劣影响。在此同时，经过市电子局协调，半导体五厂由潘工程师带领八个技术骨干来到晶体管厂，深入车间、班组开展工作，使得三级管生产很快形成生产能力，质量达到了部颁要求。

一天中午，省进出口公司的吕振新经理陪同一位港商来见刘镇，经介绍，才知道是预见公司的总经理黄德坤。他给刘镇送了名片，没有敬烟："对不起，我不抽烟。"他告诉刘镇，这套设备和元件是他的，由于公司出了刘为英这个败类，致使双方合作业务搁浅。刘为英在缴清海关的罚款后已宣告破产，现在跑到澳门打工去了。这次前来，想听听贵厂对这个业务有什么要求。

刘镇见他穿着便装，不油嘴滑舌、夸夸其谈，像个可以打交道的样子，就说："你来得突然，我不能马上答复你，我需要请示上级。"吕振新认为这一请示、一研究，不是短时间可以得到确切消息的，就将黄总经理留下，自己先走了。

肖主任听了刘镇的汇报，眼睛一亮，高兴地说："干！正常的外贸还是要搞的。猪鬃厂用不起眼的猪毛变成了可观的外汇，可见对外开放是一本好经，前段给吴近蛟这些歪嘴和尚念偏了，咱们把它正过来。晶体管厂内贸外贸一齐上，如果你能安排一两百个待业青年就业，我代表县委、县政府感谢你！"

刘镇提出要港商赔偿氧化银和停工的损失，肖主任说："你这就不实事求是了，氧化银不是他搞的，停工的责任他也负不了，那都是刘为英搞的鬼，不要眉毛、胡子一把梳嘛！你怕是穷疯了？他不是说刘为英已脱离预见公司，到澳门打工去了吗？香港商人里，像田先生、乔先生这样爱国的、可以打交道的居多。我们要站高点、看远点，处理问题要合情合理，坚持互利。不要贪图眼前小利，因小失大。"

刘镇不甘心："厂里这么大一笔损失，就一风吹啦？回不到晶体管厂的账上啦？"

肖主任说："什么损失？氧化银收回国库了，要说你们停工，早在上生产线以前工人就没事干。你硬要打官司，我给黄总当辩护律师。应该说，厂里前段有得有失，不经过这样的事，你搞得动吴近蛟？"

肖主任随刘镇来到黄总经理的房间。坐定以后，黄总表示歉意，并问有何要求。

肖主任说："我们的要求，就是按照合同把这批产品装好。"

黄总说："这个合同原是刘为英签订的，他离开公司之前交出来，我已经带来了。经过反复考虑，我觉得这个合同需要修改。装这个产品，贵厂完全胜任，前期因为我们那位老兄要手腕，把本来不是问题的问题搞得很复杂。"

刘镇顺着话题，把元件不足、技术人员没到位、质量验收标准未确定等具体问题都摊了出来。

　　黄总笑着说："刘为英给你们的是老图纸，我们改了型，他没告诉你们。真正缺的元件，你们还不知道，是集成电路块。"说着，拿出一块手指盖儿那么小一块的元件，给肖主任和刘镇看："这每块有八个接头，没有它，电子钟就不亮，时间就不显示。这原是与其他元件放在一起的，他留下来了。我在仓库发现，带过来了。至于技术人员，你们厂里肯定有，可以做出来。你们要技术人员的目的，恐怕是为了明确质量验收标准，怕我们找借口敲诈勒索。你知道上次刘为英派来的是什么人？他不是工程师，是产品推销员，根本不懂技术。其实，内地货虽然包装一般，但结实耐用，你们不要妄自菲薄。我们做家用电器这一行的都知道，要想整机质量好，首先得元件质量好。我们发过来的元件是经过测试检查的，只要焊接不出错，质量过关没问题。要说质量标准，最终就是满足顾客的要求——收音机灵敏，电子钟准确。"

　　刘镇仍然据理力争："我们是第一次上这样的产品，有你们的技术人员在场，对维护贵公司的声誉也有好处。"

　　黄总最终松了口："这样，我多留几天，同你们一起做，做坏了算我的，这样你该放心了吧？"

　　肖主任说："可以，可以！"

　　刘镇又问："做完这五千台，贵公司能不能拿到新的订单，我们继续合作？"

　　黄总如实相告："我们不准备再做这个产品了。新的订单，要靠你们自己去找。当然，我可以帮忙留意一下。"

　　双方重新修改了合同，把原来信用金这一项划掉，十万台改成了五千台，由黄德坤和刘镇代表各自企业签了字。

　　刘镇引着黄总上厂二楼看了生产线。真是"三分人才，七分打扮"，在香港要作为废铁处理的设备，到这里经过修复、上油，真看得上眼了。黄德坤像木匠弹墨似的瞄了瞄铁架直线，对当中有些偏移的进行了校直，把传动带拉正。

　　忙了一阵，他才注意到很多工人都站在身边，就对刘镇说："让他们都去工作，不要把我当客人欢迎。"

刘镇笑着说："他们都是这个车间的工人，等待生产线开工已经停工半年了。"

黄总连说"对不起"，对刘镇说："我们开始吧！"

刘镇按照原来的安排，将工人落了位，各人坐到自己的座位上准备工具，一群人纷纷从仓库搬出元件。王芳推上电门闸刀，随着电动机的响声，传送带缓缓传动，工人将传送带上的元件取下来，做好再放上去……

到此，晶体管厂主楼一层做保险柜，二层装配电子钟收音机，三层东侧生产三极管、西侧生产音头，副楼二层做电动剃须刀，工人干劲十足，连上厕所也连跑带颠，全厂一片忙碌、一片生机。

十四、曙光在前

"头头会"人还没到齐，大家就闲聊几句。

王芳率先发布了头号新闻："锻压厂又抖雄了！他们新盖了一幢四层的宿舍楼，四十八户，每户三房一厅，厨房、卫生间、水电设备齐全，灰白色的外墙，朱红的门窗，雪白的阳台栏杆，十分高级。跟周围那些矮小简陋的宿舍相比，简直就是鹤立鸡群，在整个县城里绝对是第一！把其他厂的人羡慕得眼珠子都要掉出来了！"

杜春堂的态度倒是还算冷静客观："为了盖这个楼，孙厂长可是脱了一层皮。过去长期流行'先生产、后生活'，前些年锻压厂每年赚几十万块时，统统上交了县财政，厂里连花几百块修个厕所，都不知道要写多少报告，盖多少巴巴印，踏多少门槛才能批下来，更别谈盖宿舍了。近几年扩大了企业自主权，实行了利润分成，只要你能赚到钱，就能动用利润留成的部分盖宿舍。谁知又遇上行业发了'昏症'，订货合同陡然减少，产品销不出去，连发工资都困难。后来市场回暖，孙厂长抓住这个好势头，一手抓生产，一手抓基建，终于把宿舍建成了。"

肖玉娟绘声绘色地补充道："盖房不易，分房也难。听说刚开始好多方面都想咬一口唐僧肉，被县里紧急煞住了分房不正之风。工厂内部也是吵得不可开交，一千多人分四十几套新房，在职的和退休的，人口多的和计划生育的，一线工人和技术人员，怎么个分法？最后决定交给职代会拿出分房方案。结果职代会开成了马拉松，有的代表都受不了了，说'我们生产一线工人都有任务，没闲工夫陪你们扯些野棉花'。"

马贵荣也进来插话："据说最后把新房全部分给了在职职工，腾出的旧房调整了一部分给家大口阔、住房真有困难的退休老工人。孙厂长蛮有雄心壮志，号召在职职工加油干，争取两年后再盖一栋新宿舍。"

正说着，行政股长邱金波进来了。王芳说："金波，今年我们厂扭亏为盈，明年效益肯定更好，你是不是该操心盖职工宿舍楼的事了？"话是对着邱金波说的，眼睛却看着刘镇，其他人都会心地笑起来。

刘镇也笑了："你不用将我的军。目前晶体管厂只能算是缓了一口气，生存危机还没有远去。电子钟收音机是短期项目，三极管是个过渡产品，顶多只有两三年的销路。电动剃须刀、保险柜、音头项目势头不错，还要继续努力创收，还清银行贷款。对工人的欠账是不少，只能一步一步来，不可操之过急。"王芳扮了个鬼脸，不好意思地笑了。

会议正式开始，刘镇接着说："我在想，下一步路在何方？我们要怎么下苦功夫呢？比方说，在区位、原料资源、技术、经营上，我们应该扬什么'长'、避什么'短'？需要冷静分析，作出正确判断。能不能在其他行业传统产品的电子化升级上动动脑筋、主动服务、分一杯羹？能不能与省城的一些上级部门、高校、科研院所保持联系，跟踪电子行业的发展趋势，继续寻找我们有能力承担、又有市场前景的成果转化项目，抢占先机？人无远虑，必有近忧啊！"

"随着改革的推进，计划经济时代对国营企业管理'紧、死、散'的弊病还会逐步减少，很多条条框框会逐步松绑，我们厂可以从中借到哪些东风？我们已经被赶进了市场经济的汪洋大海里扑腾，不团结一心、背水一战，就是死路一条！"

一天刚下班，生产队的银桥和胜利来了，原来队长银桥送胜利到农机厂参加培训班，下午面试通过了，两人高高兴兴过来看他。

刘镇带着两个年轻人到食堂排队、打饭，吃完提出送他们回去，一路上陪他们熟悉一下县城的环境，聊聊天。银桥他们心里当然是愿意的，又有点过意不去。刘镇说："我去跟教你们的师傅问个好，有段时间没见了。工业和农业有很多事情是相通的，我也想听听年轻人的看法。"

县城是一座千年古镇，自古便是经济、军事要塞，南宋时已发展成为商埠，历朝均在此设治所，素有"小汉口"之称。清朝湖广总督张之洞曾奏明朝廷，称此地是经济、军事要塞："市面较盛，水陆交通亦属要地，不可无职分较大之员驻扎其间"。它位于汉江南岸，由河街、正街、蝙蝠街等街道组成主城区。其中，与汉江大堤平行的河街最长，县城的八大厂大多分布在河街延长线的两端，远离主城区，只有晶体管厂和莲花湖酒厂例外。

晶体管厂正对着著名的莲花湖，闹中取静，步行百来米就到了正街的起点。穿过长长的正街，右转上蝙蝠街，在丁字路口转上河街，一路上店铺一家挨着一家，很是繁华。河街的尽头，向南连着长长的工农路，路边没有了店铺，农机厂等大厂在工农路的两边依次摆开了阵势。

三个人聊着天向农机厂走去。一路上，银桥、胜利滔滔不绝地说开了，刘镇也就农业生产责任制、工业企业改革谈了自己的看法。

对这次胜利来培训的事，银桥介绍说："这两年，县农机厂不光搞生产销售，还开展了上门维修服务。去年有新措施，收割季节农机厂把烘干机开到各个队里，帮忙烘干粮食，交点服务费就行了，特别受欢迎。如果队里花大价钱买烘干机，既要占用资金，设备又长期闲置，很不划算。今年，他们又面向农村青年办农机维修培训班，考试合格后，可以承包一些收费服务项目，队里就派胜利来了。"

刘镇点了点头："不要小看了农机维修，如果零件损坏得不到及时更换和解决，农民四处奔波，既浪费了人力又耽误了农时。农业生产周期长，人误地一时，地误人一年，这个损失是无法弥补的。过去重整机生产、轻维修维护，有时农机坏了买不到零部件，厂里为了把'死机'救活，只得将好好的整机拆散了给配上，在这个问题上不能只算经济账。这两年农机厂重视了售后服务，备足了零部件，表面上看增加了零部件库存、占用了资金，但实际执行下来，经济上也是合算的。"这些工作是刘镇在农机厂时力促和主抓的，没想到让家乡也受了益。

　　胜利高兴地说："现在队里的青年人心气都很高，干得蛮有劲。当初，对初中、高中毕业的回乡青年只当壮劳力使用，或是派去顶'外差'，上水利项目挑堤挖塘，干最苦最累的活，辛苦一年只换来微薄的收入，想不到要发挥这些人有知识、有创造力的长处，青年人空有一腔抱负无处使，怎么能满意？父母和队里的干部还不理解我们，直摇头，说这些青年'差火'、怕艰苦、不安心。后来农村政策活了，银桥当了队长，经常跟我们讨论队里的发展，发挥回乡知识青年的作用。"

　　银桥说："叔，我是想让队里的年轻人有用武之地，看到前途。我们农村学校的教学质量差些，恢复高考以后，农门子弟考上大专院校的有，但只是少数。他们出去了，也不会回到农村。大批中学毕业的农村青年出路在哪里？现行政策规定，国家招收工人，只要吃商品粮的，不要农村的，所以招工没有我们的份。招兵也是多招城镇的。如果社队企业发展起来，让回乡知识青年在家门口实现就业，发挥他们的创造性，农村才有希望。我们准备多派年轻人出去学习，艺多不压身，也好寻找个人和集体发展的机会。"

　　刘镇听了直点头，心里想，有必要建议厂里的团支部与生产队结对子，让县城的年轻人学习农村青年的创业精神。

　　正街与蝙蝠街的交界处是新华书店，刘镇指给他们看，银桥说："太好了！我明天就来，为社员们挑几本好书。"刘镇指着路上一个不起眼的贸易信托部："这里可是庙小神仙大！它里面的四壁，都陈列着本地和外地的农副土特产品、日用小商品和社队工业产品的样品。通过省城的总部，同全国二十几个省份的上千个县保持商业联系，掌握数千种商品的行情信息，起到衔接购销的作用，收费也比较低，一年的成交额蛮可观咧。"银桥、胜利都很兴奋。店铺已经打烊，银桥说："明天这里一开门我就来，跟他们聊一聊，没准儿有启发。"

　　分手时，银桥诚恳地说："叔，我明天就回去了，胜利培训结束了回去，您太忙，我们就不去打扰了。联产承包是新事物，很多东西还不明确，我们也是摸着石头过河。我一个小小的生产队长，整天除了要面对几十户人家鸡毛蒜皮的小事、处理扯皮拉筋的烦事，还要考虑集体发展、共同富裕的大事，有时感到蛮难，蛮多困惑。每次跟您聊聊，都觉得眼界宽了，心胸大了。"

刘镇眼见这个从部队锻炼出来的雄心勃勃的年轻队长，脸上也有了岁月的痕迹，难免惺惺相惜。在农村艰苦的条件下，银桥没有消沉，还保持着一股军人的认真劲、拼劲，敢试敢闯，从这个年轻人身上刘镇看到了农村的新希望。

不久，按照"保护竞争、促进联合"的精神，晶体管厂同半导体五厂实行联合，从半导体五厂派人担任厂长兼书记，就是来厂指导三极管生产的潘工程师。晶体管厂的马贵荣晋升为副厂长，杜春堂任副书记兼工会主席。刘镇被调到县农办，抽到农村点任工作组副组长，抓完善农业生产责任制的试点。

接到通知后，刘镇起了个五更，悄悄地打上背包，拿着前几年驻队时一个写有"农业学大寨"的旧斗笠，低声地叫匡老头起来打开铁栅门。匡老头见他这副打扮，一下子呆住了，但很快就明白了，颤抖着手给他把大门打开。他将房门钥匙交给匡老头，托他转交给厂里。在交钥匙的一瞬间，他紧握匡老头的手，嘱咐他多保重："年纪大了，年岁不饶人！"匡老头喉咙哽咽了，布满皱纹的脸上挂着两行老泪。刘镇在晨曦中，大步地走了。

走出不远，隐隐约约见一个妇女骑着自行车迎面而来，突然在他面前跳下了车，两人都停住了。走近一看，原来是妻子赵敏。

赵敏说："这是昨天卖了余粮买的新车，我喜得不得了，昨晚上学了半宿，一早就骑车来了。给你吧，你骑着方便。"

刘镇才想起春忙时节，那天赵敏在自家责任田里对他许的愿，他并没在意，没想到赵敏还真兑现了。

刘镇一下子不知道说什么好，默默地将背包放在车后的货架上，将斗笠交给赵敏拿着，自己扶着车，两人肩并肩慢慢往前走。从妻子身上散发出来的气息中，他闻到了一股幽香。

赵敏边走边问他到哪里去，他才将县委抽调他驻队的决定告诉了她。她嘟起了嘴："吃苦受累的活，为什么总是派你去？这工作安排的事，你就不能跟领导讲讲价钱？完善责任制，找农民一商量就行了，还驻什么队？"

刘镇说："推行生产责任制是农村经营管理上的一场革命，有很多新问题需要研究。"

"冲锋陷阵总少不了你。"她叹了一口气："我还想好好看看你们这样的洋工厂，这一下看不成了。"

前几天，冯县长把刘镇叫到办公室聊了一阵。

冯县长说："今年县里的外贸出口额首次突破千万元大关，晶体管厂功不可没。这么难，你带领干部群众也挺过来了，闯出了新路子，使晶体管厂起死回生、扭亏为盈，不容易啊。要好好总结经验教训，适当的时候给大伙讲讲。"以刘镇的经验，领导谈话一般按照两分法、两段论，先说了好听的，后面不会就是不太顺耳的话等着吧？

冯县长接着说："邓书记跟我交换过意见，认为你这个同志服从组织安排，能担责任，能'啃'硬骨头，这点很可贵。你也知道，现在强调干部要知识化、专业化，要把合适的人放到合适的岗位上。所谓合适的岗位，既包括固定性的岗位，也包括临时性的岗位，比如说改革试点工作，也非常重要。"

刘镇正等着下文呢，但冯县长在关键处就此打住，扯到别处去了。

"现在用人是一个萝卜一个坑，但是把哪个萝卜放在哪个坑里，就没那么简单了。社会上有一种'人往高处走'的风气，我就不赞成。从我们政府部门来说，哪个部门的工作都重要。县文化局是出了名的清水衙门，他们的办公家具号称'四世同堂'，从五十年代到八十年代的都有，大大小小、高高矮矮、不同颜色、五花八门。有一次省文物局的领导去了，戏称里面尽是'文物'。文化局的廖副局长明年就要退休了，他是文化人，对这块工作有感情，跟我说，因为文化局条件艰苦，可能没人愿意去，但无论如何，一定要选派作风正派、有责任心的人去，哪怕是外行也没关系，关键是要肯学习。最近文化局要加一块旅游的业务，名称也要改成'文化旅游局'，估计你也听说了。"

冯县长又跳到另外一个话题上："县委、县政府盖了一批职工住房，最近准备打分排队，把房分下去。僧多粥少，我们也很头痛。工办的肖主任反映，你没有参加过分房，在县城连个窝都没有，建议对类似的情况通盘考虑。我们研究了，认为不能让老实人吃亏，这次你作为特例有分房资格。另外，你爱人一直在农村，家庭困难比较大。根据你爱人的情况，要进入行政、事业单位做正式工比较难，但在我们的办公楼、宿舍找一份物业管理的临时工作，做做卫生、收收水电费、管管仓库，还是可以办到的，你跟爱人商量一下？总之，我们就是要为干事业、讲风格的同志鼓劲、撑腰！"

刘镇和赵敏正拉着家常，后面来了一辆吉普，开到刘镇的前面突然停住了。司机小李伸出头来打招呼，说："肖主任昨晚一直嘱咐我起早点，开车送你，还说你会蛮早走的。我把闹钟又往前扭了扭，结果还是迟到了。肖主任上午没空，让我送送你，上车吧。"

刘镇给两人简单介绍了一下，说："你开回去吧，我有自行车，请代我谢谢肖主任。"小李无奈，只好开车走了。

刘镇把赵敏抱上车，让她坐在前车架上，向前推了几步，然后飞身上车，夫妻俩依偎着，朝着初升的太阳，向前奔去。

跋

我们的父亲

汉华　红华　菊华　朝阳　保阳

自父亲覃亚四1993年安然离世之后，他的手稿就静静地待在家中的某一个角落。依稀记得当时手稿比较散乱，有的甚至因浸水而模糊难辨，压在最上面的，是他练笔写的小故事、小素材，所以我们并没有太在意。大约十年前，母亲搬过一次家，父亲的很多"无用"的物品都被扔掉了，而这些手稿幸存了下来。

回想当年，年幼无知、缺少家长照看又缺乏玩具、生长蛮如野草的我们，有一次像比赛似的，争相把父亲年轻时发表过的作品和大量的手稿当成玩具，撕成了碎片，抛撒在空中。父亲事后得知心血之作尽毁，该是怎样的痛惜啊，但他竟没有打骂我们。被撕毁的文稿中，包括父亲早年发表的描写参与荆江分洪工程的作品，书名好像是《战洪图》，可惜已无从查证。另外，在旧书网上，我们意外找到了1956年出版的小册子《"光荣"负伤记》，其中收入了父亲创作的相声《如此学徒》。父亲默默地写了三十多年，但他从未跟家人讨论或者交代过他的创作，也看不出有什么宏大的计划，只是乐此不疲地写着，这反映出他对自己的业余写作持有一种"只管耕耘、不问收获"的心态吧。

　　直到疫情发生，工作和生活节奏一下子慢了下来，我们聚在一起，又聊起了父亲，于是静下心来，从头到尾翻阅了父亲的手稿。父亲的文字，就像脚下的土地一样朴实无华又充满生机。尽管他描写的是四十年前甚至七十年前的场景，那久远年代里一个个鲜活的小人物，却穿越时空真切地与我们相遇，他们的喜怒哀乐，深深打动和震撼了我们。

　　在整理父亲文稿的过程中，我们对照相关史料进行了考证，发现作品提及的众多时代背景、历史事件、人物、时间、地点等，大多是丝毫不差，可见他对于写作是非常认真和严谨的。我们也查阅了父亲的个人档案，对父亲有了更加全面而立体的了解，最终决定从他的作品中，挑选出《琼岛筑梦》《长堤破晓》《绿叶黄叶》《江汉春风起》四部中短篇小说，尝试集结成册。

　　透过父亲的作品，可以窥见他从旧社会受尽剥削压迫的苦孩子，成长为坚强的人民战士和兢兢业业的基层干部的人生轨迹。

　　父亲来自社会的最底层。他1933年农历五月初八出生在广西桂平县，排行老二，其父亲卢敬典、母亲梁志彦靠夏天卖凉茶、冬天卖米粉的小本买卖为生。1940年国民党部队要抓祖父卢敬典的壮丁，祖父母被迫带着四个孩子逃到柳州，而桂平老家的曾祖父却因祖父的逃跑而被抓进了监狱，不幸身亡。1944年祖父惨遭日寇杀害，日本投降后祖母梁志彦带着父亲兄妹四人回到柳州，做些卖芝麻糊、蔬菜之类的小生意，生活非常艰难。经报贩邻居介绍，父亲和伯父上街叫卖报纸，贴补家用。后来祖母为生活所迫，改嫁给柳州郊区的贫农、继祖父覃火连，父亲和伯父因"怕羞"未跟祖母同去新家，在柳州流落街头、自寻生路。父亲早年生活的苦难、被迫当过短期伪军和土匪的经历以及对新生活的热爱，后来都成为他写作的素材。父亲作品中，旧社会带给王小川、韦小福的内心伤痛和"历史污点"，翻身解放给他们带来的重生，正是对父亲真实人生的生动诠释。

　　1951年3月，父亲自愿加入中国人民解放军。近四年的军旅生涯，对父亲有着特殊的意义。在人民军队的大家庭中，父亲受到启蒙，扫盲识字，刻苦学习文化知识，他的人生理想和文学梦想也就此启航。《琼岛筑梦》的创作，"1955 年 11 月 26 日写于汉口、1962 年 2 月 8 日改于柳州"、20 世纪 80 年代定稿于蔡甸，前后跨越了三十余年。海南岛、五指山、什那河，一定是父亲魂牵梦绕的地方。他和战友们把最美好的青春甚至最宝贵的生命，献给了海榆中线国防公路的建设。筑路部队里的那些人和事，一定是长久地激荡在父亲心中，不吐不快。每当读到指导员英勇牺牲、两位战士历经险阻找到被洪水冲走的排架、王小川林海遇险被连长宋斌救出等情节时，战士们的奉献精神和深厚情谊，都令我们感动落泪。

父亲把人民军队的好作风、好学风带到了地方工作中。1958 年底，他在总结中写道："我负责（东城垸农场）全场的材料工作，因为人少事多，要搞采购、押运，还搞保管。为了保证材料供应，我不管天晴下雨、白天黑夜，都在外面跑，有时吃不上饭、睡不上觉，我也没有半句怨言。平常搬运材料，工人搬不动的，自己也去搬。材料的清理，都是自己动手。种实验田、种菜和修路等劳动，自己也积极参加，哪里艰苦自己就到哪里去。自己愉快地担任工会和青年团的工作，主动建立饭堂读报制度，并且担任读报员。别人吃饭我读报，别人吃完了我再吃。我和群众打成一片，群众上工我上工，群众生活有困难我就积极帮助解决。工人没有钱吃饭，我就借给他。炊事员没有东西洗碗、没有肥皂洗手，我就拿自己的给他用。谁有病了，我就给他端水端饭，请医生拿药，一天问候几遍。炊事员忙不过来，我就替他烧火、挑水、送饭。经常在工人睡了以后去查铺，给工人盖被子，在尽可能的情况下，让工人吃好、睡好、学习好。为了扫盲，自己拿钱给工人买课本，并当小先生。"读到这些，我们无比感慨：父亲一直就像一支燃烧自己、温暖他人的"蜡烛"。

关于那年的学习，父亲写道："我除了在劳动中锻炼、在工作中学习以外，还抓紧一切时间，经常看报纸，阅读党在各个时期的文件，订阅了《中国青年》《新闻战线》《文艺报》等，通过坚持写日记来检查错误缺点，提高文化和练习写作。一年来，我主要精力集中在劳动上，没有考虑写作，但很关心文艺界的动态，经常阅读《人民文学》和《长江文艺》，还阅读了今年出版的《红日》《林海雪原》《山乡巨变》等优秀著作。"由此看来，父亲一直就是一个追求梦想、永不言弃的"文青"。

父亲对待工作的态度是认真负责的，有着那一代人"积极热忱、吃苦肯干"的特质。1955年，他被评为"先进工作者"，评语中提到，父亲在房建处担任广播员之前，搞广播工作的是两个人，结果不能叫人满意，"只有凑热闹"。父亲到广播站后，因缩减人员规模，把广播工作交给他一个人做。由于父亲付出了"责任心和积极性"，"使广播工作开始有规律、有内容地结合中心运动的正常进度开展。别的不说，在单位安全工作上，他就写了八首快板，经常轮流播出，随时给同志们敲响安全的警钟，工地从五月份后，就没有出现安全事故。这个成绩里面，不能不说有覃亚四的贡献。"1956年，公路工程报社对父亲的评价是："工作积极主动，能想办法做出成绩。担任编辑时积极保持和作者的关系、组织稿件，下工地采访时很深入，写出不少报道材料，在家中能担任审校和编写工作。后来调搞通联工作，有空就利用旧报纸做信封，或者帮助其他编辑整理信件，总是不让自己闲着。生活艰苦，出差多，对上级交给的任务能以认真负责的精神去完成，进取心较强，工作称职并能胜任"。这再次印证，父亲一直就是一个简单纯粹、表里如一的"赤子"。

中华人民共和国成立初期，基层工作条件无疑是非常艰苦的。父亲提到两件事："一是防汛斗争。在防汛抢堤的战斗中，我和工人一起挖土、挑土、打夯，三天三夜没有休息，一直坚持到底。当时困得眼睛睁不开，脚抬不起来，我也没吭一声。我除了唱歌来活跃工地气氛外，还利用小休息时间，给工人讲保堤保收的意义。河堤倒口时，我与其他同志一起跳下急流里，用身体挡住倾泻的洪水。倒堤以后，我的一部分行李被洪水冲走，我还是积极参加打捞并清点农场的物资。二是感染血吸虫病。我患上血吸虫病住院时，医生说，你注意不要再感染了，否则不好治。我听了以后就怕了，咱们农场是个血吸虫窝子，怎么能不感染呢？但是我想起了农场领导说的话：'我们要预防血吸虫病，但不能害怕血吸虫；咱们建设农场，就是为了从根本上消灭血吸虫病，为子孙万代造福。'因此，我消除了顾虑，打针后医生要求休息七天，我休息四天就回了农场并积极工作。"《长堤破晓》中刘敬民一语带过的，恰是父亲的这段真实经历。

在那特殊的十年里，父亲成了"保皇派"，受到批斗和冲击，写作也被迫中断。改革开放以来，父亲先后担任了多个基层领导岗位的职务，再次忘我地投入到工作之中。他还曾多次被抽调到农村长期蹲点，与农民同吃同住同劳动；曾担任知青点的带队干部，参与黄陵大桥的建设和县志的编写。只要一声令下，他二话不说，打起背包就走，全力以赴，干出成绩。与此同时，父亲的写作热情再次喷发，他笔耕不辍，创作了多篇文学作品。他工作过的供销社、晶体管厂，都成了小说创作的场景。父亲的作品写的都是他在各个时期亲历的大事件和身边的小人物，源于生活又高出生活，力图真实记录以反映时代的风云、社会的图景和火热的生活，如同回望来路的小窗口，又如同定格时代的老照片，耐人寻味。

尽管父亲常年在外，很少有时间陪伴子女成长，但在我们的心中，他是一位好父亲。他乐观开朗、富有情趣，唱歌、吹口琴都很好听。他风趣幽默、平和淡泊，经常给我们讲故事和趣闻，引导我们多看书，就像《江汉春风起》中刘镇回家与家人相处的情形。尤为难得的是，父亲对待子女态度平等，没有厚此薄彼，从不训斥说教，从不用家长的权威来压制我们，而是以理服人。在父亲的一生中，物质生活一直是非常清苦的，但他从不介怀，对粗茶淡饭、旧衣破衫安之若素。在《绿叶黄叶》所描绘的那样一个物资短缺的年代，我们上小学、中学时没有雨伞，遇到雨雪就一路狂奔。冬天穿一条像渔网一样的化纤线裤御寒，常常冻得瑟瑟发抖，内衣和袜子破旧得洗一次就要缝补一次。但父亲言传身教的是，在精神追求上应高标准，而在物质享受上应低要求，父亲是我们学习的榜样。父亲借刘镇之口表达出对家人的深深歉疚，其实他已经给予了很多很多。在我们的生活中，父爱从来没有缺席。他会抽出时间为我们做饭、补袜子，会不经意间流露出舐犊之情，会在我们迷茫时及时指点。我们有这样一位父亲，何其幸运和幸福！

父亲由于身体健康状况欠佳，特别是因为患上了青光眼，双目几乎失明，1988年申请提前退休，1990年前后不得已终止了写作。父亲退休后，力所能及地主动分担起部分家务。他经常买回一堆不新鲜的蔬菜，到家就得扔掉一大半，我们以为他贪便宜，屡次劝说，教他算账，却总不奏效。有一次父亲说了一句："这种菜没人买，就得扔掉。农民辛辛苦苦种了菜，还指望靠它换回油盐钱。"我们才明白他是出于"悯农"的心情去买下这些菜。父亲出身贫寒，又长期在基层工作，他深知群众的疾苦，一辈子都对劳动人民充满了真挚的感情。我们曾租住在"余桃"家，跟她和"干娘"朝夕相处，父亲很尊重她们，时常烧好开水给她们送去，叙几句家常。父亲笔下的许多女性是美好的、孩子是可爱的、农民是淳朴的，父亲一直就是一个内心柔软、胸有大爱的好人。

父亲酷爱学习，知识广博，阅读兴趣广泛，有读书看报听广播的习惯。退休后，视力不好的他经常摸索着，穿过数百米车水马龙的路巷，到原单位去阅览报刊，令家人非常担心。如果时光能够倒流，我们愿意给父亲订阅各种各样的报刊，让他在家就能满足阅读的需要；我们愿意牵着他的手，为他诵读，当他的眼睛；我们愿意陪伴他，倾听他发表对时事的见解，讲述从报刊上看到的有关世界各地的见闻；我们愿意主动跟他讨论他的创作，热忱地做他的第一位读者。相信母亲也不会再因为担心父亲的身体而干涉他的晚年写作，一定会让"捧着一颗心来，不带半根草去"的父亲少留人生遗憾。

岁月无情，人间有爱。父亲的业余之作在沉睡了三十多年后得以出版，与许多人的关心鼓励密不可分。借此机会，对知名作家、茅盾文学奖和鲁迅文学奖获得者刘醒龙先生为本书作序；团结出版社梁光玉社长、张阳副总编辑、陈心怡编辑付出的辛勤劳动；任静波女士、卢冬先生、张爱婕女士还有多位亲朋好友给予的热情支持，一并表示衷心感谢！

由于我们水平所限，在整理过程中难免有疏漏之处，敬请读者批评指正。

二〇二二年九月二十一日